राग दरबारी

राग दरबारी

श्रीलाल शुक्ल

राजकमल प्रकाशन

ISBN : 978-81-267-1388-2

मूल्य : 995

पहला संस्करण : 1968
छत्तीसवाँ संस्करण : 2024

प्रकाशक : राजकमल प्रकाशन प्रा.लि.
1-बी, नेताजी सुभाष मार्ग, दरियागंज
नई दिल्ली-110 002
शाखाएँ : अशोक राजपथ, साइंस कॉलेज के सामने, पटना-800 006
पहली मंजिल, दरबारी बिल्डिंग, महात्मा गांधी मार्ग, प्रयागराज-211 001
1, अनमोल सोराबजी संतुक लेन, धोबी तलाव, मरीन लाइंस, मुम्बई-400 002
वेबसाइट : www.rajkamalprakashan.com
ई-मेल : info@rajkamalprakashan.com

मुद्रक : बी.के. ऑफसेट
नवीन शाहदरा, दिल्ली-110 032

RAAG DARBARI
Novel by Shrilal Shukla

प्रस्तावना

'राग दरबारी' का लेखन 1964 के अन्त में शुरू हुआ और अपने अन्तिम रूप में 1967 में समाप्त हुआ। 1968 में इसका प्रकाशन हुआ और 1969 में इस पर मुझे साहित्य अकादमी का पुरस्कार मिला। तब से अब तक इसके दर्जनों संस्करण और पुनर्मुद्रण हो चुके हैं। 1969 में ही एक सुविज्ञात समीक्षक ने अपनी बहुत लम्बी समीक्षा इस वाक्य पर समाप्त की : 'अपठित रह जाना ही इसकी नियति है।' दूसरी ओर इसकी अधिकांश समीक्षाएँ मेरे लिए अत्यन्त उत्साहवर्द्धक सिद्ध हो रही थीं। कुल मिलाकर, हिन्दी समीक्षा के बारे में यह तो स्पष्ट हो ही गया कि एक ही कृति पर कितने परस्पर-विपरीत विचार एक साथ फल-फूल सकते हैं। उपन्यास को एक जनतान्त्रिक विधा माना जाता है। जितनी भिन्न-भिन्न मतोंवाली समीक्षाएँ-आलोचनाएँ इस उपन्यास पर आईं, उससे यह तो प्रकट हुआ ही कि यही बात आलोचना की विधा पर भी लागू की जा सकती है।

जो भी हो, यहाँ मेरा अभीष्ट अपनी आलोचनाओं का उत्तर देना या उनका विश्लेषण करना नहीं है। दरअसल, मैं उन लेखकों में नहीं हूँ जो अपने लेखन को सर्वथा दोषरहित मानकर सीधे स्वयं या किसी प्रायोजित आलोचक मित्र द्वारा बताए गए दोषों का जवाब देकर विवाद को कुछ दिन जिन्दा रखना चाहते हैं। मैं उनमें हूँ जो मानते हैं कि सर्वथा दोषरहित होकर भी कोई कृति उबाऊ और स्तरहीन हो सकती है जबकि कोई कृति दोषयुक्त होने के बावजूद धीरे-धीरे क्लासिक का दर्जा ले सकती है। दूसरे, मैं प्रत्येक समीक्षा या आलोचना को जी भरकर पढ़ता हूँ और खोजता हूँ कि उससे अपने भावी लेखन के लिए कौन-सा सुधारात्मक अनुभव प्राप्त किया जा सकता है।

'राग दरबारी' की प्रासंगिकता पर साक्षात्कारों में मुझसे बार-बार पूछा गया है। यह सही है कि गाँवों की राजनीति का जो स्वरूप यहाँ चित्रित हुआ है, वह आज के राष्ट्रव्यापी और मुख्यतः मध्यम और उच्च वर्गों के भ्रष्टाचार और तिकड़म को देखते हुए बहुत अदना जान पड़ता है और लगता है कि लेखक अपनी शक्ति कुछ गँवारों के ऊपर ज़ाया कर रहा

है। पर जैसे-जैसे उच्चस्तरीय वर्ग में ग़बन, धोखाधड़ी, भ्रष्टाचार और वंशवाद अपनी जड़ें मज़बूत करता जाता है, वैसे-वैसे आज से चालीस वर्ष पहले का यह उपन्यास और ज़्यादा प्रासंगिक होता जा रहा है। कम-से-कम सामान्य पाठकों और अकादमीय संस्थानों में इसका जैसा पठन-पाठन बढ़ रहा है, उससे तो यही संकेत मिलता है।

इसके प्रकाशन के चालीसवें वर्ष में राजकमल प्रकाशन ने बिलकुल नए स्वरूप में इसका नया संस्करण निकालने का संकल्प किया है। इसके लिए मैं उक्त प्रकाशन के श्री अशोक महेश्वरी के प्रति धन्यवाद ज्ञापित करता हूँ और आशा करता हूँ, उनका यह प्रयास पाठकों के लिए और विशेषतः नए पाठकों के लिए विशेष आकर्षक सिद्ध होगा।

लखनऊ
17 मई, 2007

—श्रीलाल शुक्ल

1

शहर का किनारा। उसे छोड़ते ही भारतीय देहात का महासागर शुरू हो जाता था।

वहीं एक ट्रक खड़ा था। उसे देखते ही यकीन हो जाता था, इसका जन्म केवल सड़कों के साथ बलात्कार करने के लिए हुआ है। जैसे कि सत्य के होते हैं, इस ट्रक के भी कई पहलू थे। पुलिसवाले उसे एक ओर से देखकर कह सकते थे कि वह सड़क के बीच में खड़ा है, दूसरी ओर से देखकर ड्राइवर कह सकता था कि वह सड़क के किनारे पर है। चालू फैशन के हिसाब से ड्राइवर ने ट्रक का दाहिना दरवाज़ा खोलकर डैने की तरह फैला दिया था। इससे ट्रक की खूबसूरती बढ़ गई थी, साथ ही यह खतरा मिट गया था कि उसके वहाँ होते हुए कोई दूसरी सवारी भी सड़क के ऊपर से निकल सकती है।

सड़क के एक ओर पेट्रोल-स्टेशन था; दूसरी ओर छप्परों, लकड़ी और टीन के सड़े टुकड़ों और स्थानीय क्षमता के अनुसार निकलनेवाले कबाड़ की मदद से खड़ी की हुई दुकानें थीं। पहली निगाह में ही मालूम हो जाता था कि दुकानों की गिनती नहीं हो सकती। प्रायः सभी में जनता का एक मनपसन्द पेय मिलता था जिसे वहाँ गर्द, चीकट, चाय की कई बार इस्तेमाल की हुई पत्ती और खौलते पानी आदि के सहारे बनाया जाता था। उनमें मिठाइयाँ भी थीं जो दिन-रात आँधी-पानी और मक्खी-मच्छरों के हमलों का बहादुरी से मुकाबला करती थीं। वे हमारे देसी कारीगरों के हस्तकौशल और उनकी वैज्ञानिक दक्षता का सबूत देती थीं। वे बताती थीं कि हमें एक अच्छा रेज़र-ब्लेड बनाने का नुस्खा भले ही न मालूम हो, पर कूड़े को स्वादिष्ट खाद्य पदार्थों में बदल देने की तरकीब सारी दुनिया में अकेले हमीं को आती है।

ट्रक के ड्राइवर और क्लीनर एक दुकान के सामने खड़े चाय पी रहे थे।

रंगनाथ ने दूर से इस ट्रक को देखा और देखते ही उसके पैर तेज़ी से चलने लगे।

आज रेलवे ने उसे धोखा दिया था। स्थानीय पैसेंजर ट्रेन को रोज़ की तरह दो घण्टा लेट समझकर वह घर से चला था, पर वह सिर्फ़ डेढ़ घण्टा लेट होकर चल दी थी। शिकायती किताब के कथा-साहित्य में अपना योगदान देकर और रेलवे अधिकारियों की निगाह में हास्यास्पद बनकर वह स्टेशन से बाहर निकल आया था। रास्ते में चलते हुए उसने ट्रक देखा और उसकी बाछें—वे जिस्म में जहाँ कहीं भी होती हों—खिल गईं।

जब वह ट्रक के पास पहुँचा, क्लीनर और ड्राइवर चाय की आखिरी चुस्कियाँ ले रहे थे। इधर-उधर ताककर, अपनी खिली हुई बाछों को छिपाते हुए, उसने ड्राइवर से निर्विकार ढंग से पूछा, "क्यों ड्राइवर साहब, यह ट्रक क्या शिवपालगंज की ओर जाएगा ?"

ड्राइवर के पीने को चाय थी और देखने को दुकानदारिन थी। उसने लापरवाही से जवाब दिया, "जाएगा।"

"हमें भी ले चलिएगा अपने साथ ? पन्द्रहवें मील पर उतर पड़ेंगे। शिवपालगंज तक जाना है।"

ड्राइवर ने दुकानदारिन की सारी सम्भावनाएँ एक साथ देख डालीं और अपनी निगाह रंगनाथ की ओर घुमायी। अहा ! क्या हुलिया था ! नवकंजलोचन कंजमुख करकंज पदकंजारुणम् ! पैर खद्दर के पैजामे में, सिर खद्दर की टोपी में, बदन खद्दर के कुर्ते में। कन्धे से लटकता हुआ भूदानी झोला। हाथ में चमड़े की अटैची। ड्राइवर ने उसे देखा और देखता ही रह गया। फिर कुछ सोचकर बोला, "बैठ जाइए शिरिमानजी, अभी चलते हैं।"

घरघराकर ट्रक चला। शहर की टेढ़ी-मेढ़ी लपेट से फुरसत पाकर कुछ दूर आगे साफ़ और वीरान सड़क आ गई। यहाँ ड्राइवर ने पहली बार टॉप गियर का प्रयोग किया, पर वह फिसल-फिसलकर न्यूटरल में गिरने लगा। हर सौ गज़ के बाद गियर फिसल जाता और एक्सिलेटर दबे होने से ट्रक की घरघराहट बढ़ जाती, रफ्तार धीमी हो जाती। रंगनाथ ने कहा, "ड्राइवर साहब, तुम्हारा गियर तो बिलकुल अपने देश की हुकूमत-जैसा है।"

ड्राइवर ने मुस्कराकर वह प्रशंसा-पत्र ग्रहण किया। रंगनाथ ने अपनी बात साफ़ करने की कोशिश की। कहा, "उसे चाहे जितनी बार टॉप गियर में डालो, दो गज़ चलते ही फिसल जाती है और लौटकर अपने खाँचे में आ जाती है।"

ड्राइवर हँसा। बोला, "ऊँची बात कह दी शिरिमानजी ने।"

इस बार उसने गियर को टॉप में डालकर अपनी एक टाँग लगभग नब्बे अंश के कोण पर उठायी और गियर को जाँघ के नीचे दबा लिया। रंगनाथ ने कहना चाहा कि हुकूमत को चलाने का भी यही नुस्खा है, पर यह सोचकर कि बात ज़रा और ऊँची हो जाएगी, वह चुप बैठा रहा।

उधर ड्राइवर ने अपनी जाँघ गियर से हटाकर यथास्थान वापस पहुँचा दी थी। गियर पर उसने एक लम्बी लकड़ी लगा दी और उसका एक सिरा पेनल के नीचे ठोंक दिया। ट्रक तेज़ी से चलता रहा। उसे देखते ही साइकिल-सवार, पैदल, इक्के—सभी सवारियाँ कई फर्लांग पहले ही से खौफ के मारे सड़क से उतरकर नीचे चली जातीं। जिस तेज़ी से वे भाग रही थीं, उससे लगता था कि उनकी निगाह में वह ट्रक नहीं है; वह आग की लहर है, बंगाल की खाड़ी से उठा हुआ तूफ़ान है, जनता पर छोड़ा हुआ कोई बदकलाम अहलकार है, पिंडारियों का गिरोह है। रंगनाथ ने सोचा, उसे पहले ही

ऐलान करा देना था कि अपने-अपने जानवर और बच्चे घरों में बन्द कर लो, शहर से अभी-अभी एक ट्रक छूटा है।

तब तक ड्राइवर ने पूछा, "कहिए शिरिमानजी ! क्या हालचाल हैं ? बहुत दिन बाद देहात की ओर जा रहे हैं !"

रंगनाथ ने शिष्टाचार की इस कोशिश को मुस्कराकर बढ़ावा दिया। ड्राइवर ने कहा, "शिरिमानजी, आजकल क्या कर रहे हैं ?"

"घास खोद रहा हूँ।"

ड्राइवर हँसा। दुर्घटनावश एक दस साल का नंग-धड़ंग लड़का ट्रक से बिलकुल ही बच गया। बचकर वह एक पुलिया के सहारे छिपकली-सा गिर पड़ा। ड्राइवर इससे प्रभावित नहीं हुआ। एक्सिलेटर दबाकर हँसते-हँसते बोला, "क्या बात कही है ! ज़रा खुलासा समझाइए।"

"कहा तो, घास खोद रहा हूँ। इसी को अंग्रेज़ी में रिसर्च कहते हैं। परसाल एम. ए. किया था। इस साल से रिसर्च शुरू की है।"

ड्राइवर जैसे अलिफ़-लैला की कहानियाँ सुन रहा हो, मुस्कराता हुआ बोला, "और शिरिमानजी, शिवपालगंज क्या करने जा रहे हैं ?"

"वहाँ मेरे मामा रहते हैं। बीमार पड़ गया था। कुछ दिन देहात में जाकर तन्दुरुस्ती बनाऊँगा।"

इस बार ड्राइवर काफ़ी देर तक हँसता रहा। बोला, "क्या बात बनायी है शिरिमानजी ने !"

रंगनाथ ने उसकी ओर सन्देह से देखते हुए पूछा, "जी ! इसमें बात बनाने की क्या बात ?"

वह इस मासूमियत पर लोट-पोट हो गया। पहले ही की तरह हँसते हुए बोला, "क्या कहने हैं ! अच्छा जी, छोड़िए भी इस बात को। बताइए, मित्तल साहब के क्या हाल हैं ? क्या हुआ उस हवालाती के खूनवाले मामले का ?"

रंगनाथ का खून सूख गया। भर्राए गले से बोला, "अजी, मैं क्या जानूँ यह मित्तल कौन है।"

ड्राइवर की हँसी में ब्रेक लग गया। ट्रक की रफ़्तार भी कुछ कम पड़ गई। उसने रंगनाथ को एक बार गौर से देखकर पूछा, "आप मित्तल साहब को नहीं जानते ?"

"नहीं।"

"जैन साहब को ?"

"नहीं।"

ड्राइवर ने खिड़की के बाहर थूक दिया और साफ़ आवाज़ में सवाल किया, "आप सी.आई.डी. में काम नहीं करते ?"

रंगनाथ ने झुंझलाकर कहा, "सी.आई.डी. ? यह किस चिड़िया का नाम है ?"

ड्राइवर ने ज़ोर से साँस छोड़ी और सामने सड़क की दशा का निरीक्षण करने लगा। कुछ बैलगाड़ियाँ जा रही थीं। जब कहीं और जहाँ भी कहीं मौका मिले, वहाँ टाँगें फैला

देनी चाहिए, इस लोकप्रिय सिद्धान्त के अनुसार गाड़ीवान बैलगाड़ियों पर लेटे हुए थे और मुँह ढाँपकर सो रहे थे। बैल अपनी क़ाबिलियत से नहीं, बल्कि अभ्यास के सहारे चुपचाप सड़क पर गाड़ी घसीटे लिये जा रहे थे। यह भी जनता और जनार्दनवाला मज़मून था, पर रंगनाथ की हिम्मत कुछ कहने की नहीं हुई। वह सी.आई.डी. वाली बात से उखड़ गया था। ड्राइवर ने पहले रबड़वाला हॉर्न बजाया, फिर एक ऐसा हॉर्न बजाया जो संगीत के आरोह-अवरोह के बावजूद बड़ा ही डरावना था, पर गाड़ियाँ अपनी राह चलती रहीं। ड्राइवर काफ़ी रफ़्तार से ट्रक चला रहा था, और बैलगाड़ियों के ऊपर से निकाल ले जानेवाला था; पर गाड़ियों के पास पहुँचते-पहुँचते उसे शायद अचानक मालूम हो गया कि वह ट्रक चला रहा है, हेलीकोप्टर नहीं। उसने एकदम से ब्रेक लगाया, पेनल से लगी हुई लकड़ी नीचे गिरा दी, गियर बदला और बैलगाड़ियों को लगभग छूता हुआ उनसे आगे निकल गया। आगे जाकर उसने घृणापूर्वक रंगनाथ से कहा, "सी.आई.डी. नहीं हो तो तुमने यह खद्दर क्यों डाँट रखा है जी ?"

रंगनाथ इन हमलों से लड़खड़ा गया था। पर उसने इस बात को मामूली जाँच-पड़ताल का सवाल मानकर सरलता से जवाब दिया, "खद्दर तो आजकल सभी पहनते हैं।"

"अजी, कोई तुक का आदमी तो पहनता नहीं।" कहकर उसने दुबारा खिड़की के बाहर थूका और गियर को टॉप में डाल दिया।

रंगनाथ का परसनालिटी कल्ट समाप्त हो गया। थोड़ी देर वह चुपचाप बैठा रहा। बाद में मुँह से सीटी बजाने लगा। ड्राइवर ने उसे कुहनी से हिलाकर कहा, "देखो जी, चुपचाप बैठो। यह कीर्तन की जगह नहीं है।"

रंगनाथ चुप हो गया। तभी ड्राइवर ने झुँझलाकर कहा, "यह गियर बार-बार फिसलकर...न्यूटरल ही में घुसता है। देख क्या रहे हो ? ज़रा पकड़े रहो जी !"

थोड़ी देर में उसने दुबारा झुँझलाकर कहा, "ऐसे नहीं, इस तरह ! दबाकर ठीक से पकड़े रहो।"

ट्रक के पीछे काफ़ी देर से हॉर्न बजता आ रहा था। रंगनाथ उसे सुनता रहा था और ड्राइवर उसे अनसुना करता रहा था। कुछ देर बाद पीछे से क्लीनर ने लटककर ड्राइवर की कनपटी के पास खिड़की पर खट्-खट् करना शुरू कर दिया। ट्रकवालों की भाषा में इस कार्रवाई का निश्चित ही कोई खौफ़नाक मतलब होगा, क्योंकि उसी वक्त ड्राइवर ने रफ़्तार कम कर दी और ट्रक को सड़क की बायीं पटरी पर कर लिया।

हॉर्न की आवाज़ एक ऐसे स्टेशन-वैगन से आ रही थी जो आजकल विदेशों के आशीर्वाद से सैकड़ों की संख्या में यहाँ देश की प्रगति के लिए इस्तेमाल होते हैं और हर सड़क पर हर वक्त देखे जा सकते हैं। स्टेशन-वैगन दायें से निकलकर आगे धीमा पड़ गया और उससे बाहर निकले हुए एक खाकी हाथ ने ट्रक को रुकने का इशारा दिया। दोनों गाड़ियाँ रुक गईं।

स्टेशन-वैगन से एक अफसरनुमा चपरासी और एक चपरासीनुमा अफसर उतरे।

ख़ाकी कपड़े पहने हुए दो सिपाही भी उतरे। उनके उतरते ही पिंडारियों-जैसी लूट-खसोट शुरू हो गई। किसी ने ड्राइवर का ड्राइविंग लाइसेंस छीना, किसी ने रजिस्ट्रेशन-कार्ड; कोई बैकव्यू मिरर खटखटाने लगा, कोई ट्रक का हॉर्न बजाने लगा। कोई ब्रेक देखने लगा। उन्होंने फुटबोर्ड हिलाकर देखा, बत्तियाँ जलायीं, पीछे बजनेवाली घण्टी टुनटुनायी। उन्होंने जो कुछ भी देखा, वह ख़राब निकला; जिस चीज़ को छुआ, उसी में गड़बड़ी आ गई। इस तरह उन चार आदमियों ने चार मिनट में लगभग चालीस दोष निकाले और फिर एक पेड़ के नीचे खड़े होकर इस प्रश्न पर बहस करनी शुरू कर दी कि दुश्मन के साथ कैसा सुलूक किया जाए।

रंगनाथ की समझ में कुल यही आया कि दुनिया में कर्मवाद के सिद्धान्त, 'पोयोटिक जस्टिस' आदि की कहानियाँ सच्ची हैं; ट्रक की चेकिंग हो रही है और ड्राइवर से भगवान उसके अपमान का बदला ले रहा है। वह अपनी जगह बैठा रहा। पर इसी बीच ड्राइवर ने मौका निकालकर कहा, ''शिरिमानजी, ज़रा नीचे उतर आवें। वहाँ गियर पकड़कर बैठने की अब क्या ज़रूरत है ?''

रंगनाथ एक दूसरे पेड़ के नीचे जाकर खड़ा हो गया। उधर ड्राइवर और चेकिंग जत्थे में ट्रक के एक-एक पुर्ज़े को लेकर बहस चल रही थी। देखते-देखते बहस पुर्ज़ों से फिसलकर देश की सामान्य दशा और आर्थिक दुरवस्था पर आ गई और थोड़ी ही देर में उपस्थित लोगों की छोटी-छोटी उपसमितियाँ बन गईं। वे अलग-अलग पेड़ों के नीचे एक-एक विषय पर विशेषज्ञ की हैसियत से विचार करने लगीं। काफ़ी बहस हो जाने के बाद एक पेड़ के नीचे खुला अधिवेशन-जैसा होने लगा और कुछ देर में जान पड़ा, गोष्ठी खत्म होनेवाली है।

आख़िर में रंगनाथ को अफ़सर की मिमियाती आवाज़ सुन पड़ी, ''क्यों मियाँ अशफ़ाक, क्या राय है ? माफ़ किया जाए ?''

चपरासी ने कहा, ''और कर ही क्या सकते हैं हुज़ूर ? कहाँ तक चालान कीजिएगा। एकाध गड़बड़ी हो तो चालान भी करें।''

एक सिपाही ने कहा, ''चार्ज-शीट भरते-भरते सुबह हो जाएगी।''

इधर-उधर की बातों के बाद अफ़सर ने कहा, ''अच्छा जाओ जी बण्टासिंह, तुम्हें माफ़ किया।''

ड्राइवर ने खुशामद के साथ कहा, ''ऐसा काम शिरिमानजी ही कर सकते हैं।''

अफ़सर काफ़ी देर से दूसरे पेड़ के नीचे खड़े हुए रंगनाथ की ओर देख रहा था। सिगरेट सुलगाता हुआ वह उसकी ओर आया। पास आकर पूछा, ''आप भी इसी ट्रक पर जा रहे हैं ?''

''जी हाँ।''

''आपसे इसने कुछ किराया तो नहीं लिया है ?''

''जी, नहीं।''

अफ़सर बोला, ''वह तो मैं आपकी पोशाक ही देखकर समझ गया था, पर जाँच करना मेरा फ़र्ज था।''

रंगनाथ ने उसे चिढ़ाने के लिए कहा, "यह असली खादी थोड़े ही है। यह मिल की खादी है।"

उसने इज़्ज़त के साथ कहा, "अरे साहब, खादी तो खादी ! उसमें असली-नकली का क्या फ़र्क़ ?"

अफ़सर के चले जाने के बाद ड्राइवर और चपरासी रंगनाथ के पास आए। ड्राइवर ने कहा, "ज़रा दो रुपये तो निकालना जी !"

उसने मुँह फेरकर कड़ाई से जवाब दिया, "क्या मतलब है ? मैं रुपया क्यों दूँ ?"

ड्राइवर ने चपरासी का हाथ पकड़कर कहा, "आइए शिरिमानजी, मेरे साथ आइए।" जाते-जाते वह रंगनाथ से कहने लगा, "तुम्हारी ही वजह से मेरी चेकिंग हुई और तुम्हीं मुसीबत में मुझसे इस तरह बात करते हो ? तुम्हारी यही तालीम है ?"

वर्तमान शिक्षा-पद्धति रास्ते में पड़ी हुई कुतिया है, जिसे कोई भी लात मार सकता है। ड्राइवर भी उस पर रास्ता चलते-चलते एक जुम्ला मारकर चपरासी के साथ ट्रक की ओर चल दिया। रंगनाथ ने देखा, शाम घिर रही है, उसका अटैची ट्रक में रखा है, शिवपालगंज अभी पाँच मील दूर है और उसे लोगों की सद्‌भावना की ज़रूरत है। वह धीरे-धीरे ट्रक की ओर आया। उधर स्टेशन-वैगन का ड्राइवर हॉर्न बजा-बजाकर चपरासी को वापस बुला रहा था। रंगनाथ ने दो रुपये ड्राइवर को देने चाहे। उसने कहा, "अब दे ही रहे हो तो अरदली साहब को दो। मैं तुम्हारे रुपयों का क्या करूँगा ?"

कहते-कहते उसकी आवाज़ में उन संन्यासियों की खनक आ गई जो पैसा हाथ से नहीं छूते, सिर्फ़ दूसरों को यह बताते हैं कि तुम्हारा पैसा हाथ का मैल है। चपरासी रुपयों को जेब में रखकर, बीड़ी का आख़िरी कश खींचकर, उसका अधजला टुकड़ा लगभग रंगनाथ के पैजामे पर फेंककर स्टेशन-वैगन की ओर चला गया। उसके रवाना हो जाने पर ड्राइवर ने भी ट्रक चलाया और पहले की तरह गियर को 'टॉप' में लेकर रंगनाथ को पकड़ा दिया। फिर अचानक, बिना किसी वजह के, वह मुँह को गोल-गोल बनाकर सीटी पर सिनेमा की एक धुन निकालने लगा। रंगनाथ चुपचाप सुनता रहा।

थोड़ी देर में ही धुँधलके में सड़क की पटरी पर दोनों ओर कुछ गठरियाँ-सी रखी हुई नज़र आईं। ये औरतें थीं, जो कतार बाँधकर बैठी हुई थीं। वे इत्मीनान से बातचीत करती हुई वायु-सेवन कर रही थीं और लगे-हाथ मल-मूत्र का विसर्जन भी। सड़क के नीचे घूरे पटे पड़े थे और उनकी बदबू के बोझ से शाम की हवा किसी गर्भवती की तरह अलसायी हुई-सी चल रही थी। कुछ दूरी पर कुत्तों के भूँकने की आवाज़ें हुईं। आँखों के आगे धुएँ के जाले उड़ते हुए नज़र आए। इससे इन्कार नहीं हो सकता था कि वे किसी गाँव के पास आ गए थे। यही शिवपालगंज था।

2

थाना शिवपालगंज में एक आदमी ने हाथ जोड़कर दारोग़ाजी से कहा, "आजकल होते-होते कई महीने बीत गए। अब हुज़ूर हमारा चालान करने में देर न करें।"

मध्यकाल का कोई सिंहासन रहा होगा जो अब घिसकर आरामकुर्सी बन गया था। दारोग़ाजी उस पर बैठे भी थे, लेटे भी थे। यह निवेदन सुना तो सिर उठाकर बोले, "चालान भी हो जाएगा। जल्दी क्या है ? कौन-सी आफ़त आ रही है ?"

वह आदमी आरामकुर्सी के पास पड़े हुए एक प्रागैतिहासिक मोढ़े पर बैठ गया और कहने लगा, "मेरे लिए तो आफ़त ही है। आप चालान कर दें तो झंझट मिटे।"

दारोग़ाजी भुनभुनाते हुए किसी को गाली देने लगे। थोड़ी देर में उसका यह मतलब निकला कि काम के मारे नाक में दम है। इतना काम है कि अपराधों की जाँच नहीं हो पाती, मुक़दमों का चालान नहीं हो पाता, अदालतों में गवाही नहीं हो पाती। इतना काम है कि सारा काम ठप्प पड़ा है।

मोढ़ा आरामकुर्सी के पास खिसक आया। उसने कहा, "हुज़ूर, दुश्मनों ने कहना शुरू कर दिया है कि शिवपालगंज में दिन-दहाड़े जुआ होता है। कप्तान के पास एक गुमनाम शिकायत गई है। वैसे भी, समझौता साल में एक बार चालान करने का है। इस साल का चालान होने में देर हो रही है। इसी वक़्त हो जाए तो लोगों की शिकायत भी ख़त्म हो जाएगी।"

आरामकुर्सी ही नहीं, सभी कुछ मध्यकालीन था। तख़्त, उसके ऊपर पड़ा हुआ दरी का चीथड़ा, क़लमदान, सूखी हुई स्याही की दवातें, मुड़े हुए कोनोंवाले मटमैले रजिस्टर—सभी कुछ कई शताब्दी पुराने दिख रहे थे।

यहाँ बैठकर अगर कोई चारों ओर निगाह दौड़ाता तो उसे मालूम होता, वह इतिहास के किसी कोने में खड़ा है। अभी इस थाने के लिए फाउंटेनपेन नहीं बना था, उस दिशा में कुल इतनी तरक़्क़ी हुई थी कि क़लम सरकण्डे का नहीं था। यहाँ के लिए अभी टेलीफ़ोन की ईज़ाद नहीं हुई थी। हथियारों में कुछ प्राचीन राइफलें थीं जो, लगता था, गदर के दिनों में इस्तेमाल हुई होंगी। वैसे, सिपाहियों के साधारण प्रयोग के लिए बाँस की लाठी थी, जिसके बारे में एक कवि ने बताया है कि वह नदी-नाले पार करने में और झपटकर कुत्ते को मारने में उपयोगी साबित होती है। यहाँ के लिए अभी जीप का अस्तित्व नहीं था। उसका काम करने के लिए दो-तीन चौकीदारों के प्यार की छाँव में पलनेवाली घोड़ा नाम की एक सवारी थी, जो शेरशाह के ज़माने में भी हुआ करती थी।

थाने के अन्दर आते ही आदमी को लगता था कि उसे किसी ने उठाकर कई सौ

साल पहले फेंक दिया है। अगर उसने अमरीकी जासूसी उपन्यास पढ़े हों, तो वह बिलबिलाकर देखना चाहता कि उँगलियों का निशान देखनेवाले शीशे, कैमरे, वायरलेस लगी हुई गाड़ियाँ—ये सब कहाँ हैं ? बदले में उसे सिर्फ़ वह दिखता जिसका ज़िक्र ऊपर किया जा चुका है। साथ ही, एक नंग-धड़ंग लंगोटबन्द आदमी दिखता जो सामने इमली के पेड़ के नीचे भंग घोट रहा होता। बाद में पता चलता कि वह अकेला आदमी बीस गाँवों की सुरक्षा के लिए तैनात है और जिस हालत में जहाँ है, वहाँ से उसी हालत में वह बीसों गाँवों में अपराध रोक सकता है, अपराध हो गया हो तो उसका पता लगा सकता है और अपराध न हुआ हो, तो उसे करा सकता है। कैमरा, शीशा, कुत्ते, वायरलेस उसके लिए वर्जित हैं। इस तरह थाने का वातावरण बड़ा ही रमणीक और बीते दिनों के गौरव के अनुकूल था। जिन रोमाण्टिक कवियों को बीते दिनों की याद सताती है, उन्हें कुछ दिन रोके रखने के लिए यह थाना आदर्श स्थान था।

जनता को दारोग़ाजी और थाने के दस-बारह सिपाहियों से बड़ी-बड़ी आशाएँ थीं। ढाई-तीन सौ गाँवों के उस थाने में अगर आठ मील दूर किसी गाँव में नक़ब लगे तो विश्वास किया जाता था कि इनमें से कोई-न-कोई उसे देख ज़रूर लेगा। बारह मील की दूरी पर अगर रात के वक़्त डाका पड़े, तो इनसे उम्मीद थी कि ये वहाँ डाकुओं से पहले ही पहुँच जाएँगे। इसी विश्वास पर किसी भी गाँव में इक्का-दुक्का बन्दूकों को छोड़कर हथियार नहीं दिए गए थे। हथियार देने से डर था कि गाँव में रहनेवाले असभ्य और बर्बर आदमी बन्दूकों का इस्तेमाल सीख जाएँगे, जिससे वे एक-दूसरे की हत्या करने लगेंगे, खून की नदियाँ बहने लगेंगी। जहाँ तक डाकुओं से उनकी सुरक्षा का सवाल था, वह दारोग़ाजी और उनके दस-बारह आदमियों की जादूगरी पर छोड़ दिया गया था।

उनकी जादूगरी का सबसे बड़ा प्रदर्शन खून के मामलों में होने की आशा की जाती थी, क्योंकि समझा जाता था कि इन तीन सौ गाँवों में रहनेवालों के मन में किसके लिए घृणा है, किससे दुश्मनी है, किसको कच्चा चबा जाने का उत्साह है, इसका वे पूरा-पूरा ब्यौरा रखेंगे, और पहले से ही कुछ ऐसी तरकीब करेंगे कि कोई किसी को मार न सके; और अगर कोई किसी को मार दे तो वे हवा की तरह मौके पर जाकर मारनेवाले को पकड़ लेंगे, मरे हुए को क़ब्ज़े में कर लेंगे, उसके खून से तर मिट्टी को हाँडी में भर लेंगे और उसके मरने का दृश्य देखनेवालों को दिव्य दृष्टि देंगे ताकि वे किसी भी अदालत में, जो कुछ हुआ है, उसका महाभारत के संजय की तरह आँखों-देखा हाल बता सकें। संक्षेप में, दारोग़ाजी और उनके सिपाहियों को वहाँ पर मनुष्य नहीं, बल्कि अलादीन के चिराग़ से निकलनेवाला दैत्य समझकर रखा गया था। उन्हें इस तरह रखकर 1947 में अंग्रेज़ अपने देश चले गए थे और उसके बाद ही धीरे-धीरे लोगों पर यह राज़ खुलने लगा था कि ये लोग दैत्य नहीं हैं, बल्कि मनुष्य हैं; और ऐसे मनुष्य हैं जो खुद दैत्य निकालने की उम्मीद में दिन-रात अपना-अपना चिराग घिसते रहते हैं।

शिवपालगंज के जुआरी-संघ के मैनेजिंग डायरेक्टर के चले जाने पर दारोग़ाजी ने एक बार सिर उठाकर चारों ओर देखा। सब तरफ़ अमन था। इमली के पेड़ के नीचे भंग घोटनेवाला लंगोटबन्द सिपाही अब नज़दीक रखे हुए एक शिवलिंग पर भंग चढ़ा रहा था, घोड़े के पुट्ठों पर एक चौकीदार खरहरा कर रहा था, हवालात में बैठा हुआ एक डकैत ज़ोर-ज़ोर से हनुमान-चालीसा पढ़ रहा था, बाहर फाटक पर ड्यूटी देनेवाला सिपाही—निश्चय ही रात को मुस्तैदी से जागने के लिए—एक खम्भे के सहारे टिककर सो रहा था।

दारोग़ाजी ने ऊँघने के लिए पलक बन्द करना चाहा, पर तभी उनको रुप्पन बाबू आते हुए दिखायी पड़े। वे भुनभुनाए कि पलक मारने की फ़ुरसत नहीं है। रुप्पन बाबू के आते ही वे कुर्सी से खड़े हो गए और विनम्रता-सप्ताह बहुत पहले बीत जाने के बावजूद, उन्होंने विनम्रता के साथ हाथ मिलाया। रुप्पन बाबू ने बैठते ही कहा, "रामाधीन के यहाँ लाल स्याही से लिखी हुई एक चिट्ठी आयी है। डाकुओं ने पाँच हज़ार रुपया माँगा है। लिखा है अमावस की रात को दक्खिनवाले टीले पर... ।"

दारोग़ाजी मुस्कराकर बोले, "यह तो साहब बड़ी ज़्यादती है। कहाँ तो पहले के डाकू नदी-पहाड़ लाँघकर घर पर रुपया लेने आते थे, अब वे चाहते हैं कि कोई उन्हीं के घर जाकर रुपया दे आवे।"

रुप्पन बाबू ने कहा, "जी हाँ। वह तो देख रहा हूँ। डकैती न हुई, रिश्वत हो गई।"

दारोग़ाजी ने भी उसी लहज़े में कहा, "रिश्वत, चोरी, डकैती—अब तो सब एक हो गया है...पूरा साम्यवाद है !"

रुप्पन बाबू बोले, "पिताजी भी यही कहते हैं।"

"वे क्या कहते हैं ?"

"...यही कि पूरा साम्यवाद है।"

दोनों हँसे। रुप्पन बाबू ने कहा, "नहीं। मैं मज़ाक नहीं करता। रामाधीन के यहाँ सचमुच ही ऐसी चिट्ठी आयी है। पिताजी ने मुझे इसीलिए भेजा है। वे कहते हैं कि रामाधीन हमारा विरोधी है तो क्या हुआ, उसे इस तरह न सताया जाए।"

"बहुत अच्छी बात कहते हैं। जिससे बताइए उससे कह दूँ।"

रुप्पन बाबू ने अपनी गढ़े में धँसी हुई आँखों को सिकोड़कर दारोग़ाजी की ओर देखा। दारोग़ाजी ने भी उन्हें घूरकर देखा और मुस्करा दिए। बोले, "घबराइए नहीं, मेरे यहाँ होते हुए डाका नहीं पड़ेगा।"

रुप्पन बाबू धीरे-से बोले, "सो तो मैं जानता हूँ। यह चिट्ठी जाली है। ज़रा अपने सिपाहियों से भी पुछवा लीजिए। शायद उन्हीं में से किसी ने लिख मारी हो।"

"ऐसा नहीं हो सकता। मेरे सिपाही लिखना नहीं जानते। एकाध हैं जो दस्तख़त-भर करते हैं।"

रुप्पन बाबू कुछ और कहना चाहते थे, तब तक दारोग़ाजी ने कहा, "जल्दी क्या है ! अभी रामाधीन को रिपोर्ट लिखाने दीजिए...चिट्ठी तो सामने आए।"

थोड़ी देर दोनों चुप रहे। दारोग़ाजी ने फिर कुछ सोचकर कहा, "सच पूछिए तो

बताऊँ। मुझे तो इसका सम्बन्ध शिक्षा-त्रिभाग से जान पड़ता है।''

''कैसे ?''

''और शिक्षा-विभाग से भी क्या—आपके कॉलिज से जान पड़ता है।''

रुप्पन बाबू बुरा मान गए, ''आप तो मेरे कॉलिज के पीछे पड़े हैं।''

''मुझे लगता है कि रामाधीन के घर यह चिट्ठी आपके कॉलिज के किसी लड़के ने भेजी है। आपका क्या ख्याल है?''

''आप लोगों की निगाह में सारे जुर्म स्कूली लड़के ही करते हैं।'' रुप्पन बाबू ने फटकारते हुए कहा, ''अगर आपके सामने कोई आदमी ज़हर खाकर मर जाए, तो आप लोग उसे भी आत्महत्या न मानेंगे। यही कहेंगे कि इसे किसी विद्यार्थी ने ज़हर दिया है।''

''आप ठीक कहते हैं रुप्पन बाबू, ज़रूरत पड़ेगी तो मैं ऐसा ही कहूँगा। मैं बख़्तावरसिंह का चेला हूँ। शायद आप यह नहीं जानते।''

इसके बाद सरकारी नौकरों की बातचीत का वही अकेला मज़मून खुल गया कि पहले के सरकारी नौकर कैसे होते थे और आज के कैसे हैं। बख़्तावरसिंह की बात छिड़ गई। दारोग़ा बख़्तावरसिंह एक दिन शाम के वक़्त अकेले लौट रहे थे। उन्हें झगरू और मँगरू नाम के दो बदमाशों ने बाग में घेरकर पीट दिया। बात फैल गई, इसलिए उन्होंने थाने पर अपने पीटे जाने की रिपोर्ट दर्ज करा दी।

दूसरे दिन दोनों बदमाशों ने जाकर उनके पैर पकड़ लिये। कहा, ''हुज़ूर माई-बाप हैं। गुस्से में औलाद माँ-बाप से नालायक़ी कर बैठे तो माफ़ किया जाता है।''

बख़्तावरसिंह ने माँ-बाप का कर्त्तव्य पूरा करके उन्हें माफ़ कर दिया। उन्होंने औलाद का कर्त्तव्य पूरा करके बख़्तावरसिंह के बुढ़ापे के लिए अच्छा-ख़ासा इन्तज़ाम कर दिया। बात आई-गई हो गई।

पर कप्तान ने इस पर एतराज़ किया कि, ''टुम अपने ही मुकडमे की जाँच कामयाबी से नहीं करा सका टो डूसरे को कैसे बचायेगा ? अँढेरा ठा टो क्या हुआ ? टुम किसी को पहचान नहीं पाया, टो टुमको किसी पर शक करने से कौन रोकने सकटा !''

तब बख़्तावरसिंह ने तीन आदमियों पर शक किया। उन तीनों की झगरू और मँगरू से पुश्तैनी दुश्मनी थी। उन पर मुक़दमा चला। झगरू और मँगरू ने बख़्तावरसिंह की ओर से गवाही दी, क्योंकि मारपीट के वक्त वे दोनों बाग़ में एक बड़े ही स्वाभाविक कारण से, यानी पाख़ाने की नीयत से, आ गए थे। तीनों को सज़ा हुई। झगरू-मँगरू के दुश्मनों का यह हाल देखकर इलाके की कई औलादें बख़्तावरसिंह के पास आकर रोज़ प्रार्थना करने लगीं कि माई-बाप, इस बार हमें भी पीटने का मौक़ा दिया जाए। पर बुढ़ापे का निबाह करने के लिए झगरू और मँगरू काफ़ी थे। उन्होंने औलादें बढ़ाने से इन्कार कर दिया।

रुप्पन बाबू काफ़ी देर हँसते रहे। दारोग़ाजी खुश होते रहे कि रुप्पन बाबू एक क़िस्से में ही खुश होकर हँसने लगे हैं, दूसरे की ज़रूरत नहीं पड़ी। दूसरा क़िस्सा किसी

दूसरे लीडर को हँसाने के काम आएगा। हँसना बन्द करके रुप्पन बाबू ने कहा, "तो आप उन्हीं बख़्तावरसिंह के चेले हैं !"

"था। आज़ादी मिलने के पहले था। पर अब तो हमें जनता की सेवा करनी है। गरीबों का दुख-दर्द बँटाना है। नागरिकों के लिए... ।"

रुप्पन बाबू उनकी बाँह छूकर बोले, "छोड़िए, यहाँ मुझे और आपको छोड़कर तीसरा कोई भी सुननेवाला नहीं है।"

पर वे ठण्डे नहीं पड़े। कहने लगे, "मैं तो यही कहने जा रहा था कि मैं आज़ादी मिलने के पहले बख़्तावरसिंह का चेला था, अब इस ज़माने में आपके पिताजी का चेला हूँ।"

रुप्पन बाबू विनम्रता से बोले, "यह तो आपकी कृपा है, वरना मेरे पिताजी किस लायक हैं ?"

वे उठ खड़े हुए। सड़क की ओर देखते हुए, उन्होंने कहा, "लगता है, रामाधीन आ रहा है। मैं जाता हूँ। इस डकैतीवाली चिट्ठी को ज़रा ठीक से देख लीजिएगा।"

रुप्पन बाबू अठारह साल के थे। वे स्थानीय कॉलिज की दसवीं कक्षा में पढ़ते थे। पढ़ने से, और खासतौर से दसवीं कक्षा में पढ़ने से, उन्हें बहुत प्रेम था; इसलिए वे उसमें पिछले तीन साल से पढ़ रहे थे।

रुप्पन बाबू स्थानीय नेता थे। उनका व्यक्तित्व इस आरोप को काट देता था कि इण्डिया में नेता होने के लिए पहले धूप में बाल सफ़ेद करने पड़ते हैं। उनके नेता होने का सबसे बड़ा आधार यह था कि वे सबको एक निगाह से देखते थे। थाने में दारोग़ा और हवालात में बैठा हुआ चोर—दोनों उनकी निगाह में एक थे। उसी तरह इम्तहान में नक़ल करनेवाला विद्यार्थी और कॉलिज के प्रिंसिपल उनकी निगाह में एक थे। वे सबको दयनीय समझते थे, सबका काम करते थे, सबसे काम लेते थे। उनकी इज़्ज़त थी कि पूँजीवाद के प्रतीक दुकानदार उनके हाथ सामान बेचते नहीं, अर्पित करते थे और शोषण के प्रतीक इक्केवाले उन्हें शहर तक पहुँचाकर किराया नहीं, आशीर्वाद माँगते थे। उनकी नेतागिरी का प्रारम्भिक और अन्तिम क्षेत्र वहाँ का कॉलिज था, जहाँ उनका इशारा पाकर सैकड़ों विद्यार्थी तिल का ताड़ बना सकते थे और ज़रूरत पड़े तो उस पर चढ़ भी सकते थे।

वे दुबले-पतले थे, पर लोग उनके मुँह नहीं लगते थे। वे लम्बी गरदन, लम्बे हाथ और लम्बे पैरवाले आदमी थे। जननायकों के लिए ऊल-जलूल और नये ढंग की पोशाक अनिवार्य समझकर वे सफ़ेद धोती और रंगीन बुश्शर्ट पहनते थे और गले में रेशम का रूमाल लपेटते थे। धोती का कोंछ उनके कन्धे पर पड़ा रहता था। वैसे देखने में उनकी शक्ल एक घबराए हुए मरियल बछड़े की-सी थी, पर उनका रोब पिछले पैरों पर खड़े हुए एक हिनहिनाते घोड़े का-सा जान पड़ता था।

वे पैदायशी नेता थे क्योंकि उनके बाप भी नेता थे। उनके बाप का नाम वैद्यजी था।

3

दो बड़े और छोटे कमरों का एक डाकबँगला था जिसे डिस्ट्रिक्ट बोर्ड ने छोड़ दिया था। उसके तीन ओर कच्ची दीवारों पर छप्पर डालकर कुछ अस्तबल बनाए गए थे। अस्तबलों से कुछ दूरी पर पक्की ईंटों की दीवार पर टिन डालकर एक दुकान-सी खोली गई थी। एक ओर रेलवे-फाटक के पास पायी जानेवाली एक कमरे की गुमटी थी। दूसरी ओर एक बड़े बरगद के पेड़ के नीचे एक कब्र-जैसा चबूतरा था। अस्तबलों के पास एक नये ढंग की इमारत बनी थी जिस पर लिखा था, 'सामुदायिक मिलन-केन्द्र, शिवपालगंज।' इस सबके पिछवाड़े तीन-चार एकड़ का ऊसर पड़ा था जिसे तोड़कर उसमें चरी बोई गई थी। चरी कहीं-कहीं सचमुच ही उग आयी थी।

इन्हीं सब इमारतों के मिले-जुले रूप को छंगामल विद्यालय इंटरमीजिएट कॉलिज, शिवपालगंज कहा जाता था। यहाँ से इंटरमीजिएट पास करनेवाले लड़के सिर्फ़ इमारत के आधार पर कह सकते थे कि हम शांतिनिकेतन से भी आगे हैं; हम असली भारतीय विद्यार्थी हैं; हम नहीं जानते कि बिजली क्या है, नल का पानी क्या है, पक्का फ़र्श किसको कहते हैं; सैनिटरी फिटिंग किस चिड़िया का नाम है। हमने विलायती तालीम तक देसी परम्परा में पायी है और इसीलिए हमें देखो, हम आज भी उतने ही प्राकृत हैं ! हमारे इतना पढ़ लेने पर भी हमारा पेशाब पेड़ के तने पर ही उतरता है, बन्द कमरे में ऊपर चढ़ जाता है।

छंगामल कभी ज़िला-बोर्ड के चेयरमैन थे। एक फर्जी प्रस्ताव लिखवाकर उन्होंने बोर्ड के डाकबँगले को इस कॉलिज की प्रबन्ध-समिति के नाम उस समय लिख दिया था जब कॉलिज के पास प्रबन्ध-समिति को छोड़कर और कुछ नहीं था। लिखने की शर्त के अनुसार कॉलिज का नाम छंगामल विद्यालय पड़ गया था।

विद्यालय के एक-एक टुकड़े का अलग-अलग इतिहास था। सामुदायिक मिलन-केन्द्र गाँवसभा के नाम पर लिये गए सरकारी पैसे से बनवाया गया था। पर उसमें प्रिंसिपल का दफ्तर था और कक्षा ग्यारह और बारह की पढ़ाई होती थी। अस्तबल-जैसी इमारतें श्रमदान से बनी थीं। टिन-शेड किसी फौजी छावनी के भग्नावशेषों को रातोंरात हटाकर खड़ा किया गया था। जुता हुआ ऊसर कृषिविज्ञान की पढ़ाई के काम आता था। उसमें जगह-जगह उगी हुई ज्वार प्रिंसिपल की भैंस के काम आती थी। देश में इंजीनियरों और डॉक्टरों की कमी है। कारण यह है कि इस देश के निवासी परम्परा से कवि हैं। चीज़ को समझने के पहले वे उस पर मुग्ध होकर कविता कहते हैं। भाखड़ा-नंगल बाँध को देखकर वे कह सकते हैं, "अहा ! अपना चमत्कार दिखाने के लिए, देखो, प्रभु ने फिर से भारत-भूमि को ही चुना।" ऑपरेशन-टेबल पर पड़ी हुई

युवती को देखकर वे मतिराम-बिहारी की कविताएँ दुहराने लग सकते हैं।

भावना के इस तूफ़ान के बावजूद, और इसी तरह की दूसरी अड़चनों के बावजूद, इस देश को इंजीनियर पैदा करने हैं, डॉक्टर बनाने हैं। इंजीनियर और डॉक्टर तो असल में वे तब होंगे ज़ब वे अमरीका या इंगलैण्ड जाएँगे, पर कुछ शुरुआती काम—टेक-ऑफ़ स्टेजवाला—यहाँ भी होना है। वह काम भी छंगामल विद्यालय इंटर कॉलिज कर रहा था।

साइंस का क्लास लगा था। नवाँ दर्ज़ा। मास्टर मोतीराम, जो एक तरह बी. एस-सी. पास थे, लड़कों को आपेक्षिक घनत्व पढ़ा रहे थे। बाहर उस छोटे-से गाँव में छोटेपन की, बतौर अनुप्रास, छटा छायी थी। सड़क पर ईख से भरी बैलगाड़ियाँ शकर मिल की ओर जा रही थीं। कुछ मरियल लड़के पीछे से ईख खींच-खींचकर भाग रहे थे। आगे बैठा हुआ गाड़ीवान खींच-खींचकर गालियाँ दे रहा था। गालियों का मौलिक महत्त्व आवाज़ की ऊँचाई में है, इसीलिए गालियाँ और जवाबी गालियाँ एक-दूसरे को ऊँचाई पर काट रही थीं और दर्ज़े में खिड़की के रास्ते घुसकर पार्श्व-संगीत का काम कर रही थीं। लड़के नाटक का मज़ा ले रहे थे, साइंस पढ़ रहे थे।

एक लड़के ने कहा, ''मास्टर साहब, आपेक्षिक घनत्व किसे कहते हैं ?''

वे बोले, ''आपेक्षिक घनत्व माने रिलेटिव डेंसिटी।''

एक दूसरे लड़के ने कहा, ''अब आप, देखिए, साइंस नहीं अंग्रेज़ी पढ़ा रहे हैं।''

वे बोले, ''साइंस साला अंग्रेज़ी के बिना कैसे आ सकता है ?''

लड़कों ने जवाब में हँसना शुरू कर दिया। हँसी का कारण हिन्दी-अंग्रेज़ी की बहस नहीं, 'साला' का मुहावरेदार प्रयोग था।

वे बोले, ''यह हँसी की बात नहीं है।''

लड़कों को यक़ीन न हुआ। वे और ज़ोर से हँसे। इस पर मास्टर मोतीराम खुद उन्हीं के साथ हँसने लगे। लड़के चुप हो गए।

उन्होंने लड़कों को माफ़ कर दिया। बोले, ''रिलेटिव डेंसिटी नहीं समझते हो तो आपेक्षिक घनत्व को यों—दूसरी तरकीब से, समझो। आपेक्षिक माने किसी के मुक़ाबले का। मान लो, तुमने एक आटाचक्की खोल रखी है और तुम्हारे पड़ोस में तुम्हारे पड़ोसी ने दूसरी आटाचक्की खोल रखी है। तुम महीने में उससे पाँच सौ रुपया पैदा करते हो और तुम्हारा पड़ोसी चार सौ। तो तुम्हें उसके मुक़ाबले ज़्यादा फ़ायदा हुआ। इसे साइंस की भाषा में कह सकते हैं कि तुम्हारा आपेक्षिक लाभ ज़्यादा है। समझ गए ?''

एक लड़का बोला, ''समझ तो गया मास्टर साहब, पर पूरी बात शुरू से ही ग़लत है। आटाचक्की से इस गाँव में कोई भी पाँच सौ रुपया महीना नहीं पैदा कर सकता।''

मास्टर मोतीराम ने मेज़ पर हाथ पटककर कहा, ''क्यों नहीं कर सकता ! करनेवाला क्या नहीं कर सकता !''

लड़का इस बात से और बात करने की कला से प्रभावित नहीं हुआ। बोला, ''कुछ नहीं कर सकता। हमारे चाचा की चक्की धकापेल चलती है, पर मुश्किल से दो सौ

रुपया महीना पैदा होता है।"

"कौन है तुम्हारा चाचा ?" मास्टर मोतीराम की आवाज़ जैसे पसीने से तर हो गई। उन्होंने उस लड़के को ध्यान से देखते हुए पूछा, "तुम उस बेईमान मुन्नू के भतीजे तो नहीं हो ?"

लड़के ने अपने अभिमान को छिपाने की कोशिश नहीं की। लापरवाही से बोला, "और नहीं तो क्या ?"

बेईमान मुन्नू बड़े ही बाइज़्ज़त आदमी थे। अंग्रेज़ों में, जिनके गुलाबों में शायद ही कोई ख़ुशबू हो, एक कहावत है : गुलाब को किसी भी नाम से पुकारो, वह वैसा ही ख़ुशबूदार बना रहेगा। वैसे ही उन्हें भी किसी भी नाम से क्यों न पुकारा जाए, बेईमान मुन्नू उसी तरह इत्मीनान से आटाचक्की चलाते थे, पैसा कमाते थे, बाइज़्ज़त आदमी थे। वैसे बेईमान मुन्नू ने यह नाम खुद नहीं कमाया था। यह उन्हें विरासत में मिला था। बचपन से उनके बापू उन्हें प्यार के मारे बेईमान कहते थे, माँ उन्हें प्यार के मारे मुन्नू कहती थी। पूरा गाँव अब उन्हें बेईमान मुन्नू कहता था। वे इस नाम को उसी सरलता से स्वीकार कर चुके थे, जैसे हमने जे. बी. कृपलानी के लिए आचार्यजी, जे. एल. नेहरू के लिए पण्डितजी या एम. के. गांधी के लिए महात्माजी बतौर नाम स्वीकार कर लिया है।

मास्टर मोतीराम बेईमान मुन्नू के भतीजे को थोड़ी देर तक घूरते रहे। फिर उन्होंने साँस खींचकर कहा, "जाने दो !"

उन्होंने खुली हुई किताब पर निगाह गड़ा दी। जब उन्होंने निगाह उठायी तो देखा, लड़कों की निगाहें उनकी ओर पहले से ही उठी थीं। उन्होंने कहा "क्या बात है ?"

एक लड़का बोला, "तो यही तय रहा कि आटाचक्की से महीने में पाँच सौ रुपया नहीं पैदा किया जा सकता ?"

"कौन कहता है ?" मास्टर साहब बोले, "मैंने खुद आटाचक्की से सात-सात सौ रुपया तक एक महीने में खींचा है। पर बेईमान मुन्नू की वजह से सब चौपट होता जा रहा है।"

बेईमान मुन्नू के भतीजे ने शालीनता से कहा, "इसका अफ़सोस ही क्या, मास्टर साहब ! यह तो व्यापार है। कभी चित, कभी पट ! कम्पटीशन में ऐसा ही होता है।"

"ईमानदार और बेईमान का क्या कम्पटीशन ? क्या बकते हो ?" मास्टर मोतीराम ने डपटकर कहा। तब तक कॉलिज का चपरासी उनके सामने एक नोटिस लेकर खड़ा हो गया। नोटिस पढ़ते-पढ़ते उन्होंने कहा, "जिसे देखो मुआइना करने को चला आ रहा है...पढ़ानेवाला अकेला, मुआइना करनेवाले दस-दस !"

एक लड़के ने कहा, "बड़ी ख़राब बात है !"

वे चौंककर क्लास की ओर देखने लगे। बोले, "यह कौन बोला ?"

एक लड़का अपनी जगह से हाथ उठाकर बोला, "मैं मास्टर साहब ! मैं पूछ रहा था कि आपेक्षिक घनत्व निकालने का क्या तरीक़ा है !"

मास्टर मोतीराम ने कहा, "आपेक्षिक घनत्व निकालने के लिए उस चीज़ का वजन

और आयतन यानी वॉल्यूम जानना चाहिए—उसके बाद आपेक्षिक घनत्व निकालने का तरीक़ा जानना चाहिए। जहाँ तक तरीक़े की बात है, हर चीज़ के दो तरीक़े होते हैं। एक सही तरीक़ा, एक ग़लत तरीक़ा। सही तरीक़े का सही नतीजा निकलता है, ग़लत तरीक़े का गलत नतीजा। इसे एक उदाहरण देकर समझाना ज़रूरी है। मान लो तुमने एक आटाचक्की लगायी। आटाचक्की की बढ़िया नयी मशीन है, खूब चमाचम रखी है, जमकर ग्रीज़ लगायी गई है। इंजन नया है, पट्टा नया है। सबकुछ है, पर बिजली नहीं है, तो क्या नतीजा निकलेगा ?"

पहले बोलनेवाले लड़के ने कहा, "तो डीजल इंजिन का इस्तेमाल करना पड़ेगा। मुन्नू चाचा ने किया था !"

मास्टर मोतीराम बोले, "यहाँ अकेले मुन्नू चाचा ही के पास अक्ल नहीं है। इस क़स्बे में सबसे पहले डीजल इंजिन कौन लाया था ? जानता है कोई ?"

लड़कों ने हाथ उठाकर कोरस में कहा, "आप ! आप लाये थे !" मास्टर साहब ने सन्तोष के साथ मुन्नू के भतीजे की ओर देखा और हिक़ारत से बोले, "सुन लिया। बेईमान मुन्नू ने तो डीजल इंजिन मेरी देखादेखी चलाया था। पर मेरी चक्की तो यह कॉलिज खुलने से पहले से चल रही थी। मेरी ही चक्की पर कॉलिज की इमारत के लिए हर आटा पिसवानेवाले से सेर-सेर भर आटे का दान लिया गया। मेरी ही चक्की में पिसकर वह आटा शहर में बिकने के लिए गया। मेरी ही चक्की पर कॉलिज क़ी इमारत का नक्शा बना और मैनेजर काका ने कहा कि, 'मोती, कॉलिज में तुम रहोगे तो मास्टर ही, पर असली प्रिंसीपली तुम्हीं करोगे।' सबकुछ तो मेरी चक्की पर हुआ और अब गाँव में चक्की है तो बेईमान मुन्नू की ! मेरी चक्की कोई चीज़ ही न हुई !"

लड़के इत्मीनान से सुनते रहे। यह बात वे पहले भी सुन चुके थे और किसी भी समय सुनने के लिए तैयार रहते थे। उन पर कोई ख़ास असर नहीं पड़ा। पर मुन्नू के भतीजे ने कहा, "चीज़ तो मास्टर साहब आपकी भी बढ़िया है और मुन्नू चाचा की भी। पर आपकी चक्की पर धान कूटनेवाली मशीन ओवरहालिंग माँगती है। धान उसमें ज़्यादा टूटता है।"

मास्टर मोतीराम ने आपसी तरीक़े से कहा, "ऐसी बात नहीं है। मेरे-जैसी धान की मशीन तो पूरे इलाक़े में नहीं है। पर बेईमान मुन्नू कुटाई-पिसाई का रेट गिराता जा रहा है। इसीलिए लोग उधर दौड़ते हैं। हर हिन्दुस्तानी की यही हालत है। दो पैसे की जहाँ किफ़ायत हो, वह उधर ही मुँह मारता है।"

"यह तो सभी जगह होता है," लड़के ने तर्क किया।

"सभी जगह नहीं, हिन्दुस्तान ही में ऐसा होता है। हाँ..." उन्होंने कुछ सोचकर कहा, "तो रेट गिराकर अपना घाटा दूसरे लोग तो दूसरी तरह से—गाहकों का आटा चुराकर—पूरा कर लेते हैं। अब मास्टर मोतीराम जिस शख़्स का नाम है, वह सबकुछ कर सकता है, यही नहीं कर सकता।"

एक लड़के ने कहा, "आपेक्षिक घनत्व निकालने का तरीक़ा क्या निकला ?"

वे जल्दी से बोले, "वही तो बता रहा था।"

उनकी निगाह खिड़की के पास, सड़क पर ईख की गाड़ियों से तीन फ़ीट ऊपर जाकर, उससे भी आगे क्षितिज पर अटक गई। कुछ साल पहले के चिरन्तन भावाविष्ट पोज़वाले कवियों की तरह वे कहते रहे, "मशीन तो पूरे इलाके में वह एक थी; लोहे की थी, पर शीशे-जैसी झलक दिखाती थी... ?"

अचानक उन्होंने दर्जे़ की ओर सीधे देखकर कहा, "तुमने क्या पूछा था ?"

लड़के ने अपना सवाल दोहराया, पर उसके पहले ही उनका ध्यान दूसरी ओर चला गया था। लड़कों ने भी कान उठाकर सुना, बाहर ईख चुरानेवालों और ईख बचानेवालों की गालियों के ऊपर, चपरासी के ऊपर पड़नेवाली प्रिंसिपल की फटकार के ऊपर—म्यूज़िक-क्लास से उठनेवाली हारमोनियम की म्याँव-म्याँव के ऊपर—अचानक 'भक्-भक्-भक्' की आवाज़ होने लगी थी। मास्टर मोतीराम की चक्की चल रही थी। यह उसी की आवाज़ थी। यही असली आवाज़ थी। अन्न-वस्त्र की कमी की चीख़-पुकार, दंगे-फ़साद के चीत्कार, इन सबके तर्क के ऊपर सच्चा नेता जैसे सिर्फ़ आत्मा की आवाज़ सुनता है, और कुछ नहीं सुन पाता; वही मास्टर मोतीराम के साथ हुआ। उन्होंने और कुछ नहीं सुना। सिर्फ़ 'भक्-भक्-भक्' सुना।

वे दर्जे़ से भागे।

लड़कों ने कहा, "क्या हुआ मास्टर साहब ? अभी घण्टा नहीं बजा है।"

वे बोले, "लगता है, मशीन ठीक हो गई। देखें, कैसी चलती है।"

वे दरवाज़े तक गए, फिर अचानक वहीं से घूम पड़े। चेहरे पर दर्द-जैसा फैल गया था, जैसे किसी ने ज़ोर से चुटकी काटी हो। वे बोले, "किताब में पढ़ लेना। आपेक्षिक घनत्व का अध्याय ज़रूरी है।" उन्होंने लार घूँटी। रुककर कहा, "इम्पार्टेन्ट है।" कहते ही उनका चेहरा फिर खिल गया।

भक् ! भक् ! भक् ! कर्त्तव्य बाहर के जटिल कर्मक्षेत्र में उनका आह्वान कर रहा था। लड़कों और किताबों का मोह उन्हें रोक न सका। वे चले गए।

दिन के चार बजे प्रिंसिपल साहब अपने कमरे से बाहर निकले। दुबला-पतला जिस्म, उसके कुछ अंश ख़ाकी हाफ़ पैंट और कमीज़ से ढके थे। पुलिस सार्जेन्टोंवाला बेंत बग़ल में दबा था। पैर में सैंडिल। कुल मिलाकर काफ़ी चुस्त और चालाक दिखते हुए; और जितने थे, उससे ज़्यादा अपने को चुस्त और चालाक समझते हुए।

उनके पीछे-पीछे हमेशा की तरह, कॉलिज का क्लर्क चल रहा था। प्रिंसिपल साहब की उससे गहरी दोस्ती थी।

वे दोनों मास्टर मोतीराम के दर्जे़ के पास से निकले। दर्ज़ा अस्तबलनुमा इमारत में लगा था। दूर ही से दिख गया कि उसमें कोई मास्टर नहीं है। एक लड़का नीचे से जाँघ तक फटा हुआ पायजामा पहने मास्टर की मेज़ पर बैठा हुआ रो रहा था। प्रिंसिपल को पास से गुज़रता देख और ज़ोर से रोने लगा। उन्होंने पूछा, "क्या बात है ? मास्टर साहब कहाँ गए हैं ?"

वह लड़का अब खड़ा होकर रोने लगा। एक दूसरे लड़के ने कहा, "यह मास्टर

मोतीराम का क्लास है।''

फिर प्रिंसिपल को बताने की ज़रूरत नहीं पड़ी कि मास्टर साहब कहाँ गए। क्लर्क ने कहा, ''सिकण्डहैण्ड मशीन चौबीस घण्टे की निगरानी माँगती है। कितनी बार मास्टर मोतीराम से कहा कि बेच दो इस आटाचक्की को, पर कुछ समझते ही नहीं हैं। मैं खुद एक बार डेढ़ हज़ार रुपया देने को तैयार था।''

प्रिंसिपल साहब ने क्लर्क से कहा, ''छोड़ो इस बात को ! उधर के दर्ज़े से मालवीय को बुला लाओ।''

क्लर्क ने एक लड़के से कहा, ''जाओ, उधर के दर्ज़े से मालवीय को बुला लाओ।''

थोड़ी देर में एक भला-सा दिखनेवाला नौजवान आता हुआ नज़र आया। प्रिंसिपल साहब ने उसे दूर से देखते ही चिल्लाकर कहा, ''भाई मालवीय, यह क्लास भी देख लेना।''

मालवीय नज़दीक आकर छप्पर का एक बाँस पकड़कर खड़ा हो गया और बोला, ''एक ही पीरियड में दो क्लास कैसे ले सकूँगा ?''

रोनेवाला लड़का रो रहा था। क्लास के पीछे कुछ लड़के ज़ोर-ज़ोर से हँस रहे थे। बाकी इन लोगों के पास कुछ इस तरह भीड़ की शक्ल में खड़े हो गए थे जैसे चौराहे पर ऐक्सिडेंट हो गया हो।

प्रिंसिपल साहब ने आवाज़ तेज़ करके कहा, ''ज़्यादा कानून न छाँटो। जब से तुम खन्ना के साथ उठने-बैठने लगे हो, तुम्हें हर काम में दिक़्क़त मालूम होती है।''

मालवीय प्रिंसिपल साहब का मुँह देखता रह गया। क्लर्क ने कहा, ''सरकारी बसवाला हिसाब लगाओ मालवीय। एक बस बिगड़ जाती है तो सब सवारियाँ पीछे आनेवाली दूसरी बस में बैठा दी जाती हैं। इन लड़कों को भी वैसे ही अपने दर्ज़े में ले जाकर बैठा लो।''

उसने बहुत मीठी आवाज़ में कहा, ''पर यह तो नवाँ दर्ज़ा है। मैं वहाँ सातवें को पढ़ा रहा हूँ।''

प्रिंसिपल साहब की गरदन मुड़ गई। समझनेवाले समझ गए कि अब उनके हाथ हाफ़ पैंट की जेबों में चले जाएँगे और वे चीखेंगे। वही हुआ। वे बोले, ''मैं सब समझता हूँ। तुम भी खन्ना की तरह बहस करने लगे हो। मैं सातवें और नवें का फ़र्क़ समझता हूँ। हमका अब प्रिंसिपली करै न सिखाव भैया। जौनु हुकुम है, तौनु चुप्पे कैरी आउट करौ। समझ्यो कि नाहीं ?''

प्रिंसिपल साहब पास के ही गाँव के रहनेवाले थे। दूर-दूर के इलाक़ों में वे अपने दो गुणों के लिए विख्यात थे। एक तो ख़र्च का फ़र्ज़ी नक्शा बनाकर कॉलिज के लिए ज़्यादा-से-ज़्यादा सरकारी पैसा खींचने के लिए, दूसरे गुस्से की चरम दशा में स्थानीय अवधी बोली का इस्तेमाल करने के लिए। जब वे फ़र्ज़ी नक्शा बनाते थे तो बड़ा-से-बड़ा ऑडीटर भी उसमें क़लम न लगा सकता था; जब वे अवधी बोलने लगते थे तो बड़ा-से-बड़ा तर्कशास्त्री भी उनकी बात का जवाब न दे सकता था।

मालवीय सिर झुकाकर वापस चला गया। प्रिंसिपल साहब ने फटे पायजामेवाले

लड़के की पीठ पर एक बेंत झाड़कर कहा, ''जाओ। उसी दर्जे में जाकर सब लोग चुपचाप बैठो। ज़रा भी साँस ली तो खाल खींच लूँगा।''

लड़कों के चले जाने पर क्लर्क ने मुस्कराकर कहा, ''चलिए, अब खन्ना मास्टर का भी नज़ारा देख लें।''

खन्ना मास्टर का असली नाम खन्ना था। वैसे ही, जैसे तिलक, पटेल, गाँधी, नेहरू आदि हमारे यहाँ जाति के नहीं, बल्कि व्यक्ति के नाम हैं। इस देश में जाति-प्रथा को खत्म करने की यही एक सीधी-सी तरकीब है। जाति से उसका नाम छीनकर उसे किसी आदमी का नाम बना देने से जाति के पास और कुछ नहीं रह जाता। वह अपने-आप ख़त्म हो जाती है।

खन्ना मास्टर इतिहास के लेक्चरार थे, पर इस वक़्त इंटरमीजिएट के एक दर्जे में अंग्रेज़ी पढ़ा रहे थे। वे दाँत पीसकर कह रहे थे, ''हिन्दी में तो बड़ी-बड़ी प्रेम-कहानियाँ लिखा करते हो पर अंग्रेज़ी में कोई जवाब देते हुए मुँह घोड़े-जैसा लटक जाता है !''

एक लड़का दर्जे में सिर लटकाए खड़ा था। वैसे तो घी-दूध की कमी और खेल-कूद की तंगी से हर औसत विद्यार्थी मरियल घोड़े-जैसा दिखता है, पर इस लड़के के मुँह की बनावट कुछ ऐसी थी कि बात इसी पर चिपककर रह गई थी। दर्जे के लड़के ज़ोर से हँसे। खन्ना मास्टर ने अंग्रेज़ी में पूछा, ''बोलो, 'मेटाफ़र' का क्या अर्थ है ?''

लड़का वैसे ही खड़ा रहा। कुछ दिन पहले इस देश में यह शोर मचा था कि अपढ़ आदमी बिना सींग-पूँछ का जानवर होता है। उस हल्ले में अपढ़ आदमियों के बहुत-से लड़कों ने देहात में हल और कुदालें छोड़ दीं और स्कूलों पर हमला बोल दिया। हज़ारों की तादाद में आए हुए ये लड़के स्कूलों, कॉलिजों, यूनिवर्सिटियों को बुरी तरह से घेरे हुए थे। शिक्षा के मैदान में भभ्भड़ मचा हुआ था। अब कोई यह प्रचार करता हुआ नहीं दीख पड़ता था कि अपढ़ आदमी जानवर की तरह है। बल्कि दबी ज़बान से यह कहा जाने लगा था कि ऊँची तालीम उन्हीं को लेनी चाहिए जो उसके लायक हों, इसके लिए 'स्क्रीनिंग' होनी चाहिए। इस तरह से घुमा-फिराकर इन देहाती लड़कों को फिर से हल की मूठ पकड़ाकर खेत में छोड़ देने की राय दी जा रही थी। पर हर साल फेल होकर, दर्जे में सब तरह की डाँट-फटकार झेलकर और खेती की महिमा पर नेताओं के निर्झरपंथी व्याख्यान सुनकर भी वे लड़के हल और कुदाल की दुनिया में वापस जाने को तैयार न थे। वे कनखजूरे की तरह स्कूल से चिपके हुए थे और किसी भी कीमत पर उससे चिपके रहना चाहते थे।

घोड़े के मुँहवाला यह लड़का भी इसी भीड़ का एक अंग था; दर्जे में उसे घुमा-फिराकर रोज़-रोज़ बताया जाता था कि जाओ बेटा, जाकर अपनी भैंस दुहो और बैलों की पूँछ उमेठो; शेली और कीट्स तुम्हारे लिए नहीं हैं। पर बेटा अपने बाप से कई शताब्दी आगे निकल चुका था और इन इशारों को समझने के लिए तैयार नहीं था। उसका बाप आज भी अपने बैलों के लिए बारहवीं शताब्दी में प्रचलित गँडासे से चारा काटता था। उस वक़्त लड़का एक मटमैली किताब में अपना घोड़े-जैसा मुँह छिपाकर बीसवीं शताब्दी के कलकत्ते की रंगीन रातों पर गौर करता रहता था। इस हालत में

वह कोई परिवर्तन झेलने को तैयार न था। इसलिए वह मेटाफ़र का मतलब नहीं बता सकता था और न अपने मुँह की बनावट पर बहस करना चाहता था।

कॉलिज के हर औसत विद्यार्थी की तरह यह लड़का भी पोशाक के मामले में बेतकल्लुफ़ था। इस वक्त वह नंगे पाँव, एक ऐसे धारीदार कपड़े का मैला पायजामा पहने हुए खड़ा था जिसे शहरवाले प्रायः स्लीपिंग सूट के लिए इस्तेमाल करते हैं। वह गहरे कत्थई रंग की मोटी कमीज़ पहने था जिसके बटन टूटे थे। सिर पर रूखे और कड़े बाल थे। चेहरा बिना धुला हुआ और आँखें गिचपिची थीं। देखते ही लगता था, वह किसी प्रोपेगेंडा के चक्कर में फँसकर कॉलिज की ओर भाग आया है।

लड़के ने पिछले साल किसी सस्ती पत्रिका से एक प्रेम-कथा नकल करके अपने नाम से कॉलिज की पत्रिका में छपा दी थी। खन्ना मास्टर उसकी इसी ख्याति पर कीचड़ उछाल रहे थे। उन्होंने आवाज़ बदलकर कहा, "कहानीकारजी, कुछ बोलिए तो, मेटाफ़र क्या चीज़ होती है ?'

लड़के ने अपनी जाँघें खुजलानी शुरू कर दीं। मुँह को कई बार टेढ़ा-मेढ़ा करके वह आख़िर में बोला, "जैसे महादेवीजी की कविता में वेदना का मेटाफ़र आता है...।"

खन्ना मास्टर ने कड़ककर कहा, "शट-अप ! यह अंग्रेज़ी का क्लास है।" लड़के ने जाँघें खुजलानी बन्द कर दीं।

वे ख़ाकी पतलून और नीले रंग का बुश्शर्ट पहने थे और आँखों पर सिर्फ़ चुस्त दिखने के लिए काला चश्मा लगाए थे। कुर्सी के पास से निकलकर वे मेज़ के आगे आ गए। अपने कूल्हे का एक संक्षिप्त भाग उन्होंने मेज़ से टिका लिया। लड़के को वे कुछ और कहने जा रहे थे, तभी उन्होंने क्लास के पिछले दरवाज़े पर प्रिंसिपल साहब को घूरते हुए पाया। उन्हें बरामदे में खड़े हुए क्लर्क का कन्धा-भर दीख पड़ा।

वे मेज़ का सहारा छोड़कर सीधे खड़े हो गए और बोले, "जी, शेली की एक कविता पढ़ा रहा था।"

प्रिंसिपल ने एक शब्द पर दूसरा शब्द लुढ़काते हुए तेज़ी से कहा, "पर आपकी बात सुन कौन रहा है ? ये लोग तो तस्वीरें देख रहे हैं।"

वे कमरे के अन्दर आ गए। बारी-बारी से दो लड़कों की पीठ में उन्होंने अपना बेंत चुभोया। वे उठकर खड़े हो गए। एक गन्दे पायजामे, बुश्शर्ट और तेल बहाते हुए बालोंवाला चीकटदार लड़का था; दूसरा घुटे सिर, कमीज़ और अण्डरवियर पहने हुए पहलवानी धज का। प्रिंसिपल साहब ने उनसे कहा, "यही पढ़ाया जा रहा है ?"

झुककर उन्होंने पहले लड़के की कुर्सी से एक पत्रिका उठा ली। यह सिनेमा का साहित्य था। एक पन्ना खोलकर उन्होंने हवा में घुमाया। लड़कों ने देखा, किसी विलायती औरत के उरोज तस्वीर में फड़फड़ा रहे हैं। उन्होंने पत्रिका ज़मीन पर फेंक दी और चीखकर अवधी में बोले, "यहै पढ़ि रहे हौ ?"

कमरे में सन्नाटा छा गया। 'महादेवी की वेदना' का प्रेमी मौका ताककर चुपचाप अपनी सीट पर बैठ गया। प्रिंसिपल साहब ने क्लास के एक छोर से दूसरे छोर पर खड़े हुए खन्ना मास्टर को ललकारकर कहा, "आपके दर्जे में डिसिप्लिन की यह हालत है !

लड़के सिनेमा की पत्रिकाएँ पढ़ते हैं ! और आप इसी बूते पर ज़ोर डलवा रहे हैं कि आपको वाइस-प्रिंसिपल बना दिया जाए ! इसी तमीज़ से वाइस-प्रिंसिपली कीजिएगा ! भइया, यहै हालु रही तौ वाइस-प्रिंसिपली तो अपने घर रही, पारसाल की जुलाई माँ डगर-डगर घूम्यौ।'' कहते-कहते अवधी के महाकवि गोस्वामी तुलसीदास की आत्मा उनके शरीर में एक ओर से घुसकर दूसरी ओर से निकल गई। वे फिर खड़ी बोली पर आ गए, ''पढ़ाई-लिखाई में क्या रखा है ! असली बात है डिसिप्लिन ! समझे, मास्टर साहब ?''

यह कहकर प्रिंसिपल उमर खैयाम के हीरो की तरह, ''मैं पानी-जैसा आया था औ' आँधी-जैसा जाता हूँ'' की अदा से चल दिए। पीठ-पीछे उन्हें खन्ना मास्टर की भुनभुनाहट सुनाई दी।

वे कॉलिज के फाटक से बाहर निकले। सड़क पर पतलून-कमीज़ पहने हुए एक आदमी आता हुआ दीख पड़ा। साइकिल पर था। पास से जाते-जाते उसने प्रिंसिपल साहब को और प्रिंसिपल साहब ने उसे सलाम किया। उसके निकल जाने पर क्लर्क ने पूछा, ''यह कौन चिड़ीमार है ?''

''मलेरिया-इंसपेक्टर है...नया आया है। बी.डी.ओ. का भांजा लगता है। बड़ा फ़ितरती है। मैं कुछ बोलता नहीं। सोचता हूँ, कभी काम आएगा।''

क्लर्क ने कहा, ''आजकल ऐसे ही चिड़ीमारों से काम बनता है। कोई शरीफ़ आदमी तो कुछ करके देता ही नहीं।''

थोड़ी देर तक दोनों चुपचाप सड़क पर चलते रहे। प्रिंसिपल ने अपनी बात फिर से शुरू की, ''हर आदमी से मेल-जोल रखना ज़रूरी है। इस कॉलिज के पीछे गधे तक को बाप कहना पड़ता है।''

क्लर्क ने कहा, ''सो तो देख रहा हूँ। दिन-भर आपको यही करते बीतता है।''

वे बोले, ''बताइए, मुझसे पहले भी यहाँ पाँच प्रिंसिपल रह चुके हैं। कौनो बनवाय पावा इत्ती बड़ी पक्की इमारत ?'' वे प्रकृतिस्थ हुए, ''यहाँ सामुदायिक केन्द्र बनवाना मेरा ही बूता था। है कि नहीं ?''

क्लर्क ने सिर हिलाकर 'हाँ' कहा।

थोड़ी देर में वे चिन्तापूर्वक बोले, ''मैं फिर इसी टिप्पस में हूँ कि कोई चण्डूल फँसे तो इमारत के एकाध ब्लाक और बनवा डाले जाएँ।''

क्लर्क चुपचाप साथ-साथ चलता रहा। अचानक ठिठककर खड़ा हो गया। प्रिंसिपल साहब भी रुक गए। क्लर्क बोला, ''दो इमारतें बननेवाली हैं।''

प्रिंसिपल ने उत्साह से गरदन उठाकर कहा, ''कहाँ ?''

''एक तो अछूतों के लिए चमड़ा कमाने की इमारत बनेगी। घोड़ा-डॉक्टर बता रहा था। दूसरे, अस्पताल के लिए हैज़े का वार्ड बनेगा। वहाँ ज़मीन की कमी है। कॉलिज ही के आसपास टिप्पस से ये इमारतें बनवा लें...फिर धीरे-से हथिया लेंगे।''

प्रिंसिपल साहब निराशा से साँस छोड़कर आगे चल पड़े। कहने लगे, ''मुझे पहले ही मालूम था। इनमें टिप्पस नहीं बैठेगा।''

कुछ देर दोनों चुपचाप चलते रहे।

सड़क के किनारे एक आदमी दो-चार मज़दूरों को इकट्ठा करके उन पर बिगड़ रहा था। प्रिंसिपल साहब उनके पास खड़े हो गए। दो-चार मिनट उन्होंने समझने की कोशिश की कि वह आदमी क्यों बिगड़ रहा है। मज़दूर गिड़गिड़ा रहे थे। प्रिंसिपल ने समझ लिया कि कोई ख़ास बात नहीं है, मज़दूर और ठेकेदार सिर्फ़ अपने रोज़-रोज़ के तरीक़ों का प्रदर्शन कर रहे हैं और बातचीत में ज़िच पैदा हो गई है। उन्होंने आगे बढ़कर मज़दूरों से कहा, ''जाओ रे, अपना-अपना काम करो। ठेकेदार साहब से धोखाधड़ी की तो जूता पड़ेगा।''

मज़दूरों ने प्रिंसिपल साहब की ओर कृतज्ञता से देखा। फुरसत पाकर वे अपने-अपने काम में लग गए। ठेकेदार ने प्रिंसिपल से आत्मीयता के साथ कहा, ''सब बेईमान हैं। ज़रा-सी आँख लग जाए तो कान का मैल तक निकाल ले जाएँ। ड्योढ़ी मज़दूरी माँगते हैं और काम का नाम सुनकर काँखने लगते हैं।''

प्रिंसिपल साहब ने कहा, ''सब तरफ़ यही हाल है। हमारे यहाँ ही लीजिए...कोई मास्टर पढ़ाना थोड़े ही चाहता है ? पीछे पड़ा रहता हूँ तब कहीं... !''

वह आदमी ठठाकर हँसा। बोला, ''मुझे क्या बताते हैं ? यही करता रहता हूँ। सब जानता हूँ।'' रुककर उसने पूछा, ''इधर कहाँ जा रहे थे ?''

इसका जवाब क्लर्क ने दिया, ''वैद्यजी के यहाँ। चेकों पर दस्तख़त करना है।''

''करा लाइए।'' उसने प्रिंसिपल को खिसकने का इशारा दिया। जब वे चल दिए तो उसने पूछा, ''और क्या हाल-चाल है ?''

प्रिंसिपल रुक गए। बोले, ''ठीक ही है। वही खन्ना-वन्ना लिबिर-सिबिर कर रहे हैं आप लोगों के और मेरे ख़िलाफ़ प्रोपेगेंडा करते घूम रहे हैं।''

उसने ज़ोर से कहा, ''आप फ़िक्र न कीजिए। ठाठ से प्रिंसिपली किए जाइए। उनको बता दीजिए कि प्रोपेगैंडा का जवाब है डण्डा। कह दीजिए कि यह शिवपालगंज है, ऊँचा-नीचा देखकर चलें।''

प्रिंसिपल साहब अब आगे बढ़ गए तो क्लर्क बोला, ''ठेकेदार साहब को भी कॉलिज-कमेटी का मेम्बर बनवा लीजिए। काम आएँगे।''

प्रिंसिपल साहब सोचते रहे। क्लर्क ने कहा, ''चार साल पहले की तारीख़ में संरक्षकवाली रसीद काट देंगे। प्रबन्धक कमेटी में भी इनका होना ज़रूरी है। तब ठीक रहेगा।''

प्रिंसिपल साहब ने तत्काल कोई जवाब नहीं दिया। कुछ रुककर बोले, ''वैद्यजी से बात की जाएगी। ये ऊँची पालिटिक्स की बातें हैं। हमारे-तुम्हारे कहने से क्या होगा ?''

एक दूसरा आदमी साइकिल पर जाता हुआ दिखा। उसे उतरने का इशारा करके प्रिंसिपल साहब ने कहा, ''नन्दापुर में चेचक फैल रही है और आप यहाँ झोला दबाए हुए शायरी कर रहे हैं ?''

उसने हाथ जोड़कर पूछा, ''कब से ? मुझे तो कोई इत्तिला नहीं है।''

प्रिंसिपल साहब ने भौंहें टेढ़ी करके कहा, ''तुम्हें शहर से फुरसत मिले तब तो

इत्तिला हो। चुपचाप वहाँ जाकर टीके लगा आओ, नहीं तो शिकायत हो जाएगी। कान पकड़कर निकाल दिए जाओगे। यह टेरिलीन की बुश्शर्ट रखी रह जाएगी।"

वह आदमी घिघियाता हुआ आगे बढ़ गया। प्रिंसिपल साहब क्लर्क से बोले, "ये यहाँ पब्लिक हेल्थ के ए.डी.ओ. हैं। जिसकी दुम में अफ़सर जुड़ गया, समझ लो, अपने को अफ़लातून समझने लगा।"

"ये भी न जाने अपने को क्या लगाते हैं ! राह से निकल जाते हैं, पहचानते तक नहीं।"

"मैंने भी सोचा, बेटा को झाड़ दिया जाए।"

क्लर्क ने कहा, "मैं जानता हूँ। यह भी एक ही चिड़ीमार है।"

4

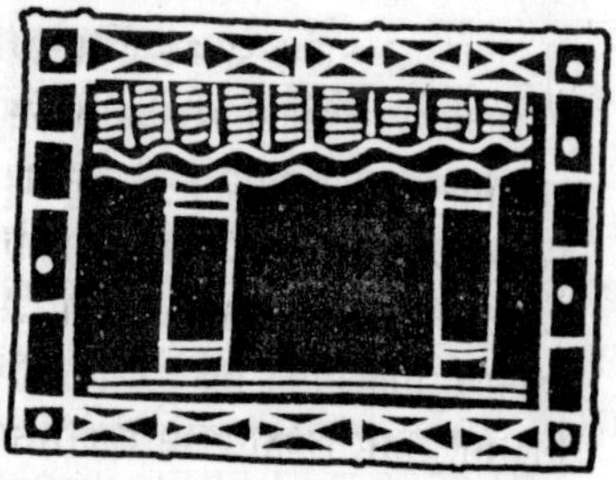

कुछ घूरे, घूरों से भी बदतर कुछ दुकानें, तहसील, थाना, ताड़ीघर, विकास-खंड का दफ़्तर, शराबख़ाना, कॉलिज—सड़क से निकल जानेवाले को लगभग इतना ही दिखायी देता था। कुछ दूर आगे एक घनी अमराई में बनी हुई एक कच्ची कोठरी भी पड़ती थी। उसकी पीठ सड़क की ओर थी; उसका दरवाज़ा, जिसमें किवाड़ नहीं थे, जंगल की ओर था। बरसात के दिनों में हलवाहे पेड़ों के नीचे से हटकर इस कोठरी में जुआ खेलते, बाक़ी दिनों वह खाली पड़ी रहती। जब वह ख़ाली रहती, तब भी लोग उसे ख़ाली नहीं रहने देते थे और नर-नारीगण मौक़ा देखकर उसका मनपसन्द इस्तेमाल करते थे। शिवपालगंज में इस कोठरी के लिए जो नाम दिया गया था, वह हेनरी मिलर को भी चौंका देने के लिए काफ़ी था। उसमें ठण्डा पानी मिलाकर कॉलिज के एक मास्टर ने उसका नाम प्रेम-भवन रख दिया था। घूरों और प्रेम-भवन के बीच पड़नेवाले सड़क के इस हिस्से को शिवपालगंज का किनारा-भर मिलता था। ठेठ शिवपालगंज दूसरी ओर सड़क छोड़कर था। असली शिवपालगंज वैद्यजी की बैठक में था।

बैठक तक पहुँचने के लिए गलियारे में उतरना पड़ता था। उसके दोनों किनारों पर छप्पर के बेतरतीब ऊबड़-खाबड़ मकान थे। उनके बाहरी चबूतरे बढ़ा लिये गए थे और वे गलियारे पर हावी थे। उन्हें देखकर इस फिलासफी का पता चलता था कि अपनी सीमा के आस-पास जहाँ भी ख़ाली ज़मीन मिले, वहीं आँख बचाकर दो-चार हाथ ज़मीन घेर लेनी चाहिए।

अचानक यह गलियारा एक मैदान में खो जाता था। उसमें नीम के तीन-चार पेड़ लगे थे। जिस तरह वे पनप रहे थे, उससे साबित होता था कि वे वन-महोत्सवों के पहले

लगाए गए हैं, वे किसी नेता या अफ़सर के छूने से बच गए हैं और उन्हें वृक्षारोपण और कैमरा-क्लिकन की रस्मों से बख्श दिया गया है।

इस हरे-भरे इलाके में एक मकान ने मैदान की एक पूरी-की-पूरी दिशा को कुछ इस तरह घेर लिया था कि उधर से आगे जाना मुश्किल था। मकान वैद्यजी का था। उसका अगला हिस्सा पक्का और देहाती हिसाब से काफ़ी रोबदार था, पीछे की तरफ़ दीवारें कच्ची थीं और उसके पीछे, शुबहा होता था, घूरे पड़े होंगे। झिलमिलाते हवाई अड्डों और लकलकाते होटलों की मार्फत जैसा 'सिम्बालिक माडर्नाइज़ेशन' इस देश में हो रहा है, उसका असर इस मकान की वास्तुकला में भी उतर आया था और उससे साबित होता था कि दिल्ली से लेकर शिवपालगंज तक काम करनेवाली देसी बुद्धि सब जगह एक-सी है।

मकान का अगला हिस्सा, जिसमें चबूतरा, बरामदा और एक बड़ा कमरा था, बैठक के नाम से मशहूर था। ईंट-गारा ढोनेवाला मज़दूर भी जानता था कि बैठक का मतलब ईंट और गारे की बनी हुई इमारत-भर नहीं है। नं. 10 डाउनिंग स्ट्रीट, व्हाइट हाउस, क्रेमलिन आदि मकानों के नहीं, ताकतों के नाम हैं।

थाने से लौटकर रुप्पन बाबू ने दरबारे-आम, यानी बरामदे में भीड़ लगी देखी; उनके क़दम तेज़ हो गए, धोती फड़फड़ाने लगी। बैठक में आते ही उन्हें पता चला कि उनके ममेरे भाई रंगनाथ शहर से ट्रक पर आए हैं; रास्ते में ड्राइवर ने उनसे दो रुपये ऐंठ लिये हैं।

एक दुबला-पतला आदमी गन्दी बनियान और धारीदार अण्डरवियर पहने बैठा था। नवम्बर का महीना था और शाम को काफ़ी ठण्डक हो चली थी, पर वह बनियान में काफ़ी खुश नज़र आ रहा था। उसका नाम मंगल था, पर लोग उसे सनीचर कहते थे। उसके बाल पकने लगे थे और आगे के दाँत गिर गए थे। उसका पेशा वैद्यजी की बैठक पर बैठे रहना था। वह ज़्यादातर अण्डरवियर ही पहनता था। उसे आज बनियान पहने हुए देखकर रुप्पन बाबू समझ गए कि सनीचर 'फ़ार्मल' होना चाहता है। उसने रुप्पन बाबू को एक साँस में रंगनाथ की मुसीबत बता दी और अपनी नंगी जाँघों पर तबले के कुछ मुश्किल बोल निकालते हुए ललककर कहा, ''बद्री भैया होते तो मज़ा आता।''

रुप्पन बाबू रंगनाथ से छूटते ही बोले, ''तुमने अच्छा ही किया रंगनाथ दादा। दो रुपिया देकर झगड़ा साफ़ किया। ज़रा-ज़रा-सी बात पर खून-ख़राबा करना ठीक नहीं।''

रंगनाथ रुप्पन बाबू से डेढ़ साल बाद मिल रहा था। रुप्पन बाबू की गम्भीरता को दिन-भर की सबसे दिलचस्प घटना मानते हुए रंगनाथ ने कहा, ''मैं तो मारपीट पर उतर आया था, बाद में कुछ सोचकर रुक गया।''

रुप्पन बाबू ने मारपीट के विशेषज्ञ की हैसियत से हाथ उठाकर कहा, ''तुमने ठीक ही किया। ऐसे ही झगड़ों से इश्टूडेण्ट कमूनिटी बदनाम होती है।''

रंगनाथ ने अब उन्हें ध्यान से देखा। कन्धे पर टिकी हुई धोती का छोर, ताज़ा खाया हुआ पान, बालों में पड़ा हुआ कई लीटर तेल—स्थानीय गुण्डागिरी के किसी भी स्टैण्डर्ड से वे होनहार लग रहे थे। रंगनाथ ने बात बदलने की कोशिश की। पूछा, "बद्री दादा कहाँ हैं ? दिखे नहीं।"

सनीचर ने अपने अण्डरवियर को झाड़ना शुरू किया, जैसे कुछ चींटियों को बेदख़ल करना चाहता हो। साथ ही भौंहें सिकोड़कर बोला, "मुझे भी बद्री भैया याद आ रहे हैं। वे होते तो अब तक... !"

"बद्री दादा हैं कहाँ ?" रंगनाथ ने उधर ध्यान न देकर रुप्पन बाबू से पूछा।

रुप्पन बाबू बेरुखी से बोले, "सनीचर बता तो रहा है। मुझसे पूछकर तो गए नहीं हैं। कहीं गए हैं। बाहर गए होंगे। आ जाएँगे। कल, परसों, अतरसों तक आ ही जाएँगे।"

उनकी बात से पता चलना मुश्किल था कि बद्री उनके सगे भाई हैं और उनके साथ एक ही घर में रहते हैं। रंगनाथ ने ज़ोर से साँस खींची।

सनीचर ने फ़र्श पर बैठे-बैठे अपनी टाँगें फैला दीं। जिस्म के जिस हिस्से से बायीं टाँग निकलती है, वहाँ उसने खाल का एक टुकड़ा चुटकी में दबा लिया। दबाते ही उसकी आँखें मुँद गईं और चेहरे पर तृप्ति और सन्तोष का प्रकाश फैल गया। धीरे-धीरे चुटकी मसलते हुए उसने भेड़िये की तरह मुँह फैलाकर जम्हाई ली। फिर ऊँघती हुई आवाज़ में कहा, "रंगनाथ भैया शहर से आए हैं। उन्हें मैं कुछ नहीं कह सकता। पर कोई किसी गँजहा से दो रुपये तो क्या, दो कौड़ी भी ऐंठ ले तो जानें।"

'गँजहा' शब्द रंगनाथ के लिए नया नहीं था। यह एक तकनीकी शब्द था जिसे शिवपालगंज के रहनेवाले अपने लिए सम्मानसूचक पद की तरह इस्तेमाल करते थे। आसपास के गाँवों में भी बहुत-से शान्ति के पुजारी मौक़ा पड़ने पर धीरे-से कहते थे, "तुम इसके मुँह न लगो। तुम जानते नहीं हो, यह साला गँजहा है।"

फ़र्श पर वहीं एक चौदह-पन्द्रह साल का लड़का भी बैठा था। देखते ही लगता था, वह शिक्षा-प्रसार के चकमे में नहीं आया है। सनीचर की बात सुनकर उसने बड़े आत्मविश्वास से कहा, "शहराती लड़के बड़े सीधे होते हैं। कोई मुझसे रुपिया माँगकर देखता तो...।"

कहकर उसने हाथ को एक दायरे के भीतर हवा में घुमाना शुरू कर दिया। लगा किसी लॉरी में एक लम्बा हैंडिल डालकर वह उसे बड़ी मेहनत से स्टार्ट करने जा रहा है। लोग हँसने लगे, पर रुप्पन बाबू गम्भीर बने रहे। उन्होंने रंगनाथ से पूछा, "तो तुमने ड्राइवर को रुपये अपनी मर्ज़ी से दिए थे या उसने धमकाकर छीन लिये थे ?"

रंगनाथ ने यह सवाल अनसुना कर दिया और इसके जवाब में एक दूसरा सवाल किया, "अब तुम किस दर्ज़े में पढ़ते हो रुप्पन ?"

उनकी शक्ल से लगा कि उन्हें यह सवाल पसन्द नहीं है। वे बोले, "टैन्थ क्लास में हूँ...

"तुम कहोगे कि उसमें तो मैं दो साल पहले भी था। पर मुझे तो शिवपालगंज में

इस क्लास से बाहर निकलने का रास्ता ही नहीं सूझ पड़ता।...

"तुम जानते नहीं हो दादा, इस देश की शिक्षा-पद्धति बिलकुल बेकार है। बड़े-बड़े नेता यही कहते हैं। मैं उनसे सहमत हूँ...।

"फिर तुम इस कॉलिज का हाल नहीं जानते। लुच्चों और शोहदों का अड्डा है। मास्टर पढ़ाना-लिखाना छोड़कर सिर्फ़ पालिटिक्स भिड़ाते हैं। दिन-रात पिताजी की नाक में दम किये रहते हैं कि यह करो, वह करो, तनख्वाह बढ़ाओ, हमारी गरदन पर मालिश करो। यहाँ भला कोई इम्तहान में पास हो सकता है... ?

"हैं। कुछ बेशर्म लड़के भी हैं, जो कभी-कभी इम्तहान पास कर लेते हैं, पर उससे...।"

कमरे में अन्दर वैद्यजी मरीज़ों को दवा दे रहे थे। अचानक वे वहीं से बोले, "शान्त रहो रुप्पन। इस कुव्यवस्था का अन्त होने ही वाला है।"

जान पड़ा कि आकाशवाणी हो रही है : 'घबराओ नहीं वसुदेव, कंस का काल पैदा होने ही वाला है।' रुप्पन बाबू शान्त हो गए। रंगनाथ ने कमरे की ओर मुँह करके ज़ोर से पूछा, "मामाजी, आपका इस कॉलिज से क्या ताल्लुक़ है ?"

"ताल्लुक़ ?" कमरे में वैद्यजी की हँसी बड़े ज़ोर से गूँजी। "तुम जानना चाहते हो कि मेरा इस कॉलिज से क्या सम्बन्ध है ? रुप्पन, रंगनाथ की जिज्ञासा शान्त करो।"

रुप्पन ने बड़े कारोबारी ढंग से कहा, "पिताजी कॉलिज के मैनेजर हैं। मास्टरों का आना-जाना इन्हीं के हाथ में है।"

रंगनाथ के चेहरे पर अपनी बात का असर पढ़ते हुए उन्होंने फिर कहा, "ऐसा मैनेजर पूरे मुल्क में न मिलेगा। सीधे के लिए बिलकुल सीधे हैं और हरामी के लिए खानदानी हरामी।"

रंगनाथ ने यह सूचना चुपचाप हज़म कर ली और सिर्फ़ कुछ कहने की गरज़ से बोला, "और कोऑपरेटिव यूनियन के क्या हाल हैं ? मामाजी उसके भी तो कुछ थे।"

"थे नहीं, हैं।" रुप्पन बाबू ने ज़रा तीखेपन से कहा, "मैनेजिंग डायरेक्टर थे, हैं और रहेंगे।"

वैद्यजी थे, हैं और रहेंगे।

अंग्रेज़ों के ज़माने में वे अंग्रेज़ों के लिए श्रद्धा दिखाते थे। देसी हुकूमत के दिनों में वे देसी हाकिमों के लिए श्रद्धा दिखाने लगे। वे देश के पुराने सेवक थे। पिछले महायुद्ध के दिनों में, जब देश को जापान से ख़तरा पैदा हो गया था, उन्होंने सुदूर-पूर्व में लड़ने के लिए बहुत से सिपाही भरती कराए। अब ज़रूरत पड़ने पर रातोंरात वे अपने राजनीतिक गुट में सैकड़ों सदस्य भरती करा देते थे। पहले भी वे जनता की सेवा जज की इजलास में जूरी और असेसर बनकर, दीवानी के मुकदमों में जायदादों के सिपुर्ददार होकर और गाँव के ज़मींदारों में लम्बरदार के रूप में करते थे। अब वे कोऑपरेटिव यूनियन के मैनेजिंग

डायरेक्टर और कॉलिज के मैनेजर थे। वास्तव में वे इन पदों पर काम नहीं करना चाहते थे क्योंकि उन्हें पदों का लालच न था। पर उस क्षेत्र में ज़िम्मेदारी के इन कामों को निभानेवाला कोई आदमी ही न था और वहाँ जितने नवयुवक थे, वे पूरे देश के नवयुवकों की तरह निकम्मे थे; इसीलिए उन्हें बुढ़ापे में इन पदों को सँभालना पड़ा था।

बुढ़ापा ! वैद्यजी के लिए इस शब्द का इस्तेमाल तो सिर्फ़ अरिथमेटिक की मजबूरी के कारण करना पड़ा क्योंकि गिनती में उनकी उमर बासठ साल हो गई थी। पर राजधानियों में रहकर देश-सेवा करनेवाले सैकड़ों महापुरुषों की तरह वे भी उमर के बावजूद बूढ़े नहीं हुए थे और उन्हीं महापुरुषों की तरह वैद्यजी की यह प्रतिज्ञा थी कि हम बूढ़े तभी होंगे जब कि मर जाएँगे और जब तक लोग हमें यक़ीन न दिला देंगे कि तुम मर गए हो, तब तक अपने को जीवित ही समझेंगे और देश-सेवा करते रहेंगे। हर बड़े राजनीतिज्ञ की तरह वे राजनीति से नफ़रत करते थे और राजनीतिज्ञों का मज़ाक उड़ाते थे। गाँधी की तरह अपनी राजनीतिक पार्टी में उन्होंने कोई पद नहीं लिया था क्योंकि वे वहाँ नये खून को प्रोत्साहित करना चाहते थे; पर कोऑपरेटिव और कॉलिज के मामलों में लोगों ने उन्हें मजबूर कर दिया था और उन्होंने मजबूर होना स्वीकार कर लिया था।

वैद्यजी का एक पेशा वैद्यक का भी था। वैद्यक में उन्हें दो नुस्ख़े ख़ासतौर से आते थे : 'गरीबों का मुफ़्त इलाज' और 'फ़ायदा न हो तो दाम वापस'। इन नुस्ख़ों से दूसरों को जो आराम मिला हो वह तो दूसरी बात है, खुद वैद्यजी को भी आराम की कमी नहीं थी।

उन्होंने रोगों के दो वर्ग बना रखे थे : प्रकट रोग और गुप्त रोग। वे प्रकट रोगों की प्रकट रूप से और गुप्त रोगों की गुप्त रूप से चिकित्सा करते थे। रोगों के मामले में उनकी एक यह थ्योरी थी कि सभी रोग ब्रह्मचर्य के नाश से पैदा होते हैं। कॉलिज के लड़कों का तेजहीन, मरियल चेहरा देखकर वे प्रायः इस थ्योरी की बात करने लगते थे। अगर कोई कह देता कि लड़कों की तन्दुरुस्ती ग़रीबी और अच्छी खुराक न मिलने से बिगड़ी हुई है, तो वे समझते थे कि वह घुमाकर ब्रह्मचर्य के महत्त्व को अस्वीकार कर रहा है, और चूँकि ब्रह्मचर्य को न माननेवाला बदचलन होता है इसलिए ग़रीबी और खुराक की कमी की बात करनेवाला भी बदचलन है।

ब्रह्मचर्य के नाश का क्या नतीजा होता है, इस विषय पर वे बड़ा ख़ौफ़नाक भाषण देते थे। सुकरात ने शायद उन्हें या किसी दूसरे को बताया था कि ज़िन्दगी में तीन बार के बाद चौथी बार ब्रह्मचर्य का नाश करना हो तो पहले अपनी क़ब्र खोद लेनी चाहिए। इस इंटरव्यू का हाल वे इतने सचित्र ढंग से पेश करते थे कि लगता था, ब्रह्मचर्य पर सुकरात उनके आज भी अवैतनिक सलाहकार हैं। उनकी राय में ब्रह्मचर्य न रखने से सबसे बड़ा हर्ज यह होता था कि आदमी बाद में चाहने पर भी ब्रह्मचर्य का नाश करने लायक नहीं रह जाता था। संक्षेप में, उनकी राय थी कि ब्रह्मचर्य का नाश कर सकने के लिए ब्रह्मचर्य का नाश न होने देना चाहिए।

उनके इन भाषणों को सुनकर कॉलिज के तीन-चौथाई लड़के अपने जीवन से निराश हो चले थे। पर उन्होंने एक साथ आत्महत्या नहीं की थी, क्योंकि वैद्यजी के

दवाखाने का एक विज्ञापन था :

'जीवन से निराश नवयुवकों के लिए आशा का सन्देश !'

आशा किसी लड़की का नाम होता, तब भी लड़के यह विज्ञापन पढ़कर इतने उत्साहित न होते। पर वे जानते थे कि सन्देश एक गोली की ओर से आ रहा है जो देखने में बकरी की लेंडी-जैसी है, पर पेट में जाते ही रगों में बिजली-सी दौड़ाने लगती है।

एक दिन उन्होंने रंगनाथ को भी ब्रह्मचर्य के लाभ समझाए। उन्होंने एक अजीब-सा शरीर-विज्ञान बताया, जिसके हिसाब से कई मन खाने से कुछ छटाँक रस बनता है, रस से रक्त, रक्त से कुछ और, और इस तरह आखिर में वीर्य की एक बूँद बनती है। उन्होंने साबित किया कि वीर्य की एक बूँद बनाने में जितना ख़र्च होता है उतना एक ऐटम बम बनाने में भी नहीं होता। रंगनाथ को जान पड़ा कि हिन्दुस्तान के पास अगर कोई कीमती चीज़ है तो वीर्य ही है। उन्होंने कहा कि वीर्य के हज़ार दुश्मन हैं और सभी उसे लूटने पर आमादा हैं। अगर कोई किसी तरकीब से अपना वीर्य बचा ले जाए तो, समझो, पूरा चरित्र बचा ले गया। उनकी बातों से लगा कि पहले हिन्दुस्तान में वीर्य-रक्षा पर बड़ा ज़ोर था, और एक ओर घी-दूध की तो दूसरी ओर वीर्य की नदियाँ बहती थीं। उन्होंने आख़िर में एक श्लोक पढ़ा जिसका मतलब था कि वीर्य की एक बूँद गिरने से आदमी मर जाता है और एक बूँद उठा लेने से ज़िन्दगी हासिल करता है।

संस्कृत सुनते ही सनीचर ने हाथ जोड़कर कहा, "जय भगवान् की !" उसने सिर ज़मीन पर टेक दिया और श्रद्धा के आवेग में अपना पिछला हिस्सा छत की ओर उठा दिया। वैद्यजी और भी जोश में आ गए और रंगनाथ से बोले, "ब्रह्मचर्य के तेज का क्या कहना ! कुछ दिन बाद शीशे में अपना मुँह देखना, तब ज्ञात होगा।"

रंगनाथ सिर हिलाकर अन्दर जाने को उठ खड़ा हुआ। अपने मामा के इस स्वभाव को वह पहले से जानता था। रुप्पन बाबू दरवाज़े के पास खड़े थे। उन पर वैद्यजी के भाषण का कोई असर नहीं पड़ा था। उन्होंने रंगनाथ से फुसफुसाकर कहा, "मुँह पर तेज लाने के लिए आजकल ब्रह्मचर्य की क्या ज़रूरत? वह तो क्रीम-पाउडर के इस्तेमाल से भी आ जाता है।"

5

पुनर्जन्म के सिद्धान्त की ईजाद दीवानी की अदालतों में हुई है, ताकि वादी और प्रतिवादी इस अफसोस को लेकर न मरें कि उनका मुकदमा अधूरा ही पड़ा रहा। इसके सहारे वे सोचते हुए चैन से मर सकते हैं कि मुक़दमे का फैसला सुनने के लिए अभी अगला जन्म तो पड़ा ही है।

वैद्यजी की बैठक के बाहर चबूतरे पर जो आदमी इस

समय बैठा था, उसने लगभग सात साल पहले दीवानी का एक मुकदमा दायर किया था; इसलिए स्वाभाविक था कि वह अपनी बात में पूर्वजन्म के पाप, भाग्य, भगवान्, अगले जन्म के कार्यक्रम आदि का नियमित रूप से हवाला देता।

उसको लोग लंगड़ कहते थे। माथे पर कबीरपन्थी तिलक, गले में तुलसी की कण्ठी, आँधी-पानी झेला हुआ दढ़ियल चेहरा, दुबली-पतली देह, मिर्ज़ई पहने हुए। एक पैर घुटने के पास से कटा था, जिसकी कमी एक लाठी से पूरी की गई थी। चेहरे पर पुराने ज़माने के उन ईसाई सन्तों का भाव, जो रोज़ अपने हाथ से अपनी पीठ पर खींचकर सौ कोड़े मारते हों।

उसकी ओर सनीचर ने भंग का एक गिलास बढ़ाया और कहा, ''लो भाई लंगड़, पी जाओ। इसमें बड़े-बड़े माल पड़े हैं।''

लंगड़ ने आँखें मूँदकर इनकार किया और थोड़ी देर दोनों में बहस होती रही जिसका सम्बन्ध भंग की गरिमा, बादाम-मुनक्के के लाभ, जीवन की क्षण-भंगुरता, भोग और त्याग-जैसे दार्शनिक विषयों से था। बहस के अन्त में सनीचर ने अपना दूसरा हाथ अण्डरवियर में पोंछकर सभी तर्कों से छुटकारा पा लिया और सांसारिक विषयों के प्रति उदासीनता दिखाते हुए भुनभुनाकर कहा, ''पीना हो तो सटाक से गटक जाओ, न पीना हो तो हमारे ठेंगे से !''

लंगड़ ने ज़ोर से साँस खींची और आँखें मूँद लीं, जो कि आत्म-दया से पीड़ित व्यक्तियों से लेकर ज़्यादा खा जानेवालों तक में भाव-प्रदर्शन की एक बड़ी ही लोकप्रिय मुद्रा मानी जाती है। सनीचर ने उसे छोड़ दिया और एक ऐसी बन्दर-छाप छलाँग लगाकर, जो डार्विन के विकासवादी सिद्धान्त की पुष्टि करती थी, बैठक के भीतरी हिस्से पर हमला किया। वहाँ प्रिंसिपल साहब, क्लर्क, वैद्यजी, रंगनाथ आदि बैठे हुए थे। दिन के दस बजनेवाले थे।

सनीचर ने भंग का वही गिलास अब प्रिंसिपल साहब की ओर बढ़ाया और वही बात कही, ''पी जाइए मास्टर साहब, इसमें बड़े-बड़े माल हैं।''

प्रिंसिपल साहब ने वैद्यजी से कहा, ''कॉलिज का काम छोड़कर आया हूँ। इसे शाम के लिए ही रखा जाए।''

वैद्यजी ने स्नेहपूर्वक कहा, ''सन्ध्याकाल पुनः पी लीजिएगा।''

''कॉलिज छोड़कर आया हूँ...।'' वे फिर बोले।

रुप्पन बाबू कॉलिज जाने के लिए घर से तैयार होकर निकले। रोज़ की तरह कन्धे पर पड़ा हुआ धोती का छोर। बुश्शर्ट, जो उनकी फ़िलासफ़ी के अनुसार मैली होने के बावजूद, क़ीमती होने के कारण पहनी जा सकती थी। इस समय पान खा लिया था और बाल सँवार लिये थे। हाथ में एक मोटी-सी किताब, जो ख़ासतौर से नागरिकशास्त्र के घण्टे में पढ़ी जाती थी और जिसका नाम 'जेबी जासूस' था। जेब में दो फ़ाउण्टेनपेन, एक लाल और एक नीली स्याही का, दोनों बिना स्याही के। कलाई में घड़ी, जो सिद्ध करती थी कि जो जुआ खेलता है उसकी घड़ी तक रेहन हो जाती है और जो जुआड़ियों का माल रेहन रखता है उसे क़ीमती घड़ी दस रुपये तक में मिल जाती है।

रुप्पन बाबू ने प्रिंसिपल साहब की बात बाहर निकलते-निकलते सुन ली थी; वे वहीं से बोले, "कॉलिज को तो आप हमेशा ही छोड़े रहते हैं। वह तो कॉलिज ही है जो आपको नहीं छोड़ता।"

प्रिंसिपल साहब झेंपे; इसलिए हँसे और ज़ोर से बोले, "रुप्पन बाबू बात पक्की कहते हैं।"

सनीचर ने उछलकर उनकी कलाई पकड़ ली। किलककर कहा, "तो लीजिए इसी बात पर चढ़ा जाइए एक गिलास।"

वैद्यजी सन्तोष से प्रिंसिपल का भंग पीना देखते रहे। पीकर प्रिंसिपल साहब बोले, "सचमुच ही बड़े-बड़े माल पड़े हैं।"

वैद्यजी ने कहा, "भंग तो नाममात्र को है। है, और नहीं भी है। वास्तविक द्रव्य तो बादाम, मुनक्का और पिस्ता हैं। बादाम बुद्धि और वीर्य को बढ़ाता है। मुनक्का रेचक है। इसमें इलायची भी पड़ी है। इसका प्रभाव शीतल है। इससे वीर्य फटता नहीं, ठोस और स्थिर रहता है। मैं तो इसी पेय का एक छोटा-सा प्रयोग रंगनाथ पर भी कर रहा हूँ।"

प्रिंसिपल साहब ने गरदन उठाकर कुछ पूछना चाहा, पर वे पहले ही कह चले, "इन्हें कुछ दिन हुए, ज्वर रहने लगा था। शक्ति क्षीण हो चली थी। इसीलिए मैंने इन्हें यहाँ बुला लिया है। इनके लिए नित्य का एक कार्यक्रम बना दिया गया है। पौष्टिक द्रव्यों में बादाम का सेवन भी है। दो पत्ती भंग की भी। देखना है, छः मास के पश्चात् जब ये यहाँ से जाएँगे तो क्या होकर जाते हैं।"

कॉलिज के क्लर्क ने कहा, "छछूँदर-जैसे आए थे, गैण्डा बनकर जाएँगे। देख लेना चाचा।"

जब कभी क्लर्क वैद्यजी को 'चाचा' कहता था, प्रिंसिपल साहब को अफसोस होता था कि वे उन्हें अपना बाप नहीं कह पाते। उनका चेहरा उदास हो गया। वे सामने पड़ी हुई फ़ाइलें उलटने लगे।

तब तक लंगड़ दरवाज़े पर आ गया। शास्त्रों में शूद्रों के लिए जिस आचरण का विधान है, उसके अनुसार चौखट पर मुर्गी बनकर उसने वैद्यजी को प्रणाम किया। इससे प्रकट हुआ कि हमारे यहाँ आज भी शास्त्र सर्वोपरि है और जाति-प्रथा मिटाने की सारी कोशिशें अगर फ़रेब नहीं हैं तो रोमाण्टिक कार्रवाइयाँ हैं। लंगड़ ने भीख-जैसी माँगते हुए कहा, "तो जाता हूँ बापू !"

वैद्यजी ने कहा, "जाओ भाई, तुम धर्म की लड़ाई लड़ रहे हो, लड़ते जाओ। उसमें मैं क्या सहायता कर सकता हूँ !"

लंगड़ ने स्वाभाविक ढंग से कहा, "ठीक ही है बापू ! ऐसी लड़ाई में तुम क्या करोगे ? जब कोई सिफ़ारिश-विफ़ारिश की बात होगी, तब आकर तुम्हारी चौखट पर सिर रगड़ूँगा।"

ज़मीन तक झुककर उसने उन्हें फिर से प्रणाम किया और एक पैर पर लाठी के सहारे झूलता हुआ चला गया। वैद्यजी ज़ोर से हँसे। बोले, "इसकी भी बुद्धि बालकों

की-सी है।''

वे बहुत कम हँसते थे। रंगनाथ ने चौंककर देखा, हँसते ही वैद्यजी का चेहरा मुलायम हो गया, नेतागीरी की जगह भलमनसाहत ने ले ली। एक आचारवान् महापुरुष की जगह वे बदचलन-जैसे दिखने लगे।

रंगनाथ ने पूछा, ''यह लड़ाई कैसी लड़ रहा है ?''

प्रिंसिपल साहब सामने फैली हुई फ़ाइलें और चेक-बुकें, जिनकी आड़ में वे कभी-कभी यहाँ सवेरे-सवेरे भंग पीने के लिए आते थे, समेटने लगे थे। हाथ रोककर बोले, ''इसे तहसील से एक दस्तावेज़ की नकल लेनी है। इसने क़सम खायी है कि मैं रिश्वत न दूँगा और क़ायदे से ही नक़ल लूँगा, उधर नक़ल बाबू ने कसम खाई है कि मैं रिश्वत न लूँगा और क़ायदे से ही नक़ल दूँगा। इसी की लड़ाई चल रही है।''

रंगनाथ ने इतिहास में एम. ए. किया था और न जाने कितनी लड़ाइयों के कारण पढ़े थे। सिकन्दर ने भारत पर क़ब्ज़ा करने के लिए आक्रमण किया था; पुरु ने, उसका क़ब्ज़ा न होने पाए, इसीलिए प्रतिरोध किया था। इसी कारण लड़ाई हुई थी। अलाउद्दीन ने कहा था कि मैं पद्मिनी को लूँगा, राणा ने कहा कि मैं पद्मिनी को नहीं दूँगा। इसीलिए लड़ाई हुई थी। सभी लड़ाइयों की जड़ में यही बात थी। एक पक्ष कहता था, लूँगा; दूसरा कहता था, नहीं दूँगा। इसी पर लड़ाई होती थी।

पर यहाँ लंगड़ कहता था, धरम से नकल लूँगा। बाबू कहता था, धरम से नक़ल दूँगा। फिर भी लड़ाई चल रही थी।

रंगनाथ ने प्रिंसिपल साहब से इस ऐतिहासिक विपर्यय का मतलब पूछा। उसके जवाब में उन्होंने अवधी में एक कहावत कही, जिसका शाब्दिक अर्थ था : हाथी आते हैं, घोड़े जाते हैं, बेचारे ऊँट गोते खाते हैं। यह कहावत शायद किसी ज़िन्दा अजायबघर पर कही गई थी, पर रंगनाथ इतना तो समझ ही गया कि इशारा किसी सरकारी दफ्तर की लम्बाई, चौड़ाई और गहराई की ओर है। फिर भी, वह लंगड़ और नक़ल बाबू के बीच चलनेवाले धर्मयुद्ध की डिज़ाइन नहीं समझ पाया। उसने अपना सवाल और स्पष्ट रूप से प्रिंसिपल साहब के सामने पेश किया।

उनकी ओर से क्लर्क बोला :

''ये गँजहों के चोंचले हैं। मुश्किल से समझ में आते हैं।...''

लंगड़ यहाँ से पाँच कोस दूर एक गाँव का रहनेवाला है। बीवी मर चुकी है। लड़कों से यह नाराज़ है और उन्हें अपने लिए मरा हुआ समझ चुका है। भगत आदमी है। कबीर और दादू के भजन गाया करता था। गाते-गाते थक गया तो बैठे-ठाले एक दीवानी का मुक़दमा दायर कर बैठा।...

''मुक़दमे के लिए एक पुराने फ़ैसले की नक़ल चाहिए। उसके लिए पहले तहसील में दरख़्वास्त दी थी। दरख़्वास्त में कुछ कमी रह गई, इसलिए वह ख़ारिज हो गई। इस पर इसने दूसरी दरख़्वास्त दी। कुछ दिन हुए, यह तहसील में नक़ल लेने गया। नक़लनवीस चिड़ीमार निकला, उसने पाँच रुपये माँगे। लंगड़ बोला कि रेट दो रुपये का है। इसी पर बहस हो गई। दो-चार वकील वहाँ खड़े थे; उन्होंने पहले नक़लनवीस से

कहा कि, भाई दो रुपये में ही मान जाओ, यह बेचारा लँगड़ा है। नक़ल लेकर तुम्हारे गुण गायेगा। पर वह अपनी बात से बाल-बराबर भी नहीं खिसका। एकदम से मर्द बन गया और बोला कि मर्द की बात एक होती है। जो कह दिया, वही लूँगा।...

''तब वकीलों ने लंगड़ को समझाया। बोले कि नक़ल बाबू भी घर-गिरिस्तीदार आदमी हैं। लड़कियाँ ब्याहनी हैं। इसलिए रेट बढ़ा दिया है। मान जाओ और पाँच रुपये दे दो। पर वह भी ऐंठ गया। बोला कि अब यही होता है। तनख्वाह तो दारू-कलिया पर ख़र्च करते हैं और लड़कियाँ ब्याहने के लिए घूस लेते हैं। नक़ल बाबू बिगड़ गया। गुर्राकर बोला कि जाओ, हम इसी बात पर घूस नहीं लेंगे। जो कुछ करना होगा, क़ायदे से करेंगे। वकीलों ने बहुत समझाया कि 'ऐसी बात न करो, लंगड़ भगत आदमी है, उसकी बात का बुरा न मानो,' पर उसका गुस्सा एक बार चढ़ा तो फिर नहीं उतरा।

''सच तो यह है रंगनाथ बाबू कि लंगड़ ने गलत नहीं कहा था। इस देश में लड़कियाँ ब्याहना भी चोरी करने का बहाना हो गया है। एक रिश्वत लेता है तो दूसरा कहता है कि क्या करे बेचारा ! बड़ा खानदान है, लड़कियाँ ब्याहनी हैं। सारी बदमाशी का तोड़ लड़कियों के ब्याह पर होता है।

''जो भी हो, लंगड़ और नक़ल बाबू में बड़ी हुज्जत हुई। अब घूस के मामले में बात-बात पर हुज्जत होती ही है। पहले सधा काम होता था। पुराने आदमी बात के पक्के होते थे। एक रुपिया टिका दो, दूसरे दिन नक़ल तैयार। अब नये-नये स्कूली लड़के दफ़्तर में घुस आते हैं और लेन-देन का रेट बिगाड़ते हैं। इन्हीं की देखादेखी पुराने आदमी भी मनमानी करते हैं। अब रिश्वत का देना और रिश्वत का लेना—दोनों बड़े झंझट के काम हो गए हैं।

''लंगड़ को भी गुस्सा आ गया। उसने अपनी कण्ठी छूकर कहा कि जाओ बाबू, तुम क़ायदे से ही काम करोगे तो हम भी क़ायदे से ही काम करेंगे। अब तुमको एक कानी कौड़ी न मिलेगी। हमने दरख़्वास्त लगा दी है, कभी-न-कभी तो नम्बर आएगा ही।

''उसके बाद लंगड़ ने जाकर तहसीलदार को सब हाल बताया। तहसीलदार बहुत हँसा और बोला कि शाबाश लंगड़, तुमने ठीक ही किया। तुम्हें इस लेन-देन में पड़ने की कोई ज़रूरत नहीं। नम्बर आने पर तुम्हें नक़ल मिल जाएगी। उसने पेशकार से कहा, देखो, लंगड़ बेचारा चार महीने से हैरान है। अब क़ायदे से काम होना चाहिए, इन्हें कोई परेशान न करे। इस पर पेशकार बोला कि सरकार, यह लँगड़ा तो झक्की है। आप इसके झमेले में न पड़ें। तब लंगड़ पेशकार पर बिगड़ गया। झाँय-झाँय होने लगी। किसी तरह दोनों में तहसीलदार ने सुलह करायी।

''लंगड़ जानता है कि नक़ल बाबू उसकी दरख़्वास्त किसी-न-किसी बहाने खारिज करा देगा। दरख़्वास्त बेचारी तो चींटी की जान-जैसी है। उसे लेने के लिए कोई बड़ी ताकत न चाहिए। दरख़्वास्त को किसी भी समय खारिज कराया जा सकता है। फ़ीस का टिकट कम लगा है, मिसिल का पता ग़लत लिखा है, एक ख़ाना अधूरा पड़ा है—ऐसी ही कोई बात पहले नोटिस-बोर्ड पर लिख दी जाती है और अगर उसे दी गई तारीख़ तक ठीक न किया जाए तो दरख़्वास्त खारिज कर दी जाती है।

''इसीलिए लंगड़ ने अब पूरी-पूरी तैयारी कर ली है। वह अपने गाँव से चला आया है, अपने घर में उसने ताला लगा दिया है। खेत-पात, फ़सल, बैल-बधिया, सब भगवान के भरोसे छोड़ आया है। अपने एक रिश्तेदार के यहाँ डेरा डाल दिया है और सवेरे से शाम तक तहसील के नोटिस-बोर्ड के आसपास चक्कर काटा करता है। उसे डर है कि कहीं ऐसा न हो कि नोटिस-बोर्ड पर उसकी दरख़्वास्त की कोई खबर निकले और उसे पता ही न चले। चूके नहीं कि दरख़्वास्त खारिज हुई। एक बार ऐसा हो भी चुका है।

''उसने नक़ल लेने के सब क़ायदे रट डाले हैं। फ़ीस का पूरा चार्ट याद कर लिया है। आदमी का जब करम फूटता है तभी उसे थाना-कचहरी का मुँह देखना पड़ता है। लंगड़ का भी करम फूट गया है। पर इस बार जिस तरह से वह तहसील पर टूटा है, उससे लगता है कि पट्ठा नक़ल लेकर ही रहेगा।''

रंगनाथ ने अपने जीवन में अब तक काफ़ी बेवकूफ़ियाँ नहीं की थीं। इसलिए उसे अनुभवी नहीं कहा जा सकता था। लंगड़ के इतिहास का उसके मन पर बड़ा ही गहरा प्रभाव पड़ा और वह भावुक हो गया। भावुक होते ही 'कुछ करना चाहिए' की भावना उसके मन को मथने लगी, पर 'क्या करना चाहिए' इसका जवाब उसके पास नहीं था।

जो भी हो, भीतर-ही-भीतर जब बात बरदाश्त से बाहर होने लगी तो उसने भुनभुनाकर कह ही दिया, ''यह सब बहुत ग़लत है...कुछ करना चाहिए!''

क्लर्क ने शिकारी कुत्ते की तरह झपटकर यह बात दबोच ली। बोला, ''क्या कर सकते हो रंगनाथ बाबू? कोई क्या कर सकता है? जिसके छिलता है, उसी के चुनमुनाता है। लोग अपना ही दुख-दर्द ढो लें, यही बहुत है। दूसरे का बोझा कौन उठा सकता है? अब तो वही है भैया, कि तुम अपना दाद उधर से खुजलाओ, हम अपना इधर से खुजलायें।''

क्लर्क चलने को उठा खड़ा हुआ। प्रिंसिपल ने चारों ओर निगाह दौड़ाकर कहा, ''बद्री भैया दिखायी नहीं पड़ रहे हैं।''

वैद्यजी ने कहा, ''एक रिश्तेदार डकैती में फँस गए हैं। पुलिस की लीला अपरम्पार है। जानते ही हो। बद्री वहीं गया था। आज लौट रहा होगा।''

सनीचर चौखट के पास बैठा था। मुँह से सीटी-जैसी बजाते हुए बोला, ''जब तक नहीं आते तभी तक भला है।''

प्रिंसिपल साहब भंग पीकर अब तक भूल चुके थे कि आराम हराम है। एक बड़ा-सा तकिया अपनी ओर खींचकर वे इत्मीनान से बैठ गए और बोले, ''बात क्या है?''

सनीचर ने बहुत धीरे-से कहा, ''कोऑपरेटिव यूनियन में ग़बन हो गया है। बद्री भैया सुनेंगे तो सुपरवाइज़र को खा जाएँगे।''

प्रिंसिपल आतंकित हो गए। उसी तरह फुसफुसाकर बोले, ''ऐसी बात है!''

सनीचर ने सिर झुकाकर कुछ कहना शुरू कर दिया। वार्तालाप की यह वही अखिल भारतीय शैली थी जिसे पारसी थियेटरों ने अमर बना दिया है। इसके सहारे एक आदमी

दूसरे से कुछ कहता है और वहीं पर खड़े हुए तीसरे आदमी को कानोंकान खबर नहीं होती; यह दूसरी बात है कि सौ गज़ की दूरी तक फैले हुए दर्शकगण उस बात को अच्छी तरह सुनकर समझ लेते हैं और पूरे जनसमुदाय में स्टेज पर खड़े हुए दूसरे आदमी को छोड़कर, सभी लोग जान लेते हैं कि आगे क्या होनेवाला है। संक्षेप में, बात को गुप्त रखने की इस हमारी परम्परागत शैली को अपनाकर सनीचर ने प्रिंसिपल साहब को कुछ बताना शुरू किया।

पर वैद्यजी कड़ककर बोले, ''क्या स्त्रियों की भाँति फुस-फुस कर रहा है? कोऑपरेटिव में ग़बन हो गया तो कौन-सी बड़ी बात हो गई ? कौन-सी यूनियन है जिसमें ऐसा न हुआ हो ?''

कुछ रुककर, वे समझाने के ढंग पर बोले, ''हमारी यूनियन में ग़बन नहीं हुआ था, इस कारण लोग हमें सन्देह की दृष्टि से देखते थे। अब तो हम कह सकते हैं कि हम सच्चे आदमी हैं। ग़बन हुआ है और हमने छिपाया नहीं है। जैसा है, वैसा हमने बता दिया है।''

साँस खींचकर उन्होंने बात समाप्त की, ''चलो अच्छा ही हुआ। एक काँटा निकल गया...चिन्ता मिटी।''

प्रिंसिपल साहब तकिये के सहारे निश्चल बैठे रहे। आख़िर में एक ऐसी बात बोले जिसे सब जानते हैं। उन्होंने कहा, ''लोग आजकल बड़े बेईमान हो गए हैं।''

यह बात बड़ी ही गुणकारी है और हर भला आदमी इसका प्रयोग मल्टी-विटामिन टिकियों की तरह दिन में तीन बार खाना खाने के बाद कर सकता है। पर क्लर्क को इसमें कुछ व्यक्तिगत आक्षेप-जैसा जान पड़ा। उसने जवाब दिया, ''आदमी आदमी पर है। अपने कॉलिज में तो आज तक ऐसा नहीं हुआ।''

वैद्यजी ने उसे आत्मीयता की दृष्टि से देखा और मुस्कराए। कोऑपरेटिव यूनियनवाला ग़बन बीज-गोदाम से गेहूँ निकालकर हुआ था। उसी की ओर इशारा करते हुए बोले, ''कॉलिज में ग़बन कैसे हो सकता है ! वहाँ गेहूँ का गोदाम नहीं होता।''

यह मज़ाक था। प्रिंसिपल साहब हँसे, एक बार हँसी शुरू हुई तो आगे का काम भंग ने सँभाल लिया। वे हँसते ही रहे। पर क्लर्क व्यक्तिगत आक्षेप के सन्देह से पीड़ित जान पड़ता था। उसने कहा, ''पर चाचा, कॉलिज में तो भूसे के सैकड़ों गोदाम हैं। हरएक के दिमाग़ में भूसा ही भरा है।''

इस पर और भी हँसी हुई। सनीचर और रंगनाथ भी हँसे। हँसी की लहर चबूतरे तक पहुँच गई। वहाँ पर बैठे हुए दो-चार गुमनाम आदमी भी असम्पृक्त भाव से हँसने लगे। क्लर्क ने प्रिंसिपल को आँख से चलने का इशारा किया।

यह हमारी गौरवपूर्ण परम्परा है कि असल बात दो-चार घण्टे की बातचीत के बाद अन्त में ही निकलती है। अतः वैद्यजी ने अब प्रिंसिपल साहब से पूछा, ''और कोई विशेष बात ?''

''कुछ नहीं...वही खन्नावाला मामला है। परसों दर्ज़े में काला चश्मा लगाकर पढ़ा रहे थे। मैंने वहीं फींचकर रख दिया। लड़कों को बहका रहे थे। मैंने कहा, लो पुत्रवर,

तुम्हें हम यहीं घसीटकर फ़ीता बनाए देते हैं।'' प्रिंसिपल साहब ने अपने ऊपर बड़ा संयम दिखाया था, पर यह बात ख़त्म करते-करते अन्त में उनके मुँह से 'फिक्-फिक्' जैसी कोई चीज़ निकल ही गई।

वैद्यजी ने गम्भीरता से कहा, ''ऐसा न करना चाहिए। विरोधी से भी सम्मानपूर्ण व्यवहार करना चाहिए। देखो न, प्रत्येक बड़े नेता का एक-एक विरोधी है। सभी ने स्वेच्छा से अपना-अपना विरोधी पकड़ रखा है। यह जनतन्त्र का सिद्धान्त है। हमारे नेतागण कितनी शालीनता से विरोधियों को झेल रहे हैं। विरोधीगण अपनी बात बकते रहते हैं और नेतागण चुपचाप अपनी चाल चलते रहते हैं। कोई किसी से प्रभावित नहीं होता। यह आदर्श विरोध है। आपको भी यही रुख अपनाना चाहिए।''

क्लर्क पर राजनीति के इन मौलिक सिद्धान्तों का कोई असर नहीं हुआ। वह बोला, ''इससे कुछ नहीं होता, चाचा ! खन्ना मास्टर को मैं जानता हूँ। इतिहास में एम.ए. हैं, पर उन्हें अपने बाप तक का नाम नहीं मालूम। सिर्फ़ पार्टीबन्दी के उस्ताद हैं। अपने घर पर लड़कों को बुला-बुलाकर जुआ खिलाते हैं। उन्हें ठीक करने का सिर्फ़ एक तरीक़ा है। कभी पकड़कर दनादन-दनादन लगा दिए जाएँ।...''

इस बात ने वैद्यजी को और भी गम्भीर बना दिया, पर और लोग उत्साहित हो उठे। बात जूता मारने की पद्धति और परम्परा पर आ गई। सनीचर ने चहककर कहा कि जब खन्ना पर दनादन-दनादन पड़ने लगें, तो हमें भी बताना। बहुत दिन से हमने किसी को जुतिआया नहीं है। हम भी दो-चार हाथ लगाने चलेंगे। एक आदमी बोला कि जूता अगर फटा हो और तीन दिन तक पानी में भिगोया गया हो तो मारने में अच्छी आवाज़ करता है और लोगों को दूर-दूर तक सूचना मिल जाती है कि जूता चल रहा है। दूसरा बोला कि पढ़े-लिखे आदमी को जुतिआना हो तो गोरक्षक जूते का प्रयोग करना चाहिए ताकि मार तो पड़ जाए, पर ज़्यादा बेइज़्ज़ती न हो। चबूतरे पर बैठे-बैठे एक तीसरे आदमी ने कहा कि जुतिआने का सही तरीक़ा यह है कि गिनकर सौ जूते मारने चले, निन्यानबे तक आते-आते पिछली गिनती भूल जाय और एक से गिनकर फिर नये सिरे से जूता लगाना शुरू कर दे। चौथे आदमी ने इसका अनुमोदन करते हुए कहा कि सचमुच जुतिआने का यही एक तरीक़ा है और इसीलिए मैंने भी सौ तक गिनती याद करनी शुरू कर दी है।

6

शहर से देहात को जानेवाली सड़क पर एक साइकिल-रिक्शा चला जा रहा था। रिक्शावाला रंगीन बनियान, हाफपैण्ट, लम्बे बाल, दुबले-पतले जिस्मवाला नौजवान था। उसका पसीने से लथपथ चेहरा

देखकर वेदना का फोटोग्राफ़ नहीं, बल्कि वेदना का कार्टून आँख के आगे आ जाता था।

रिक्शे पर अपनी दोनों जाँघों पर हाथों की मुट्ठियाँ जमाए हुए बद्री पहलवान बैठे थे। रिक्शे पर उनके पैरों के पास एक सन्दूक रखा हुआ था। दोनों पैर सन्दूक के सिरों पर जमाकर स्थापित कर दिए गए थे। इस तरह पैर टूटकर रिक्शे के नीचे भले ही गिर जाएँ, सन्दूक के नीचे गिरने का कोई खतरा न था।

सन्ध्या का बेमतलब सुहावना समय था। पहलवान का गाँव अभी तीन मील दूर होगा। उन्होंने शेर की तरह मुँह खोलकर जम्हाई ली और उसी लपेट में कहा, "इस साल फ़सल कमज़ोर जा रही है।"

रिक्शावाला कृषि-विज्ञान और अर्थशास्त्र पर गोष्ठी करने के मूड में न था। वह चुपचाप रिक्शा चलाता रहा। पहलवान ने अब उससे साफ़-साफ़ पूछा, "किस ज़िले के हो ? तुम्हारे उधर फ़सल की क्या हालत है ?"

रिक्शेवाले ने सिर को पीछे नहीं मोड़ा। आँख पर आती हुई बालों की लट को गरदन की लोचदार झटक के साथ मत्थे के ऊपर फेंककर उसने कहा, "फ़सल ? हम दिहाती नहीं हैं ठाकुर साहब, ख़ास शहर के रहनेवाले हैं।" इसके बाद वह कूल्हे मटका-मटकाकर ज़ोर से रिक्शा चलाने लगा। आगे जानेवाले एक दूसरे रिक्शे को देखकर उसने घण्टी बजायी।

पहलवान ने दूसरी जम्हाई ली और फ़सल की ओर फिर से ताकना शुरू कर दिया। रिक्शावाला सवारी की यह बेरुख़ी देखकर उलझन में पड़ गया। रंग जमाने के लिए उसने आगेवाले रिक्शेवाले को ललकारा, "अबे ओ बाँगड़ू! चल बायीं तरफ़ !"

आगे का रिक्शेवाला बायीं तरफ़ हो लिया। पहलवान का रिक्शा उसके पास से आगे निकल गया। निकलते-निकलते इस रिक्शावाले ने बायीं ओर के रिक्शावाले से पूछा, "क्यों, गोंडा का रहनेवाला है या बहराइच का ?"

वह रिक्शेवाला एक आदमी को कुछ गठरियों और एक गठरीनुमा बीवी के साथ लादकर धीरे-धीरे चल रहा था। इस भाईचारे से खुश होकर बोला, "गोंडा में रहते हैं भैया !"

शहरी रिक्शेवाले ने मुँह से सिनेमावाली सीटी बजाकर और आँखें फैलाकर कहा, "वही तो।"

पहलवान ने इसे भी अनसुना कर दिया। साँस खींचकर कहा, "ज़रा इश्पीड बढ़ाए रहो मास्टर !"

रिक्शावाला सीट पर उचक-उचककर रफ़्तार बढ़ाने और साथ ही भाषण देने लगा : "ये गोंडा-बहराइच और इधर-उधर के रिक्शावाले आकर यहाँ का चलन बिगाड़ते हैं। दायें-बायें की तमीज़ नहीं। इनसे ज़्यादा समझदार तो भूसा-गाड़ियों के बैल होते हैं। बिलकुल हूश हैं। अंग्रेज़ी बाज़ारों में बिरहा गाते निकलते हैं। मोची तक को रिक्शे पर बैठाकर उसे हुज़ूर, सरकार कहते हैं। कोई पूछ दे कि माल एवेन्यू का फ्रैम्पटन स्क्वेयर चलो तो दाँत निकाल देते हैं। इनके बाप ने भी इन जगहों का नाम सुना हो तो– !"

पहलवान ने सिर हिलाया। कहा, "ठीक कहते हो मास्टर ! उधरवाले बड़े दलिद्दर

होते हैं। सत्तू खाते हैं और चना चबाकर रिक्शा चलाते हैं। चार साल में बीमारी घेर लेती है तो घिघियाने लगते हैं।"

रिक्शेवाले ने हिक़ारत से कहा, "चमड़ी चली जाय पर दमड़ी न जाय, बड़े मक्खीचूस होते हैं। पारसाल लू में एक साला रिक्शा चलाते-चलाते सड़क पर ही टें बोल गया। देह पर बनियान न थी, पर टेंट से बाईस रुपये निकले।"

पहलवान ने सिर हिलाकर कहा, "लू बड़ी ख़राब चीज़ होती है। जब चल रही हो तो घर से निकलना न चाहिए। खा-पीकर, दरवाज़ा बन्द करके पड़े रहना चाहिए।"

बात बड़ी मौलिक थी। रिक्शेवाले ने हेकड़ी से कहा, "मैं तो यही करता हूँ। गर्मियों में बस शाम को सनीमी के टैम गाड़ी निकालता हूँ। पर ये साले दिहाती रिक्शावाले ! इनकी न पूछिए ठाकुर साहब, साले जान पर खेल जाते हैं। चवन्नी के पीछे मुँह से फेना गिराते हुए दोपहर को भी मीलों चक्कर काटते हैं। इक्के का घोड़ा भी उस वक़्त पेड़ का साया नहीं छोड़ता, पर ये स्साले...।"

मारे हिक़ारत के रिक्शेवाले का मुँह थूक से भर गया और गला रुँध गया। उसने थूककर बात ख़त्म की, "साले ज़रा-सी गर्म हवा लगते ही सड़क पर लेट जाते हैं।"

पहलवान की दिलचस्पी इस बातचीत में ख़त्म हो गई थी। वे चुप रहे। रिक्शावाले ने रिक्शा धीमा किया और बोला, "सिगरेट पी ली जाए।"

पहलवान उतर पड़े और रिक्शे पर ज़ोर देकर एक ओर खड़े हो गए। रिक्शेवाले ने सिगरेट सुलगा ली। कुछ देर वह चुपचाप सिगरेट पीता रहा, फिर मुँह से धुएँ के गोल-गोल छल्ले छोड़कर बोला, "उधर के दिहाती रिक्शावाले दिन-रात बीड़ी फूँक-फूँककर दाँत खराब करते रहते हैं।"

अब तक पीछे का रिक्शेवाला भी आ गया। फटी धोती और नंगा बदन। वह काँख-काँखकर रिक्शा खींच रहा था। शहरी रिक्शेवाले को देखकर भाईचारे के साथ बोला, "भैया, तुम भी गोंडा के हो क्या ?" सिगरेट फूँकते हुए इस रिक्शेवाले ने नाक सिकोड़कर कहा, "अबे, परे हट ! क्या बकता है ?"

वह रिक्शेवाला खिर्र-खिर्र करता हुआ आगे निकल गया।

आज के भावुकतापूर्ण कथाकारों ने न जाने किससे सीखकर बार-बार कहा है कि दुख मनुष्य को माँजता है। बात कुल इतनी नहीं है, सच तो यह है कि दुख मनुष्य को पहले फींचता है, फिर फींचकर निचोड़ता है, फिर निचोड़कर उसके चेहरे को घुग्घू-जैसा बनाकर उस पर दो-चार काली-सफ़ेद लकीरें खींच देता है। फिर उसे सड़क पर लम्बे-लम्बे डगों से टहलने के लिए छोड़ देता है। दुख इन्सान के साथ यही करता है और उसने गोंडा के रिक्शावाले के साथ भी यही किया था। पर शहरी रिक्शावाले पर इसका कोई असर नहीं हुआ। सिगरेट फेंककर उसकी ओर बिना कोई ध्यान दिए उसने अपना रिक्शा तेज़ी से आगे बढ़ाया। दूसरा भाषण शुरू हुआ :

"अपना उसूल तो यह है ठाकुर साहब, कि चोखा काम, चोखा दाम। आठ आने कहकर सात आने पर तोड़ नहीं करते। जो कह दिया सो कह दिया। एक बार एक साहब मेरी पीठ पर बैठे-बैठे घर के हाल-चाल पूछने लगे। बोले, सरकार ने तुम्हारी हालत

खराब कर रखी है। रिक्शे पर रोक नहीं लगाती। कितनी बुरी बात है कि आदमी पर आदमी चढ़ता है। मैंने कहा, तो मत चढ़ो। वे कहने लगे, मैं तो इसलिए चढ़ता हूँ कि लोग अगर रिक्शे का बाइकाट कर दें तो रिक्शेवाले भूखों मर जाएँगे। उसके बाद वे फिर रिक्शावालों के नाम पर रोते रहे। बहुत रोये। रोते जाते थे और सरकार को गाली देते जाते थे। कहते जाते थे कि तुम यूनियन बनाओ, मोटर-रिक्शों की माँग करो। न जाने क्या-क्या बकते जाते थे। मगर ठाकुर साहब, हमने भी कहा कि बेटा, झाड़े रहो। चाहे कितना रोओ हमारे लिए, किराये की अठन्नी में एक पाई कम नहीं करूँगा।''

पहलवान ने आँखें बन्द कर ली थीं। जम्हाई लेकर बोले, ''कुछ सिनेमा का गाना-वाना भी गाते हो कि बातें झलते रहोगे ?''

रिक्शेवाले ने कहा, ''यहाँ तो ठाकुर साहब दो ही बातें हैं, रोज़ सिनेमा देखना और फटाफट सिगरेट पीना। गाना भी सुना देता, पर इस वक़्त गला खराब है।''

पहलवान हँसे, ''तब फिर क्या ? शहर का नाम डुबोए हो।''

रिक्शावाला इस अपमान को शालीनता के साथ हज़म कर गया। फिर कुछ सोचकर उसने धीरे-से 'लारी लप्पा, लारी लप्पा' की धुन निकालनी शुरू की। पहलवान ने उधर ध्यान नहीं दिया। उसने सवारी की तबीयत को गिरा देखकर फिर बात शुरू की, ''हमारे भाई भी रिक्शा चलाते हैं, पर सिर्फ़ खास-खास मुहल्लों में सवारियाँ ढोते हैं। एक सुलतानपुरी रिक्शेवाले को उन्होंने दो-चार दाँव सिखाए तो वह रोने लगा। बोला, जान ले लो पर धरम न लो। हम इस काम के लिए सवारी न लादेंगे। हमने कहा कि भैया बन्द करो, गधे को दुलकी चलाकर घोड़ा न बनाओ।''

शिवपालगंज नज़दीक आ रहा था। उन्होंने रिक्शेवाले को सनद-जैसी देते हुए कहा, ''तुम आदमी बहुत ठीक हो। सबको मुँह न लगाना चाहिए। तुम्हारा तरीक़ा पक्का है।'' फिर वे कुछ सोचकर बोले, ''पर तुम्हारी तन्दुरुस्ती कुछ ढीली-ढाली है। कुछ महीने डण्ड-बैठक लगा डालो। फिर देखो क्या होता है।''

''उससे क्या होगा ?'' रिक्शावाले ने कहा, ''मैं भी पहलवान हो जाऊँगा। पर अब पहलवानी में क्या रखा है ? लड़ाई में जब ऊपर से बम गिरता है तो नीचे बड़े-बड़े पहलवान ढेर हो जाते हैं। हाथ में तमंचा हो तो पहलवान हुए तो क्या, और न हुए तो क्या ?'' कुछ रुककर रिक्शावाले ने इत्मीनान से कहा, ''पहलवानी तो अब दिहात में ही चलती है ठाकुर साहब ! हमारे उधर तो अब छुरेबाज़ी का ज़ोर है।''

इतनी देर बाद बद्री पहलवान को अचानक अपमान की अनुभूति हुई। हाथ बढ़ाकर उन्होंने रिक्शावाले की बनियान चुटकी से पकड़कर खींची और कहा, ''अबे, घण्टे-भर से यह 'ठाकुर साहब', 'ठाकुर साहब' क्या लगा रखा है ! जानता नहीं, मैं बाँभन हूँ !''

यह सुनकर रिक्शेवाला पहले तो चौंका, पर बाद में उसने सर्वोदयी भाव ग्रहण कर लिया। ''कोई बात नहीं पण्डितजी, कोई बात नहीं।'' कहकर वह सड़क के किनारे प्रकृति की शोभा निहारने लगा।

रामाधीन का पूरा नाम बाबू रामाधीन भीखमखेड़वी था। भीखमखेड़ा शिवपालगंज से मिला हुआ एक गाँव था, जो अब 'यूनानो-मिस्र-रोमाँ' की तरह जहान से मिट चुका था। यानी वह मिटा नहीं था, सिर्फ़ शिवपालगंजवाले बेवकूफ़ी के मारे उसे मिटा हुआ समझते थे। भीखमखेड़ा आज भी कुछ झोंपड़ों में, माल-विभाग के कागज़ात में और बाबू रामाधीन की पुरानी शायरी में सुरक्षित था।

बचपन में बाबू रामाधीन भीखमखेड़ा गाँव से निकलकर रेल की पटरी पकड़े हुए शहर तक पहुँचे थे, वहाँ से किसी भी ट्रेन में बैठने की योजना बनाकर वे बिना किसी योजना के कलकत्ते में पहुँच गए थे। कलकत्ते में उन्होंने पहले एक व्यापारी के यहाँ चिट्‌ठी ले जाने का काम किया, फिर माल ले जाने का, बाद में उन्होंने उसके साझे में कारोबार करना शुरू कर दिया। अन्त में वे पूरे कारोबार के मालिक हो गए।

कारोबार अफ़ीम का था। कच्ची अफ़ीम पच्छिम से आती थी, उसे कई ढंगों से कलकत्ते में ही बड़े व्यापारियों के यहाँ पहुँचाने की आढ़त उनके हाथ में थी। वहाँ से देश के बाहर भेजने का काम भी वे हाथ में ले सकते थे, पर वे महत्त्वाकांक्षी न थे, अपनी आढ़त का काम वे चुपचाप करते थे और बचे समय में पच्छिम के ज़िलों से आनेवाले लोगों की सोहबत कर लेते थे। वहाँ वे अपने क्षेत्र के आदमियों में काफ़ी मशहूर थे; लोग उनकी अशिक्षा की तारीफ़ करते थे और उनका नाम लेकर समझाने की कोशिश करते थे कि अकबर आदि अशिक्षित बादशाहों ने किस खूबी से हुकूमत चलायी होगी।

अफ़ीम के कारोबार में अच्छा पैसा आता था और दूसरे व्यापारियों से इसमें ज़्यादा स्पर्धा भी नहीं रखनी पड़ती थी। इस व्यापार में सिर्फ़ एक छोटी-सी यही खराबी थी कि यह क़ानून के ख़िलाफ़ पड़ता था। उसका ज़िक्र आने पर बाबू रामाधीन अपने दोस्तों में कहते थे, "इस बारे में मैं क्या कर सकता हूँ ? क़ानून मुझसे पूछकर तो बनाया नहीं गया था।"

जब बाबू रामाधीन अफ़ीम क़ानून के अन्तर्गत गिरफ़्तार होकर मजिस्ट्रेट के सामने पेश हुए तो वहाँ भी उन्होंने यही रवैया अपनाया। उन्होंने अंग्रेज़ी क़ानून की निन्दा करते हुए महात्मा गाँधी का हवाला दिया और यह बताने की कोशिश की कि विदेशी क़ानून मनमाने ढंग से बनाए गए हैं और हरएक छोटी-सी बात को जुर्म का नाम दे दिया गया है। उन्होंने कहा, "जनाब, अफ़ीम एक पौधे से पैदा होती है। पौधा उगता है तो उसमें खूबसूरत-से सफ़ेद फूल निकलते हैं। अंग्रेज़ी में उसे पॉपी कहते हैं। उसी की एक दूसरी क़िस्म भी होती है जिसमें लाल फूल निकलते हैं। उसे साहब लोग बँगले पर लगाते हैं। उस फूल की एक तीसरी क़िस्म भी होती है जिसे डबुल पॉपी कहते हैं। हुज़ूर, ये सब फूल-पत्तों की बातें हैं, इनसे जुर्म का क्या सरोकार ? उसी सफ़ेद फूलवाले पॉपी के पौधे से बाद में यह काली-काली चीज़ निकलती है। यह दवा के काम आती है। इसका कारोबार जुर्म नहीं हो सकता। जिस क़ानून में यह जुर्म बताया गया है, वह काला क़ानून है। वह हमें बरबाद करने के लिए बनाया गया है।"

इस लेक्चर के बावजूद बाबू रामाधीन को दो साल की सज़ा हो गई। पर सज़ा

तो उस ज़माने में हो ही जाती थी, असली चीज़ सज़ा के पहले इजलास में दिया जानेवाला लेक्चर था। बाबू रामाधीन को मालूम था कि इस तरह लेक्चर देकर सैकड़ों लोग—क्रांतिकारियों से लेकर अहिंसावादियों तक—शहीद हो चुके हैं और उन्हें यक़ीन था कि इस लेक्चर से उन्हें भी शहीद बनने में आसानी होगी। पर सज़ा भुगतकर आने के बाद उन्हें पता चला कि शहीद होने के लिए उन्हें अफ़ीम का क़ानून नहीं, नमक-क़ानून तोड़ना चाहिए था। कुछ दिन कलकत्ते में घूम-फिरकर उन्होंने देख लिया कि वे बाज़ार में उखड़ चुके हैं, अफ़सोस में उन्होंने एकाध शेर कहे और इस बार टिकट लेकर वे अपने गाँव वापस लौट आए। आकर वे शिवपालगंज में बस गए।

उन्होंने लोगों को इतना तक सच बता दिया कि उनकी आढ़त की दुकान बन्द हो गई है। इससे आगे बताने की ज़रूरत न थी। उन्होंने एक छोटा-सा कच्चा-पक्का मकान बनवा लिया, कुछ खेत लेकर किसानी शुरू कर दी, गाँव के लड़कों को कौड़ी की जगह ताश से जुआ खेलना सिखा दिया और दरवाज़े की चारपाई पर पड़े-पड़े कलकत्ता-प्रवास के किस्से सुनाने में दक्षता प्राप्त कर ली। तभी गाँव-पंचायतें बनीं और कलकत्ते की करामात के सहारे उन्होंने अपने एक चचेरे भाई को सभापति भी बनवा दिया। शुरू में लोगों को पता ही न था कि सभापति होता क्या है, इसलिए उनके भाई को इस पद के लिए चुनाव तक नहीं लड़ना पड़ा। कुछ दिनों बाद ही लोगों को पता चल गया कि गाँव में दो सभापति हैं जिनमें बाबू रामाधीन गाँव-सभा की ज़मीन का पट्टा देने के लिए हैं, और उनका चचेरा भाई, ज़रूरत पड़े तो ग़बन के मुक़दमे में जेल जाने के लिए है।

बाबू रामाधीन का एक ज़माने तक गाँव में बड़ा दौर-दौरा रहा। उनके मकान के सामने एक छप्पर का बँगला पड़ा था जिसमें गाँव के नौजवान जुआ खेलते थे, एक ओर भंग की ताज़ी पत्ती घुटती थी। वातावरण बड़ा काव्यपूर्ण था। उन्होंने गाँव में पहली बार कैना, नैस्टर्शियम, लार्कस्पर आदि अंग्रेज़ी फूल लगाए थे। उनमें लाल रंग के कुछ फूल थे, जिनके बारे में वे कभी-कभी कहते थे, ''यह पॉपी है और यह साला डबल पॉपी है।''

भीखमखेड़वी के नाम से ही प्रकट था कि वे शायर भी होंगे। अब तो वे नहीं थे, पर कलकत्ता के अच्छे दिनों में वे एकाध बार शायर हो गए थे।

उर्दू कवियों की सबसे बड़ी विशेषता उनका मातृभूमि-प्रेम है। इसीलिए बम्बई और कलकत्ता में भी वे अपने गाँव या कस्बे का नाम अपने नाम के पीछे बाँधे रहते हैं और उसे खटखटा नहीं समझते। अपने को गोंडवी, सलोनवी और अमरोहवी कहकर वे कलकत्ता-बम्बई के कूप-मण्डूक लोगों को इशारे से समझाते हैं कि सारी दुनिया तुम्हारे शहर ही में सीमित नहीं है। जहाँ बम्बई है, वहाँ गोंडा भी है।

एक प्रकार से यह बहुत अच्छी बात है, क्योंकि जन्मभूमि के प्रेम से ही देश-प्रेम पैदा होता है। जिसे अपने को बम्बई में 'सँडीलवी' कहते हुए शरम नहीं आती, वही कुरता-पायजामा पहनकर और मुँह में चार पान और चार लिटर थूक भरकर न्यूयार्क के फुटपाथों पर अपने देश की सभ्यता का झण्डा खड़ा कर सकता है। जो कलकत्ता

में अपने को बाराबंकवी कहते हुए हिचकता है, वह यक़ीनन विलायत में अपने को हिन्दुस्तानी कहते हुए हिचकेगा।

इसी सिद्धान्त के अनुसार रामाधीन कलकत्ता में अपने दोस्तों के बीच बाबू रामाधीन भीखमखेड़वी के नाम से मशहूर हो गए थे।

यह सब दानिश टाँडवी की सोहबत में हुआ था। वे टाँडवी की देखादेखी उर्दू कविता में दिलचस्पी लेने लगे और चूँकि कविता में दिलचस्पी लेने की शुरुआत कविता लिखने से होती है, इसलिए दूसरों के देखते-देखते उन्होंने एक दिन एक शेर लिख डाला। जब उसे टाँडवी साहब ने सुना तो, जैसा कि एक शायर को दूसरे शायर के लिए कहना चाहिए, कहा, "अच्छा शेर कहा है।"

रामाधीन ने कहा, "मैंने तो शेर लिखा है, कहा नहीं है।"

वे बोले, "ग़लत बात है। शेर लिखा नहीं जा सकता।"

"पर मैं तो लिख चुका हूँ।"

"नहीं, तुमने शेर कहा है। शेर कहा जाता है। यही मुहाविरा है।" उन्होंने रामाधीन को शेर कहने की कुछ आवश्यक तरकीबें समझाईं। उनमें एक यह थी कि शायरी मुहाविरे के हिसाब से होती है, मुहाविरा शायरी के हिसाब से नहीं होता। दूसरी बात शायर के उपनाम की थी। टाँडवी ने उन्हें सुझाया कि तुम अपना उपनाम ईमान शिवपालगंजी रखो। पर ईमान से तो उन्हें यह ऐतराज था कि उन्हें इसका मतलब नहीं मालूम; 'शिवपालगंजी' इसलिए ख़ारिज हुआ कि उनके असली गाँव का नाम भीखमखेड़ा था और उपनाम से ही उन्हें इसलिए ऐतराज हुआ कि अफ़ीम के कारोबार में उनके कई उपनाम चलते थे और उन्हें कोई नया उपनाम पालने का शौक़ न था। परिणाम यह हुआ कि वे शायरी के क्षेत्र में बाबू रामाधीन भीखमखेड़वी बनकर रह गए।

'कलूटी लड़कियाँ हर शाम मुझको छेड़ जाती हैं।'—इस मिसरे से शुरू होनेवाली एक कविता उन्होंने अफ़ीम की डिबियों पर लिखी थी।

पर शायरी की बात सिर्फ़ दानिश टाँडवी की सोहबत तक ही रही। जेल जाने पर उनसे आशा की जाती थी कि दूसरे महान् साहित्यिकों और कवियों की तरह अपने जेल-जीवन के दिनों में वे अपनी कोई महान् कलाकृति रचेंगे और बाद में एक लम्बी भूमिका के साथ उसे जनता को पेश करेंगे; पर वे दो साल जेल के खाने की शिकायत और क़ैदियों से हँसी-मज़ाक करने, वार्डरों की गालियाँ सुनने और भविष्य के सपने देखने में बीत गए।

शिवपालगंज में आकर गँजहा लोगों के सामने अपनी विशिष्टता दिखाने के लिए उन्होंने फिर से अपने नाम के साथ भीखमखेड़वी का खटखटा बाँधा। बाद में जब बिना किसी कारण के, सिर्फ़ गाँव की या पूरे भारत की सभ्यता के असर से वे गुटबन्दी के शिकार हो गए, तो उन्होंने एकाध शेर लिखकर यह भी साबित किया कि भीखमखेड़वी सिर्फ़ भूगोल का ही नहीं, कविता का भी शब्द है।

कुछ दिन हुए, बद्री पहलवान ने शिवपालगंज से दस मील आगे एक दूसरे गाँव में आटाचक्की की मशीन लगायी थी। चक्की ठाठ से चली और वैद्यजी के विरोधियों

ने कहना शुरू किया कि उसका सम्बन्ध कॉलिज के बजट से है। इस जन-भावना को रामाधीन ने अपनी इस अमर कविता द्वारा प्रकट किया था :

क्या करिश्मा है ऐ रामाधीन भीखमखेड़वी,
खोलने कॉलिज चले, आटे की चक्की खुल गई !

गाँव के बाहर बद्री पहलवान का किसी ने रिक्शा रोका। कुछ अँधेरा हो गया था और रोकनेवाले का चेहरा दूर से साफ़ नहीं दिख रहा था। बद्री पहलवान ने कहा, "कौन है बे ?"

"अबे-तबे न करो पहलवान ! मैं रामाधीन हूँ।" कहता हुआ एक आदमी रिक्शे के पास आकर खड़ा हो गया। रिक्शेवाले ने एकदम से बीच सड़क पर रिक्शा रोक दिया। आदमी धोती-कुरता पहने था। पर धुँधलके में दूसरे आदमियों के मुक़ाबले उसे पहचानना हो तो धोती-कुरते से नहीं, उसके घुटे हुए सिर से पहचाना जाता। रिक्शे का हैंडिल पकड़कर वह बोला, "मेरे घर में डाका पड़ने जा रहा है, सुना ?"

पहलवान ने रिक्शेवाले की पीठ में एक उँगली कोंचकर उसे आगे बढ़ने का इशारा किया और कहा, "तो अभी से क्यों टिलौं-टिलौं लगाए हो ? जब डाका पड़ने लगे तब मुझे बुला लेना।"

रिक्शेवाले ने पैडिल पर ज़ोर दिया, पर रामाधीन ने उसका हैंडिल इस तरह पकड़ रखा था कि उनके इस ज़ोर ने उस ज़ोर को काट दिया। रिक्शा अपनी जगह रहा। बद्री पहलवान ने भुनभुनाकर कहा, "मैं सोच रहा था कि कौन आफ़त आ गई जो सड़क पर रिक्शा पकड़कर राँड़ की तरह रोने लगे।"

रामाधीन बोले, "रो नहीं रहा हूँ। शिकायत कर रहा हूँ। वैद्यजी के घर में तुम्हीं एक आदमी हो, बाकी तो सब पन्साखा हैं। इसीलिए तुमसे कह रहा हूँ। एक चिट्ठी आयी है, जिसमें डकैतों ने मुझसे पाँच हज़ार रुपया माँगा है। कहा है कि अमावस की रात को दक्खिनवाले टीले पर दे जाओ..."

बद्री पहलवान ने अपनी जाँघ पर हाथ मारकर कहा, "मन हो तो दे आओ, न मन हो तो एक कौड़ी भी देने की ज़रूरत नहीं। इससे ज़्यादा क्या कहें ! चलो रिक्शेवाले !"

घर नज़दीक है, बाहर पिसी हुई भंग तैयार होगी, पीकर, नहा-धोकर, कमर पर बढ़िया लँगोट कसकर, ऊपर से एक कुरता झाड़कर, बैठक में हुमसकर बैठा जाएगा। लोग पूछेंगे, पहलवान, क्या कर आए ? वे आँखें बन्द करके दूसरों के सवाल सुनेंगे, दूसरों को ही जवाब देने देंगे। देह की ताक़त और भंग के घुमाव में सारे संसार की आवाज़ें मच्छरों की भन्नाहट-सी जान पड़ेंगी।

सपनों में डूबते-उतराते हुए बद्री को इस वक़्त सड़क पर रोका जाना बहुत खला। उन्होंने रिक्शेवाले को डपटकर दोबारा कहा, "तुमसे कह रहा हूँ, चलो।"

पर वह चलता कैसे ? रामाधीन का हाथ अब भी रिक्शे के हैंडिल पर था। उन्होंने कहा, "रुपये की बात नहीं। मुझसे कोई क्या खाकर रुपया लेगा ? मैं तो तुमसे बस इतना कहना चाहता था कि रुप्पन को हटक दो। अपने को कुछ ज़्यादा समझने लगे हैं। नीचे-नीचे चलें, आसमान की...।"

बद्री पहलवान अपनी जाँघों पर ज़ोर लगाकर रिक्शे से नीचे उतर पड़े। रामाधीन को पकड़कर रिक्शेवाले से कुछ दूर ले गए और बोले, "क्यों अपनी ज़बान खराब करने जा रहे हो ? क्या किया रुप्पन ने ?"

रामाधीन ने कहा, "मेरे घर यह डाकेवाली चिट्ठी रुप्पन ने ही भिजवायी है। मेरे पास इसका सबूत है।"

पहलवान भुनभुनाए, "दो-चार दिन के लिए बाहर निकलना मुश्किल है। उधर मैं गया, इधर यह चोंचला खड़ा हो गया।" कुछ सोचकर बोले, "तुम्हारे पास सबूत है तो फिर घबराने की क्या बात ?" रामाधीन को अभय-दान देते हुए उन्होंने ज़ोर से कहा, "तो फिर तुम्हारे यहाँ डाका-वांका न पड़ेगा। जाओ, चैन से सोओ। रुप्पन डाका नहीं डालते, लौण्डे हैं, मसखरी की होगी।"

रामाधीन कुछ तीखेपन से बोले, "सो तो मैं भी जानता हूँ—रुप्पन ने मसखरी की है। पर यह मसखरी भी कोई मसखरी है।"

बद्री पहलवान ने सहमति प्रकट की। कहा, "तुम ठीक कहते हो। टुकाची ढंग की मसखरी है।"

सड़क पर एक ट्रक तेज़ी से आ रहा था। उसकी रोशनी में आँख झिलमिलाते हुए बद्री ने रिक्शेवाले से कहा, "रिक्शा किनारे करो। सड़क तुम्हारे बाप की नहीं है।"

रामाधीन बद्री के स्वभाव को जानते थे। इस तरह की बान सुनकर बोले, "नाराज़ होने की बात नहीं है पहलवान ! पर सोचो, यह भी कोई बात हुई !"

वे रिक्शे की तरफ़ बढ़ आए थे। बैठते हुए बोले, "जब डाका ही नहीं पड़ना है तो क्या बहस ! चलो रिक्शेवाले !" चलते-चलते उन्होंने कहा, "रुप्पन को समझा दूँगा। यह बात ठीक नहीं है।"

रामाधीन ने पीछे से आवाज़ ऊँची करके कहा, "उसने मेरे यहाँ डाका पड़ने की चिट्ठी भेजी है। इस पर उसे सिर्फ़ समझाओगे ? यह समझाने की नहीं, जुतिआने की बात है।"

रिक्शा चल दिया था। पहलवान ने बिना सिर घुमाए जवाब दिया, "बहुत बुरा लगा हो तो तुम भी मेरे यहाँ वैसी ही चिट्ठी भिजवा देना !"

7

छत के ऊपर एक कमरा था जो हमेशा संयुक्त परिवार की पाठ्य-पुस्तक-जैसा खुला पड़ा रहता था। कोने में रखी हुई मुगदरों की जोड़ी इस बात का ऐलान करती थी कि सरकारी तौर पर यह कमरा बद्री पहलवान

का है। वैसे, परिवार के दूसरे प्राणी भी कमरे का अपने-अपने ढंग से प्रयोग करते थे। घर की महिलाएँ काँच और मिट्टी के बरतनों में ढेरों अचार भरकर छत पर धूप में रखती थीं और शाम होते-होते कमरे में जमा कर देती थीं। यही हाल छत पर सूखनेवाले कपड़ों का भी था। कमरे के आर-पार एक रस्सी लटकती थी जिस पर शाम के वक़्त लँगोट और चोलियाँ, अँगोछे और पेटीकोट साथ-साथ झूलते नज़र आते थे। वैद्यजी के दवाखाने की अनावश्यक शीशियाँ भी कमरे की एक आलमारी में जमा थीं। प्रायः सभी शीशियाँ खाली थीं। उन पर चिपके हुए सचित्र विज्ञापन 'इस्तेमाल के पहले' शीर्षक पर एक अर्धमानव की तस्वीर से और 'इस्तेमाल के बाद' शीर्षक के अन्तर्गत एक ऐसे आदमी की तस्वीर से, जिसकी मूँछें ऐंठी हुई हैं, लँगोट कसा हुआ है और परिणामतः स्वास्थ्य बहुत अच्छा है, पता चलता था कि ये वही शीशियाँ हैं जो हज़ारों इन्सानों को शेर के मानिन्द बना देती हैं; यह दूसरी बात है कि वे अपने गुसलखाने और शयन-कक्ष में ही कमर लपलपाते हुए शेर की तरह घूमा करते हैं, बाहर बकरी-के-बकरी बने रहते हैं।

एक साहित्य है जो गुप्त कहलाता है, जो 'भारत में अंग्रेज़ी राज' जैसी पुस्तकों से भी ज़्यादा खतरनाक है, क्योंकि उसका छापना 1947 के पहले तो जुर्म था ही, आज भी जुर्म है, जो बहुत-सी दफ़्तरी बातों की तरह गुप्त होकर भी गुप्त नहीं रहता, जो आहार-निद्रा-भय आदि में फँसे हुए आदमियों की ज़िन्दगी में एक बड़े सुखद लिटरेरी सप्लीमेण्ट का काम करता है और जो विशिष्ट साहित्य और जन-साहित्य की बनावटी श्रेणियों को लाँघकर व्यापक रूप से सबके हृदयों में प्रतिष्ठित है। वैसे उसमें कोई खास बात नहीं होती, सिर्फ़ यही बताया जाता है कि किसी आदमी ने किसी आदमी या किसी औरत के साथ किसी तरह से क्या बर्ताव किया; यानी उसमें, सुमित्रानन्दन पन्त की दार्शनिक भाषा में कहा जाए तो, 'मानव मानव के चिरन्तन' सम्बन्धों का वर्णन होता है।

इस कमरे का प्रयोग ऐसे साहित्य के अध्ययन के लिए भी होता था और वह अध्ययन, ज़ाहिर है, परिवार में अकेले विद्यार्थी होने के नाते, रुप्पन बाबू ही करते थे। रुप्पन बाबू कमरे का प्रयोग और कामों के लिए भी करते थे। जिस सुख के लिए दूसरे लोगों को रोटी के टुकड़े, पेड़ की छाँव, कविता, शराब की सुराही, प्रेमिका आदि उमरखैयामी पदार्थों की ज़रूरत होती है, वह सुख रुप्पन बाबू इस कमरे में अपने-आप ही खींच लेते थे।

परिवार के सभी लोगों में शान्तिपूर्ण सह-अस्तित्व का नारा बुलन्द करनेवाले इस कमरे को देखकर लोगों के मन में स्थानीय संस्कृति के लिए श्रद्धा पैदा हो सकती थी। इसे देख लेने पर कोई भी समाजशास्त्री यह नहीं कह सकता था कि पूर्वी गोलार्द्ध में संयुक्त परिवार की व्यवस्था को कहीं से कोई ख़तरा है।

यही कमरा रंगनाथ को रहने के लिए दिया गया था। उसे यहाँ चार-पाँच महीने रहना था। वैद्यजी ने ठीक ही बताया था। एम.ए. करते-करते किसी भी सामान्य विद्यार्थी की तरह वह कमज़ोर पड़ गया था। उसे बुखार रहने लगा था। किसी भी सामान्य हिन्दुस्तानी की तरह उसने डॉक्टरी चिकित्सा में विश्वास न रहते हुए भी डॉक्टरी दवा

खायी थी। उससे वह अभी बिलकुल ठीक नहीं हो पाया था। किसी भी सामान्य शहराती की तरह उसकी भी आस्था थी कि शहर की दवा और देहात की हवा बराबर होती है। इसलिए वह यहाँ रहने के लिए चला आया था। किसी भी सामान्य मूर्ख की तरह उसने एम.ए. करने के बाद तत्काल नौकरी न मिलने के कारण रिसर्च शुरू कर दी थी, पर किसी भी सामान्य बुद्धिमान की तरह वह जानता था कि रिसर्च करने के लिए विश्वविद्यालय में रहना और नित्यप्रति पुस्तकालय में बैठना ज़रूरी नहीं है। इसीलिए उसने सोचा था कि कुछ दिन वह गाँव में रहकर आराम करेगा, तन्दुरुस्ती बनाएगा, अध्ययन करेगा, ज़रूरत पड़ने पर शहर जाकर किताबों की अदला-बदली कर आएगा और वैद्यजी को हर स्टेज पर शिष्ट भाषा में यह कहने का मौक़ा देगा कि काश ! हमारे नवयुवक निकम्मे न होते तो हम बुज़ुर्गों को ये ज़िम्मेदारियाँ न उठानी पड़तीं।

ऊपर का कमरा काफ़ी बड़ा था और उसके एक हिस्से पर रंगनाथ ने आते ही अपना व्यक्तिवाद फैला दिया था। उसकी सफ़ाई कराके एक चारपायी स्थायी रूप से डाल दी गई थी, उस पर एक स्थायी बिस्तर पड़ गया था। पास की आलमारी में उसकी किताबें लग गई थीं और उनमें जेबी जासूस या गुप्त साहित्य के प्रवेश का निषेध कर दिया गया था। वहीं एक छोटी-सी मेज़ और कुर्सी भी कॉलिज से मँगाकर लगा दी गई थी। चारपायी के पास ही दीवाल में एक खिड़की थी, जो खुलने पर बाग़ों और खेतों का दृश्य पेश करती थी। यह दृश्य रंगनाथ की ज़िन्दगी को कवित्वमय बनाने के काम आता था और वहाँ उसे सचमुच ही कभी-कभी लगता था कि उसके सामने न जाने कितने वर्डस्वर्थ, कितने राबर्ट फ्रास्ट, कितने गुरुभक्तसिंह एक आर्केस्ट्रा बजा रहे हैं और उनके पीछे अनगिनत आंचलिक कथाकार मुँह में तुरही लगाए, साँस फुलाए खड़े हुए हैं।

रुप्पन बाबू कहीं से कुछ ईंट-रोड़ा उठा लाए थे और उसे जोड़-गाँठकर उन्होंने एक रेडियो-जैसा तैयार कर दिया था। कमरे के ऊपर बाँसों और आस-पास के पेड़ों के सहारे उन्होंने लम्बे-लम्बे तार दौड़ा दिए थे जिससे लगता था कि वहाँ एशिया का सबसे बड़ा ट्रांसमिशन सेण्टर है। पर अन्दर का रेडियो एक हेड-फोन के सहारे ही सुना जा सकता था, जिसे कान पर चिपकाकर रंगनाथ कभी-कभी स्थानीय खबरें और वैष्णव सन्तों के शोकपूर्ण भजन सुन लेता था और इत्मीनान कर लेता था कि आल इण्डिया रेडियो अब भी वैसा ही है जैसा कि पिछले दिनों में था और हज़ार गालियाँ खाकर भी वह बेहया अपने पुराने ढर्रे से टस-से-मस नहीं हुआ है।

रंगनाथ का कार्यक्रम वैद्यजी की सलाह से बना था; बहुत सबेरे उठना, उठकर सोचना कि कल का खाया हज़म हो चुका है। (ब्राह्मे मुहूर्त उत्तिष्ठेत् जीर्णाजीर्ण निरूपयेत्), ताँबे के लोटे में रखा हुआ ठण्डा पानी पीना, दूर तक टहलने निकल जाना, नित्यकर्म (क्योंकि संसार में वही एक कर्म नित्य है, बाक़ी अनित्य हैं), टहलते हुए लौटना (पर चंक्रमणं हितम्), मुँह-हाथ धोना, लकड़ी चबाना और उसी क्रम में लगे हाथ दाँत साफ़ करना (निम्बस्य तिक्तके श्रेष्ठः कषाये बब्बुलस्तथा), गुनगुने पानी से कुल्ले करना (सुखोष्णोदकगण्डूषैः जायते वक्त्रलाघवम्), व्यायाम करना, दूध पीना, अध्ययन करना, दोपहर को भोजन करना, विश्राम, अध्ययन, सायंकाल टहलने जाना, लौटकर फिर

साधारण व्यायाम, बादाम-मनक्के आदि के द्रव का प्रयोग, अध्ययन, भोजन, अध्ययन, शयन।

रंगनाथ ने इस पूरे कार्यक्रम को ईमानदारी से अपना लिया था। इसमें सिर्फ़ इतना संशोधन हुआ था कि अध्ययन की जगह वैद्यजी की बैठक में गँजहों की सोहबत ने ले ली थी। चूँकि इससे रंगनाथ के वीर्य की प्रतिरक्षा को कोई खतरा नहीं था और कुल मिलाकर उसके पूरे दैनिक कार्यक्रम पर कोई असर नहीं पड़ता था, इसलिए वैद्यजी को इस संशोधन में कोई ऐतराज न था। बल्कि एक तरह से वे इसे पसन्द करते थे कि एक पढ़ा-लिखा आदमी उनके पास बैठा रहता है और हर बाहरी आदमी के सामने परिचय कराने के लिए हर समय तैयार मिलता है।

कुछ दिनों में ही रंगनाथ को शिवपालगंज के बारे में ऐसा लगने लगा कि महाभारत की तरह, जो कहीं नहीं है वह यहाँ है, और जो यहाँ नहीं है वह कहीं नहीं है। उसे जान पड़ा कि हम भारतवासी एक हैं और हर जगह हमारी बुद्धि एक-सी है। उसने देखा कि जिसकी प्रशंसा में सभी मशहूर अखबार पहले पृष्ठ से ही मोटे-मोटे अक्षरों में चिल्लाना शुरू करते हैं, जिसके सहारे बड़े-बड़े निगम, आयोग और प्रशासन उठते हैं, गिरते हैं, घिसटते हैं, वही दाँव-पेंच और पैंतरेबाज़ी की अखिल भारतीय प्रतिभा यहाँ कच्चे माल के रूप में इफ़रात से फैली पड़ी है। ऐसा सोचते ही भारत की सांस्कृतिक एकता में उसकी आस्था और भी मज़बूत हो गई।

पर कमज़ोरी सिर्फ़ एक बात को लेकर थी। उसने देखा था कि शहरों में वाद-विवाद का एक नया रूप पुरानी और नयी पीढ़ी को लेकर उजागर हो रहा है। उसके पीछे पुरानी पीढ़ी का यह विश्वास था कि हम बुद्धिमान हैं और हमारे बुद्धिमान हो चुकने के बाद दुनिया से बुद्धि नाम का तत्त्व ख़त्म हो गया है और नयी पीढ़ी के लिए उसका एक कतरा भी नहीं बचा है। वहीं पर नयी पीढ़ी की यह आस्था थी कि पुरानी पीढ़ी जड़ थी, थोड़े से खुश हो जाती थी और अपने और समाज के प्रति ईमानदार न थी, जबकि हम चेतन हैं, किसी भी हालत में खुश नहीं होते हैं और अपने प्रति ईमानदार हैं और समाज के प्रति कुछ नहीं हैं, क्योंकि समाज कुछ नहीं है।

यह वाद-विवाद ख़ास तौर से साहित्य और कला के क्षेत्र में ही चल रहा था, क्योंकि औरों के मुक़ाबले वाद-विवाद के लिए साहित्य और कला के क्षेत्र ही ज़्यादा-से-ज़्यादा फैलावदार और कम-से-कम हानिकारक हैं। पिछली पीढ़ी के मन में अगली पीढ़ी को मूर्ख और अगली के मन में पिछली को जोकर समझने का चलन वहाँ इतना बढ़ गया था कि अगर क्षेत्र साहित्य या कला का न होता, तो अब तक गृहयुद्ध हो चुका होता। रंगनाथ कुछ दिन तक समझता रहा कि शिवपालगंज में अभी तक ऐसे पीढ़ी-संघर्ष का उदय नहीं हुआ है। पर एक दिन उसका भ्रम दूर हो गया। उसने देख लिया कि यहाँ भी उसी तरह का संघर्ष है। वह समझ गया कि यहाँ की राजनीति इस पहलू से भी कमज़ोर नहीं है।

बात एक चौदह साल के लड़के को लेकर चली थी। एक शाम बैठक में किसी

आदमी ने शिवपालगंज के उस लड़के का जीवन-चरित बताना शुरू किया। उससे प्रकट हुआ कि लड़के में बदमाश बनने की क्षमता कुछ इस तरह से पनपी थी कि बड़े-बड़े मनोवैज्ञानिक और समाज-वैज्ञानिक भी उसे प्रभु का चमत्कार मानने को मजबूर हो गए थे। सुना जाता है कि अमरीका से पढ़कर लौटे हुए कई विद्वानों ने उस लड़के के बारे में छानबीन की। उन्होंने टूटे हुए परिवार, बुरी सोहबत, खराब वातावरण, अपराधशील वंश-परम्परा आदि रटी-रटायी किताबी थ्योरियों को उस पर खपाना चाहा, पर लड़के ने खपने से इंकार कर दिया और बाद में वे विद्वान इसी नतीजे पर पहुँचे कि हो-न-हो, यह प्रभु का चमत्कार है।

वास्तव में इससे इन विद्वानों की अयोग्यता नहीं, अपने देश की योग्यता ही प्रमाणित होती है जो आजकल अर्थशास्त्र, समाजशास्त्र, राजनीति-विज्ञान, मनोविज्ञान आदि के क्षेत्र में ऐसी-ऐसी व्यावहारिक समस्याएँ चुटकियों में पैदा कर सकता है कि अमरीका में क़ीमती कागज़ों पर छपी हुई किताबों के बेशक़ीमत सिद्धान्त पोच साबित होने लगते हैं और उनका हल निकालने के लिए बड़े-बड़े भारतीय विद्वानों को घबराकर फिर अमरीका की ओर ही भागना पड़ता है। इस लड़के की केस-हिस्ट्री ने भी कुछ ऐसा तहलक़ा मचाया था कि एक बहुत बड़े विद्वान ने अपनी अगली अमरीका-यात्रा में उसका समाधान ढूँढ़ने की प्रतिज्ञा कर डाली थी।

लड़का शिवपालगंज के इतिहास में अचानक ही दो-तीन साल के लिए उदित हुआ, चमका और फिर पुलिस के झाँपड़, वकीलों के व्याख्यान और मजिस्ट्रेट की सज़ा को निस्संग भाव से हज़म करता हुआ बाल-अपराधियों के जेल के इतिहास का एक अंग बन गया। वहीं पता चला कि उस लड़के का व्यक्तिगत चरित्र देश के विद्वानों के लिए समस्या बना हुआ है और उसे सुलझाने के लिए भारतवर्ष और अमरीका की मित्रता का सहारा लिया जानेवाला है। यह बात शिवपालगंज में आते-आते लोक-कथा बन गई थी और तब से वहाँ उस लड़के का लीला-संवरण बड़े अभिमान के साथ किया जाने लगा था।

रंगनाथ को बताया गया कि वह लड़का दस साल की उम्र में ही इतना तेज़ दौड़ने लगा था कि पन्द्रह साल के लड़के भी उसे पकड़ नहीं पाते थे। ग्यारह साल की उम्र में वह रेल में बिना टिकट चलने और टिकट-चेकर को धता देने में उस्ताद हो गया था। एक साल बाद वह मुसाफ़िरों के देखते-देखते उनका सामान कुछ इस तरह से गायब करने लगा जैसे लोकल अनीस्थीशिया देकर होशियार सर्जन ऑपरेशन कर डालते हैं और मेज़ पर लेटे हुए आदमी को पता ही नहीं चलता कि शरीर का एक हिस्सा कहाँ चला गया। इस तरह की चोरी में उसकी ख्याति सबसे ज़्यादा इस आधार पर हुई कि वह कभी पकड़ा नहीं गया। बाद में, चौदह वर्ष की अवस्था में, जब वह पकड़ा गया, तो पता चला कि वह ऊपर का शीशा तोड़कर दरवाज़े की भीतरी सिटकनी खोलने की कला में दक्ष हो चुका है, बँगलों में चोरियाँ करता है और चोरियाँ भी रोशनदान से नहीं, बल्कि उपर्युक्त तरकीब से दरवाज़ा खोलकर, भले आदमियों की तरह क़ायदे के रास्ते मकान में घुसकर करता है।

इस लड़के की प्रशंसा करते-करते किसी आदमी ने बहराम चोट्टा का भी ज़िक्र किया जो किसी ज़माने में उस क्षेत्र में ऐतिहासिक महत्त्व का चोर माना जाता था। पर उसका नाम सुनते ही एक लड़के ने बड़े ज़ोर-शोर से विरोध किया और बतर्ज़ विधान-सभा की स्पीचों के, बिना किसी तर्क के, सिर्फ़ आवाज़ ऊँची करके, साबित करने की कोशिश की कि ''बहराम चोट्टा भी कोई चोट्टा था ! रामस्वरूप ने बारह साल की उम्र में जितना उठाकर फेंक दिया, वह बहराम चोट्टा के जनम-भर भी हिलाए न हिलेगा।''

रंगनाथ को इस बातचीत में पीढ़ी-संघर्ष की झलक दीख पड़ी। उसने सनीचर से पूछा, ''क्या आजकल के चोट्टे सचमुच ही ऐसे तीसमारखाँ हैं? पहले भी तो एक-से-एक ख़तरनाक चोट्टे हुआ करते थे।''

सनीचर उस उम्र का था जिसे नयी पीढ़ीवाले पुरानी के साथ और पुरानी पीढ़ीवाले नयी के साथ लगाते हैं और आयु को लेकर पीढ़ियों में वैज्ञानिक विभाजन न होने के कारण जिसे दोनों वर्ग अपने से अलग समझते हैं। इसी कारण उसके ऊपर किसी भी पीढ़ी का समर्थन करने की मजबूरी न थी। साहित्य और कला के सैकड़ों अर्ध-प्रौढ़ आलोचकों की तरह सिर हिलाकर, अपनी राय देने से कतराते हुए, वह बोला, ''भैया रंगनाथ, पहले के लोगों का हाल न पूछो। यहीं ठाकुर दुरबीनसिंह थे। मैंने उनके दिन भी देखे हैं। पर आजकल के लौण्डों के भी हाल न पूछो !''

आज से लगभग तीस साल पहले, जब आज की पीढ़ी पैदा नहीं हुई थी और हुई भी थी तो :

यशस्वी रहें हे प्रभो ! हे मुरारे !
चिरंजीव रानी व राजा हमारे !

या

'खुदाया, जार्ज पंजुम की हिफ़ाज़त कर, हिफ़ाज़त कर' का कोरस गाने के लिए हुई थी, शिवपालगंज के सबसे प्रमुख गँजहा का नाम ठाकुर दुरबीनसिंह था। उनके माँ-बाप ने उनके नाम के साथ 'दुरबीन' लगाकर शायद चाहा था कि उनका लड़का हर काम वैज्ञानिक ढंग से करे। बड़े होकर उन्होंने ऐसा ही किया भी। जिस चीज़ में उन्होंने दिलचस्पी दिखायी, उसे बुनियाद से पकड़ा। उन्हें अंग्रेज़ी कानून कभी अच्छा नहीं लगा। इसलिए जब महात्मा गाँधी सिर्फ़ नमक-कानून तोड़ने के लिए दाण्डी-यात्रा की तैयारी कर रहे थे उन दिनों दुरबीनसिंह ने इण्डियन पेनल कोड की सभी दफाओं को एक-एक करके तोड़ने का बुनियादी काम शुरू कर दिया था।

स्वभाव से वे बड़े परोपकारी थे। परोपकार एक व्यक्तिवादी धर्म है और उसके बारे में हर व्यक्ति की अपनी-अपनी धारणा होती है। कोई चींटियों को आटा खिलाता है, कोई अविवाहित प्रौढ़ाओं का मानसिक स्वास्थ्य ठीक रखने के लिए अपने मत्थे पर 'प्रेम करने के लिए हमेशा तैयार' की तख़्ती लगाकर घूमता है, कोई किसी को सीधे रिश्वत न लेनी पड़े, इसलिए रिश्वत देनेवालों से खुद सम्पर्क स्थापित करके दोनों पक्षों के बीच

दिन-रात दौड़-धूप करता रहता है। ये सब परोपकार-सम्बन्धी व्यक्तिगत धारणाएँ हैं और दुरबीनसिंह की भी परोपकार के विषय में अपनी धारणा थी। वे कमज़ोर आदमियों की रक्षा करने के लिए हमेशा व्याकुल रहते थे। इसीलिए लड़ाई-भिड़ाई के हर मौके पर वे बिना बुलाए पहुँच जाते थे और कमज़ोर की तरफ़ से लाठी चला दिया करते थे। उन शान्तिपूर्ण दिनों में ये सब बातें बँधी दर से चलती थीं और सारे इलाके में मशहूर था कि शहर में जैसे बाबू जयरामप्रसाद वकील मारपीट के मुक़दमे में खड़े होने के लिए पचास रुपया हर पेशी पर लेते हैं, उसी तरह दुरबीनसिंह भी मुक़दमे के पहलेवाली मारपीट के लिए पचास रुपया लेते हैं। बड़ी लड़ाइयों में, जहाँ आदमी जमा करने पड़ते, यह रकम प्रति व्यक्ति के हिसाब से बढ़ती जाती थी, पर उसकी भी दरें निश्चित थीं और उसमें कोई धोखेबाजी नहीं थी। उनके आदमियों को गोश्त और शराब भी देनी पड़ती थी, पर वे स्वयं इन मौक़ों पर गोश्त नहीं खाते थे और शराब नहीं पीते थे। इससे उनका पेट हल्का और दिमाग साफ़ रहता था जो कि युद्ध के समय बड़ी ही वांछनीय स्थिति है; और चूँकि गोश्त और शराब देखकर भी 'नहीं'' कहनेवाला आदमी सदाचारी कहलाता है, इसलिए वे सदाचारी कहलाते थे।

दुरबीनसिंह की एक विशेषता यह भी थी कि वे सेंध नहीं लगाते थे। वे दीवार फाँदने के उस्ताद थे। और कहीं भी आसानी से पोल जम्प के चैम्पियन हो सकते थे। शुरू में रुपये की कमी होने पर वे कभी-कभी दीवार फाँदने का काम करते थे। बाद में वे ऐसा काम सिर्फ़ कभी-कभी अपने नये चेलों को व्यावहारिक प्रशिक्षण देने की नीयत से ही करने लगे थे। यह वह ज़माना था जब चोर चोर थे और डाकू डाकू। चोर घर में सिर्फ़ चोरी करने के लिए घुसते थे और एक पाँच साल का बच्चा भी पैर फटफटा दे तो वे जिस सेंध से अन्दर आए थे उसी से विनम्रतापूर्वक बाहर निकल जाते थे। डाकुओं की दिलचस्पी मारपीट में ज़्यादा होती थी, माल लूटने में कम। इस परिप्रेक्ष्य में दुरबीनसिंह ने अपने इलाके में चोरी करते समय घर में जग जानेवालों को पीटने का चलन चलाया और यह तरीक़ा उनके समसामयिक चोरों में बड़ा ही लोकप्रिय हो गया, इस तरह दुरबीनसिंह ने चोरों और डकैतों के बीच के फ़ासले को कम करने का एक बुनियादी काम किया और उनकी पद्धतियों (मेथडालॉजी) में क्रान्तिकारी परिवर्तन किए।

पर वक़्त की बात ! (शिवपालगंज में जो बात भी वक़्त के ख़िलाफ़ पड़ती थी, वक़्त की बात हो जाती थी) यही ठाकुर दुरबीनसिंह अपने नशेबाज भतीजे का एक ज़ोरदार तमाचा बुढ़ापे में खाकर कुएँ की जगत से नीचे गिर गए। उनकी रीढ़ टूट गई। कुछ दिनों तक कोने में रखी हुई अपनी लाठी को देख-देखकर दुरबीनसिंह अपने भतीजे के मुँह में उसे ठूँस देने का संकल्प करते रहे और अन्त में लाठी और भतीजे के मुँह को यथावत् छोड़कर वे शिवपालगंज की मिट्टी को वीर-विहीन बनाते हुए वीरगति को प्राप्त हुए, यानी, 'टें' हो गए।

सनीचर ने दुरबीनसिंह के विषय में अपना संस्मरण सुनाया :

''भैया रंगनाथ, अँधेरी रात थी और मैं भोलूपुर के तिवारियों के बाग के बीच से

आ रहा था। तब हमारा भी बचपना था और हम बाघ-बकरी को एक निगाह से देखते थे। देह में ऐसा जोश कि हवा में डण्डा मारते और पत्ता भी खड़क जाए तो छिटककर माँ की गाली देते थे। तो, अँधेरी रात थी और हम हाथ में डण्डा लिये सटासट चले आ रहे थे, तभी एक पेड़ के पीछे से किसी ने कहा, 'खबरदार !'

''हमने समझा कि कोई जिन्न आ गया। उनके सामने तो लाठी-डण्डा सभी बेकार। मैंने लाल लँगोटवाले का ध्यान किया, पर भैया, लाल लँगोटवाला तो तभी काम देगा जब भूत, प्रेत, जिन्न से मुचेहटा हो। यहाँ पेड़ के पीछे से एक काला-कलूटा, गँठी देह का जवान निकलकर मेरे सामने आया और बोला, 'जो कुछ हो, चुपचाप रख दो। धोती-कुरता भी उतार दो।'

''मैंने मारने को डण्डा ताना तो क्या देखा कि चारों तरफ़ से पाँच-छः आदमी घेरा डाले हुए हैं। सब बड़ी-बड़ी लाठियाँ और भाले लिये हुए। हमने भी कहा कि चलो सनीचर, तुम्हारी भी जोड़-बाक़ी आज से फिस्स। डण्डा मेरा तना-का-तना रह गया, चलाने की हिम्मत न पड़ी !

''एक बोला, 'तान के रह क्यों गया ? चलाता क्यों नहीं ? असल बाप की औलाद हो तो चला दे डण्डा।'

''बड़ा गुस्सा लगा। पर भैया, मैं जब गुस्से में बोला तो रोना आ गया। मैंने कहा, 'जान न लो, माल ले लो।'

''दूसरे ने कहा, 'साले की अधेला-भर की जान, उसके लिए सियार-जैसा फें-फें कर रहा है। इतना माल छोड़े दे रहा है। अच्छी बात है। धर दे सब माल।'

''बस भैया, एक झोला था, उसमें सत्तू था। एक बढ़िया मुरादाबादी लोटा था। मामा के घर से मिला था। फस्ट किलास सूत की डोरी। लोटा क्या था, बिलकुल बाल्टी था। कुएँ से दो सेर पानी खींचता था। पूड़ियाँ थीं असली घी की। तब यह बनास्पती साला कहाँ चला था ! सब उन्होंने गिनकर धरा लिया। फिर धोती उतरवायी, टेंट में एक रुपया था, उसे भी छीन लिया। कुरता और लँगोटा पहने हुए जब मैं खड़ा हो गया, तो एक ने कहा, 'अब मुँह में ताला लगाए चुपचाप अपने घर चले जाओ। चूँ-भर किया तो इसी बाग़ में खोदकर गाड़ दूँगा।'

''मैं चलने को हुआ तो एक ने पूछा, 'कहाँ रहता है ?'

''मैंने कहा, 'गँजहा हूँ।'

''फिर न पूछो, भैया ! सब लुटेरे खड़े-खड़े मुँह तकने लगे। किसी एक ने मुझसे शिवपालगंज के मुखिया का नाम पूछा, दूसरे ने लम्बरदार का, तीसरे ने कहा, 'दुरबीनसिंह को जानते हो ?'

''मैंने कहा, 'दुरबीनसिंह की तरफ़ से लाठी भी चलाने जा चुका हूँ। जब रंगपुर में जमावड़ा हुआ था! सुलह न होती तो हज़ारों लोग वहीं खेत हो जाते। दुरबीनसिंह को गाँव के रिश्ते काका कहता हूँ।'

''बस ! राम-राम सीताराम ! जैसे काले आदमियों में कोई गोरा फ़ौजी पहुँच गया हो। भगदड़ मच गई। कोई मेरी धोती वापस ला रहा है, कोई कुरता, एक ने जूता दिया,

एक ने मेरे हाथ में झोला पकड़ाया। एक मेरे सामने हाथ जोड़कर खड़ा हो गया, बोला, 'तुम्हारी दो पूड़ियाँ खा ली हैं। इनके दाम ले लो। पर दुरबीनसिंह से न बताना कि हमने तुम्हें घेरा था। चाहे कुछ पैसा ले लो। और कहो तो पेट फाड़कर पूड़ी निकाल दूँ। हमें क्या पता कि भैया, तुम गँजहा हो !'

''फिर तो सब हमें गाँव के पास के ताल तक पहुँचाने आए। बहुत रिरियाते रहे। मैंने भी समझाकर उनके आँसू पोंछ दिए। कहा कि जब तुम घर के आदमी निकले तो फिर पूड़ी खाने का क्या अफ़सोस ! लो, दो-एक और खाओ।

''वह आदमी भागा। कहा, 'दादा, हमने भर पाया। हमें क्या पता था कि तुम गँजहा हो ! बस दादा, दुरबीनसिंह से न कहना।'

''हमने कहा, 'घर चलो, पानी-पत्ता करके जाना। भूखे होओ तो भोजन-भाव कर लेना।' पर उन्होंने कहा, 'दादा, अब हमें जाने दो। तुम भी जाकर सोओ। कल सवेरे तक यह सब भूल जाना। किसी से कहना नहीं।'

''सो भैया, मैं घर आकर पड़ रहा। सवेरा होते ही मैंने दुरबीनसिंह के जाकर पैर पकड़े कि काका, तुम्हारे नाम में लाल लँगोटवाले का ज़ोर बोल रहा है। तुम्हारा नाम लेकर जान बचा पाया हूँ। दुरबीनसिंह ने पाँव खींच लिए। बोले, 'जा सनिचरा, कोई फिकिर नहीं। जब तक मैं हूँ, अँधेरे-उजेले में जहाँ मन हो वहाँ घूमा कर। किसी का डर नहीं है। साँप-बिच्छू तू खुद ही निबटा ले, बाक़ी को हमारे लिए छोड़ दे'।'' यहाँ सनीचर साँस खींचकर चुप हो गया। रंगनाथ समझ गया कि घटिया कहानी-लेखकों की तरह मुख्य बात पर आते-आते वह हवा बाँध रहा है। उसने पूछा, ''फिर तो जब तक दुरबीनसिंह थे, गँजहा लोगों के ठाठ कटते रहे होंगे ?''

तब रुप्पन बाबू बोले। उन्होंने रंगनाथ की जानकारी में पहली बार एक साहित्यिक बात कही। साँस भरकर कहा :

कि पुरुस बली नहिं होत है, कि समै होत बलवान।
कि भिल्लन लूटीं गोपिका, कि वहि अरजुन वहि बान॥

रंगनाथ ने पूछा, ''क्या हो गया रुप्पन बाबू ? क्या शिवपालगंज से कोई तुम्हारी गोपिकाएँ लूट ले गया ?''

रुप्पन बाबू ने कहा, ''सनीचर, दूसरावाला क़िस्सा भी सुना दो।''

सनीचर ने दूसरा अध्याय शुरू किया :

''भैया, लठैती का काम कोई असेम्बली का काम तो है नहीं। असेम्बली में जितने ही बूढ़े होते जाओ, जितनी ही अकल सठियाती जाए, उतनी ही तरक्की होती है। यही हरनामसिंह को देखो। चलने को उठते हैं तो लगता है कि गिरकर मर जाएँगे। पर दिन-पर-दिन वहाँ उनकी पूछ बढ़ रही है। यहाँ लठैती में कल्ले के ज़ोर की बात है। जब तक चले, तब तक चले। जब नहीं चले, तब हलाल हो गए।

''अभी पाँच-छः साल हुए होंगे, मैं कातिक के नहान के लिए गंगा घाट गया था। लौटते-लौटते रात हो गई। यही भोलूपुर के पास रात हुई। बढ़िया चटक चाँदनी। बाग़ के भीतर हम मौज में आ गए तो एक चौबोला गाने लगे। तभी किसी ने पीछे से पीठ

पर दायें से लाठी मारी। न राम-राम, न दुआ-सलाम, एकदम से लाठी मार दी। अब भैया, चौबोला तो जहाँ का तहाँ छूटा, झोला बीस हाथ पर जाकर गिरा। डण्डा अलग छिटक गया। मैं चिल्लाने को हुआ कि तीन-चार आदमी ऊपर आ गए। एक ने मुँह दबाकर कहा, 'चुप बे साले ! गरदन ऐंठ दूँगा !' मैंने तड़फड़ाकर उठने की कोशिश की, पर भैया, अचकचे में कोई गामा पहलवान पर लाठी छोड़ दे तो वहीं लोट जाएगा, हमारी क्या बिसात ? वहीं मुँह बन्द किए पड़े रहे। थोड़ी देर मैं हाथ-पाँव जोड़ता रहा। इशारा करके कहा कि मैं चिल्लाऊँगा नहीं। तब कहीं उन्होंने मुँह से कपड़ा निकाला। एक ने मुझसे पूछा, 'रुपया कहाँ है ?'

"मैंने कहा, 'बापू, जो कुछ है, इसी झोले में है।'

"झोले में डेढ़ रुपये की रेजगारी थी। एक लुटेरे ने उसे हाथ में खनखनाकर कहा, 'लँगोटा खोलकर दिखाओगे ?'

"मैंने कहा, 'बापू, लँगोटा न खुलवाओ। उसके नीचे कुछ नहीं है। नंगा हो जाऊँगा।'

"बस भैया, वे बिगड़े। उन्होंने समझा कि मैं मज़ाक कर रहा हूँ। फिर तो उन्होंने देह पर से सभी कुछ उतरवाकर तलाशी ली। गाँजा-भाँग की खोज में पुलिसवाले भी ऐसी तलाशी नहीं लेते। जब कुछ नहीं निकला तो उनमें से एक ने मेरे पीछे एक लात मारी और कहा कि अब चुपचाप मुँह बन्द किए नाक के सामने चले जाओ और अपने दरबे में घुस जाओ।

"अब तक मेरी बोली लौट आयी थी। मैंने कहा, 'बापू, तुम लोगों ने हमारी जान छोड़ दी, यह ठीक ही किया है। माल ले लिया तो ले लिया, उसकी फिकिर नहीं। हम भी तुमको बता दें कि तुम नमक से नमक खा रहे हो। तुम हो सरकार के, तो हम भी हैं दरबार के।'

"वे लोग मेरे पास सिमट आए। पूछने लगे, 'कौन हो तुम ? कहाँ रहते हो ? किसके साथ हो ?'

"मैंने कहा, 'मैं गँजहा हूँ। ठाकुर दुरबीनसिंह के साथ रहता आया हूँ।'

"फिर न पूछो भैया रंगनाथ ! सब ठिल्लें मार-मारकर हँसने लगे। एक ने मेरा हाथ पकड़कर अपनी ओर खींचा। मैं सोच भी नहीं पाया था कि वह क्या करने जा रहा है, और उसने एक लँगड़ी मारकर मुझे वहीं चित्त कर दिया।

"मैं फिर देह से घास-फूस झाड़कर खड़ा हुआ। एक लुटेरे ने जो नयी उमिर का सजीला जवान था, कहा, 'यह दुरबीनसिंह किस चिड़िया का नाम है ?' सब फिर ठी-ठी करके उसी तरह हँसने लगे।

"मैंने कहा, 'दुरबीनसिंह के नहीं जानते बापू ? क्या बाहर से आए हो ? यहाँ दस कोस के इर्द-गिर्द कोई गँजहा लोगों को नहीं टोकता। दुरबीनसिंह के गाँववालों को सभी छोड़कर चलते हैं। मगर बापू, तुम नहीं मानते तो ले जाओ मेरा झोला। कोई बात नहीं।'

"लुटेरे फिर ठी-ठी करने लगे। एक बोला, 'मैं जानता हूँ। अब दुरबीनसिंह के दिन लद गए। ये जितने पुराने लोग थे, थोड़ी लठैती दिखाकर तीसमारखाँ बन जाते थे। इनके

दुरबीनसिंह लाठी चलाकर, दो-चार दीवारें फाँदकर बहादुर बन गए। अब बाँस के सहारे दीवारें फाँदना तो स्कूलों तक में सिखा देते हैं।'

''एक लुटेरा बोला, 'लाठी चलाना भी तो सिखाते हैं। मैंने खुद वहीं लाठी चलाना सीखा था।'

''पहलेवाला नौजवान बोला, 'तो यही दुरबीनसिंह बड़े नामवर हो गए। तमंचा तक तो साले के पास है नहीं। चले हैं जागीरदारी फैलाने !'

''एक दूसरा लुटेरा हाथ में चोर-बत्ती लिये खड़ा था। जेब से उसने एक तमंचा निकाला। कहा, 'देख लो बेटा, यही है छः गोलीवाला हथियार। देसी कारतूस तमंचा नहीं, असली विलायती,' कहते-कहते उसने तमंचे की नली हमारी छाती पर ठोक दी। कहता रहा, 'जाकर बता देना अपने बाप को। अन्धों में काना राजा बनने के दिन लद गए। अब वे पड़े-पड़े खटिया पर रोते रहें। कभी अँधेरे-उजेले में दिख गए तो खोपड़ी का गूदा निकल जाएगा। समझ गए बेटा फकीरेदास !'

''इसके बाद भैया, मैं अपने को रोक न पाया। देह में इतना जोश बढ़ा कि डण्डा तक वहीं फेंककर बड़े ज़ोर से हिरन की तरह भागा। मेरे पीछे उन लोगों ने फिर ठहाका लगाया। एक चिल्लाकर बोला, 'मार साले दुरबीनसिंह को। खड़ा तो रह, अभी मारते-मारते दुरबीन बनाए देता हूँ।'

''मगर भैया, भागने में कोई हमारा आज तक मुकाबला नहीं कर पाया। यहाँ स्कूल-कॉलिज में लड़कों को सीटी बजा-बजाकर भागना सिखाते हैं। हम बिना सीखे ही ऐसा भाग के दिखा दें कि खरगोश तक खड़ा-खड़ा पछताता रहे। तो भैया, गाली-वाली उन्होंने बहुत दी, पर हमें वे पकड़ नहीं पाए। किसी तरह से मैं घर आ पहुँचा। दुरबीनसिंह के दिन तब तक गिर गए थे। पुलिस भी भीतर-ही-भीतर उनके ख़िलाफ़ रहने लगी थी। दूसरे दिन हमारा मन बहुत कुलबुलाया, पर हमने यह बात उनसे कही नहीं। कह देते तो दुरबीन काका उसी की ठेस में टें बोल जाते।''

रुप्पन बाबू दुखी चेहरे को वज़नी झोले की तरह लटकाए बैठे थे। साँस खींचकर बोले, ''अच्छा ही होता। तब टें हो जाते तो भतीजे के हाथ से तो न मरते।''

8

शिवपालगंज गाँव था, पर वह शहर से नज़दीक और सड़क के किनारे था। इसलिए बड़े-बड़े नेताओं और अफ़सरों को वहाँ तक आने में कोई सैद्धान्तिक एतराज़ नहीं हो सकता था। कुओं के अलावा वहाँ कुछ हैण्डपम्प भी लगे थे, इसलिए बाहर से

आनेवाले बड़े लोग प्यास लगने पर, अपनी जान को खतरे में डाले बिना, वहाँ का पानी पी सकते थे। खाने का भी सुभीता था। वहाँ के छोटे-मोटे अफसरों में कोई-न-कोई ऐसा निकल ही आता था जिसके ठाठ-बाट देखकर वहाँवाले उसे परले सिरे का बेईमान समझते, पर जिसे देखकर ये बाहरी लोग आपस में कहते, कितना तमीजदार है। बहुत बड़े खानदान का लड़का है। देखो न, इसे चीको साहब की लड़की ब्याही है। इसलिए भूख लगने पर अपनी ईमानदारी को खतरे में डाले बिना वे लोग वहाँ खाना भी खा सकते थे। कारण जो भी रहा हो, उस मौसम में शिवपालगंज में जननायकों और जनसेवकों का आना-जाना बड़े ज़ोर से शुरू हुआ था। उन सबको शिवपालगंज के विकास की चिन्ता थी और नतीजा यह होता था कि वे लेक्चर देते थे।

वे लेक्चर गँजहों के लिए विशेष रूप से दिलचस्प थे, क्योंकि इनमें प्रायः शुरू से ही वक्ता श्रोता को और श्रोता वक्ता को बेवकूफ़ मानकर चलता था जो कि बातचीत के उद्देश्य से गँजहों के लिए आदर्श परिस्थिति है। फिर भी लेक्चर इतने ज़्यादा होते थे कि दिलचस्पी के बावजूद, लोगों को अपच हो सकता था। लेक्चर का मज़ा तो तब है जब सुननेवाले भी समझें कि यह बकवास कर रहा है और बोलनेवाला भी समझे कि मैं बकवास कर रहा हूँ। पर कुछ लेक्चर देनेवाले इतनी गम्भीरता से चलते कि सुननेवाले को कभी-कभी लगता था यह आदमी अपने कथन के प्रति सचमुच ही ईमानदार है। ऐसा सन्देह होते ही लेक्चर गाढ़ा और फ़ीका बन जाता था और उसका असर श्रोताओं के हाजमे के बहुत ख़िलाफ़ पड़ता है। यह सब देखकर गँजहों ने अपनी-अपनी तन्दुरुस्ती के अनुसार लेक्चर ग्रहण करने का समय चुन लिया था, कोई सवेरे खाना खाने के पहले लेक्चर लेता था, कोई दोपहर को खाना खाने के बाद। ज़्यादातर लोग लेक्चर की सबसे बड़ी मात्रा दिन के तीसरे पहर ऊँघने और शाम को जागने के बीच में लेते थे।

उन दिनों गाँव में लेक्चर का मुख्य विषय खेती था। इसका यह अर्थ कदापि नहीं कि पहले कुछ और था। वास्तव में पिछले कई सालों से गाँववालों को फुसलाकर बताया जा रहा था कि भारतवर्ष एक खेतिहर देश है। गाँववाले इस बात का विरोध नहीं करते थे, पर प्रत्येक वक्ता शुरू से ही यह मानकर चलता था कि गाँववाले इस बात का विरोध करेंगे। इसीलिए वे एक के बाद दूसरा तर्क ढूँढ़कर लाते थे और यह साबित करने में लगे रहते थे कि भारतवर्ष एक खेतिहर देश है। इसके बाद वे यह बताते थे कि खेती की उन्नति ही देश की उन्नति है। फिर आगे की बात बताने के पहले ही प्रायः दोपहर के खाने का वक़्त हो जाता और वह तमीज़दार लड़का, जो बड़े सम्पन्न घराने की औलाद हुआ करता था और जिसको चीको साहब की लड़की ब्याही रहा करती थी, वक्ता की पीठ का कपड़ा खींच-खींचकर इशारे से बताने लगता कि चाचाजी, खाना तैयार है। कभी-कभी कुछ वक्तागण आगे की बात भी बता ले जाते थे और तब मालूम होता कि उनकी आगे की और पीछे की बात में कोई फ़र्क नहीं था, क्योंकि घूम-फिरकर बात यही रहती थी कि भारत एक खेतिहर देश है, तुम खेतिहर हो, तुमको अच्छी खेती करनी चाहिए, अधिक अन्न उपजाना चाहिए। प्रत्येक वक्ता इसी सन्देह में गिरफ़्तार रहता था कि काश्तकार अधिक अन्न नहीं पैदा करना चाहते।

लेक्चरों की कमी विज्ञापनों से पूरी की जाती थी और एक तरह से शिवपालगंज में दीवारों पर चिपके या लिखे हुए विज्ञापन वहाँ की समस्याओं और उनके समाधानों का सच्चा परिचय देते थे। मिसाल के लिए, समस्या थी कि भारतवर्ष एक खेतिहर देश है और किसान बदमाशी के कारण अधिक अन्न नहीं उपजाते। इसका समाधान यह था कि किसानों के आगे लेक्चर दिया जाए और उन्हें अच्छी-अच्छी तस्वीरें दिखायी जाएँ। उनके द्वारा उन्हें बताया जाय कि तुम अगर अपने लिए अन्न नहीं पैदा करना चाहते तो देश के लिए करो। इसी से जगह-जगह पोस्टर चिपके हुए थे जो काश्तकारों से देश के लिए अधिक अन्न पैदा कराना चाहते थे। लेक्चरों और तस्वीरों का मिला-जुला असर काश्तकारों पर बड़े ज़ोर से पड़ता था और भोले-से-भोला काश्तकार भी मानने लगता था कि हो-न-हो, इसके पीछे भी कोई चाल है।

शिवपालगंज में उन दिनों एक ऐसा विज्ञापन खासतौर से मशहूर हो रहा था जिसमें एक तन्दुरुस्त काश्तकार सिर पर अँगोछा बाँधे, कानों में बालियाँ लटकाए और बदन पर मिर्जई पहने गेहूँ की ऊँची फसल को हँसिये से काट रहा था। एक औरत उसके पीछे खड़ी हुई, अपने-आपसे बहुत खुश, कृषि-विभाग के अफ़सरोंवाली हँसी हँस रही थी। नीचे और ऊपर अंग्रेज़ी और हिन्दी अक्षरों में लिखा था, ''अधिक अन्न उपजाओ।'' मिर्जई और बालीवाले काश्तकारों में जो अंग्रेज़ी के विद्वान थे, उन्हें अंग्रेज़ी इबारत से और जो हिन्दी के विद्वान थे, उन्हें हिन्दी से परास्त करने की बात सोची गई थी; और जो दो में से एक भी भाषा नहीं जानते थे, वे भी कम-से-कम आदमी और औरत को तो पहचानते ही थे। उनसे आशा की जाती थी कि आदमी के पीछे हँसती हुई औरत की तस्वीर देखते ही वे उसकी ओर पीठ फेरकर दीवानों की तरह अधिक अन्न उपजाना शुरू कर देंगे। यह तस्वीर शिवपालगंज में आजकल कई जगह चर्चा का विषय बनी थी, क्योंकि यहाँवालों की निगाह में तस्वीरवाले आदमी की शक्ल कुछ-कुछ बद्री पहलवान से मिलती थी। औरत की शक्ल के बारे में गहरा मतभेद था। वह गाँव की देहाती लड़कियों में से किसकी थी, यह अभी तय नहीं हो पाया था।

वैसे सबसे ज़्यादा ज़ोर-शोरवाले विज्ञापन खेती के लिए नहीं, मलेरिया के बारे में थे। जगह-जगह मकानों की दीवारों पर गेरू से लिखा गया था कि ''मलेरिया को ख़त्म करने में हमारी मदद करो, मच्छरों को समाप्त हो जाने दो।'' यहाँ भी यह मानकर चला गया था कि किसान गाय-भैंस की तरह मच्छर भी पालने को उत्सुक हैं और उन्हें मारने के पहले किसानों का हृदय-परिवर्तन करना पड़ेगा। हृदय-परिवर्तन के लिए रोब की ज़रूरत है, रोब के लिए अंग्रेज़ी की ज़रूरत है–इस भारतीय तर्क-पद्धति के हिसाब से मच्छर मारने और मलेरिया-उन्मूलन में सहायता करने की सभी अपीलें प्रायः अंग्रेज़ी में लिखी गई थीं। इसीलिए प्रायः सभी लोगों ने इनको कविता के रूप में नहीं, चित्रकला के रूप में स्वीकार किया था और गेरू से दीवार रँगनेवालों को मनमानी अंग्रेज़ी लिखने की छूट दे दी थी। दीवारें रँगती जाती थीं, मच्छर मरते जाते थे। कुत्ते भूँका करते थे, लोग अपनी राह चलते रहते थे।

एक विज्ञापन भोले-भाले ढंग से बताता था कि हमें पैसा बचाना चाहिए। पैसा

बचाने की बात गाँववालों को उनके पूर्वज मरने के पहले ही बता गए थे और लगभग प्रत्येक आदमी को अच्छी तरह मालूम थी। इसमें सिर्फ़ इतनी नवीनता थी कि यहाँ भी देश का ज़िक्र था, कहीं-कहीं इशारा किया गया था कि अगर तुम अपने लिए पैसा नहीं बचा सकते तो देश के लिए बचाओ। बात बहुत ठीक थी, क्योंकि सेठ-साहूकार, बड़े-बड़े ओहदेदार, वकील डॉक्टर—ये सब तो अपने लिए पैसा बचा ही रहे थे, इसलिए छोटे-छोटे किसानों को देश के लिए पैसा बचाने में क्या ऐतराज हो सकता था ! सभी इस बात से सिद्धान्तरूप में सहमत थे कि पैसा बचाना चाहिए। पैसा बचाकर किस तरह कहाँ जमा किया जाएगा, वे बातें भी विज्ञापनों और लेक्चरों में साफ़ तौर से बतायी गई थीं और लोगों को उनसे भी कोई आपत्ति न थी। सिर्फ़ लोगों को यही नहीं बताया गया था कि कुछ बचाने के पहले तुम्हारी मेहनत के एवज़ में तुम्हें कितना पैसा मिलना चाहिए। पैसे की बचत का सवाल आमदनी और ख़र्च से जुड़ा हुआ है, इस छोटी-सी बात को छोड़कर बाक़ी सभी बातों पर इन विज्ञापनों में विचार कर लिया गया था और लोगों ने इनको इस भाव से स्वीकार कर लिया था कि ये बेचारे दीवार पर चुपचाप चिपके हुए हैं, न दाना माँगते हैं, न चारा, न कुछ लेते हैं न देते हैं। चलो, इन तस्वीरों को छेड़ो नहीं।

पर रंगनाथ को जिन विज्ञापनों ने अपनी ओर खींचा, वे पब्लिक सेक्टर के विज्ञापन न थे, प्राइवेट सेक्टर की देन थे। उनसे प्रकट होनेवाली बातें कुछ इस प्रकार थीं : "उस क्षेत्र में सबसे ज़्यादा व्यापक रोग दाद है, एक ऐसी दवा है जिसको दाद पर लगाया जाए तो उसे जड़ से आराम पहुँचता है, मुँह से खाया जाए तो खाँसी-जुकाम दूर होता है, बताशे में डालकर पानी से निगल लिया जाए तो हैजे में लाभ पहुँचता है। ऐसी दवा दुनिया में कहीं नहीं पायी जाती। उसके आविष्कारक अब भी ज़िन्दा हैं, यह विलायतवालों की शरारत है कि उन्हें आज तक नोबल पुरस्कार नहीं मिला है।"

इस देश में और भी बड़े-बड़े डॉक्टर हैं जिनको नोबल पुरस्कार नहीं मिला है। एक क़स्बा जहानाबाद में रहते हैं और चूँकि वहाँ बिजली आ चुकी है, इसलिए वे नामर्दी का इलाज बिजली से करते हैं। अब नामर्दों को परेशान होने की ज़रूरत नहीं है। एक दूसरे डॉक्टर, जो कम-से-कम भारतवर्ष-भर में तो मशहूर हैं ही, बिना ऑपरेशन के अण्ड-वृद्धि का इलाज करते हैं। और यह बात शिवपालगंज में किसी भी दीवार पर तारकोल के हरूफ़ में लिखी हुई पायी जा सकती है। वैसे बहुत-से विज्ञापन बच्चों में सूखा रोग, आँखों की बीमारी और पेचिश आदि से भी सम्बद्ध हैं, पर असली रोग संख्या में कुल तीन ही हैं—दाद, अण्डवृद्धि और नामर्दी; और इनके इलाज की तरकीब शिवपालगंज के लड़के अक्षर-ज्ञान पा लेने के बाद ही दीवारों पर अंकित लेखों के सहारे जानना शुरू कर देते हैं।

विज्ञापनों की इस भीड़ में वैद्यजी का विज्ञापन 'नवयुवकों के लिए आशा का सन्देश' अपना अलग व्यक्तित्व रखता था। वह दीवारों पर लिखे 'नामर्दी का बिजली से इलाज' जैसे अश्लील लेखों के मुक़ाबले में नहीं आता था। वह छोटे-छोटे नुक्कड़ों, दुकानों और सरकारी इमारतों पर—जिनके पास पेशाब करना और जिन पर विज्ञापन

चिपकाना मना था—टीन की खूबसूरत तख़्तियों पर लाल-हरे अक्षरों में प्रकट होता था और सिर्फ़ इतना कहता था, 'नवयुवकों के लिए आशा का सन्देश' नीचे वैद्यजी का नाम था और उनसे मिलने की सलाह थी।

एक दिन रंगनाथ ने देखा, रोगों की चिकित्सा में एक नया आयाम जुड़ रहा है। सवेरे से ही कुछ लोग एक दीवार पर बड़े-बड़े अक्षरों में लिख रहे हैं : बवासीर ! शिवपालगंज की उन्नति का लक्षण था। बवासीर के चार आदम-क़द अक्षर चिल्लाकर कह रहे थे कि यहाँ पेचिश का युग समाप्त हो रहा है, मुलायम तबीयत, दफ़्तर की कुर्सी, शिष्टतापूर्ण रहन-सहन, चौबीस घण्टे चलनेवाले खान-पान और हल्के परिश्रम का युग धीरे-धीरे संक्रमण कर रहा है और आधुनिकता के प्रतीक-जैसी बवासीर सर्वव्यापी नामर्दी का मुकाबला करने के लिए मैदान में आ रही है। शाम तक वह दैत्याकार विज्ञापन एक दीवार पर रंग-बिरंगी छाप छोड़ चुका था और दूर-दूर तक ऐलान करने लगा था : बवासीर का शर्तिया इलाज !

देखते-देखते चार-छः दिन में ही सारा ज़माना बवासीर और उसके शर्तिया इलाज के नीचे दब गया। हर जगह वही विज्ञापन चमकने लगा। रंगनाथ को सबसे बड़ा अचम्भा तब हुआ जब उसने देखा, वही विज्ञापन एक दैनिक समाचार-पत्र में आ गया है। यह समाचार-पत्र रोज़ दस बजे दिन तक शहर से शिवपालगंज आता था और लोगों को बताने में सहायक होता था कि स्कूटर और ट्रक कहाँ भिड़ा, अब्बासी नामक कथित गुण्डे ने इरशाद नामक कथित सब्ज़ी-फ़रोश पर कथित छुरी से कहाँ कथित रूप में वार किया। रंगनाथ ने देखा कि उस दिन अखबार के पहले पृष्ठ का एक बहुत बड़ा हिस्सा काले रंग में रँगा हुआ है और उस पर बड़े-बड़े सफ़ेद अक्षरों में चमक रहा है : बवासीर ! अक्षरों की बनावट वही है जो यहाँ दीवारों पर लिखे विज्ञापन में है। उन अक्षरों ने बवासीर को एक नया रूप दे दिया था, जिसके कारण आसपास की सभी चीज़ें बवासीर की मातहती में आ गई थीं। काली पृष्ठभूमि में अखबार के पन्ने पर चमकता हुआ 'बवासीर' दूर से ही आदमी को अपने में समेट लेता था। यहाँ तक कि सनीचर, जिसे बड़े-बड़े अक्षर पढ़ने में भी आन्तरिक कष्ट होता था, अख़बार के पास खिंच आया और उस पर निगाह गड़ाकर बैठ गया। बहुत देर तक गौर करने के बाद वह रंगनाथ से बोला, "वही चीज़ है।"

इसमें अभिमान की खनक थी। मतलब यह था कि शिवपालगंज की दीवारों पर चमकनेवाले विज्ञापन कोई मामूली चीज़ नहीं हैं। ये बाहर अख़बारों में छपते हैं, और इस तरह जो शिवपालगंज में है, वही बाहर अख़बारों में है।

रंगनाथ तख़्त पर बैठा रहा। उसके सामने अख़बार का पन्ना तिरछा होकर पड़ा था। अमरीका ने एक नया उपग्रह छोड़ा था, पाकिस्तान-भारत-सीमा पर गोलियाँ चल रही थीं, गेहूँ की कमी के कारण राज्यों का कोटा कम किया जानेवाला था, सुरक्षा-समिति में दक्षिण अफ़्रीका के कुछ मसलों पर बहस हो रही थी, इन सब अबाबीलों को अपने पंजे में किसी दैत्याकार बाज़ की तरह दबाकर वह काला-सफ़ेद विज्ञापन अपने तिरछे हरूफ़ में चीख़ रहा था : बवासीर ! बवासीर ! इस विज्ञापन के अख़बार में छपते ही

बवासीर शिवपालगंज और अन्तर्राष्ट्रीय जगत् के बीच सम्पर्क का एक सफल माध्यम बन चुकी थी।

डाकुओं का आदेश था कि एक विशेष तिथि को विशेष स्थान पर जाकर रामाधीन की तरफ़ से रुपये की एक थैली एकान्त में रख दी जाए। डाका डालने की यह पद्धति आज भी देश के कुछ हिस्सों में काफ़ी लोकप्रिय है। पर वास्तव में है यह मध्यकालीन ही, क्योंकि इसके लिए चाँदी या गिलट के रुपये और थैली का होना आवश्यक है, जबकि आजकल रुपया नोटों की शक्ल में दिया जा सकता है और पाँच हज़ार रुपये प्रेम-पत्र की तरह किसी लिफ़ाफ़े में भी आ सकते हैं। ज़रूरत पड़ने पर चेक से भी रुपये का भुगतान किया जा सकता है। इन कारणों से परसों रात अमुक टीले पर पाँच हज़ार रुपये की एक थैली रखकर चुपचाप चले जाओ, यह आदेश मानने में व्यावहारिक कठिनाइयाँ हो सकती हैं। टीले पर छोड़ा हुआ नोटों का लिफ़ाफ़ा हवा में उड़ सकता है, चेक जाली हो सकता है। संक्षेप में, जैसे कला, साहित्य, प्रशासन, शिक्षा आदि के क्षेत्रों में, वैसे ही डकैती के क्षेत्र में भी मध्यकालीन पद्धतियों को आधुनिक युग में लागू करने से व्यावहारिक कठिनाइयाँ पैदा हो सकती हैं।

जो भी हो, डकैतों ने इन बातों पर विचार नहीं किया था क्योंकि रामाधीन के यहाँ डाके की चिट्ठी भेजनेवाले असली डकैत न थे। उन दिनों गाँव-सभा और कॉलिज की राजनीति को लेकर रामाधीन भीखमखेड़वी और वैद्यजी में कुछ तनातनी हो गई थी। अगर शहर होता और राजनीति ऊँचे दर्ज़े की होती तो ऐसे मौक़े पर रामाधीन के ख़िलाफ़ किसी महिला की तरफ़ से पुलिस में यह रिपोर्ट आ गई होती कि उन्होंने उसका शीलभंग करने की सक्रिय चेष्टा की, पर महिला के सक्रिय विरोध के कारण वे कुछ नहीं कर पाए और वह अपना शील समूचा-का-समूचा लिये हुए सीधे थाने तक आ गई। पर यह देहात था जहाँ अभी महिलाओं के शीलभंग को राजनीतिक युद्ध में हैण्डग्रिनेड की मान्यता नहीं मिली थी, इसलिए वहाँ कुछ पुरानी तरकीबों का ही प्रयोग किया गया था और बाबू रामाधीन के ऊपर डाकुओं का संकट पैदा करके उन्हें कुछ दिन तिलमिलाने के लिए छोड़ दिया गया था।

पुलिस, रामाधीन भीखमखेड़वी और वैद्यजी का पूरा गिरोह—ये सभी जानते थे कि डाके की चिट्ठी फ़र्ज़ी है। ऐसी चिट्ठियाँ कई बार कई लोगों के पास आ चुकी थीं। इसलिए रामाधीन पर यह मजबूरी नहीं थी कि वह नियत तिथि और समय पर रुपये के साथ टीले पर पहुँच ही जाए। चिट्ठी फ़र्ज़ी न होती, तब भी रामाधीन शायद चुपचाप रुपया दे देने के मुक़ाबले घर पर डाका डलवा लेना ज़्यादा अच्छा समझते। पर चूँकि रिपोर्ट थाने पर दर्ज़ हो गई थी, इसलिए पुलिस अपनी ओर से कुछ करने के लिए मजबूर थी।

उस दिन टीले से लेकर गाँव तक का स्टेज पुलिस के लिए समर्पित कर दिया गया और उसमें वे 'डाकू-डाकू' का खेल खेलते रहे। टीले पर तो एक थाना-का-थाना ही खुल गया। उन्होंने आसपास के ऊसर, बंजर, जंगल, खेत-खलिहान सभी-कुछ छान डाले, पर डाकुओं का कहीं निशान नहीं मिला। टीले के पास उन्होंने पेड़ों की टहनियाँ हिलाकर,

लोमड़ियों के बिलों में संगीनें घुसेड़कर और सपाट जगहों को अपनी आँखों से हिप्नोटाइज़ करके इत्मीनान कर लिया कि वहाँ जो हैं, वे डाकू नहीं हैं; वे क्रमशः चिड़ियाँ, लोमड़ियाँ और कीड़े-मकोड़े हैं। रात को जब बड़े ज़ोर से कुछ प्राणी चिल्लाए तो पता चला कि वे भी डाकू नहीं, सियार हैं और पड़ोस के बाग़ में जब दूसरे प्राणी बोले तो कुछ देर बाद समझ में आ गया कि वे कुछ नहीं, सिर्फ़ चमगादड़ हैं। उस रात डाकुओं और रामाधीन भीखमखेड़वी के बीच की कुश्ती बराबर पर छूटी, क्योंकि टीले पर न डाकू रुपया लेने के लिए आए और न रामाधीन देने के लिए गए।

थाने के छोटे दारोग़ा को नौकरी में आए अभी थोड़े ही दिन हुए थे। टीले पर डाकुओं को पकड़ने का काम उन्हें ही सौंपा गया था, पर सबकुछ करने पर भी वे अपनी माँ को भेजी जानेवाली चिट्ठियों की अगली किस्त में यह लिखने लायक नहीं हुए थे कि माँ, डाकुओं ने मशीनगन तक का इस्तेमाल किया, पर इस भयंकर गोलीकाण्ड में भी तेरे आशीर्वाद से तेरे बेटे का बाल तक बाँका नहीं हुआ। वे रात को लगभग एक बजे टीले से उतरकर मैदान में आए; और चूँकि सर्दी होने लगी थी और अँधेरा था और उन्हें अपनी नगरवासिनी प्रिया की याद आने लगी थी और चूँकि उन्होंने बी.ए. में हिन्दी-साहित्य भी पढ़ा था; इन सब मिले-जुले कारणों से उन्होंने धीरे-धीरे कुछ गुनगुनाना शुरू कर दिया और आख़िर में गाने लगे, ''हाय मेरा दिल ! हाय मेरा दिल !''

'तीतर के दो आगे तीतर, तीतर के दो पीछे तीतर' वाली कहावत को चरितार्थ करते उनके आगे भी दो सिपाही थे और पीछे भी। दारोग़ाजी गाते रहे और सिपाही सोचते रहे कि कोई बात नहीं, कुछ दिनों में ठीक हो जाएँगे। मैदान पार करते-करते दारोग़ाजी का गाना कुछ बुलन्दी पर चढ़ गया और साबित करने लगा कि जो बात इतनी बेवकूफ़ी की है कि कही नहीं जा सकती, वह बड़े मज़े से गायी जा सकती है।

सड़क पास आ गई थी। वहीं एक गड्ढे से अचानक आवाज़ आयी, ''कफ़ौन है सफ़ला ?'' दारोग़ाजी का हाथ अपने रिवाल्वर पर चला गया। सिपाहियों ने ठिठककर राइफलें सँभाली; तब तक गड्ढे ने दोबारा आवाज़ दी, ''कफ़ौन है सफ़ला ?''

एक सिपाही ने दारोग़ाजी के कान में कहा, ''गोली चल सकती है। पेड़ के पीछे हो लिया जाए हुजूर !''

पेड़ उनके पास से लगभग पाँच गज़ की दूरी पर था। दारोग़ाजी ने सिपाही से फुसफुसाकर कहा, ''तुम लोग पेड़ों के पीछे हो जाओ। मैं देखता हूँ।''

इतना कहकर उन्होंने कहा, ''गड्ढे में कौन है ? जो कोई भी हो बाहर आ जाओ।'' फिर एक सिनेमा में देखे दृश्य को याद करके उन्होंने बात जोड़ी, ''तुम लोग घिर गए हो। तुम आधे मिनट में बाहर न आए, तो गोली चला दी जाएगी।''

गड्ढे में थोड़ी देर ख़ामोशी रही, फिर आवाज़ आयी, ''मफ़र गफ़ये सफ़ले, गफ़ोली चफ़लानेवाले।''

प्रत्येक भारतीय, जो अपना घर छोड़कर बाहर निकलता है, भाषा के मामले में पत्थर हो जाता है। इतनी तरह की बोलियाँ उसके कानों में पड़ती हैं कि बाद में हारकर वह सोचना ही छोड़ देता है कि यह नेपाली है या गुजराती। पर इस भाषा ने दारोग़ाजी

को चौकन्ना बना दिया और वे सोचने लगे कि क्या मामला है ! इतना तो समझ में आता है कि इसमें कोई गाली है, पर यह क्यों नहीं समझ में आता कि यह कौन-सी बोली है ! इसके बाद ही जहाँ बात समझ के बाहर होती है वहीं गोली चलती है—इस अन्तर्राष्ट्रीय सिद्धान्त का शिलपालगंज में प्रयोग करते हुए दारोग़ाजी ने रिवाल्वर तान लिया और कड़ककर बोले, ''गड्ढे से बाहर आ जाओ, नहीं तो मैं गोली चलाता हूँ।''

पर गोली चलाने की ज़रूरत नहीं पड़ी। एक सिपाही ने पेड़ के पीछे से निकलकर कहा, ''गोली मत चलाइए हुजूर, यह जोगनथवा है। पीकर गड्ढे में पड़ा है।''

सिपाही लोग उत्साह से गड्ढे को घेरकर खड़े हो गए। दारोग़ाजी ने कहा, ''कौन जोगनथवा ?''

एक पुराने सिपाही ने तजुर्बे के साथ कहना शुरू किया, ''यह श्री रामनाथ का पुत्र जोगनाथ है। अकेला आदमी है। दारू ज़्यादा पीता है।''

लोगों ने जोगनाथ को उठाकर उसके पैरों पर खड़ा किया, पर जो खुद अपने पैरों पर खड़ा नहीं होना चाहता उसे दूसरे कहाँ तक खड़ा करते रहेंगे। इसलिए वह लड़खड़ाकर एक बार फिर गिरने को हुआ, बीच में रोका गया और अन्त में गड्ढे के ऊपर आकर परमहंसों की तरह बैठ गया। बैठकर जब उसने आँखें मिला-मिलाकर, हाथ हिलाकर चमगादड़ों और सियारों की कुछ आवाज़ें गले से निकालकर अपने को मानवीय स्तर पर बात करने लायक बनाया, तो उसके मुँह से फिर वही शब्द निकले, ''कफ़ौन है सफ़ाला ?''

दारोग़ाजी ने पूछा, ''यह बोली कौन-सी है ?''

एक सिपाही ने कहा, ''बोली ही से तो हमने पहचाना कि जोगनाथ है। वह सफ़री बोली बोलता है। इस वक़्त होश में नहीं है, इसलिए गाली बक रहा है।''

दारोग़ाजी शायद गाली देने के प्रति जोगनाथ की इस निष्ठा से बहुत प्रभावित हुए कि वह बेहोशी की हालत में भी कम-से-कम इतना तो कर ही रहा है। उन्होंने उसकी गरदन ज़ोर से हिलाई और पकड़कर बोले, ''होश में आ !''

पर जोगनाथ ने होश में आने से इंकार कर दिया। सिर्फ़ इतना कहा, ''सफ़ाले!''

सिपाही हँसने लगे। जिसने उसे पहले पहचाना था, उसने जोगनाथ के कान में चिल्लाकर कहा, ''जफ़ोगनाथ, हफ़ोश में अफ़ाओ।''

इसकी भी जोगनाथ पर कोई प्रतिक्रिया नहीं हुई; पर दारोग़ाजी ने एकदम से सफ़री बोली सीख ली। उन्होंने मुस्कराकर कहा, ''यह साला हम लोगों को साला कह रहा है।''

उन्होंने उसे मारने के लिए अपना हाथ उठाया, पर एक सिपाही ने रोक लिया। कहा, ''जाने भी दें हुजूर !''

दारोग़ाजी को सिपाहियों का मानवतावादी दृष्टिकोण कुछ पसन्द नहीं आ रहा था। उन्होंने अपना हाथ तो रोक लिया, पर आदेश देने के ढंग से कहा, ''इसे अपने साथ ले जाओ और हवालात में बन्द कर दो। दफ़ा 109 ज़ाब्ता फ़ौजदारी लगा देना।''

एक सिपाही ने कहा, ''यह नहीं हो पाएगा हुजूर ! यह यहीं का रहनेवाला है। दीवारों पर इश्तहार रँगा करता है और बात-बात पर सफ़री बोली बोलता है। वैसे बदमाश है, पर दिखाने के लिए कुछ काम तो करता ही है।''

वे लोग जोगनाथ को उठाकर उसे अपने पैरों पर चलने के लिए मजबूर करते हुए सड़क की ओर बढ़ने लगे। दारोग़ाजी ने कहा, "शायद पीकर गाली बक रहा है। किसी-न-किसी जुर्म की दफ़ा निकल आएगी। अभी चलकर इसे बन्द कर दो। कल चालान कर दिया जाएगा।"

उस सिपाही ने कहा, "हुजूर ! बेमतलब झंझट में पड़ने से क्या फ़ायदा ? अभी गाँव चलकर इसे इसके घर में ढकेल आएँगे। इसे हवालात कैसे भेजा जा सकता है ? वैद्यजी का आदमी है।"

दारोग़ाजी नौकरी में नये थे, पर सिपाहियों का मानवतावादी दृष्टिकोण अब वे एकदम समझ गए। वे कुछ नहीं बोले। सिपाहियों से थोड़ा पीछे हटकर वे फिर अँधेरे, हल्की ठण्डक, नगरवासिनी प्रिया और 'हाय मेरा दिल' से सन्तोष खींचने की कोशिश करने लगे।

9

कोऑपरेटिव यूनियन का ग़बन बड़े ही सीधे-सादे ढंग से हुआ था। सैकड़ों की संख्या में रोज़ होते रहनेवाले ग़बनों की अपेक्षा इसका यही सौन्दर्य था कि यह शुद्ध ग़बन था, इसमें ज़्यादा घुमाव-फिराव न था। न इसमें जाली दस्तखतों की ज़रूरत पड़ी थी, न फ़र्ज़ी हिसाब बनाया गया था, न नकली बिल पर रुपया निकाला गया था। ऐसा ग़बन करने और ऐसे ग़बन को समझने के लिए किसी टेक्नीकल योग्यता की नहीं, केवल इच्छा- शक्ति की ज़रूरत थी।

कोऑपरेटिव यूनियन का एक बीजगोदाम था जिसमें गेहूँ भरा हुआ था। एक दिन यूनियन का सुपरवाइज़र रामसरूप दो ट्रक साथ में लेकर बीजगोदाम पर आया। ट्रकों पर गेहूँ के बोरे लाद लिये गए और दूर से देखनेवाले लोगों ने समझा कि यह तो कोऑपरेटिव में रोज़ होता ही रहता है। उन्हें पड़ोस के दूसरे बीजगोदाम में पहुँचाने के लिए रामसरूप खुद एक ड्राइवर की बग़ल में बैठ गया और ट्रक चल पड़े। सड़क से एक जगह कच्चे रास्ते पर मुड़ जाने से पाँच मील आगे दूसरा बीजगोदाम मिल जाता; पर ट्रक उस जगह नहीं मुड़े, वे सीधे चले गए। यहीं से ग़बन शुरू हो गया। ट्रक सीधे शहर की गल्लामण्डी में पहुँच गए। वहाँ गेहूँ के बोरे उतारकर दोनों ट्रक ग़बन के बारे में सबकुछ भूल गए और दूसरे दिन आस-पास के क्षेत्र में पूर्ववत् कोयला और लकड़ी ढोने लगे। रामसरूप का उसके बाद काफ़ी दिन तक पता नहीं चला और लोगों ने विश्वास कर लिया कि गेहूँ बेचकर, कई हज़ार रुपये जेब में भरकर वह बम्बई की ओर

भाग गया है। यह पूरी घटना स्थानीय थाने में ग़बन की एक रिपोर्ट की शक्ल में आ गई और बक़ौल वैद्यजी के, 'काँटा-सा निकल गया।'

पर यूनियन के एक डायरेक्टर ने कल शहर जाकर एक ऐसा दृश्य देखा जिससे पता चला कि रामसरूप ने वे रुपये ख़र्च करने के लिए बम्बई को नहीं, अपने इलाक़े के शहर को ही प्राथमिकता दी है। डायरेक्टर साहब यों ही, सिर्फ़ शहर देखने के मतलब से, शहर देखने गए थे। इन अवसरों पर और कार्यक्रमों के साथ उनका कम-से-कम एक स्थायी कार्यक्रम होता था—किसी पार्क में पहुँचना, किसी पेड़ के नीचे बेंच पर बैठना, लइया-चना चबाना, रंगीन फूलों और लड़कियों को ध्यानपूर्वक देखना और किसी कम-उम्र छोकरे से सिर पर तेल-मालिश कराना। जब वे इस कार्यक्रम की आख़िरी मद पर पहुँचे तो एक घटना हुई। वे उस समय पेड़ के नीचे बेंच पर बैठे थे, उनकी आँखें मुँदी हुई थीं और उनके सिर पर छोकरे की पतली और मुलायम उँगलियाँ 'तिड्-तिड्-तिड्' की आवाज़ निकाल रही थीं। लड़का उल्लास के साथ उनके बालों पर तबले के कुछ टेढ़े-मेढ़े बोल निकाल रहा था और वे आँखें मूँदे अफ़सोस के साथ सोच रहे थे कि शायद वह तेल-मालिश का कार्यक्रम जल्द ही ख़त्म कर देगा। एक बार उन्होंने आँख खोलकर पीछे की ओर गरदन घुमाने की कोशिश की, पर तेल-मालिश का असर—उसमें इतनी अफ़सरी आ गई थी कि वह घूमी ही नहीं। अतः उन्होंने लड़के का मुँह तो नहीं देखा, जो कुछ सामने था उसे ही देखकर सन्तोष करना चाहा।

उन्होंने देखा, सामने एक पेड़ था और उसके नीचे बेंच पर रामसरूप सुपरवाइज़र बैठा था। वह भी एक लड़के से सिर पर तेल-मालिश करा रहा था और 'तिड्-तिड्-तिड्' की सुखपूर्ण अनुभूति में खोया हुआ था। दोनों पक्ष उस समय परमहंसों के भाव से अपने-अपने जगत में तल्लीन थे। शान्तिपूर्ण सहअस्तित्व के लिए यह आदर्श स्थिति थी। अतः उन्होंने एक-दूसरे के मामले में हस्तक्षेप नहीं किया। लगभग पन्द्रह मिनट वे अपनी-अपनी बेंच पर अच्छे पड़ोसियों की तरह बैठे हुए एक-दूसरे को देखकर भी अनदेखा करते रहे। फिर देह तोड़कर दोनों पक्ष उठ खड़े हुए और अपने-अपने मालिशकर्ता को यथोचित पारिश्रमिक देकर, उन्हें दोबारा वहीं मिलने के लिए प्रोत्साहित करके, पंचशील के सिद्धान्तों के अनुसार वे अपने-अपने रास्ते लग गए।

शिवपालगंज की ओर लौटते समय डायरेक्टर को जान पड़ने लगा कि मालिश के सुख के पीछे उन्होंने कोऑपरेटिव आन्दोलन के साथ विश्वासघात किया है। उन्हें याद आया कि रामसरूप फ़रार है और पुलिस उसकी तलाश में है। अगर वे रामसरूप को पकड़वा दें तो ग़बन का मुक़दमा चल निकलता। शायद उनका नाम अख़बार में भी छपता। यह सब सोचकर वे दुखी हुए। उनकी आत्मा उनको कुरेदने लगी। अतः वापस आते ही आत्मा के सन्तोष के लिए वे वैद्यजी से मिले और हिंग्वाष्टक चूर्ण की एक पुड़िया फाँककर उनसे बोले, "मुझे आज पार्क में ऐसा आदमी दिखायी दिया था जो बिलकुल रामसरूप-जैसा था।"

वैद्यजी ने कहा, "होगा। कुछ आदमियों की आकृतियाँ एक-सी होती हैं।"

डायरेक्टर को लगा कि इतने से उनकी आत्मा उनका पीछा न छोड़ेगी, थोड़ी देर

इधर-उधर देखकर उन्होंने कहा, "मैंने तभी सोचा था कि हो-न-हो, यह रामसरूप ही है।"

वैद्यजी ने डायरेक्टर पर अपनी आँखें गड़ा दीं। उन्होंने फिर कहा, "रामसरूप ही था। मैंने सोचा कि यह साला यहाँ क्या कर रहा है। मालिश करा रहा था।"

"तुम वहाँ क्या कर रहे थे ?"

डायरेक्टर ने अनमने ढंग से कहा, "मैं थककर एक पेड़ के नीचे आराम कर रहा था।"

वैद्यजी ने कहा, "उसी समय पुलिस को सूचना देनी थी।"

डायरेक्टर थोड़ी देर सोचते रहे। फिर सोच-समझकर बोले, "मैंने सोचा, कहीं रामसरूप यह जान न जाए कि उसे देख लिया गया है। इसीलिए पुलिस को इत्तला नहीं दी।"

ग़बन का अभियुक्त बम्बई में नहीं, बल्कि पन्द्रह मील की दूरी पर ही है और तेल-मालिश कराने के लिए उसका सिर अब भी कन्धों पर सही-सलामत रखा है, इस सूचना ने वैद्यजी को उलझन में डाल दिया। डायरेक्टरों की बैठक बुलाना ज़रूरी हो गया। पूरी बात उन्होंने खाली-पेट सुनी थी, उसे भंग पीकर भी सुना जा सके इसलिए बैठक का समय सायंकाल के लिए रखा गया।

सनीचर पृथ्वी पर वैद्यजी को एकमात्र आदमी और स्वर्ग में हनुमानजी को एकमात्र देवता मानता था और दोनों से अलग-अलग प्रभावित था। हनुमानजी सिर्फ़ लँगोटा लगाते हैं, इस हिसाब से सनीचर भी सिर्फ़ अण्डरवीयर से काम चलाता था। जिस्म पर बनियान वह तभी पहनता जब उसे सज-धजकर कहीं के लिए निकलना होता। यह तो हुआ हनुमानजी का प्रभाव; वैद्यजी के प्रभाव से वह किसी भी राह-चलते आदमी पर कुत्ते की तरह भौंक सकता था, पर वैद्यजी के घर का कोई कुत्ता भी हो, तो उसके सामने वह अपनी दुम हिलाने लगता था। यह दूसरी बात है कि वैद्यजी के घर पर कुत्ता नहीं था और सनीचर के दुम नहीं थी।

उसे शहर की हर चीज़ में, और इसलिए रंगनाथ में काफ़ी दिलचस्पी थी। जब रंगनाथ दरवाज़े पर होता, सनीचर भी उसके आसपास देखा जा सकता था। आज भी यही हुआ। वैद्यजी कोऑपरेटिव यूनियन की बैठक में गए थे। दरवाज़े पर सिर्फ़ रंगनाथ और सनीचर थे। सूरज डूबने लगा था और जाड़े की शाम के साथ हर घर से उठनेवाला कसैला धुआँ मकानों के ऊपर लटक गया था।

कोई रास्ते पर खट्-खट् करता हुआ निकला। किसी भी शारीरिक विकार के लिए हम भारतीयों के मन में जो सात्त्विक घृणा होती है, उसे थूककर बाहर निकालते हुए सनीचर ने कहा, "लँगड़वा जा रहा है, साला !" कहकर वह उछलता हुआ बाहर चबूतरे पर आ गया और वहाँ मेंढक की तरह बैठ गया।

रंगनाथ ने पुकारकर कहा, "लंगड़ हो क्या ?"

वह कुछ आगे निकल गया था। आवाज़ सुनकर वह वहीं रुक गया और पीछे मुड़कर देखते हुए बोला, "हाँ बापू, लंगड़ ही हूँ।"

"मिल गई नक़ल ?"

रंगनाथ के इस सवाल का जवाब सनीचर ने दिया, "नक़ल नहीं, इन्हें मिलेगा सिकहर*। उसी में एक टाँग लटकाकर झूला करेंगे।"

लंगड़ पर इसका कोई असर नहीं पड़ा। वहीं से उसने पुकारकर कहा, "नक़ल तो नहीं मिली बापू, आज नोटिस-बोर्ड पर ऐतराज़ छपा है।"

"क्या हुआ ? फिर से फ़ीस कम पड़ गई क्या ?"

"फ़ीस नहीं बापू," वह अपनी बात को सुनाने के लिए चिल्ला रहा था, "इस बार मुक़दमे के पते में कुछ गलती है। प्रार्थी के दस्तख़त ग़लत खाने में हैं। तारीख़ के ऊपर दो अंक एक में मिल गए हैं। एक जगह कुछ कटा है, उस पर दस्तख़त नहीं हैं। बहुत ग़लती निकाली गई है।"

रंगनाथ ने कहा, "वे दफ़्तरवाले बड़े शरारती हैं। कैसी-कैसी ग़लतियाँ निकालते हैं !"

जैसे गाँधीजी अपनी प्रार्थना-सभा में समझा रहे हों कि हमें अंग्रेज़ों से घृणा न करनी चाहिए, उसी वज़ह पर लंगड़ ने सिर हिलाकर कहा, "नहीं बापू, दफ़्तरवाले तो अपना काम करते हैं। सारी गड़बड़ी अर्ज़ीनवीस ने की है। विद्या का लोप हो रहा है। नये-नये अर्ज़ीनवीस ग़लत-फ़लत लिख देते हैं।"

रंगनाथ ने मन में इतना तो मंजूर कर लिया कि विद्या का लोप हो रहा है, पर लंगड़ के बताए हुए कारण से वह सहमत नहीं हो सका। वह कुछ कहने जा रहा था, तब तक लंगड़ ने ज़ोर से कहा, "कोई बात नहीं बापू, कल दरख़्वास्त ठीक हो जाएगी।"

वह खट्-खट्-खट् करता चला गया। सनीचर ने कहा, "जाने किस-किस देश के बाँगड़ू शिवपालगंज में इकट्ठा हो रहे हैं।"

रंगनाथ ने उसे समझाया, "सब जगह ऐसा ही है। दिल्ली का भी यही हाल है।"

वह सनीचर को दिल्ली के किस्से सुनाने लगा। जैसे भारतीयों की बुद्धि अंग्रेज़ी की खिड़की से झाँककर संसार का हालचाल देती है, वैसे ही सनीचर की बुद्धि रंगनाथ की खिड़की से झाँकती हुई दिल्ली के हालचाल लेने लगी। दोनों कुछ देर उसी में अटके रहे।

अँधेरा हो चला था, पर अभी हालत ऐसी नहीं थी कि आँख के सामने खड़े हुए आदमी और जानवर में तमीज़ न की जा सके। वैद्यजी की बैठक में एक लालटेन लटका दी गई। सामने रास्ते से तीन नौजवान ज़ोर-ज़ोर से ठहाके लगाते हुए निकले। उनकी बातचीत किसी एक ऐसी घटना के बारे में होती रही जिसमें 'दोपहर,' 'फण्टूश,' 'चकाचक,' 'ताश' और 'पैसे' का ज़िक्र उसी बहुतायत से हुआ जो प्लानिंग कमीशन के अहलकारों में 'इवैल्युएशन,' 'कोआर्डिनेशन,' 'डवटेलिंग' या साहित्यकारों में 'परिप्रेक्ष्य,' 'आयाम,' 'युगबोध,' सन्दर्भ' आदि कहने में पायी जाती है। कुछ कहते-कहते तीनों नौजवा़न बैठक़ से आगे जाकर खड़े हो गए। सनीचर ने कहा, "बद्री भैया इन जानवरों को कुश्ती लड़ना सिखाते हैं। समझ लो, बाघ के हाथ में बन्दूक दे रहे हैं। वैसे ही सालों के मारे लोगों का रास्ता चलना मुश्किल है। दाँव-पेंच सीख गए तो गाँव छोड़ देना होगा।"

---

* सिकहर रस्सी का बुना हुआ एक झोला होता है। अवध के देहातों में इसे छत से लटका देते हैं। प्रायः उस पर दूध, दही आदि की हाँडियाँ रखी जाती हैं।

अचानक नौजवानों ने एक विशेष प्रकार का ठहाका लगाया।

सब वर्गों की हँसी और ठहाके अलग-अलग होते हैं। कॉफ़ी-हाउस में बैठे हुए साहित्यकारों का ठहाका कई जगहों से निकलता है, वह किसी के पेट की गहराई से निकलता है, किसी के गले, किसी के मुँह से और उनमें से एकाध ऐसे भी रह जाते हैं जो सिर्फ़ सोचते हैं कि ठहाका लगाया क्यों गया है। डिनर के बाद कॉफ़ी पीते हुए, छके हुए अफ़सरों का ठहाका दूसरी ही क़िस्म का होता है। वह ज़्यादातर पेट की बड़ी ही अन्दरूनी गहराई से निकलता है। उस ठहाके के घनत्व का उनकी साधारण हँसी के साथ वही अनुपात बैठता है जो उनकी आमदनी का उनकी तनख्वाह से होता है। राजनीतिज्ञों का ठहाका सिर्फ़ मुँह के खोखल से निकलता है और उसके दो ही आयाम होते हैं, उसमें प्रायः गहराई नहीं होती। व्यापारियों का ठहाका होता ही नहीं है और अगर होता भी है तो ऐसे सूक्ष्म और सांकेतिक रूप में, कि पता लग जाता है, ये इनकम-टैक्स के डर से अपने ठहाके का स्टॉक बाहर नहीं निकालना चाहते। इन नौजवानों ने जो ठहाका लगाया था, वह सबसे अलग था। यह शोहदों का ठहाका था, जो आदमी के गले से निकलता है, पर जान पड़ता है, मुर्ग़ों, गीदड़ों और घोड़ों के गले से निकला है।

ठहाका सुनते ही सनीचर ने अधिकार-भरी आवाज़ में कहा, ''यहाँ खड़े-खड़े क्या उखाड़ रहे हो ? जाओ, रास्ता नापो।''

नौजवान अपनी हँसी के पॉकेट बुक-संस्करण प्रकाशित करते हुए अपना रास्ता नापने लगे। तब तक अँधेरे से एक औरत छम-छम करती हुई निकली और लालटेन की धीमी रोशनी में लपलपाती हुई परछाईं छोड़ती दूसरी ओर निकल गई। वह बड़बड़ाती जा रही थी, जिसका तात्पर्य था कि कल के छोकरे जो उसके सामने नंगे-नंगे घूमा करते थे, आज उससे इश्कबाज़ी करने चले हैं। सारे मुहल्ले को यह समाचार देकर कि लड़के उसे छेड़ते हैं और वह अब भी छेड़ने लायक है, वह औरत वहीं अँधेरे में ग़ायब हो गई। सनीचर ने रंगनाथ से कहा, ''न जाने वह काना इस कुतिया को कहाँ से घसीट लाया है ! जब निकलती है, तो कोई-न-कोई इसे छेड़ ही देता है।''

'काना' से पं. राधेलाल का अभिप्राय था। उनकी एक आँख दूसरी से छोटी थी और इसी से गँजहे उनको काना कहने लगे थे।

यह हमारी प्राचीन परम्परा है, वैसे तो हमारी हर बात प्राचीन परम्परा है, कि लोग बाहर जाते हैं और ज़रा-ज़रा-सी बात पर शादी कर बैठते हैं। अर्जुन के साथ चित्रांगदा आदि को लेकर यही हुआ था। यही भारतवर्ष के प्रवर्त्तक भरत के पिता दुष्यन्त के साथ हुआ था, यही ट्रिनिडाड और टोबैगो, बरमा और बैंकाक जानेवालों के साथ होता था, यही अमरीका और यूरोप जानेवालों के साथ हो रहा है और यही पण्डित राधेलाल के साथ हुआ। अर्थात् अपने मुहल्ले में रहते हुए जो बिरादरी के एक इंच भी बाहर जाकर शादी करने की कल्पना-मात्र से बेहोश हो जाते हैं वे भी अपने क्षेत्र से बाहर निकलते ही शादी के मामले में शेर हो जाते हैं। अपने मुहल्ले में देवदास पार्वती से शादी नहीं

कर सका और एक समूची पीढ़ी को कई वर्षों तक रोने का मसाला दे गया था। उसे विलायत भेज दिया जाता तो वह निश्चय ही बिना हिचक किसी गोरी औरत से शादी कर लेता। बाहर निकलते ही हम लोग प्रायः पहला काम यह करते हैं कि किसी से शादी कर डालते हैं और फिर सोचना शुरू करते हैं कि हम यहाँ क्या करने आए थे। तो पं. राधेलाल ने भी, सुना जाता है, एक बार पूरब जाकर कुछ करना चाहा था, पर एक महीने में ही वे इस 'कुतिया' से शादी करके शिवपालगंज वापस लौट आए।

किसी पूर्वी ज़िले की एक शकर-मिल में एक बार पं. राधेलाल को नौकरी मिलने की सम्भावना नज़र आयी। नौकरी चौकीदारी की थी। वे वहाँ जाकर एक दूसरे चौकीदार के साथ रुक गए। तब पं. राधेलाल की शादी नहीं हुई थी और उनके जीवन की सबसे बड़ी समस्या यह थी कि औरत के हाथ का खाना नहीं मिलता। उनके साथी चौकीदार की बीवी ने कुछ दिनों के लिए इस समस्या को सुलझा दिया। वहाँ रहते हुए वह उसका बनाया हुआ खाना खाने लगे। और जैसी कि एक जगत्-प्रसिद्ध कहावत है, स्त्री पेट के रास्ते आदमी के हृदय पर क़ब्जा करती है, उसने पं. राधेलाल के पेट में सुरंग लगा दी और हृदय की ओर बढ़ने लगी। उन्हें उसका बनाया हुआ खाना कुछ ऐसा पसन्द आया और वह खुद अपनी बनायी हुई सुरंग में इस तरह फँस गई कि महीने-भर के भीतर ही वे उसे अपना खाना बनाने के लिए शिवपालगंज ले आए। चलते-चलते उसके घर से ही उन्होंने साल-दो साल के लिए खाने का इन्तज़ाम भी साथ में ले लिया। इस घटना के बाद मिल के क्षेत्र में लोगों ने सोचा कि पं. राधेलाल का साथी चौकीदार उल्लू है। शिवपालगंज में गँजहों ने सोचा कि राधेलाल मर्द का बच्चा है। अब तक उस क्षेत्र में पं. राधेलाल की प्रतिष्ठा 'कभी न उखड़नेवाले गवाह' के रूप में थी, अब वे 'कभी न चूकनेवाले मर्द' के रूप में भी विख्यात हो गए।

वैसे, 'कभी न उखड़नेवाले गवाह' की ख्याति ही पं. राधेलाल की जीविका का साधन थी। वे निरक्षरता और साक्षरता की सीमा पर रहते थे और ज़रूरत पड़ने पर अदालतों में 'दस्तख़त कर लेता हूँ,' 'मैं पढ़ा-लिखा नहीं हूँ' इनमें से कोई भी बयान दे सकते थे। पर दीवानी और फ़ौजदारी क़ानूनों का उन्हें इतना ज्ञान सहज रूप में मिल गया था कि वे किसी भी मुक़दमे में गवाह की हैसियत से बयान दे सकते थे और जिरह में अब तक उन्हें कोई भी वकील उखाड़ नहीं पाया था। जिस तरह कोई भी जज अपने सामने के किसी भी मुक़दमे का फ़ैसला दे सकता है, कोई भी वकील किसी भी मुक़दमे की वकालत कर सकता है, वैसे ही पं. राधेलाल किसी भी मामले के चश्मदीद गवाह बन सकते थे। संक्षेप में, मुक़दमेबाज़ी की ज़ंजीर में वे भी जज, वकील, पेशकार आदि की तरह एक अनिवार्य कड़ी थे और जिस अंग्रेज़ी क़ानून की मोटर पर चढ़कर हम बड़े गौरव के साथ 'रूल ऑफ़ लॉ' की घोषणा करते हुए निकलते हैं, उसके पहियों में वे टाइराड की तरह बँधे हुए उसे मनमाने ढंग से मोड़ते चलते थे। एक बार इजलास में खड़े होकर जैसे ही वे शपथ लेते, 'गंगा-कसम भगवान-कसम, सच-सच कहेंगे,' वैसे ही विरोधी पक्ष से लेकर मजिस्ट्रेट तक समझ जाते कि अब यह सच नहीं बोल सकता। पर ऐसा समझना बिलकुल बेकार था, क्योंकि फ़ैसला समझ से नहीं क़ानून से होता है

और पं. राधेलाल की बात समझने में चाहे जैसी लगे, क़ानून पर खरी उतरती थी।

पं. राधेलाल की जो भी प्रतिष्ठा रही हो, उनकी प्रेयसी की स्थिति बिलकुल साफ़ थी। वह भागकर आयी थी, इसलिए कुतिया थी। लोग उससे मज़ाक कर सकते थे और हमेशा यह समझकर चल सकते थे कि उसे मज़ाक अच्छा लगता है। यह शिवपालगंज के नौजवानों का सौभाग्य था कि कुतिया ने भी उनको निराश नहीं किया। उसे सचमुच ही मज़ाक अच्छा लगता था और इसी से मज़ाक होने पर छूटते ही गाली देती थी, जो कि गँजहों में आत्माभिव्यक्ति का बड़ा जनप्रिय तरीक़ा माना जाता था।

सनीचर रंगनाथ को पं. राधेलाल का क़िस्सा बड़े ही नाटकीय ढंग से सुना रहा था।

तभी उन तीनों नौजवानों में से एक बैठक के दरवाज़े पर आकर खड़ा हो गया। वह नंगे बदन था। उसके जिस्म पर अखाड़े की मिट्टी लगी हुई थी। लँगोटे की पट्टी कमर से पैरों तक हाथी की सूँड की तरह लटकी हुई थी। उन दिनों शिवपालगंज में लँगोटा पहनकर चलनेवालों में यही फ़ैशन लोकप्रिय हो रहा था। सनीचर ने पूछा, ''क्या मामला है छोटे पहलवान ?''

पहलवान ने शरीर के जोड़ों पर दाद खुजलाते हुए कहा, ''बद्री भैया आज अखाड़े में नहीं आए ? कहाँ लपक गए ?''

''लपक कहाँ जाएँगे, इधर-उधर कहीं होंगे ?''

''कहाँ होंगे ?''

''यूनियन का सुपरवाइज़र गेहूँ लदवाकर भाग गया है। उसी की मीटिंग यूनियन में हो रही है। बद्री भी गए होंगे।''

पहलवान ने लापरवाही से चबूतरे पर थूक दिया। कहा, ''बद्री भैया मीटिंग में बैठकर क्या अण्डा देंगे? सुपरवाइज़र को पकड़कर एक धोबीपाट मारते, उसी में साला टें हो जाता! मीटिंग-शीटिंग में क्या होगा?''

रंगनाथ को बात पसन्द आ गई। बोला, ''क्या तुम्हारे यहाँ मीटिंग में अण्डा दिया जाता है ?''

पहलवान ने इधर से किसी सवाल की आशा न की थी। उसने कहा, ''अण्डा नहीं देंगे तो क्या बाल उखाड़ेंगे ? सब मीटिंग में बैठकर राँडों की तरह फाँय-फाँय करते हैं, काम-धाम के वक़्त खूँटा पकड़कर बैठ जाते हैं।''

रंगनाथ को हिन्दी-भाषा के इस रूप का विशेष ज्ञान न था। उसने मन में सोचा, लोग यों ही कहा करते हैं कि हमारी भाषा में सशक्त शब्दों की कमी है। यदि हिन्दी के विद्वानों को छोटे पहलवान की तरह अखाड़े में चार महीने रखा जाए तो व्यक्तिगत असुविधा के बावजूद वे वहाँ की मिट्टी के ज़र्रे-ज़र्रे से इस तरह के शब्दकोश निकालने लगेंगे। रंगनाथ ने अब छोटे पहलवान को आदर की निगाह से देखा। इत्मीनान से बात करने के मतलब से कहा, ''अन्दर आ जाओ पहलवान।''

''बाहर कौन गाज गिर रही है ? हम यहीं चुर्रेट हैं।'' इतना कहकर छोटे पहलवान ने बातचीत में कुछ आत्मीयता दिखायी। पूछा, ''तुम्हारे क्या हाल हैं रंगनाथ गुरू ?''

रंगनाथ पहलवान से अपने बारे में ज़्यादा बात नहीं करना चाहता था। दोनों वक़्त दूध-बादाम पीने और कसरत करने की बात कॉफ़ी-हाउसों में भले ही लोगों की उत्सुकता न जगाये, पर छोटे पहलवान के लिए यह विषय पूरी रात पार करने को काफ़ी था। रंगनाथ बोला, "हम तो बिलकुल फ़िट हैं पहलवान, अपने हाल बताओ। इस सुपरवाइज़र को गेहूँ बेचने की क्या ज़रूरत पड़ी ?"

पहलवान ने फिर नफ़रत के साथ चबूतरे पर थूका, लँगोट की पट्टी को आगे खींचकर कसा और इस प्रकार असफल चेष्टा से यह शुभेच्छा प्रकट की कि वह नंगा नहीं है। इसके बाद अपने को रंगनाथ की समकक्षता में लाकर बोला, "अरे गुरु, कहा है, 'तन पर नहीं लत्ता, पान खायँ अलबत्ता' वही हाल था। लखनऊ में दिन-रात फुटट्फैरी करता था। तो, बिना मसाले के फुटट्फैरी कैसी ? गेहूँ तो बेचेगा ही।"

"यह फुट्टफैरी क्या चीज़ है ?"

पहलवान हँसा, "फुट्टफैरी नहीं समझे। वह ससुरा बड़ा लासेबाज़ था। तो लासेबाज़ी कोई हँसी-ठट्ठा है ! बड़ों-बड़ों का गूदा निकल आता है। जमुनापुर की रियासत तक इसी में तिड़ी-बिड़ी हो गई।"

देसी विश्वविद्यालयों के लड़के अंग्रेज़ी फिल्म देखने जाते हैं। अंग्रेज़ी बातचीत समझ में नहीं आती, फिर भी बेचारे मुस्कराकर दिखाते रहते हैं कि वे सब समझ रहे हैं और फ़िल्म बड़ा मज़ेदार है। नासमझी के माहौल में रंगनाथ भी उसी तरह मुस्कराता रहा। पहलवान कहता रहा, "गुरू, इस रामसरूप सुपरवाइज़र की नक्शेबाज़ी मैं पहले से देख रहा था। बद्री पहलवान से मैंने तभी कह दिया था कि वस्ताद, यह लखनऊ लासेबाजी की फिराक में जाता है। तब तो बद्री वस्ताद भी कहते रहे कि 'टाँय-टाँय न कर छोटू, साला आग खायेगा तो अंगार हगेगा।' अब वह आग भी खा गया और गेहूँ भी तिड़ी कर ले गया। पहले तो बैद महाराज भी छिपाए बैठे रहे, अब जब पानी का हगा उतरा आया है तो सब यूनियन के दफ़्तर में बैठकर फुसर-फुसर कर रहे हैं। सुना है प्रस्ताव पास करेंगे। प्रस्ताव न पास करेंगे, पास करेंगे घण्टा। गल्ला-गोदाम का सब गल्ला तो रामसरूप निकाल ले गया। अब जैसे प्रस्ताव पास करके ये उसका कुछ उखाड़ लेंगे।"

रंगनाथ ने कहा, "बद्री से तुमने बेकार ही बात की। बैदजी से अपना शुबहा बताते तो वह तभी इस सुपरवाइज़र को यहाँ से हटवा देते।"

"अरे गुरू, मुँह न खुलवाओ, बैदजी तुम्हारे मामा हैं, पर हमारे कोई बाप नहीं लगते। सच्ची बात ठाँस दूँगा तो कलेजे में कल्लायेगी, हाँ !"

सनीचर ने कहा, "छोटू पहलवान, आज बहुत छानकर चले हो क्या ? बड़ी रंगबाज़ी झाड़ रहे हो।"

छोटे पहलवान बोले, "रंगबाज़ी की बात नहीं बेटा, मेरा तो रोआँ-रोआँ सुलग रहा है ! जिस किसी की दुम उठाकर देखो, मादा ही नज़र आता है। बैद महाराज के हाल हमसे न कहलाओ। उनका खाता खुल गया तो भम्भक-जैसा निकल आएगा। मूँदना भी

मुश्किल हो जाएगा। यही रामसरूप रोज बैदजी के ही मुँह-में-मुँह डालकर तीन-तेरह की बातें करता था और जब दो ठेला गेहूँ लदवाकर रफूचक्कर हो गया तो दो दिन से टिलटिला रहे हैं। हम भी यूनियन में हैं। कह रहे थे, प्रस्ताव में चलकर हाथ उठा दो। हम बोले कि हमसे हाथ न उठवाओ महाराज; मैं हाथ उठाऊँगा तो लोग काँखने लगेंगे। हाँ ! यही रामसरूप रोज़ शहर में घसड़-फसड़ करता घूमता है, उसे पकड़वाकर एक-लक्खी इमारत में बन्द कराते नहीं, कहते हैं कि प्रस्ताव कर लो। बद्री वस्ताद खुद बिलबिलाये हुए हैं, पर सगे बाप का मामला, यह जाँघ खोलो तो लाज और वह खोलो तो लाज।''

तब तक बैठक के सामने लोगों के आने की आवाज़ें सुनायी दीं। चबूतरे पर खद्दर की धोती, कुरता, सदरी टोपी और चादर में भव्यमूर्ति वैद्य महाराज प्रकट हुए। उनके पीछे कई और चेले-चपाड़े। बद्री पहलवान सबसे पीछे थे। चेहरा बिना तोबड़े की सहायता के ही तोबड़ा-जैसा हो रहा था। उन्हें देखते ही छोटे ने कहा, ''वस्ताद, एक बड़ा फण्टूश मामला है। बड़ी देर से बताने के लिए खड़ा हूँ।''

''खड़े हो तो कौन पिघले जा रहे हो ? क्या मामला है ?'' कहकर बद्री पहलवान ने छोटे का स्वागत किया। गुरु-शिष्य चबूतरे के दूसरे छोर पर बातचीत करने के लिए चले गए।

वैद्यजी और चार-पाँच आदमी अन्दर आ गए। एक ने इत्मीनान की बड़ी लम्बी साँस खींची जो ख़त्म होते-होते एक सिसकी में बदल गई। दूसरा तख़्त पर बैठ गया और उसने इतने ज़ोर से जम्हाई ली कि पहले तो वह जम्हाई रही, पर आख़िर में सीटी पर आकर ख़त्म हुई। वैद्यजी ने भी तकिये के सहारे बैठकर अपनी टोपी और कुरता इस अन्दाज़ से तख़्त के दूसरे छोर पर फेंका जैसे कोई बड़ा गवैया एक लम्बी तान लगा चुकने के बाद सम पर आ गया हो। यह स्पष्ट हो गया कि सभी लोग कोई बड़ा काम करके थकान उतारने की स्थिति में आ गए हैं। सनीचर बोला, ''महाराज, बहुत थकान आ गई हो तो एक बार फिर छनवा दूँ।''

वैद्यजी कुछ नहीं बोले। यूनियन के एक डायरेक्टर ने कहा, ''दुबारा तो वहीं यूनियन में छन चुकी है। बढ़िया माल। दूधिया। अब घर चलने का नम्बर है।''

वैद्यजी कुछ देर पूर्ववत् चुप बैठे हुए दूसरों की बातें सुनते रहे। यह आदत उन्होंने तभी से डाल ली थी जब से उन्हें विश्वास हो गया था कि जो खुद कम खाता है, दूसरों को ज़्यादा खिलाता है; खुद कम बोलता है, दूसरों को ज़्यादा बोलने देता है; वही खुद कम बेवकूफ़ बनता है, दूसरे को ज़्यादा बेवकूफ़ बनाता है। फिर वे अचानक बोले, ''रंगनाथ, तुम्हारी क्या राय है ?''

जिस तरह बिना बात बताये हुए वैद्यजी ने राय माँगी थी, उसी तरह बिना बात समझे हुए रंगनाथ ने कहा, ''जी, जो होता है, अच्छा ही होता है।''

वैद्यजी मूँछों-ही-मूँछों में मुस्कराए। बोले, ''तुमने बहुत उचित कहा। बद्री प्रस्ताव के विरुद्ध था, पर बाद में वह भी चुप हो गया। प्रस्ताव एकमत से पास हो गया। जो हुआ, अच्छा ही हुआ !''

रंगनाथ को बाद में ध्यान आया कि वह अपनी राय यों ही लुटा चुका है। उसने उत्सुकतापूर्वक पूछा, "क्या प्रस्ताव किया आप लोगों ने ?"

"हम लोगों ने प्रस्ताव किया है कि सुपरवाइज़र ने जो हमारी आठ हज़ार रुपये की हानि की है, उसकी पूर्ति के लिए सरकार अनुदान दे।" रंगनाथ इस तर्क से लड़खड़ा गया। बोला, "सरकार से क्या मतलब ? ग़बन आपकी यूनियन के सुपरवाइज़र ने किया और उसका हरजाना सरकार दे ?"

"तो कौन देगा ? सुपरवाइज़र तो अलक्षित हो चुका है। हमने पुलिस में सूचना दे दी है। आगे सरकार का दायित्व है। हमारे हाथ में कुछ भी नहीं है। होता, तो सुपरवाइज़र को पकड़कर उससे गेहूँ का मूल्य वसूल लेते। अब जो करना है, सरकार करे। या तो सरकार सुपरवाइज़र को बन्दी बनाकर हमारे सामने प्रस्तुत करे या कुछ और करे। जो भी हो, यदि सरकार चाहती है कि हमारी यूनियन जीवित रहे और उसके द्वारा जनता का कल्याण होता रहे तो उसे ही यह हरजाना भरना पड़ेगा। अन्यथा यह यूनियन बैठ जाएगी। हमने अपना काम कर दिया, आगे का काम सरकार का है। उसकी अकर्मण्यता भी हम जानते हैं।"

वैद्यजी इतनी तर्कसंगत बातें कर रहे थे कि रंगनाथ का दिमाग चकरा गया। वे 'शासन की अकर्मण्यता', 'जनता का कल्याण,' 'दायित्व' आदि शब्द बार-बार अपनी बात में ला रहे थे। रंगनाथ को यक़ीन हो गया कि नये ज़माने में लोग जैसी भाषा समझते हैं, उसके मामा पुरानी पीढ़ी के होकर भी वैसी ही भाषा बोलना जानते हैं।

बद्री पहलवान छोटे से बातचीत करके वापस आ गए थे। बोले, "रामाधीन के यहाँ डाका तो नहीं पड़ा, पर इधर-उधर चोरियाँ होने की ख़बरें आयी हैं।"

वे अपने बाप के सामने प्रायः अदब से बोलते थे। यह बात भी उन्होंने इस तरह से कही जैसे छोटे और उनके बीच की बात का यही निष्कर्ष था और उसे बताना उनका कर्त्तव्य था।

वैद्यजी ने कहा, "चोरी ! डकैती ! सर्वत्र यही सुन पड़ता है। देश रसातल को जा रहा है।"

बद्री पहलवान ने इसे अनसुना करके, जैसे कोई हेल्थ-इंस्पेक्टर हैज़े से बचाव के उपाय बता रहा हो, जनसाधारण से कहा, "पूरे गाँव में चोरी की चर्चा है। जागते हुए सोना चाहिए।"

सनीचर ने उछलकर अपना आसन बदला और पूछा, "जागते हुए कैसे सोया जाता है, पहलवान ?"

बद्री ने सीधी आवाज़ में कहा, "टिपिर-टिपिर मत करो। मुझे आज मज़ाक अच्छा नहीं लग रहा है।"

चबूतरे पर जाकर अँधेरे में छोटे पहलवान के पास खड़े हो गए।

10

छंगामल विद्यालय इंटर कॉलिज की स्थापना 'देश के नव-नागरिकों को महान् आदर्शों की ओर प्रेरित करने एवं उन्हें उत्तम शिक्षा देकर राष्ट्र का उत्थान करने हेतु' हुई थी। कॉलिज का चमकीले नारंगी काग़ज़ पर छपा हुआ 'संविधान एवं नियमावली' पढ़कर यथार्थ की गन्दगी में लिपटा हुआ मन कुछ वैसा ही निर्मल और पवित्र हो जाता था जैसे भारतीय संविधान में मौलिक अधिकारों का अध्याय पढ़कर।

क्योंकि इस कॉलिज की स्थापना राष्ट्र के हित में हुई थी, इसलिए उसमें और कुछ हो या नहीं, गुटबन्दी काफ़ी थी। वैसे गुटबन्दी जिस मात्रा में थी, उसे बहुत बढ़िया नहीं कहा जा सकता था; पर जितने कम समय में वह विकसित हुई, उसे देखकर लगता था, काफ़ी अच्छा काम हुआ है। वह दो-तीन साल ही में पड़ोस के कॉलिजों की गुटबन्दी की अपेक्षा ज़्यादा ठोस दिखने लगी थी। बल्कि कुछ मामलों में तो वह अखिल भारतीय संस्थाओं तक का मुक़ाबला करने लगी थी।

प्रबन्ध-समिति में वैद्यजी का दबदबा था, पर रामाधीन भीखमखेड़वी अब तक उसमें अपना गुट बना चुके थे। इसके लिए उन्हें बड़ी साधना करनी पड़ी। काफ़ी दिनों तक वे अकेले ही अपने गुट बने रहे, बाद में एकाध मेम्बर भी उनकी ओर खिंचे। अब बड़ी मेहनत के बाद कॉलिज के नौकरों में दो गुट बन पाए थे, पर उनमें अभी बहुत काम होना था। प्रिंसिपल साहब तो वैद्यजी पर पूरी तरह आश्रित थे, पर खन्ना मास्टर अभी उसी तरह रामाधीन के गुट पर आश्रित नहीं हो पाए थे। उन्हें खींचना बाक़ी था। लड़कों में भी अभी दोनों गुटों की हमदर्दी के आधार पर अलग-अलग गुट नहीं बने थे। उनमें आपसी गाली-गलौज और मारपीट होती तो थी, पर इन कार्यक्रमों को अभी तक उचित दिशा नहीं मिल पाती थी। गुटबन्दी के उद्देश्य से न होकर ये काम व्यक्तिगत कारणों से होते थे और इस तरह लड़कों की गुण्डागर्दी की शक्ति व्यक्तिगत स्वार्थों पर नष्ट होती जाती थी, उसका उपयोग राष्ट्र के सामूहिक हित में नहीं होता रहा था। गुटबन्दों को अभी इस दिशा में भी बहुत काम करना था।

यह सही है कि वैद्यजी को छोड़कर कॉलिज के गुटबन्दों में अभी अनुभव की कमी थी। उनमें परिपक्वता नहीं थी, पर प्रतिभा थी। उसका चमत्कार साल में एकाध बार जब फूटता, तो उसकी लहर शहर तक पहुँचती। वहाँ कभी-कभी ऐसे दाँव भी चले जाते जो बड़े-बड़े पैदायशी गुटबन्दों को भी हैरानी में डाल देते। पिछले साल रामाधीन ने वैद्यजी पर एक ऐसा ही दाँव फेंका था। वह खाली गया, पर उसकी चर्चा दूर-दूर तक हुई। अख़बारों में ज़िक्र आ गया। उससे एक गुटबन्द इतना प्रभावित हुआ कि वह शहर से कॉलिज तक सिर्फ़ दोनों गुटों की पीठ ठोंकने को दौड़ा चला आया। वह एक सीनियर

गुटबन्द था और अक्सर राजधानी में रहता था। पिछले चालीस साल से वह अपने चौबीसों घण्टे केवल गुटबन्दी के नाम अर्पित किये हुए था। उसकी ज़िन्दगी ही गुटबन्दी का चलता-फिरता छोत बन गई थी। वह अखिल भारतीय स्तर का आदमी था और उसके बयान रोज़ अखबार में पहले पन्नों पर छपते थे, जिनमें देश-भक्ति और गुटबन्दी का अनोखा संगम होता था। उसके एक बार कॉलिज में आ चुकने के बाद लोगों को इत्मीनान हो गया था कि यहाँ अब कॉलिज भले ही खत्म हो जाय, गुटबन्दी खत्म नहीं होगी।

सवाल है : गुटबन्दी क्यों थी ?

यह पूछना वैसा ही है जैसे पानी क्यों बरसता है ? सत्य क्यों बोलना चाहिए ? वस्तु क्या है और ईश्वर क्या है ? वास्तव में यह एक सामाजिक मनोवैज्ञानिक यानी लगभग दार्शनिक सवाल है। इसका जवाब जानने के लिए दर्शन-शास्त्र जानने की ज़रूरत है और दर्शन-शास्त्र जानने के लिए हिन्दी का कवि या कहानीकार होने की ज़रूरत है।

सभी जानते हैं कि हमारे कवि और कहानीकार वास्तव में दार्शनिक हैं और कविता या कथा-साहित्य तो वे सिर्फ़ यूँ ही लिखते हैं। किसी भी सुबुक-सुबुकवादी उपन्यास में पढ़ा जा सकता है कि नायक ने नायिका के जलते हुए होंठों पर होंठ रखे और कहा, ''नहीं-नहीं निशी, मैं उसे नहीं स्वीकार कर सकता। वह मेरा सत्य नहीं है। वह तुम्हारा अपना सत्य है।''

निशी का ब्लाउज़ जिस्म से चूकर ज़मीन पर गिर जाता है। वह अस्फुट स्वर में कहती है, ''निक्कू, क्या तुम्हारा सत्य मेरे सत्य से अलग है ?''

इसी को 'ठाँय' कहते हैं। इसी के साथ निशी और निक्कू फिलासफी की हज़ार मीटरवाली दौड़ पर निकल पड़ते हैं। अब निशी की 'ब्रा' भी ज़मीन पर गिर जाती है, निक्कू की टाई और कमीज़ हवा में उड़ जाती है। गिरते-पड़ते, एक-दूसरे पर लोटते-पोटते वे मैदान के दूसरे छोर पर लगे हुए फीते को सत्य समझकर किसी तरह यहाँ पहुँचते हैं; तब पता चलता है, वह सत्य नहीं है। फिर संयोग-शृंगार, जलते हुए होंठ। फिलासफी की मार। थोड़ी ही देर में वे मैदान छोड़कर जंगल में आ जाते हैं और पत्थरों से छिलते हुए, काँटों से बिंधे, नंगे बदन, झाँक-झाँककर प्रत्येक झाड़ी में देखते हैं और इस तरह नंगापन, सुबुक-सुबुक, चूमाचाटी, व्याख्यान आदि के माहौल में उस खरगोश का पीछा करते रहते हैं जिसका कि नाम सत्य है।

यह फिलासफी लगभग सभी महत्त्वपूर्ण काव्यों और कथाओं में होती है और इसीलिए ठीक नहीं कि इस उपन्यास के पाठक भी काफी देर से फिलासफी के एक लटके का इन्तज़ार कर रहे हों और सोच रहे हों, हिन्दी का यह उपन्यासकार इतनी देर से और सब तो कह रहा है, फिलासफी क्यों नहीं कहता ? क्या मामला है ? यह फ्रॉड तो नहीं है ?

यह सही है कि 'सत्य' 'अस्तित्व' आदि शब्दों के आते ही हमारा कथाकार चिल्ला उठता है, ''सुनो भाइयो, यह क़िस्सा-कहानी रोककर मैं थोड़ी देर के लिए तुमको फिलासफी पढ़ाता हूँ, ताकि तुम्हें यक़ीन हो जाय कि वास्तव में मैं फिलासफर था, पर

बचपन के कुसंग के कारण यह उपन्यास (या कविता) लिख रहा हूँ। इसलिए हे भाइयो, लो, यह सोलह-पेजी फिलासफी का लटका; और अगर मेरी किताब पढ़ते-पढ़ते तुम्हें भ्रम हो गया हो कि मुझे औरों-जैसी फिलासफी नहीं आती, तो उस भ्रम को इस भ्रम से काट दो... ।''

तात्पर्य यह है, क्योंकि फिलासफी बघारना प्रत्येक कवि और कथाकार के लिए अपने-आपमें एक 'वैल्यू' है, क्योंकि मैं कथाकार हूँ, क्योंकि 'सत्य', 'अस्तित्व' आदि की तरह 'गुटबन्दी'-जैसे एक महत्त्वपूर्ण शब्द का ज़िक्र आ चुका है, इसीलिए सोलह पृष्ठ के लिए तो नहीं, पर एक-दो पृष्ठ के लिए अपनी कहानी रोककर मैं भी पाठकों से कहना चाहूँगा कि सुनो-सुनो हे भाइयो, वास्तव में तो मैं एक फिलासफर हूँ, पर बचपन के कुसंग के कारण... ।

वेदान्त के अनुसार—जिसका हवाला वैद्यजी आयुर्वेद के पर्याय के रूप में दिया करते थे—गुटबन्दी परात्मानुभूति की चरम दशा का एक नाम है। उसमें प्रत्येक 'तू', 'मैं' को और प्रत्येक 'मैं', 'तू'—को अपने से ज़्यादा अच्छी स्थिति में देखता है। वह उस स्थिति को पकड़ना चाहता है। 'मैं' 'तू' और 'तू' 'मैं' को मिटाकर 'मैं' की जगह 'तू' और 'तू' की जगह 'मैं' बन जाना चाहता है।

वेदान्त हमारी परम्परा है और चूँकि गुटबन्दी का अर्थ वेदान्त से खींचा जा सकता है, इसलिए गुटबन्दी भी हमारी परम्परा है, और दोनों हमारी सांस्कृतिक परम्पराएँ हैं। आज़ादी मिलने के बाद हमने अपनी बहुत-सी सांस्कृतिक परम्पराओं को फिर से खोदकर निकाला है। तभी हम हवाई जहाज़ से यूरोप जाते हैं, पर यात्रा का प्रोग्राम ज्योतिषी से बनवाते हैं; फॉरेन ऐक्सचेंज और इनकमटैक्स की दिक्क़तें दूर करने के लिए बाबाओं का आशीर्वाद लेते हैं, स्कॉच व्हिस्की पीकर भगन्दर पालते हैं और इलाज के लिए योगाश्रमों में जाकर साँस फुलाते हैं, पेट सिकोड़ते हैं। उसी तरह विलायती तालीम में पाया हुआ जनतन्त्र स्वीकार करते हैं और उसको चलाने के लिए अपनी परम्परागत गुटबन्दी का सहारा लेते हैं। हमारे इतिहास में—चाहे युद्धकाल रहा हो, या शान्तिकाल—राजमहलों से लेकर खलिहानों तक गुटबन्दी द्वारा 'मैं' को 'तू' और 'तू' को 'मैं' बनाने की शानदार परम्परा रही है। अंग्रेज़ी राज में अंग्रेज़ों को बाहर भगाने के झंझट में कुछ दिनों के लिए हम उसे भूल गए थे। आज़ादी मिलने के बाद अपनी और परम्पराओं के साथ इसको भी हमने बढ़ावा दिया है। अब हम गुटबन्दी को तू-तू, मैं-मैं, लात-जूता साहित्य और कला आदि सभी पद्धतियों से आगे बढ़ा रहे हैं। यह हमारी सांस्कृतिक आस्था है। यह वेदान्त को जन्म देनेवाले देश की उपलब्धि है। यही, संक्षेप में, गुटबन्दी का दर्शन, इतिहास और भूगोल है।

इन मूल कारणों के साथ कॉलिज में गुटबन्दी का एक दूसरा कारण लोगों का यह विचार था कि कुछ होते रहना चाहिए। यहाँ सिनेमा नहीं है, होटल नहीं है, कॉफ़ी-हाउस नहीं, मारपीट, छुरेबाजी, सड़क की दुर्घटनाएँ, नये-नये फ़ैशनों की लड़कियाँ, नुमायशें,

गाली-गलौजवाली सार्वजनिक सभाएँ—ये भी नहीं हैं। लोग कहाँ जाएँ ? क्या देखें ? क्या सुनें ? इसलिए कुछ होते रहना चाहिए।

चार दिन हुए, कॉलिज में एक प्रेम-पत्र पकड़ा गया था जो एक लड़के ने लड़की को लिखा था। लड़के ने चालाकी दिखायी थी; पत्र पढ़ने से लगता था कि वह सवाल नहीं, लड़की के पत्र का जवाब है; पर चालाकी कारगर नहीं हुई। लड़का डाँटा गया, पीटा गया, कॉलिज से निकाला गया, फिर उसके बाप के इस आश्वासन पर कि लड़का दोबारा प्रेम न करेगा, और इस वादे पर कि कॉलिज के नये ब्लाक के लिए पचीस हज़ार ईंटें दे दी जाएँगी, कॉलिज में फिर से दाख़िल कर लिया गया। कुछ हुआ भी तो उसका असर चार दिन से ज़्यादा नहीं रहा। उससे पहले एक लड़के के पास देसी कारतूसी तमंचा बरामद हुआ था। तमंचा बिना कारतूस का था और इतना भोंडा बना था कि इस देश के लोहारों की कारीगरी पर रोना आता था। पर इन कमजोरियों के होते हुए भी कॉलिज में पुलिस आ गई और लड़के को और वैद्यजी का आदमी होने के बावजूद क्लर्क साहब को, लेकर थाने पर चली गई। लोग प्रतीक्षा करते रहे कि कुछ होनेवाला है और लगा कि चार-छः दिन तक कुछ होता रहेगा। पर शाम तक पता चला कि जो निकला था वह तमंचा नहीं था, बल्कि लोहे का एक छोटा-सा टुकड़ा था, और क्लर्क साहब थाने पर पुलिस के कहने से नहीं बल्कि अपने मन से तफ़रीह करने के लिए चले गए थे और लड़का गुण्डागिरी नहीं कर रहा था बल्कि बाँसुरी बहुत अच्छी बजाता था। शाम को जब क्लर्क तफ़रीह करता हुआ और लड़का बाँसुरी बजाता हुआ थाने से बाहर निकला, तो लोगों की तबीयत गिर गई। वे समझ गए कि यह तो कुछ भी नहीं हुआ और उनके सामने फिर वही शाश्वत प्रश्न पैदा हो गया : अब क्या हो ?

इस वातावरण में लोगों की निगाह प्रिंसिपल साहब और वैद्यजी पर पड़ी थी। वैद्यजी तो अपनी जगह मदनमोहन मालवीय-शैली की पगड़ी बाँधे हुए इत्मीनान से बैठे थे, पर प्रिंसिपल साहब को देखकर लगता था कि वे बिना किसी सहारे के बिजली के खम्भे पर चढ़े हुए और दूर से ही किसी को देखकर चीख़ रहे हैं : 'देखो, देखो, वह कोई शरारत करना चाहता है।' उनकी निगाह में सन्देह था और अपनी जगह पर चिपके हुए प्रत्येक भारतवासी का यह भय था कि कोई हमें खींचकर हटा न दे। लोग कमज़ोरी ताड़ गए और उनको, और उसी लपेट में वैद्यजी को लुलुहाने लगे। उधर वे लोग भी मार न पड़ जाए, इस डर से पहले ही मारने पर आमादा हो गए।

उन्हीं दिनों एक दिन खन्ना मास्टर को किसी ने बताया कि हर कॉलिज में एक प्रिंसिपल और एक वाइस-प्रिंसिपल होता है। वे इतिहास पढ़ाते थे और कॉलिज के सबसे बड़े लेक्चरार थे। इसी धोखे में वे एक दिन वैद्यजी से कह आए कि उन्हें वाइस-प्रिंसिपल बनाया जाना चाहिए। वैद्यजी ने सिर हिलाकर कहा कि यह एक नवीन विचार है, नवयुवकों को नवीन चिन्तन करते ही रहना चाहिए, उनके प्रत्येक नवीन विचार का मैं स्वागत करता हूँ, पर यह प्रश्न प्रबन्ध-समिति के देखने का है, उसकी अगली बैठक में यदि यह प्रश्न आया तो इस पर समुचित विचार किया जाएगा। खन्ना मास्टर ने यह नहीं सोचा कि प्रबन्ध-समिति की अगली बैठक कभी नहीं होती। उन्होंने तत्काल वाइस-

प्रिंसिपल का पद पाने के लिए एक दरख़्वास्त लिखी और प्रिंसिपल को इस प्रार्थना के साथ दे दी कि इसे प्रबन्ध-समिति की अगली बैठक में पेश कर दिया जाए।

प्रिंसिपल साहब खन्ना मास्टर की इस हरकत पर हैरान रह गए। उन्होंने वैद्यजी से जाकर पूछा, ''खन्ना को यह दरख़्वास्त देने की सलाह आपने दी है ?''

इसका उत्तर वैद्यजी ने तीन शब्दों में दिया, ''अभी नवयुवक हैं।''

इसके बाद कुछ दिनों तक प्रिंसिपल साहब शिवपालगंज के रास्ते पर मिलनेवाले हर आदमी से प्राणिशास्त्र का यह तथ्य बताते रहे कि आजकल के लोग न जाने कैसे हो गए हैं। खन्ना मास्टर की इस हरकत का वर्णन वे 'मुँह में राम बग़ल में छुरी,' 'हमारी ही पाली लोमड़ी, हमारे ही घर में हुआ-हुआ' (यद्यपि लोमड़ी 'हुआ-हुआ' नहीं करती), 'पीठ में छुरा भोंकना', 'मेंढक को जुकाम हुआ है' जैसी कहावतों के सहारे करते रहे। एक दिन उन्होंने चौराहे पर खड़े होकर प्रतीकवादी ढंग से कहा, ''एक दिन किसी घोड़े के सुम में नाल ठोंकी जा रही थी। उसे देखकर एक मेंढक को शौक चर्राया कि हम भी नाल ठुकायेंगे। बहुत कहने पर नालवाले ने मेंढक के पैर में ज़रा-सी कील ठोंक दी। बस, मेंढक भाई वहीं ढेर हो गए। शौकीनी का नतीजा बुरा होता है।''

इस पंचतन्त्र के पीछे वही भय था : आज जो वाइस-प्रिंसिपल होना चाहता है वह क़ल प्रिंसिपल चाहेगा। इसके लिए वह प्रबन्ध-समिति के मेम्बरों को अपनी ओर तोड़ेगा। मास्टरों का गुट बनाएगा। लड़कों को मारपीट के लिए उकसाएगा। ऊपर शिकायतें भिजवाएगा। वह कमीना है और कमीना रहेगा।

सच्चाई छुप नहीं सकती बनावट के उसूलों से,
कि खुशबू आ नहीं सकती कभी कागज के फूलों से।

इस कविता को ऊपर दर्ज करके रामाधीन भीखमखेड़वी ने वैद्यजी को जो पत्र लिखा था, उसका आशय था कि प्रबन्ध-समिति की बैठक, जो पिछले तीन साल से नहीं हुई है, दस दिन में बुलायी जानी चाहिए और कॉलिज की साधारण समिति की सालाना बैठक—जो कि कॉलिज की स्थापना के साल से अब तक नहीं हुई है—के बारे में वहाँ विचार होना चाहिए। उन्होंने विचारणीय विषयों में वाइस-प्रिंसिपल की तक़र्रुरी का भी हवाला दिया था।

प्रिंसिपल साहब जब यह पत्र अपनी जेब में डालकर वैद्यजी के घर से बाहर निकले तो उन्हें अचानक उससे गर्मी-सी निकलती महसूस हुई। उन्हें जान पड़ा कि उनकी कमीज झुलस रही है और गर्मी की धाराएँ कई दिशाओं में बहने लगी हैं। एक धारा उनके कोट को झुलसाने लगी, दूसरी कमीज के नीचे से निकलकर उनकी पैण्ट के अन्दर घुस गई और उसके कारण उनके पैर तेज़ी से बढ़ने लगे। एक तीसरी धारा उनके आँख, कान और नाक पर लाल पालिश चढ़ाती हुई खोपड़ी के उस गड्ढे की ओर बढ़ने लगी जहाँ कुछ आदमियों के दिमाग हुआ करता है।

कॉलिज के फाटक पर ही उन्हें रुप्पन बाबू मिल गए और उन्होंने रुककर कहना शुरू किया, ''देख लिया तुमने ? खन्ना रामाधीन का खूँटा पकड़कर बैठे हैं। वाइस-प्रिंसिपली का शौक चर्राया है। एक बार एक मेंढक ने देखा कि घोड़े के नाल ठोंकी जा

रही है तो उसने भी...''

रुप्पन बाबू कॉलिज छोड़कर कहीं बाहर जा रहे थे और जल्दी में थे। बोले, ''जानता हूँ। मेंढकवाला किस्सा यहाँ सभी को मालूम है। पर मैं आपसे एक बात साफ़-साफ़ बता दूँ। खन्ना से मुझे हमदर्दी नहीं है, पर मैं समझता हूँ कि यहाँ एक वाइस-प्रिंसिपल का होना ज़रूरी है। आप नहीं रहते तो यहाँ सभी मास्टर कुत्ते-बिल्लियों की तरह लड़ते हैं। टीचर्स-रूम में वह गुण्डागर्दी होती है कि क्या बतायें। वही हें-हें, ठें-ठें, फें-फें।'' वे गम्भीर हो गए और आदेश के ढंग से कहने लगे, ''प्रिंसिपल साहब, मैं समझता हूँ कि हमारे यहाँ एक वाइस-प्रिंसिपल भी होना चाहिए। खन्ना सबसे ज्यादा सीनियर हैं। उन्हीं को बन जाने दीजिए। सिर्फ़ नाम की बात है, तनख़्वाह तो बढ़नी नहीं है।''

प्रिंसिपल साहब का दिल इतने ज़ोर से धड़का कि लगा, उछलकर फेफड़े में घुस जाएगा। वे बोले, ''ऐसी बात अब कभी भूलकर भी न कहना रुप्पन बाबू ! ये खन्ना-वन्ना चिल्लाने लगेंगे कि तुम उनके साथ हो। यह शिवपालगंज है। मज़ाक में भी सोचकर बोलना चाहिए।''

''मैं तो सच्ची बात कहता हूँ। ख़ैर, देखा जाएगा।'' कहते-कहते रुप्पन बाबू आगे बढ़ गए।

प्रिंसिपल साहब तेज़ी से अपने कमरे में आ गए। ठण्डक थी, पर उन्होंने कोट उतार दिया। शिक्षा-सम्बन्धी सामानों की सप्लाई करनेवाली किसी दुकान का एक कैलेण्डर ठीक उनकी नाक के सामने दीवार पर टँगा हुआ था जिसमें नंगे बदन पर लगभग एक पारदर्शक साड़ी लपेटे हुए कोई फिल्म-एक्ट्रैस एक आदमी की ओर लड्डू-जैसा बढ़ा रही थी। आदमी चेहरे पर बड़े-बड़े बाल बढ़ाये हुए, एक हाथ आँखों के सामने उठाये, ऐसा मुँह बना रहा था जैसे लड्डू खाकर उसे अपच हो गया हो। ये मेनका और विश्वामित्र थे। वे इन्हीं को थोड़ी देर देखते रहे, फिर घण्टी बजाने की जगह ज़ोर से चिल्लाकर उन्होंने चपरासी को बुलाया और कहा, ''खन्ना को बुलाओ।''

चपरासी ने रहस्य के स्वर में कहा, ''फ़ील्ड की तरफ़ गए हैं। मालवीयजी साथ में हैं।''

प्रिंसिपल ने उकताकर सामने रखे हुए क़लमदान को घसीटकर दूर रख दिया। क़लमदान भी नमूने के तौर पर किसी ऐजुकेशन एम्पोरियम से मुफ़्त में मिला था और जिस तरह प्रिंसिपल साहब ने उसे दूर पर पटका था, उससे लगता था, उस साल एम्पोरियम का कोई भी माल कॉलिज में नहीं खरीदा जाएगा। पर प्रिंसिपल साहब का मतलब यह नहीं था; वे इस वक़्त चपरासी को सिर्फ़ यह बताना चाहते थे कि वे उसकी खुफ़िया रिपोर्ट अभी सुनने को तैयार नहीं हैं। उन्होंने कड़ककर कहा, ''मैं कहता हूँ, खन्ना को इसी वक्त बुलाओ।''

चपरासी गाढ़े का साफ़ कुरता और साफ़ धोती पहने हुए था। उसके पैरों में खड़ाऊँ और माथे पर तिलक था। उसने शान्तिपूर्वक कहा, ''जा रहा हूँ। खन्ना को बुलाये लाता हूँ। इतना नाराज़ क्यों हो रहे हैं ?''

प्रिंसिपल साहब दाँत पीसते हुए तिरछी निगाहों से मेज़ पर रखे हुए टीन के एक टुकड़े को देखते रहे। इस पर पॉलिश करके एक लाल गुलाब का फूल बना दिया गया था। नीचे तारीख और महीना बताने के लिए कैलेण्डर लगाया गया था। इसे शराब बनाने की एक प्रसिद्ध फ़र्म ने पं. जवाहरलाल नेहरू की यादगार में बनवाया था और मुफ़्त में चारों दिशाओं में इस विश्वास के साथ भेजा था कि जहाँ यह कैलेण्डर जाएगा वहाँ की जनता पं. जवाहरलाल नेहरू के आदर्शों को और इस फर्म की शराब को कभी न भूलेगी। पर इस वक़्त कैलेण्डर का प्रिंसिपल साहब पर कोई असर नहीं हुआ। पं. नेहरू के लाल गुलाब ने उन्हें शान्ति नहीं दी; न फेनदार बियर की कल्पना ने उनकी आँखों को मूँदने के लिए मजबूर किया। वे दाँत पीस रहे थे और पीसते रहे। अचानक, जिस वक़्त चपरासी का खड़ाऊँ दरवाज़े की चौखट पार कर रहा था, उन्होंने कहा, ''रामाधीन इन्हें वाइस-प्रिंसिपली दिलायेंगे ! टुच्चे कहीं के !''

चपरासी घूम पड़ा। दरवाज़े पर खड़े-खड़े बोला, ''गाली दे रहे हो, प्रिंसिपल साहब ?''

उन्होंने कहा, ''ठीक है, ठीक है, जाओ, अपना काम करो।''

''अपना काम तो कर ही रहा हूँ। आप कहें तो अब न करूँ।''

प्रिंसिपल माथे पर झुर्रियाँ डालकर दीवार पर टँगे एक दूसरे कैलेण्डर को देखने लगे थे। चपरासी ने उसी तरह पूछा, ''कहें तो खन्ना पर निगाह रखना बन्द कर दूँ।''

प्रिंसिपल साहब चिढ़ गए। बोले, ''भाड़ में जाओ।''

चपरासी उसी तरह सीना ताने खड़ा रहा। लापरवाही से बोला, ''मुझे खन्ना-वन्ना न समझ लीजिएगा। काम चौबीस घण्टे करा लीजिए, वह मुझे बरदाश्त है, पर यह अबे-तबे, तू-तड़ाक मुझे बरदाश्त नहीं।''

प्रिंसिपल साहब उसकी ओर देखते रह गए। चपरासी ने कहा, ''आप बाँभन हैं और मैं भी बाँभन हूँ। नमक से नमक नहीं खाया जाता। हाँ !''

प्रिंसिपल साहब ने ठण्डे सुरों में कहा, ''तुम्हें धोखा हुआ है। मैं तुम्हें नहीं, खन्ना के लिए कह रहा था। टुच्चा है। रामाधीन से मिलकर मीटिंग करने का नोटिस भिजवाता है।'' चपरासी को यक़ीन दिलाने के लिए कि यह गाली खन्ना को ही समर्पित है, उन्होंने फिर कहा, ''टुच्चा !''

''अभी बुलाये लाता हूँ।'' चपरासी की आवाज़ भी ठण्डी पड़ गई। प्रिंसिपल साहब खड़ाउँओं की धीमी पड़ती हुई 'खट्-खट्' सुनते रहे। उनकी निगाह एक तीसरे कैलेण्डर पर जाकर केन्द्रित हो गई जिसमें पाँच-पाँच साल के दो बच्चे बड़ी-बड़ी राइफलें लिये बर्फ़ पर लेटे थे और शायद चीनियों की फ़ौज का इन्तज़ार कर रहे थे और इस तरह बड़े कलात्मक ढंग से बता रहे थे कि फैक्टरी में जूट के थैले सबसे अच्छे बनते हैं।

प्रिंसिपल साहब इस कैलेण्डर पर निगाह जमाकर बैठे हुए खन्ना का इन्तज़ार करते रहे और सोचते रहे कि इसे वाइस-प्रिंसिपली का शौक न चर्राया होता तो कितना अच्छा होता! वे भूल गए कि सबके अपने-अपने शौक हैं। रामाधीन भीखमखेड़वी को चिट्ठी के आरम्भ में उर्दू-कविता लिखने का शौक है; खुद उन्हें अपने दफ़्तर में रंग-बिरंगे

कैलेण्डर लटकाने का शौक है, और चपरासी को, जो कि क्लर्क ही की तरह वैद्यजी का रिश्तेदार था, अकड़कर बात करने का शौक है।

प्रिंसिपल साहब खन्ना का इन्तज़ार करते रहे। उधर होनेवाली घटना को ऐतिहासिक बनाने के लिए बाहर के बरामदे में क्लर्क साहब आकर खड़े हो गए। दीवार के पीछे और खिड़की के नीचे ड्रिल-मास्टर टाँग पसारकर खड़े-खड़े, पेशाब करने के बजाय बीड़ी पीने लगे। इस बात का ख़तरा नहीं रहा कि खन्ना और प्रिंसिपल साहब का संवाद जनता तक पहुँचने के पहले ही हवा में उड़ जाएगा।

रात रंगनाथ और बद्री छत पर कमरे में लेटे थे और सोने के पहले की बेतरतीब बातें शुरू हो गई थीं। रंगनाथ ने अपनी बात ख़त्म करते हुए कहा, "पता नहीं चला कि प्रिंसिपल और खन्ना में क्या बात हुई। ड्रिल-मास्टर बाहर खड़ा था। खन्ना मास्टर ने चीख़कर कहा, 'आपकी यही इन्सानियत है !' " वह सिर्फ़ इतना ही सुन पाया।

बद्री ने जम्हाई लेते हुए कहा, "प्रिंसिपल ने गाली दी होगी। उसी के जवाब में उसने इन्सानियत की बात कही होगी। यह खन्ना इसी तरह बात करता है। साला बाँगड़ू है।"

रंगनाथ ने कहा, "गाली का जवाब तो जूता है।"

बद्री ने इसका कोई जवाब नहीं दिया। रंगनाथ ने फिर कहा, "मैं तो देख रहा हूँ, यहाँ इन्सानियत का ज़िक्र ही बेकार है।"

बद्री ने सोने के लिए करवट बदल ली। 'गुड नाइट' कहने की शैली में बोले, "सो तो ठीक है। पर यहाँ जो भी क-ख-ग-घ पढ़ लेता है, उर्दू भूँकने लगता है। बात-बात में इन्सानियत-इन्सानियत करता है ! कल्ले में जब बूता नहीं होता, तभी इन्सानियत के लिए जी हुड़कता है।"

बात ठीक थी। शिवपालगंज में इन दिनों इन्सानियत का बोलबाला था। लौण्डे दोपहर की घनी अमराइयों में जुआ खेलते थे। जीतनेवाले जीतते थे, हारनेवाले कहते थे, 'यही तुम्हारी इन्सानियत है ? जीतते ही तुम्हारा पेशाब उतर आता है। टरकने का बहाना ढूँढ़ने लगते हो।'

कभी-कभी जीतनेवाला भी इन्सानियत का प्रयोग करता था। वह कहता, 'क्या इसी का नाम इन्सानियत है ? एक दाँव हारने में ही पिलपिला गए। यहाँ चार दिन बाद हमारा एक दाँव लगा तो उसी में हमारा पेशाब बन्द कर दोगे ?'

ताड़ीघर में मज़दूर लोग सिर को दायें-बायें हिलाते रहते। 1962 में भारत को चीन के विश्वासघात से जितना सदमा पहुँचा था, उसी तरह के सदमे का दृश्य पेश करते हुए वे कहते, 'बुधुवा ने पक्का मकान बनवा डाला। कारखानेवालों के ठाठ हैं। हमने कहा, पाहुन आए हैं। ताड़ी के लिए दो रुपये निकाल दो, तो उसने सीधे बात नहीं की, पिछल्ला दिखा के चला गया। बताओ नगेसर, क्या यही इन्सानियत है ?'

यानी इन्सानियत का प्रयोग शिवपालगंज में उसी तरह चुस्ती और चालाकी का लक्षण माना जाता था जिस तरह राजनीति में नैतिकता का। यह दूसरी बात है कि बद्री

पहलवान इसे कल्ले की कमज़ोरी समझते थे। यह सन्देश देकर और नैतिकता पर उसे लागू करने के लिए रंगनाथ को जागता छोड़कर वे बात-की-बात में सो गए।

रंगनाथ कम्बल ओढ़े छत की ओर देखता हुआ लेटा रहा। दरवाज़ा खुला था और बाहर चाँदनी फैली थी। थोड़ी देर उसने सोफिया लारेन और एलिज़ाबेथ का ध्यान किया, पर कुछ क्षण बाद ही इसे चरित्रहीनता की अलामत मानकर वह अपने शहर के धोबी की लड़की के बारे में सोचने लगा जो धुलाई के कपड़ों से अपने लिए पोशाक निकालते वक़्त पिछले दिनों बिना बाँह के ब्लाउज़ों को ज़्यादा तरजीह देने लगी थी। कुछ देर में इस परिस्थिति को भी कुछ घटिया समझकर फ़िल्मी अभिनेत्रियों पर उसने दोबारा ध्यान लगाया और इस बार राष्ट्रीयता और देश-प्रेम के नाम पर लिज़ टेलर आदि को भुलाकर वहीदा रहमान और सायरा बानू का सहारा पकड़ा। दो-चार मिनट बाद ही वह इस नतीजे पर पहुँचने लगा कि हर बात में विलायत से प्रेरणा लेना ठीक नहीं है और ठीक से मन लग जाए तो देश-प्रेम में भी बड़ा मज़ा है। अचानक उसे नींद-सी आने लगी और बहुत कोशिश करने पर भी सायरा बानू के समूचे जिस्म के सामने उसके ध्यान का रक़बा छोटा पड़ने लगा। उसमें कुछ शेर और भालू छलाँगें लगाने लगे। उसने एक बार पूरी कोशिश से सायरा बानू को धड़ से पकड़कर घसीटना चाहा, पर वह हाथ से बाहर फिसल गई और उसी सौदे में शेर और भालू भी बाहर निकल गए। तभी उसके दिमाग में खन्ना मास्टर की बनती-बिगड़ती हुई तस्वीर दो-एक बार लुपलुपायी और एक शब्द गूँजने लगा, 'इन्सानियत !' 'इन्सानियत !'

पहले लगा, कोई यह शब्द फुसफुसा रहा है। फिर जान पड़ा, इसे कोई मंच पर बड़ी गम्भीर आवाज़ में पुकार रहा है। उसके बाद ही ऐसा जान पड़ा, कहीं दंगा हो रहा है और चारों ओर से लोग चीख़ रहे हैं, 'इन्सानियत ! इन्सानियत ! इन्सानियत !!!'

वह जाग पड़ा और जागते ही शोर सुनायी दिया, "चोर ! चोर ! चोर ! जाने न पाए ! पकड़ लो ! चोर ! चोर ! चोर !"

एकाध क्षणों के बाद पूरी बात 'चोर ! चोर ! चोर !' पर आकर टूट रही थी, जैसे ग्रामोफोन की सुई रिकॉर्ड में इसी नुक्ते पर फँस गई हो। उसने देखा, शोर गाँव में दूसरी तरफ़ हो रहा था। बद्री पहलवान चारपाई से कूदकर पहले ही नीचे खड़े हो गए हैं। वह भी उठ बैठा। बद्री ने कहा, "छोटे कहता ही था। चोरों का एक गिरोह आसपास घूम रहा है। लगता है, गाँव में भी आ गए।"

दोनों जल्दी-जल्दी कपड़े पहनकर बाहर आए। कपड़े पहनने का अर्थ यही नहीं कि बद्री ने चूड़ीदार पैजामा और शेरवानी पहनी हो। नंगे बदन पर ढीली पड़ी हुई तहमद उन्होंने कमर के चारों ओर कस ली और एक चादर ओढ़ लिया। बस, कपड़े पहनने की क्रिया पूरी हो गई। रंगनाथ परमहंसों की इस गति तक नहीं पहुँच पाया था। उसने कमीज़ डाल ली। दरवाज़े तक पहुँचते-पहुँचते उसके क़दम और भी तेज़ हो गए। तब तक चारों ओर से 'चोर ! चोर ! चोर !' के नारे उठने लगे थे। शोर हाथों-हाथ इतना बढ़ गया कि अंग्रेज़ों ने अगर उसे 1921 में सुन लिया होता तो हिन्दुस्तान छोड़कर वे

तभी अपने देश भाग गए होते।

दोनों ज़ीने से उतरकर नीचे आए। बैठक से बाहर निकलते-निकलते बद्री पहलवान ने रंगनाथ से कहा, "तुम यहीं दरवाज़ा बन्द करके घर पर बैठो। मैं बाहर जाकर देखता हूँ।"

उधर रुप्पन बाबू घर के अन्दर से धोती का छोर कन्धे पर लपेटते हुए सड़फड़-सड़फड़ वहीं पहुँच गए और बोले, "आप दोनों घर पर रहें। मैं बाहर जाता हूँ।"

ऐसा लगा, जैसे बाहर जाने का मतलब जौहर दिखाना था या चक्रव्यूह भेदना था। दोनों भाई बाहर जाने की ज़िद पकड़ गए। रंगनाथ ने शहीदों की-सी अदा में कहा, "यह है, तो जाइए आप लोग बाहर। मैं ही घर पर रहूँगा।"

सामने सड़क से चाँदनी में तीन आदमी 'चोर ! चोर !' चीखते हुए निकले। उनके पीछे दो आदमी उसी तरह 'चोर! चोर!' का नारा बुलन्द करते हुए निकल गए। फिर एक अकेला आदमी उसी तरह 'चोर ! चोर !' का हल्ला मचाता हुआ निकला। फिर तीन आदमी और; सबके हाथों में लाठियाँ थीं। सभी दौड़ रहे थे। सभी चोरों को दौड़ा रहे थे।

जुलूस में सबसे बाद में निकलनेवालों में से बद्री ने कुछ को पहचाना। वह भी दौड़कर उन्हीं में मिल गए। पुकारकर बोले, "कौन है ? छोटे ! चोर कहाँ है ?"

छोटे ने हाँफते-हाँफते कहा, "आगे ! आगे निकल गए !" कुछ देर शान्ति रही।

रुप्पन बाबू और रंगनाथ बैठक का दरवाज़ा बन्द करके, ताला लगाकर छत पर वापस चले आए। नीचे से वैद्यजी खँखारकर बोले, "कौन है ?"

रुप्पन बाबू ने जवाब दिया, "चोर हैं पिताजी !"

वैद्यजी घबराहट में गरजकर बोले, "कौन ? रुप्पन ! तुम छत पर हो ?"

रुप्पन ने गाँव में उठते हुए शोर को अपनी ओर से यथाशक्ति बढ़ावा देते हुए कहा, "हाँ, हमीं हैं। क्यों जान-बूझकर पूछ रहे हैं ? चैन से सोते क्यों नहीं ?"

वैद्यजी अपने छोटे लड़के की यह आदर-भरी वाणी सुनकर चुप हो गए। छत पर रुप्पन बाबू और रंगनाथ गाँव-भर में फैलती-फूटती आवाज़ों को सुनते रहे।

कोई मकान के पिछवाड़े चिल्लाया, "मार डाला !"

और शोर। किसी ने चीख़कर कहा, "अरे, नहीं छोटे ! यह तो भगौती है।"

"छोड़ो। इसे छोड़ो। उधर ! उधर ! चोर उधर गए हैं।"

कोई रो रहा था। किसी ने सान्त्वना दी, "अरे, क्यों राँड़-जैसा रो रहा है ? एक डण्डा पड़ गया, उसी से फाँय-फाँय कर रहा है।"

रोते-रोते उसने जवाब दिया, "हम भी कसर निकालेंगे। देख लेंगे।"

फिर कुहराम, "उधर ! उधर! जाने न पाए ! दे दायें से एक लाठी ! मार उछल के ! क्या साला बाप लगता है ?"

रंगनाथ को उत्साह और उत्सुकता के साथ-ही-साथ मज़ा भी आने लगा। यह भी कैसा नियम है ! यहाँ लाठी चलाते समय बाप ही को अपवाद-रूप में छोड़ दिया जाता है। धन्य है भारत, तेरी पितृ-भक्ति !

रुप्पन बाबू बोले, "भगौती और छोटे की चल रही थी। लगता है, इसी धमाचौकड़ी में छोटे ने कुछ कर दिया।"

रंगनाथ ने कहा, "यह तो बड़ी गड़बड़ बात है।"

रुप्पन बाबू उपेक्षा के साथ बोले, "गड़बड़ क्या है ? दाँव लग जाने की बात है। छोटे देखने में भोंदू लगता है, पर बड़ा घाघ है।"

दोनों फिर चारों ओर की भगदड़ और शोर की ओर कान लगाए रहे। रंगनाथ ने कहा, "शायद चोर निकल गए।"

"वह तो यहाँ हमेशा ही होता है।"

रंगनाथ ने रुप्पन बाबू के ग्राम-प्रेम की चापलूसी करनी चाही। बोले, "शिवपालगंज में चोर आकर निकल जाएँ, यह तो सम्भव नहीं। बद्री दादा बाहर निकले हैं तो एक-दो पकड़े ही जाएँगे।"

किसी पुरानी पीढ़ी के नेता की तरह अतीत की ओर हसरत के साथ देखते हुए रुप्पन बाबू ने ठण्डी साँस भरी। कहने लगे, "नहीं रंगनाथ दादा, अब वह पहलेवाले दिन गए। वह ठाकुर दुरबीनसिंह का ज़माना था। बड़े-बड़े चोर शिवपालगंज के नाम से थर्राते थे।"

रुप्पन बाबू की आँखें वीर-पूजा की भावना से चमक उठीं। पर बात यहीं रुक गई। शोर का आख़िरी दौर चल निकला था और लोग आसमान फाड़ने के उद्‌देश्य से बजरंग बली की जय बोलने लगे थे। रंगनाथ ने कहा, "लगता है, कोई चोर पकड़ा गया।"

रुप्पन बाबू ने कहा, "नहीं, मैं गँजहा लोगों को खूब जानता हूँ। चोरों को गाँव से बाहर खदेड़ दिया होगा, चोरों ने खुद इन्हें गाँव के बाहर नहीं खदेड़ा, यही क्या कम है ? इसी खुशी में जय-जयकार लगायी जा रही है।"

चाँदनी में लोग दो-दो, चार-चार के गुट बनाकर किचमिच-किचमिच करते हुए सड़क और दूसरे रास्तों से आ-जा रहे थे। रुप्पन बाबू ने मुँडेर के पास खड़े होकर देखा। एक गुट ने नीचे से कहा, "जागते रहना रुप्पन बाबू ! रात-भर होशियारी से रहना।"

रुप्पन बाबू घृणा के साथ वहीं से बोले, "जाओ, बहुत नक्शेबाज़ी न झाड़ो।"

रंगनाथ की समझ में नहीं आया कि इतनी अच्छी सलाह का रुप्पन बाबू इस तरह क्यों तिरस्कार कर रहे हैं। थोड़ी देर बाद यही सलाह गाँव के कोने-कोने में गूँजने लगी, "जागते रहो, जागते रहो।"

शोर अब रह-रहकर हो रहा था। चारों ओर सीटियाँ भी सुनायी देने लगी थीं। रंगनाथ ने कहा, "ये सीटियाँ कैसी हैं ?"

रुप्पन बाबू बोले, "क्या पुलिस शहर में गश्त नहीं लगाती ?"

"ओह ! तो पुलिस भी अब मौके पर आ गई है!"

"जी हाँ ! पुलिस ने ही तो गाँववालों की मदद से डाकुओं का मुकाबला किया है। पुलिसवालों ही ने तो उन्हें यहाँ से मार भगाया है।"

रंगनाथ आश्चर्य से रुप्पन बाबू को देखने लगा, "डाकू ?"

"हाँ-हाँ, डाकू नहीं तो और क्या ? चाँदनी रात में कभी चोर भी आते हैं ? ये डाकू तो थे ही।"

रुप्पन बाबू ज़ोर से ठठाकर हँसे। बोले, "दादा, ये गँजहा लोगों की बातें हैं, मुश्किल से समझोगे। मैं तो, जो अखबार में छपनेवाला है, उसका हाल आपको बता रहा हूँ।"

एक सीटी मकान के बिलकुल नीचे सड़क पर बजी। रुप्पन बोले, "तुमने मास्टर मोतीराम को देखा है कि नहीं ? पुराने आदमी हैं। दारोग़ाजी उनकी बड़ी इज़्ज़त करते हैं। वे दारोग़ाजी की इज़्ज़त करते हैं। दोनों की इज़्ज़त प्रिंसिपल साहब करते हैं। कोई साला काम तो करता नहीं है, सब एक-दूसरे की इज़्ज़त करते हैं।

"यही मास्टर मोतीराम शहर के अखबार के संवाददाता हैं। उन्होंने चोरों को डाकू भी न बताया तो मास्टर मोतीराम होने से फ़ायदा ही क्या ?"

रंगनाथ हँसने लगा। सीटियाँ और 'जागते रहो' की आवाज़ें दूर-दूर तक बिखरने लगीं। इधर-उधर के मकानों पर लोगों ने दरवाज़े खुलवाने के लिए चीख़ना-चिल्लाना शुरू कर दिया। 'दरवाज़ा खोल दो मुन्ना' से लेकर 'मर गए ससुरे,' 'अरे हम पुकार रहे हैं, तुम्हारे बाप' तक की शैलियाँ दरवाज़ा खुलवाने के लिए प्रयोग में आने लगीं। वैद्यजी के मकान पर भी किसी ने सदर दरवाज़े की साँकल खटखटायी। बाहर लेटनेवाला एक हलवाहा ज़ोर से खाँसा। साँकल दोबारा खटकी। रंगनाथ ने कहा, "बद्री दादा होंगे। चलो, ताला खोल दें।"

वे लोग नीचे आ गए। ताला खोलते-खोलते रुप्पन ने पूछा, "कौन ?"

बद्री ने दहाड़कर कहा, "खोलते हो कि नहीं ? कौन-कौन लगाए हो ?"

रुप्पन ने ताला खोलना बन्द कर दिया। बोले, "क्या नाम है ?"

उधर से गला-फाड़ आवाज़ आयी, "रुप्पन, कहे देता हूँ, चुपचाप दरवाज़ा खोल दो..."

"कौन ? बद्री दादा ?"

"हाँ-हाँ, बद्री दादा ही बोल रहा हूँ। खोलो जल्दी।"

रुप्पन ने ढीले-ढाले हाथों से ताला खोलते हुए कहा, "बद्री दादा, अपने बाप का नाम भी बता दो।"

बद्री दादा ने कोसते हुए वैद्यजी का नाम बताया। रुप्पन ने फिर पूछा, "दादा, ज़रा अपने बाबा का भी नाम बताओ।"

उन्होंने उसी तरह कोसते हुए बाबा का नाम बताया। फिर पूछा गया, "परबाबा का नाम ?"

बद्री ने दरवाज़े पर मुक्का मारा। कहा, "अच्छा न खोलो, जाते हैं।"

रुप्पन बाबू ने कहा, "दादा, ज़माना जोखिम का है। बाहर चोर लोग घूम रहे हैं, इसीलिए पूछ रहा हूँ। परबाबा का नाम भूल गए हो तो न बताओ, पर गुस्सा दिखाने से कोई फायदा नहीं। गुस्से का काम बुरा है।"

बद्री पहलवान की असलियत की परीक्षा ले चुकने और क्रोध की निस्सारता पर अपनी राय देने के बाद रुप्पन बाबू ने दरवाज़ा खोला। बद्री पहलवान बिच्छू के डंक

की तरह तिलमिलाते अन्दर आए। रुप्पन बाबू ने पूछा, "क्या हुआ दादा? सभी चोर भाग गए?"

बद्री पहलवान ने कोई जवाब नहीं दिया। चुपचाप ज़ीना चढ़कर ऊपर आ गए। रुप्पन बाबू नीचे ही अन्दर चले गए। ऊपर के कमरे में रंगनाथ और बद्री पहलवान जैसे ही अपनी-अपनी चारपाइयों पर लेटे, तभी नीचे गली से किसी ने पुकारा, "वस्ताद, नीचे आओ। मामला बड़ा गिचपिच हो गया है।"

बद्री ने कमरे के दरवाज़े से ही पुकारकर कहा, "क्या हुआ छोटे ? सोने दोगे कि रात-भर यही जोते रहोगे ?"

छोटे ने वहीं से जवाब दिया, "वस्ताद, सोने-वोने की बात छोड़ो। अब तो रपट की बात हो रही है। इधर तो साले गली-गली में 'चोर-चोर' करते रहे, उधर इसी चिल्लपों में किसी ने हाथ मार दिया। गयादीन के यहाँ चोरी हो गई ! उतर जाओ।"

11

छत पर कमरे के सामने टीन पड़ी थी। टीन के नीचे रंगनाथ था। रंगनाथ के नीचे चारपाई थी। दिन के दस बजे थे। अब आप मौसम का हाल सुनिए।

कल रात को बादल दिखायी दिए थे, वे अब तक छँट चुके थे। हवा तेज़ और ठण्डी थी। पिछले दिनों गरज़ के साथ छींटे पड़े थे और इस घपले के खत्म हो जाने पर पूस का जाड़ा अब बाकायदा शुरू हो गया था। बाज़ार में बिकनेवाली नब्बे फ़ीसदी मिठाइयों की तरह धूप खाने में नहीं, पर देखने में अच्छी लग रही थी। वह सब तरफ़ थी। पर लगता था सिर्फ़ सामने नीम के पेड़ पर ही फैली है। रंगनाथ नीम पर पड़ती हुई धूप को देख रहा था। नीम के पेड़ शहर में भी थे और धूप को उन पर पड़ने की और रंगनाथ को उसे देखने की वहाँ कोई मुमानियत नहीं थी। पर उसने यह धूप गाँव में ही आकर देखी। ऐसा उसी के नहीं, बहुत-से लोगों के साथ हुआ करता है। वास्तव में यहाँ आ जाने पर रंगनाथ का रवैया उन टूरिस्टों का-सा हो गया था जो सड़कें, हवा, इमारतें, पानी, धूप, देश-प्रेम, पेड़-पौधे, कमीनापन, शराब, कर्मनिष्ठा, लड़कियाँ और विश्वविद्यालय आदि वस्तुएँ अपने देश में नहीं पहचान पाते और उन्हें विदेशों में जाने पर ही देख पाते हैं। तात्पर्य यह है कि रंगनाथ की आँखें धूप की ओर देख रही थीं। पर दिमाग़ हमारी प्राचीन संस्कृति में खोया हुआ था, जिसमें पहले से ही सैकड़ों चीज़ें खोयी हुई हैं और शोधकर्त्ताओं के खोजने से ही मिलती हैं।

रंगनाथ ने शोध के लिए एक ऐसा ही विषय चुना था। हिन्दुस्तानियों ने अपनी

पुरानी ज़िन्दगी के बारे में अंग्रेज़ों की मदद से एक विषय की ईजाद की है जिसका नाम इण्डोलॉजी है। रंगनाथ के शोध का सम्बन्ध इसी से था। इण्डोलॉजी के शोधकर्त्ताओं को पहले इस विषय के शोधकर्त्ताओं का शोध करना पड़ता है और रंगनाथ वही कर रहा था। दो दिन पहले शहर जाकर यूनिवर्सिटी पुस्तकालय से वह बहुत-सी किताबें उठा लाया था और इस समय नीम पर फैली धूप की मार्फ़त उनका अध्ययन कर रहा था। उसके दायें मार्शल और बायीं ओर कनिंघम विराजमान थे। विण्टरनीत्ज़ बिलकुल नाक के नीचे थे। कीथ पीछे की ओर पायजामे से सटे थे। स्मिथ पैताने की ओर ढकेल दिए गए थे और वहीं उल्टी पल्टी हालत में राइस डेविस की झलक दिखायी दे रही थी। परसी ब्राउन को तकिये ने ढक लिया था। ऐसी भीड़-भाड़ में काशीप्रसाद जायसवाल बिस्तर की एक सिकुड़न के बीच औंधे-मुँह पड़े थे। भण्डारकर चादर के नीचे से कुछ सहमे हुए झाँक रहे थे। इण्डोलॉजी की रिचर्स का समाँ बँध गया था।

इसीलिए रंगनाथ को जब अचानक 'हाउ-हाउ' की आवाज़ सुनायी दी तो स्वाभाविक था कि वह समझता, कोई ऋषि सामवेद का गान कर रहा था। थोड़ी देर में 'हाउ-हाउ' और नज़दीक आ गया, उसने समझा कि कोई हरिषेण समुद्रगुप्त की दिग्विजय फेफड़ा फाड़कर सुना रहा है। इतने में वह 'हाउ-हाउ' बिलकुल नीचे की गली में सुनायी दिया और उसमें 'मार डालूँगा साले को' जैसे दो-चार ओजस्वी वाक्यों की मिलावट भी जान पड़ी। तब रंगनाथ समझ गया कि मामला खालिस गँजहा है।

वह मुँडेर के पास जाकर खड़ा हो गया। गली में झाँकने पर उसे एक नौजवान लड़की दिखायी दी। उसका सिर खुला था, साड़ी इधर-उधर हो रही थी, बाल रूखे और ऊलजलूल थे, उसके होंठ बराबर चल रहे थे। पर इन्हीं बातों से यह न सोच बैठना चाहिए कि लड़की शहर की थी या ताज़े फ़ैशन की थी। वह ठेठ देहात की थी, निहायत गन्दी थी, और उसके होंठ च्यूइंगम खाने की वजह से नहीं, बल्कि अपने साथ की बकरियों को 'हले-हले-हले' कहने की वजह से हिल रहे थे। चार-छः छोटी-बड़ी बकरियाँ दीवार की दरार में उगते हुए एक पीपल के पौधे को चर रही थीं, या चरकर किसी दूसरी दरार की ओर उसमें उगनेवाले किसी दूसरे पीपल की तलाश कर रही थीं। रंगनाथ चरागाही वातावरण का यह दृश्य देखता रहा और उसमें 'हाउ-हाउ' के उद्गम की खोज करता रहा। वहाँ 'हाउ-हाउ' नहीं था। निगाह हटाते-हटाते उसने लड़की के चेहरे को भी देख लिया। जो लड़की का ज़िक्र आते ही ताली बजाकर नाचने लगते हैं और फ़र्श से उछलकर छत से टकरा जाते हैं, उनके लिए जैसे कोई भी लड़की, वैसे ही यह लड़की भी खूबसूरत थी। पर सच बात तो यह है कि बकरियाँ उससे ज़्यादा खूबसूरत थीं।

'हाउ-हाउ' के उद्गम का पता नहीं चला, पर वह आवाज़ कान में बराबर गूँजती रही। रंगनाथ ने परसी ब्राउन, कनिंघम आदि को छत पर वैसे ही पड़ा रहने दिया और नीचे उतरकर दरवाज़े पर आ गया। इस समय वैद्यजी दवाख़ाने का काम कर रहे थे। चार-छः मरीज़ों और सनीचर को छोड़कर वहाँ और कोई नहीं था। 'हाउ-हाउ' की आवाज़ अब बिलकुल नुक्कड़ पर आ गई थी।

रंगनाथ ने सनीचर से पूछा, "यह सुन रहे हो ?"

सनीचर चबूतरे पर बैठा हुआ कुल्हाड़ी में बेंट जड़ रहा था। उसने अपनी जगह से घूमकर हवा की ओर कान उठाया और कुछ क्षणों तक 'हाउ-हाउ' सुनता रहा। अचानक उसके माथे से चिन्ता की झुर्रियाँ खत्म हो गईं। उसने इत्मीनान से कहा, "हाँ, कुछ 'हाउ-हाउ' जैसा सुनायी तो दे रहा है। लगता है, छोटे पहलवान से कुसहर की फिर लड़ाई हुई है।"

यह बात उसने इस अन्दाज़ से कही जैसे किसी भैंस ने दीवार में सींग रगड़ दिए हों। वह घूमकर फिर अपने प्रारम्भिक आसन से बैठ गया और बसूले से कुल्हाड़ी के बेंट को पतला करने लगा।

अचानक 'हाउ-हाउ' सामने आ गया। वह लगभग साठ साल का एक बुड्ढा आदमी था। देह से मज़बूत। नंगे बदन। पहलवानी ढंग से घुटनों तक धोती बाँधे हुए। उसके सिर पर तीन चोटें थीं और तीनों से अलग-अलग दिशाओं में खून बहकर दिखा रहा था कि यह एक तरह का खून भी आपस में मिलना पसन्द नहीं करता। वह ज़ोर-ज़ोर से 'हाउ-हाउ' करता हुआ, दोनों हाथ उठाकर हमदर्दी की भीख माँग रहा था।

रंगनाथ खून का दृश्य देखकर घबरा गया। सनीचर से उसने पूछा, "ये ? ये कौन हैं? इन्हें किसने मारा ?"

सनीचर ने कुल्हाड़ी का बेंट और बसूला धीरे से ज़मीन पर रख दिया। घायल बुज़ुर्ग को उसने हाथ पकड़कर चबूतरे पर बैठाया। बुज़ुर्ग ने असहयोग के जोश में उसका हाथ झटक दिया, पर बैठने से इन्कार नहीं किया। सनीचर ने आँखें सिकोड़कर उनके घावों का मुआइना किया और फिर वैद्यजी की ओर होंठ बिदकाकर इशारे से बताया कि घाव गहरे नहीं हैं। उधर बुज़ुर्ग का 'हाउ-हाउ' अब द्रुत लय छोड़कर विलम्बित की तरफ़ आने लगा और बाद में बड़े ही ठस-क़िस्म की ताल में अटक गया। ऐसी बात गायकी की पद्धति के हिसाब से उल्टी पड़ती थी, पर मतलब साफ़ था कि वे उखड़ नहीं रहे हैं बल्कि जमकर बैठ रहे हैं। सनीचर ने सन्तोष की साँस ली, जिसे दूर-दूर तक लोगों ने सुना ही नहीं, देख भी लिया।

रंगनाथ हक्का-बक्का खड़ा था। सनीचर ने एक अलमारी से रुई निकालते हुए कहा, "तुम पूछते हो, इन्हें किसने मारा ? यह भी कोई पूछने की बात है ?"

एक लोटे में पानी और रुई लेकर वह बुज़ुर्ग के पास पहुँचा और वहीं से बोला, "इन्हें और कौन मारेगा ? ये छोटे पहलवान के बाप हैं। उसे छोड़कर किस साले में दम है कि इनको हाथ लगा दे ?"

शायद छोटे पहलवान की इस प्रशंसा से कुसहर के—जिनका पूरा नाम कुसहरप्रसाद था—मन को कुछ शान्ति पहुँची। वहीं से वे वैद्यजी से बोले, "महाराज, इस बार तो छोटुआ ने मार ही डाला। अब मुझे बरदाश्त नहीं होता। हमारा बँटवारा कर दो, नहीं तो आगे कभी मेरे ही हाथों उसका खून हो जाएगा।"

वैद्यजी तख़्त से उतरकर चबूतरे तक आए। घाव को देखकर अनुभवी आदमियों

की तरह बोले, "चोट बहुत गहरी नहीं जान पड़ती। यहाँ की अपेक्षा अस्पताल जाना ही उचित होगा। वहीं जाकर पट्टी-वट्टी बँधवा लो।" उसके बाद उपस्थित लोगों को सम्बोधित करके बोले, "छोटे का आज से यहाँ आना बन्द ! ऐसे नारकीय लोगों के लिए यहाँ स्थान नहीं है।"

रंगनाथ का खून उफनाने लगा। बोला, "ताज्जुब है, इस तरह के लोगों को बद्री दादा अपने पास बैठालते हैं।"

बद्री पहलवान धीरे से घर से बाहर आ गए। लापरवाही से बोले, "पढ़े-लिखे आदमी को समझ-बूझकर बोलना चाहिए। क्या पता किसका कसूर है ? ये कुसहर भी किसी से कम नहीं हैं। इनके बाप गंगादयाल जब मरे थे तो यह उनकी अर्थी तक नहीं निकलने दे रहे थे। कहते थे कि घाट तक घसीटकर डाल आएँगे।"

कुसहरप्रसाद ने एक बार फिर बड़े कष्ट से 'हाउ-हाउ' कहा, जिसका अर्थ था कि बद्री ऐसी बात कहकर बड़ा अत्याचार कर रहे हैं। फिर वे अचानक उठकर खड़े हो गए और दहाड़कर बोले, "बैद महाराज, अपने लड़के को रोको। ये सब इसी तरह की बातें कहकर एकाध लाशें गिरवाने पर तुले हैं। इन्हें चुप करो, नहीं तो खून हुए बिना नहीं रहेगा। अस्पताल तो मैं बाद में जाऊँगा, पहले मैं थाने पर जा रहा हूँ। छोटुआ को इस बार अदालत का मुँह न दिखाया तो गंगादयाल की नहीं, दोग़ले की औलाद कहना। मैं तो यहाँ तुम्हें सिर्फ़ घाव दिखाने आया था। देख लो बैद महाराज, यह खून बह रहा है। अच्छी तरह देख लो...तुम्हीं को गवाही में चलना पड़ेगा।"

वैद्यजी ने घाव देखने की इच्छा नहीं दिखायी। वे अपने मरीज़ों की ओर देखने लगे। साथ ही प्रवचन देने लगे कि पारस्परिक कलह शोक का मूल है। यह कहते हुए, उदाहरण देने के लिए, वे झपटकर इतिहास के कमरे में घुसे और यही कहते हुए पुराण के रोशनदान से बाहर कूद आए। पारस्परिक कलह को शोक का मूल साबित करके उन्होंने कुसहर को सलाह दी कि थाना-कचहरी के चक्कर में न पड़ना चाहिए। उसके बाद वे दूसरे प्रवचन पर आ गए जिसका विषय था कि थाना-कचहरी भी शोक का मूल है।

कुसहर ने दहाड़कर कहा, "महाराज, यह ज्ञान अपने पास रखो। यहाँ खून की नदी बह गई और तुम हम पर गाँधीगीरी ठाँस रहे हो। यदि बद्री पहलवान तुम्हारी छाती पर चढ़ बैठे तो देखूँगा, इहलोक बाँचकर कैसे अपने मन को समझाते हो !"

वैद्यजी की मूँछें थरथरायीं, जिससे लगा कि वे अपमानित हुए हैं। पर उनके मुँह पर मुस्कान छिटक गई, जिससे लगा कि वे अपमानित होना नहीं जानते। उपस्थित लोगों के चेहरे खिंच गए और साफ़ ज़ाहिर हो गया कि कुसहर को अब यहाँ हमदर्दी की भीख नहीं मिलेगी। बद्री पहलवान ने दुत्कारकर कहा, "जाओ, जाओ ! लगता है, छोटुआ से लड़कर लड़ास पूरी नहीं हुई है। जाकर पट्टी-वट्टी बँधवा लो। यहाँ बहुत न टिलटिलाओ !"

छोटे पहलवान, जैसाकि अब तक ज़ाहिर हो चुका होगा, ख़ानदानी आदमी थे। उन्हें

अपने परदादा तक का नाम याद था और हर ख़ानदानी आदमी की तरह वे उनके किस्से बयान किया करते थे। कभी-कभी अखाड़े पर वे अपने साथियों से कहते :

"हमारे परदादा का नाम भोलानाथ था। उन्हें बड़ा गुस्सा आता था। नथुने हमेशा फड़का ही करते थे। रोज़ सवेरे उठकर वे पहले अपने बाप से टुर्र-पुर्र करते थे, तब मुँह में पानी डालते थे। टुर्र-पुर्र न होती तो उनका पेट गड़गड़ाया करता।"

छोटे पहलवान की बातों से अतीत का मोह टपकता था। उनके किस्से सुनते ही उन्नीसवीं सदी के किसी गाँव की तस्वीर सामने आ जाती थी, जिसमें गाय-बैलों से भरे-पूरे दरवाज़े पर, गोबर और मूत की ठोस खुशबू के बीच, नीम की छाँव तले, जिस्म पर टपकी हुई लसलसी निमकौड़ियाँ झाड़ते हुए दो महापुरुष नंगे बदन अपनी-अपनी चारपाइयों से उठ बैठते थे और उठते ही एक-दूसरे को देर तक सोते रहने के लिए गाली देने लगते थे। दो में एक बाप होता था, एक बेटा। फिर दोनों एक-दूसरे को ज़मीन में ज़िन्दा गाड़ देने की बात करते हुए अपनी-अपनी चारपाइयाँ छोड़ देते और मुख्य विषय से दूर जाकर, दो-चार अनर्गल बातें कहकर, अपने-अपने काम में लग जाते। एक बैलों की पूँछ उमेठता हुआ अपने खेतों की ओर चला जाता, दूसरा भैंस चराने के लिए दूसरों के खेतों की ओर चला जाता।

छोटे पहलवान इसी तरह का कोई किस्सा खत्म करके बाद में कहते, "अपने बाप के मर जाने पर बाबा भोलानाथ बहुत दुखी हुए... ।"

छोटे पहलवान ये बातें शेखी बघारने के लिए नहीं करते थे। ये बिलकुल सच थीं। उनका खानदान ही ऐसा था। उनके यहाँ बाप-बेटे में हमेशा से बड़ा घनिष्ठ सम्बन्ध चला आ रहा था। प्रेम करना होता तो एक-दूसरे से प्रेम करते, लाठी चलाना होता तो एक-दूसरे पर लाठी चलाते। जो भी अच्छा-बुरा गुण उनके हाथ में था उसकी आज़माइश एक-दूसरे पर ही किया करते।

बाबा भोलानाथ अपने बाप के मर जाने पर सचमुच ही बहुत दुखी हुए। उनके जीवन में एक रीतापन आ गया। उनके न रहने पर सवेरे से ही किसी से झगड़ा करने के लिए उनका पेट गड़गड़ाने लगता। मुँह में पानी डालने का मन न होता। दिन-रात खेतों पर बैल की तरह जुते रहने पर भी उन्हें अपच की शिकायत रहने लगी। अब उनके लड़के गंगादयाल उनके काम आए। कहा भी है कि लड़का बुढ़ापे में आँख की ज्योति होता है। तो गंगादयाल ने एक दिन सत्रह साल की उमर में ही अपने बाप भोलानाथ को इतने ज़ोर से लाठी मारी कि वे वहीं ज़मीन पर गिर गए, उनकी आँखें कौड़ी-जैसी निकल आईं और उनकी आँखों के सामने ज्योति की वर्षा होने लगी।

उसके बाद बाप-बेटे के सम्बन्ध हमेशा के लिए सुस्थिर हो गए। भोलानाथ अपने बाप की जगह पर आ गए और उनकी जगह गंगादयाल ने ले ली। कुछ दिनों बाद हाथ-पाँव-पीठ में दर्द रहने के कारण उनका अपच तो ठीक हो गया, पर उनके कानों में बराबर साँय-साँय-सी होने लगी। शायद कान के पर्दों को फाड़नेवाली गंगादयाल की गालियाँ सुनते-सुनते उनके कानों में एक स्थायी अनुगूँज बस गई थी। जो भी हो, अब सवेरे-सवेरे घर में टुर्र-पुर्र करने के लिए गंगादयाल का पेट गड़गड़ाने लगा।

गंगादयाल के लड़के कुसहरप्रसाद छोटू पहलवान के बाप थे। कुसहरप्रसाद स्वभाव से गम्भीर थे, इसलिए वे गंगादयाल से व्यर्थ गाली-गलौज नहीं करते थे। उन्होंने रोज़ सवेरे खेतों पर जाने से पहले अपने बाप से झगड़ा करने की परम्परा भी ख़त्म कर दी। इसकी जगह उन्होंने मासिक रूप से युद्ध करने का चलन चलाया। बचपन से ही गंगादयाल को फूहड़ गालियाँ देने में ऐसी दक्षता प्राप्त हो गई थी कि नौजवान गँजहे उनके पास शाम को आकर बैठने लगे थे। वे उनकी मौलिक गालियों को सुनते और बाद में उन्हें अपनी बनाकर प्रचारित करते। गालियों और ग्राम-गीतों का कॉपीराइट नहीं होता। इस हिसाब से गंगादयाल की गालियाँ हज़ार कण्ठों से हज़ार पाठान्तरों के साथ फूटा करती थीं। पर कुसहरप्रसाद अपने बाप की इस प्रतिभा से ज़्यादा प्रभावित नहीं हुए। चुपचाप उनकी गालियाँ सुनते रहते और महीने में एक बार उन पर दो-चार लाठियाँ झाड़कर फिर अपने काम में लग जाते। यह पद्धति अपच की पारिवारिक बीमारी के लिए बड़ी लाभप्रद साबित हुई क्योंकि ख़ानदान में अपच की शिकायत गंगादयाल के साथ ही ख़त्म हो गई।

कुसहरप्रसाद के दो भाई थे। एक बड़कऊ और एक छोटकऊ। बड़कऊ और छोटकऊ शान्तिप्रिय और निरस्त्रीकरण के उपासक थे। उम्र-भर उन्होंने कभी कुत्ते पर लाठी नहीं उठायी। बिल्लियाँ स्वच्छन्दतापूर्वक उनका रास्ता काट जाती थीं, पर उन्होंने कभी उन्हें ढेला तक नहीं मारा। उन्होंने अपने बाप से गाली देने की कला सीख ली थी और उसके सहारे रोज़ शाम को सभी पारिवारिक झगड़ों को बिना किसी मार-पीट के सुलझाया करते थे। रोज़ शाम को दोनों भाइयों और उनकी औरतों में काँव-काँव शुरू होता और बैठक रात के दस बजे तक चलती। इस प्रकार से इन बैठकों का महत्त्व सुरक्षा-समिति की बैठकों का-सा था जहाँ लोग काँव-काँव करके युद्ध की स्थिति को काफ़ी हद तक टालने में मदद करते हैं।

इस दृष्टि से रोज़ शाम को कुसहरप्रसाद के ख़ानदान में उठनेवाले कोहराम को गिरी निगाह से देखना प्रतिक्रियावाद की निशानी होगी; पर पास-पड़ोसवालों का राजनीतिक बोध इतना विकसित न था। अतः जैसे ही शाम को छोटकऊ और बड़कऊ की गालियाँ व हाहाकार गली के कुत्तों की भूँक-भाँक के ऊपर उठकर शिवपालगंज के आसमान में बर्छियाँ-सी चुभोने लगते, पड़ौसियों की आलोचनाएँ शुरू हो जातीं :

"अब यह कुकरहाव आधी रात तक चलेगा।"

"किसी दिन एक फटा जूता लेकर इन पर पिल पड़ा जाए, तभी काम बनेगा।"

"इनकी जुबान को संग्रहणी लग गई है। चलती है तो चलती ही रहती है।"

'कुकरहाव' गँजही बोली का शब्द है। कुत्ते आपस में लड़ते हैं और एक-दूसरे को बढ़ावा देने के लिए शोर मचाते हैं। उसी को कुकरहाव कहते हैं। शब्द-शास्त्र के इस पेंच को देखते हुए छोटकऊ और बड़कऊ के वार्त्तालाप को कुकरहाव कहना ग़लत होगा। सच तो यह है कि वे दोनों—सपत्नीक—बँदरहाव करते थे। वे बन्दरों की तरह खों-खों करते हुए एक-दूसरे पर झपटते, फिर बिना किसी के रोके हुए, अपने-आप रुक जाते। अगर उस समय कोई बाहरी आदमी रुककर उनकी ओर देखने लगता या शान्ति के

फ़ाख़्ते की तजवीज़ करता, तो दोनों खों-खों करते हुए एक साथ उसी पर झपट पड़ते। बँदरहाव के ये नियम सभी गँजहों को मालूम थे; इसलिए छोटकऊ-बड़कऊ की पारिवारिक बैठकों की समीक्षाएँ छिपे-छिपे, पीठ-पीछे होती थीं और उधर वे बैठकें निर्बाध रूप से आधी रात तक चला करती थीं।

छोटे पहलवान के पिता कुसहरप्रसाद अपने भाइयों के वाग्विलास को न समझ पाते थे। जैसा बताया गया, वे कम बोलनेवाले कर्मशील आदमी थे। रह-रहकर चुपचाप किसी को मार बैठना उनके स्वभाव की अपनी विशेषता थी, जो इन आदमियों के जीवन-दर्शन से मेल नहीं खाती थी। इसलिए, अपने बाप गंगादयाल के मरने पर, कुछ साल बाद, वे अपने भाइयों से अलग हो गए; अर्थात बिना बोले हुए, लाठी के ज़ोर से उन्होंने अपने भाइयों को घर के बाहर खदेड़ा, उन्हें एक बाग़ में झोंपड़ी डालकर, वाणप्रस्थ-आश्रम में रहने के लिए ढकेल दिया और खुद अपने नौजवान लड़के के साथ अपने पैतृक घर में पूरी पैतृक परम्पराओं के साथ गृहस्थी चलाने लगे।

महीने में एक बार अपने बाप पर लाठी उठाते-उठाते कुसहरप्रसाद के हाथों को कुछ ऐसी आदत पड़ गई थी कि गंगादयाल के मर जाने पर उनके हाथ महीने में दो-चार दिन तक सुन्न रहने लगे। लकवा के ख़तरे को दूर करने के लिए एक दिन उन्होंने फिर लाठी उठायी और छोटे की कमर पर तिरछी करके जड़ दी। छोटे अभी पहलवान नहीं बने थे, पर उनके गाँव के पास रेलवे-लाइन थी। उसके किनारे तार के खम्भे थे, खम्भों पर सफेद-सफेद इंसुलेटर लगे थे। उनके तोड़ते-तोड़ते, केवल अभ्यास की बदौलत, छोटे के ढेले का निशाना छोटी उम्र में ही अचूक हो गया था। जिस दिन कुसहरप्रसाद ने छोटे की कमर पर लाठी मारी, उसी दिन छोटे ने एक खम्भे के सभी इंसुलेटर रेलवे के द्वारा दिए गए पत्थरों से तोड़कर रेलवे-लाइन के ही किनारे बिछा दिए थे। लाठी खाकर वे रेलवे-लाइन की दिशा में बीस क़दम भागे और वहीं से उन्होंने अपने बाप की खोपड़ी को इंसुलेटर समझकर एक ढेला फेंका। बस, उसी दिन से बाप-बेटे में उनके परिवार का सनातन-धर्म प्रतिष्ठित हो गया। फिर तो, लगभग हर महीने कुसहर की देह पर घाव का एक छोटा-सा निशान स्थायी ढंग से दिखने लगा और कुछ वर्षों के बाद वे अपने इलाके के राणा साँगा बन गए।

छोटे पहलवान के जवान हो जाने पर बाप-बेटों ने शब्दों का प्रयोग बन्द ही कर दिया। अब वे उच्च कोटि के कलाकारों की तरह अपना अभिप्राय छापों, चिन्हों और बिम्बों की भाषा में प्रकट करने लगे। उनके बीच में मारपीट की घटनाएँ भी कम होने लगीं और धीरे-धीरे उसने एक रस्म का-सा रूप ले लिया, जो बड़े-बड़े नेताओं की वर्ष-गाँठ की तरह साल में एक बार, जनता की माँग हो या न हो, नियमित रूप से मनायी जाने लगी।

कुसहरप्रसाद के चले जाने पर एक आदमी ने चबूतरे के नीचे खड़े-खड़े कहा, ''इसी को कलजुग कहते हैं ! बाप के साथ बेटा ऐसा सलूक कर रहा है !''

आसमान की ओर आँखें उठाकर, सिर पर फैली हुई नीम की टहनियों में झाँकते

हुए, उसने फिर कहा, "कहाँ हो प्रभो ? कब लोगे कलंकी अवतार ?"

जवाब में आकाशवाणी नहीं हुई। एक कौआ तक नहीं बोला। किसी अबाबील ने बीट तक नहीं की। कलंकी अवतार की याद करनेवाले का चेहरा गिर गया। पर सनीचर ने कुल्हाड़ी के बेंट को परखते हुए तीखी आवाज़ में कहा, "जाओ, तुम भी कुसहर के साथ चले जाओ। गवाही में जाकर खड़े हो जाना। रुपया-धेली वहाँ भी मिल ही जाएगी।"

बद्री पहलवान ने मुस्कराकर इस बात का समर्थन किया। रंगनाथ ने देखा, कलंकी अवतार की याद करनेवाला व्यक्ति एक पुरोहितनुमा बुड्ढा है। पिचके हुए गाल। खिचड़ी दाढ़ी। बिना बटन का कुरता। सिर पर अस्त-व्यस्त गाँधीटोपी, जिसके पीछे चुटिया निकलकर आसमानी बिजली गिरने से शरीर की रक्षा कर रही थी। माथे पर लाल चन्दन का टीका। गले में रुद्राक्ष की माला।

वह आदमी सचमुच ही कुसहरप्रसाद के पीछे चला गया। सनीचर ने कहा, "यही राधेलाल हैं। आज तक इन्हें बड़े-से-बड़ा वकील भी जिरह करके नहीं उखाड़ पाया।"

सनीचर के पास एक तमाशबीन खड़ा था। उसने श्रद्धा से कहा, "राधेलाल महाराज को किसी देवता का इष्ट है। झूठी गवाही सटासट देते चले जाते हैं। वकील टुकर-टुकर देखते रहते हैं। बड़ों-बड़ों की बोलती बन्द हो जाती है।"

कुछ देर राधेलाल की प्रशंसा होती रही। सनीचर और तमाशबीन में लगभग एक बहस-सी हो गई। सनीचर की राय थी कि राधेलाल बड़ा काइयाँ है और शहर के वकील बड़े भोंदू हैं, तभी वे उसे जिरह में नहीं उखाड़ पाते। उधर तमाशबीन इसे चमत्कार और देवता के इष्ट के रूप में मानने पर तुला था। तर्क और आस्था की लड़ाई हो रही थी और कहने की ज़रूरत नहीं कि आस्था तर्क को दबाये दे रही थी। उसी समय छोटे पहलवान बग़ल की एक गली से अकड़ते हुए निकले। वैद्यजी के दरवाज़े आकर उन्होंने इधर-उधर ताक-झाँक की। फिर पूछा, "चले गए ?"

सनीचर ने कहा, "हाँ, गए। पर पहलवान, यह पॉलिसी इन्सानियत के ख़िलाफ़ है।"

छोटे ने दाँत पीसकर कहा, "इन्सानियत की तो ऐसी की तैसी, और तुम्हें क्या कहूँ ?"

सनीचर कुल्हाड़ी हाथ में लेकर खड़े हो गए। पुकारकर बोले, "बद्री भैया, देखो, तुम्हारा बछेड़ा मुझ पर दुलत्ती झाड़ रहा है। सँभालो !"

वैद्यजी छोटे को देखकर उठ खड़े हुए। रंगनाथ से बोले, "ऐसे नीच का मुँह देखना पाप है। इसे यहाँ से भगा दो।" कहकर वे घर के अन्दर चले गए।

छोटे पहलवान बैठक के अन्दर आ गए थे। धूप फैली हुई थी। सामने नीम के पेड़ पर बहुत-से तोते 'टें-टें' करते हुए उड़ रहे थे। चबूतरे पर सनीचर कुल्हाड़ी लिये खड़ा था। बद्री पहलवान एक कोने में चुपचाप खड़े मुगदर की जोड़ी तौल रहे थे। रंगनाथ वैद्यक की किसी किताब के पन्ने उलट रहा था। छोटे को लगा कि उसके

ख़िलाफ़ विद्रोह की हवा फैली हुई है। जवाब में वे सीना फुलाकर धचक के साथ रंगनाथ के पास बैठ गए और जबड़े घुमा-घुमाकर मुँह के अन्दर पहले से सुरक्षित सुपारी की जुगाली करने लगे।

छोटे ने रंगनाथ को यों देखा जैसे उनकी निगाह के सामने कोई भुनगा उड़ रहा हो। उखड़ी हुई आवाज़ में जवाब दिया, ''यह बात है तो मैं जाता हूँ। मैं तो बद्री गुरू का घर समझकर आया हूँ। अब तुम्हीं लोगों की हुकूमत है, तो यहाँ पेशाब करने भी नहीं आऊँगा।''

रंगनाथ ने हँसकर बात को हल्का करना चाहा। कहा, ''नहीं, नहीं, बैठो पहलवान। दिमाग़ गरम हो रहा हो तो एक लोटा ठण्डा पानी पी लो।''

फिर उसी तरह उखड़ी आवाज़ में छोटे ने कहा, ''पानी ! मैं यहाँ टट्टी तक के लिए पानी नहीं लूँगा। सब लोग मिलकर चले हैं हमको लुलुहाने।''

बद्री ने अब छोटे की ओर बड़प्पन की निगाह से देखा और एक मुगदर को बायें हाथ से तौला। देखते-देखते मुस्कराए। बोले, ''गुस्सा तो कमज़ोर का काम है। तुम क्यों ऐंठ रहे हो ? आदमी हो कि पायजामा ?''

छोटे पहलवान समझ गए कि उस कोने से उन्हें सहारा मिल रहा है। अकड़ दिखाते हुए बोले, ''मुझे अच्छा नहीं लगता बद्री गुरू ! सभी दमड़ी-जैसी जान लिये हुए मुझे लुलुहाते घूम रहे हैं। कहते हैं, बाप को क्यों मारा ! बाप को क्यों मारा !! लगता है कुसहरप्रसाद शिवपालगंज में सबके बाप ही लगते हैं। जैसे मैं ही उनका एक दुश्मन हूँ।''

छोटे पहलवान और भी उखड़ गए। बोले, ''गुरू, साला बाप-जैसा बाप हो, तब तो एक बात भी है।''

थोड़ी देर सब चुप रहे।

रंगनाथ छोटे पहलवान की चढ़ी हुई भौंहों को देखता रहा। सनीचर भी अब तक बैठक में आ गया था। समझाते हुए बोला, ''ऐसी बात मुँह से न निकालनी चाहिए। धरती-धरती चलो। आसमान की छाती न फाड़ो। आखिर कुसहर ने तुम्हें पैदा किया है, पाला-पोसा है।''

छोटे ने भुनभुनाकर कहा, ''कोई हमने इस्टाम्प लगाकर दरखास्त दी थी कि हमें पैदा करो ! चले साले कहीं के पैदा करनेवाले !''

बद्री चुपचाप यह वार्तालाप सुन रहे थे। अब बोले, ''बहुत हो गया छोटे, अब ठण्डे हो जाओ।''

छोटे अनमने होकर बैठे रहे। नीम के पेड़ पर होनेवाली तोतों की 'टें-टें' सुनते रहे। आखिर में एक साँस खींचकर बोले, ''तुम भी मुझी को दबाते हो गुरू! तुम जानते नहीं, यह बुड्ढा बड़ा कुलच्छनी है। इसके मारे कहारिन ने घर में पानी भरना बन्द कर दिया है। और भी बताऊँ ? अब क्या बताऊँ, कहते जीभ गँधाती है।''

12

गाँव में एक आदमी रहता था जिसका नाम गयादीन था। वह जोड़-बाकी, गुणा-भाग में बड़ा क़ाबिल माना जाता था, क्योंकि उसका पेशा सूदखोरी था। उसकी एक दुकान थी जिस पर कपड़ा बिकता था और रुपये का लेन-देन होता था। उसके एक जवान लड़की थी, जिसका नाम बेला था और एक बहिन थी, जो बेवा थी और एक बीवी थी जो मर चुकी थी। बेला स्वस्थ, सुन्दर, गृह-कार्य में कुशल और रामायण और माया-मनोहर कहानियाँ पढ़ लेने-भर को पढ़ी-लिखी थी। उसके लिए एक सुन्दर और सुयोग्य वर की तलाश थी। बेला तबीयत और जिस्म, दोनों से प्रेम करने लायक थी। और रुप्पन बाबू उसको प्रेम करते थे, पर वह यह बात नहीं जानती थी। रुप्पन बाबू रोज़ रात को सोने के पहले उसके शरीर का ध्यान करते थे और ध्यान को शुद्ध रखने के लिए उस समय वे सिर्फ़ शरीर को देखते थे, उस पर के कपड़े नहीं। बेला की बुआ गयादीन के घर का काम देखती थी और बेला को दरवाज़े से बाहर नहीं निकलते देती थी। बेला बड़ों की आज्ञा मानती थी और दरवाज़े से बाहर नहीं निकलती थी। उसे बाहर जाना होता तो छत के रास्ते, मिली हुई छतों को पार करती हुई, किसी पड़ोसी के मकान तक पहुँच जाती थी। रुप्पन बाबू बेला के लिए काफ़ी विकल रहते थे और उसे सप्ताह में तीन-चार पत्र लिखकर उन्हें फाड़ दिया करते थे।

इन बातों का कोई तात्कालिक महत्त्व नहीं है। महत्त्व इस बात का है कि गयादीन सूद पर रुपया चलाते थे और कपड़े की दुकान करते थे। कोऑपरेटिव यूनियन भी सूद पर रुपया चलाती थी और कपड़े की दुकान करती थी। दोनों शान्तिपूर्ण सह-अस्तित्व में रहते थे।

वैद्यजी से उनके अच्छे सम्बन्ध थे। वे कॉलिज की प्रबन्ध-समिति के उप-सभापति थे। उनके पास पैसा था, इज़्ज़त थी; उन पर वैद्यजी, पुलिस, रुप्पन, स्थानीय एम.एल.ए. और ज़िला बोर्ड के टैक्स-कलेक्टर की कृपा थी।

इस सबके बावजूद वे निराशावादी थे। वे बहुत सँभलकर चलते थे। अपने स्वास्थ्य के बारे में बहुत सावधान थे। वे उड़द की दाल तक से परहेज़ करते थे। एक बार वे शहर गए हुए थे। वहाँ उनके एक रिश्तेदार ने उन्हें खाने में उड़द की दाल दी। गयादीन ने धीरे-से थाली दूर खिसका दी और आचमन करके भूखे ही उठ आए। बाद में उन्हें दूसरी दाल के साथ दूसरा खाना परोसा गया। इस बार उन्होंने आचमन करके खाना खा लिया। शाम को रिश्तेदार ने उन्हें मजबूर किया कि वे बतायें, उड़द की दाल से उन्हें क्या ऐतराज़ है। कुछ देर इधर-उधर देखकर उन्होंने धीरे-से बताया कि उड़द की दाल खा लेने से पेट में वायु बनती है और गुस्सा आने लगता है।

उनके मेज़बान ने पूछा, "अगर गुस्सा आ ही गया तो क्या हो जाएगा ? गुस्सा कोई शेर है या चीता ? उससे इतना घबराने की क्या बात है ?"

मेज़बान एक दफ़्तर में काम करता था। गयादीन ने समझाया कि उसका कहना ठीक है। पर गुस्सा सबको नहीं छजता। गुस्सा करना तो सिर्फ़ हाकिमों को छजता है। हुकूमत भले ही बैठ जाए, पर वह तो हाकिम ही रहेगा। पर हम व्यापारी आदमी हैं। हमें गुस्सा आने लगा तो कोई भूलकर भी हमारी दुकान पर न आएगा। और पता नहीं, कब कैसा झंझट खड़ा हो जाए।

गयादीन के यहाँ चोरी हो गई थी और चोरी में कुछ ज़ेवर और कपड़े-भर गए थे और पुलिस को यह मानने में ज़्यादा आसानी थी कि उस रात चोरों का पीछा करनेवालों में से ही किसी ने चोरी कर डाली है। चोर जब छत से आँगन में कूदा था तो गयादीन की बेटी और बहिन ने उसे नहीं देखा था और तब देखतीं तो उसका चेहरा दिख जाता। पर जब चोर लाठी के सहारे दीवार पर चढ़कर छत पर जाने लगा तो उसे दोनों ने देख लिया था और तब उन्होंने उसकी पीठ-भर देखी थी और पुलिस को उनकी इस हरकत से बड़ी नाराज़गी थी। पुलिस ने पिछले तीन दिनों में कई चोर इन दोनों के सामने लाकर पेश किये थे और चेहरे के साथ-साथ उनकी पीठ भी उन्हें दिखायी थी; पर उनमें कोई भी ऐसा नहीं निकला था कि बेला या उसकी बुआ उसके गले व पीठ की ओर से जयमाला डालकर कहती कि "दारोग़ाजी, यही हमारा उस रात का चोर है।" पुलिस को उनकी इस हरकत से भी बड़ी नाराज़गी थी और दारोग़ाजी ने भुनभुनाना शुरू कर दिया था कि गयादीन की लड़की और बहिन जान-बूझकर चोर को पकड़वाने से इन्कार कर रही हैं और पता नहीं, क्या मामला है।

गयादीन का निराशावाद कुछ और ज़्यादा हो गया था, क्योंकि गाँव में इतने मकान थे, पर चोर को अपनी ओर खींचनेवाला उन्हीं का एक मकान रह गया था। और नीचे उतरते वक़्त चोर के चेहरे पर बेला और उसकी बहिन की निगाह बखूबी पड़ सकती थी, पर उन निगाहों ने देखने के लिए सिर्फ़ चोर की पीठ को ही चुना था और दारोग़ाजी सबसे हँसकर बोलते थे, पर टेढ़ी बात करने के लिए अब उन्हें गयादीन ही मिल रहे थे।

उस गाँव में कुछ मास्टर भी रहते थे जिनमें एक खन्ना थे जो कि बेवकूफ़ थे; दूसरे मालवीय थे, वह भी बेवकूफ़ थे; तीसरे, चौथे, पाँचवें, छठे और सातवें मास्टर का नाम गयादीन नहीं जानते थे, पर वे मास्टर भी बेवकूफ़ थे और गयादीन की निराशा इस समय कुछ और गाढ़ी हुई जा रही थी, क्योंकि सात मास्टर एक साथ उनके मकान की ओर आ रहे थे और निश्चय ही वे चोरी के बारे में सहानुभूति दिखाकर एकदम से कॉलिज के बारे में कोई बेवकूफ़ी की बात शुरू करनेवाले थे।

वही हुआ। मास्टर लोग आधे घण्टे तक गयादीन को समझाते रहे कि वे कॉलिज की प्रबन्ध-समिति के उपाध्यक्ष हैं और चूँकि अध्यक्ष बम्बई में कई साल से रहते आ रहे हैं और वहीं रहते रहेंगे, इसलिए मैनेजर के और प्रिंसिपल के अनाचार के ख़िलाफ़

उपाध्यक्ष को कुछ करना चाहिए।

गयादीन ने बहुत ठण्डे ढंग से सर्वोदयी सभ्यता के साथ समझाया कि उपाध्यक्ष तो सिर्फ़ कहने की बात है, वास्तव में यह कोई ओहदा-जैसा ओहदा नहीं है, उनके पास कोई ताकत नहीं है, और मास्टर साहब, ये खेल तुम्हीं लोग खेलो, हमें बीच में न घसीटो।

तब नागरिक-शास्त्र के मास्टर उन्हें गम्भीरता से बताने लगे कि उपाध्यक्ष की ताकत कितनी बड़ी है। इस विश्वास से कि गयादीन इस बारे में कुछ नहीं जानते, उन्होंने उपाध्यक्ष की हैसियत को भारत के संविधान के अनुसार बताना शुरू कर दिया, पर गयादीन जूते की नोक से ज़मीन पर एक गोल दायरा बनाते रहे जिसका अर्थ यह न था कि वे ज्योमेट्री के जानकार नहीं हैं, बल्कि इससे साफ़ ज़ाहिर होता था कि वे किसी फन्दे के बारे में सोच रहे हैं।

अचानक उन्होंने मास्टर को टोककर पूछा, ''तो इसी बात पर बताओ मास्टर साहब, कि भारत के उपाध्यक्ष कौन हैं ?''

यह सवाल सुनते ही मास्टरों में भगदड़ मच गई। कोई इधर को देखने लगा, कोई उधर; पर भारत के उपाध्यक्ष का नाम किसी भी दिशा में लिखा नहीं मिला। अन्त में नागरिक-शास्त्र के मास्टर ने कहा, ''पहले तो राधाकृष्णजी थे, अब इधर उनका तबादला हो गया है।''

गयादीन धीरे-से बोले, ''अब समझ लो मास्टर साहब, उपाध्यक्ष की क्या हैसियत होती है ?''

मगर मास्टर न माने। उनमें से एक ने ज़िद पकड़ ली कि कम-से-कम कॉलिज की प्रबन्ध-समिति की एक बैठक तो गयादीन बुलवा ही लें। गयादीन गाँव के महाजन ज़रूर थे, पर वैसे महाजन न थे जिनके किसी ओर निकलने पर पन्थ बन जाता है। वे उस जत्थे के महाजन थे जो अनजानी राह पर पहले किराये के जन भेजते हैं और जब देख लेते हैं कि उस पर पगडण्डी बन गई है और उसके धँसने का खतरा नहीं है, तब वे महाजन की तरह छड़ी टेक-टेककर धीरे-धीरे निकल जाते हैं। इसलिए मास्टरों की ज़िद का उन पर कोई ख़ास असर नहीं हुआ। उन्होंने धीरे-से कहा, ''बैठक बुलाने के लिए रामाधीन को लगा दो मास्टर साहब ! वे ऐसे कामों के लिए अच्छे रहेंगे।''

''उन्हें तो लगा ही दिया है।''

''तो बस, लगाए रहो। खिसकने न दो,'' कहकर गयादीन आसपास बैठे हुए दूसरे लोगों की ओर देखने लगे। ये दूसरे लोग नज़दीक के गाँव के थे जो पुराने प्रोनोट बढ़वाने, नये प्रोनोट लिखवाने और किसी भी हालत में प्रोनोट से छुटकारा न पाने के लिए आए हुए थे। खन्ना मास्टर ने फैसला कर लिया था कि आज गयादीन से इस मसले की बात पूरी कर ली जाए। इसलिए उन्होंने फिर समझाने की कोशिश की। बोले, ''मालवीयजी, अब आप ही गयादीनजी को समझाइए। यह प्रिंसिपल तो हमें पीसे डाल रहा है।''

गयादीन ने लम्बी साँस खींची, सोचा, शायद भाग्य में यही लिखा है, ये निकम्मे मास्टर यहाँ से जाएँगे नहीं। वे देह हिलाकर चारपाई पर दूसरे आसन से बैठ गए। आदमियों से बोले, "तो जाओ भैया ! तुम्हीं लोग जाओ। कल सवेरे ज़रा जल्दी आना।"

गयादीन दूसरी साँस खींचकर खन्ना मास्टर की ओर मुँह करके बैठ गए। खन्ना मास्टर बोले, "आप इजाज़त दें तो बात शुरू से ही कहूँ।"

"क्या कहोगे मास्टर साहब ?" गयादीन ऊबकर बोले, "प्राइवेट स्कूल की मास्टरी–वह तो पिसाई का काम है ही। भागोगे कहाँ तक ?"

खन्ना ने कहा, "मुसीबत यह है कि इस कॉलिज की जनरल बॉडी की मीटिंग पाँच साल से नहीं हुई है। बैदजी ही मैनेजर बने हुए हैं। नये आम चुनाव नहीं हुए हैं; जो कि हर साल होने चाहिए।"

वे कुछ देर रामलीला के राम-लक्ष्मण की तरह भावहीन चेहरा बनाए बैठे रहे। फिर बोले, "आप लोग तो पढ़े-लिखे आदमी हैं। मैं क्या कह सकता हूँ ? पर सैकड़ों संस्थाएँ हैं जिनकी सालाना बैठकें बरसों नहीं होतीं। अपने यहाँ का ज़िलाबोर्ड ! एक ज़माने से बिना चुनाव कराये हुए इसे सालों खींचा गया है।" गाल फुलाकर वे भर्राये गले से बोले, "देश-भर में यही हाल है।" गला देश-भक्ति के कारण नहीं, खाँसी के कारण भर आया था।

मालवीयजी ने कहा, "प्रिंसिपल हज़ारों रुपया मनमाना ख़र्च करता है। हर साल आडिटवाले ऐतराज़ करते हैं, हर साल यह बुत्ता दे जाता है।"

गयादीन ने बहुत निर्दोष ढंग से कहा, "आप क्या आडिट के इंचार्ज हैं ?"

मालवीय ने आवाज़ ऊँची करके कहा, "जी नहीं, बात यह नहीं है, पर हमसे देखा नहीं जाता कि जनता का रुपया इस तरह बरबाद हो। आखिर..."

गयादीन ने तभी उनकी बात काट दी; उसी तरह धीरे-से बोले, "फिर आप किस तरह चाहते हैं कि जनता का रुपया बरबाद किया जाए ? बड़ी-बड़ी इमारतें बनाकर ? सभाएँ बुलाकर ? दावतें लुटाकर ?" इस ज्ञान के सामने मालवीयजी झुक गए। गयादीन ने उदारतापूर्वक समझाया, "मास्टर साहब, मैं ज़्यादा पढ़ा-लिखा तो हूँ नहीं, पर अच्छे दिनों में कलकत्ता-बम्बई देख चुका हूँ। थोड़ा-बहुत मैं भी समझता हूँ। जनता के रुपये पर इतना दर्द दिखाना ठीक नहीं। वह तो बरबाद होगा ही।" वे थोड़ी देर चुप रहे, फिर खन्ना मास्टर को पुचकारते-से बोले, "नहीं मास्टर साहब, जनता के रुपये के पीछे इतना सोच-विचार न करो; नहीं तो बड़ी तकलीफ़ उठानी पड़ेगी।"

मालवीयजी को गयादीन की चिन्ताधारा बहुत ही गहन-सी जान पड़ी। गहन थी भी। वे अभी किनारे पर बालू ही में लोट रहे थे। बोले, "गयादीनजी, मैं जानता हूँ कि इन बातों से हम मास्टरों का कोई मतलब नहीं। चाहे कॉलिज के बदले वैद्यजी आटाचक्की की मशीन लगवा लें, चाहे प्रिंसिपल अपनी लड़की की शादी कर लें; फिर भी यह संस्था है तो आप लोगों की ही ! उसमें खुलेआम इतनी बेजा बातें हों ! नैतिकता का जहाँ नाम ही न हो !"

इतनी देर में पहली बार गयादीन के मुँह पर कुछ परेशानी-सी झलकी। पर जब

वे बोले तो आवाज़ वही पहले-जैसी थकी-थकी-सी थी। उन्होंने कहा, "नैतिकता का नाम न लो मास्टर साहब, किसी ने सुन लिया तो चालान कर देगा।"

लोग चुप रहे। फिर गयादीन ने कुछ हरकत दिखायी। उनकी निगाह एक कोने की ओर चली गई। वहाँ लकड़ी की एक टूटी-फूटी चौकी पड़ी थी। उसकी ओर उँगली उठाकर गयादीन ने कहा, नैतिकता, समझ लो कि यही चौकी है। एक कोने में पड़ी है। सभा-सोसायटी के वक़्त इस पर चादर बिछा दी जाती है। तब बड़ी बढ़िया दिखती है। इस पर चढ़कर लेक्चर फटकार दिया जाता है। यह उसी के लिए है।"

इस बात ने मास्टरों को बिलकुल ही चुप कर दिया। गयादीन ने ही उन्हें दिलासा देते हुए कहा, "और बोलो मास्टर साहब, खुद तुम्हें क्या तकलीफ़ है ? अब तक तो तुम सिर्फ़ जनता की तकलीफ़ बताते रहे हो।"

खन्ना मास्टर उत्तेजित हो गए। बोले, "आपसे कोई भी तकलीफ़ बताना बेकार है। आप किसी भी चीज़ को तकलीफ़ ही नहीं मान रहे हैं।"

"मानेंगे क्यों नहीं ?" गयादीन ने उन्हें पुचकारा, "ज़रूर मानेंगे। तुम कहो तो !"

मालवीयजी ने कहा, "प्रिंसिपल ने हमसे सब काम ले लिये हैं। खन्ना को होस्टल-इंचार्ज नहीं रखा, और मुझसे गेम का चार्ज ले लिया। रायसाहब हमेशा से इम्तिहान के सुपरिण्टेण्डेण्ट थे, उन्हें वहाँ से हटा दिया है। ये सब काम वह अपने आदमियों को दे रहा है।"

गयादीन बड़े असमंजस में बैठे रहे। फिर बोले, "मैं कुछ कहूँगा तो आप नाराज़ होंगे। पर जब प्रिंसिपल साहब को अपने मन-मुताबिक इंचार्ज चुनने का अख्त्यार है तो उसमें बुरा क्या मानना ?"

मास्टर लोग कसमसाए तो वे फिर बोले, "दुनिया में सब काम तुम्हारी समझ से थोड़े ही होगा मास्टर साहब ? पार साल की याद करो। वही बैजेगाँव के लाल साहब को लाट साहब ने वाइस-चांसलर बना दिया कि नहीं ? लोग इतना कूदे-फाँदे, पर किसी ने क्या कर लिया। बाद में चुप हो गए। तुम भी चुप हो जाओ। चिल्लाने से कुछ न होगा। लोग तुम्हें ही लुच्चा कहेंगे।"

एक मास्टर पीछे से उचककर बोले, "पर इसका क्या करें ? प्रिंसिपल लड़कों को हमारे ख़िलाफ़ भड़काता है। हमें माँ-बहिन की गाली देता है। झूठी रिपोर्ट करता है। हम कुछ लिखकर देते हैं तो उस काग़ज़ को गुम करा देता है। बाद में जवाबतलब करता है।"

गयादीन चारपाई पर धीरे-से हिले। वह चरमरायी, तो सकुच-से गए। कुछ सोचकर बोले, "यह तो तुम मुझे दफ़्तरों का तरीक़ा बता रहे हो। वहाँ तो ऐसा होता ही रहता है।"

उस मास्टर ने तैश में आकर कहा, "जब दस-पाँच लाशें गिर जाएँगी, तब आप समझेंगे कि नयी बात हुई है।"

गयादीन उसके गुस्से को दया के भाव से देखते रहे; समझ गए कि आज इसने उड़द की दाल खायी है। फिर धीरे-से बोले, "यह भी कौन-सी नयी बात है ! चारों तरफ़

पटापट लाशें ही तो गिर रही हैं।''

खन्ना मास्टर ने बात सँभाली। बोले, ''इनके गुस्से का बुरा न मानें। हम लोग सचमुच ही परेशान हैं। बड़ी मुश्किल है। आप देखिए न, इसी जुलाई में उसने अपने तीन रिश्तेदार मास्टर रखे हैं। उन्हीं को हमसे सीनियर बनाकर सब काम ले रहा है। कुनबापरस्ती का बोलबाला है। बताइए, हमें बुरा न लगेगा ?''

''बुरा क्यों लगेगा भाई ?'' गयादीन काँखने लगे, ''तुम्हीं तो कहते हो कि कुनबापरस्ती का बोलबाला है। बैदजी के रिश्तेदार न मिले होंगे, बेचारे ने अपने ही रिश्तेदार लगा दिए।''

एकाध मास्टर हँसने लगे। गयादीन वैसे ही कहते गए, ''मसखरी की बात नहीं। यही आज का जुग-धर्म है। जो सब करते हैं, वही प्रिंसिपल भी करता है। कहाँ ले जाए बेचारा अपने रिश्तेदारों को ?''

खन्ना मास्टर को सम्बोधित करके उन्होंने फिर कहा, ''तुम तो इतिहास पढ़ाते हो न मास्टर साहब ? सिंहगढ़-विजय कैसे हुई थी ?''

खन्ना मास्टर जवाब सोचने लगे। गयादीन ने कहा, ''मैं ही बताता हूँ। तानाजी क्या लेकर गए थे ? एक गोह। उसको रस्से से बाँध लिया और किले की दीवार पर फेंक दिया। अब गोह तो अपनी जगह जहाँ चिपककर बैठ गई, वहाँ बैठ गई। साथवाले सिपाही उसी रस्से के सहारे सड़ासड़ छत पर पहुँच गए।''

इतना कहते-कहते वे शायद थक गए। इस आशा से कि मास्टर लोग कुछ समझ गए होंगे, उन्होंने उनके चेहरे को देखा, पर वे निर्विकार थे। गयादीन ने अपनी बात समझाई, ''वही हाल अपने मुल्क का है, मास्टर साहब ! जो जहाँ है, अपनी जगह गोह की तरह चिपका बैठा है। टस-से-मस नहीं होता। उसे चाहे जितना कोंचो, चाहे जितना दुरदुराओ, वह अपनी जगह चिपका रहेगा और जितने नाते-रिश्तेदार हैं, सब उसकी दुम के सहारे सड़ासड़ चढ़ते हुए ऊपर तक चले जाएँगे। कॉलिज को क्यों बदनाम करते हो, सभी जगह यही हाल है !''

फिर साँस खींचकर उन्होंने पूछा, ''अच्छा बताओ तो मास्टर साहब, यह बात कहाँ नहीं है ?''

मास्टरों का गुट चमरही के पास से निकला। सबके मुँह लटके हुए थे और लगता था कि टपककर उनके पाँवों के पास गिरनेवाले हैं।

'चमरही' गाँव के एक मुहल्ले का नाम था जिसमें चमार रहते थे। चमार एक जाति का नाम है जिसे अछूत माना जाता है। अछूत एक प्रकार के दुपाये का नाम है जिसे लोग संविधान लागू होने से पहले छूते नहीं थे। संविधान एक कविता का नाम है जिसके अनुच्छेद 17 में छुआछूत खत्म कर दी गई है क्योंकि इस देश में लोग कविता के सहारे नहीं, बल्कि धर्म के सहारे रहते हैं और क्योंकि छुआछूत इस देश का एक धर्म है, इसलिए शिवपालगंज में भी दूसरे गाँवों की तरह अछूतों के अलग-अलग मुहल्ले थे और उनमें सबसे ज़्यादा प्रमुख मुहल्ला चमरही था जिसे ज़मींदारों ने किसी ज़माने में बड़ी

ललक से बसाया था और उस ललक का कारण ज़मींदारों के मन में चर्म-उद्योग का विकास करना नहीं था बल्कि यह था कि वहाँ बसने के लिए आनेवाले चमार लाठी अच्छी चलाते थे।

संविधान लागू होने के बाद चमरही और शिवपालगंज के बाक़ी हिस्से के बीच एक अच्छा काम हुआ था। वहाँ एक चबूतरा बनवा दिया गया था, जिसे गाँधी-चबूतरा कहते थे। गाँधी, जैसा कि कुछ लोगों को आज भी याद होगा, भारतवर्ष में ही पैदा हुए थे और उनके अस्थि-कलश के साथ ही उनके सिद्धान्तों को संगम में बहा देने के बाद यह तय किया गया था कि गाँधी की याद में अब सिर्फ़ पक्की इमारतें बनायी जाएँगी और उसी हल्ले में शिवपालगंज में यह चबूतरा बन गया था। चबूतरा जाड़ों में धूप खाने के लिए बड़ा उपयोगी था और ज्यादातर उस पर कुत्ते धूप खाया करते थे; और चूँकि उनके लिए कोई बाथरूम नहीं बनवाया जाता है इसलिए वे धूप खाते-खाते उसके कोने पर पेशाब भी कर देते थे और उनकी देखादेखी कभी-कभी आदमी भी चबूतरे की आड़ में वही काम करने लगते थे।

मास्टरों के गुट ने देखा कि उस चबूतरे पर आज लंगड़ आग जलाकर बैठा है और उस पर कुछ भून रहा है। नज़दीक से देखने पर पता लगा कि भुननेवाली चीज़ एक गोल-गोल ठोस रोटी है जिसे वह निश्चय ही आसपास घूमनेवाले कुत्तों के लिए नहीं सेंक रहा था। लंगड़ को देखते ही मास्टरों की तबीयत हल्की हो गई। उन्होंने रुककर उससे बात करनी शुरू कर दी और दो मिनट में मालूम कर लिया कि तहसील में जिस नक़ल के लिए लंगड़ ने दरख़्वास्त दी थी, वह अब पूरे क़ायदे से, बिना एक कौड़ी ग़लत ढंग से खर्च किये हुए, उसे मिलने ही वाली है।

मास्टर लोगों को यक़ीन नहीं हुआ।

लंगड़ की बातचीत में आज निराशावाद-धन-नियतिवाद-सही-पराजयवाद-बटा-कुण्ठावाद का कोई असर न था। उसने बताया, "बात मान लो बापू। आज मैं सब ठीक कर आया हूँ। दरख़्वास्त में दो ग़लतियाँ फिर निकल आई थीं, उन्हें दुरुस्त करा दिया है।"

एक मास्टर ने खीजकर कहा, "पहले भी तो तुम्हारी दरख़्वास्त में गलती निकली थी। यह नक़लनवीस बार-बार गलतियाँ क्यों निकाला करता है ? चोट्टा कहीं का !"

"गाली न दो बापू," लंगड़ ने कहा, "यह धरम की लड़ाई है। गाली-गलौज का कोई काम नहीं। नक़लनवीस बेचारा क्या करे ! क़लमवालों की जात ही ऐसी है।"

"तो नक़ल कब तक मिल जाएगी ?"

"अब मिली ही समझो बापू—यही पन्द्रह-बीस दिन। मिसिल सदर गई है। अब दरख़्वास्त भी सदर जाएगी। नक़ल नहीं बनेगी, फिर वह यहाँ वापस आएगी; फिर रजिस्टर पर चढ़ेगी..."

लंगड़ नक़ल लेने की योजना सुनाता रहा, उसे पता भी नहीं चला कि मास्टर लोग उसकी बात और गाँधी-चबूतरे के पास फैली हुई बू से ऊबकर कब आगे बढ़ गए। जब उसने सिर ऊपर उठाया तो उसे आसपास चिरपरिचित कुत्ते, सूअर और घूरे-भर दिखायी दिए जिनकी सोहबत में वह दफ़्तर के ख़िलाफ़ धरम की लड़ाई लड़ने चला था।

गोधूलि बेला। एक बछड़ा बड़े उग्र रूप से सींगें फटकारकर चारों पाँवों से एक साथ टेढ़ी-मेढ़ी छलाँगें लगाता हुआ चबूतरे के पास से निकला। वह कुछ देर दौड़ता रहा, फिर आगे एक गेहूँ के हरे-भरे खेत में जाकर ढीला पड़ गया। लंगड़ ने हाथ जोड़कर कहा, "धन्य हो, दारोग़ाजी !"

13

तहसील का मुख्यालय होने के बावजूद शिवपालगंज इतना बड़ा गाँव न था कि उसे टाउन एरिया होने का हक़ मिलता। शिवपालगंज में एक गाँव-सभा थी और गाँववाले उसे गाँव-सभा ही बनाए रखना चाहते थे ताकि उन्हें टाउन- एरियावाली दर से ज़्यादा टेक्स न देना पड़े। इस गाँव-सभा के प्रधान रामाधीन भीखमखेड़वी के भाई थे जिनकी सबसे बड़ी सुन्दरता यह थी कि वे इतने साल प्रधान रह चुकने के बावजूद न तो पागलख़ाने गए थे, न जेलख़ाने। गँजहों में वे अपनी मूर्खता के लिए प्रसिद्ध थे और उसी कारण, प्रधान बनने के पहले तक, वे सर्वप्रिय थे। बाहर से अफ़सरों के आने पर गाँववाले उनको एक प्रकार से तश्तरी पर रखकर उनके सामने पेश करते थे। और कभी-कभी कह भी देते थे कि साहेब, शहर में जो लोग चुनकर जाते हैं उन्हें तो तुमने हज़ार बार देखा होगा, अब एक बार यहाँ का भी माल देखते जाओ।

गाँव-सभा के चुनाव जनवरी के महीने में होने थे और नवम्बर लग चुका था। सवाल यह था कि इस बार किसको प्रधान बनाया जाए ? पिछले चुनावों में वैद्यजी ने कोई दिलचस्पी नहीं ली क्योंकि गाँव-सभा के काम को वे निहायत ज़लील काम मानते थे। और वह एक तरह से ज़लील था भी, क्योंकि गाँव-सभाओं के अफ़सर बड़े टुटपुँजिया क़िस्म के अफ़सर थे। न उनके पास पुलिस का डण्डा था, न तहसीलदार का रुतबा, और उनसे रोज़-रोज़ अपने काम का मुआयना कराने में आदमी की इज़्ज़त गिर जाती थी। प्रधान को गाँव-सभा की ज़मीन-जायदाद के लिए मुक़दमे करने पड़ते थे और शहर के इजलास में वकीलों और हाकिमों का उनके साथ वैसा भी सलूक न था जो एक चोर का दूसरे चोर के साथ होता है। मुक़दमेबाज़ी में दुनिया-भर की दुश्मनी लेनी पड़ती थी और मुसीबत के वक़्त पुलिसवाले सिर्फ़ मुस्करा देते थे और कभी-कभी उन्हें मोटे अक्षरों में 'परधानजी' कहकर थाने के बाहर का भूगोल समझाने लगते थे।

पर इधर कुछ दिनों से वैद्यजी की रुचि गाँव-सभा में भी दिखने लगी थी, क्योंकि उन्होंने प्रधानमन्त्री का एक भाषण किसी अख़बार में पढ़ लिया था। उस भाषण में बताया गया था कि गाँवों का उद्धार स्कूल, सहकारी समिति और गाँव-पंचायत के

आधार पर ही हो सकता है और अचानक वैद्यजी को लगा था कि वे अभी तक गाँव का उद्धार सिर्फ़ कोऑपरेटिव यूनियन और कॉलिज के सहारे करते आ रहे थे और उनके हाथ में गाँव-पंचायत तो है ही नहीं। 'आह !' उन्होंने सोचा होगा, 'तभी शिवपालगंज का ठीक से उद्धार नहीं हो रहा है। यही तो मैं कहूँ कि क्या बात है ?'

रुचि लेते ही कई बातें सामने आईं। यह कि रामाधीन के भाई ने गाँव-सभा को चौपट कर दिया है। गाँव की बंजर ज़मीन पर लोगों ने मनमाने क़ब्ज़े कर लिये हैं और निश्चय ही प्रधान ने रिश्वत ली है। गाँव-पंचायत के पास रुपया नहीं है और निश्चय ही प्रधान ने ग़बन किया है। गाँव के भीतर बहुत गन्दगी जमा हो गई है और प्रधान निश्चय ही सूअर का बच्चा है। थानेवालों ने प्रधान की शिकायत पर कई लोगों का चालान किया है जिससे सिर्फ़ यही नतीजा निकलता है कि वह अब पुलिस का दलाल हो गया है। प्रधान को बन्दूक का लाइसेंस मिल गया है जो निश्चय ही डकैतियों के लिए उधार जाती है और पिछले साल गाँव में बजरंगी का क़त्ल हुआ था, तो बूझो कि क्यों हुआ था ?

भंग पीनेवालों में भंग पीसना एक कला है, कविता है, कार्रवाई है, करतब है, रस्म है। वैसे टके की पत्ती को चबाकर ऊपर से पानी पी लिया जाए तो अच्छा-खासा नशा आ जाएगा, पर यह नशेबाजी सस्ती है। आदर्श यह है कि पत्ती के साथ बादाम, पिस्ता, गुलकन्द, दूध-मलाई आदि का प्रयोग किया जाए। भंग को इतना पीसा जाए कि लोढ़ा और सिल चिपककर एक हो जाएँ, पीने के पहले शंकर भगवान् की तारीफ़ में छन्द सुनाये जाएँ और पूरी कार्रवाई को व्यक्तिगत न बनाकर उसे सामूहिक रूप दिया जाए।

सनीचर का काम वैद्यजी की बैठक में भंग के इसी सामाजिक पहलू को उभारना था। इस समय भी वह रोज़ की तरह भंग पीस रहा था। उसे किसी ने पुकारा, "सनीचर !"

सनीचर ने फुफकारकर फन-जैसा सिर ऊपर उठाया। वैद्यजी ने कहा, "भंग का काम किसी और को दे दो और यहाँ अन्दर आ जाओ।"

जैसे कोई उसे मिनिस्टरी से इस्तीफ़ा देने को कह रहा हो। वह भुनभुनाने लगा, "किसे दे दें ? कोई है भी इस काम को करनेवाला ? आजकल के लौण्डे क्या जानें इन बातों को। हल्दी-मिर्च-जैसा पीसकर रख देंगे।" पर उसने किया यही कि सिल-लोढ़े का चार्ज एक नौजवान को दे दिया, हाथ धोकर अपने अण्डरवियर के पीछे पोंछ लिये और वैद्यजी के पास आकर खड़ा हो गया।

तख़्त पर वैद्यजी, रंगनाथ, बद्री पहलवान और प्रिंसिपल साहब बैठे थे। प्रिंसिपल एक कोने में खिसककर बोले, "बैठ जाइए सनीचरजी !"

इस बात ने सनीचर को चौकन्ना कर दिया। परिणाम यह हुआ कि उसने टूटे हुए दाँत बाहर निकालकर छाती के बाल खुजलाने शुरू कर दिए। वह बेवकूफ़-सा दिखने लगा, क्योंकि वह जानता था चालाकी के हमले का मुकाबला किस तरह किया जाता है। बोला, "अरे प्रिंसिपल साहेब, अब अपने बराबर बैठालकर मुझे नरक में न डालिए।"

बद्री पहलवान हँसे। बोले, ''स्साले ! गँजहापन झाड़ते हो ! प्रिंसिपल साहब के साथ बैठने से नरक में चले जाओगे ?'' फिर आवाज़ बदलकर बोले, ''बैठ जाओ उधर।''

वैद्यजी ने शाश्वत सत्य कहनेवाली शैली में कहा, ''इस तरह से न बोलो बद्री। मंगलदासजी क्या होने जा रहे हैं, इसका तुम्हें कुछ पता भी है ?''

सनीचर ने बरसों बाद अपना सही नाम सुना था। वह बैठ गया और बड़प्पन के साथ बोला, ''अब पहलवान को ज़्यादा ज़लील न करो महाराज। अभी इनकी उमर ही क्या है ? वक़्त पर सब समझ जाएँगे।''

वैद्यजी ने कहा, ''तो प्रिंसिपल साहब, कह डालो जो कहना है।''

उन्होंने अवधी में कहना शुरू किया, ''कहै का कौनि बात है ? आप लोग सब जनतै ही।'' फिर अपने को खड़ीबोली की सूली पर चढ़ाकर बोले, ''गाँव-सभा का चुनाव हो रहा है, यहाँ का प्रधान बड़ा आदमी होता है। वह कॉलिज-कमेटी का मेम्बर भी होता है—एक तरह से मेरा भी अफ़सर।''

वैद्यजी ने अकस्मात कहा, ''सुनो मंगलदास, इस बार हम लोग गाँव-सभा का प्रधान तुम्हें बनायेंगे।''

सनीचर का चेहरा टेढ़ा-मेढ़ा होने लगा। उसने हाथ जोड़ दिए—पुलक गात लोचन सलिल। किसी गुप्त रोग से पीड़ित, उपेक्षित कार्यकर्ता के पास किसी मेडिकल असोसिएशन का चेयरमैन बनने का परवाना आ जाए तो उसकी क्या हालत होगी ? वही सनीचर की हुई। फिर अपने को क़ाबू में करके उसने कहा, ''अरे नहीं महाराज, मुझ-जैसे नालायक़ को आपने इस लायक़ समझा, इतना बहुत है। पर मैं इस इज़्ज़त के क़ाबिल नहीं हूँ।''

सनीचर को अचम्भा हुआ कि अचानक वह कितनी बढ़िया उर्दू छाँट गया है। पर बद्री पहलवान ने कहा, ''अबे, अभी से मत बहक। ऐसी बातें तो लोग प्रधान बनने के बाद कहते हैं। इन्हें तब तक के लिए बाँधे रख।''

इतनी देर बाद रंगनाथ बातचीत में बैठा। सनीचर का कन्धा थपथपाकर उसने कहा, ''लायक़-नालायक़ की बात नहीं है सनीचर ! हम मानते हैं कि तुम नालायक़ हो, पर उससे क्या ? प्रधान तुम खुद थोड़े ही बन रहे हो। वह तो तुम्हें जनता बना रही है। जनता जो चाहेगी, करेगी। तुम कौन हो बोलनेवाले ?''

पहलवान ने कहा, ''लौंडे तुम्हें दिन-रात बेवकूफ़ बनाते रहते हैं। तब तुम क्या करते हो ? यही न कि चुपचाप बेवकूफ़ बन जाते हो ?''

प्रिंसिपल साहब ने पढ़े-लिखे आदमी की तरह समझाते हुए कहा, ''हाँ भाई, प्रजातन्त्र है। इसमें तो सब जगह इसी तरह होता है।'' सनीचर को जोश दिलाते हुए वे बोले, ''शाबाश, सनीचर, हो जाओ तैयार!'' यह कहकर उन्होंने 'चढ़ जा बेटा सूली पर' वाले अन्दाज़ से सनीचर की ओर देखा। उसका सिर हिलना बन्द हो गया था।

प्रिंसिपल ने आख़िरी धक्का दिया, ''प्रधान कोई गबडू-घुसडू ही हो सकता है। भारी ओहदा है। पूरे गाँव की जायदाद का मालिक ! चाहे तो एक दिन में लाखों का वारा-न्यारा कर दे। मुक़ामी हाकिम है। चाहे तो सारे गाँव को 107 में चालान करके

बन्द कर दे। बड़े-बड़े अफ़सर आकर उसके दरवाज़े बैठते हैं ! जिसकी चुगली खा दे, उसका बैठना मुश्किल। काग़ज़ पर ज़रा-सी मोहर मार दी और जब चाहा, मनमाना तेल-शक्कर निकाल लिया। गाँव में उसके हुकुम के बिना कोई अपने घूरे पर कूड़ा तक नहीं डाल सकता। सब उससे सलाह लेकर चलते हैं। सबकी कुंजी उसके पास है। हर लावारिस का वही वारिस है। क्या समझे ?''

रंगनाथ को ये बातें आदर्शवाद से कुछ गिरी हुई जान पड़ रही थीं। उसने कहा, ''तुम तो मास्टर साहब, प्रधान को पूरा डाकू बनाए दे रहे हो।''

''हें-हें-हें'' कहकर प्रिंसिपल ने ऐसा प्रकट किया जैसे वे जान-बूझकर ऐसी मूर्खतापूर्ण बातें कर रहे हों। यह उनका ढंग था, जिसके द्वारा बेवकूफी करते-करते वे अपने श्रोताओं को यह भी जता देते थे कि मैं अपनी बेवकूफी से परिचित हूँ और इसीलिए बेवकूफ नहीं हूँ।

''हें-हें-हें, रंगनाथ बाबू ! आपने भी क्या सोच लिया ? मैं तो मौजूदा प्रधान की बातें बता रहा था।''

रंगनाथ ने प्रिंसिपल को ग़ौर से देखा। यह आदमी अपनी बेवकूफ़ी को भी अपने दुश्मन के ऊपर ठोंककर उसे बदनाम कर रहा है। समझदारी के हथियार से तो अपने विरोधियों को सभी मारते हैं, पर यहाँ बेवकूफ़ी के हथियार से विरोधी को उखाड़ा जा रहा है। थोड़ी देर के लिए खन्ना मास्टर और उनके साथियों के बारे में वह निराश हो गया। उसने समझ लिया कि प्रिंसिपल का मुक़ाबला करने के लिए कुछ और मँजे हुए खिलाड़ी की ज़रूरत है। सनीचर कह रहा था, ''पर बद्री भैया, इतने बड़े-बड़े हाकिम प्रधान के दरवाज़े पर आते हैं...अपना तो कोई दरवाज़ा ही नहीं है; देख तो रहे हो वह टुटहा छप्पर !''

बद्री पहलवान हमेशा से सनीचर से अधिक बातें करने में अपनी तौहीन समझते थे। उन्हें सन्देह हुआ कि आज मौक़ा पाकर यह मुँह लगा जा रहा है। इसलिए वे उठकर खड़े हो गए। कमर से गिरती हुई लुंगी को चारों ओर से लपेटते हुए बोले, ''घबराओ नहीं। एक दियासलाई तुम्हारे टुटहे छप्पर में भी लगाए देता हूँ। यह चिन्ता अभी दूर हुई जाती है।''

कहकर वे घर के अन्दर चले गए। यह मज़ाक था, ऐसा समझकर पहले प्रिंसिपल साहब हँसे, फिर सनीचर भी हँसा। रंगनाथ की समझ में आते-आते बात दूसरी ओर चली गई थी। वैद्यजी ने कहा, ''क्यों ? मेरा स्थान तो है ही। आनन्द से यहाँ बैठे रहना। सभी अधिकारियों का यहीं से स्वागत करना। कुछ दिन बाद पक्का पंचायतघर बन जाएगा तो उसी में जाकर रहना। वहीं से गाँव-सभा की सेवा करना।''

सनीचर ने फिर विनम्रतापूर्वक हाथ जोड़े। सिर्फ़ यही कहा, ''मुझे क्या करना है ? सारी दुनिया यही कहेगी कि आप लोगों के होते हुए शिवपालगंज में एक निठल्ले को...''

प्रिंसिपल ने अपनी चिर-परिचित 'हें-हें-हें' और अवधी का प्रयोग करते हुए कहा, ''फिर बहकने लगे आप सनीचरजी ! हमारे इधर राजापुर की गाँव-सभा में वहाँ के बाबू

साहब ने अपने हलवाहे को प्रधान बनाया है। कोई बड़ा आदमी इस धकापेल में खुद कहाँ पड़ता है।''

प्रिंसिपल साहब बिना किसी कुण्ठा के कहते रहे, ''और मैनेजर साहब, उसी हलवाहे ने सभापति बनकर रंग बाँध दिया। क़िस्सा मशहूर है कि एक बार तहसील में जलसा हुआ। डिप्टी साहब आए थे। सभी प्रधान बैठे थे। उन्हें फ़र्श पर दरी बिछाकर बैठाया गया था। डिप्टी साहब कुर्सी पर बेठे थे। तभी हलवाहेराम ने कहा कि यह कहाँ का न्याय है कि हमें बुलाकर फ़र्श पर बैठाया जाए और डिप्टी साहब कुर्सी पर बैठें। डिप्टी साहब भी नये लौंडे थे। ऐंठ गए। फिर तो दोनों तरफ़ इज़्ज़त का मामला पड़ गया। प्रधान लोग हलवाहेराम के साथ हो गए। 'इन्क़लाब ज़िन्दाबाद' के नारे लगने लगे। डिप्टी साहब वहीं कुर्सी दबाए 'शान्ति-शान्ति' चिल्लाते रहे। पर कहाँ की शान्ति और कहाँ की शकुन्तला ? प्रधानों ने सभा में बैठने से इन्कार कर दिया और राजापुर का हलवाहा तहसीली क्षेत्र का नेता बन बैठा। दूसरे ही दिन तीन पार्टियों ने अर्जी भेजी कि हमारे मेम्बर बन जाओ पर बाबू साहब ने मना कर दिया कि ख़बरदार, अभी कुछ नहीं। हम जब जिस पार्टी को बतायें, उसी के मेम्बर बन जाना।''

सनीचर के कानों में 'इन्क़लाब ज़िन्दाबाद' के नारे लग रहे थे। उसकी कल्पना में एक नंग-धड़ंग अण्डरवियरधारी आदमी के पीछे सौ-दो सौ आदमी बाँह उठा-उठाकर चीख़ रहे थे। वैद्यजी बोले, ''यह अशिष्टता थी। मैं प्रधान होता तो उठकर चला आता। फिर दो मास बाद अपनी गाँव-सभा में उत्सव करता। डिप्टी साहब को भी आमन्त्रित करता। उन्हें फ़र्श पर बैठाल देता। उसके बाद स्वयं कुर्सी पर बैठकर व्याख्यान देते हुए कहता कि 'बन्धुओ ! मुझे कुर्सी पर बैठने में स्वाभाविक कष्ट है, पर अतिथि-सत्कार का यह नियम डिप्टी साहब ने अमुक तिथि को हमें तहसील में बुलाकर सिखाया था। अतः उनकी शिक्षा के आधार पर मुझे इस असुविधा को स्वीकार करना पड़ा है।'' कहकर वैद्यजी आत्मतोष के साथ ठठाकर हँसे। रंगनाथ का समर्थन पाने के लिए बोले, ''क्यों बेटा, यही उचित होता न ?''

रंगनाथ ने कहा, ''ठीक है। मुझे भी यह तरकीब लोमड़ी और सारस की कथा में समझाई गई थी।''

वैद्यजी ने सनीचर से कहा, ''तो ठीक है। जाओ देखो, कहीं सचमुच ही तो उस मूर्ख ने भंग को हल्दी-जैसा नहीं पीस दिया है। जाओ, तुम्हारा हाथ लगे बिना रंग नहीं आता।''

बद्री पहलवान मुस्कराकर दरवाज़े पर से बोला, ''जाओ साले, फिर वही भंग घोंटो !''

कुछ देर सन्नाटा रहा। प्रिंसिपल ने धीरे-से कहा, ''आज्ञा हो तो एक बात खन्ना मास्टर के बारे में कहूँ।''

वैद्यजी ने भौंहें मत्थे पर चढ़ा लीं। आज्ञा मिल गई। प्रिंसिपल ने कहा, ''एक घटना घटी है। परसों शाम के वक़्त गयादीन के आँगन में एक ढेला-जैसा गिरा। गयादीन उस

समय दिशा-मैदान के लिए बाहर गया हुआ था। घर में उस ढेले को बेला की बुआ ने देखा और उठाया। वह एक मुड़ा हुआ लिफ़ाफ़ा था। बुआ ने बेला से उसे पढ़वाकर सुनना चाहा, पर बेला पढ़ नहीं पायी।...''

रंगनाथ बड़े ध्यान से सुन रहा था। उसने पूछा, ''अंग्रेज़ी में लिखा हुआ था क्या?''

''अंग्रेज़ी में कोई क्या लिखेगा ! था तो हिन्दी में ही, पर कुँवारी लड़की उसे पढ़ती कैसे ? वह एक प्रेम-पत्र था।''

वैद्यजी चुपचाप सुन रहे थे। रंगनाथ की हिम्मत न पड़ी कि पूछे, पत्र किसने लिखा था।

प्रिंसिपल बोले, ''पता नहीं, किसने लिखा था। मुझे तो लगता है कि खन्ना मास्टर के ही गुटवालों की हरकत है। गुण्डे हैं साले, गुण्डे। पर खन्ना मास्टर आपके ख़िलाफ़ प्रचार कर रहा है। कहता है कि वह पत्र रुप्पन बाबू ने भेजा है। अब उसकी यह हिम्मत कि आपके वंश को कलंकित करे।''

वैद्यजी पर इसका कोई असर नहीं दीख पड़ा, सिवाय इसके कि वे एक मिनट तक चुप बैठे रहे। फिर बोले, ''वह मेरे वंश को क्या खाकर कलंकित करेगा ! कलंकित तो वह गयादीन के वंश को कर रहा है—कन्या तो उन्हीं की है।''

प्रिंसिपल साहब थोड़ी देर वैद्यजी का मुँह देखते रहे। पर उनका चेहरा बिलकुल रिटायर हो चुका था। घबराहट में प्रिंसिपल साहब लुढ़ककर अवधी के फ़र्श पर आ गिरे। दूसरी ओर देखते हुए बोले, ''लाव भइया सनीचर, जल्दी से ठंडाई-फंडाई लै आव। कॉलिज माँ लेबर छूटै का समय हूवइ रहा है।''

14

कार्तिक-पूर्णिमा को शिवपालगंज से लगभग पाँच मील की दूरी पर एक मेला लगता है। वहाँ जंगल है, एक टीला है, उस पर देवी का एक मन्दिर है और चारों ओर बिखरी हुई किसी पुरानी इमारत की ईंटें हैं। जंगल में करौंदे, मकोय और बेर के झाड़ हैं और ऊँची-नीची ज़मीन है। खरगोश से लेकर भेड़िये तक, भुट्टाचोरों से लेकर डकैत तक, इस जंगल में आसानी से छिपे रहते हैं। नज़दीक के गाँवों में जो प्रेम-सम्बन्ध आत्मा के स्तर पर क़ायम होते हैं उनकी व्याख्या इस जंगल में शरीर के स्तर पर होती है। शहर से भी यहाँ कभी पिकनिक करनेवालों के जोड़े घूमने के लिए आते हैं और एक-दूसरे को अपना क्रियात्मक ज्ञान दिखाकर और कभी-कभी लगे-हाथ मन्दिर में दर्शन करके, सिकुड़ता हुआ तन और फूलता हुआ मन लेकर वापस चले जाते हैं।

इस क्षेत्र के रहनेवालों को इस टीले का बड़ा अभिमान है क्योंकि यही उनका अजन्ता, एलोरा, खजुराहो और महाबलिपुरम् है। उन्हें यक़ीन है कि यह मन्दिर देवासुर-संग्राम के बाद देवताओं ने अपने हाथ से देवी के रहने के लिए बनाया था। टीले के बारे में उनका कहना है कि उसके नीचे बहुत बड़ा ख़ज़ाना गड़ा हुआ है। इस तरह अर्थ, धर्म और इतिहास के हिसाब से यह टीला बहुत महत्त्व का है।

इतिहास और पुरातत्त्व जानने के कारण रंगनाथ की बड़ी इच्छा थी कि वह इस टीले का सर्वेक्षण करे। उसे बताया गया था कि वहाँ की मूर्तियाँ गुप्तकालीन हैं और मिट्टी के बहुत-से ठीकरे, जिन्हें 'टेराकोटा' कहा जाता है, मौर्यकालीन हैं।

अवधी के कवि स्व. पढ़ीस की एक रचना है–

माला-मदार माँ मुँह खोलि कै सिन्नी बाँटनि,
ससुर का देखि कै घूँघट निकसा डेढ़हत्था।

खड़ी बोली में इसका रूपान्तर यों हो सकता है–

मेले-ठेले में तो मुँह खोल के सिन्नी बाँटी,
ससुर को देख के घूँघट खींचा मीटर-भर।

वे सब मेले में जा रही थीं। भारतीय नारीत्व इस समय फनफनाकर अपने खोल के बाहर आ गया था। वे बड़ी तेज़ी से आगे बढ़ रही थीं, मुँह पर न घूँघट था, न लगाम थी। फेफड़े, गले और ज़बान को चीरती हुई आवाज़ में वे चीख रही थीं और एक ऐसी चिचियाहट निकाल रही थीं जिसे शहराती विद्वान् और रेडियो-विभाग के नौकर ग्राम-गीत कहते हैं।

औरतों के झुण्ड-के-झुण्ड इसी तरह निकलते चले जा रहे थे। रुप्पन बाबू, रंगनाथ, सनीचर और जोगनाथ मेले के रास्ते से हटकर एक सँकरी-सी पगडण्डी पर चलने लगे थे। औरतों के कई रेले जब देखते-देखते आगे निकल गए तो छोटे पहलवान ने कहा, "सब इस तरह चिंघाड़ रही हैं जैसे कोई बर्छी खोंसे दे रहा हो।"

सनीचर ने बताया, "मेला है।"

औरतों के आगे-पीछे बच्चे और मर्द। सब उसी तरह धूल का बवण्डर उड़ाते हुए तेज़ी से बढ़े जा रहे थे। बैलगाड़ियाँ आश्चर्यजनक ढंग से अपने लिए रास्ता निकालती हुई दौड़ की प्रतियोगिता कर रही थीं। पैदल चलनेवाले उससे भी ज़्यादा आश्चर्यजनक ढंग से अपने को उनकी चपेट से बचाए हुए थे और साबित कर रहे थे कि शहर के चौराहों पर सभी मोटरें आमने-सामने से लड़कर अगर चकनाचूर नहीं होतीं तो उनसे पुलिस की खूबी नहीं साबित होती, बल्कि यही साबित होता है कि लोगों को आत्मरक्षा का शौक है। यानी जो प्रवृत्ति बिना पुलिस की मदद के जंगल में खरगोश को खूँखार जानवरों से बचाती है, या शहर में पैदल चलनेवालों को ट्रक-ड्राइवरों के बावजूद ज़िन्दा रखती है, वही मेला जानेवालों की रक्षा बैलगाड़ियों की चपेट से कर रही थी।

मेले का जोश बुलन्दी पर था और ऑल इण्डिया रेडियो अगर इस पर रनिंग कमेण्ट्री देता तो यह ज़रूर साबित कर देता कि पंचवर्षीय योजनाओं के कारण लोग बहुत खुशहाल हैं और गाते-बजाते, एक-दूसरे पर प्रेम और आनन्द की वर्षा करते वे मेला देखने जा रहे हैं। पर रंगनाथ को गाँव में आए हुए लगभग डेढ़ महीना हो गया था।

उसकी समझ में इतना आ गया था कि बनियान और अण्डरवियर पहननेवाला सनीचर सिर्फ़ हँसने की खूबी के कारण ही बिड़ला और डालमिया से बड़ा नहीं कहा जा सकता, क्योंकि हँसना कोई बड़ी बात नहीं है। जिस किसी का हाज़मा ठीक है वह हँसने के लिए नौकर रखा जा सकता है, और यही बात गाने पर भी लागू है।

रंगनाथ ने मेले को ग़ौर से देखना शुरू किया और देखते ही इस जोशोख़रोश की पोल खुल गई। जाड़ा शुरू हो जाने पर भी उसे किसी की देह पर ऊनी कोट नहीं दीख पड़ा। कुछ बच्चे एकाध फटे स्वेटर पहने हुए ज़रूर नज़र आए; औरतें रंगीन, पर सस्ती सिल्क की साड़ियों में लिपटी दीख पड़ीं; पर ज़्यादातर सभी नंगे पाँव थीं और मर्दों की हालत का तो कहना ही क्या; हिन्दुस्तानी छैला, आधा उजला आधा मैला।

यह सब देखने और समझने के मुक़ाबले पुरातत्त्व पढ़ना बड़ा सुन्दर व्यवसाय है–उसने अपने-आपको चिढ़ाते हुए सोचा और रुप्पन बाबू की ओर सिर घुमा दिया।

रुप्पन बाबू ने शोर मचाकर तीन साइकिल-सवारों को नीचे उतार लिया। भीड़ से बचकर वे गलियारे के किनारे अपनी साइकिलें सँभालकर खड़े हो गए। एक आदमी, जो इन तीनों का सरदार-जैसा दीखता था, सिर से एक बदरंग हैट उतारकर मुँह पर हवा करने लगा। ठण्डक थी, पर उसके माथे पर पसीना आ गया था। वह हाफ़ पैन्ट, कमीज़ और खुले गले का कोट पहने था। हाफ़ पैन्ट बाहर निकले हुए पेट पर से खिसक न जाए, इसलिए उसे पेटी से काफ़ी कसकर बाँधा गया था और इस तरह पेट का क्षेत्रफल दो भागों में लगभग बराबर-बराबर बँट चुका था। सरदार के दोनों साथी धोती-कुरता-टोपीवाले आदमी थे और शक्ल से बदतमीज़ दिखने के बावजूद अपने सरदार से बड़ी तमीज़ के साथ पेश आ रहे थे।

"आज तो मेले में चारों तरफ़ रुपया-ही-रुपया होगा साहब !" रुप्पन बाबू ने हँसकर उस आदमी को ललकारा। उस आदमी ने आँख मूँदकर सिर हिलाते हुए समझदारी से कहा, "होगा, पर अब रुपये की कोई वैल्यू नहीं रही रुप्पन बाबू !"

रुप्पन बाबू ने उस आदमी से कुछ और बातें कीं जिनका सम्बन्ध मिठाइयों से और विशेषतः खोये से था। अचानक उस आदमी ने रुप्पन बाबू की बात सुननी बन्द कर दी। बोला, "ठहरिए रुप्पन बाबू !" कहकर उसने साइकिल अपने एक साथी को पकड़ाई, हैट दूसरे साथी को और मोटी-मोटी टाँगों से आड़ा-तिरछा चलता हुआ पास के अरहर के खेत में पहुँच गया। बिना इस बात का लिहाज़ किए हुए कि कई लोग खेत के बीच की पगडण्डी से निकल रहे हैं और अरहर के पौधे काफ़ी घने नहीं हैं, वह दौड़ने की कोशिश में फँस गया। बड़ी मुश्किल से कोट और कमीज़ के बटन खोलकर उसने अन्दर से जनेऊ खींचा। जब वह काफ़ी न खिंच पाया तो उसने गर्दन एक ओर झुकाकर किसी तरह जनेऊ का एक अंश कान पर उलझा लिया; फिर कसी हुई हाफ़ पैन्ट से संघर्ष करता हुआ, किसी तरह घुटनों पर झुककर, अरहर के खेत में पानी की धार गिराने लगा।

रंगनाथ को तब तक पता चल चुका था कि हैटवाले आदमी का नाम 'सिंह साहब' है। वे इस हलक़े के सैनिटरी इन्स्पेक्टर हैं। यह भी मालूम हुआ कि उनकी साइकिल पकड़कर खड़ा होनेवाला आदमी ज़िलाबोर्ड का मेम्बर है और हैट पकड़कर खड़ा

होनेवाला आदमी उसी बोर्ड का टैक्स-कलेक्टर है।

इन्स्पेक्टर साहब के लौट आने पर काफ़ी देर बातचीत होती रही, पर इस बात का विषय मिठाई नहीं, बल्कि ज़िलाबोर्ड के चेयरमैन, इन्स्पेक्टर साहब का रिटायरमेण्ट और 'ज़माना बड़ा बुरा आ गया है', था। उन तीनों के साइकिल पर चले जाने के बाद रुप्पन बाबू ने रंगनाथ को इन्स्पेक्टर साहब के बारे में काफ़ी बातें बतायीं जिनका सारांश निम्नलिखित है :

वैसे तो वे, जैसा कि आगे मालूम होगा, बहुत कुछ थे, पर प्रकट रूप में वे ज़िलाबोर्ड के सैनिटरी इन्स्पेक्टर थे। होने को तो वे बहुत कुछ हो सकते थे, पर सैनिटरी इन्स्पेक्टर हो चुकने के बाद उन्होंने, बहुत ही उचित कारणों से, सन्तोष की फिलासफ़ी अपना ली थी। वे जहाँ तैनात थे, वहाँ शिवपालगंज ही प्रगतिशील था, बाक़ी सब पिछड़ा इलाका था। वहाँ के सभी निवासी जानते थे कि अगर उनका पिछड़ापन छीन लिया गया तो उनके पास कुछ और न रह जाएगा। ज़्यादातर किसी से मिलते ही वे गर्व से कहते थे कि साहब, हम तो पिछड़े हुए क्षेत्र के निवासी हैं। इसी से वे इन्स्पेक्टर साहब पर भी गर्व करते थे। इन्स्पेक्टर साहब उस क्षेत्र में चालीस साल से तैनात थे, और उनके वहाँ होने की ज़रूरत आज भी वैसी ही थी जैसी कि चालीस साल पहले थी।

सैनिटरी इन्स्पेक्टर को कई तरह के काम करने पड़ते हैं। वे भी जेब में 'लैक्टोमीटर' डालकर घूमते और राजहंसों की तरह नीर-क्षीर-विवेक करते हुए नीर-क्षीर में भेद न करनेवाले ग्वालों के मोती चुगा करते। छूत की बीमारियों के वे इतने बड़े विशेषज्ञ थे कि किसी के मरने की ख़बर पढ़कर महज़ अख़बार सूँघकर बता देते थे कि मौत कालरा से हुई थी या 'गैस्ट्रोइन-ट्राइटिस' से। वास्तव में उनका जवाब ज़्यादातर एक-सा होता था। इस देश में जैसे भुखमरी से किसी की मौत नहीं होती, वैसे ही छूत की बीमारियों से भी कोई नहीं मरता। लोग यों ही मर जाते हैं और झूठ-मूठ बेचारी बीमारियों का नाम लगा देते हैं। उनके जवाब का कुछ ऐसा ही मतलब होता था। वेश्याओं और साधुओं की तरह नौकरीपेशावालों की उमर के बारे में भी कुछ कहा नहीं जा सकता; पर इन्स्पेक्टर साहब को खुद अपनी उमर के बारे में कुछ कहने में कोई संकोच न था। उनकी असली उमर बासठ साल थी, काग़ज़ पर उनसठ साल थी और देखने में लगभग पचास साल थी। अपनी उमर के बारे में वे ऐसी बेतक़ल्लुफी से बात करते थे, जैसे वह मौसम हो। वे सीधे-सादे परोपकारी क़िस्म के घरेलू आदमी थे, और नमस्कार के फौरन बाद बिना किसी प्रसंग के बताते कि उनका भतीजा ही आजकल बोर्ड का चेयरमैन है, उसके बाद ही एक किस्सा शुरू हो जाता, जिसके आरम्भ के बोल थे, "भतीजा जब बोर्ड का चेयरमैन हुआ तो हमने कहा कि...।"

यह क़िस्सा पूरे क्षेत्र में दूध मिले-हुए-पानी की तरह व्यापक हो चुका था। किसी भी जगह सुना जा सकता था कि "भतीजा जब बोर्ड का चेयरमैन हुआ तो हमने कहा कि बेटा, हम बहुत हुकूमत कर चुके, अब हमको रिटायर हो जाने दो। अपनी मातहती न कराओ। पर कौन सुनता है आजकल हम बुजुर्गों की ! सभी मेम्बर पहले ही चिल्ला

पड़े कि वाह, यह भी कोई बात हुई ! भतीजा बड़ा आदमी हो जाए तो चाचा को इसकी सज़ा क्यों मिले? देखें, आप कैसे रिटायर हो जाएँगे ! बस, तभी से दोनों तरफ़ बात-पर-बात अड़ी है। पिछले तीन साल से हम हर साल रिटायर होने की दरख़्वास्त देते हैं और उस तरफ़ से मेम्बर लोग हर साल उसे ख़ारिज कर देते हैं। अभी यही क़िस्सा चल रहा है।''

इस लत के साथ उन्हें एक दूसरी भी लत पड़ गई थी। उन दिनों वे रोज़ स्टेशन पर शहर से आनेवाली गाड़ी देखने लगे थे। गाड़ी आने के पहले और बाद वे प्लेटफ़ार्म पर नियमित रूप से टहलते—तन्दुरुस्ती बनाने और अपने को दिखाने के लिए।

स्टेशन-मास्टर ड्यूटी करता रहता था। वे टहलते-टहलते उसके पास पहुँच जाते और कुल्हड़-जैसी हैट सिर पर रखे हुए, कुर्सी पर बैठ जाते। फिर पूछते, ''बाबूजी, पैसेंजर गाड़ी कब आ रही है ?''

स्टेशन-मास्टर उन्हें बहुत दिन देख चुका था, उसे कुछ और देखना बाक़ी न था। रजिस्टर पर निगाह झुकाए हुए वह कहता, ''जी, आधा घण्टा लेट है।''

वे कुछ देर चुप रहते। फिर कहते, ''क्या हाल-चाल हैं बच्चों के ?''

''जी, भगवान् की दया है।''

वे मासूमियत के साथ पूछते, ''आपका भतीजा भी तो रहता था आपके साथ ?''

''जी हाँ, भगवान् की दया है। अच्छा लग गया। टिकट-कलेक्टर हो गया।''

वे जवाब देते, ''अपना भतीजा भी अच्छा लग गया। पहले तो जब वह वालण्टियर था, लोग हँसी उड़ाते थे, आवारा कहते थे।''

कुछ देर बाद इन्स्पेक्टर साहब हँसते। कहते, ''अब तो मैं उसी का मातहत हूँ। रिटायर होना चाहता हूँ, पर वह होने ही नहीं देता।''

स्टेशन-मास्टर रजिस्टर देखता रहता। वे दोहराते, ''तीन साल से ऐसे ही खिंच रहा है। मैं नौकरी से अलग होना चाहता हूँ, वह कहता है कि तजुर्बेकार आदमियों की कमी है, आप क्या ग़ज़ब कर रहे हैं।''

स्टेशन-मास्टर कहता, ''बड़े-बड़े नेताओंवाला हाल है। वे भी बार-बार रिटायर होना चाहते हैं, पर उनके साथवाले उन्हें छोड़ते ही नहीं।''

वे दोबारा हँसते। कहते, ''बिलकुल वही हाल है। फ़र्क़ यही है कि मुझे रोकनेवाला मुझसे बहुत ऊँचा बैठा है। उनको रोकनेवाले उनसे बहुत नीचे हैं।'' वे ज़ोर से हँसने लगते। स्टेशन-मास्टर रजिस्टर के पन्ने पलटने लगता।

कुछ दिनों बाद सैनिटरी इन्स्पेक्टर साहब को अनुभव हुआ कि स्टेशन-मास्टर अपने काम में कुछ ज़्यादा दिलचस्पी ले रहा है। वे जब आकर कुर्सी पर बैठते तो वह भौंहों में बल डालकर रजिस्टर को बड़े ग़ौर से देखता हुआ पाया जाता। कभी-कभी वह पेंसिल से एक काग़ज़ पर जोड़-बाक़ी-सी लगाता। रजिस्टर तो वह पहले भी पढ़ता था पर भौंहों के बीच शिकन और पेंसिल का इस्तेमाल बिलकुल नयी चीज़ें थीं, जिससे प्रकट था कि स्टेशन-मास्टर अपने काम में बुरी तरह फँस गया है। उन दिनों सवाल-जवाब कुछ इस तरह चलता—

''आजकल शायद आपके पास बहुत काम है ?''

"हूँ।"

"और क्या हाल-चाल हैं ?"

"ठीक हैं।"

"गाड़ी कब आ रही है ?"

"राइट टाइम।"

"आपका भतीजा तो लखनऊ में ही है न ?"

"जी हाँ।"

"अपना भतीजा तो आजकल..."

"हूँ।"

"रिटायर ही नहीं होने देता।"

"हूँ।"

"चेयरमैन है।"

"हूँ।"

इन्स्पेक्टर साहब स्टेशन-मास्टर के आचरण का अधःपतन बड़े ग़ौर से देख रहे थे। हालत दिन-पर-दिन गिर रही थी। जैसे ही वे सिर पर कुल्हड़-जैसी हैट लगाए हुए उसके सामने आकर कुर्सी पर बैठ जाते, वे देखते कि रजिस्टर पर उसकी आँखें टपककर गिरने ही वाली हैं। कभी-कभी वह उनके सवाल अनसुने कर जाता। इन्स्पेक्टर साहब सोचते कि सरकारी नौकरी करके भी अगर काम करना पड़ा, तो ऐसी ज़िन्दगी पर लानत है।

अचानक एक दिन उनकी गाड़ी देखने की लत ख़त्म हो गई।

वे उस दिन रोज़ की तरह स्टेशन पर आए और स्टेशन-मास्टर के पास आकर बैठ गए। आज वह रजिस्टर पर पेंसिल से नहीं, बल्कि क़लम से कुछ लिख रहा था। उसकी भौंहों से लगता था कि काम के साथ ही वह खुद भी ख़त्म होनेवाला है। इन्स्पेक्टर साहब ने शुरू किया, "आजकल आपके पास काम बहुत है।"

"जी हाँ।" उसने अचानक ज़ोर से कहा।

वे कुछ झिझक-से गए। फिर धीरे-से बोले, "पैसेंजर गाड़ी..."

इस बार स्टेशन-मास्टर ने क़लम रोक दी। उनकी ओर सीधे देखते हुए उसने सधी आवाज़ में कहा, "पैसेंजर गाड़ी पौन घण्टा लेट है, और आपका भतीजा बोर्ड का चेयरमैन है। अब बताइए, इसके बाद आपको क्या कहना है ?"

इस्पेक्टर साहब कुछ देर मेज़ की ओर देखते रहे। फिर उठकर धीरे-से चल दिए।

एक प्वाइण्टमैन बोला, "क्या हुआ साहब ?"

"कुछ नहीं, कुछ नहीं," वे बोले, "साहब के पास काम बहुत है। हमारा भतीजा भी आजकल इसी तरह झुँझलाया करता है। बड़ा काम है।"

आज जोगनाथ मेले में रुप्पन बाबू के साथ एक वजह से आया था। उसे डर था कि अकेले रहने से पुलिस उसे छेड़ने लगेगी और कहीं ऐसा न हो कि उसे अपनी मुहब्बत में एकदम से जकड़ ले।

वे लोग मेले की धज में निकले हुए थे। रुप्पन बाबू ने कमीज़ के कालर के नीचे एकदम नया रेशमी रूमाल बाँध लिया था और केवल सौन्दर्य बढ़ाने के उद्देश्य से आँख पर काला चश्मा लगा लिया था। सनीचर ने अण्डरवियर के ऊपर घर की बनी जालीदार सूती बनियान पहन ली थी जो अण्डरवियर तक आने के डेढ़ इंच पहले ही ख़त्म हो गई थी। छोटे पहलवान ने लँगोट की पट्टी को आज हाथी की सूँड की तरह नीचे नहीं लटकने दिया था, बल्कि उसे इतनी मज़बूती से पीछे ले जाकर बाँधा था कि पट्टी का वह दूसरा सिरा लँगोट के तार-तार हो जाने पर भी उनके पीछे दुम की तरह ही चिपका रहे। यही नहीं, उन्होंने आज बिना बनियान का एक पारदर्शी कुरता और एक पारदर्शी मारकीन का अँगोछा लुंगी के रूप में पहन लिया था।

जोगनाथ रुप्पन बाबू से सटकर चल रहा था। वह एक दुबला-पतला नौजवान था। उसे देखते ही शिवपालगंज के पुराने आदमी आह-सी भरकर कहते थे, "जोगनथवा को देखकर अजुध्या महाराज की याद आती है।" अजुध्या महाराज अपने ज़माने के सबसे बड़े ठग थे और दूर-दूर से लोग उनके पास चालाकी सीखने के लिए आते थे। जोगनाथ से लोगों को आशा थी कि कुछ दिनों में उसके सहारे इतिहास अपने-आपको दोहराएगा।

जिस दिन गाँव में चोर आए थे, उस दिन से जोगनाथ को लोग कुछ दूसरे ढंग से देखने लगे थे। गयादीन के यहाँ चोरी हो जाने के बाद जोगनाथ को कुछ ऐसा जान पड़ने लगा था कि उसे पहले से ज़्यादा इज़्ज़त मिल रही है। आम के बागों में, जहाँ चरवाहे कौड़ियों से जुआ खेल रहे होते, जोगनाथ के पहुँचते ही लोग निगाह बचाकर अपने पैसे पहले टेंट में रख लेते और तब उसे बैठने को कहते। बाबू रामाधीन के दरवाज़े पर भंग-पार्टी के बीच जोगनाथ की पीठ पर न जाने कितने स्नेह-भरे हाथ फिरने लगे थे।

फ़्लश का खेल शिवपालगंज में जोगनाथ के मुक़ाबले कोई भी नहीं खेल पाता था। एक बार सिर्फ़ 'पेयर' के ऊपर उसने खन्ना मास्टर की ट्रेल फिंकवा दी थी। उस दिन से जोगनाथ की धाक कुछ ऐसी जमी कि उसके हाथ में तीन पत्ते आते ही अच्छे-अच्छे खिलाड़ी अपने ताश देखना भूलकर उसी का मुँह देखने लगते। जैसे ही वह पहला दाँव लगाता, आधे से ज़्यादा खिलाड़ी घबराकर अपने पत्ते फेंक देते। सुना है, राणा प्रताप का घोड़ा चेतक मुगल सेना के जिस हिस्से में पहुँच जाता, वहाँ चारों ओर भीड़ फटकर उसके लिए जगह निकाल देती, मुग़लों के सिपाही सिर पर पैर रखकर असम्भव चाल से भागने लगते। वही हालत जोगनाथ के दाँव की थी। जैसे ही उसका दाँव मैदान में पहुँचता, भगदड़ पड़ जाती। पर गयादीन के यहाँ चोरी हो जाने के बाद कुछ ऐसा हो गया था कि लोग जोगनाथ को देखकर फ़्लश के दुर्गुणों के बारे में बात करने लगते। वे जुआरी, जो पहले उसे देखकर एक हीरो का स्वागत देते थे और खाना-पीना भूलकर उसके साथ खेलते रहते, अब अचानक बड़ी जिम्मेदारी के साथ बाज़ार जाने की, घास काटने की या भैंस दुहने की याद करने लगते।

यह जोगनाथ के लिए परेशानी की बात थी। उधर अभी कुछ दिन हुए दारोग़ाजी ने उसे थाने पर बुलाया था। वह साथ में रुप्पन बाबू को भी लेकर गया था। दारोग़ाजी ने कहा, "रुप्पन बाबू, जनता के सहयोग के बिना कुछ नहीं हो सकता।"

उन्होंने गम्भीरता से समझाया था, "गयादीन के घर की चोरी के बारे में कुछ पता नहीं लग रहा है। जब तक आप लोग सहयोग नहीं करेंगे, कुछ भी पता लगाना मुश्किल है..."

रुप्पन बाबू ने कहा, "हमारा पूरा सहयोग है। यक़ीन न हो तो कॉलिज के किसी भी स्टुडेण्ट को गिरफ़्तार करके देख लें।"

दारोग़ाजी कुछ देर यों ही टहलते रहे, फिर बोले, "विलायत का तरीक़ा इस मामले में सबसे अच्छा है। अस्सी फ़ीसदी अपराधी तो खुद ही अपराध स्वीकार कर लेते हैं। हमारे यहाँ तो..." कहकर वे रुक गए और पूरी निगाह से जोगनाथ की ओर देखने लगे। फ्लश के खेल में ब्लफ़ लगानेवाली सधी निगाह से जोगनाथ ने भी दारोग़ाजी की ओर देखा।

जवाब दिया रुप्पन बाबू ने। कहा, "विलायतवाली यहाँ न चलाइए। अस्सी फ़ीसदी लोग अगर अपने-अपने जुर्म का इकबाल करने लगें, तो कल आपके थाने में दस सिपाहियों में से ड्यूटी देने के लिए सिर्फ़ दो ही बचेंगे—बाक़ी हवालात में होंगे।"

हुआ यही था कि बात हँसी-मज़ाक में टल गई थी। जोगनाथ को दारोग़ाजी ने क्यों बुलाया, यह साफ़ नहीं हो पाया था। उसी का हवाला देते हुए रुप्पन बाबू आज बड़प्पन के साथ बोले, "ए जोगनाथ, यों मरे चमगादड़-जैसा मुँह लटकाकर चलने से क्या होगा ? मौज करो। दारोग़ा कोई लकड़बग्घा तो है नहीं; तुम्हें खा थोड़े ही जाएगा !"

पर छोटे पहलवान खीझ के साथ बोले, "हमारा तो एक डम्पलाटी हिसाब है कि इधर से आग खाओगे तो उधर से अंगार निकालोगे। जोगनाथ कोई वैद्यजी से सलाह करके तो गयादीन के घर कूदे नहीं थे। फिर अब उनके सहारे पर क्यों झूल रहे हैं?"

जोगनाथ ने विरोध में कोई बात कही, पर तभी उनके पीछे से एक बैलगाड़ी घरघराती हुई निकल गई। रंगनाथ चेहरे की धूल पोंछने लगा, छोटे पहलवान ने आँख का कोना तक नहीं दबाया। गीता सुनकर जिस भाव से अर्जुन अठारह दिन कुरुक्षेत्र की धूल फाँकते रहे थे, उसी तरह छोटे पहलवान बैलगाड़ी की उड़ायी हुई सारी धूल फाँक गए। फिर बेरुख़ी से बोले, "सच्ची बात और गदहे की लात को झेलनेवाले बहुत कम मिलते हैं। जोगनाथ के लिए लोग जो बात गाँव-भर में फुसफुसा रहे हैं, वही हमने भड़भड़ाकर कह दी। इस पर कहा-सुनी किस बात की ?"

सनीचर ने शान्ति स्थापित करनी चाही। प्रधान हो जाने की आशा में वह अभी से वैद्यजी की शाश्वत सत्य कहनेवाली शैली का अभ्यास करने लगा था। बोला, "आपस में कुकरहाव करना ठीक नहीं। सारी दुनिया जोगनाथ को चाहे जो कुछ कहे, हमने उसे एक बार भला कह दिया तो कह दिया। मर्द की ज़बान एक कि दो ?"

छोटे पहलवान घृणापूर्वक बोले, "तो, तुम मर्द हो ?"

रास्ते में उन्हें लंगड़ दिखायी पड़ा। रंगनाथ ने कहा, "यह यहाँ भी आ पहुँचा !"

लंगड़ एक मकोय की झाड़ी के नीचे अँगोछा बिछाकर बैठा हुआ सुस्ता रहा था और होंठों-ही-होंठों में कुछ बुदबुदा रहा था। सनीचर बोला, "लंगड़ का क्या, जहाँ चाहा वहाँ लंगर डाल दिया। मौजी आदमी है।"

छोटे पहलवान अपने प्रसिद्ध अख़बारी पोज़ पर उतर आए थे, यानी उनका फ़ोटो अगर अख़बार में लगता तो उसके सहारे वे अपने सबसे सच्चे रूप में पाठकों तक पहुँचते। असीम सुख की उपलब्धि में नीचे का होंठ फैलाकर दाँत पीसते हुए, आँखें सिकोड़े वे अपनी जाँघ के मूल भाग को बड़े उद्रेक से खुजला रहे थे, शायद इस उपलब्धि में लंगड़ के कारण कोई बाधा पड़ गई थी। झल्लाकर बोले, ''मौजी आदमी ! साला सूली पर चढ़ा बैठा है। परसों तहसीलदार से तू-तड़ाक कर आया है। मौज कहाँ से करेगा ?''

वे लोग नज़दीक से निकले, रुप्पन ने ललकारकर कहा, ''कहो लंगड़ मास्टर, क्या रंग है ? नक़ल मिली ?''

लंगड़ ने बुदबुदाना बन्द कर दिया। आँख पर हथेली का छज्जा बनाकर उसने धूप में रुप्पन बाबू को पहचाना। कहा, ''कहाँ मिली बापू ? इधर इस रास्ते नक़ल की दरख़ास्त सदर के दफ़्तर भेजी गई और उधर उस रास्ते से मिसिल वहाँ से यहाँ लौट आयी। अब फिर गया मामला पन्द्रह दिन को।''

सनीचर ने कहा, ''सुना, तहसीलदार से तू-तड़ाकवाली बात हो गई है।''

''कैसी बात बापू ?'' लंगड़ के होंठ फिर कुछ बुदबुदाने की तैयारी में काँपे, ''जहाँ क़ानून की बात है, वहाँ तू-तड़ाक से क्या होता है ?''

छोटे पहलवान ने घृणा से उसकी ओर देखा, फिर झाड़ियों और दरख़्तों के सुनाने के लिए कहा, ''बात के बताशे फोड़ने से क्या होगा ? साला जाकर नक़लनवीस को पाँच रुपये टिका क्यों नहीं देता ?''

''तुम यह नहीं समझोगे छोटे पहलवान ! यह सिद्धान्त की बात है।'' रंगनाथ ने उसे समझाया।

छोटे पहलवान ने अपने मज़बूत कन्धों पर एक अनावश्यक निगाह डालकर कहा, ''वह बात है तो खाते रहो चकरघिन्नी।'' कहकर सैकड़ों यात्रियों की तरह वे भी झाड़ी के पास पानी गिराने की नीयत से गए और वहाँ एक आदमी को खुले में कुछ चीज़ गिराते हुए देखकर उसे गाली देते हुए दूसरी ओर मुड़ गए।

15

छोटे पहलवान ने कहा, ''हमें दर्शन-वर्शन नहीं करना है। यहाँ तो, बस, लाल लँगोटेवाले की गुलामी करते हैं, और जितने देवी-देवता हैं उनको भूसा समझते हैं।''

बहस इस पर हो रही थी कि पहले मन्दिर में देवी का दर्शन कर लिया जाए। छोटे की इस बात का किसी ने जवाब नहीं दिया। किसी ने उन्हें समझाने की कोशिश

नहीं की। सभी जानते थे कि उन्हें समझाने का सिर्फ़ एक तरीक़ा है और वह कि उन्हें ज़मीन पर पटककर, और छाती पर चढ़कर, उनकी हड्डी-पसली तोड़ दी जाए। उधर छोटे ने यह दिखाने के लिए कि वे नास्तिक नहीं हैं, खड़े होकर अपनी जाँघ पर ढोलक-सी बजानी शुरू कर दी। जब इससे उनकी आस्तिकता प्रमाणित नहीं हुई तो वे एक गाना भुनभुनाने लगे -

बजरंगबली, मेरी नाव चली, ज़रा बल्ली कृपा की लगा देना!

मिठाई की एक दुकान की ओर इशारा करके उन्होंने कहा, "मैं वहीं चलकर पेट में तब तक कुछ डालता हूँ। वहीं आना।" फिर अपने-आपसे बोले, "सवेरे से मुँह बाँधे घूम रहे हैं। पेट साला फटफटा रहा है।"

रंगनाथ को यही बताया गया था कि मन्दिर सतजुग का बना हुआ है। वह शुरू से ही किसी शिलाखंड पर ब्राह्मी अक्षर पढ़ने की कल्पना कर रहा था। पर मन्दिर को दूर से देखते ही उसे विश्वास हो गया कि अपने देशवासी समय के बारे में सिर्फ़ दो सही शब्द जानते हैं और वे हैं अनादि और अनन्त। इसके सिवाय वे लगभग पचहत्तर वर्ष पुराने मन्दिर को आसानी से गुप्तकाल या मौर्यकाल में धकेल सकते हैं।

मन्दिर के ऊपर बने हुए बेलबूटों के बीच लिखा था, "बनवाया मंडप महिषासुरमर्दिनी का मुसम्मे इक़बालबहादुरसिंह वल्द नरेन्द्रबहादुरसिंह तख़त भीखापुर ने मिती कार्तिक बदी दसमी संवत 1950 विक्रमी को।" इसे पढ़ते ही रंगनाथ का सारा पुरातत्त्व हवा में उड़ गया।

यह न समझना चाहिए कि भीखापुर का तख्त सितारा या पूना रियासत का तख्त था। अवध के लाखों ज़मीदारों के घर इस तरह के न जाने कितने टूटे-फूटे तख्त पड़े रहा करते थे जिन पर बैठकर वे अपनी रिआया यानी दो-एक हलवाहों का सलाम होली या दशहरा पर क़ुबूल करते थे। मन्दिर पर खर्च होनेवाली रकम का अन्दाज़ करके रंगनाथ समझ गया कि यह तख्त भी उन्हीं लाखों तख्तों में से एक था। मन्दिर की इमारत भी तख्त-जैसी ही थी। एक कमरा था, जिसमें सिर्फ़ एक दरवाज़ा था। अन्दर की दीवारों पर चारों ओर वार्डरोब-जैसे बना दिए गए थे। उन्हीं में अनेक प्रकार के देवताओं के रहने का प्रबन्ध था।

दरवाज़े में घुसते ही सामने के वार्डरोब में जो मूर्तियाँ दीखती थीं उन्हीं में देवी की मुख्य प्रतिमा-सी थी। वह सचमुच ही एक प्राचीन मूर्ति थी।

जोगनाथ मन्दिर में घुसते ही बड़ी फुर्ती से साष्टांग लेट गया, जैसे लड़ाई के मैदान में धमाके की आवाज़ सुनते ही सिपाही लेट जाते हैं। फिर पंजों के बल बैठकर उसने बड़ी भावुकता से एक भजन सुनाना शुरू किया जिसके बोल तो समझ में नहीं आए, पर यह समझ में आ गया कि वह रो नहीं रहा है, गा रहा है। जोगनाथ की भावुकता न गाँजे की चिलम से पैदा हुई थी, न शराब के चुग्गड़ से। उसके पीछे सिर्फ़ पुलिस का डर था। जो भी हो, वह इतनी साफ़ थी कि दो-चार लोग अपना भजन भूलकर सिर्फ़ उसका भजन सुनने लगे।

सनीचर को भी प्रधान बनना था। अतः वह भी मन्दिर के बीचोंबीच घुटने मोड़कर

किसी तरह बैठ गया और 'जगदम्बिके', 'जगदम्बिके', का नारा लगाने लगा। मंडप में मेले की ज़बरदस्त भीड़ थी और कोई किसी की बात सुन नहीं रहा था, पर वह गँजहा ही कैसा, जो कहीं पहुँचते ही वहाँ के रहनेवालों पर अपने बाँगड़ूपन की धाक न बैठा दे। लोग सनीचर से कुछ हटकर खड़े हो गए। उधर रुप्पन बाबू ने भी आँखें मूँद लीं और धड़ाक् से कोई वरदान माँगकर आँखों को एकदम से खोल दिया। उसके बाद उन्होंने वहाँ से मेला देखने की शुरुआत कर दी। उनके पास ही एक लड़की किसी मूर्ति के आगे झुकी हुई कुछ बुदबुदा रही थी। रुप्पन बाबू ने मान लिया कि असली मेला यही है।

रंगनाथ हाथ जोड़कर सीधे मुख्य प्रतिमा के पास पहुँचा। उसने उसे देखा और फिर देखता ही रह गया।

प्राचीन मूर्ति-कला के बारे में उसने जो कुछ पढ़ा था, उसे बिलकुल निरर्थक जान पड़ा। उसने सोचा, अगर यही देवी की मूर्ति है, तो अब तक उसने जो मूर्तियाँ खजुराहो में, भुवनेश्वर में या एलौरा के कैलास-मन्दिर में देखी थीं, वे क्या थीं ?

एक बार आँख मूँदकर उसने ताक़त से अपना सब पढ़ा हुआ भूल जाने की कोशिश की। मन-ही-मन वह चीखने लगा, 'बचाओ, बचाओ, मेरी भक्ति पर तर्क का हमला हो रहा है। बचाओ !' पर उसने जब आँखें खोलीं तो उसे लगा कि उसकी भक्ति ग़ायब हो गई है और इतिहास की तोता-रटंत पढ़ाई उसे झकझोर रही है।

बात यह थी कि इस मूर्ति की बनावट कुछ नये ढंग की थी। उसके सिर पर सिपाहियों का-सा शिरस्त्राण था, गर्दन के नीचे चौड़ा और सपाट सीना था। सीने के नीचे का हिस्सा ग़ायब था। जो लोग भक्ति की निगाह से नहीं, बल्कि अंग्रेज़ी इतिहास-लेखकों की किताबों के सहारे इस मन्दिर में आए हुए हों, वे केवल यह वक्तव्य दे सकते थे कि "इस मूर्ति के जितने अंश को मैं देख पाता हूँ, उससे मुझे यह प्रमाणित करने में संकोच नहीं कि यह लगभग बारहवीं शताब्दी के किसी सिपाही की मूर्ति है।"

अपने यहाँ की मूर्ति-कला पर और चाहे जो कुछ कहा जाए, उसके विरुद्ध कोई यह नहीं कह सकता कि हमारे देश की मूर्तियों में लिंग-भेद का कोई घपला है। छोटे-छोटे बाल कटाए हुए, कमीज़-पैंट पहनकर 'गोल्फ़' के मैदान में घूमनेवाली नारियों के बारे में हमें भले ही लिंग-सम्बन्धी धोखा हो जाए, पर यहाँ प्राचीन नारी-मूर्तियों को लेकर ऐसा होना सम्भव नहीं। पुरातत्त्व के विद्यार्थियों को गले के नीचे ही दो ऊँचे-ऊँचे पहाड़ देखने की आदत पड़ जाती है। कुछ और नीचे जाते ही पहाड़ पलटकर दूसरी ओर पहुँच जाते हैं। यह सब समझने की दिव्य दृष्टि पुरातत्त्व के भोंदू-से-भोंदू विद्यार्थी को भी मिल जाती है। फिर वह बौद्ध विहारों को गोपुरम् और गोपुरम् को स्तूप समझने की ग़लती भले ही कर बैठे, नारी-मूर्ति को पुरुष-मूर्ति मानने की भूल नहीं कर सकता।

रंगनाथ ने पुजारी से पूछा, "यह किस देवता की मूर्ति है ?"

पुजारी बहुत व्यस्त था। चिल्लाकर बोला, "कुछ जेब में से निकालकर पूजन चढ़ाओ, तब अपने-आप जान जाओगे कि कौन देवता हैं।"

रंगनाथ ने जिज्ञासा से आगे बढ़कर मूर्ति का गला छुआ, पुजारी ने उसे शंका के साथ देखा, फिर पढ़े-लिखे आदमी की तरह कहा, ''मूर्ति को छूने की सख़्त मुमानियत है।''

लड़की दर्शन करके बाहर चली गई थी। रुप्पन बाबू की समझ में मेला खत्म हो गया था। उन्होंने रंगनाथ का हाथ खींचकर कहा, ''दर्शन तो हो गए, अब चलो, चला जाय।''

इतिहास सबसे बड़ा मूर्तिभंजक है। वही अब रंगनाथ के सिर पर चढ़कर बोला, ''दर्शन क्या होंगे ? यह देवी की मूर्ति ही नहीं है।''

सुनते ही तीनों गँजहे रंगनाथ के पास सिमट आए। दो-चार लोग चौंककर उसकी ओर देखने लगे। तब किसी अजायबघर के असिस्टेण्ट क्यूरेटर की तरह रंगनाथ ने रुप्पन बाबू को समझाया, ''देखते नहीं ! यह सरासर किसी सिपाही की मूर्ति है। यह देखो, यह है शिरस्त्राण, और यह देखो, यह है पीछे की तरफ़ से निकला हुआ तरकस। और यह देखो, बिलकुल सपाट...''

रंगनाथ सिपाही के वीरतापूर्ण वक्षःस्थल का वर्णन पूरा नहीं कर पाया। उसके पहले ही पुजारी ने उछलकर उसे धक्का दिया और वह बिना किसी प्रयास के तीर की तरह भीड़ को चीरता हुआ, दरवाज़े के पास जाकर अटक गया।

उधर पुजारी पूजा कराने और पैसे बटोरने के कारोबार को रोककर पूरी तबीयत से रंगनाथ को गालियाँ देने लगा। उसका मुँह छोटा था, पर बड़ी-बड़ी गालियाँ एक-दूसरे को लाँघती हुई बहुत टूटी-फूटी हालत में बाहर आकर गिरने लगीं। थोड़ी देर में मन्दिर के अन्दर गालियाँ-ही-गालियाँ हो गईं, क्योंकि भक्तों ने भी पुजारी की ओर से गालियों का उत्पादन शुरू कर दिया था।

गँजहे बिलकुल भौंचक्के होकर मन्दिर के बाहर आ गए। पुजारी दरवाज़े पर आकर चीखने लगा था, ''मैं तो सूरत देखकर ही पहचान गया था। ईसाई है। विलायतियों की औलाद। ज़रा-सी गिटपिट-गिटपिट सीख ली, और कहने लगा कि यह देवी ही नहीं हैं। चार दिन बाद कहना कि हमारे बाप हमारे बाप ही नहीं हैं।''

सनीचर और जोगनाथ पूरी घटना समझ नहीं पाए थे। फिर भी वे हाथ-पैर हिला-हिलाकर शोर मचाने लगे। तब तक रुप्पन बाबू में उनकी व्यवहार-बुद्धि लौट आयी। उन्होंने रंगनाथ का हाथ पकड़कर कहा, ''चलो दादा।'' फिर पुजारी की ओर देखकर ऊँची पर ठण्डी आवाज़ में कहने लगे, ''देखो महाराज, मेले-ठेले के दिन ज़्यादा दम न लगाया करो। तुम्हारी उमर भी ढलने लगी है, गाँजा दिमाग पर चढ़ जाता है।''

पुजारी ने फिटफिटाकर कुछ कहने के लिए मुँह खोला ही था कि उन्होंने फिर कहा, ''बस, बस, बस, बहुत ज़्यादा पैंतरा न दिखाओ। हम लोग शिवपालगंज के रहनेवाले हैं। ज़बान को अपनी बाँबी में बन्द रखो।''

कुछ दूर चलने पर रंगनाथ ने कहा, ''ग़लती मेरी ही थी। मुझे कुछ कहना नहीं चाहिए था।''

रुप्पन बाबू ने सान्त्वना दी, ''बात तो ठीक ही है। पर कसूर तुम्हारा भी नहीं,

तुम्हारी पढ़ाई का है।"

सनीचर ने भी कहा, "पढ़कर आदमी पढ़े-लिखे लोगों की तरह बोलने लगता है। बात करने का असली ढंग भूल जाता है। क्यों न जोगनाथ ?"

जोगनाथ ने जवाब नहीं दिया, क्योंकि वह तब तक भीड़ के रेले में घुसकर नौजवान लड़कियों को धक्का देने में व्यस्त हो गया था और उसके चेहरे से लगता था कि वह इस काम में व्यस्त ही रहना चाहता है।

सनीचर भी अब मेलेवाली चाल पर आ गया था। वह लम्बे-लम्बे डगों से मिठाई की उस दुकान की ओर चला जिधर छोटे पहलवान थे। उसने सैकड़ों बुड्ढों को दायें-बायें फेंका, कई औरतों के कन्धों पर प्रेम से हाथ रखा, उनकी छातियों के आकार-प्रकार का हाल-चाल लिया और यह सब ऐसी निस्संगता से किया जैसे भीड़ से निकलने के लिए ऐसा करना धर्म में लिखा हो। यह करने के लिए इस दुबले-पतले इन्सान में अचानक इतनी फुर्ती आ गई कि टॉनिक बनानेवाली कोई भी अमरीकी कम्पनी उसे 'पेप' का विज्ञापन मानकर उसे पिंजड़े समेत खरीद सकती थी; यह दूसरी बात है कि अभी उसे बन्द करने के लिए पिंजड़ा बनवाया नहीं गया था।

रंगनाथ बहुत नाराज़ हो रहा था। एक बार जब सनीचर का हाथ किसी नौजवान लड़की के गाल की ओर बढ़ रहा था, उसने उसे बीच में ही मरोड़ दिया और कहा, "यह क्या बदतमीज़ी है !"

सनीचर ने आँखें फैलाकर कहा, "बदतमीज़ी नहीं है गुरू, मेला है।" फिर अचानक विनम्र बनकर दाँत निकालते हुए बोला, "गुरू, देहाती मेले का मामला। यहाँ तो बस यही हेरा-फेरी का चमत्कार है गुरू।"

प्लैनिंग कमीशनवाले किसी समस्या को फुसलाने के लिए कोई नया अंग्रेज़ी फ़िकरा इस्तेमाल करके भी इतने खुश न होते होंगे जितना सनीचर 'चमत्कार' को मुँह से निकालकर हुआ। उसने मन-ही-मन तय किया कि प्रधान बनकर वह इस शब्द का प्रयोग दिन में कम-से-कम तीन बार नियमपूर्वक किया करेगा।

मिठाई और चाट की दुकानों के आगे काफ़ी भीड़ थी। भारतीय मिठाइयों की सौन्दर्य-सम्राज्ञी बर्फ़ी ढेर-की-ढेर लगी थी और हर लड़का जानता था कि मारपीट में इसका इस्तेमाल पत्थर के टुकड़े-जैसा किया जा सकता है। इन मिठाइयों के बनाने में हलवाइयों और फूड-इंस्पेक्टरों को बड़े-बड़े वैज्ञानिक अनुसन्धान करने पड़े थे, उन्होंने बड़े परिश्रम से मालूम किया था कि खोये की जगह घुइयाँ, आलू-चावल का आटा, मिट्टी या गोबर तक का प्रयोग किया जा सकता है। वे सब समन्वयवाद के अनुयायी थे और उन्होंने क़सम खा ली थी कि वे बिना मिलावट के न तो कोई चीज़ बनायेंगे और न बेचेंगे।

एक दुकान के किनारे छोटे पहलवान दिखायी दिए। वे भीड़ से कुछ पीछे हटकर एक मोढ़े पर बैठे थे और एक दोने से आलू के टुकड़े नीम की सींक से उठा-उठाकर खा रहे थे। सनीचर और जोगनाथ रुप्पन बाबू से अलग होकर छोटे के पास पहुँच गए।

सनीचर ने कहा, ''गुरू, हुकुम हो तो एकाध बर्फ़ी भी खा लूँ।''

छोटे सनीचर को देख करुणापूर्वक मुस्कराए। वरदान देनेवाली अदा से बोले, ''खा ले पट्ठे। जोगनाथ को भी खिला दे।''

रंगनाथ का मन धूल, मक्खी और इसी तरह खाद्य पदार्थों को, जो मिठाई और चाट का वज़न बढ़ा रहे थे, देखकर उखड़ गया था। वह रुप्पन से बोला, ''तुम खाओगे कुछ ?''

उन्होंने बेरुखी से कहा, ''मुझे खाकर क्या करना है ?'' कहकर उन्होंने भीड़ का सिंहावलोकन किया। कुछ दूरी पर उन्हें सिंह साहब दिखायी दिए, जो उन्हें रास्ते में पहले साइकिल पर मिल चुके थे और जिनके सिर पर जड़ा हुआ सोला हैट इस समय उन्हें सैनिटरी इन्स्पेक्टर ही नहीं, पुलिस के हाकिमों का भी रुतबा दे रहा था। सिंह साहब को कई लोग घेरे हुए थे। रुप्पन ने कहा, ''जब तक ये भुखमरे मिठाई पर जुटे हैं, तब तक चलो, हम इस खड्डूस का हालचाल ले लें।''

रुप्पन बाबू सिंह साहब के पास आकर खड़े हो गए। सिंह साहब के चेहरे पर चार-पाँच दिन की बढ़ी हुई दाढ़ी-मूँछ थी, होंठों के कोनों से तम्बाकू की पीक टपकने ही वाली थी। इरा सबके बावजूद सिर्फ़ सोला हैट के कारण वे काफ़ी चुस्त दिख रहे थे।

रुप्पन बाबू ने कहा, ''कहिए सिंह साहब, क्या रंग है ?''

''रंग बदरंग है भाई ! दस-दस चालान करने पड़े। अब तो रुप्पन बाबू, इस उमर में हम इसी के हो गए। गवाही के लिए इजलास का चक्कर लगाते-लगाते पैर की खाल उड़ जाएगी।''

रुप्पन बाबू ने भीड़ के शोरगुल को अपनी आवाज़ से दबाते हुए कहा, ''और क्या रखा है चालान में, सिंह साहब ! दस-पाँच रुपये ले-देकर बात खत्म कीजिए।''

सिंह साहब ने भी उसी तरह आवाज़ को ऊँचा करके कहा, ''कौन है साला दस-पाँच रुपये देनेवाला ? उधर के खोंचेवालों का चालान किया था, सब साले दो-दो रुपये टिकाने को तैयार हैं। हमने भी कहा कि चालान ही चाहते हो तो लो, वही किए देते हैं।''

रुप्पन बाबू ने हाथ उठाकर कहा, ''कहाँ के हैं वे खोंचेवाले ? बड़े जाहिल हैं।''

एक मोटा-तगड़ा आदमी उन्हीं के सामने खड़ा था। देखने में काफ़ी रोबीला था, पर जब बोला तो लगा कि कोई भारी-भरकम तरबूज सड़ गया है। पिनपिनाती आवाज़ में कहने लगा, ''रोहूपुरवाले हैं बाबू साहब। इत्ती देर से निस्पिट्टर साहब की खुसामद में खड़े हैं। पर ये दस रुपिया फ़ी खोंचे के रेट से नीचे ही नहीं उतर रहे हैं।''

रुप्पन बाबू ने कहा, ''मान जाइए सिंह साहब, दो रुपये के रेट से भी बीस रुपया हो जाएगा। क्या बुरा है ? कौन गेहूँ बेचा है आपने ?''

वहाँ से गला फाड़कर सिंह साहब बोले, ''दो रुपया ?'' वे हँसे, ''अब इतनी बेइज़्ज़ती तो न कराइए रुप्पन बाबू ?''

मोटा आदमी रुप्पन के रुख़ से प्रोत्साहित होकर कहने लगा, ''अब बाबू साहब, ज़रा हमारी हैसियत तो देखें। साल-भर बाद तो यहाँ खोंचा लगाया है। दस रुपिया इधर

चला गया तो बचेगा क्या ?"

बात मज़ाक से शुरू हुई थी, पर रुप्पन बाबू को अब खोंचेवालों की तरफदारी करने में मज़ा आने लगा। उन्होंने उसी तरह ऊँचे स्वर में कहा, "ठीक तो कहता है। फिर बचेगा क्या ? अब मान जाइए सिंह साहब, ढाई रुपये पर बात टूटने दीजिए। न आपकी रही, न इनकी।" कहकर वे उस मोटे आदमी से बोले, "जाओ, पचीस रुपये इसी वक्त सिंह साहब के हवाले करो...और कुछ मिठाई-विठाई भी।"

भागते हुए आदमी को सिंह साहब ने पुकारकर कहा, "ए देखो, मिठाई-विठाई मत लाना।" उन्होंने जनसाधारण को अपनी बात ठण्डे ढंग से समझाई, "साली रेंडी के तेल में बनी है कि महुए के तेल में—क्या पता ? बकरी की लेंड़ी-जैसी गँधाती है।"

रुप्पन बाबू और नज़दीक आ गए। घरेलू बातें होने लगीं। उन्होंने पूछा, "कोठी के क्या हाल हैं !"

वे बड़े अफ़सोस के साथ बोले, "कोठी नहीं, अब तो उसे मकान ही कहिए।" कहकर वे चुप हो गए। फिर मरी-मरी आवाज़ में कहने लगे, "अधूरा पड़ा है। सोचता हूँ, इसी हालत में नीलाम कर दूँ।"

रंगनाथ भीतर-ही-भीतर खौल रहा था। मन्दिर में गालियाँ सुनने के बाद उसका मन किसी से लड़ने को उतावला था। उसने कहा, "इतनी-इतनी रिश्वत लेकर भी आपकी कोठी नहीं बन पायी ?"

सिंह साहब इस बात से नाराज़ नहीं हुए। सिर्फ़ भौंह के इशारे से उन्होंने रुप्पन बाबू से पूछा कि ये कौन हैं। रुप्पन बाबू ने बताया कि हमारे दादा हैं—फूफा के लड़के। इनकी बात का बुरा न मानना चाहिए। कुछ ज़्यादा पढ़े-लिखे हैं, इसलिए कभी-कभी उल्टी बातें करने लगते हैं। उन्होंने आश्वासन दिया, "पर कोई बात नहीं, जैसे भी हों, घर के आदमी हैं।"

रंगनाथ ने होंठ दबाए और एक लम्बी साँस खींची। सिंह साहब ने उन्हें समझाना शुरू किया, "वे दिन लद गए भैया ! कोठीवाला ज़माना गया। घूस से अब कोठी नहीं बनती। घर पर छप्पर बना रहे, यही बहुत है। देख नहीं रहे हो, रेट की क्या हालत है ? दस-दस चालान लिखते-लिखते हाथ घिस गए और मिला क्या ? बगला मारा पखना हाथ।"

मोटा आदमी लौट आया। आकर उसने पचीस रुपये के नोट सिंह साहब के हाथ में रख दिए। नोट एक-एक रुपये के थे। अपनी बात रोककर उन्होंने नोटों को दो बार क़ायदे से गिना। एक नोट कुछ ज़्यादा गन्दा हो गया था, उसे बदलवाया। फिर कमीज़ के अन्दर बनियानवाली जेब में उन्हें धीरे-से रख लिया।

रंगनाथ उनका मुँह देख रहा था। वे बोले, "हालत देख ली ज़माने की ? पहले पता लग जाता कि घूस लेनेवाले हाकिम हैं तो हज़ार आदमी घेर लेते थे। पैसा देते थे और अहसान ऊपर से मानते थे। अब कोई पास नहीं फटकता। कोई आया भी तो, जैसे ये रुप्पन बाबू हैं न, वैसा ही कोई आदमी साथ लेकर आता है। मुरव्वत में मामला बिगड़ जाता है।"

रुप्पन बाबू को समझाते हुए उन्होंने फिर कहा, ''क्या हुआ था दीनानाथ तहसीलदार के साथ ? जानते हैं आप ? कभी वैद्यजी से पूछिएगा। चार महीना यहीं शिवपालगंज में आकर बैठे रहे। किसी ने एक कौड़ी नहीं दी। तब एक दिन इजलास में ही गरम हो गए। दो-चार वकील सामने खड़े थे। उनसे बोले कि माजरा क्या है ? क्या लोग इस धोखे में पड़ गए कि मैं पैसा नहीं छूता ? अगर ऐसा है तो आप लोग तहसील के आख़िरी छोर तक ऐलान करा दें कि मैं घूस लेता हूँ। कोई धोखे में न रहे !

''तिस पर भी लोग समझे कि मज़ाक है। उनका मुँह ही ऐसा था कि ईमानदार दिखते थे। किसी को इत्मीनान ही न हो कि ये घूस चाहते हैं। बाद में जब बड़े-बड़े आदमी बीच में आए, खुद बैदजी ने चार-छः जगह कहा, तब कहीं लोग सिफ़ारिशें छोड़कर उनके पास नोट लेकर आने लगे।

''अब बताइए रुप्पन बाबू, कहीं इस तरह से पैसा इकट्ठा होता है ? इस तरह तो, बस, नमक-रोटी चल जाए, इतना बहुत है।

''घूस लेना भी अब बड़ी ज़लालत का काम है। उसमें कुछ बचा नहीं है। लेनेवाले और न लेनेवाले अब समझ लो, बराबर ही हैं। सबकी हालत खराब है।''

उनकी बात पड़ोस की दुकान पर होनेवाले गुलगपाड़े के कारण टूट गई। किसी ने कहा, 'चल गई ! चल गई !' जिसका मतलब था, लाठी चल गई।

'क्या मामला है ?', 'क्या मामला है ?' कहते हुए कई लोग दुकानों पर झपटने लगे। एक आदमी ने ऐसा दिखाया जैसे सारा मामला बर्फ़ियों के थाल में ही कहीं छिपा हो। उसने वहाँ से एक मुट्ठी बर्फ़ी झपटकर उठा ली और आवाज़ लगायी, ''क्या मामला है ?'' कुछ देर तक मामले की छानबीन इसी ढंग से होती रही। किसी को लड्डुओं में मामला छिपा हुआ नज़र आया, किसी को बताशों में। अच्छा-खासा गोलमाल मचा हुआ था।

अचानक दो-तीन सिपाही हाथों में बेंत लपलपाते हुए मौक़े पर प्रकट हो गए। बेंतों के इस्तेमाल में उन्होंने विवेक से नहीं, बल्कि उदारता से काम लिया और इस तरह थोड़ी देर में कुछ ऐसी स्थिति पैदा कर दी कि कहने को हो गया कि स्थिति क़ाबू में आ चुकी है। भीड़ कुछ तितर-बितर हो गई। जिस दुकान पर मुख्य घटना हुई थी उसका मालिक पीठ पर पड़े हुए बेंत की चोट सहलाता हुआ सिसक रहा था। एक तरफ़ छोटे पहलवान, जोगनाथ और सनीचर खड़े थे। रुप्पन और रंगनाथ भी उनके सामने आकर खड़े हो गए। स्टेज तैयार हो गया।

एक सिपाही ने पूछा, ''बोल बे, क्या हुआ ? पीठ को इस तरह सहला रहा है जैसे किसी ने ऐटम बम दाग़ दिया हो।''

दुकानदार ने सिसकना बन्द कर दिया और जनता को सम्बोधित करते हुए बोला, ''जो हुआ सो हुआ, अब हमें कुछ नहीं कहना है।''

छोटे पहलवान अपनी जगह खड़े-खड़े हाथ की कोहनी को मल-मलकर धूल की बत्तियाँ निकाल रहे थे। उसी को देखते हुए बोले, ''इस तरह कोई गँजहों को चूना नहीं लगा सकता। हमारे रुपये का हिसाब तो पड़ा ही है।''

रुप्पन बाबू अब मैदान में उतर आए। मत्थे पर गिरी हुई ज़ुल्फ़ों को पीछे झटककर उन्होंने सिपाहियों पर अपने पढ़े-लिखे होने का रोब डाला। कहा, "ये पहलवान हमारे साथ हैं। इन लोगों को यतीम समझकर मनमाना न कर बैठना। बात ठीक से चलेगी तो हम पूरा-पूरा सहयोग देंगे। ज़रा भी टेढ़े-मेढ़े चले तो कॉलिज का सात सौ इस्टूडेण्ट कल ही मैदान में उतर आएगा।"

एक सिपाही बोला, "आप अभी कुछ मत बोलिए भाई साहब। हम आपको पहचान रहे हैं। जो होगा, ठीक ही होगा।"

इसके बाद वह दुकानदार की ओर घूमकर बोला, "तुम्हारा क्या बयान है ?"

दुकानदार चौकन्ना हो गया। उसका हाथ पीठ से अपने-आप ही हट गया। बोला, "बयान ? बयान तो मैं न दूँगा सरकार ! बयान तो तभी होगा जब हमारा वकील भी मौजूद होगा।"

सिपाही ने धमकाकर कहा, "अबे, तेरा बयान कौन लिख रहा है ? मैं तो पूछता हूँ, हुआ क्या ?"

वह बोला, "हुआ यह धर्मावतार कि वे पहलवान पहले आकर पीछे मोढ़े पर बैठ गए। इन्होंने दो पत्ते पालक के खाए, फिर दो पत्ते कचालू के। कचालू का दूसरा पत्ता खा रहे थे तभी ये इधरवाले दो गँजहे आ गए।" उसने सनीचर और जोगनाथ को टेढ़ी निगाह से देखकर कहा, "इन लोगों ने आध-आध पाव बर्फ़ी माँगी। इन्हें बर्फ़ी दी गई।"

सिपाही ने छोटे पहलवान को देखकर कहा, "यह सब ठीक है ?"

छोटे पहलवान, जैसे गाली दे रहे हों, बोले, "ठीक है।"

"उसके बाद ये दोनों गँजहे बर्फ़ी खाकर चलने लगे।" दुकानदार कहता गया, "मैंने कहा, 'एक अठन्नी हुई।' तो ये उलट पड़े। बोले, 'अठन्नी हमने दे तो दी है। कितनी बार लोगे ?' यहाँ एक साथ हम सौ-सौ गाहकों को खिलाते हैं। क्या मजाल कहीं धोखा हो जाए। मैं बार-बार अठन्नी माँगता रहा और ये कहते रहे कि हमने दे दी है। हमने कड़ाई के साथ माँगा तो गाली देने लगे..."

उसकी बात काटकर सनीचर ने कहा, "जितनी बात सच्ची है वही बोलो लाला चिरंजीमल। तुम कहते हो कि हमने अठन्नी की बर्फ़ी खाई, तो हम कहते हैं कि हमने खाई। तुम कहते हो कि हमने अठन्नी नहीं दी, तो हम कहते हैं कि हमने दी।"

रंगनाथ ने उसे टोककर कहा, "तो इसमें झगड़ा किस बात का है ! अगर नहीं मिली होगी तो मिल जाएगी।"

सनीचर ने कहा, "भैया की बात ! इस तरह दो-दो बार पैसा देने लगे तो चार दिन में भीख माँगने की नौबत आ जाएगी।"

दुकानदार बोला, "असल झगड़ा अठन्नी का नहीं, उधर पहलवान की ओर से है। ये गँजहे जब अठन्नी के लिए झाँय-झाँय कर रहे थे तो उधर से पहलवान बोले कि भाई, इस झगड़े में हमारा दिया हुआ रुपिया न भूल जाना। अब देने को तो इन्होंने एक छदाम भी नहीं दिया और कह रहे हैं कि हमारा रुपिया न भूल जाना। क्या ज़माना आ गया है !"

पहलवान पर इसकी कोई प्रतिक्रिया नहीं हुई। वे देह से मैल की बत्तियाँ निकालते रहे।

सिपाही ने कहा, "क्या कहते हो पहलवान ?"

छोटे बोले, "हमें क्या कहना है ? हमें ज़्यादा टाँय-टाँय नहीं आती। मेरी अठन्नी वापस मिल जाय, बाक़ी से हमारा कोई मतलब नहीं।"

बड़ी देर तक बहस चलती रही। भीड़ में भी कई तरह की बातें होती रहीं जिसका तात्पर्य यह था कि ऐसा झगड़ा इस मेले में हर साल होता है, झगड़ा करनेवाले बस यही गँजहे हैं; बड़े लुच्चे हैं। पर इनके मुँह कौन लगे ? और सच पूछो तो हरएक गाँव का यही हाल है। जितने नये लौंडे हैं सब...

यह तय नहीं हो पा रहा था कि किसको कितना देना है। आख़िर में एक सिपाही ने सीधा रास्ता बताया कि सीधा रास्ता तो यह है कि दोनों तरफ़ से छूट बोल दी जाय। पहलवान ने रुपया दिया हो तो रेज़गारी छोड़ दे और दुकानदार ने दाम न पाए हों तो दाम छोड़ दे।

इस पर दोनों पक्षों को बड़ा असन्तोष हुआ, पर बड़े शोरगुल के बाद यह फ़ैसला दोनों पक्षों ने मान लिया। इसके बाद, जिधर देसी शराब की दुकान थी, उधर भी इसी तरह का कोई झगड़ा होने लगा क्योंकि सिपाही उसी तरफ़ चले गए। भीड़ छँट गई।

अचानक रंगनाथ ने कड़ी आवाज़ में कहा, "मुझे क्या पता था कि मेरा लुटेरों का साथ है। कैसे-कैसे लोग हैं ?"

रुप्पन बाबू ने आश्चर्य के साथ उन्हें देखा। बोले, "कौन लोग ? ये दुकानदार ? हुँह, ये तो पैदाइशी लुटेरे हैं।"

रंगनाथ का चेहरा तमतमा उठा। वह दुकानदार के पास जाकर खड़ा हो गया। अपनी जेब से पाँच रुपये का नोट निकालकर दुकानदार को देते हुए उसने कहा, "तीन आदमियों की मिठाई-चाट की क़ीमत इससे काट लो। जो हुआ, उसे भूल जाओ।"

कहकर उसने अपना तमतमाया हुआ चेहरा अपने साथियों के सामने कर दिया। रुप्पन ने मुँह बनाया जिसका मतलब था कि ये सारी बेवक़ूफ़ी आज ही दिखा डालने पर तुले हुए हैं। छोटे पहलवान ने धीरे-से कहा, "इन्हें भी अपना हौसला निकाल लेने दो। पढ़े-लिखे आदमी हैं। ए.मे. पास हैं ? कौन इनके बीच में बोले ?"

कहकर वह दूसरी ओर देखने लगा, जैसे उसका पूरी घटना से कोई सम्बन्ध ही न हो और घटना कुल मिलाकर इतनी हो कि ए. मे. पास आदमी किसी बेवक़ूफ़ी पर उतर आया है।

पर रुप्पन ने उसे टोका। कहा, "फ़ैसला हो गया है रंगनाथ दादा ! अब तुम्हें बोलने का कोई हक़ नहीं। जो करना था पुलिस के सामने करते, तब कोई बात भी थी।"

रंगनाथ ने अपना नोट दुकानदार के सामने फेंक दिया था। इन बातों को अनसुना करके उसने दुकानदार से ही कहा, "जल्दी करो। बाक़ी पैसे वापस करो।"

लोग फिर इकट्ठे होने लगे थे। दुकानदार ने चारों ओर उछलती-सी निगाह डाली, फिर उसे नोट वापस करते हुए कहा, "तुम बाहरी आदमी हो बाबूजी, हमको तो यहीं रहना है।"

एक गुट के अब तीन गुट बन गए। जोगनाथ शराब की दुकान की तरफ़ चला गया, सनीचर और छोटे पहलवान मेले के दूसरी ओर, जहाँ जान-पहचान के दो-चार लोग भंग छान रहे थे। रंगनाथ और रुप्पन बाबू साथ-साथ लौटे।

रंगनाथ कुछ गम्भीर हो गया था। थक भी गया था। एक कुएँ की जगत पर वह सुस्ताने के लिए बैठ गया। रुप्पन बाबू वहीं से खड़े-खड़े कुछ दूर पर होनेवाली तीतर की लड़ाई देखने लगे।

कुएँ से कुछ दूर एक टूटी हुई इमारत थी। वहाँ खम्भे के पास एक लड़की बैठी थी—गेहुँए रंग की नौजवान लड़की। चटकीली साड़ी पहने थी। नाक में सोने की नथ। मेले की गन्दगी के ख़िलाफ़ रंगनाथ को यह दृश्य अच्छा लगा। वह उधर ही देखता रहा।

गन्दी लुंगी और चमकदार नक़ली सिल्क की साफ़ कमीज़ पहने एक आदमी उस लड़की से कुछ दूर खड़ा हुआ बीड़ी फूँक रहा था। एक कान पर चूने की गोली, बालों से तेल चुचुआता हुआ। धीरे-धीरे वह लड़की के पास आकर खड़ा हो गया। फिर उससे लगभग गज़-भर की दूरी पर बैठ गया। उसने कुछ कहा जिस पर लड़की मुस्कराई। रंगनाथ को अच्छा लगा। उसने चाहा कि लड़की उसकी ओर भी देखे। लड़की ने उसकी ओर भी देखा। उसने चाहा कि वह उसी तरह फिर मुस्कराए। वह फिर मुस्कराई। चुचुआते बालोंवाले आदमी ने दूसरी बीड़ी जला ली।

रंगनाथ के पास एक आदमी आकर खड़ा हो गया। धोती-कुरता और टोपी पहने था। देहात के हिसाब से ज़िम्मेदार-सा दिख रहा था। रंगनाथ ने उसकी ओर एक फिसलती निगाह डाली, फिर सामने की ओर देखने लगा। लड़की ने मुस्कराना छोड़ दिया था। उसके चेहरे पर कुछ-कुछ वैसा ही करुणाजनक भाव आ गया था जो हिन्दी सिनेमा में ग़ज़ल गाने के पहले हीरोइन के चेहरे पर आ जाता है।

उस आदमी ने धीरे-से पूछा, "आप यहीं के रहनेवाले हैं ?"

रंगनाथ ने सिर हिलाकर कहा, "नहीं।"

वह आदमी इत्मीनान से रंगनाथ के पास बैठ गया। बोला, "ये देहाती लोग कुछ समझते तो हैं नहीं—सनीमा का यह गाना सुनाओ ! वह गाना सुनाओ !"

रंगनाथ दिलचस्पी से उसकी बात सुनता रहा, पर कुछ समझ नहीं पाया। वह कहता गया, "वैसे इनसे टिल्लाना सुनिए, दादरा सुनिए, चाहे ठुमरी सुनिए।...अपनी जान निकालकर रख देती हैं।"

भावमुग्ध होकर वह आदमी स्वप्निल-स्वप्निल आँखेंवाली रूमानी अदा से बोला,

"रोहूपुर गई थीं। अब बैजेगाँव जा रही हैं।"

शहर में रंगनाथ ने इसी तरह रविशंकर के बारे में एक संगीत-सभा में सुना था। एनाउंसर कह रहा था, "एडिनबरा से अभी-अभी लौटे हैं, अबकी जाड़ों में न्यूयार्क जा रहे हैं।"

उसने सिर हिलाकर बात का समर्थन किया। उसे अब बात का सिर-पैर मिलने लगा था।

वह आदमी कुछ रुककर कहने लगा, "राहचलन्तू की विद्या नहीं है इनकी। बैठक में आइए, बैठकर सुनिए; तब पता चलेगा, क्या असली है और क्या नक़ली।"

रंगनाथ की निगाह सामने थी। चुचुआते बालोंवाला आदमी अब उस लड़की के बिलकुल पास आकर बैठ गया था। दोनों बातें करते थे, मुस्करा रहे थे और रह-रहकर रंगनाथ को देख रहे थे। उसे इतनी देर बाद अनुभव हुआ कि इन लोगों को उससे बड़ी-बड़ी आशाएँ हैं।

उसके पास बैठे हुए इस धोती-कुरता-टोपीवाले आदमी को देखकर दूर से ऐसा लगता होगा जैसे दो गम्भीर आदमी देश की समस्याओं पर काफ़ी गहरा चिन्तन कर रहे हैं। अपनी भौंहों को सिकोड़कर वह कह रहा था, "सब गारद कर दिया नये क़ानून ने। बड़े-बड़े रईसज़ादे गाना सुनने को तरस रहे हैं। अब तो थानेवालों ने इज़ाज़त दे दी है। बैठक में गाना-वाना चलने लगा है।"

रंगनाथ उठ खड़ा हुआ। वह आदमी भी खड़ा होकर बोला, "मैंने खुद इसके ऊपर दस साल जान लड़ाई है। मोर-जैसा गला पाया है। तैयारी के बाद अब सैकड़ों में एक होकर निकली है।"

रंगनाथ ने रुप्पन बाबू की ओर देखा। वे तीतर की लड़ाई देखने को दूसरी ओर टरक गए थे। उसने पुकारा, "रुप्पन !"

वह आदमी कुछ देर सोचता रहा; फिर बोला, "अपने ही धरम की लड़की है, हिन्दू है। बड़ी सीधी है।"

फिर मुँह लटकाकर गौरव के साथ कहने लगा, "सिर्फ़ गाती-भर है। गुनी जनों के बीच रही है। पेशा नहीं करती।"

रंगनाथ ने उस आदमी से कहा, "बहुत अच्छी बात है। गानेवाले पेशा करते हैं तो गाना बिगड़ जाता है। गाना भी एक साधना है। उसी पर इसे डाले रखिए।"

वह आदमी अचकचाकर बोला, "आप तो सबकुछ जानते हैं। आपको क्या समझाना। कभी बैठक में आइए..."

रुप्पन बाबू को देखकर वह रुक गया। वे अचानक ही पीछे से आ गए थे। कड़ककर बोले, "ज़रूर आएँगे बैठक में। पर बात किससे कर रहे हो ? अपने बाप को तो पहचानकर चलो ?"

उस आदमी ने हाथ जोड़ दिए। उसकी मुद्रा बदल गई। शोहदों की तरह मुस्कराकर उसने कहा, "अपना बाप तो रुपिया है, मालिक !"

रंगनाथ मुस्कराया। उछलती निगाह से उसने देखा, लड़की की मुस्कान कुछ और चौड़ी हो गई है।

वे काफ़ी देर चुप रहे। चुपचाप चलते रहे। अन्त में रुप्पन बाबू बोले, ''क्या कह रहा था वह ? अभी उसने पेशा शुरू किया कि नहीं ?''

रंगनाथ चुप रहा।

''चारों तरफ़ जालसाज़ी है। इस साली रण्डी को बचपन से देख रहा हूँ,'' रुप्पन बाबू एक बुजुर्ग की तरह कहते रहे, ''बरसों से नाक में छल्ला लटकाए घूम रही है और वह उसके ठुमरी-दादरा का नगाड़ा पीटता है। भैंस-जैसी आवाज़ है और बड़ी उस्ताद बनती है। इलाके की सबसे सड़ियल पतुरिया है। कोई उसे कौड़ी को भी नहीं पूछता।''

रंगनाथ थका हुआ-सा चलता रहा। रुप्पन बाबू कह रहे थे, ''मैं न जाता तो वह चुप थोड़े ही होता। तुमको तो उसने क़रीब-क़रीब फाँस लिया था।''

वे अपनी धुन में बोलते जा रहे थे। अचानक रंगनाथ ने पूछा, ''रुप्पन, तुमने बेला को प्रेम-पत्र क्यों लिखा था ?''

इस बात से रुप्पन बाबू का व्याख्यान लड़खड़ा गया। पर उन्होंने अपने को सँभालकर कहा, ''इतने दिन तुम शहर में रहे हो, यह भी नहीं जानते कि कोई किसी को प्रेम-पत्र क्यों लिखता है !''

रंगनाथ को इसका जवाब न सूझा। सिर्फ़ इतना कहा, ''मामा बहुत नाराज़ हो रहे थे।''

रुप्पन बाबू तनकर खड़े हो गए। ऐंठकर बोले, ''पिताजी क्या खाकर नाराज़ होंगे। उनसे कहो, मुझसे सीधे बात तो कर लें।

''उनकी शादी चौदह साल की उमर में हुई थी। पहली अम्मा मर गई तो सत्रह साल की उमर में दूसरी शादी की। साल-भर भी अकेले नहीं रहते बना।

''यह तो किया क़ायदे से, और बेक़ायदे कितना किया, सुनोगे वह भी...।''

रंगनाथ ने कहा, ''मैं नहीं सुनना चाहता।''

16

एक छप्पर के नीचे, जहाँ रात को भैंस बँधती थी, इस वक़्त राख और पुआल के सहारे फ़र्श का गीलापन पोंछा जा रहा था। भैंस के पेशाब की गन्ध को जब राख ने दबा दिया तो पोंछनेवाले को इत्मीनान हो गया कि फ़र्श साफ़ हो गया है। उसने राख के ऊपर एक लम्बा-चौड़ा टाट बिछा दिया। टाट

पर उसने एक भड़कीली दरी बिछायी जिसके एक कोने पर लिखा था, 'न्याय-पंचायत, भीखमखेड़ा।'

दरी के बीच उसने एक लकड़ी की सन्दूक लाकर रखी और एक मैला-सा बस्ता। उसके बाद पास के चबूतरे पर जाकर उसने दो बार में जितना थूक सकता था, उतना थूका और एक बीड़ी सुलगा ली।

न्याय-पंचायत भीखमखेड़ा का अधिकार-क्षेत्र शिवपालगंज गाँव-सभा पर भी था। कुसहरप्रसाद ने अपने लड़के छोटे पहलवान पर मारपीट का मुक़दमा चलाया था। आज उसकी तीसरी पेशी थी। पहले की दो पेशियों में कुल इतनी कार्रवाई हुई कि 'कुसहर और छोटे हाज़िर आए, पर पंचों के न आने के कारण मुक़दमा नहीं लिया गया।'

चबूतरे पर बैठकर बीड़ी पीनेवाला न्याय-पंचायत का चपरासी था। बीड़ी पीकर उसने दोबारा थूका, फिर टेढ़े होकर बदन तोड़ा और अपने-आपसे कहा, "कहाँ मर गए ये लोग ?" जब उसका उत्तर किसी भी तरफ़ से नहीं आया तो उसने दूसरी बीड़ी सुलगा ली।

उसके बाद चार आदमी एक साथ आते हुए दीख पड़े। उनमें एक तो कुसहरप्रसाद थे, दूसरे छोटे पहलवान। बाक़ी दो पंच थे। कुसहरप्रसाद की खोपड़ी पर घाव के दो हल्के-से निशान थे ताकि वे ठीक तौर से उभरकर निगाह के सामने आ सकें, इसलिए उन्होंने खोपड़ी घुटा ली थी। इस तरह के नक़्शे पर घावों के दो पठार बड़ी आसानी से देखे जा सकते थे।

वे लोग दरी पर बैठ गए; सिर्फ़ छोटे पहलवान छप्पर से हटकर खुले में धूप खाने के लिए खड़े रहे। एक पंच ने चपरासी से पूछा, "सरपंच अभी नहीं आए ?"

"अभी कैसे आएँगे ?" चपरासी ने समझाया, "शिवपालगंज गए थे। तहसील में कुछ काम था। अटक गए होंगे।"

गपशप होने लगी। दूसरे पंच ने कुसहरप्रसाद से पूछा, "अब तुम्हारी चोट के क्या हाल हैं ?" फिर खुद ही जवाब दिया, "ठीक तो जान पड़ती है।"

कुसहर काँखने लगे। मुँह फुलाकर बोले, "मुझसे क्यों पूछते हो ? खड़े तो हैं वह हमारे श्रवणकुमार। उन्हीं से पूछो।"

छोटे पहलवान अपने को श्रवणकुमार की हालत में नहीं देखना चाहते थे। कन्धे पर काँवर रखे हुए माँ-बाप को इधर-उधर मुर्गों की तरह लटकाकर चलना एक शर्मनाक बात थी। यह मज़दूरों का काम था। छोटे चिढ़ गए। बोले, "यहाँ श्रवणकुमार के बाप का नाम भी श्रवणकुमार है, उन्हीं से पूछो। इस ख़ानदान में सब साले श्रवणकुमार ही तो होते आए हैं।"

एक पंच ने उन्हें टोका, "गाली-गलौज मत करो पहलवान, उससे अदालत की तौहीन होती है।"

छोटे ने कहा, "साले कहना कोई गाली नहीं है।"

इतना कहकर वे दरी पर आकर बैठ गए। पंचों का बिगड़ैल चेहरा देखकर अचानक वे मुस्कराए और यह दिखाने के लिए कि ये बातें लगभग मज़ाक में हो रही थीं, बोले,

"चौदह लड़कों को हमने पैदा किया और हमीं को ये सिखाते हैं कि औरत क्या चीज़ है। हमें बताते हैं कि साले कहना गाली है। ये तो सिर्फ़ बात करने का तरीक़ा है। तो अपना तरीक़ा भी यह है कि साले कहकर बात करते हैं।"

एक पंच ने कहा, "मगर साले कहना तो गाली है।"

छोटे पहलवान दोबारा मुस्कराए, जैसे अपनी भलमनसाहत से अदालत का हृदय जीतना चाहते हों। बोले, "असली गाली अभी तुमने सुनी नहीं है पण्डितजी ! घुस जाती है तो कलेजा छिल जाता है।"

सरपंच ने आते ही अनुभव किया कि अपने साथियों को देरी का कारण बताना ज़रूरी है। वे भुनभुनाने लगे, "चारों तरफ़ बड़ा भ्रष्टाचार है। तहसील में एक दरख़्वास्त लगानी थी। सोचा था कि पेशकार को देकर चले आएँगे। वहाँ वह कहने लगा कि सवालख़ानी तक रुके रहो।"

एक पंच ने इस स्पष्टीकरण पर ध्यान नहीं दिया। बेरुख़ी से कहा, "फिर भी देर बहुत हो गई। एक बजने को आ गया है। हिन्दुस्तानी की यही ख़राब आदत है। अंग्रेज़ इस मामले में पक्का था—टाइम का बड़ा पाबन्द।"

सरपंच ने ज़ोर से कहा, "तो तुम तो मौजूद हो ही। तुम क्या किसी अंग्रेज़ से कम हो ?" वे दरी के बीचोबीच पाल्थी मारकर बैठ गए। चपरासी से बोले, "चलो, कार्रवाई शुरू करो। पुकार लगाओ।"

यह देखकर भी कि कुसहर और छोटे पहलवान वहाँ पहले से मौजूद हैं, चपरासी ने शहराती अदालतों की नकल करते हुए चीख़कर आवाज़ लगायी, "कुसहर बनाम छोटे, कोई हाऽऽज़िर है...?"

छोटे ने कहा, "हाज़िर तो हैं ही। देख नहीं रहे हो? आँखें हैं कि बटन?"

सरपंच ने पूछा, "पंचायत-मन्त्री आज भी नहीं आए?"

"उनके साले के साढू के यहाँ आज ज्यौनार थी। उसमें गए हैं, हमारे यहाँ कहला दिया है।" एक पंच ने बताया।

"यह पंचायत-मन्त्री भी, बस, ऐसे ही हैं। शिकार के वक़्त कुतिया हगासी। मौक़े पर हमेशा धोखा देता है। अब बताओ, पता नहीं, कौन मिसिल कहाँ रखी है। खुद तो ज्यौनार खाने चल दिए, अब मिसिल निकालने को बचे हम।"

सरपंच नाराज़ होकर भुनभुनाते रहे। छोटे पहलवान उन्हें बिना किसी दिलचस्पी के देखते रहे।

सरपंच ने अपनी बात आगे बढ़ायी, "यही पंचायत-मन्त्री पारसाल जब ग़बन के मामले में फँसा था, दिन में चार बार हमारे घर का चक्कर लगाता था। इतनी एड़ी घिसी कि दरवाज़े पर धूल नहीं बची। अब इधर को आते कतराता है। ख़ानदानी बदमाश है।"

छोटे पहलवान सामने के चबूतरे और नीम के पेड़ की ओर देखने लगे थे। उन्होंने पूरी बात नहीं सुनी थी, घुड़ककर बोले, "सरपंचजी, किसे बदमाश बता रहे हो ?"

सरपंच ने चिढ़कर कहा, ''तुम्हें क्यों चींटियाँ काट रही हैं ? अभी पंचायत-मन्त्री की बात चल रही है। तुम्हारी बदमाशी की मिसिल तो अब खुलनेवाली है। देखते जाओ।''

छोटे पहलवान उठकर खड़े हो गए। हिक़ारत के साथ बोले, ''यहाँ मुक़दमा करना बेकार है। सरपंच मुझे पहले से ही बदमाश बता रहे हैं। फ़ैसला क्या करेंगे ?''

कुसहरप्रसाद इतनी देर तक चुपचाप बैठे रहे थे। अब वे भी अचानक खड़े होकर बोले, ''ठीक है, ठीक है, चलो !'' पर उसी समय उन्हें शायद याद पड़ गया कि अपने लड़के पर मुक़दमा उन्होंने दायर किया है। वे घबराकर बैठ गए, फिर अपनी बेवकूफ़ी पर लीपापोती करते हुए कहने लगे, ''जब यहाँ दावा दायर कर दिया, तो पूरा मुक़दमा यहीं होगा। सरपंचजी ही फैसला करेंगे।''

चपरासी चबूतरे पर बैठा हुआ पूरी परिस्थिति का सिंहावलोकन कर रहा था। वहीं से बोला, ''ठीक कहते हो कुसहर, एक ने कहा कि मेरी माँ ने खसम किया तो वे बोले कि बुरा किया। फिर उसने कहा कि खसम करके छोड़ दिया तो बोले, बहुत बुरा किया। वही हाल है। अब तुमने पहलवान पर मुक़दमा चला ही दिया है तो बीच में शिलिर-बिलिर करना ठीक नहीं।''

कुसहर ने चपरासी की ओर देखकर सिर हिलाया जिसका मतलब था कि फटीचर आदमी भी सही बात कहे, तो उसका प्रतिवाद न करना चाहिए। फिर वे छोटे से बोले, ''बैठ जाओ, मुक़दमा अब हो ही जाने दो।''

छोटे ने कहा, ''बापू, तुम तो दुमुँहा साँप की तरह आगे भी चलते हो, पीछे भी। यहाँ हमें पहले ही बदमाश बता दिया गया, अब और क्या सुनना है जो सुनूँ ? मैं जाता हूँ।''

वे चलने को हुए कि सरपंच ने ललकारकर कहा, ''जाना कोई हँसी-ठट्ठा है ! हथकड़ी लगवाकर बुलाऊँगा। नहीं तो सीधे से बैठ जाओ और मुक़दमा होने दो।''

छोटे पहलवान लापरवाही से बोले, ''हमें न पढ़ाओ गुरू। हमें यहाँ मुक़दमा कराना मंजूर नहीं है। मैं यहाँ से उठकर मजिस्ट्रेट के इजलास ले जाऊँगा। मैं इसी वक्त तुम्हारे आगे मुक़दमा रोकने की दरख़्वास्त धाँसे देता हूँ।''

अदालत के एक पंच उन राजनीतिज्ञों की तरह थे जो यू. एन. ओ. में समस्या से हटकर सिद्धान्त की बात करते हैं और इस तरह वे किसी का विरोध नहीं करते और बदले में कोई उनका विरोध नहीं करता। 'जनता शान्ति चाहती है', 'हमारी सभ्यता की नींव विश्वबन्धुत्व और प्रेम पर पड़नी चाहिए' आदि-आदि किताबी बातें सुनकर कमीना-से-कमीना देश भी सिर हिलाकर 'हाँ' करने से बाज़ नहीं आता और उस राजनीतिज्ञ का यह भ्रम और भी फूल जाता है कि उसने कितनी सच्ची बात कही है। तो यह पंच भी ऐसे ही प्रफुल्लित भ्रम के साथ अपने हिसाब से एक सच्ची बात कहने लगे, ''पहलवान, पंच परमेश्वर होते हैं। इस आसन पर बैठकर कोई अन्याय नहीं कर सकता है। मुँह से जो भी निकल गया हो, पर क़लम से न्याय की ही बात निकलेगी। बैठ जाओ !''

इस शाकाहारी वाणी का छोटे पहलवान पर अच्छा असर पड़ा। वे धम से फ़र्श पर बैठ गए, पर धीरे-से बड़बड़ाए, "मुझे क्या पता था कि पंचों की क़लम असली है और ज़बान दोगली है। पर तुम इन्साफ़ का ज़िम्मा लेते हो तो बैठ जाता हूँ।"

पंच बोले, "हाँ, हाँ, ज़िम्मा ही लेता हूँ। तुम यहाँ ठाठ से मुक़दमा लड़ो। उमर-भर मुक़दमा लड़ते रहो। फैसला तो क़लम से होता है।"

बिना किसी नाटकीयता के मामला इतनी आसानी से सुलझा जा रहा है, यह बात चपरासी को पसन्द नहीं आयी। बोला, "बात से होता क्यों नहीं, पंडितजी ! घोड़े की लात और मर्द की बात कभी खाली नहीं जाती।"

सरपंच भीतर-ही-भीतर अपनी ग़लती का अनुभव कर रहे थे। चपरासी से बोले, "सौ बार कहा है कि मुँह बन्द करके बैठा करो, पर यह हमेशा अपना चर्खा चलाता ही जाता है। लगाऊँ एक ठोकर ?"

पंच ने कहा, "इसे छोड़िए सरपंचजी, मिसिल खोलिए।"

मिसिल खोली गई। सरपंच ने एक पंच से कहा, "पढ़िए। कुसहर का इस्तगासा पढ़कर मुलज़िम को सुना दीजिए।"

उस पंच ने मिसिल को अनिश्चय के साथ इधर-उधर पलटकर देखा। जैसे केवल हिन्दी जाननेवाला तमिल, तेलुगु, कन्नड़ और मलयालम की लिपियों को देखकर सिर्फ़ देखता ही रह जाता है और फिर घूमकर अपने हिन्दी-प्रेम में खो जाता है, उसी तरह खोयी-खोयी आवाज़ में उसने कहा, "अब आपके होते हुए मैं क्या पढ़ूँ! आप ही पढ़कर मुक़दमा कीजिए।"

मिसिल की हालत जलते हुए आलू की-सी हो गई। यू. एन. ओ. छाप पंच ने उसे उलट-पलटकर सरपंच को वापिस कर दिया। सरपंच ने उसे एक हाथ से लेकर दूसरे हाथ से दूसरे पंच को पकड़ा दिया। दूसरे पंच ने उसके आख़िरी पन्ने पर बने हुए एक गोल दायरे को काफ़ी ग़ौर से देखा; फिर अचानक ही पंच नं. 1 को पकड़ा दिया। मिसिल इतने हाथों को छूकर तर गई।

आख़िर में कुसहरप्रसाद ने कहा, "सरपंचजी, पंचायत के मन्त्री तो आज आए नहीं है। आप लोग लिखा-पढ़ी के झंझट में कहाँ तक पड़िएगा ? तारीख़ दे दीजिए। मुक़दमा बाद में हो जाएगा।"

सरपंच ने वीरतापूर्वक कहा, "तुम भी कैसी बात कहते हो कुसहर ? जो सिपाही होकर गोली खाने से घबराए और सरपंच होकर पढ़ने-लिखने से, उसके लिए तो बस... ।"

छोटे पहलवान ने देह तोड़ी। पसलियों से 'चट-चट' की आवाज़ निकली। ऊबी हुई आवाज़ में वे बोले, "घण्टा-भर से तुम लोग तीन-तेरह कर रहे हो। मुक़दमा करोगे कि भाड़ ही भूँजते रहोगे ?"

सुनते ही सरपंच मुक़दमा करने लगे। उन्होंने मिसिल को पढ़ने की दोबारा कोशिश की। उसका एक पन्ना उठाकर वे बिलकुल अपने मुँह के पास ले गए। उनके होंठों के कोनों पर थूक चिपचिपा आया। आँखों के कोने सिकुड़ गए और उन पर कौओं के पंजे

उभर आए। लगा, उनके जीवन का यह एक अत्यन्त दुर्लभ क्षण है।

मिसिल अब उनके मुँह के बिलकुल क़रीब आ गई थी। उन्होंने एक चटखारी भरी, साँस खींची और फिर मिसिल का एक टुकड़ा भी न खाकर उसे समूचा ही फ़र्श पर रख दिया। इस रस्म के बाद वे तकल्लुफ़ से बोले, "मैंने शिरी कुसहरप्रसाद का इस्तग़ासा पढ़ लिया है। कुसहरप्रसाद कहते हैं कि कुसहरप्रसाद के लड़के छोटे वल्द कुसहरप्रसाद ने कुसहरप्रसाद को बिना किसी कारण लाठियों से मारा है। दफ़ा 323 ताजीरात हिन्द का इस्तग़ासा है।"

छोटे पहलवान इस तरह बैठे रहे जैसे इस सबका उनसे कोई सरोकार न हो। सरपंच की भौंहों के बीच एक खरोंच-सी निकल आयी। उसने पूछा, "क्यों कुसहर ? यही बात है न ? मुलजिम छोटे ने तुमको मारा था ?"

"हाँ सरपंचजी, हज़ारों आदमियों के सामने मारा था। मेरी हड्डी-पसली तक का भूसा बना दिया।"

सरपंच ने गम्भीरतापूर्वक कहा, "समझ-बूझकर बात करो कुसहर ! अगर तुम्हारी हड्डी टूटी है तो मुक़दमा संगीन हो जाएगा। फिर तुम्हें शहर की अदालत में जाना पड़ेगा। यहाँ सिर्फ़ दफ़ा 323 चलती है, दफ़ा 325 लग गई तो बम्बे का पानी पिए बिना न बचोगे।"

कुसहर ने कुछ सोचकर कहा, "तो सरपंचजी, मेरी हड्डी सचमुच में थोड़े ही टूटी है ! यह तो कहने की एक बात है। पर इसने मुझे बहुत मारा। लाठियों से पुआल-जैसा पीट दिया। यह देखो सिर के घाव। यह मेरा लड़का नहीं, दुश्मन है।"

एक पंच टाट का एक कोना दबाए हुए बैठे थे। चुपचाप माला जप रहे थे। माथे पर सफेद तिलक, गले में रुद्राक्ष की माला। बुजुर्ग आदमी थे। देखते ही लगता था, ये तिथि और लग्न विचारने में दक्ष हैं, पुरोहिती करते हैं और वैद्य का काम भी जानते हैं और इन तरकीबों से देहात में काफ़ी सुखपूर्वक रहते हैं। यही नहीं, मौका मिल जाय तो वे अपना करिश्मा शहर में भी दिखा सकते हैं। वहाँ बड़े-बड़े अफ़सरों से मिलकर उन पर चढ़े हुए साढ़ेसाती सनीचर का ख़ात्मा दिखाकर उनकी तरक्क़ी या विलायत-यात्रा का भविष्य बोलकर उन लोगों से काफ़ी मोटी दक्षिणा और उससे भी ज़्यादा मोटा सरकारी अनुदान झाड़ सकते हैं। उन्होंने जब कुसहर के मुँह से सुना कि छोटे उनका लड़का नहीं, बल्कि दुश्मन है, तो उनका माला जपना ही बन्द हो गया। उनके मुँह से निकला, "हे प्रभो !"

छोटे ने खँखारकर इस भावना का समर्थन किया। सरपंच ने कहा, "बड़ी खाँसी आ रही है।"

पहलवान बोले, "हमारे बाप राँड़ की तरह रो रहे हैं। इनकी बात सुन लो। हमारी खाँसी का हिसाब बाद में लगाना।"

सरपंच ने कुसहर से पूछा, "तो फिर तुम्हारी हड्डी नहीं टूटी ? ऐसा है, तो मामला दफ़ा 323 का ही है।"

कुछ रुककर उन्होंने अपनी बात दोहरायी, "तो फिर, यह मामला दफ़ा 323 का

ही रह जाता है। भाला-बरछी तो नहीं चली ? चली हो तो बताओ। मगर तब मामला दफ़ा 324 का हो जाएगा।''

कुसहर ने घबराकर कहा, ''नहीं सरपंचजी, हमारे यहाँ भाला-बरछी का क्या काम ? सात पीढ़ी से हम लोग लाठी ही चलाते आ रहे हैं।''

वे बोले, ''ठीक !'' मिसिल का एकाध पन्ना उलटकर उन्होंने फिर पूछा, ''कुसहर, अच्छा बताओ, छोटे ने तुम्हें क्यों मारा था ?''

छोटे बोले, ''ये क्या खाकर बतायेंगे ? मैं बताऊँ ?''

सरपंच ने मुस्कराकर कहा, ''मुक़दमे में भी नम्बर चलता है पहलवान ! पहले मुस्तगीस, फिर मुलज़िम। तुम्हारा भी नम्बर आएगा, घबराओ नहीं।''

''घबरा कौन रहा है ? और तुम भी न घबराओ। भगवान् चाहेगा तो एक दिन तुम्हारा भी नम्बर आएगा।''

सरपंच ने इसका कोई जवाब नहीं दिया। कुसहर से ही पूछा, ''तो बताओ भाई, छोटे ने तुम्हें क्यों मारा ?''

''क्या बताएँ कि क्यों मारा ? मरखन्ना बैल किसी को क्यों मारता है, यह भी कोई पूछने की बात है ? जवान है, पहलवान है। गाँव में इसे कोई नीचा दिखानेवाला है नहीं। इसकी देह चर्राया करती है। हाथ में खुजली थी, उतारने के लिए मुझी को धमक बैठा... ।''

''गलत बात है।'' सरपंच ने बात काटकर कहा, ''बिना दो हाथों के ताली नहीं बजती। तुमने भी कुछ-न-कुछ ज़रूर किया होगा !''

कुसहर मासूम बन गए। बोले, ''मैं क्या कर सकता हूँ सरपंचजी ? मैं भला छोटे के मुकाबले खड़ा होऊँगा !''

सरपंचजी ने मुँह टेढ़ा कर लिया, जैसे बहुत सोच रहे हों, इस तरह नीचे देखते रहने के बाद बोले, ''इतने सीधे न बनो कुसहर। यहाँ की अदालत तुम्हारी नस-नस जानती है। हमने खुफ़िया तौर पर पूरा हाल मालूम कर लिया है। इस उमर में तुम्हें इश्कबाज़ी सूझती है ? हमें चराने लगे हो महाराज ! तुम भी कुछ कम नहीं हो !''

कुसहर घिघियाकर बोले, ''सरपंचजी, घर पर मुझे लाठियों से मारा गया है और यहाँ तुम बातों से मार रहे हो ! यह कहाँ का इन्साफ़ है ?''

माला फेरनेवाले सरपंच ने कहा, ''अब जो ढँका है, उसे ढँका ही रहने दो प्रभो ! ज़्यादा न कुरेदो कुसहर महाराज ! तुम बड़े महात्मा हो। सभी जानते हैं।''

यू. एन. ओ. छाप सत्यवादी पंच ने सरपंच से कहा, ''आगे चलाइए मुक़दमा। कुसहर जैसे भी हों, पर मामला तो हमारे आगे 323 का है, उसी पर टिके रहिए।''

पर सरपंच के सिर पर मुक़दमे का नशा चढ़ चुका था। वह ऐंठकर बोला, ''तुम क्या जानो, कहाँ क्या हो रहा है। अभी-अभी मैं तहसील से लौट रहा था। रास्ते में लोगों से बातचीत हुई। सनीचरा भी था। सभी ने जो सुनाया, उससे कान गँधा गए। यह कुसहर किसी से कम नहीं हैं। जितना धरती से ऊपर हैं, उतना ही नीचे गड़े हैं। गाँव की... ।''

कुसहर को इस अपमान ने औंधा कर दिया। वे दीनतापूर्वक इधर-उधर देखने लगे। अपने ज़माने में वे काफ़ी उग्र थे, पर वहीं जहाँ मारपीट की बात हो। क़ायदे-कानून के सामने वे हमेशा इसी तरह दीन हो जाते थे। इस समय उन्होंने दसों दिशाओं से सहारे की अपील की। उनकी आँखों से दुख टपकने ही वाला था। पर दोनों पंच और सरपंच इत्मीनान से उनकी हालत का मुआइना करते रहे। कुसहर ने अब धीरे-से सिर उठाकर छोटे पहलवान की ओर देखा। उधर देखते ही उनका मुँह फैल गया।

छोटे की भौंहें टेढ़ी हो गई थीं, होंठ खिंच गए थे। वह अपनी जगह पर खड़ा हो गया और सरपंच से बोला, "ऐ चिमिरखीदास, चाँय-चाँय बन्द करो। एक पड़ाक् से कंटाप पड़ेगा तो यह मिसिल-विसिल लिये ज़मीन में घुस जाओगे। दो घण्टे से सुन रहा हूँ, हमारे बाप को घुमा-फिराकर हरामी बता रहे हो। हमारे बाप हरामी हैं तो तुम्हारे बाप क्या हैं ?" कहते-कहते छोटे की आवाज़ गनगना उठी, "मैं अभी मर नहीं गया हूँ। अब कोई असल बाप का हो तो हमारे बाप को गाली दे।"

सन्नाटा छा गया। चपरासी धीरे-से छप्पर के दूसरे कोने की ओर बिल्ली-जैसी छलाँग लगाकर छिप गया। सरपंचजी हक्का-बक्का हो गए। कुसहर ने सन्तोष की साँस ली। माला जपनेवाले पंच ने आँख मूँदकर कहा, "प्रभो !"

छोटू वैसे ही दहाड़ते रहे, "ए प्रभो ! तुम्हारी माला-वाला तुम्हारे मुँह में खोंसकर पेट से निकालूँगा। यह प्रभो-प्रभोवाली फ़ंटूशी पिल्ल से निकल पड़ेगी। तुम भी हमारे बाप को गाली दे रहे थे ?"

कुसहर के मुँह से अब बोल फूटा, "ए छोटुआ ! बहुत हुआ, अब चुप रह ! अदालत का मामला है। मुक़दमा चल जाएगा।"

"तुम मुँह लिये बैठे रहो बापू, मैं सब जानता हूँ। मैं खुद कल शहर जाऊँगा और इन पर मुक़दमा क़ायम कर दूँगा। इन्होंने तुम्हें भरी सभा में न जाने क्या-क्या कहा है। एक-एक से सवा लाख की कोठी में मूँज न कुटवाऊँ तो समझ लेना तुम्हारे पेशाब से पैदा नहीं हुआ हूँ।"

कहकर उसने कुसहर का हाथ पकड़ा और उन्हें एक तरह से घसीटता हुआ छप्पर से बाहर निकल आया।

17

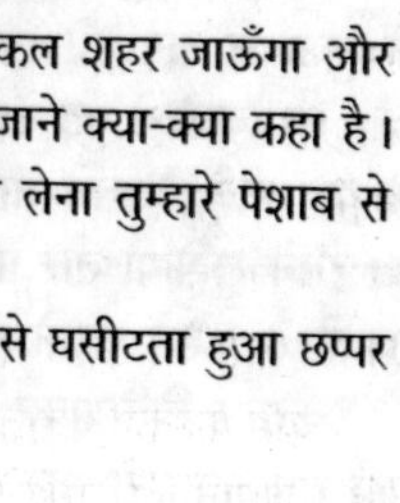

रात को पिछले पहर वैद्यजी को जाड़ा महसूस हुआ और उनकी नींद उचट गई। च्यवनप्राश, स्वर्णभस्म और बादाम पाक इत्यादि की मिली-जुली क़िलेबन्दी को तोड़कर जाड़ा उनकी खाल के भीतर घुस आया और मांस की मोटी तहों को भेदता हुआ हड्डियों की मज्जा तक जा पहुँचा। उन्होंने

लिहाफ़ अच्छी तरह से लपेटने की कोशिश की और उसी के साथ याद किया कि अकेले लेटने में बिस्तर ज़्यादा ठण्डा रहता है। इस याद के बाद यादों का एक ताँता-सा लग गया, जिसका व्यावहारिक लाभ यह हुआ कि उन्हें तन्द्रा ने घेर लिया। थोड़ी देर शान्ति रही, पर कुछ देर बाद ही पेट के अन्दर हवा ने क्रान्ति मचानी शुरू कर दी। जिस्म के ऊपरी और निचले हिस्सों से वह बार-बार विस्फोटक आवाज़ों में निकलने लगी। उन्होंने लिहाफ़ दबाकर करवट बदली और अन्त में क्रान्ति का एक अन्तिम विस्फोट सुनते हुए वे फिर तन्द्रालीन हो गए। देखते-देखते क्रान्ति की हवा कुतिया की तरह दुम हिलाती हुई सिर्फ़ उनके नथनों से खर्राटों के रूप में आने लगी, जाने लगी। वे सो गए। तब उन्होंने प्रजातन्त्र का सपना देखा।

उन्होंने देखा कि प्रजातन्त्र उनके तख़्त के पास ज़मीन पर पंजों के बल बैठा है। उसने हाथ जोड़ रखे हैं। उसकी शक्ल हलवाहों-जैसी है और अंग्रेज़ी तो अंग्रेज़ी, वह शुद्ध हिन्दी भी नहीं बोल पा रहा है। फिर भी वह गिड़गिड़ा रहा है और वैद्यजी उसका गिड़गिड़ाना सुन रहे हैं। वैद्यजी उसे बार-बार तख़्त पर बैठने के लिए कहते हैं और समझाते हैं कि तुम ग़रीब हो तो क्या हुआ, हो तो हमारे रिश्तेदार ही, पर प्रजातन्त्र उन्हें बार-बार हुजूर और सरकार कहकर पुकारता है। बहुत समझाने पर प्रजातन्त्र उठकर उनके तख़्त के कोने पर आ जाता है और जब उसे इतनी सान्त्वना मिल जाती है कि वह मुँह से कोई तुक की बात निकाल सके, तो वह वैद्यजी से प्रार्थना करता है मेरे कपड़े फट गए हैं, मैं नंगा हो रहा हूँ। इस हालत में मुझे किसी के सामने निकलते हुए शर्म लगती है, इसलिए, हे वैद्य महाराज, मुझे एक साफ़-सुथरी धोती पहनने को दे दो।

वैद्यजी बद्री पहलवान को अन्दर से एक धोती लाने के लिए कहते हैं; पर प्रजातन्त्र इनकार में सिर हिलाने लगता है। वह बताता है कि मैं आपके कॉलिज का प्रजातन्त्र हूँ और आपने यहाँ की सालाना बैठक बरसों से नहीं बुलायी है। मैनेजर का चुनाव कॉलिज खुलने के दिन से आज तक नहीं हुआ है। इन दिनों कॉलिज में हर चीज़ फल-फूल रही है, पर सिर्फ़ मैं ही एक कोने में पड़ा हुआ हूँ। एक बार क़ायदे से आप चुनाव करा दें। उसमें मेरे जिस्म पर एक नया कपड़ा आ जाएगा। मेरी शर्म ढँक जाएगी।

यह कहकर प्रजातन्त्र बैठक के बाहर चला गया और वैद्यजी की नींद दोबारा उचट गई। जागते ही उन्होंने अपनी आन्तरिक क्रान्ति का एक ताजा विस्फोट लिहाफ के अन्दर पैताने की ओर सुना और एकदम तय किया कि देखने में चाहे कितना बाँगड़ू लगे, पर प्रजातन्त्र भला आदमी है और अपना आदमी है, और उसकी मदद करनी ही चाहिए। उसे कम-से-कम एक नया कपड़ा दे दिया जाए, ताकि पाँच भले आदमियों में वह बैठने लायक हो जाय।

दूसरे दिन प्रिंसिपल को आदेश मिला कि कॉलिज की सालाना बैठक बुलायी जाय और दूसरे पदाधिकारियों के साथ मैनेजर का भी चुनाव हो। प्रिंसिपल ने बहुत समझाया कि नये चुनाव कराना न तो आवश्यक ही है, और न उचित ही। पर वैद्यजी ने कहा कि तुम मत बोलो, यह सिद्धान्त की बात है। पर प्रिंसिपल फिर भी बोला और कहने लगा

कि न अभी किसी अख़बार में निन्दा छपी, न अभी ऊपर कोई शिकायत पहुँची, न कोई जुलूस निकला, न किसी ने अनशन किया; सब साले अपनी-अपनी जगह चुप्पी साधे बैठे हैं, कोई भी सालाना बैठक की बात नहीं कर रहा है; जो कर भी रहे हैं; वे आख़िर कौन हैं? यही खन्ना मास्टर, यही रामाधीन भीखमखेड़वी और उनके दो-चार मुर्गे। उनके चक्कर में आकर सालाना बैठक बुलाना अच्छा न होगा। वैद्यजी ने पूरी बात सुनकर कहा कि तुम ठीक कहते हो, पर यह बात तुम्हारी समझ में न आएगी क्योंकि यह सिद्धान्त की बात है और जाओ बैठक की तैयारी शुरू कर दो।

उसी दिन शाम के वक़्त रंगनाथ और रुप्पन बाबू गयादीन के पास चुनाव के बारे में उनका विचार जानने के लिए भेजे गए। गयादीन कॉलिज के वाइस-प्रेसिडेण्ट होने के नाते इस समय काफ़ी महत्त्वपूर्ण थे और यह जानना ज़रूरी था कि वे किसको मैनेजर बनाना चाहते हैं और यदि वे वैद्यजी के पक्ष में न हों तो यह भी ज़रूरी था कि किसी तरकीब से उनका हृदय-परिवर्तन किया जाए। रुप्पन बाबू और रंगनाथ प्रारम्भिक वार्ता चालू करने के विचार से उनके पास गए थे।

पर गयादीन ने शुरू में ही पूरी बात आसान कर दी। उन्होंने इन दोनों को कायदे से चारपाई पर बैठाया, रंगनाथ से शहरी तालीम के बारे में दो-चार बातें पूछीं, उन्हें शुद्ध घी में बनी हुई मठरी और लड्डू खिलाए और चुनाव की बात आते ही साफ़ तौर से कहा, "हर काम सोच-समझकर करना चाहिए। ज़माने की हवा में न बहना चाहिए। मैनेजर का चुनाव करा दिया जाए, इसमें कोई हर्ज़ नहीं; पर मैनेजर तो बैद महाराज ही को रहना है, क्योंकि कॉलिज तो बैद महाराज ही का है। किसी दूसरे को कैसे मैनेजर बनाया जा सकता है ? इस बात को ठीक ढंग से सोचना चाहिए।"

उनकी बातों से ऐसा लगा कि खुद रंगनाथ और रुप्पन बाबू वैद्यजी के ख़िलाफ़ वोट देनेवाले हैं और वैद्यजी की ओर से चुनाव-सम्बन्धी प्रचार स्वयं गयादीन कर रहे हैं। रंगनाथ को मज़ा आ गया, उसने कहा, "आप लोग पुराने आदमी हैं, हर बात को सही ढंग से सोचते हैं। पर उधर रामाधीन भीखमखेड़वी और कुछ लोग मामा की जगह किसी दूसरे को लाना चाहते हैं। पता नहीं, वे क्या सोचकर ऐसा कर रहे हैं !"

गयादीन काँखने लगे। धीरे-से बोले, "तजुर्बा नहीं है। वे समझते हैं कि कोई दूसरा मैनेजर हो गया तो कुछ करके दिखा देगा, पर कहीं इस तरह से कुछ होता है ?"

रुककर उन्होंने बात पूरी की, "जैसे नागनाथ वैसे साँपनाथ।"

रंगनाथ को यह कुछ ख़ास अच्छा न लगा, क्योंकि इससे वैद्यजी की हैसियत को चोट लगती थी। उसने कहा, "सो ठीक है; पर मामा का और उन लोगों का मुक़ाबला ही क्या ?"

वे समझाने लगे, "वह तो मैंने पहले ही कह दिया। कॉलिज बैद महाराज का है, उन्हीं के हाथ में रहना चाहिए। गाँव-पंचायत रामाधीन की है। वह उनके हाथ में रहे। सब अपने-अपने घर में खुश रहें।...

"चुनाव के चोंचले में कुछ नहीं रखा है। नया आदमी चुनो, तो वह भी घटिया निकलता है। सब एक-जैसे हैं। इसी से मैंने कहा, जो जहाँ है, उसे वहाँ चुन लो। पड़ा

रहे अपनी जगह। क्या फ़ायदा है उखाड़-पछाड़ करने से !''

रुप्पन बाबू कटोरी में पड़े हुए अन्तिम लड्डू के बारे में 'खाऊँ या न खाऊँ' वाली बात सोचने लगे थे। जैसे ही उन्होंने सुना कि गयादीन वैद्यजी को मैनेजर रखना चाहते हैं, उनकी दिलचस्पी आगे की बात में खत्म हो गई थी। वे समझ गए थे कि आगे अब केवल बकवास होनी है। पर रंगनाथ को गयादीन की बातें कुछ नयी लग रही थीं। प्रजातन्त्र के बारे में उसने यहाँ एक नयी बात सुनी थी, जिसका अर्थ यह था कि चूँकि चुनाव लड़नेवाले प्रायः घटिया आदमी होते हैं, इसलिए एक नये घटिया आदमी द्वारा पुराने घटिया आदमी को, जिसके घटियापन को लोगों ने पहले से ही समझ-बूझ लिया है, उखाड़ना न चाहिए। प्रजातन्त्र की इस थ्योरी को गयादीनवाद की संज्ञा देकर रंगनाथ ने आगे की बात सुननी शुरू की।

गयादीन कह रहे थे, ''नया आदमी कुछ करना भी चाहे, तो क्या करेगा ? कुछ होगा तो तभी, जब कोई कुछ करने दे। आज के ज़माने में कोई किसी को कुछ करने देता है ? आज तो बस यही रह गया कि...।''

छंगामल विद्यालय इंटर कॉलिज के लड़के खेल-कूद की दुनिया से काफ़ी परिचित थे, क्योंकि उनसे हर महीने खेल की फ़ीस कान पकड़कर रखा ली जाती थी। यह दूसरी बात है कि कॉलिज के पास खेल-कूद का मैदान न था। पर इससे किसी को तकलीफ़ न होती थी, बल्कि सभी पक्ष सन्तुष्ट थे। गेम्स-टीचर के पास खेलकूद होने के कारण इतना समय बचता था कि वह मास्टरों के दोनों गुटों में घुसकर उनका विश्वास प्राप्त कर सकता था। प्रिंसिपल को भी इससे बड़ा आराम था। उसके यहाँ हॉकी की टीमों में मारपीट न होती थी (क्योंकि वहाँ हॉकी की टीमें ही न थीं) और इस सबसे कॉलिज में अनुशासन की कोई समस्या नहीं उठती थी। लड़कों के बाप भी खुश थे कि खेलकूद की मुसीबत फ़ीस देकर ही टल जाती है और लड़के सचमुच के खिलाड़ी होने से बच जाते हैं। लड़के भी खुश थे। वे जानते थे कि जितनी देर में एक गोल से दूसरे गोल तक एक ढेले-बराबर गेंद के पीछे हाथ में स्टिक पकड़े हुए वे पागलों की तरह भागेंगे, उतनी ही देर में वे ताड़ी का एक कच्चा घड़ा पी जाएँगे, या लग गया तो दाँव लगाकर चार-छः रुपये खींच लेंगे।

इन्हीं लड़कों के हाथ में आज हॉकी की स्टिकें और क्रिकेट के बल्ले मौजूद थे जिन्हें वे ऐसी बदगुमानी से पकड़े थे जैसे उनके हाथ में किसी ने राइफलें पकड़ा दी हों। लगभग पचास लड़के इसी तरह के सामान से लैस होकर कॉलिज के फाटक के आसपास घूम रहे थे।

रंगनाथ ने उन्हें इस तरह सज़ा-बजा देखकर पूछा, ''क्या मामला है ? क्या आज इन्स्पेक्टर का मुआइना भी होगा ?''

छोटे पहलवान ने जवाब देने की तैयारी की, यानी कमर से छूटती हुई लुंगी सँभाली और बोले, ''इस पटापट में कौन मुआइना करेगा ? यह तो सालाना बैठक की तैयारी है।''

छोटे पहलवान भी कॉलिज की समिति के सदस्य थे। लड़कों ने उन्हें देखकर

हर्ष-ध्वनि की। फाटक पर ही उनसे प्रिंसिपल साहब मिले और बोले, "आइए छोटेलालजी, आपका ही इन्तज़ार था।"

"आए हैं तो लौट थोड़े ही जाएँगे। चलिए न आगे-आगे।" छोटे पहलवान ने भलमनसाहत से कहा। बरसात में कुत्ता जब भीग जाता है तो एक खास क़िस्म से छींकता है। प्रिंसिपल साहब झेंपकर हँसे तो कुछ वैसी ही आवाज़ हुई। वे आगे-आगे चलने लगे। कहते रहे : "रामाधीन के गुट ने बड़ा ज़ोर लगाया है। बैजेगाँव के लालसाहब की मदद से कई आदमी अपनी ओर तोड़ लिये हैं। लालसाहब न जाने क्यों इस पचड़े में पड़ गए। शहर में रहते हैं, पर गाँव के हर मामले में टाँग अड़ाते हैं। रामाधीन के दिमाग़ बढ़ गए हैं। पता ही नहीं चलता कि कितने आदमी इधर हैं, कितने उधर।"

छोटे पहलवान इमारत के सामने बनी हुई फूलों की क्यारियों पर निगाह डालते रहे। जब प्रिंसिपल ने कहना शुरू किया था कि, "बैद महाराज भी कभी-कभी ऐसा काम कर बैठते हैं कि क्या बतायें ! क्या ज़रूरत थी इस चुनाव-उनाव की... ?" छोटे पहलवान ने एक कविता कही जो उन दिनों कीर्तन के रूप में काफ़ी प्रचलित थी "हमें क्या काम दुनिया से, मेरा श्रीकृष्ण प्यारा है।"

फाटक के अन्दर आते समय प्रिंसिपल ने रंगनाथ से भी कहा, "आप भी आइए रंगनाथ बाबू, आपके लिए कोई रोक-टोक नहीं है।"

उसने सिर हिलाकर बताया कि वह पीछे आ रहा है। पर वह अन्दर नहीं गया।

धीरे-धीरे कॉलिज की सामान्य समिति के और मेम्बर भी कई ढंग से और कई रास्तों से आए। कोऑपरेटिव यूनियन के एक डायरेक्टर पैदल होते हुए भी इतनी तेज़ी से आए और इतनी तेज़ी से अन्दर चले गए कि लोग उन्हें न देखकर एक-दूसरे का मुँह देखने लगे। कुछ मिनटों बाद कॉलिज के खेतों की फसल को रौंदते हुए ठेकेदार साहब दूसरी ओर से जाते हुए दिखायी दिए। जहाँ मज़दूर काम कर रहे थे, वहाँ रुककर उन्होंने किसी चीज़ को आसमान तक उठाकर ज़मीन पर पटकने का अभिनय किया और फिर अचानक अन्तर्धान हो गए। कुछ देर में बाबू गयादीन धीरे-धीरे चलते हुए कॉलिज के फाटक तक आए और पुलिया पर बैठ गए। उन्होंने उदासी के साथ लड़कों के हाथों में स्टिकों और बल्लों को देखा, फिर वे एक लड़के की हथेली में चिपके हुए गेंद को अपनी आँखों से मेस्मराइज़ करने लगे। प्रिंसिपल साहब फाटक पर बोले, "चलिए मेम्बर साहब, और सब लोग आ गए हैं।"

जैसे वे डकैती के जुर्म में गिरफ़्तार हों और उन्हें गवाहों के सामने शिनाख्त के लिए चलने को कहा गया हो, गिरी-गिरी तबीयत से बोले, "चलिए।" पेंगुइन चिड़िया की तरह टाँगें फैलाकर चलते हुए वे भी धीरे-धीरे कॉलिज की इमारत में अलक्षित हो गए।

थोड़ी देर बाद सड़क पर एक घुड़सवार आता दिखायी दिया। वह बुर्राक़दार साफा बाँधे था और लगता था, बारहवीं सदी के इतिहास के किसी पन्ने से वह अभी-अभी फड़फड़ाता हुआ बाहर निकला है। लड़कों में से एक ने कहा, "अब कोई वैद्यजी का बाल भी नहीं उखाड़ सकता। ठाकुर बलरामसिंह आ गए।"

बलरामसिंह ने आते ही घोड़े की रास किसी भी लड़के के हांथ में पकड़ा दी। फिर वे अठारहवीं सदी के आदमी दिखने लगे। जैसे दक्खिन से बग़ावत की खबर देने के लिए कोई साँडनी-सवार आगरे के क़िले में दाख़िल हो रहा हो, उसी तेज़ी से वे कॉलिज की पुलिया तक आए और एक लड़के से पूछने लगे, ''मारपीट तो नहीं हुई ?''

लड़के ने कहा, ''कैसी मारपीट ? हम लोग तो प्रिंसिपल साहब के दल में हैं, अहिंसावादी हैं।''

बलरामसिंह ने मूँछों पर ताव दिया। मुस्कराते हुए बोले, ''तुम लोग भी कम नहीं हो। हाथ में हॉकी-डण्डे लिये घूम रहे हो और महात्मा गाँधी की औलाद बने हो।''

लड़के ने कहा, ''महात्मा गाँधी भी लाठी लेकर चलते थे, हम तो निहत्थे हैं। यह तो हॉकी की स्टिक है, इससे तो साला गेंद तक नहीं मरता। आदमी क्या मरेगा ?''

प्रिंसिपल साहब फिर बाहर आ गए थे। उन्होंने कहा, ''चलिए मेम्बर साहब, अन्दर चलिए। कोरम हो गया है। मीटिंग शुरू होनेवाली है।''

बलरामसिंह ने साफे के छोर से पसीना पोंछा। कहने लगे, ''किसी चेले से कह दीजिए, घोड़े को दाना-पानी पहुँचा दे। हमें अन्दर की मीटिंग से क्या लेना ! अपना कोरम तो यहीं बँधा है।''

प्रिंसिपल ने खुश होकर सिर हिलाया, बलरामसिंह ने कुरते की जेब को मुट्ठी में पकड़कर कहा, ''यक़ीन न हो तो इसे छूकर देख लीजिए। जेब तनी हुई है। यही सच्चा कोरम है।''

प्रिंसिपल ने बिना छुए हुए ही कहा, ''समझ लीजिए कि छू लिया। भला आपकी बात खाली हो सकती है ?''

बलरामसिंह बोले, ''असली विलायती चीज़ है, छः गोलीवाली। देसी कारतूसी तमंचा नहीं कि एक बार फुट्ट से होकर रह जाय। ठाँय-ठाँय शुरू कर देगा तो रामाधीन गुट के छः मेम्बर गौरैया की तरह लोट जाएँगे।''

''क्या कहने हैं आपके ! क्या कहने हैं !'' प्रिंसिपल ने इस तरह कहा जैसे सच्ची कविता जिसका नाम है वही उन्हें बलरामसिंह के मुँह से सुनने को मिली हो। चलते-चलते बोले, ''मैं अन्दर मीटिंग में चलता हूँ। बाहर की आप सँभालिएगा।'' फिर प्रार्थनापूर्वक महात्मा विदुर की वाणी में बोले, ''शान्ति से काम लीजिएगा।''

बलरामसिंह ने फिर मूँछों पर ताव दिया, ''सब शान्ती ही है। यहाँ पचास-पचास शान्ती जाँघ के नीचे पड़ी हैं।''

प्रिंसिपल साहब चले गए। बलरामसिंह पुलिया पर बैठ गए। थोड़ी देर वे तम्बाकू की पीक पिचिर-पिचिर करके थूकते रहे, फिर पासवाले उस लड़के से, जिसने अपने को महात्मा गाँधी से बड़ा अहिंसावादी बताया था, बोले, ''ज़रा बेटा, कॉलिज की पैकरमा करके देख आओ, हमारे आदमी ठीक से नाकाबन्दी किये हैं कि नहीं। और रमेसरा से कह देना कि साला किसी से भिड़ न जाय। जो समझाने से न माने उसे इधर फाटक पर भेज दे।''

लड़का उस ब्वाय-स्काउट की तरह, जिसकी कामयाबी पर किसी युद्ध में देश की विजय निर्भर हो, हालचाल लेने के लिए चल दिया। आसपास टहलनेवाले लड़कों की चहल-पहल बढ़ गई। बलरामसिंह ने कहा, "ज़रा और लम्बा चक्कर खींच लो, बेटा लोगो, और बेफिकर रहो। मैं यहाँ पुलिया पर जब तक मौजूद हूँ, दुश्मन नज़दीक न आएगा।"

दिन के तीन बज गए थे। सड़क पर ट्रकें और बैलगाड़ियाँ निकल रही थीं। बलरामसिंह पुलिया पर पाल्थी मारकर बैठ गए और स्वप्निल निगाहों से उन्हीं का आना-जाना देखते रहे। एक बार घोड़ा हिनहिनाया तो उन्होंने ललकारकर कहा, "शाबाश मेरे चेतक, सबर कर। वक़्त से दाना-पानी मिलेगा।" चेतक ने सबर कर लिया और इसके सबूत में धारावाहिक रूप से पानी गिराना शुरू कर दिया। कुछ लड़के उसके पास गोल दायरा बनाकर घोड़े पर इस कार्रवाई के पहले की और बाद की प्रतिक्रिया को देखते रहे और आपस में घनिष्ठ तरीके के मज़ाक करते रहे।

अचानक एक ट्रक कॉलिज के सामने सड़क पर खड़ा हो गया। एक आदमी—साफ़ कुरता-धोती-टोपी और छड़ी से लैस—कूदकर नीचे उतरा और तेज़ी से कॉलिज की तरफ़ बढ़ा। लड़के ट्रक का रुकना देखते ही दूर-दूर से दौड़ते हुए पुलिया के पास आने लगे थे। बलरामसिंह ने उसे टोककर कहा, "पाँय लागी पंडित।"

आदमी होंठों ही में कुछ बुदबुदाया और फाटक की ओर बढ़ा। बलरामसिंह ने कहा, "पंडित, ज़रा धीरे चलो। तुम्हें कोई पिछुवाये नहीं है।"

पंडित झेंपकर हँसे। बोले, "मीटिंग शुरू हो गई न ?"

बलरामसिंह खड़े हो गए। धीरे से पंडित के पास आए। लड़के गोल बाँधकर नज़दीक आ गए थे। उन्होंने डपटकर कहा, "भाग जाओ, बेटा लोगो, दूर जाकर खाओ-खेलो।" फिर उस आदमी से सटकर बोले, "पंडित, मीटिंग में तुम्हारी हाज़िरी हो गई। अब लौट जाओ।"

पंडित ने कुछ कहना चाहा, तब तक वे उससे और सट गए और बोले, "कुछ समझकर कह रहा हूँ। लौट जाओ।"

पंडित को अपनी जाँघ में कुछ कड़ा-कड़ा-सा अड़ता हुआ जान पड़ा। उन्होंने बलरामसिंह के कुरते की जेब पर निगाह डाली। अचकचाकर वे दो कदम पीछे हट गए।

विदाई देते हुए बलरामसिंह ने फिर कहा, "पंडित, पाँय लागी।"

वह आदमी चुपचाप वापस लौट पड़ा। सड़क पर कोई सवारी न थी। ट्रक चला गया था। वह तेज़ी से पैदल ही एक ओर को लपक गया। एक लड़के ने कहा, "गए।"

बलरामसिंह बोले, "पंडित बहुत समझदार हैं। समझ गए।"

"समझ तो गए, पर इस तरह भागने की क्या बात थी ?" एक विद्यार्थी ने सवाल किया।

बलरामसिंह बोले, "अभी लौंडे हो बेटा ! ऐसे मौक़ों पर समझदार आदमी ऐसी ही चाल चलता है।"

एक विद्यार्थी घोड़े को दाना-पानी देने लगा था। घोड़ा फिर हिनहिनाया।

बलरामसिंह ने इस बार डपट दिया, "चुप बे चेतक !"

ब्वाय-स्काउट लौट आया था। घोड़े से बात करने की लपेट ही में उन्होंने उससे पूछा, "क्यों बे, क्या ख़बर है ?"

स्काउट घबरा गया। घबराए हुए औसत दर्जे के विद्यार्थी की तरह दाँत निकालकर बोला, "हाँ, ठाकुर साहेब ! सब ठीकै-ठीक है।"

"कितने आदमी आए थे ?"

"पाँच।"

"सब समझ गए कि किसी ने नासमझी की ?"

"सब समझ गए।" लड़के की हिम्मत लौट आयी थी। दूर जाते हुए पण्डित की तरफ़ इशारा करके उसने कहा, "उन्हीं की तरह सड़फड़ करते सब वापस चले गए।"

लड़के भी खुलकर हँसे। बलरामसिंह ने कहा, "समझदार की मौत है।"

कॉलिज में जय-जयकार हुई। किसी ने कहा, "बोल सियावर रामचन्द्र की जय !"

जय बोलने के मामले में हिन्दुस्तानी का भला कोई मुक़ाबला कर सकता है ! बात सियावर रामचन्द्र से शुरू हुई, फिर पवनसुत हनुमान की जय। फिर न जाने कैसे, वह जय सटाक् से महात्मा गाँधी पर टूटी :

'बोल महात्मा गाँधी की जय !' फिर तो हरी झण्डी दिख गई। पंडित जवाहरलाल नेहरू को एक जय दी गई। एक-एक जय प्रदेशीय नेताओं को। एक-एक जय ज़िले के नेताओं को और फिर असली जय : 'बोलो, वैद्य महाराज की जय !'

बरछी से बिंधे हुए सूअर की तरह चिचियाते हुए प्रिंसिपल साहब इमारत के बाहर निकले और उन्होंने भी चीख़कर कहा, "बोलो, वैद्य महाराज की... ।"

'जय' बोलने के लिए अगली पीढ़ी फाटक के बाहर खड़ी ही थी।

मेला-जैसा लग गया। प्रिंसिपल साहब रंगनाथ को समझाने लगे, "चलिए, वैद्य महाराज फिर सर्वसम्मति से मैनेजर चुने गए। अब देखिएगा कॉलिज कैसे तरक़्क़ी करता है। धकाधक, धकाधक, धकाधक ! तूफ़ान मेल-जैसा चलेगा।" वे जोश में थे और उनका चेहरा लाल हो रहा था।

छोटे पहलवान ने कहा, "ए प्रिंसिपल, ज़्यादा न भड़भड़ाओ। एक बात मेरी भी समझ लो। ये लौंडे जो हाथ में हॉकी का डण्डा लिये घूम रहे हैं न, इन्हें एक-एक गेंद भी थमा दो और कहो कि कुछ निशानेबाज़ी का काम सीख लें। इनमें एक भी ऐसा नहीं है जो गेंद पर डण्डा मार ले। सब धूल में साँप-जैसा पीटा करते हैं।"

"ज़रूर मेम्बर साहब, ज़रूर। खेल का भी प्रबन्ध होगा। इस झंझट से पार लगे हैं... ।"

छोटे पहलवान ने कहा, "पार तो लग गए, पर हम अपनी बात कह लें। हामी तो तुम हर बात पर भर देते हो, पर तुम्हारे उखाड़े खेत से मूली तक नहीं उखड़ती। यही खेलकूद की बात है। लौंडे बस हॉकी का डण्डा भर ताने घूमते हैं। आज ही ज़रूरत पड़ जाती तो उसे हवा में घुमाते रह जाते। मारते किसी की पीठ पर, तो लगता अपने

ही घुटने में। मौक़े पर निशानेबाज़ी ठीक होनी चाहिए।''

वैद्यजी ने पीछे से कहा, ''खेलकूद का भी महत्त्व है प्रिंसिपल साहब ! छोटे की बात अनुचित नहीं है।''

''हें, हें,'' प्रिंसिपल ने पहलवान के शरीर को प्रेमिका की निगाह से देखते हुए कहा, ''पहलवान हैं कि हँसी-ठट्ठा ! ये भी भला कोई अनुचित बात करेंगे।''

18

''बहुत पुरानी बात है। एक नवाब साहब थे। उनका एक शाहज़ादा था।

''तुम लोग बात कर रहे थे—पंचायत अदालत की। उसी पर मुझे यह क़िस्सा याद आया। अच्छा किया जो छोटे पहलवान ने सरपंच को वहीं ललकार दिया। पंचायत अदालत का यह न्याय छोटेलाल-जैसे आदमियों के लिए नहीं है। वे बड़े आदमी हैं। इतने बड़े पहलवान ! हमारी कॉलिज-कमेटी के मेम्बर। वहाँ का न्याय तो देहाती हूशों के लिए है। कौड़िल्ला-छाप न्याय। हें-हें-हें...कौड़िल्ला जानते हो ? बंजर में उग आता है। गर्मियों में देखा होगा तुमने, सफ़ेद-सफ़ेद फूल होते हैं। पर तुम शहरी आदमी हो, तुमने कहाँ देखा होगा ! तो, ये पंचायत अदालतें जो हैं, सब वही कौड़िल्ला-छाप न्याय करती हैं, और यह सरपंच ? सबको ऐसी ही अंड-बंड बातें बक देता है। इस बार आ गया छोटे पहलवान की लपेट में। उसी में बेटा ढेर हो गए। सेर को सवासेर मिल गया।...

''कुसहरप्रसाद को मैंने पहले ही समझाया था कि पंचायत अदालत में मत जाओ। पर नहीं माने। अब बात समझ में आ गई। जब सरपंच ने चार कच्ची-पक्की सुनायीं तब दुरुस्त हो गए। छोटेलालजी से वहीं सुलह कर ली।

''ठीक भी है। बाप-बेटे में लड़ाई कैसी ?

''तो उनका एक शाहज़ादा था। नवाब साहब का। हाँ, हाँ, वही किस्सा सुना रहा हूँ। एक बार वह बेचारा बीमार पड़ गया। बुख़ार था, पर ठीक न होता था। महीनों चला। बड़ी-बड़ी क़ीमती दवाएँ दी गईं। सभी बैद, हकीम, डॉक्टर परेशान। करोड़ों रुपया नाली के रास्ते बह गया। पर शाहज़ादा वैसे-का-वैसा।

''नवाब साहब सिर पीटने लगे। चारों तरफ़ उन्होंने ऐलान कराया कि कोई आधी रियासत ले ले, शाहज़ादी से शादी कर ले, पर किसी तरह शाहज़ादे को चंगा कर दे। तब बड़ी-बड़ी दूर से हकीम लोग आने लगे। बड़ी-बड़ी कोशिशें कीं, पर शाहज़ादे ने आँख न खोली।

''अन्त में एक बुजुर्ग हकीम आए। शाहज़ादे को देखकर बोले, 'जहाँपनाह, आधी

रियासत और शाहज़ादी देने से काम न चलेगा। मुझे इस ऐशोआराम की ज़रूरत भी नहीं। मेरी तो बस एक दरख़्वास्त मान ली जाय, फिर शाहज़ादे को चंगा कर देने का जिम्मा हमारा। दरख़्वास्त पेश करने के लिए तख़लिया चाहिए।'

''जब सब दरबारी भगा दिए गए तो हकीम ने कहा, 'बन्दापरवर, अब बेगम साहिबा मेरे सामने आकर बात करें और उनसे जो पूछा जाय, उसका वे सही-सही जवाब दें।'

''नवाब साहब भी वहाँ से हट गए। बेगम साहिबा हकीम के सामने पेश की गईं। हकीम ने उन्हें कड़ी निगाह से देखा और कहा, 'देखिए बेगम साहिबा, अगर शाहज़ादे की जान प्यारी हो तो साफ़-साफ़ बताइए, यह शाहज़ादा किसका लड़का है ? किसके नुत्फ़े से पैदा हुआ है ?'

''बेगम साहिबा आँसू बहाने लगीं। बोलीं, 'आप किसी से कहिएगा नहीं। पर असलियत यही है कि शाहज़ादा महल में काम करनेवाले एक भिश्ती का लड़का है। मुआ ताज़ा-ताज़ा दिहात से आया था, और मालूम नहीं कि कैसे क्या हुआ कि...।'

''इतना सुनते ही हकीम ने कहा, 'शुक्रिया ! अब और कुछ बताने की ज़रूरत नहीं।' उसने चुटकी बजायी और इत्मीनान से कहा, 'बात-की-बात में मैं अब शाहज़ादे को सेहत पहुँचाता हूँ।'

''इसके बाद हकीम ने जितनी दवाएँ थीं, सब फिंकवा दीं। एक-से-एक क़ीमती चीज़ें, हीरा-मोती, सोने-चाँदी के लटके। तरह-तरह के नायाब अर्क। सब नाबदान के रास्ते निकाल दिए गए। उसके बाद हकीम ने शाहज़ादे की आँखों पर पानी का छींटा मारा और कहा, 'अबे उठ ! भिश्ती की औलाद !'

''बस, चौंककर शाहज़ादे ने आँखें खोल दीं। उसके बाद हकीम ने मैदान में जाकर कौड़िल्ला के कुछ पौधे उखाड़े और उन्हें पानी में पीसकर शाहज़ादे को पिला दिया। तीन दिन तक इसी तरह कौड़िल्ला पीकर शाहज़ादा चंगा हो गया।''

प्रिंसिपल यह क़िस्सा वैद्यजी की बैठक में सुना रहे थे। मुख्य श्रोता थे रंगनाथ। मुख्य विषय था—पंचायत अदालत। किस्सागोई की मुख्य प्रेरक शक्ति थी भंग।

उन्होंने कहा, ''तो रंगनाथ बाबू, इसको कहते हैं कौड़िल्ला-छाप इन्साफ़। दिहातियों को ऐसा ही समझा जाता है। ओछी नस्ल के आदमी। उन्हें और क्या चाहिए ? चले जाओ पंचायत अदालत में और कौड़िल्ला-छाप इन्साफ़ लेकर लौट आओ।

''और जो बड़े आदमी हैं। रईस-वईस, हाकिम-हुक्काम, ऊँची नस्ल के लोग, उनके लिए कीमती इन्साफ़ चाहिए ? घास खोदनेवाले सरपंच नहीं, मोटा चश्मा लगानेवाले, अंग्रेज़ों जैसी अंग्रेज़ी बोलनेवाले जज। तो बड़े आदमियों के लिए ज़िलों की बड़ी-बड़ी अदालतें हैं। जैसी चाहें, वैसी अदालत मौजूद है।

''उनसे भी बड़े लोगों के लिए बड़े-बड़े हाईकोर्ट हैं। सबसे ऊँची नस्लवालों के लिए सुप्रीम कोर्ट। किसी ने आँख तरेरकर देख लिया तो उसी बात पर सीधे दिल्ली जाकर एक रिट ठोंक दी।

''कौड़िल्ला-छापवाला, ओछी नस्ल का आदमी, वहाँ एक बार फँस जाय तो समझ

लो, बैठकर उठ न पाएगा। दाने-दाने को मोहताज हो जाएगा।

"हाईकोर्ट, सुप्रीम कोर्ट की शौकीनी सबके बूते की बात है? एक-एक वकील करने में सौ-सौ रण्डी पालने का ख़र्च है।

"तभी तो दिहातियों के लिए कौड़िल्ला-छाप इन्साफ़ का इन्तज़ाम हुआ है। न हर्रा लगे न फिटकरी, रंग चढ़ा भरपूर। एक खुराक ले लो, बुखार उतर जाएगा। अपने देश का कानून बहुत पक्का है, जैसा आदमी वैसी अदालत।"

वे अचानक अवधी पर उतरे और बोले, "जइस पसु, तइस बँधना।"

गाँव के बाहर एक लम्बा-चौड़ा मैदान था जो धीरे-धीरे ऊसर बनता जा रहा था। अब उसमें घास तक न उगती थी। उसे देखते ही लगता था, आचार्य विनोबा भावे को दान के रूप में देने के लिए यह आदर्श ज़मीन है। और यही हुआ भी था। दो साल पहले इस मैदान को भूदान-आन्दोलन में दिया गया था। वहाँ से वह दान के रूप में गाँव-सभा को वापस मिला। फिर गाँव-सभा ने इसे दान के रूप में प्रधान को दिया। प्रधान ने दान के रूप में इसे पहले अपने रिश्तेदारों और दोस्तों को दिया और उसके बचे-खुचे हिस्से को सीधे क्रय-विक्रय के सिद्धान्त पर कुछ ग़रीबों और भूमिहीनों को दे दिया। बाद में पता चला कि जो हिस्सा इस तरह गरीबों और भूमिहीनों को मिला था वह मैदान में शामिल न था, बल्कि किसी किसान की ज़मीन में पड़ता था। अतः उसे लेकर मुक़दमेबाज़ी हुई, जो अब भी हो रही थी और आशा थी कि अभी होती रहेगी।

जो भी हो, भूदान-यज्ञ का धुआँ इस पूरे मैदान में छाया हुआ था। मैदान में खेत बन गए थे, जिसका सबूत यह था कि क़दम-क़दम पर मेंड़ बाँध दी गई थीं और उन पर बबूल की डालें रख दी गई थीं। पानी-खाद-बीज आदि चीज़ों के बिना ही, सिर्फ़ इच्छा-शक्ति के सहारे, इस ज़मीन पर पिछले साल से ज़ोरदार खेती हो रही थी और सिर्फ़ गणित के सहारे यह साबित हो चुका था कि गाँव-सभा में पिछले साल और सालों की अपेक्षा ज़्यादा अन्न पैदा हुआ है। गाँव के जानवर उस मैदान को अपनी पुरानी चरागाह समझकर अब भी कभी-कभी उधर से निकल जाते थे, पर उनकी इस हरकत के बाद किसानों में गाली-गलौज, मार-पीट, काँजीहाउस, थाना, अदालत आदि की शुरुआत हो जाती थी। इसलिए धीरे-धीरे जानवरों का उस दिशा में प्रवेश निषेध होने लगा था। मैदान में अब प्रायः सन्नाटा छाया रहता था और अगर आदमी आशावादी हो तो उसे वहाँ जाते ही लगता था कि इस सन्नाटे में तरक़्क़ी का बिगुल बजने ही वाला है।

मैदान के एक कोने पर वन-संरक्षण, वृक्षारोपण आदि की कुछ योजनाएँ भी चालू की गई थीं। वे चलीं या नहीं, यह बहस की बात है। देखने में इतना ज़रूर आता था कि वहाँ नालियाँ खुदी पड़ी हैं और यह सुनने में आता था कि उनमें बबूल के बीज बोये गए थे। यह भी सुनने में आता था कि गँजहे अगर गँजहे न होते और पड़ोस के गाँववालों की तरह उद्यमी होते तो यहाँ भी ऊसर में बबूलों का जंगल लहरा रहा होता। पर नालियों में बबूल उगे ही नहीं जो कि मिट्टी की ख़राबी के कारण हुआ, और पूरी योजना से शिवपालगंज को इतना ही फ़ायदा हुआ कि वे नालियाँ लोगों के लिए

सार्वजनिक शौचालयों के रूप में इस्तेमाल होने लगीं और इस तरह जो स्कीम जंगल के लिए बनी थी वह अब घर की हो गई।

इस मैदान के दूसरे कोने पर एक बरगद का पेड़ था जो पूरी वीरानगी पर बलात्कार-जैसा कर रहा था। उसी के पास एक कुआँ था, जिसकी जगत पर रंगनाथ अकेला बैठा था।

हिन्दुस्तान में पढ़े-लिखे लोग कभी-कभी एक बीमारी के शिकार हो जाते हैं। उसका नाम 'क्राइसिस ऑफ़ कांशस' है। कुछ डॉक्टर उसी में 'क्राइसिस ऑफ़ फ़ेथ' नाम की एक दूसरी बीमारी भी बारीकी से ढूँढ़ निकालते हैं। यह बीमारी पढ़े-लिखे लोगों में आमतौर से उन्हीं को सताती है जो अपने को बुद्धिजीवी कहते हैं और जो वास्तव में बुद्धि के सहारे नहीं, बल्कि आहार-निद्रा-भय-मैथुन के सहारे जीवित रहते हैं (क्योंकि अकेली बुद्धि के सहारे जीना एक नामुमकिन बात है)। इस बीमारी में मरीज़ मानसिक तनाव और निराशावाद के हल्ले में लम्बे-लम्बे वक्तव्य देता है, ज़ोर-ज़ोर से बहस करता है, बुद्धिजीवी होने के कारण अपने को बीमार और बीमार होने के कारण अपने को बुद्धिजीवी साबित करता है और अन्त में इस बीमारी का अन्त कॉफ़ी-हाउस की बहसों में, शराब की बोतलों में, आवारा औरतों की बाँहों में, सरकारी नौकरी में और कभी-कभी आत्महत्या में होता है।

जिस दिन से रंगनाथ ने कॉलिज में मैनेजर का चुनाव देखा था, उसे अपने में इस बीमारी का शुबहा होने लगा था। वैद्यजी को देखते ही अचानक उसे वह दृश्य याद आ जाता जब प्रिंसिपल साहब चुनाव के बाद बरछी से बिंधे हुए सूअर की तरह चिचियाते हुए जय-जयकार करते कॉलिज से बाहर निकले थे। उसे ऐसा जान पड़ने लगा कि वैद्यजी के साथ रहते हुए वह डकैतों के किसी गिरोह का सदस्य हो गया है। जब प्रिंसिपल साहब उसके आगे खीसें निपोरकर कोई रोचक क़िस्सा बयान करते—और उनके पास ऐसे क़िस्सों की कमी नहीं थी—तो उस समय उसे बराबर अनुभव होता रहता कि यह आदमी किसी भी क्षण झपटकर किसी का भी गला दबोच सकता है।

शहर होता तो वह किसी कॉफ़ी-हाउस में बैठकर दोस्तों के सामने इस चुनाव पर लम्बा-चौड़ा व्याख्यान दे डालता, उन्हें बताता कि किस तरह तमंचे के ज़ोर से छंगामल विद्यालय इंटर कॉलिज की मैनेजरी हासिल की गई है और मेज़ पर हाथ पटककर कहता कि जिस मुल्क में इन छोटे-छोटे ओहदों के लिए ऐसा किया जाता है, वहाँ बड़े-बड़े ओहदों के लिए क्या नहीं किया जाता होगा। यह सब कहकर, उपसंहार में अंग्रेज़ी के चार ग़लत-सही जुमले बोलकर, वह कॉफ़ी का प्याला खाली कर देता और चैन से महसूस करता कि वह एक बुद्धिजीवी है और प्रजातन्त्र के हक में एक बेलौस व्याख्यान देकर और चार निकम्मे आदमियों के आगे अपने दिल का गुबार निकालकर उसने 'क्राइसिस ऑफ़ फ़ेथ' को दबा लिया है।

पर यहाँ शहर न था, बल्कि देहात था जहाँ, बक़ौल रुप्पन बाबू, अपने सगे बाप का भी भरोसा नहीं, और जहाँ, बकौल सनीचर, कोई कटी उँगली पर भी मूतनेवाला नहीं है। इसलिए रंगनाथ यहाँ अपनी बीमारी को दबा नहीं सका। उसके दिमाग़ में यह

बात दिन-ब-दिन पक्की होती गई कि वह डकैतों के किसी गिरोह में आ गया है, उन डकैतों ने कॉलिज पर छापा मारकर उसे लूट लिया है और अब वे किसी दूसरी जगह छापा मारने की तैयारी कर रहे हैं। उसकी तबीयत अब वैद्यजी को गाली देने के लिए कुलबुलाती रहती और उससे भी ज़्यादा किसी ऐसे आदमी की तलाश में कुलबुलाती, जिसके सामने उन्हें विश्वासपूर्वक गाली दी जा सके।

ऐसा साथी कहाँ मिलेगा ? खन्ना मास्टर लबाड़िया है। अगर उसके सामने कोई बात कह दी गई तो दूसरे दिन वह सारे गाँव में फैल जाएगी और सभी कहने लगेंगे कि वैद्यजी का भांजा अपने मामा को ही गालियाँ देता है और देखो, आजकल के पढ़े-लिखे लोगों की यही तमीज़ है। मालवीय मास्टर से इस विषय पर बात की जा सकती है, पर वह गुटबन्द होते हुए भी सीधा आदमी है और उसके सामने कोई भी बात करने में मज़ा नहीं आता। फिर कौन ? रुप्पन बाबू ?

रंगनाथ को रुप्पन बाबू पर कुछ भरोसा था, क्योंकि कभी-कभी वे प्रिंसिपल को गालियाँ देकर कॉलिज के दुर्भाग्य की बात करते थे। उन्हें यह शिकायत थी कि वह पढ़ने-लिखने में जाहिल है, पर दुनियादारी में बड़ा उस्ताद है, पक्का तिकड़मी है, उसने पिताजी को फँसाकर इस हालत में डाल दिया है कि वह हर काम अपनी इच्छा से करता है; पर पिताजी समझते हैं कि वह काम उनकी अपनी इच्छा से हुआ है। उसने खन्ना मास्टर के साथ काफ़ी ज़्यादती की है। खन्ना मास्टर लाख बेवकूफ़ हों, फिर भी उन पर इतनी ज़्यादती नहीं होनी चाहिए, क्योंकि यह ठीक नहीं है कि पिताजी की मदद से एक बेवकूफ़ दूसरे बेवकूफ़ को मार दे।...

यहाँ बरगद के पेड़ के नीचे, कुएँ की जगत पर बैठे हुए रंगनाथ ने इत्मीनान की एक गहरी साँस ली, क्योंकि बहुत दिन बाद आज पहली बार उसकी बीमारी उसे तंग नहीं कर रही थी। हुआ यह था हिम्मत करके उसने आज रुप्पन बाबू के सामने अपना आत्म-संकट खोलकर रख दिया था। उसने साफ़-साफ़ कहा था कि मामा को ऐसा न करना चाहिए; तमंचे के ज़ोर से मैनेजरी मिल भी गई तो क्या हुआ, चारों तरफ़ उनकी बदनामी तो हो ही गई।

रुप्पन बाबू ने अपनी डण्डामार शैली में जवाब दिया था :

"देखो दादा, यह तो पॉलिटिक्स है। इसमें बड़ा-बड़ा कमीनापन चलता है। यह तो कुछ भी नहीं हुआ। पिताजी जिस रास्ते में हैं उसमें इससे भी आगे कुछ करना पड़ता है। दुश्मन को, जैसे भी हो, चित करना चाहिए। यह न चित कर पाएँगे तो खुद चित हो जाएँगे और फिर बैठे चूरन की पुड़िया बाँधा करेंगे और कोई टका को भी न पूछेगा।

"पर इस कॉलिज के बारे में सुधार की ज़रूरत है। प्रिंसिपल हरामी है। दिन-रात गुटबन्दी की खिच-खिच लगाए रहता है। खन्ना मास्टर भी उल्लू के पट्ठे हैं, पर वे हरामी नहीं हैं। यह साला उन्हें बहुत दबा चुका है, अब खन्ना मास्टर को उबारना चाहिए। मैंने पिताजी से भी बात की थी, पर वे प्रिंसिपल को नहीं उखाड़ना चाहते।

"मैंने सोचा है कि कुछ दिनों तक हम पिताजी से कुछ न बोलें, सिर्फ़ धीरे-से खन्ना मास्टर को उछाल दें। उससे प्रिंसिपल चित हो जाएगा। वह साला बहुत फूल गया है,

उसका फूटना ज़रूरी है। एक बार जब चित हो जाएगा, तो पिताजी भी देख लेंगे कि वह कितना उस्ताद था।...''

रंगनाथ ने इत्मीनान की साँस इसीलिए ली थी। इतना तो निश्चित हो गया था कि वह अब रुप्पन बाबू के सामने इस विषय पर बात कर सकता है; यह भी साफ़ हो गया था कि रुप्पन बाबू के साथ वह खन्ना मास्टर से हमदर्दी दिखा सकता है, गिरे हुए को उबार सकता है, फूले हुए को फोड़ सकता है और संक्षेप में, अन्याय के मुक़ाबले सीधा न सही, दुबककर ही खड़ा होकर वह पहले-जैसी सेहत हासिल कर सकता है।

उससे लगभग एक फर्लांग की दूरी पर रुप्पन बाबू एक पेड़ के सहारे काफ़ी देर से बैठे हुए अपने पेट की अन्दरूनी सफ़ाई कर रहे थे। अपनी इस निजी समस्या को सार्वजनिक ढंग से निबटाकर जब वे उठ खड़े हुए तो रंगनाथ भी अपनी जगह पर खड़ा हो गया। रुप्पन बाबू जब उसकी तरफ़ नहीं आए तो वही उनकी ओर चल दिया।

प्रधान बनने के पहले ज़रूरी था कि सनीचर जनता को बता दे कि देखो भाइयो, मैं भी किसी से कम तिकड़मी नहीं हूँ और भला आदमी समझकर मुझे वोट देने से कहीं इनकार न कर बैठना। वह गाँव में कोई ऊँचा काम करके दिखाना चाहता था। उसने रंगनाथ से सुना था कि चुनाव के पहले बड़े-बड़े नेता अपने-अपने चुनाव-क्षेत्र में कहीं-न-कहीं का रुपया किसी-न-किसी तरकीब से ठेलों पर लादकर ले जाते हैं और जन-हित के नाम पर उसे नाली में फेंक देते हैं। सनीचर ने भी, बिना वैद्यजी से सलाह लिये, कुछ इसी तरह का करिश्मा दिखाना चाहा। इस काम के लिए उसने कालिकाप्रसाद नामक गँजहे को अपना साथी चुना।

कालिकाप्रसाद का पेशा सरकारी ग्राण्ट और क़र्जे खाना था। वे सरकारी पैसे के द्वारा सरकारी पैसे के लिए जीते थे। इस पेशे में उनके तीन सहायक थे–क्षेत्रीय एम. एल. ए., खद्दर की पोशाक और उनका यह वाक्य, ''अभी तो वसूली की बात ही न कीजिए। आपको कार्रवाई रोकने में दिक़्क़त न हो, इसलिए मैंने ऊपर भी दरख़्वास्त लगा दी है।''

अपने हिसाब से वे गाँव के सबसे ज़्यादा आधुनिक आदमी थे, क्योंकि उनका यह पेशा बिलकुल ही आधुनिक काल की उपज था। कालिकाप्रसाद प्रेमचन्द के उन कथानायकों में न थे जो लगान वसूलनेवाले अमीन को देखते ही घर के भीतर घुस जाते थे और बीवी से घबराहट में कहने लगते थे, ''दरवाज़े पर सहना खड़ा है।'' वे उनमें थे कि हज़ार रुपये की कुर्की लिये अमीन चबूतरे के नीचे खड़ा हुआ खुशामद कर रहा है और वे चबूतरे के ऊपर बैठे हुए निश्चिन्त भाव से कह रहे हैं, ''आपको कार्रवाई रोकने में दिक़्क़त हो तो कहिए, ऊपर से लिखा लाऊँ।''

उनका पूरा कर्मयोग सरकारी स्कीमों की फिलासफी पर टिका था। मुर्ग़ीपालन के लिए ग्राण्ट मिलने का नियम बना तो उन्होंने मुर्ग़ियाँ पालने का ऐलान कर दिया। एक दिन उन्होंने कहा कि जाति-पाँति बिलकुल बेकार की चीज़ है और हम बाँभन और चमार एक हैं। यह उन्होंने इसीलिए कहा कि चमड़ा कमाने की ग्राण्ट मिलनेवाली थी। चमार

देखते ही रह गए और उन्होंने चमड़ा कमाने की ग्राण्ट लेकर अपने चमड़े को ज़्यादा चिकना बनाने में खर्च भी कर डाली। खाद के गड्ढे को पक्का करने के लिए, घर में बिना धुएँ का चूल्हा लगवाने के लिए, नये ढंग का संडास बनवाने के लिए—कालिकाप्रसाद ने ये सब ग्राण्टें लीं और इनके एवज़ में कारगुज़ारी की जैसी रिपोर्ट उनसे माँगी गई वैसी रिपोर्ट उन्होंने बिना किसी हिचक के लिखकर दे दी।

वही हालत सरकारी क़र्ज़े और तक़ावियों की थी। उनके पास पाँच बीघे खेत थे, जो अकेले ही पचासों तरह के कर्ज़ों और तक़ावियों की जमानत सँभाले हुए थे। वे हर स्कीम के भीतर तक़ावी की दरख़्वास्त देते, हरएक हाकिम उनकी दरख़्वास्तों की सिफ़ारिश करता, हर बार उन्हें तक़ावी मिल जाती और हर बार वसूली के वक़्त कार्रवाई रुकने की कार्रवाई हो जाती।

उनका ज्ञान विशद था। ग्राण्ट या कर्ज़ देनेवाली किसी नयी स्कीम के बारे में योजना आयोग के सोचने-भर की देर थी, वे उसके बारे में सबकुछ जान जाते थे। अपने देहाती सलीके के बावजूद, वे उन व्यापारियों से ज़्यादा चतुर थे जो नया बजट बनने के पहले ही टैक्स के प्रस्तावों की जानकारी पा जाते हैं। ज़िला-कार्यालय में कई बार वे ऊपर से रुपये की स्वीकृति आने के पहले ही अपनी दरख़्वास्त लेकर हाज़िर हो चुके थे और हाकिमों को आगे आनेवाली नयी स्कीमों की सूचना दे चुके थे।

इन्हीं कालिकाप्रसाद को सनीचर ने अपना सहायक चुना था।

पहले जिस मैदान का ज़िक्र आया है, उसका एक भाग ऐसा भी था जिसकी आहुति भूदान-यज्ञ में नहीं हुई थी। वह ऊबड़खाबड़ ज़मीन थी और जो वैसी न थी वह ऊसर थी और लेखपाल के काग़ज़ों में वह सारी ज़मीन बाग़ के रूप में दर्ज थी। अपने इस बहुमुखी व्यक्तित्व के कारण वह ज़मीन पिछले कई सालों से कई प्रकार से इस्तेमाल हो रही थी। हर साल गाँव में वन-महोत्सव का जलसा होता था, जिसका अर्थ जंगल में पिकनिक करना नहीं बल्कि बंजर में पेड़ लगाना है और तब कभी-कभी तहसीलदार साहब, और लाज़मी तौर से बी. डी. ओ. साहब, गाजे-बाजे के साथ, उस पर पेड़ लगाने जाते थे। इस ज़मीन को कॉलिज की सम्पत्ति बनाकर इंटरमीडिएट में कृषि-विज्ञान की कक्षाएँ खोली गई थीं। इसी को अपना खेलकूद का मैदान बताकर गाँव के नवयुवक, युवक-मंगल-दल के नाम पर, हर साल खेलकूद-सम्बन्धी ग्राण्ट ले आया करते थे। इसी ज़मीन को सनीचर ने अपने कर्मक्षेत्र के लिए चुना।

प्रधान के चुनाव में अभी लगभग महीना-भर था। एक दिन छोटे पहलवान ने वैद्यजी की बैठक पर कहा, "सनीचर तीन दिन से कालिकाप्रसाद के साथ शहर के चक्कर काट रहा था। आज खबर मिली है कि मामला चुरैंट हो गया है।"

वैद्यजी तख्त पर बैठे थे। सुनते ही उत्सुकता के मारे कुलबुलाने लगे। पर उत्सुकता को ज़ाहिर करना और छोटे से सीधे बात करना—दोनों चीज़ें शान के ख़िलाफ़ पड़ती थीं, इसलिए उन्होंने रंगनाथ से कहा, "सनीचर को बुलवा लिया जाय।"

छोटे पहलवान ने अपनी जगह पर खड़े-ही-खड़े दहाड़ा, "सनीचर, सनीचर, सनीचर

हो ऽ ऽ ऽ!"

शिवपालगंज में ऐसे आदमी को बुलाने की, जो निगाह और हाथ की पहुँच से दूर हो, यह एक ख़ास शैली थी। इसे प्रयोग में लाने के लिए सिर्फ़ बेशर्म गले, मज़बूत फेफड़े और बिना मिलावट के गँवरपन की ज़रूरत थी। इस शैली का इस्तेमाल इसी समझ पर हो सकता था कि सुननेवाला जहाँ कहीं भी होगा, तीन बार में अपना नाम एक बार तो सुन ही लेगा और अगर एक बार भी नहीं सुनेगा तो दोबारा पुकारने पर तो सुन ही लेगा, क्योंकि दोबारा उसका नाम इस प्रकार पुकारा जाएगा, "अरे कहाँ मर गया सनिचरा, सनिचरा रे !"

जिस ग़ैर-रस्मी तरीक़े से छोटे पहलवान ने सनीचर को पुकारा था, उसी ग़ैर-रस्मी तरीके से सनीचर अपना नाम सुनते ही वैद्यजी की बैठक में आकर खड़ा हो गया। उसका अण्डरवियर कुछ महत्त्वपूर्ण स्थानों पर फट गया था, बदन नंगा था, पर बालों में कड़वा तेल चुचुवा रहा था और चेहरा प्रसन्न था। पता लगना मुश्किल था कि उसका मुँह ज़्यादा फटा हुआ है या अण्डरवियर। तात्पर्य यह कि इस समय सनीचर को देखकर यह साबित हो जाता था कि अगर हम खुश रहें तो गरीबी हमें दुखी नहीं कर सकती और ग़रीबी को मिटाने की असली योजना यही है कि हम बराबर खुश रहें।

वैद्यजी ने सनीचर से पूछा, "क्या समाचार लाए सनीचर ? सुना, शहर में तुमने बड़ी योग्यता दिखायी।"

सनीचर ने विनम्रता से कहा, "हाँ महराज, मुझे बड़ी जोग्यता दिखानी पड़ी। जब सब तरफ़ से जोग्यता-ही-जोग्यता ठेल दी, तब कहीं जाकर चूल-पर-चूल बैठी।"

बात रंगनाथ की बरदाश्त के बाहर निकली जा रही थी। उसने पूछा, "अजी पहेली-जैसी क्या बुझा रहे हो ? हुआ क्या है ?"

सनीचर ने दाँत दबाकर मुँह के अन्दर हवा खींची और बोला, "रंगनाथ बाबू, ये गँजहों की पहेलियाँ हैं। इतनी जल्दी तुम्हारे पल्ले न पड़ेंगी।" पर यह कहने के बाद आल इण्डिया रेडियो की खबरों में जैसे एक जुमले के ऊपर दूसरा जुमला चढ़ बैठता है, सनीचर ने पूरी घटना बिना विराम के सुना डाली। उसने कहा :

"गुरु महराज, ये जिसका नाम कालिकाप्रसाद है, यह भी एक ही हरामी है।" सनीचर ने यह बात इस तरह कही जैसे कालिकाप्रसाद को पद्मश्री की उपाधि दी जा रही हो, "हाकिमों से काम निकालने के लिए आदमी की शक्ल बिलकुल इसी की जैसी होनी चाहिए। जब ज़रूरत होती है तो यह बड़े-बड़े लच्छन झाड़ता है, कान-पूँछ फटकारकर मुँह से बारूद-जैसी निकालने लगता है। एक-एक साँस में पाँच-पाँच, सात-सात ए.मे.ले. लोगों के नाम बोल जाता है और हाकिम बेचारे का मुँह खुला-का-खुला रह जाता है। उस वक़्त कोई कालिकाप्रसाद की लगाम को हाथ लगा दे तो जानूँ।

"और महराज, वही कालिकाप्रसाद अगर किसी अकड़ू हाकिम के सामने पड़ जाय, तो पहले से ही केंचुए की तरह टेढ़ा-मेढ़ा होने लगता है। क्या बतावें महराज, आँख नीची करके ऐसा भूदानी नमस्कार करता है कि हाकिम सोचता ही रह जाय कि यह कौन

है–विकासभाई कि प्रकाशभाई। अकिल से इतना हुशियार है, पर भुग्गा-जैसा बनकर खड़ा हो जाता है और तब क्या मजाल कि कोई इसे ताड़ ले। बड़ा-से-बड़ा काबिल आदमी इसको बेवकूफ़ मानकर आगे निकल जाता है और तब यह पीछे से झपटकर हमला करता है।

"और गुरु महराज, इसके तिकड़म का तो कहना ही क्या ? एह्‌ हेह्‌ ! सरकारी दफ्तर में चपरासी से लेकर बाबू तक और बाबू से लेकर हाकिम तक–सभी जगह यह घुसा हुआ है। घुन है, पूरा घुन। जिस मिसिल में कहो, उसी के बीच से घुसकर बाहर निकल आवेगा।

"शिवपालगंज का नाम उजागर किए है।

"गुरु महराज, जोग्यता हमको भी बहुत दिखानी पड़ी, पर कालिकाप्रसाद के बिना मेरे उखाड़े एक रोआँ तक न उखड़ता। मेरे साथ तीन दिन तक इसने भी सहर का वह चक्कर काटा कि बड़े-बड़े रिक्शेवालों की दम टायँ-टाँय फिस्स हो गई। पर वह उसी तरह तैयार। कहता था कि यहाँ काम नहीं बना तो वहाँ चलो। और वहाँ न बने तो फिर वहाँ चलो। पूरे सहर को घोटकर लुगदी-जैसा बना डाला।

"गुरुजी, कुछ अकिल तो हमारी भी थी। बल्कि सच पूछो तो असली अकिल हमारी ही थी। उसके बाद जब गाड़ी लीक पर आ गई तो उसे चलाया कालिकाप्रसाद ने। पर आपके दरबार में बैठते-बैठते कुछ हमें भी तीन-तेरह का इल्म हो गया है। कहावत है कि अखाड़े का लतमरुआ भी पहलवान हो जाता है, जैसे बद्री भैय्रा के अखाड़े में छोटे पहलवान हो गए वैसे ही कुछ विद्या हमें भी आ गई है।

"तो हमें पता चला कि आजकल सहकारिता का ज़ोर है। ब्लाक से एक ए.डी.ओ. आकर बोले कि अपने खेत को अपना न कहो, सभी के खेतों को अपना कहो और अपने खेत को सभी का खेत कहो; तभी होगी सहकारी खेती और धाँसकर पैदा होगा अन्न। हमने कहा कि तरकीब चौकस है और अगर हम प्रधान हो गए, तो सब खेत सरकार को दे देंगे सहकारी खेती के लिए। ए.डी.ओ. बोले कि सरकार क्या करेगी तुम्हारा खेत लेकर ? खेत भी कोई कल-कारखाना है ? खेत तुम्हारा ही रहेगा। खेती तुम्हीं करोगे। ज़रा-सा काग़ज़ का पेट भर देने से खेती सहकारी हो जाएगी। गाँव में कुऑपरेटिव फ़ारम खुल जाएगा। सब मामलों में शिवपालगंज आगे है, इस मामले में भी सबसे आगे रहेगा।

"गुरु महराज, हमने सोचा कि शिवपालगंज चाहे आगे रहे चाहे पीछे, हमें तो गुरु महराज का हुकुम मानना है। प्रधानी के लिए खड़े हुए तो प्रधान बनकर ही निकलना है। हमने भी ए.डी.ओ. से कहा कि ए.डी.ओ. साहब, शिवपालगंज को आपने समझा क्या है ? हमारा पेशाब किसी के मुक़ाबले पतला नहीं होता। हम हर बात में आगे हैं और आगे रहेंगे। वहीं हमने ए.डी.ओ. साहब से फुसलाकर पूछा कि मामला सूखा है कि तर। उसने क़बूल किया।

"तभी गुरूजी, हमें कालिकाप्रसाद की याद आ गई। हमने सोचा कि बजरंगबली, सौ बार कालिकाप्रसाद की झोली भरते हो तो एक बार इस अपने लंगूर का भी भला

कर दो। यह पैसा सिर्फ़ कालिकाप्रसाद के घर की तरफ़ ही क्यों भागता है बजरंगबली, एक बार उसे हमारी भी राह पर लगा दो।

"बस, बजरंगबली का ध्यान करके और लाल लँगोटा बाँधकर मैं भी कालिकाप्रसाद के घर की ओर पहुँच गया। कालिकाप्रसाद से मैंने कोई पालिसी नहीं खेली। हमने कहा, बेटा सनीचर, खरा खेल फरक्खाबादी लगाओ, तभी काम चलेगा। वहीं हम दोनों ने मिलकर ऐसी इस्कीम बनायी कि ब्लाक के ए.डी.ओ.-फे.डी.ओ., सबकी लेंड़ी तर। ए.डी.ओ. साहब ने हमारी पीठ ठोंकी और बोले कि गँजहा हो तो ऐसा हो। कल ही हमने बात कही और आज ही इस्कीम तैयार।

"गुरुजी, हुआ यह है कि अब इस गाँव में एक कुऑपरेटिव फारम खुलेगा। ऐसा फारम इलाके-भर में नहीं है। पच्छिम की तरफ़वाले ऊसर पर फारम लहकेगा। ऊसर होने से कोई हरज नहीं। कागद-पत्तरवाला काम ब्लाकवाले सँभालेंगे। कागद-पत्तर के मामले में वे तहसील-थानेवालों के भी बाप हैं? कहो तो आसमान में कुऑपरेटिव बना दें, यहाँ तो धरती की ही बात है।

"सहर में जाकर हम सब फिट कर आए हैं। हमने सोचा था कि जैसे पारसाल गुरु महराज तुम कॉलिज में एक मिनिस्टर को पकड़ लाए थे, वैसे ही इस बार हम भी एक मिनिस्टर को गाँठें। पर वह काम बिना तुम्हारे हाथ लगाए न होता। उधर कालिकाप्रसाद बोले कि काम बनाना हो तो मिनिस्टर से क्या मतलब। हाकिम को पटाओ।

"उसके बाद तो सब कालिकाप्रसाद के ही दम की बात थी। सहर में सब जगह घूमकर कहीं उसने बारूद उगली और कहीं बन गया भुनगा। वहाँ हमने देखा कि कालिका की पकड़ कितनी सच्ची है। जो कुछ है सो हाकिम है। वह ठीक ही कहता था। वहाँ उसने एक ऐसे हाकिम को पकड़ लिया जिसे माला पहनने और लेक्चर देने का शौक है। सवेरे जब तक उसके गले में दस माला नहीं पड़तीं, वह साला दातून तक नहीं करता। निन्ने-मुँह बैठा रहता है। उस हाकिम को हमने पकड़ लिया।

"अब गुरूजी, खोपड़ी पर हमने भारी काम धर लिया है। तीन दिन के बाद ही यहाँ फारम पर सभा होगी। आगे-आगे तुम्हीं को चलना है। गाजा-बाजा, माला-शामियाना, फोटू-सोटू इन सबके लिए तो ब्लाकवाले हैं ही, पर हमें भी भारी सरंजाम करना पड़ेगा। खाने के लिए मटर की घुँघनी से काम चल जाएगा। हाकिम बोला कि हम किसानों में किसानों की तरह खाएँगे। हमने भी सोचा कि गुरू, हम जानते हैं, चाहे जिस तरह खाओ. पर खाए बिना मानोगे नहीं। मटर सहर से मँगानी पड़ेगी। यहाँ मटर कहाँ ?"

सनीचर जलसे के इन्तज़ाम की बातें करने लगा तो छोटे पहलवान ने डाँटकर पूछा, "अब यह मटर की सटर-पटर बन्द करो। असली बात बताओ, हाथ क्या लगा ?"

सनीचर ने निःस्पृह होकर लापरवाही से कहा, "हमारे हाथ क्या लगना है पहलवान ? जो सुसाइटी बनेगी, उसे फारम का काम चालू करने के लिए पाँच सौ रुपया मिलेगा, यही सब जगह का रेट है। जो मिलना है, सुसाइटी को मिलेगा।"

छोटे पहलवान ठहाका मारकर हँसे, "अरे वाह बेटा मंगलदास ! क्या बात निकाली

है। कहाँ से चली और कहाँ गिरायी !"

वैद्यजी खुश होकर सुन रहे थे। उन्हें देखते ही लगता था कि भविष्य उज्ज्वल है। उन्होंने एक पंचतन्त्रनुमा कहानी सुनाकर सनीचर की तारीफ़ करते हुए कहा कि जब शेर का बच्चा पहली बार शिकार करने निकला तो उसने पहली छलाँग में ही एक बारहसिंघा मारा।

19

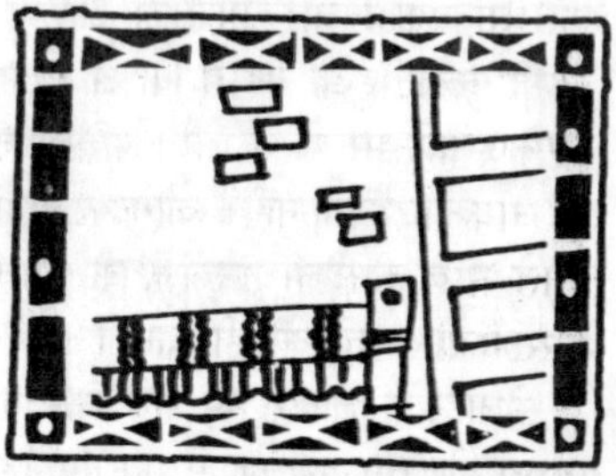

जनवरी आधी से ज़्यादा बीत चुकी थी जिसके बाद फ़रवरी आनी थी, जिसमें गाँव-सभा के चुनाव होने थे, और उसके बाद मार्च का महीना था जिसमें हाई स्कूल और इंटरमीडिएट की परीक्षाएँ शुरू होनी थीं। चुनाव ने एक ओर सनीचर और बद्री पहलवान के अखाड़े को, और दूसरी ओर रामाधीन भीखमखेड़वी और उनके जुआरी सेनानायकों को प्रजातन्त्र की सेवा में फँसा दिया था, जिसे करने का अभी तक मुख्य ढंग यह था कि दोनों दल एक-दूसरे को पीठ-पीछे चीख़-चीख़कर गालियाँ देते थे। आशा थी कि फ़रवरी के महीने में यह काम आमने-सामने भी होने लगेगा। जहाँ तक मार्च में होनेवाली परीक्षाओं की बात है, वे अभी किसी को भी नहीं फँसा पायी थीं; विद्यार्थी, अध्यापक और ख़ासतौर से प्रिंसिपल साहब—वे अभी बिलकुल बेलौस थे।

पर प्रिंसिपल साहब एक दूसरे मामले में फँस गए थे। कुछ दिन पहले, जब कॉलिज की कमेटी की सालाना बैठक हुई थी, वैद्यजी को एक राय से दोबारा मैनेजर चुना गया था। इस बात को लेकर कुछ मेम्बरों ने एक शिकायत शिक्षामन्त्री के पास भेजी थी। उनका कहना था कि विरोध प्रकट करनेवाले मेम्बरों को बैठक में आने ही नहीं दिया गया और तमंचे से धमकाया गया। शिकायत में इसी बात को ऐसे विस्तार से लिखा गया था कि शिकायती-पत्र का पढ़ा जाना असम्भव जान पड़ता था और अगर उसे पढ़ भी लिया जाय तो उस पर विश्वास करना तो बिलकुल ही असम्भव था, क्योंकि उसका निष्कर्ष यही था कि शिवपालगंज में क़ायदा-कानून मिट गया है, वहाँ थाना-पुलिस नाम की कोई चीज़ ही नहीं है और चार गुण्डे मिलकर वहाँ जैसा चाहें वैसा कर सकते हैं। स्पष्ट था कि इस बात को ग़लत मानने के लिए किसी जाँच की ज़रूरत नहीं थी; फिर भी कुछ विरोधी मेम्बरों ने शहर पहुँचकर इस शिकायत की नक़ल शिक्षा-विभाग के बड़े-बड़े अफ़सरों को दी थी और फिर लौटकर वे पूरे इलाक़े में प्रचार करने लगे थे कि मामले की जाँच डिप्टी डायरेक्टर ऑफ़ एजुकेशन नामक एक अफ़सर करेंगे जो वैसे तो बहुत गऊ आदमी हैं, पर इस बार उन्हें वैद्यजी के बाप भी नहीं दुह पायेंगे, क्योंकि ऊपर

से सच्ची जाँच करने का हुक्म हो गया है।

प्रिंसिपल साहब को फँसाने के लिए इतना काफ़ी था। वे जानते थे कि जाँचवाली बात वैद्यजी खुद देखेंगे, पर जाँच के सिलसिले में हाकिमों के दौरे भी होंगे और उसके बारे में प्रिंसिपल साहब को ही देखना होगा। हाकिम लोग जब कॉलिज में आएँगे तो सबसे पहले क्या देखेंगे ? प्रिंसिपल ने अपने-आपको जवाब दिया : इमारतें !

इसीलिए वे इस समय इमारत की सुन्दरता बढ़ाने पर तुले हुए थे।

उन्होंने शहर में देखा था, अगर एक छोटा-सा पौधा लगाकर उसके चारों ओर ईंटों का घेरा बना दिया जाय और उसे लाल-पीले-सफ़ेद रंग से पोत दिया जाय, तो बिना किसी बात के ही अधूरा मैदान बाग़-जैसा दिखने लगता है। उन्होंने तय किया कि कॉलिज की इमारत के सामने एक क़तार गुलमोहर और अमलतास के पेड़ों की लगा दी जाय और हाकिमों के आने के पहले ही ईंट के रंग-बिरंगे घेरे सज़ा दिए जाएँ। आते वक़्त आँख के आगे साफ़-सुथरी, रंग-बिरंगी इमारत हो और जाते वक़्त पेट के अन्दर फ़र्स्ट क्लास चाय और नाश्ता हो तो कोई हमारे ख़िलाफ़ क्या लिखेगा ? प्रिंसिपल साहब ने सोचा और जनवरी के जाड़े-पाले का लिहाज़ छोड़कर, पेड़ लगाने के लिए हर मौसम अच्छा होता है, इस वैज्ञानिक धड़ल्लेबाज़ी से आगे बढ़कर वे अपने काम में जुट गए।

वे कॉलिज की चहारदीवारी के पास खड़े हुए कुछ गड्ढे खुदवा रहे थे। उनके हाथ में एक मोटी और चिकनी किताब थी जो देखने से ही बहुत क़ीमती जान पड़ती थी। वे अपनी काम-काजवाली पोशाक, यानी बिना मोज़े के जूतों और हाफ़ पैण्ट में—देखनेवाले चाहे जैसा समझें—अपने को निहायत चुस्त और चालाक समझते हुए खड़े थे। किताब को वे एक पालतू बिल्ली की तरह प्यार के साथ पकड़े हुए थे।

एक मज़दूर ने फावड़ा चलाना रोककर प्रिंसिपल साहब से कहा, ''देखिए मास्टर साहब, गड्ढा इतना ही रहेगा न ?''

प्रिंसिपल साहब सिर हिलाते हुए बोले, ''हुँह, यह भी कोई गड्ढा है ! चिड़िया भी एक बार मूत दे तो उफना चलेगा। खोदे जाओ बेटा, अभी खोदे जाओ।''

कहकर उन्होंने पास खड़े हुए एक मास्टर की ओर अभिमान से देखा। वे उस मास्टर को बहुत पहले से जानते थे क्योंकि वह उनका चचेरा भाई था। उसने भी इधर-उधर देखकर मैदान को दुश्मनों यानी दूसरे मास्टरों से साफ़ पाकर, भाईचारे के साथ कहा, ''भैया, इस कॉलिज में तो तुम बाग़वानी के भी एक्सपर्ट हो गए।''

प्रिंसिपल ने किताब सीने से लगा ली। कहा, ''सब इसी की बदौलत है। पर साले ने बड़ी कड़ी अंग्रेज़ी लिखी है। समझने में दिमाग़ मामूली हो तो चकरघिन्नी खा जाएगा।''

चचेरा भाई बोला, ''आप तो लोहे के बने हैं। कॉलिज का इतना-इतना काम। पॉलिटिक्स ही में सिर भन्ना जाता होगा। उसके ऊपर आप किताब भी पढ़ लेते हैं। अपने साथ तो यह है कि कोई दस जूते मार ले, पर पढ़ने को न कहे। जी घिन्ना गया किताबों से।''

प्रिंसिपल ने पचास प्रतिशत बड़े भाई और उतने ही प्रतिशत प्रिंसिपल के लहज़े में कहा, "चुप रहो। ऐसी बात न कहनी चाहिए। सफ़र तक में अपनी किताब साथ रखनी चाहिए। नहीं तो, अकेले कोट-पैण्ट से क्या होता है ? उसी से कोई तुम्हें मास्टर थोड़े ही कहेगा ? कोट-पैण्ट तो कुँजड़े भी पहन सकते हैं।"

भाई ने कहा, "आप ठीक कहते हैं। मैं बात काटता नहीं हूँ। पर हममें और कुँजड़ों में अब फ़र्क़ ही क्या ? ये साली टेक्स्ट-बुकें, समझ लीजिए, सड़े-गले फल ही हैं। लौंडों के पेट में इन्हीं को भरते रहते हैं। कोई हज़म करता है, कोई क़ै करता है।"

प्रिंसिपल हँसने लगे। बोले, "बात ज़रा ऊँची खींच दी तुमने। समझदार की मौत है।"

कहकर वे एक गड्ढे की ओर झाँकने लगे जैसे समझदार के मर जाने पर उसे वे वहीं दफ़न करेंगे।

तभी खन्ना मास्टर लपलपाते हुए वहाँ आ पहुँचे और प्रिंसिपल को एक काग़ज़ पकड़ाकर बोले, "यह लीजिए।"

प्रिंसिपल ने चचेरे भाई की ओर मदद के लिए देखा। फिर गड्ढे के पास खड़े-खड़े वे एकदम तन गए और अफ़सर हो गए। बोले, "यह क्या है ?"

"है क्या ? काग़ज़ है।"

वे उसे तने हुए सीने और धँसी हुई आँखों से देखते रहे। खन्ना मास्टर ने हितैषी की तरह कहा, "लाइए, पढ़ दूँ।"

"जाइए, अपना काम देखिए। मुझे पढ़ाने की मेहनत न कीजिए।" वे घृणापूर्वक बोले। खन्ना मास्टर ने साँस खींचकर कहा, "इस जनम में पढ़ाने से कहाँ बचत है !"

प्रिंसिपल का चचेरा भाई खन्ना मास्टर के चेहरे पर निगाह जमाए खड़ा हुआ था, मालिक के बँगले की चहारदीवारी के अन्दर खड़ा अल्सेशियन जैसे सड़क के देसी कुत्ते को ताक रहा हो। प्रिंसिपल साहब काफ़ी देर तक उस काग़ज़ को घूर-घूरकर देखते रहे। पुराने ज़माने के ऋषि होते तो काग़ज़ अब तक जलकर भस्म हो चुका होता। काफ़ी देर तक उसे देखकर उन्होंने उसे खन्ना मास्टर को ही वापस कर दिया।

खन्ना ने चिढ़कर कहा, "यह क्या ?"

"है क्या ? काग़ज़ है।" कहकर प्रिंसिपल एक गड्ढे का निरीक्षण करने लगे।

खन्ना मास्टर ने होंठ दबाए। आवाज़ सँभालकर बोले, "जो भी हो, लिखित प्रार्थना-पत्र पर आपको लिखित आदेश देना होगा।"

प्रिंसिपल एक मज़दूर से बात करने लगे थे। कह रहे थे, "ठीक है, ठीक है। अब बन्द करो। अबे गड्ढा खुद रहा है गड्ढा। कुआँ नहीं खुद रहा है। काफ़ी है।"

खन्ना मास्टर थोड़ी देर गुमसुम रहे। फिर बोले, "मुझे चार दिन के लिए बाहर जाना है। छुट्टी चाहिए। आपको लिखकर हुक्म देना पड़ेगा।"

प्रिंसिपल साहब पंजों के बल गड्ढे की गीली मिट्टी पर अनायास बैठ गए ताकि देखनेवाले देख लें कि कॉलिज के हित में वे नाली तक में लोटने में संकोच नहीं करते और मज़दूरों को गड्ढे की मेंड़ के बारे में विस्तारपूर्वक आदेश देने लगे।

खन्ना मास्टर की बात अब पार्श्वसंगीत की हैसियत से ऊपर उभरी। वे भी पंजे के बल गड्ढे के दूसरे किनारे पर जाकर बैठ गए। बोले, ''मेरी बात का जवाब दे दीजिए, उसके बाद गड्ढे में कूदिएगा।''

प्रिंसिपल ने इतनी देर बाद उन्हें सीधे-साधे देखा। कहा, ''गड्ढे में कूदूँगा तो ज़रूर, पर पहले तुमको ढकेलकर तब ऊपर से कूदूँगा। समझ गए खन्ना मास्टर !'' कहकर उन्होंने अपने चचेरे भाई की तरफ़ देखा। चचेरे भाई ने एकदम से विनम्र मातहत आवाज़ में कहा, ''मैं जाकर चपरासियों को बुलाए लाता हूँ। लगता है कि झगड़े का अंदेशा है। पर प्रिंसिपल साहब, मेरी प्रार्थना है कि तब तक आप कुछ न कहिएगा।''

''मैं क्या कहूँगा भइया, मैं तो सब चुपचाप सहता चला जाता हूँ। जिस दिन इनका घड़ा भर जाएगा, अपने-आप भक्ख से फूटेगा।''

प्रिंसिपल ने यह कहकर खन्ना मास्टर को शाप-जैसा दिया। वे एकदम से घबरा गए। उन्हें डर लगा कि प्रिंसिपल चिल्लाकर कहीं यह न कह बैठे कि खन्ना उन्हें मार रहा है। कहीं मुकदमे में न फँस जाएँ। वे चुपचाप गड्ढे के पास से उठकर दूर खड़े हुए एक दूसरे मास्टर के पास चले गए और ज़ोर से, ताकि सारी दुनिया सुन ले, बोले, ''धमकी मत दीजिए मास्टर साहब, नवाबी का ज़माना नहीं है। इतनी आसानी से खन्ना की जान नहीं निकलेगी। आपको बताए देता हूँ। मेरी देह पर हाथ लगाया तो ख़ून हो जाएगा। कहे देता हूँ। हाँ !''

खन्ना चीख़ना नहीं चाहते थे, पर फैल मचाने की सोचते-सोचते वे सचमुच ही फैल मचाने लगे। कुछ मास्टर उनके आस-पास आकर खड़े हो गए।

अचानक वे फिर चीख़े, ''मारिए, मारिए न मुझको। बुलाइए चपरासियों को। उन्हीं के हाथों बेइज़्ज़त कराइए। रुके क्यों हैं ?''

तमाशा हो रहा है, इस सही बात को समझते ही दोनों गुटों के कई मास्टर मौके पर पहुँच गए। लड़के अभी काफ़ी संख्या में नहीं आए थे। जो आए भी थे, उन्हें चपरासियों ने डाँटकर दूर भगा दिया। वे बरामदे में खड़े-खड़े पूरी कार्रवाई देखते रहे। मौके पर यह तमाशा 'सिर्फ़ वयस्कों के लिए' रह गया।

प्रिंसिपल साहब इस बगटुट प्रदर्शन पर पहले तो घबराए, फिर अपने गुस्से पर लगाम लगाकर खन्ना मास्टर के पास पहुँचे। उन्होंने उनके हाथ से छुट्टी की दरख़्वास्त खींच लीं और ठण्डे सुरों में कहा, ''चिल्लाओ नहीं खन्ना मास्टर ! तुमको धोखा हो गया है। लाओ, तुम्हारी दरख़्वास्त पर हुक्म लिख दूँ।''

इशारा पाते ही उनके चचेरे भाई ने उनके हाथ में एक फाउंटेन-पैन पकड़ा दी। बागवानी की किताब पर दरख़्वास्त टिकाकर वे उस पर कुछ लिखने लगे। लिखते-लिखते बोले, ''हम लोगों की सिद्धान्त की लड़ाई है। उसमें मारपीट का क्या सवाल ? शान्ति से काम लेना चाहिए।''

खन्ना मास्टर खुद अपने तमाशे से तंग हो रहे थे। कहने लगे, ''पहले इस काग़ज़ पर हुक्म कीजिए, तब दूसरी बात होगी।''

"वही कर रहा हूँ," वे मुस्कराकर बोले, "लो !" कई शब्दों पर उन्होंने गुणा का निशान बनाकर काट दिया था। कुछ के ऊपर गोल दायरा बना दिया था। अन्त में उन्होंने उस पर अंग्रेज़ी में लिखा—'ख़ारिज।'

इसके पहले कि खन्ना मास्टर कुछ बोल सकें, उन्होंने दरख़्वास्त उनके हाथ में पकड़ाते हुए कहा, "स्पेलिंग बहुत कमज़ोर है। 'हालीडे' में 'यल' के बाद 'वाई' लिख दिया है। खन्ना में पता नहीं कि 'के' कैपिटल लिखा है या स्माल। इस सबका ध्यान रखना चाहिए।"

थोड़ी देर सन्न रहकर खन्ना मास्टर ने गैंडे की तरह मुँह फाड़कर आवाज़ निकाली, "निकलना अब कॉलिज के बाहर। वहीं सारी स्पेलिंग याद करा दूँगा।"

फिर संग्राम शुरू हो गया।

यह सवेरे की बात है। दोपहर तक थाने पर दोनों पक्षों की ओर से रिपोर्टें भी लिखा दी गईं। उनसे प्रकट होता था कि मास्टरों ने दंगा किया था और एक-दूसरे की हत्या करनी चाही थी। यह देखते हुए कि उन्हें हत्या करने से रोकनेवाला कोई न था, वह बात साफ़ नहीं हो रही थी कि उन्होंने फिर सचमुच ही अपने दुश्मनों की हत्या क्यों नहीं की। पुलिस ने इसी नुक्ते को पकड़कर उल्टी तरफ़ से मामले की जाँच शुरू कर दी।

उसी दिन दोपहर को वैद्यजी की बैठक में इस घटना पर विचार-विमर्श हुआ। वहाँ सामान्य नागरिकों की मुख्य प्रतिक्रिया यही रही कि घटना को कुछ और महत्त्वपूर्ण होना चाहिए था, यानी अपने किसी साथी की हड्डी नहीं टूटी तो कोई हर्ज़ नहीं, कम-से-कम इतनी चोट तो लगनी ही चाहिए थी कि खून निकल आता। उससे दुश्मनों के ख़िलाफ़ और भी अच्छा मुक़दमा बन सकता था। सनीचर ने यह सोचकर कि गाँव-प्रधान बनने के पहले नेतागिरी का एक काम और कर लिया जाय, बिना किसी फ़ीस के अपनी सेवाएँ अर्पित कर दीं और कहा कि प्रिंसिपल साहब चाहें तो मैं उनके हाथ में बरछी भोंककर खून निकाल सकता हूँ, अभी कुछ बिगड़ा नहीं है, यह भी खन्ना के नाम लिख जाएगा। छोटे पहलवान ने उसे दुतकारकर चुप कर दिया।

उस दोपहर रंगनाथ और रुप्पन बाबू सारी बातें चुपचाप सुनते रहे और कुछ भी नहीं बोले जो कि शिवपालगंज में बेवकूफ़ी की अलामत थी, पर वास्तव में वे भीतर-ही-भीतर प्रिंसिपल पर जलते-भुनते रहे और बहुत बाद में रुप्पन बाबू ने बाहर आकर कहा कि यह साला पिताजी को अभी कचहरी के रास्ते पर लिये जा रहा है और बाद में उन्हें जेल में ले जाकर छोड़ेगा।

उस दोपहर वैद्यजी प्रिंसिपल की ज़बानी खन्ना मास्टर की कहानी गम्भीरतापूर्वक सुनते रहे और पूरी बात सुनकर उन्होंने एक ऐसी बात कही जिसका इस मामले से कोई सम्बन्ध न था। बात बड़ी सात्विक थी और आदमी को एकदम नीरोग बना देती थी।

उन्होंने कहा :

"ज़िला विद्यालय-निरीक्षक का धर्म देखकर मैं तो दंग रह गया। गत मंगलवार शहर

गया था। देखा, एक व्यक्ति हनुमानजी के मन्दिर में पृथ्वी पर साष्टांग लेट रहा है। वह उठा तो मैं अवाक् रह गया। ये हमारे विद्यालय-निरीक्षकजी थे। आँखों से उनकी, जो है सो, प्रेमाश्रु टपक रहे थे। मैंने नमस्कार किया तो प्रतिनमस्कार में उन्होंने भरे गले से कुछ 'हाऊ-हाऊ' जैसा कहा, फिर आँखें मूँद लीं।

"भैंस का उत्तम घृत लिये जाइएगा चार-छः सेर। ऐसा धार्मिक आदमी वनस्पति खा-खाकर अपना धर्म नष्ट कर रहा है।

"समय की लीला !"

एक पुराने श्लोक में भूगोल की एक बात समझाई गई है कि सूर्य दिशा के अधीन होकर नहीं उगता। वह जिधर ही उदित होता है, वही पूर्व दिशा हो जाती है। उसी तरह उत्तम कोटि का सरकारी आदमी कार्य के अधीन दौरा नहीं करता, वह जिधर निकल जाता है, उधर ही उसका दौरा हो जाता है।

इस नये सौर-सिद्धान्त के अन्तर्गत एक महापुरुष उसी दिन शाम के लगभग चार बजे शहर से मोटर भगाते हुए देहात की ओर आए। सड़क के दोनों ओर प्रजा के खेतों पर निगाह डालते हुए उन्होंने अपने-आपको धन्यवाद दिया कि उनके पिछले साल के व्याख्यान के कारण इस साल रबी की फ़सल अच्छी होनेवाली है। काश्तकार उनके बताये तरीके से खेती कर रहे हैं। उन्हें यह मालूम हो गया है कि खेत जोतना चाहिए। और उनमें खाद ही नहीं, बीज भी डालना चाहिए। वे सब बातें समझने-बूझने लगे हैं और नयी समझदारी के बारे में उनकी घबराहट छूट चुकी है। किसान प्रगतिशील हो रहे हैं और संक्षेप में वे इसी मामले में पिछड़े हैं कि वे आज भी किसान हैं।

मोटर तेज़ी से भागी जा रही थी और सड़क पर टेढ़े-मेढ़े चलते हुए मुसाफ़िर आँधी के पत्तों की तरह उड़-उड़कर किनारे होते चले जा रहे थे। उन्होंने फिर अपने को धन्यवाद दिया कि इतने आलसी नागरिक उनकी वेगवती मोटर के असर से इतने फुर्तीले हो गए हैं। साथ ही वे इतने चतुर भी हो गए हैं कि ऐसी तेज़ मोटर के नीचे उनका अँगूठा तक नहीं कुचलता। सन्तोष के साथ उन्होंने अपने-आपसे, फिर भारतवर्ष से कहा, "शाबाश ! तेरा भविष्य उज्ज्वल है।"

गाड़ी छंगामल विद्यालय इंटर कॉलिज के सामने से निकली। अण्डरवियर पर बुश्शर्ट और धारीदार पैजामे पर बिना बनियान का कुरता पहने हुए कई लड़के पुलिया पर बैठे थे। दोनों ओर से तीतर की बोलियाँ बोली जा रही थीं। सेकण्ड के एक खंड में उन लड़कों को देखते ही उनके बेतुकेपन से उन्होंने भाँप लिया कि ये विद्यार्थी हैं।

गाड़ी लगभग एक फर्लांग आगे निकल गई थी। तभी अचानक महापुरुष को याद आया कि उन्होंने नौजवानों के आगे पिछले अड़तालीस घण्टे में कोई व्याख्यान नहीं दिया है। उन्हें अचानक याद आया कि इन नौजवानों के लिए हमने क्या-क्या दुख नहीं सहे। उन्हीं के लिए गाँव का घर छोड़कर शहर में हमने बँगला लिया। तालाब के किनारे बैठना छोड़कर शाम-सवेरे एक छोटे-से कमरे में बैठे रहने की आदत डाली। अपने-आपको इतना-इतना बदल डाला। तो जैसे ही उन्हें याद आया कि मैं उन्हीं प्यारे नौजवानों से

अड़तालीस घण्टे बोला ही नहीं, वैसे ही उन्होंने सोचा : ऐं ! मैं इतनी देर बिना लेक्चर दिए ही रह लिया ! मेरे मन में इतने-इतने ऊँचे विचार उठे, पर मैं स्वार्थी की तरह अपने-आपमें उन्हें समेटे रहा ! हाय ! मैं कितना कंजूस हूँ ! धिक्कार है मुझे, जो इस देश में पैदा होकर भी इतनी देर मुँह बन्द किए रहा !

अड़तालीस घण्टे ! उन्होंने आश्चर्य से सोचा : 2880 मिनट और उसे साठ से गुणा कीजिए तो जितने हों, उतने सेकण्ड ! कितने सेकण्ड ! इतने समय के भीतर मैंने नौजवानों को उत्साह दिलाने के लिए एक भी लेक्चर नहीं दिया ! क्या हो गया है मुझे ? कहीं मुझे लकवा तो नहीं मार गया है ?

पलक झपकते ही उन्होंने इतना सोच डाला और फिर ड्राइवर को हुक्म दिया, ''गाड़ी मोड़ लो। हम इस कॉलिज का आकस्मिक निरीक्षण करेंगे।''

उनके कॉलिज में आते ही छुट्टी हो गई। लड़के दर्जों से बाहर आकर मैदान में बैठ गए। स्थानीय हाकिम, बागों में कौड़ियाँ खेलनेवाले जुआड़ी, ताड़ीघर पर बैठे हुए जवार के शोहदे—वे भी बात-की-बात में मौक़े पर आ गए। अच्छी-खासी मीटिंग हो गई। न भी आते तो भी मीटिंग हो जाती। बोलनेवाला बेशरम हो तो लैम्पपोस्ट का सहारा काफ़ी है। अकेले ही मीटिंग कर लेगा। पर यहाँ सचमुच की मीटिंग हो गई। लड़कों के होने का प्रत्यक्ष फल यह निकला कि उन्हें कमरे के अन्दर रखा तो कॉलिज हो गया, बाहर रखा तो मीटिंग हो गई।

उन्होंने लड़कों को बताया कि वे देश के भविष्य हैं और मास्टरों को बताया कि वे देश के भविष्य-निर्माता हैं। लड़के और मास्टर यह पहले ही से जानते थे। फिर उन्होंने लड़कों को डाँटा कि उनमें संयम की कमी है, वे अड़तालीस घण्टे तो क्या, आठ घण्टे भी चुप नहीं रह सकते। फिर मास्टरों को डाँटा कि वे उन्हें संयम नहीं सिखाते। उन्होंने शिकायत की कि लड़के राष्ट्रध्वज, राष्ट्रगान आदि के बारे में कुछ नहीं जानते और मास्टर यह जानकर भी महँगाई का भत्ता और अधिक वेतन माँगते हैं। मास्टर और लड़के अपने बारे में कुछ सोच भी न पाए थे कि वे उस विषय पर उतर आए, जिस पर प्रत्येक व्याख्यानदाता शिक्षा-संस्थाओं में ज़रूर बोलता है।

उन्होंने कहा कि हमारी शिक्षा-पद्धति ख़राब है और इस शिक्षा को पाकर लोग क्लर्क ही बनना चाहते हैं। उन्होंने लड़कों को सुझाव दिया कि इस शिक्षा-पद्धति में आमूल परिवर्तन की ज़रूरत है। उन्होंने सैकड़ों विद्वानों और हज़ारों समितियों का हवाला देकर बताया कि हमारी शिक्षा-पद्धति खराब है। उन्होंने विनोबा का और यहाँ तक कि गाँधी का हवाला दिया। तब कॉलिज के मैनेजर वैद्यजी ने भी सिर हिलाकर कहा कि हमारी शिक्षा-पद्धति ख़राब है। उसके बाद सिर हिलाकर प्रिंसिपल, अन्य मास्टर और बाज़ार के घुमक्कड़ों और शोहदों तक ने इस बात का समर्थन किया। उनकी बात से ताड़ी पीनेवालों और जुआड़ियों तक को पूरा इत्मीनान हो गया कि हमारी शिक्षा-पद्धति ख़राब है।

उन्होंने कहा कि शिक्षा के क्षेत्र में पिछली शताब्दी की यह एक असाधारण उपलब्धि है कि हम इतनी जल्दी जान गए कि हमारी शिक्षा-पद्धति ख़राब है। फिर उन्होंने, लड़कों

को खेती करनी चाहिए, दूध पीना चाहिए, स्वास्थ्य बनाना चाहिए और भविष्य का नेहरू और गाँधी बनने के लिए तैयार रहना चाहिए—ये सब बातें बतायीं जो लड़के उनको भी बता सकते थे। इसके बाद समन्वय, एकता, राष्ट्रभाषा का प्रेम—इस सब पर एक-एक अनिवार्य जुम्ला बोलकर, कॉलिज की समस्याओं पर विचार करने का सालाना वादा करके, सेवा के बाद तत्काल मिलनेवाली मेवा खाकर और चाय पीकर वे फिर सत्तर मील की रफ़्तार से आगे बढ़ गए।

मास्टर और लड़के 'भाइयो और बहनो' की नक़ल उतारते हुए अपने-अपने घर चले गए। शिक्षा-पद्धति में आमूल परिवर्तन के सुझाव पर अमल करने के लिए कॉलिज में माली, चपरासी और मज़दूर रह गए।

क्लर्क ने मेवे की प्लेट पर निगाह डाली और उसमें बचे हुए काजू के एक मात्र टुकड़े को पहले मुँह में रखना चाहा, बाद में कुछ सोचकर उसे नाली में फेंक दिया।

20

बद्री पहलवान पड़ोस के ज़िले में एक नौजवान की ज़मानत लेने गए थे। उस पर बलात्कार और मारपीट का मुक़दमा चलाया जा रहा था। जाने से पहले उन्होंने रंगनाथ को सुनाकर कहा, "गुण्डा है। जहाँ जाता है, कोई-न-कोई झंझट पाल लेता है।"

उन्होंने वैद्यजी से डेढ़ हज़ार रुपये के नोट लेकर अपनी जवाहरकट जैकेट की भीतरी जेब में ठूँस लिये। रंगनाथ ने पूछा, "इतना रुपया नक़द ले जाने की क्या ज़रूरत है ?"

बद्री बोले, "गुण्डे इजलासों के नीचे ही नहीं, ऊपर भी हैं। हाकिम तो रो-गाकर ज़मानत कर देता है और काग़ज़ अहलकारों के पास चला जाता है।

"फिर बीस झंझट। ज़मानत का काग़ज़ लिखाओ। जायदाद का नक्शा पेश करो। फिर उसकी कच्ची तसदीक़, फिर पक्की तसदीक़ और हर जगह रुपये गिनाते जाओ।

"तभी अब भले आदमी आमतौर पर ज़मानत नहीं कराते, जेल में रह लेते हैं।

"नकदी में बड़ा आराम है। जैसे ही हाकिम कहेगा कि हज़ार रुपये की ज़मानत दो, वैसे ही दस हरे-हरे नोट मेज़ पर फेंक दूँगा और कहूँगा कि लो भाई, रख लो जहाँ मन चाहे।"

रंगनाथ ने बात को आगे बढ़ाया। पूछा, "बद्री दादा, जब वह गुण्डा है तो उस पर हाथ क्यों रखते हो ? सड़ने दो साले को हवालात में ?"

"गुण्डा कौन नहीं है रंगनाथ बाबू ? गुण्डे के सिर पर सींग थोड़े ही निकलते हैं ?" बद्री ने धीरे-से कहा, "मैं तो कुल इतना जानता हूँ कि कभी वह भी हमारे अखाड़े का चेला था। दुनिया की निगाह में वह चाहे जितना बड़ा गुण्डा हो जाय, मैं तो तब की याद करता हूँ जब वह मेरी लँगड़ी खाकर लद्‌दन्लद्‌द गिरा करता था...।"

उनकी आवाज़ मुलायम और चिकनी हो गई, "...आख़िर अपना ही पालक-बालक है।"

'पालक-बालक' का प्रयोग रंगनाथ के लिए नया था, पर वह उसका मतलब बख़ूबी समझ गया। उसकी खोपड़ी में एक शीर्षक कौंधा 'आधुनिक भारत में पालक-बालकों का महत्त्व'।

"कल तक अखाड़े में लात मारा करता था।" बद्री पहलवान बड़ी भावुकता से कह रहे थे, "अब पूरा पहलवान बन गया है।"

हर 'पालक-बालक' के कैरियर की शुरुआत इसी तरह होती है। रंगनाथ ने सोचा :

प्रत्येक महापुरुष के इर्द-गिर्द 'पालक-बालकों' का मेला लगा हुआ है। पुरुष जब महापुरुष बन जाता है तो वह अपनी इज़्ज़त अपने 'पालक-बालकों' को सौंप देता है। 'पालक-बालक' उस इज़्ज़त को फींचना शुरू करते हैं। कुछ दिन बाद वह हज़ार धाराओं में फूटकर बहने लगती है। वह लोकसभा और विधानसभा की बहसों को सराबोर करती है, अख़बार और रेडियो उसके छींटों से गँधाने लगते हैं, पूरा लोकतन्त्र उसमें डूबने-उतराने लगता है, अन्त में वह बेहयाई के महासागर में समा जाती है।

बद्री पहलवान ने बताना शुरू किया, "झगड़ा इस तरह से हुआ कि पड़ोस में एक बाँभन रहता था..."

...महापुरुष अपने सिंहासन पर बैठे अपने 'पालक-बालकों' का खेल देखते रहते हैं। इस देश में महापुरुषों और 'पालक-बालकों' के अलावा कुछ सिरफिरे भी बसते हैं। वे कभी-कभी महापुरुष के सामने आकर चीख़ने लगते हैं। कहते हैं, "महापुरुष, तुम्हारा 'पालक-बालक' बड़ा भ्रष्टाचार कर रहा है। तुम्हारी इज़्ज़त को रगड़-रगड़कर पानी बनाए दे रहा है।" ऐसे मौक़े पर ज़्यादातर महापुरुष इतना कहते हैं, "भ्रष्टाचार ! माननीय महाशय, आओ, हम पहले इस बात की जाँच करें कि भ्रष्टाचार होता क्या है ?..." रंगनाथ सोचता रहा।

"तो पड़ोस में एक बाँभन रहता था। उसकी जोरू कुछ नौजवान-सी थी।" बद्री पहलवान के यह कहते ही रंगनाथ 'आधुनिक भारत में पालक-बालकों का महत्त्व' की बात भूल गया। बाँभन के पारिवारिक इतिहास को ध्यान से सुनने लगा।

"...हमारा पट्‌ठा भी पड़ोस में रहता था। बाँभन की जोरू से कुछ घसड़-फसड़ हो गई। महीनों यही कारोबार चलता रहा। बाँभन सबकुछ देखकर भी अनजान बना रहा। एक दिन ऐसा हुआ रंगनाथ बाबू, कि सींक की आड़ भी नहीं रही। बाँभन ने सरासर अपनी आँखों से देखा कि वह पट्‌ठा उसकी जोरू को लपेटे बैठा है। पर उसने आँखें-भर मिलमिलायीं और झोले-जैसा मुँह लटकाकर चुपचाप चल दिया। इस पर आ गया हमारे

पट्ठे को ताव। तबीयत का साफ़ है, ज़्यादा गिचिर-पिचिर में पड़ता नहीं है। वहीं से कूदकर उसने बाँभन की गर्दन पकड़ ली और उसे झकझोरकर कहा कि क्यों बे, सामने से निकला जा रहा है और तुझे शरम नहीं लगती ! मर्द-बच्चा होकर तुझे गुस्सा भी नहीं आता। अबे मर्द है तो मुझे एक बार ललकारा तो होता।

"अब बेचारा बाँभन क्या करे ! कुछ मन्त्र-जैसा बुदबुदाने लगा। इस पर हमारे पट्ठे ने हँसी-हँसी में ही उसे लँगड़ी देकर चित कर दिया। उसकी जाँघ की हड्डी टूट गई।

"फिर तो रोना-पीटना मच गया। बाँभन चिल्लाने लगा। उधर उसकी जोरू भी चिंघाड़ने लगी कि देखो, यह मेरी इज़्ज़त ले रहा है। अब बोलो रंगनाथ बाबू, दुनिया में दुश्मन किसके नहीं होते ? इसी बात पर रपट लिखा दी गई और हमारा पट्ठा फँस गया।

"अब बेटा बैठे हैं पुलिस के दरबे में...।"

बद्री पहलवान मौज में आकर हँसे। रंगनाथ ने कहा, "पर बद्री दादा, यह तो ठीक नहीं है। बेचारे की बीवी को भी...और उस बेचारे को भी....।"

वे हँसते रहे। बोले, "रंगनाथ बाबू, चाहे कहो चाहे न कहो, यही सच है। अपनी जोरू को जो क़ाबू में न रख पाया, वह उमर-भर बेचारा ही रहेगा। उसके ऊपर कहाँ तक रोओगे ? फिकिर तो हमें अपने पट्ठे की है। हँसी-मसखरी में ही हवालात तक पहुँच गया।"

बद्री पहलवान के बाहर चले जाने के कारण रंगनाथ आज छत पर अकेला ही रह गया था। इन दिनों जाड़ा अपनी तेज़ी पर था और उसका आनन्द लेने की नीयत से बद्री ने अपनी चारपाई कमरे के बाहर बरामदे में डलवा ली थी। रंगनाथ कमरे के अन्दर सोता था।

रात के लगभग ग्यारह बजे थे। उसे नींद नहीं आ रही थी।

चारपाई के पास लकड़ी के बक्से पर एक बैटरीवाला रेडियो था। लकड़ी के बक्से में कॉलिज के लिए किताबें आयी थीं। किताबें प्रिंसिपल के घर में और बक्स मरम्मत के बाद वैद्यजी के घर में आ गया था। रेडियो भी कॉलिज का था जो रंगनाथ के यहाँ आ जाने के बाद, वैद्यजी के घर पर मँगा लिया गया था। उसके आते ही रुप्पन बाबू वाला करिश्मा, जिसे कान में लगाकर स्थानीय रेडियोस्टेशन के हाल-चाल लिये जा सकते थे, अनावश्यक हो गया था। रेडियो को रात के कुछ घण्टों को छोड़कर हर समय चाहे कोई कमरे में हो या न हो, बेतक़ल्लुफ़ी से बजने दिया जाता था।

इस समय रेडियो पर शास्त्रीय संगीत का एक प्रोग्राम अपनी आख़िरी मंज़िल पर पहुँच रहा था। दंगे की नौबत आ गई थी। वायलिन और तबलेवाले एक-दूसरे पर दो सौ मील फ़ी घण्टे की रफ़्तार से टूट रहे थे। लगता था, उनकी मोटरें टकराकर चूर-चूर होने ही वाली हैं। हाहाकार मचा था। अचानक वायलिन-वादक ने बड़े ज़ोर से एक 'किर्रर्रर्र' की आवाज़ निकाली जो बरछी की तरह रंगनाथ के कलेजे में घुस गई। तब तक तबले का एक धड़ाका हुआ। वह संगीत-नाटक अकादमी तक की नींव हिला देने के लिए काफ़ी था। उसने उछलकर रेडियो की ओर देखा कि कहीं वह टूटकर बिखर

तो नहीं गया है, पर वह अपनी जगह पर कैसाबियाब्लांका की तरह अडिग खड़ा था और संगीत-जगत् के घमासान जंग की आवाज़ों को पूर्ववत् प्रसारित कर रहा था। अब वायलिनवाला दुम दबाने लगा था और तबलेवाला जोश और ज़िद के साथ हमलावर होने लगा था। रंगनाथ ने थकान की एक साँस ली और रेडियो बन्द कर दिया।

अँधेरा ! जाड़े की रात अपने पूरे ऐश्वर्य से प्रकट हुई। ऐसे मौक़े पर आदमी को ईश्वर के होने में भले ही विश्वास न हो, भूतों के बारे में विश्वास होने लगता है। रंगनाथ को एकदम से डर तो नहीं, पर कुछ अजीब-सा लगा जो ईमानदारी से पूछा जाय तो डर का ही दूसरा नाम था।

पर डर अपने पूरे तीखेपन से हावी नहीं हो सका, क्योंकि उसी समय उसने रुप्पन बाबू के बारे में सोचना शुरू कर दिया और रुप्पन बाबू की याद आते ही उसे बेला नाम की लड़की याद आयी जिसे रंगनाथ ने कभी देखा न था, पर उसने सुन रखा था कि रुप्पन बाबू ने उसे एक प्रेम-पत्र लिखा है।

उसे मालूम न था कि प्रेम-पत्र कितना लम्बा, चौड़ा और गहरा है, पर उड़ती हुई ख़बरों से उसे पता चला था कि उसमें सिनेमा के गानों के कुछ टुकड़े जोड़कर वाक्य बनाए गए हैं। मशहूर था कि उसे पहले बेला की बुआ ने घर के एक कोने में पड़ा हुआ पाया था। उसने उसे बाद में गयादीन के सामने पढ़ाया था। दो-तीन शुरुआती वाक्यों तक तो गयादीन की समझ में कुछ भी नहीं आया, पर उसके बाद ही उन्होंने पढ़ा, ''मुझको अपने गल्ले (अर्थात् गले) लगा लो, ओ मेरे हमराही !'' इसका अध्ययन करते ही उनके ज्ञान के कपाट धड़ाम से खुल गए और वे समझ गए कि यह सुझाव किसी ने बेला के विचारार्थ पेश किया है। आख़िरी पंक्ति तक पहुँचते-पहुँचते इस दस्तावेज़ की असलियत बिलकुल साफ़ हो गई थी, क्योंकि उसमें कहा था कि, ''ये मेरा प्रेम-पत्र पढ़कर कि तुम नाराज़ न हो, कि तुम्मेरि जिन्दगी हो, कि तुम्मेरि बन्दगी हो।'' दस्तावेज़ के लेखक थे—''श्री रु.।''

सुना गया था कि गयादीन के अलावा इसे प्रिंसिपल साहब ही देख सके थे और वही भी शायद इसलिए कि गयादीन ने रुप्पन बाबू के नैतिक उत्थान-पतन को, न जाने क्यों, प्रिंसिपल साहब के साथ जोड़ दिया था। प्रिंसिपल ने उन्हें समझाने की कोशिश की थी कि यह प्रेम-पत्र नहीं है, बल्कि उच्चकोटि की कविताओं का एक संग्रह है जिसका साहित्यिक महत्त्व 'रु.' लिखा होने के कारण ही कम नहीं हो जाता; पर इस सान्त्वना के बावजूद गयादीन इस लिखा-पढ़ी को बदचलनी का सबूत मानते रहे और जब प्रिंसिपल साहब ने उन्हें कई कविताओं के कुछ ऐसे ही टुकड़े सुनाकर समझाने की कोशिश की कि साहित्य में ये चीज़ें इफ़रात से पायी जाती हैं तो गयादीन कहने लगे कि तुम्हारा साहित्य भी तुम्हारी बदचलनी का ही सबूत है। दोनों ने अन्त में यही तय किया कि इस दस्तावेज़ की बात कही नहीं जाएगी।

उसी के दूसरे दिन शिवपालगंज में कई ख़बरें फैलीं। एक ख़बर यह थी कि खन्ना मास्टर के दल के किसी लड़के ने बेला को एक प्रेम-पत्र लिखा है और उसमें झूठमूठ रुप्पन का नाम जोड़ दिया है। दूसरी खबर यह थी कि बेला ने रुप्पन को एक प्रेम-पत्र

लिखा था, जिसका जवाब रुप्पन ने भेजा था पर वह जवाबी पत्र गयादीन के हाथों पकड़ा गया और बेइज़्ज़ती से मारा गया। तीसरी ख़बर, जो सबसे ज़्यादा प्रसिद्ध हुई, यह थी कि बेला एक बदचलन लड़की है।

यह इस तीसरी ख़बर का ही करिश्मा था कि रंगनाथ ने इस समय डरना छोड़कर बेला के बारे में सोचना शुरू कर दिया था। उस दिन मेले से लौटते समय उसने रुप्पन बाबू से प्रेम-पत्र के बारे में जो सुना था, उसके बाद उसकी हिम्मत नहीं हुई थी कि वह रुप्पन से इस विषय पर दुबारा बात करे। अब इस समय के एकान्त में बेला के बारे में उसकी जिज्ञासा शान्त करने के लिए सिर्फ़ कल्पना थी, हस्तमैथुन था और कुण्ठा थी और चूँकि काफ़ी हद तक ये चीज़ें हमारी कलाओं की प्रेरक शक्तियाँ हैं, इसलिए इस समय रंगनाथ एक कलाकार की हैसियत से इन क्षणों को जी रहा था।

कैसी होगी वह ? 'मधुमती' में वैजयन्तीमाला की तरह ? 'गोदान' में शुभा खोटे जैसी। 'अभियान' में वहीदा रहमान जैसी ? नहीं। ये सब तो मादरे-हिन्द-जैसी हो चुकी हैं। बेला अभी बहुत ताज़ी होगी। कैसी होगी ? नहीं मालूम, पर जैसी भी हो जो भी हो वह 'खुदा की क़सम लाजवाब' होगी। एक फिल्मी गाने का यह टुकड़ा रंगनाथ के गले में हड्डी-जैसा अटक गया, पर वह मुस्कराया। अँधेरे में वह एक बहुत खूबसूरत, लगभग डेढ़ इंच चौड़ी मुस्कान मुस्कराया।

बेला के बारे में उसने बहुत सोचा। इतना सोचा कि हर नाप और वज़न के सैकड़ों स्तन और नितम्ब उसके दिमाग़ में उभरने और अस्त होने लगे। वे जोड़ों में प्रकट हुए, गुच्छों की शक्ल में फूले और एक-दूसरे को धक्के देकर भाग गए। रंगनाथ ने बहुत चाहा कि इनमें से एक भरी-पूरी लड़की की तस्वीर निकल आए, पर वैसा न हो सका; उसकी कल्पना ने एक बार तो लड़की के पूरे धड़ को पकड़ लिया, पर उससे कुछ न हुआ क्योंकि उसका चेहरा ग़ैरहाज़िर बना रहा। कुछ देर में उसके दिमाग़ में कुछ छुटे हुए स्तनों के गोल दायरे-भर रह गए। अन्त में एक बार तनकर, फिर देह को ढीला करके वह रज़ाई के अन्दर ऊँघ गया।

दूसरी रात को रंगनाथ जब छत पर अकेला लेटा, तो उसे बेला की याद नहीं आयी। उसे वैद्यजी का गुस्से में तपा हुआ वीर्यमय चेहरा याद आता रहा।

दिन में सनीचर और कालिकाप्रसाद के प्रयासों से बनाए गए कोऑपरेटिव फ़ार्म का उद्घाटन हुआ था। उद्घाटन के लिए आए हुए अफ़सर से वैद्यजी ने अपनी कोऑपरेटिव यूनियन के ग़बन का जिक्र करते हुए उस प्रस्ताव का भी हवाला दिया था जिसके द्वारा सरकार से माँग की गई थी कि वह ग़बन की रक़म अनुदान के रूप में कोऑपरेटिव यूनियन को दे दे। वैद्यजी ने ठण्डे सुरों में समझाया था कि अगर सरकार ऐसा नहीं करती तो उससे यह निष्कर्ष निकलेगा कि सरकारी अधिकारी सहकारिता के आन्दोलन को आगे नहीं बढ़ाना चाहते।

यह अफ़सर निश्चय ही डेल कार्नेगी की किताबें पढ़कर आया होगा, तभी वह वैद्यजी की हर बात पर कहता रहा, "आप ठीक कहते हैं किन्तु....।" इस जुम्ले को उसने सात बार दोहराया। जब उसने आठवीं बार मुँह खोलकर कुछ आवाज़ निकाली

तो उससे, 'आपको अनुदान मिलेगा' जैसा सुरीला संगीत नहीं निकला, बल्कि फिर वही पुराना जुम्ला नमूदार हुआ, ''आप ठीक कहते हैं, किन्तु... ।''

सुनते ही वैद्यजी दुर्वासा का क्रोध, हिटलर की तानाशाही और जवाहरलाल नेहरू की झुँझलाहट को एक में मिलाकर उस अफ़सर पर बिगड़ पड़े—

''...आप लोग देश का उद्धार इसी प्रकार करेंगे ? यह 'किन्तु', 'परन्तु,' 'तथापि'—यह सब क्या है ? श्रीमान्, यह नपुंसकों की भाषा है। अकर्मण्य व्यक्ति इसी प्रकार अपने-आपको और देश को वंचित करते हैं। आपका निर्णय स्पष्ट होना चाहिए। किन्तु ! परन्तु ! थूः !''

इसके बाद वैद्यजी ने देश की दुर्दशा पर एक व्याख्यान दे डाला था। व्याख्यान दे चुकने के बाद वे एकदम से शान्त नहीं हुए, थोड़ी देर भुनभुनाते रहे। अफ़सर भी, विनम्रता के बावजूद, भुनभुनाता रहा। फिर दूसरे लोग भी भुनभुनाने लगे। सनीचर का जलसा पहले ही खत्म हो चुका था, इसलिए इस भुनभुनाहट ने उसकी सफलता पर कोई असर नहीं डाला, पर अन्त में बोलबाला भुनभुनाहट का ही रहा।

इस तरह की भुनभुनाहट शहर में रहते हुए उसने हर समय, हर जगह सुनी थी। वह जानता था कि हमारा देश भुनभुनानेवालों का देश है। दफ़्तरों और दुकानों में, कल-कारखानों में, पार्कों और होटलों में, अख़बारों में, कहानियों और अ-कहानियों में चारों तरफ़ लोग भुनभुना रहे हैं। यही हमारी युग-चेतना है और इसे वह अच्छी तरह से जानता था। यहाँ गाँव में भी, उसने यही भुनभुनाहट सुनी थी। किसान अमला-अहलकारों के ख़िलाफ़ भुनभुनाते थे, अहलकार अपने को जनता से अलग करके पहले जनता के ख़िलाफ़ भुनभुनाते थे और फिर दूसरी साँस में अपने को सरकार से अलग करके सरकार के ख़िलाफ़ भुनभुनाते थे। लगभग सभी किसी-न-किसी तकलीफ़ में थे और कोई भी तकलीफ़ की जड़ में नहीं जाता था। तकलीफ़ का जो भी तात्कालिक कारण हाथ लगे, उसे पकड़कर भुनभुनाना शुरू कर देता था।

वैद्यजी की यही विशेषता थी कि वे भुनभुनाते नहीं थे; आज उन्होंने भुनभुनाकर रंगनाथ का दिल तोड़ दिया था। उसे आशा थी कि वे गरजेंगे और उसके बाद बरसेंगे। पर वे पहले तो गरजे और बाद में भुनभुनाकर बैठ गए थे और यह तब हुआ था जबकि अफ़सर ने दुम हिलाने और भुनभुनाने का काम साथ-साथ निभाकर उन्हें इशारा दिया था कि कोऑपरेटिव यूनियन के हिसाब का स्पेशल आडिट कराना ज़रूरी होगा।

यह गरजनेवालों का नहीं; भुनभुनानेवालों का देश है, उसने सोचा।

रात के सन्नाटे को तोड़ती हुई एक फूहड़ आवाज़ ने रंगनाथ के कान पर तमाचा-सा मारा। कुसहरप्रसाद अपने दरवाज़े पर बैठे-बैठे किसी को गाली देने लगे थे। भुनभुनानेवालों के वयोवृद्ध नेता। पर वे रो नहीं रहे थे, उससे ज़ाहिर था कि गालियाँ छोटे पहलवान के लिए नहीं हैं, वे किसी और के लिए हैं। किसके लिए हैं, यह जानना मुश्किल था, क्योंकि कुसहर जब छोटे को न देकर किसी और को गाली देते थे तो उसका कोई मतलब नहीं होता था, वह सिर्फ़ एक भावात्मक स्थिति-भर थी; वैसे ही जैसे जंगल में मोर नाचता है, उद्घाटन के मौक़े पर नेता बोलता है।

आवाज़ें। सिर्फ़ आवाज़ें। कुसहरप्रसाद रह-रहकर गरजते हैं और चुप हो जाते हैं। गाँव के दूसरे छोर पर एक कुत्ता भूँकता है, फिर अचानक 'कें-कें' करता हुआ दिमाग़ के सामने एक ऐसे कुत्ते की तस्वीर खींच देता है जिसकी दुम पिछली टाँगों के बीच में है, मुँह छाती पर तिरछा होकर हिलग रहा है और दायें से किसी की लाठी खाकर वह टेढ़ा-टेढ़ा चलने लगा है। कुछ और कुत्ते भूँकते हैं। रामाधीन भीखमखेड़वी के दरवाज़े की ओर से किसी नौजवान की तीखी और मिमियाती हुई आवाज़ आती है, ग़ौर से सुनने पर उसके अन्दर से नौटंकी का एक चौबोला निकलता है–

तेरी बातों से जाहिर मुझे यह हुआ,
इश्क तेरा रहा किसी कंगाल से।

वह बार-बार इसी लाइन को दोहराता है। गाते-गाते उसका गला रुँधने और लड़खड़ाने लगता है। यह ठर्रे का असर हो सकता है और यह भी हो सकता है कि वह अपनी माशूक़ा के इस दुर्भाग्य पर, कि उसे पहले किसी एक कंगाल से इश्क करना पड़ा, आँसू बहाने लगा हो। गाँव के चार-पाँच लफंगे नीचे गली से निकलते हैं। गयादीन के यहाँ चोरी हो जाने के बाद से वे रोज़ रात को पहरा देते हैं और 'जागते रहो' के साथ-साथ कुछ नये नारे भी इस्तेमाल करते हैं। वे आवाज़ें लगाते हैं :

जागते रहो !
एक चवन्नी चाँदी की–जय बोल महात्मा गाँधी की !

नारा, सभी नारों की तरह, खोखला और निकम्मा है, क्योंकि चवन्नी की जगह अब पच्चीस पैसे चलते हैं। चवन्नी ख़त्म हो चुकी है, चाँदी ख़त्म हो चुकी है, महात्मा गाँधी ख़त्म हो चुके हैं। वे बिना समझे-बूझे, बिना हिचके हुए, नारे लगाते रहते हैं। कहीं एक रेलगाड़ी जा रही है। इंजिन की सीटी की धुँधली आवाज़ थोड़ी देर के लिए इन ऊँचे-नीचे स्वरों को कुछ पीछे धकेल देती है।

धुँधली आवाज़ों और अँधेरे के माहौल में वह न जाने कब सो गया था। सोते-सोते उसे लगा कि वह किसी लिफ़्ट पर खड़ा है और कई मंज़िल नीचे की ओर धँस रहा है। अचानक वह लिफ़्ट तीन-चार मंज़िलों को एक साथ पार करके ऊपर चला आया। रंगनाथ कुनमुनाया।

नारियल के तेल और किसी सस्ते इत्र की महक उसकी नाक के भीतर घुसी; न वह खुशबू थी और न बदबू; वह सिर्फ़ बू थी। चूड़ियों की हल्की-सी खनक ने उसकी नींद को एक धक्का-सा दिया और तब एक क्षण में उसने वह अनुभव किया जो एक जीवन-भर खजुराहो और कोणार्क की कला का अध्ययन करके भी नहीं किया जा सकता था।

वह चारपाई के किनारे बैठी थी। उसने एक हाथ रंगनाथ के दूसरी ओर टिका लिया था। उसको अपनी छाती पर दो स्तनों का गहरा दबाव महसूस हुआ। उन स्तनों और उसकी छाती के बीच उन्हें ढकनेवाले कपड़ों के अलावा एक मोटा लिहाफ़ भी था। पर उनकी गर्मी और मज़बूती छिप नहीं पा रही थी। रंगनाथ की साँस रुँध-सी गई।

लिहाफ़ उसके चेहरे से खींच लिया गया था, पर अँधेरे में वे एक-दूसरे को देख

नहीं सकते थे। उसकी छाती पर पड़नेवाला गर्म और विस्फोटक दबाव कुछ बढ़-सा गया। उसी वक़्त उसके गाल पर एक चिकना रेशमी गाल आकर टिक गया। एक गहरी, खिंची हुई सिसकी ने कहा, "हाय, सो गए ?"

रंगनाथ की नींद उड़ गई। उसने अपना सिर हिलाया। उसके मुँह से अस्वाभाविक तौर से निकला, "कौन ? कौन है ?"

एक क्षण के लिए उसकी छाती पर टिके हुए स्तनों के अन्दर की धड़कन जैसे बन्द हो गई, फिर अचानक वह उछलकर चारपाई से दूर खड़ी हो गई। दबे गले से उसने कहा, "हाय, मेरी मैया !"

अपनी माँ का आदर करना बहुत अच्छी बात है, पर ये शब्द इस समय सिर्फ़ घबराहट प्रकट करने के मतलब से कहे गए थे। रंगनाथ रज़ाई झटककर खड़ा हो गया, पर तब तक वह इस छत से उस छत पर और उस छत से किसी और छत पर पहुँच गई।

खुले दरवाज़े से बाहर आकर वह बरामदे में खड़ा हो गया। ठंडक थी। काफ़ी देर तक वह कान लगाकर सुनता रहा, पर हवा की सुरसुराहट के सिवा उसे कुछ और नहीं सुन पड़ा। आनेवाली को 'हाय मेरी मैया' के पवित्र नाम-स्मरण के बाद और कोई सन्देश देना बाक़ी नहीं बचा था।

दरवाज़ा अन्दर से बन्द करके जब वह चारपाई पर दुबारा लेटा तो उसे कई बातें समझ में आईं। पहली तो यही कि कोणार्क, भुवनेश्वर और खजुराहो आदि की नारी-मूर्तियों का उभार पत्थर से उतरकर यदि साँस में आ जाए तो वह आदमी को पागल बना देने के लिए काफ़ी है। उसने यह भी समझ लिया कि पुरातत्त्व के बारे में और भारतीय कला के ऊपर उसने जितना पढ़ा है, सब अधूरा और वाहियात है और भारतीय कला में डॉक्टरेट लेने के बजाय सुरसुन्दरी पोज़वाले दो जीवन्त स्तनों का सहारा पा लेना अपने-आपमें एक महान् उपलब्धि है।

और इन सब हल्की-फुल्की बातों को एक किनारे धकेलकर एक दूसरी बात—असली बात—जो उसे मथती रही, वह यह थी, "श्रीमन्, आप चुग़द हैं। आपको बोलने की क्या ज़रूरत थी ? आप घबरा क्यों रहे थे ? आपने उसे कुछ और करने का मौक़ा क्यों नहीं दिया ?

"श्रीमन्, आप चुग़द नहीं हैं, गधे हैं। चूके हुए अवसरों की लिस्ट में एक और लाइन जोड़ ली न ?

"श्रीमन्, आप कुछ नहीं हैं, सिर्फ़ एक हिन्दुस्तानी विद्यार्थी हैं, जिनकी क़िस्मत में तस्वीर की औरत-भर लिखी है।"

सोने की दुबारा कोशिश की, पर नींद कहाँ आती है ? उसका हाथ अपने-आप छाती की ओर पहुँच गया और खेदपूर्वक स्वीकार करने लगा कि वहाँ और कुछ नहीं है, केवल उसी की खुरदरी छाती है।

कौन है वह ? इस विषय पर वह ज़्यादा सोच नहीं सका, क्योंकि सोचने के रास्ते में दो पहाड़ खड़े हुए थे।

21

सवेरे गाँव में ख़बर फैल गई कि जोगनाथ को पुलिस ने गिरफ़्तार कर लिया है। लोगों को बड़ा अचम्भा हुआ कि जोगनाथ को, जिसे वैद्यजी का आदमी कहा जाता था, पुलिस ने छूने की हिम्मत दिखा दी। गाँव के गुण्डे और भले आदमी सभी घबरा उठे। गुण्डे इसलिए कि जब वैद्यजी के गुण्डे को पुलिस ने नहीं छोड़ा, तो हम किस खेत की मूली हैं; और भले आदमी इसलिए कि जब पुलिस अपने हमजोलियों के साथ ऐसा सुलूक करने लगी तो मौक़ा पड़ने पर हमारे साथ किस तरह पेश आएगी।

पुलिस की हर गिरफ़्तारी की तरह यह गिरफ़्तारी भी नाटकीय परिस्थिति में हुई। यह बताने की शायद ज़रूरत नहीं कि परिस्थिति को नाटकीय बनाने का श्रेय पुलिस ही को था। दारोग़ाजी ने पढ़ा था कि ख़तरनाक आदमियों को गिरफ़्तार करने का सही समय रात का चौथा पहर है। इसलिए इस बात का लिहाज़ छोड़कर कि जोगनाथ शिवपालगंज में हमेशा घूमा करता था और उसे थाने पर बुलाकर किसी भी समय इत्मीनान से पकड़ा जा सकता था, उन्होंने उसकी गिरफ़्तारी के लिए ब्राह्ममुहूर्त का समय चुना।

सवेरे साढ़े चार बजे पुलिस ने उसके मकान को चारों ओर से घेर लिया। सभी जानते थे कि वहाँ गोली चलाने की नौबत नहीं आएगी, इसलिए सभी सिपाहियों ने हाथ में राइफलें ले लीं। दारोग़ाजी ने पिस्तौल में गोलियाँ भर लीं और फुसफुसाकर अपने हेड कांस्टेबिल से कहा, ''कानपुर की तरफ़ से बदमाशों का एक गिरोह कल इधर आया है। हो-न-हो, वे जोगनाथ के घर पर टिक गए हों।''

हेड कांस्टेबिल ने कहा, ''हुज़ूर, कानपुर से आनेवाले वे लोग भूदान के कार्यकर्त्ता हैं।''

''वही तो'', दारोग़ाजी ने फुसफुसाकर कहा, ''बदमाश लोग पहले साधुओं की भगल में घूमते थे। अब उन्होंने अपनी भगल बदल दी है।''

सब सिपाहियों ने बजरंगबली का नाम लिया, अपने बीवी-बच्चों के मुँह की याद की और हथियारों से लैस होकर इन बदमाशों से मुचेहटा लेने के लिए चल दिए। सबके सिर पर कफ़न बँधा था, सबकी जान हथेली पर रखी थी, सबका कलेजा मुँह को आ रहा था।

मकान घिर जाने के बाद बड़े-बड़े इन्तज़ाम किए गए। सब सिपाही बिना तम्बाकू फाँके, बीड़ी पिये अपनी-अपनी जगह पर बुत की तरह आधा घण्टा बैठे रहे। न कोई हँसा, न किसी ने हँसाया। एक सिपाही जूते उतारकर पंजों के बल, चोर की तरह चलता हुआ सबके कान में शक्ति का महामन्त्र-जैसा फूँकता चला गया कि इत्मीनान रखो, कोई

ख़तरा नहीं है। सब सिपाही अनुभवी थे और जानते थे कि किसी के कह देने-भर से ख़तरा दूर नहीं हो जाता। इसलिए वे लोग ख़तरे ही में बैठे रह गए। दारोग़ाजी और हेड कांस्टेबिल हाथ में क्रमशः पिस्तौल और राइफल लिये जोगनाथ के दरवाज़े पर खड़े रहे।

एक आदमी गली से निकल रहा था। इन्हें देखकर वह लौटने ही वाला था कि हेड कांस्टेबिल ने उसे हाथ के इशारे से बुला लिया। वह इत्मीनान से चला आया। हेड कांस्टेबिल ने उसके कान में कहा, ''भाग रहे थे ?''

उसने बेधड़क होकर कहा, ''भागता क्यों? सवेरे-सवेरे आप लोगों का मुँह देखने से बचना चाहता था।''

दारोग़ाजी ने होंठों पर उँगली रखकर 'शिश्'-जैसा निकाला। हेड कांस्टेबिल ने उस आदमी के कान में कहा, ''यहीं चबूतरे पर बैठ जाओ। गवाही देनी होगी।''

उसने कहा, ''तो बैठने से क्या होगा ? जब ज़रूरत पड़े, कल, परसों, तरसों बुला लेना, दे देंगे गवाही भी। आपसे बाहर थोड़ी ही हैं।''

वह खिसकने लगा। हेड कांस्टेबिल ने उसके काम में कहा, ''तब ठीक है, जाओ, पर ख़बरदार, वहाँ हमारी मौजूदगी का हाल किसी को मत बताना।''

उसने हेड कांस्टेबिल के कान में अपनी नाक खोंसकर उसी तरह कहा, ''बताना किसको है? सारा गाँव जानता है।''

वह चला गया। मकान के पिछवाड़े बैठे हुए लोगों को बीड़ी-तम्बाकू की तलब सताने लगी। तब तक उजाला होने लगा था और एक-दूसरे के चेहरे दूर से दिखने लगे थे। अचानक पीछे बैठे सिपाहियों ने चरमराहट सुनी। शायद बाहर का दरवाज़ा खोला गया था। उन्होंने वहाँ जल्दी-जल्दी बातचीत होते हुए सुनी। वह समझ गए कि उनके लिए अब धर्मक्षेत्र-कर्मक्षेत्र प्रवेश करने का मौक़ा आ गया है। वे अपनी-अपनी संगीनें चढ़ाकर खड़े हो गए।

उधर दरवाज़े की ओर बातचीत तेज़ और तेज़ी से दूर होती जा रही थी। सिपाही भीतर-ही-भीतर कसमसाने लगे और खाँसने के साथ-ही-साथ शरीर के प्रत्येक सुराख से हवा के दबाब को बाहर फेंकने लगे। थोड़ी ही देर में किस्से का चरम बिन्दु आ गया। ख़तरे की सीटी बजी और वे सब दौड़ते हुए दरवाज़े के पास पहुँच गए। वहाँ से भागते हुए वे दरवाज़े से पचास गज़ दूर एक आम के बाग़ के पास पहुँचे और पहुँचते ही एक नाटकीय परिस्थिति बन गए।

देखा कि जोगनाथ ज़मीन पर बैठा है। दारोग़ाजी उसकी छाती पर तमंचा ताने खड़े हैं। हेड कांस्टेबिल दूसरी दिशा से संगीन दिखा रहा है। बढ़िया थियेटरी दृश्य है, पर उस पर पर्दा नहीं गिर रहा है। सिपाहियों ने आते ही इस दृश्य को घेर लिया और तमंचे और संगीन से उसके शरीर के जो भाग अरक्षित बचे थे, उन पर क़ब्ज़ा कर लिया।

जोगनाथ से कुछ दूरी पर एक लोटा गिरा पड़ा था। ज़मीन पर पानी बिखरा हुआ था। दारोग़ाजी ने एक सिपाही से कहा, ''वह लोटा क़ब्ज़े में ले लो। सबूत के काम आएगा।''

सिपाही ने लोटा उठाकर उसका ग़ौर से मुआइना किया और प्रशंसा के स्वरों में कहा, "मुरादाबादी है।" बाद में उसने कुछ सोचकर पूछा, "इसे मोहरबन्द किया जाएगा हुजूर ?"

"किया जाएगा, पर बाद में।"

सिपाही ने कुछ सोचकर पानी में भीगी हुई ज़मीन की ओर उँगली उठाई और कहा, "यह मिट्टी भी क़ब्ज़े में ली जाएगी?"

हेड कांस्टेबिल ने उसे घुड़क दिया, "बहुत क़ाबिल न बनो। जितना कहा गया है, करो।"

दारोग़ाजी ने जोगनाथ को खड़ा कराया। उसके जिस्म की तलाशी ली गई। फिर संगीनें म्यान में चली गईं, पिस्तौल चमड़े के दरबे में घुस गया। सिपाहियों में बातें होने लगीं।

एक ने कहा कि हो-न-हो, सवेरे-सवेरे यह हाजत रफ़ा करने जा रहा था। दूसरा बोला कि क्या पता आसपास कोई गिरोह हो, उसे दाना-पानी देने जा रहा हो। तीसरे ने कहा कि अब वैद्यजी शोर मचायेंगे। चौथे ने धीरे-से कहा कि वैद्यजी को दारोग़ाजी अपनी जेब में डाले घूम रहे हैं। गिरफ़्तारी कप्तान के हुक्म से हुई है। पाँचवें ने कहा कि चुप ! चुप ज़रा देख, तमाशा देख !

जोगनाथ अपनी जगह पर किसी लोकनृत्य की मुद्रा में खड़ा था, पर उसके चेहरे से ज़ाहिर था कि वह नाचेगा नहीं। अचानक दारोग़ा ने उसके गाल पर एक ज़ोरदार तमाचा मारकर पूछा, "लोटा लेकर कहाँ जा रहा था?"

उसने चोट के असर को दूर करने के लिए आँखें मिलमिलाईं। उसके बाद ही दारोग़ाजी की आँखों-में-आँखें डालकर कहा, "बोटी-बोटी काट डालो, तब भी, जब तक मेरा वकील नहीं कहेगा, मैं कुछ नहीं बताऊँगा।"

दारोग़ाजी ने हेड कांस्टेबिल को हुक्म दिया, "हथकड़ी डालकर इसे ले चलो। अभी इसके मकान की तलाशी लेनी है।"

"इनकी ख़बर भी लेनी है।" हेड कांस्टेबिल ने कहा।

पूरी घटना के बारे में अगर कोई दारोग़ाजी से पूछता तो वे उसका विवरण इस प्रकार देते :

आज से कुछ दिन पहले गाँव में चोर आए थे। पुलिस ने ग्राम-रक्षा-समिति की मदद से उन्हें पकड़ने की कोशिश की। पर जैसा कि इस मौक़े पर अक्सर हो जाता है, चोर अपने गिरोह का एक मुक़ामी आदमी पीछे छोड़कर निहायत चालाकी के साथ अँधेरे में गायब हो गए और पुलिस और ग्राम-रक्षा-समिति की मुस्तैदी के कारण, दस्तयाब न होने पर भी, वे अपने मुजरिमाना इरादों में कामयाब न हो पाए। पर उनके गिरोह का मुक़ामी आदमी, जिस वक़्त गाँव में चोरों की आमद से चहल-पहल मची थी, गाँववालों की घबराहट का नाजायज़ फ़ायदा उठाकर गयादीन के मकान में बनीयत चोरी करने दाख़िल हो गया। ग्राम-रक्षा-समितिवालों के आवाज़ लगाने पर गयादीन

के घर में लोग जाग गए और तभी उन्होंने किसी शख़्स को सीढ़ी से चढ़कर छत पर जाते हुए देखा। पुलिस बात-की-बात में हवा की तरह मौक़े पर पहुँच गई, तब तक वह आदमी ग़ायब हो चुका था। मौक़े पर गयादीन ने पुलिस के हाथ में एक फ़ेहरिस्त देते हुए कहा कि यह उन ज़ेवरात की फ़ेहरिस्त है जो अभी-अभी चोरी में गए हैं। मौक़ा-मुआइना करके पुलिस वापस चली आयी और फिर लगभग पन्द्रह दिन ज़ोर-शोर की तफ़तीश करती रही। तफ़तीश करने के बाद पुलिस इस नतीजे पर पहुँची कि गयादीन के घर उस रात को चोरी ही हुई थी। यही नहीं, जो शख़्स जल्दी-जल्दी सीढ़ी पर चढ़कर छत पर पहुँचता हुआ पाया गया था, यक़ीन के साथ कहा जा सकता है कि वह चोर ही था।

इसके बाद पुलिस को बज़रिये मुख़बिर मालूम हुआ कि जोगनाथ वल्द रामनाथ साकिन मौज़ा शिवपालगंज के घर पर चन्द ऐसे ज़ेवरात हैं जो गयादीन के हो सकते हैं। पूरा पता लग जाने पर आज सुबह मुँह-अँधेरे उसके घर पर दबिश दी गई। जोगनाथ लोटा लेकर उस वक़्त कहीं बाहर जा रहा था। पुलिस के सामने उसने जुर्म का इक़बाल किया और खुद उसने अपनी मौजूदगी में मकान की तलाशी करवायी। तलाशी, जैसाकि क़ानून में लिखा गया है, मुहल्ले के एक बाइज़्ज़त आदमी की मौजूदगी में हुई। यह बताना भी ज़रूरी है कि इस मौज़े में अव्वल तो आदमी ही नहीं मिलते हैं और दूसरे यह कि अगर कोई आदमी मिल भी जाय तो उसे बाइज़्ज़त मानना मुश्किल है। जो भी हो, यह तलाशी छोटे पहलवान वल्द कुसहरप्रसाद और बैजनाथ वल्द त्रिवेनीसहाय की मौजूदगी में हुई। बैजनाथ इस गाँव का वाशिन्दा नहीं है। इस बाइज़्ज़त आदमी को पड़ोस के गाँव से बुला लिया गया था।

जोगनाथ के दिखाने पर अन्दर कोठरी में एक जगह खोदा गया। उससे एक हाँड़ी निकली और हाँड़ी के अन्दर चार ज़ेवरात—एक करधनी चाँदी की, क़ीमत लगभग पचास रुपिया, एक जोड़ी बिछिया, क़ीमत लगभग तीन रुपिया, एक हमेल चाँदी की, क़ीमत लगभग पचीस रुपिया और एक नाक की कील सोने की, क़ीमत लगभग तीस रुपिया—बरामद हुए। इनकी फ़र्द-बरामदगी तैयार करके गवाहान के दस्तख़त लिये गए। इस सामान को मय हाँड़ी के एक कपड़े में बाँधकर मोहरबन्द किया गया। यह सारी कार्रवाई वहीं मौक़े पर यानी कोठरी के अन्दर की गई।

जोगनाथ ने गिरफ़्तारी के वक़्त झगड़ा किया था। उसे पकड़ने के सिलसिले में हेड कांस्टेबिल की कमीज़ फट गई और हाथ में चोट आयी। जोगनाथ पर क़ाबू पाने के लिए कम-से-कम जितनी ताक़त ज़रूरी थी, उसका इस्तेमाल किया गया। बाद में जोगनाथ और घायल सिपाही का डॉक्टरी मुआइना कराया गया। सिपाही दो हफ़्ते की डॉक्टरी छुट्टी लेकर घर चला गया है। जोगनाथ के जिस्म पर बीस नीले-नीले निशान और चालीस खरोंचें हैं। सभी चोटें मामूली हैं और ज़मीन पर गिर पड़ने की वजह से आयी हैं।

यह आख्यान वैद्यजी को बहुत घुमा-फिराकर सुनाया गया। पर आज पहली बार वैद्यजी

को इस शाश्वत सत्य में सन्देह हो रहा था कि पुलिस जो करती है, ठीक ही करती है।

वैद्यजी की राय जोगनाथ के बारे में बहुत अच्छी न थी। पर वे उस दुनिया में रहते थे जहाँ आदमी का सम्मान उसकी अच्छाई के कारण नहीं, उसकी उपयोगिता के कारण होता है। उनके आदमियों में जोगनाथ ही ऐसा था जो जी खोलकर दारू पीता था। और चाहे अपने पैसे से पी रहा हो, चाहे किसी दूसरे के पैसे पर, दारू की मात्रा में अन्तर नहीं आने देता था। कुल मिलाकर वह एक मँझोली हैसियत का गुण्डा था।

वैद्यजी को सन्देह था कि जोगनाथ की गिरफ़्तारी के पीछे कुछ पालिटिक्स है। वे कुछ दिनों से देख रहे थे कि दारोग़ाजी उन्हीं को नहीं, रामाधीन भीखमखेड़वी को भी कुछ समझकर चल रहे हैं। पहले वे सोचते रहे कि अफ़ीम के गुप्त कारोबार में रामाधीन ने उन्हें भी साझीदार बना दिया है, पर अब उन्हें ऐसा लग रहा था कि दारोग़ाजी को भ्रम हो गया है—इस बात का भ्रम कि राजनीतिक दाँव-पेंच में रामाधीन भीखमखेड़वी उनके लिए वैद्यजी की अपेक्षा ज़्यादा कारगर साबित होंगे। जो भी हो, वैद्यजी को अहसास हो गया था कि इस परिस्थिति में अगर जोगनाथ की गिरफ़्तारी होती है तो शुरू में वही होगा जो दारोग़ाजी चाहेंगे और दारोग़ाजी वही चाहेंगे जो रामाधीन भीखमखेड़वी चाहेंगे।

पर रुप्पन बाबू ने ज़िद की थी कि जोगनाथ को ज़मानत पर थाने से ही छुड़वा लिया जाए। इसलिए वे दारोग़ाजी से न चाहते हुए भी बात करने के लिए तैयार हो गए थे।

दारोग़ाजी इस वक़्त सवेरेवाले मुस्तैद दारोग़ा न थे जिनकी निगाह पड़ते ही आदमी के जिस्म पर नीलगू निशान और खरोंचें उभर आती हैं। इस वक़्त वे सिल्क के कुरते में अपनी तन्दुरुस्त देह को झलका रहे थे। नीचे खद्दर का पैजामा। होंठों के कोनों से पान बहता हुआ। उनके मुँह से वैद्यजी ने पूरी घटना सुन ली। उन्हें ताज्जुब नहीं हुआ, सिवाय इसके कि जोगनाथ के घर से पुलिस ने एक देसी तमंचा तक नहीं बरामद किया। पुलिस के घनिष्ठ सम्पर्क में इतने साल बिताकर वे इतना जान गए थे कि ऐसे मौक़े पर अपराधी के घर से लोहे का एक भोंडा टुकड़ा ज़रूर निकलता है, जिसे तमंचा समझा जाता है और जिसे देखते ही यह ऐतिहासिक तथ्य अपने-आप स्पष्ट हो जाता है कि अठारहवीं और उन्नीसवीं सदी में अंग्रेज़ों के सामने भारतीयों की हार का मुख्य कारण क्या था।

उन्होंने दारोग़ाजी को मुरव्वत के लिए धन्यवाद देना आवश्यक समझा। भूमिका के तौर पर पूछा, ''जोगनाथ के घर से केवल आभूषण ही निकले ? गाँजा, भंग, चरस या अफ़ीम तो नहीं ?''

''मैंने अफ़ीम की तलाशी नहीं ली थी! वैसा करता तो लोग यही कहते कि उस बार उधर की पार्टी से एक आदमी अफ़ीम के सिलसिले में पकड़ा गया था, इसलिए इस बार एक आदमी इधर से पकड़ा गया है।''

''पार्टी ?'' वैद्यजी ने आश्चर्य के साथ पूछा, ''कैसी पार्टी ? आप यह किसकी भाषा बोल रहे हैं ?''

उत्तर दिया रुप्पन बाबू ने, "पुलिस की।"

दारोग़ाजी ने आँखें मीचकर अपना दिमाग़ साफ़ करना चाहा। मन में उन्होंने कहा कि अंग्रेज़ी शराबों में 'जिन' बहुत धोखेबाज़ चीज़ है। देखने में पानी-जैसी है, पर पेट में पहुँचकर ज़बान को ग़लत मोड़ देने लगती है। क्या कहना चाहिए और क्या कहलाती है। उन्होंने आँखें खोलीं, वैद्यजी का चेहरा काफ़ी गम्भीर हो गया था। अब ये कोई कमीनेपन की बात कहेंगे, सोचकर दारोग़ाजी उनके मुँह की छटा निहारने लगे।

"आपने यह संकोच निरर्थक ही दिखाया," वैद्यजी बोले, "जो अफ़ीम का तस्कर व्यापार करता हो उसे कभी क्षमा न करना चाहिए। वह दुराचारी है, देशद्रोही है।"

दारोग़ाजी चुपचाप बैठे रहे। उन्होंने मन-ही-मन हलफ़ उठाया कि 'जिन' हो या न हो, अब कोई गलत बात नहीं कहूँगा। वैद्यजी ने अचानक पूछा, "जोगनाथ के घर से तमंचा तक नहीं निकला। यह कैसी तलाशी थी?"

"ऐसी-ही-वैसी समझ लीजिए," दारोग़ाजी विनम्रतापूर्वक बोले, "अब इतने तमंचे कहाँ रह गए कि हर तलाशी में एक-एक निकलता जाए!" मुस्कराकर उन्होंने सोचा कि 'जिन' ऐक्टिंग करने में बड़ी मददगार साबित होती है।

रुप्पन बाबू एक अख़बार के पीछे अपना मुँह छिपाए हुए थे। वहीं से बोले, "कहाँ चले गए सब तमंचे? आपके स्टॉकवाले सब ख़त्म हो गए क्या?"

दारोग़ाजी ने गम्भीरतापूर्वक कहा, "पिछली बार वैद्यजी ने जो भाषण थाने पर दिया था, यह उसी का नतीजा है। उससे प्रभावित होकर सभी बदमाशों ने अपने तमंचे इलाके के बाहर फेंक दिए हैं। ज़्यादातर उन्नाववालों के हाथ बेच दिए हैं।"

बद्री पहलवान उन्नाव गए हुए थे। अभी लौटे नहीं थे। वैद्यजी ने आँख का कोना सिकोड़कर कुछ सोचा और धीरे-से हँसे। बोले, "शिवपालगंज का जलवायु बड़ा ही उत्कृष्ट है। बुद्धि के विकास के लिए बड़ा अनुकूल पड़ता है।"

"मैं तो आपको ही यहाँ का जलवायु मानता हूँ।"

इस बार दारोग़ाजी ने यह बात कहकर 'जिन' को मन-ही-मन गालियाँ नहीं दीं, बल्कि वे खुलकर हँसे। वे हँसते रहे और उन्हें पता ही नहीं चला कि 'जिन' ने ज़बान को ही नहीं, गले को भी ग़लत मोड़ दे दिया है।

वैद्यजी चुपचाप बैठे रहे। दारोग़ाजी की बात उन्होंने अनसुनी कर दी थी। दारोग़ाजी चलने के लिए धीरे-से खड़े हो गए। जब वे बैठक की चौखट लाँघ रहे थे तो वैद्यजी ने, जैसे वे कोई भूली बात याद कर रहे हों, कहा, "जोगनाथ की ज़मानत तो शायद मेरे ही नाम लिखी गई है?"

दारोग़ाजी खड़े हो गए। बोले, "वैसा होता तो आपके दस्तख़त ज़रूर करा लेता। पर कोई बात नहीं, अदालत से ज़मानत हो जाएगी। किसी को वहीं भेज दीजिए।"

वैद्यजी चुप हो गए। रुप्पन ने अब साफ़-साफ़ पूछा, "यहाँ ज़मानत लेने में क्या दिक्क़त है?"

"चोरी का जुर्म ग़ैर-ज़मानती है।"

"और ख़ून का?"

दारोग़ाजी ने हल्के ढंग से कहा, "आप शायद पारसाल के नेवादावाले मुक़दमे का ज़िक्र कर रहे हैं; पर उसमें तो मुलज़िम टी. बी. का मरीज़ था। उसे हवालात में रखकर कौन हत्या मोल लेता ?"

रुप्पन बाबू अख़बार छोड़कर पहले ही उठ खड़े हुए थे। बोले, "जोगनाथ अभी तो आपकी हिरासत ही में है। उसका वहीं मुआइना करा लीजिए। वह भी बीमार है। यह और बात है कि टी. बी. तो नहीं, सुज़ाक है।"

वैद्यजी ने ठण्डी आवाज़ में कहा, "रुप्पन, शिष्टता से बोलो। दारोग़ाजी अपने आत्मीय हैं, जो करेंगे, समझकर ही करेंगे।"

दारोग़ाजी ने दोहराया, "तो आज्ञा है ? चलूँ ?"

"ज़रूर चलिए।" रुप्पन बाबू बोले, "थाने पर रामाधीन बैठे राह देख रहे होंगे।"

दारोग़ाजी मुस्कराए, फिर नौकरशाही के जीवन की सबसे खेदपूर्ण घटना का ज़िक्र किया, "देश आज़ाद हो गया है। इसलिए अब बात ही दूसरी है वरना, रुप्पन बाबू, राह तो बड़े-बड़े लोग देख रहे होते।"

उनके चले जाने पर रुप्पन बाबू ने कहा, "जिसे समझे थे ख़मीरा वो भसाकू निकला।" इतना उन्होंने स्वगत के रूप में कहा, बाक़ी वैद्यजी से, "बड़ी बेइज़्ज़ती हुई।"

वैद्यजी शान्त भाव से बैठे रहे। फिर रंगनाथ को घर से निकलता देखकर व्याख्यान-शैली में बोले, "लाभालाभ, जयाजय, मान-अपमान—इन सबको सम-बुद्धि से लेना चाहिए।"

पिताजी गीता की बात कर रहे हैं, रुप्पन बाबू ने सोचा, अब देखें यह दारोग़ा बचकर कहाँ जाता है !

बाबू रामाधीन भीखमखेड़वी के दरवाज़े पर आज भंग घुट रही थी। सामने एक छप्पर के नीचे जुआ हो रहा था। दोनों चीज़ों से बेलौस, बाबू रामाधीन एक चारपाई पर लेटे हुए लंगड़ की बात सुन रहे थे। लंगड़ चबूतरे के नीचे खड़ा था।

रंगनाथ और सनीचर उसी ओर से निकल रहे थे। बाबू रामाधीन ने उन्हें आवाज़ देकर बुलाया, खुद चारपाई के एक कोने में बैठकर उसे उन्होंने सिरहाने बैठा लिया, सनीचर के बारे में उन्होंने कोई तक़ल्लुफ़ नहीं दिखाया। सिर्फ़ इतना कहा, "खड़े क्यों हो ? बैठ जाओ प्रधानजी।"

रंगनाथ के लिए यह दूसरा मौक़ा था। पहली बार जब वह रामाधीन के घर के आगे से निकला था, भंग और जुए का कहीं ज़िक्र न था। आज यहाँ का मौसम अच्छा था। रंगनाथ ने लंगड़ की ओर देखकर पूछा, "इनके क्या हाल हैं ?"

"बहादुर आदमी है। समझ लो, बैल को दुहकर आया है।" रामाधीन ने हाथों से इशारा करके बताया कि बैल को दुहने की कोशिश में हाथों को कहाँ तक जाना पड़ता है।

रंगनाथ ने ललकारकर पूछा, "क्या हुआ ? नक़ल मिल गई ?"

लंगड़ ने वैष्णव सन्तों की निरीहता से जवाब दिया, "हाँ, बापू, अब मिली ही समझो। सदर से दरख़्वास्त वापस लौट आयी है। वैसे सदर जानेवाली दरख़्वास्तें वहीं

खो जाती हैं, पर मेरी खोयी नहीं। आप लोगों के चरणों का प्रताप है।''

सनीचर ने समझदारी से कहा, ''बहुत अच्छा लच्छन है। दरख़्वास्त वापस लौट आयी तो अब नक़ल मिल जाएगी।''

''कब मिलेगी ?'' रंगनाथ ने पूछा।

लंगड़ को यह उतावली कुछ नापसन्द आयी। रंगनाथ को दिलासा देते हुए कहा, ''नक़ल-बाबू कहते थे कि तुम्हारा नम्बर अब आने ही वाला है।''

रामाधीन ने कहा, ''जाओ लंगड़ ! जाकर उधर ठंडाई-वंडाई पी लो।'' फिर वे रंगनाथ की तरफ़ घूमे और बिना दिलचस्पी के बोले, ''सुना, आज जोगनाथ गिरफ़्तार हो गया है ?''

रंगनाथ शुरू से ही इस सवाल के लिए तैयार था। उसने रामाधीन से पूछा, ''कौन जोगनाथ ?''

रामाधीन उसका मुँह देखते रह गए, फिर सनीचर से बोले, ''प्रधानजी, इन्हें बताओ जोगनाथ कौन है ?''

सनीचर ने कहा, ''तुम, बाबू साहब, मुझको अभी से प्रधान-व्रधान न कहो। जब अपना क़ीमती वोट मंगलदास वल्द दुलारेलाल को दे दोगे, तभी मैं प्रधान बन पाऊँगा। अभी से टिलर-टिलर करना बेकार है। क्यों न बाबू रंगनाथ ?''

भंग का गिलास रंगनाथ के आगे आ गया था। उसने सिर हिलाकर कहा, ''मैं तो पीता नहीं हूँ।''

बाबू रामाधीन को कुछ वैसे ही अपमान का अनुभव हुआ, जिसका अन्तिम परिणाम हल्दी घाटी की लड़ाई थी। गुर्राकर बोले, ''तुम भंग क्यों पियोगे भैया ! यह ज़ाहिलों की चीज़ है।''

रामाधीन के सामने एक गँजहा बैठा था। रंगनाथ को अपने से ज़्यादा साफ़-सुथरा देखकर वह उसे शुरू से ही अपना स्वाभाविक शत्रु मान रहा था। वह बोल पड़ा, ''ये शहरी आदमी हैं, भंग कैसे पी सकते हैं ? इनके लिए तो बोतलवाली निकालो बाबू साहेब !''

रामाधीन ने रंगनाथ के प्रति बड़ी भलमनसाहत से देखा और बोले, ''ये बोतलवाली नहीं पियेंगे। बाँभन हैं न !'' फिर उन्होंने रंगनाथ से आदरपूर्वक पूछा, ''और पीते हैं तो हुकुम करें, मँगाऊँ !''

बाँभन के स्तर पर उतार दिए जाने के कारण रंगनाथ को जवाब देने में दिक़्क़त महसूस होने लगी, पर सनीचर ने बिना हिचक कहा, ''तुम क्यों बोतल मँगाते हो ? बोतल तो ये चिमिरिखीदास मँगायें जिन्होंने यह बात उठायी है।'' कहकर उसने गँजहे की तरफ़ हिक़ारत के साथ कहा, ''खड्डूस कहीं के !'' फिर एक स्थानीय कहावत, जिसका खड़ी बोली में मतलब था कि सोलह सौ सूअरों को निमन्त्रण देते घूम रहे हैं पर हालत यह है कि स्थान-विशेष में पाख़ाना तक नहीं है।

रंगनाथ ने अब चल देना ही ठीक समझा, क्योंकि बातें उखड़ी-उखड़ी हो रही थीं, ''अब चलने दीजिए बाबू रामाधीनजी, टहलने जा रहा था। देर हो जाएगी।''

"टहलना काम है घोड़ी का, मर्द-बच्चे का नहीं।" वे आत्मीयता से बोले, "पाँच सौ डण्ड फटाफट मारिए, लोहा-लंगड़ सबकुछ पेट में हज़म हो जाएगा।"

वे दोनों चल दिए, पर चलते-चलते जुआरियों के पास थोड़ी देर के लिए ठिठक गए।

खेल दो गुटों में हो रहा था। एक ओर कई आदमी बैठे हुए 'कोटपीस' खेल रहे थे। उनकी परिस्थिति पर ग़ौर करने से पता चलता था कि कोटपीस एक ऐसा खेल है जो बावन पत्तों से होता है; पत्ते पुराने, घिसे हुए और इस क़दर कटे-पिटे होने चाहिए कि पारखी आदमियों को दूसरी ओर से पता चल जाय कि यह कौन-सा पत्ता है। उस गुट को देखने से यह भी पता चलता था कि कोटपीस आठ आदमियों द्वारा खेला जाता है। उनमें चार आदमी पत्ते हाथ में लेकर मुँह को अपनी छाती पर लटकाकर और दारुण चिन्ता के बोझ में दबकर बैठते हैं। बाक़ी चार आदमी एक-एक खिलाड़ी के पीछे बैठकर उस खेल का आँखों-देखा हाल बयान करते चलते हैं और जहाँ चुप रहने की ज़रूरत हो वहाँ निश्चित रूप से बोलते हैं। यही नहीं, वे खेलनेवालों के लिए तम्बाकू मलने, बीड़ी सुलगाने, पानी मँगाने और फेंके गए पत्तों को उठाने का काम करते हैं। खेल के बाद हार-जीत के मुताबिक जब खिलाड़ियों में पैसे का लेन-देन हो तो रेज़गारी की कमी को पूरा करने और जीते हुए खिलाड़ी के पैसे से पान मँगाने की ज़िम्मेदारी भी इन्हीं पर होती है। बने हुए पत्तों को गिनने और हारी हुई बाज़ी को फिंकवाकर किसी बहाने से झगड़ा शुरू कराने का काम भी इन्हीं को करना पड़ता है। सामने बैठे खिलाड़ी को कौन-सा पत्ता चलना चाहिए, इसे इशारे से बताना और इशारे का पता चल जाने पर विरोध में शोर मचाना भी इन्हीं का काम है।

रंगनाथ को यह खेल फिसड्डी-जैसा मालूम पड़ा, बिलकुल भंग के नशे-जैसा, पर जब उसने दूसरे गुट का निरीक्षण किया तो उसकी धारणा शिवपालगंज के जुए के बारे में बिलकुल ही बदल गई।

वे फ़्लैश खेल रहे थे, जो लैंटर्न को 'लालटेन' बतानेवाले नियम से यहाँ फल्लास बन गया था। खेल बड़े घमासान का चल रहा था। एक तरफ़ ब्लफ़ का स्वयं-चालित अस्त्र हत्याकाण्ड मचाए हुए था। दूसरी ओर शुद्ध देशी चाल से एक खिलाड़ी बढ़ रहा था। अचानक उसकी अक़्ल का हाथी घबराकर इधर-उधर भागने लगा और मालिक को नीचे फेंककर उसे कुचलने के लिए टाँग उठाकर खड़ा हो गया। उसने पत्ते फेंक दिए और उधर मुट्ठी-भर पैसे फड़ से बटोरकर दूसरे खिलाड़ी ने अपनी जाँघ के नीचे दबा लिये। हारे हुए खिलाड़ी ने, जिसे दो दिन पहले रंगनाथ ने वैद्यजी के घर पर आठ आने फ़ी दिन की मज़दूरी पर काम करते हुए देखा था, बिना किसी शिकन या खीज के एक बीड़ी सुलगा दी और दूसरी बाज़ी के बँटते हुए पत्तों को बिना दिलचस्पी के देखने लगा। रंगनाथ ने उसके धैर्य और साहस की मन-ही-मन सराहना की।

दत्तात्रेय ज़िन्दा होते तो इसे अपना पच्चीसवाँ गुरु बनाते, उसने सोचा। उसका मत्था उस खिलाड़ी की निर्विकारता पर आदर के साथ–और सच पूछा जाय तो उसके पत्तों को झाँककर देखने के मतलब से–नीचे झुक गया।

उन लोगों की अपनी एक भाषा थी। वे पेयर को 'जोड़' कहते थे। फ़्लश को 'लँगड़ी', रन् को 'दौड़', रनिंग फ़्लश को 'पक्की' और ट्रेल को 'टिर्रेल'। उसने सोचा : अंग्रेज़ी शब्दों को हिन्दी में ढालने की समस्या का सही जवाब यही है।

देश में पेशेवर कोशकारों और उनकी समितियों का जाल बिछा है जो अंग्रेज़ी शब्दों के लिए हिन्दी और दूसरी क्षेत्रीय भाषाओं के शब्द रच रहे हैं। यह काम काफ़ी दिलचस्प है क्योंकि एक ओर कमरे के भीतर एक नयी भाषा का निर्माण हो रहा है, दूसरी ओर इतना वक़्त भी लग रहा है कि निर्माणकर्ता पेंशन पाने-भर की नौकरी पूरी कर लें। यह इसलिए भी दिलचस्प है कि इस तरह बनाई गई भाषा का कोई अर्थ नहीं है, सिवाय इसके कि यह कहा जा सकता है कि लो भाई, जो शै हमारी अंग्रेज़ी में थी, वह तुम्हारी भाषा में आ गई है। भाई उसे लें या न लें, इससे किसी को कोई उलझन नहीं है।

रंगनाथ इस बेहूदा समस्या के बारे में कभी-कभी सोचता था, पर उसे कोई रास्ता नहीं दीख पड़ता था। बार-बार 'पक्की', 'टिर्रेल' और 'लँगड़ी' का प्रयोग सुनकर उसने आज सोचा : क्यों न इन चार-पाँच गँजहों की एक समिति बनाकर दिल्ली में बैठा दी जाय। ये बड़े-बड़े पारिभाषिक शब्दों के लिए, सिर्फ़ सामाजिक स्वीकृति के आधार पर, अपनी मातृ-भाषा के कुछ शब्द निकालकर पेश कर देंगे और कुछ न हुआ तो ट्रेल को 'टिर्रेल' बनाने में क्या देर लगती है।

जिस आत्मविश्वास से वे खेल रहे थे और अपने चूतड़ की खाल तक को बेचकर वे जिस आशावादिता से ब्लफ़ लगा रहे थे, उसने रंगनाथ को अचम्भे में डाल दिया। यह स्पष्ट था कि विदेशों से करोड़ों रुपये उधार माँगनेवाले डेफ़िसिट फ़ाइनेंसिंग के आचार्यों और महान् राजनीतिज्ञों में भी इतना मज़बूत कलेजा मिलना मुश्किल है। रंगनाथ ने सोचा : इन मज़दूरों और चरवाहों का जीवन देखकर आज से मैं दिल्ली के स्वप्न-द्रष्टाओं पर नाराज़ होना छोड़ दूँगा।

उसने अपने पास बैठे हुए खिलाड़ी की ओर देखा। इस बार वह फिर दाँव हार गया था। उसने एक नयी बीड़ी सुलगायी और निर्विकार-भाव से इधर-उधर आँखें घुमाकर देखा। रंगनाथ और सनीचर को सूनी निगाह से एक किनारे छोड़ते हुए उसने कुछ दूर खड़े हुए एक मज़दूर को पाँच उँगलियाँ दिखाकर रुपये निकालने का इशारा किया। उसने सिर हिलाकर 'नहीं' कह दिया। तब वह उठकर बाबू रामाधीन के पास पहुँचा और वहाँ से तत्काल ही लौटकर अपनी जगह पर पूर्ववत् बैठ गया। उसका चेहरा पहले की तरह निर्विकार था। ताश उठाकर उसने अधजली बीड़ी दूर फेंकी और एक डकार ली। फिर उसने पाँच रुपये का नोट फेंककर, बाक़ी रुपये वापस उठाने की चिन्ता किये बिना, एक दाँव चला। दूसरी तरफ़ एक खिलाड़ी ने कहा, ''इस बार कोई बड़ा पत्ता आया है।''

रंगनाथ ने झुककर देखा, वह फिर पहले की तरह ब्लफ़ खेल रहा था।

विदेशी सहायता किन कारणों से, किस मौक़े पर और किस तरह का चेहरा लेकर माँगनी चाहिए, यह सबक़ रंगनाथ की आँख के आगे खुला हुआ था।

वे मैदान में पहुँच गए थे और रंगनाथ को अकेला छोड़कर सनीचर कुछ दूरी पर एक छोटे-से तालाब की ओर जानेवाला था। रंगनाथ ने उससे पूछा, "और तो सब ठीक है, पर एक बात समझ में नहीं आयी। छोटे पहलवान जोगनाथ के ख़िलाफ़ पुलिस के गवाह बन गए, यह ठीक नहीं है।"

सनीचर तालाब की ओर राकेट की-सी तेज़ी से बढ़ने लगा। उसने अण्डरवियर की डोरी टटोलनी शुरू कर दी थी और यह बताने की ज़रूरत नहीं थी कि इस रफ्तार की वज़ह क्या है। पर जाते-जाते उसने रंगनाथ को यह बात नौ शब्दों में समझा दी। उसने कहा, "देखते जाओ रंगनाथ बाबू, ये गँजहों के चोंचले हैं।"

इसके बाद जैसे कोई विश्वसुन्दरी उसे अपने बिस्तर पर बुला रही हो, इस आतुरता से अण्डरवियर को दूर फेंककर रंगनाथ की निगाह के सामने ही वह बिलकुल नंगा हो गया और चट से तालाब के किनारे तीतर लड़ानेवाली मुद्रा में बैठ गया।

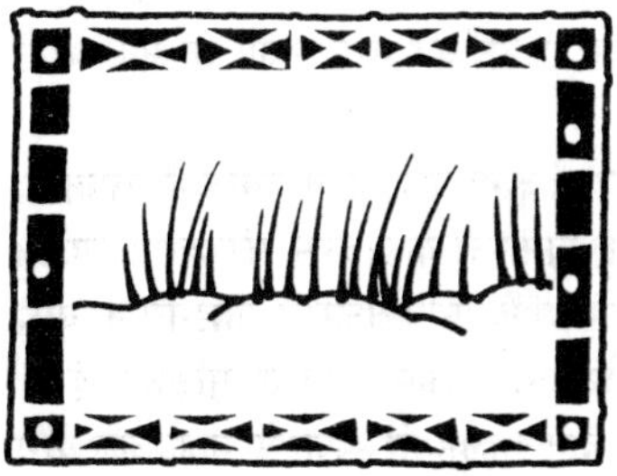

22

शहर में चायघर, कमेटी-रूम, पुस्तकालय और विधानसभा की जो उपयोगिता है, वही देहात में सड़क के किनारे बनी हुई पुलिया की है; यानी लोग वहाँ बैठते हैं और गप लड़ाते हैं। इस समय, दिन के लगभग दस बजे, इतवार के दिन रंगनाथ और रुप्पन बाबू एक पुलिया पर बैठे हुए धूप खा रहे थे और ज़माने की हालत पर ग़ौर कर रहे थे।

ज़माने की हालत—अर्थात् अँधेरे में पाए गए दो मज़बूत स्तनों का गर्मागर्म स्पर्श। बात रंगनाथ ने शुरू की थी। उसने चाहा था कि वह उस रात की घटना किसी से न बताए। रुप्पन से वह सिर्फ़ सामान्य ज्ञान की बात करना चाहता था और साथ ही वह इतना जानना चाहता था कि मुहल्ले में ऐसी कौन-कौन-सी लड़कियाँ हैं जो चोली बनानेवाली किसी कम्पनी के कैलेण्डर में मॉडल की हैसियत से इस्तेमाल हो सकती हैं। उसने जब रुप्पन से बात शुरू की तो ऐसा जान पड़ा था, जैसे वह उस कम्पनी का प्रचार-अधिकारी हो और लड़कियों या उनके स्तनों में उसकी दिलचस्पी बिलकुल कारोबारी तौर की हो। रुप्पन बाबू ने जब उससे इस विषय पर ज़रा गहराई से बात करनी चाही तो गहराई की बहस आ जाने पर प्रत्येक भारतीय विद्यार्थी की तरह वह इधर-उधर कतराने लगा। उसने बात को मोड़कर लड़कियों की तन्दुरुस्ती पर उतारा और 'द ग्रेट इण्डियन ब्रा-मैनुफैक्चरिंग कम्पनी' के प्रचार-अधिकारी के पद से इस्तीफ़ा देकर 'अखिल भारतीय नागरिक स्वास्थ्य-संघ' के महामन्त्री का ओहदा सँभाल लिया; पर

रुप्पन बाबू के सवालों ने उसे उस कुर्सी पर भी नहीं टिकने दिया और थोड़ी देर तक अँधेरे, जाड़े, भूत-प्रेत आदि का ज़िक्र करते रहने के बाद रंगनाथ को महसूस हुआ कि धीरे-धीरे, न चाहते हुए भी, उस रात की घटना का पूरा विवरण वह रुप्पन बाबू को सुना चुका है।

रुप्पन बाबू बड़े ध्यान से सुनते रहे और रंगनाथ की बात ख़त्म होते-होते उन्हें लगा कि भट्ठी में बैठे हैं। उन्हें अपने भीतर एक अजीब-सी गर्मी और तनाव महसूस हुआ जैसा कि लड़कियों की बात चलने पर उनके साथ हमेशा हो जाता था। उन्हें यक़ीन हो गया कि छत पर आनेवाली लड़की बेला थी और जिसको वह आत्म-समर्पण करना चाहती थी, वे स्वयं रुप्पन बाबू थे। मेरा प्रेम-पत्र अब रंग ला रहा है और वह कसमसा रही है, उन्होंने अभिमानपूर्वक सोचा और उसके साथ खुद ही कसमसाने लगे। उस रात छत पर मैं खुद क्यों नहीं सोया, इस अफ़सोस ने रुप्पन बाबू के गले में एक सिनेमा का गाना लाकर लटका दिया; पर इस वक़्त उन्हें रंगनाथ के आगे एक समझदार आदमी की तरह का रूप प्रकट करना था, इसलिए ऊपर से वे एक समझदार आदमी की तरह बैठे रहे। उन्हें चुप देखकर रंगनाथ ने अपनी बात दोहरायी, "उसके आने और जाने का मुझे पता ही नहीं चला। मुझे सिर्फ़ इतना याद है कि वह मेरी छाती पर झुकी बैठी थी और...।"

रुप्पन बाबू बड़प्पन के साथ बोले, "हो जाता है। कभी-कभी ऐसा धोखा भी हो जाता है। पता नहीं कौन था, कोई आया भी था या नहीं, किसी से कुछ कहने की ज़रूरत नहीं। देहाती हूशों का मामला। भूत-परेत की सोचने लगेंगे। किस-किसको समझाओगे रंगनाथ दादा ! ज़बान बन्द रखो। हो सकता है, सपना देखा हो; सचमुच भी हो सकता है।"

रंगनाथ को इस व्याख्यान में ऐतराज की दो बातें मालूम दीं—एक तो यह कि रुप्पन बाबू उसके अनुभव को सपने की बात कहकर टाल देना चाहते थे; और दूसरे यह कि बार-बार वे उस लड़की के लिए पुल्लिंग का प्रयोग कर रहे थे। उसने कहा, "उसमें धोखा हो ही नहीं सकता। मैं जाग रहा था। वह आकर मेरी चारपाई पर बैठी थी, मेरे ऊपर झुकी थी।"

"ठीक है, ठीक है," अपने हाथ से कुछ काल्पनिक मच्छरों को उड़ाते हुए रुप्पन बाबू बोले, "मान लिया। सचमुच ही कोई आया था। पर इस बारे में कहीं कुछ कहने की ज़रूरत नहीं।"

कोई आया था ! रंगनाथ ने आँख मूँदकर एक बार कोणार्क की सुर-सुन्दरियों का सरसरी तौर पर मुआइना किया और बीस बार मन में दोहराया, "आया था नहीं, आयी थी। रुप्पन बाबू, तुम कभी 'आया था' के आगे भी सोच पाओगे या नहीं ?"

उसके दूसरे दिन !

बादाम ख़त्म हो गया था और उसे ख़रीदने के लिए रंगनाथ को शिवपालगंज का चक्कर लगाना पड़ा। पंसारियों की दो-चार दुकानें थीं। वहाँ उसे आगे लिखी बातें मालूम हुईं :

"बादाम अब कौन बेचे ? खानेवाले कहाँ रह गए ? बादाम को हज़म करना कोई मामूली बात है ! उसे पचाने के चक्कर में बड़े-बड़े पहलवानों की हवा बन्द हो जाती है। फिर बादाम ख़रीदेगा कौन ? गेहूँ-चना बादाम के मोल बिक रहा है, वही मिल जाय, बड़ी बात है। बद्री पहलवान पहले बादाम खाते थे, तब हम लोग भी उसे दुकान में रखते थे। अब वे भी दूध-घी के ऊपर चल रहे हैं और उनके छोटे भाई रुप्पन हैं, वे चियाँ-जैसा मुँह लिये चाय-बिस्कुट के सहारे जी रहे हैं।

"अब यहाँ बादाम-वादाम नहीं मिलता। सच पूछो तो बादाम का भी अब नाम-ही-नाम है। बढ़िया काग़ज़ी बादाम अब आता कहाँ है ? आता है तो शहर-का-शहर में ही रह जाता है। बाज़ार में घुसने ही नहीं पाता। नये-नये सेठ-साहूकार बढ़ रहे हैं। वे पहले ही ख़रीदकर लड्डू बनवा डालते हैं। मनमाना खाते हैं और खाकर हग देते हैं।

"बादाम कोई ऐसी अच्छी चीज़ थोड़ी ही है। पेट को ईंट-जैसा बना देता है। उसे बिना मुनक्के के खाना ही न चाहिए। मुनक्का अच्छी चीज़ है। कमज़ोर कोठे के लिए दस्तावर है, पर तन्दुरुस्त आदमी का पेट हल्का रखता है।

"मुनक्का लोगे ? देखो, ये हैं असली मुनक्का। शिवपालगंज है, इसलिए मिल जाएगा। शहर होता, तो दिन-भर चक्कर काटते। यह चीज़ वहाँ नहीं मिलेगी।"

बकरी की लेंड़ी-जैसा मुनक्का देखते-देखते रंगनाथ इसी नतीज़े पर पहुँच गया कि गाँव में ख़रीदने के लिए आदर्श पदार्थ सिर्फ़ वही है जो श्री मैथिलीशरण गुप्त ने आज से लगभग पचास साल पहले लटके हुए देखे थे :

काशीफल कूष्माण्ड कहीं है,
कहीं लौकियाँ लटक रही हैं।

सुना था कि शिवपालगंज से दो मील दूर एक दूसरे गाँव में पंसारियों की कुछ दुकानें हैं जहाँ अच्छा बादाम मिल जाने की सम्भावना है। रंगनाथ वहीं के लिए चल दिया। रास्ता काफ़ी दूर तक पगडण्डीवाला था, पर उस पर जगह-जगह बबूल की काँटेदार टहनियाँ रखी थीं। खाइयाँ और नालियाँ खुद गई थीं और कहीं-कहीं ऊँची मेंड़ें बाँध दी गई थीं। किसानों की यह भावना क़दम-क़दम पर स्पष्ट हो रही थी कि वे नहीं चाहते कि कोई चिड़िया भी उस रास्ते से निकले। पर आदमी, जो आज मंगल-ग्रह और चन्द्रमा तक राह बनाने के लिए तैयार है, इन विघ्न-बाधाओं को कुचलकर कहीं खेतों के बीच से और कहीं नालियों के अन्दर से रास्ता निकाल चुका था।

एक भलामानुस उधर ही जा रहा था। रंगनाथ उसके पीछे हो लिया। उस आदमी ने उससे पूछा कि तुम किसके लड़के हो। उसने कहा कि वैद्यजी का भांजा हूँ।

उस आदमी ने इज़्ज़त के साथ कहा कि मैंने आपका नाम सुना था। आज दर्शन हो गए। सुना है आप बहुत पढ़े-लिखे हैं। बी.ए., ए.मे. हैं। रंगनाथ ने जवाब में कहा कि यह रास्ता बहुत गड़बड़ है। पता नहीं, लोगों ने बबूल की ये डालें क्यों गाड़ रखी हैं। उसने जवाब दिया कि अब कोई किसी को टोकनेवाला तो है नहीं, जो चाहता है, रास्ते में मेंड़ बाँध देता है, बबूल गाड़ देता है। रंगनाथ ने कहा, क्यों ? गाँव-पंचायत तो है। उसने कहा कि हाँ, पंचायत तो है, पर वह सिर्फ़ जुर्माना करती है। ज़मींदार

था तो जूता लगाता था : उसने समझाया कि हिन्दुस्तान साला भेड़ियाधँसान मुल्क है। बिना जूते के काम नहीं चलता। ज़मींदारी टूट गई है, जूता चलना बन्द हो गया है, तो देखो, सरकार को खुद जूतमपैज़ार करना पड़ता है। रोज़ कहीं-न-कहीं लाठी या गोली चलवानी पड़ती है। कोई करे भी तो क्या करे ? ये लात के देवता हैं; बातों से नहीं मानते। सरकार को भी अब ज़मींदारी तोड़ने पर मालूम हो गया है कि यहाँ असली चीज़ कोई है तो जूता। रंगनाथ ने कहा कि यह भी कोई बात हुई, जूते के सहारे लोगों को कब तक तमीज़ सिखायी जाएगी। उस आदमी ने कहा कि जूता तो चलते ही रहना चाहिए, जब तक बदमाश की खोपड़ी पर एक भी बाल रहे, जूते का चलना बन्द नहीं होना चाहिए।

आदमी का मूड खराब था, इसलिए रंगनाथ चुप हो गया। थोड़ी देर चलते रहने के बाद वह आदमी अचानक बोला, "बी. ए. का ओहदा बड़ा होता है कि वकालत का ?"

रंगनाथ ने कहा, "क्या बड़ा, क्या छोटा ! सब एक हैं।"

"सो तो मैं भी जानता हूँ। फटीचर देश में बड़े-छोटे तो एक ही हो गए हैं। पर असलियत में बड़ी कौन चीज़ है, वकालत कि बी.ए. ?"

रंगनाथ ने टालने के लिए कहा, "वकालत।"

"तो समझ लो कि मेरा लड़का वकील है।"

रंगनाथ ने पूछा, "कहाँ रहता है ?"

वकील के बाप ने अहंकार से कहा, "वकील कहाँ रहते हैं ? वह यहाँ गाँव में थोड़े ही है ? शहर में बस गया है। तीन साल से वकालत कर रहा है।"

"तब तो बड़े वकीलों में गिना जाता होगा।"

"बड़ा नहीं, बहुत बड़ा। तुम्हारे गाँव का जोगनथवा है न ! उसकी तरफ़ से खड़ा हुआ है। वैद्यजी यहाँ हाथ-पाँव पटककर रह गए। दारोग़ा ने ज़मानत नहीं ली। वहाँ उसने इजलास में खड़े-खड़े ज़मानत करा ली।

"उसका हाथ भी रईसों का है। वकालतनामा मैंने ही भराया था। उसने पाँच रुपये मेरे हाथ में भी ठूँस दिए।"

रंगनाथ ने वकील के बाप का हौसला बढ़ाना चाहा : "इसका मतलब यह है कि कमाता अच्छा है।"

वह आदमी चौकन्ना हो गया। उसने मुड़कर रंगनाथ का चेहरा देखा और आवाज़ को मरियल बनाकर कहने लगा, "अच्छा क्या, हाँ यह कहो कि...अब चाहे अच्छा ही कह लो। बस, ऐसा-ही-वैसा है, भैया ! कमाई तो अब तुम्हारे मामा की है। कैसी बैठक चमकायी है !

"इमली का चियाँ भी पुड़िया में बन्द करके किसी को दे दें तो एक रुपये का हो जाएगा। वक़्त की बात है।" अपनी ईर्ष्या छिपाने की उसने कोई कोशिश नहीं की। शुद्ध देहाती ढंग से वह वैद्यजी पर कोड़े बरसाने लगा, "देखते-देखते इतने बड़े नेता हो गए। पहले सीधे-सादे थे। अब जितना ज़मीन के ऊपर हैं, उतना ही नीचे घुसे हुए हैं।

पेशाब में चिराग़ जल रहा है।"

अन्त में उसने कहा, "पर दारोग़ा ने जोगनथवा के मामले में उन्हें घास नहीं डाली। बन्दर की तरह कटघरे में बैठालकर जोगनथवा को जेल भेज दिया।"

उसने पुरानी बात दोहरायी, "मेरे लड़के ने ज़मानत न करायी होती तो जेलर के बच्चों को गोद में खिला रहा होता।"

"पेशी कब है ?"

"जोगनाथ के मुक़दमे की ? अनारी मजरैट का इजलास का मुक़दमा ! उसमें जब चाहो तभी पेशी लग जाएगी। मेरा लड़का आजकल घर आया है। दो-चार दिन बाद शहर वापस जाएगा, तब किसी दिन पेशी डलवा लेगा।"

वे लोग जहाँ से निकल रहे थे वहाँ ज़मीन नीची थी और चारों ओर झाड़-झंखाड़ थे। काँसों का जंगल-सा फैला हुआ था। काँस सूखकर कड़े हो गए थे और पगडण्डी पर चलनेवालों के जिस्म से टकराते थे।

काँसों की फुनगियाँ एक जगह पगडण्डी के आर-पार झूल रही थीं। उन्हें हटाकर निकल जाने के बजाय रंगनाथ ने उन्हें पकड़ लिया और एक मोटी-सी गाँठ लगा दी। रास्ता कुछ हद तक साफ़ हो गया। कुछ आगे काँस के एक दूसरे झाड़ में भी उसने इसी तरह की एक गाँठ लगा दी।

वकील का बाप खड़ा होकर रंगनाथ की इस हरकत को देखता रहा। जब काँस की फुनगी पर एक बड़ी-सी गाँठ लग गई तो उसने पूछा, "यह क्या है ?"

"क्या ?"

"यह गाँठ जो लगा दी है ?"

"वह ? गाँठ ?" वह बताने जा रहा था कि यह रास्ते पर काँस को फैलने से रोक देगी। पर वकील के बाप का चेहरा देखकर वह रुक गया। उससे लगता था कि वह किसी भारी रहस्य का पता जानना चाहता है। रंगनाथ ने मन में सोचा, ऐसा चाहते हो तो वही सही। उसने कहा, "किसी से कहना नहीं। मामा ने बताया कि रास्ते में काँस का एक जंगल है। वहाँ फुनगी में गाँठ लगा देना। हनुमानजी प्रसन्न होते हैं।"

वकील के बाप ने संशयपूर्वक कहा, "पहले कभी नहीं सुना था।"

"मैंने भी नहीं सुना था।" लापरवाही से कहकर वह आगे बढ़ा। वकील का बाप अब उसके पीछे हो लिया था और वकालत के बारे में फिर से बातें करने लगा था, "ए.मे., बी.ए. में कुछ नहीं रखा है। पहले हमारे यहाँ एक कविता कही जाती थी कि क्या है, देखो, याद नहीं आ रही है, हाँ, आखिर में है कि 'पास हैं मिडिल मुलु घास छीलि आवै ना।' अब उसी को बदलकर कहा जा सकता है कि 'बी. ए. भये पास मुलु घास छीलि आवै ना।' आजकल ए. मे., बी. ए. टकासेर बिकते हैं। तुमको तो वकालत पास करना था। वकील बनकर ठाठ से कचहरी में तख़्त डालकर बैठते। जिसका मामा गँजहा हो, ऊपर से वैद्य और फिर नेता—उसे मुक़दमे की क्या कमी ! रोज़ दस-बीस मुक़दमे तो तुम्हारे मामा के ही लगे रहते होंगे।"

रंगनाथ ने इस सलाह के बारे में कोई राय नहीं ज़ाहिर की। बस, चलते-चलते रुककर उसने काँसों के झाड़ में तीसरी गाँठ लगा दी और कहा, "जय हनुमान की !"

वकील का बाप इस बार खड़ा हो गया था। रंगनाथ के मुँह से हनुमान का नाम निकलते ही उसके हाथ भी काँस के एक झाड़ पर पहुँच गए और एक गाँठ लगाने में व्यस्त हो गए। रंगनाथ को उसने समझाया, "सोचा, मैं भी एक गाँठ लगा दूँ। कुछ टेंट से थोड़े ही जाता है !"

रंगनाथ ने गम्भीरतापूर्वक जवाब दिया, "जय हनुमानजी की !"

वकील के बाप ने तत्काल गाँठ को प्रणाम करके दोहराया, "जय हनुमानजी की !"

एक काली-कलूटी औरत सिर पर एक गन्दी-सी पोटली रखे हुए उनके पीछे-पीछे आ रही थी। पहले वह काफ़ी दूर थी, पर गाँठ लगाने के लिए जब वे रुके तो वह उनके पास पहुँच गई। वह लगभग पैंतालीस साल की थी, पर चेहरे से बुड्ढी लगती थी। वैसे चेहरे के नीचे निगाह डालने पर मैदान काफ़ी भरा-पूरा नज़र आता था। उसके सलूके के दो बटन खुले थे, पर उसके मुँह के ऊपर मीराबाई की-सी तन्मयता थी और निश्चय ही उसे यह अहसास नहीं था कि उसके दो बटन खुले हुए हैं, या बटन खुल जाने से उसका कोई नफ़ा-नुकसान भी है। रंगनाथ ने पहली निगाह में ही यह प्राकृतिक दृश्य देख लिया और उनके बाद वह वकील के बाप को देखने लगा; पर वकील के बाप ने यह नहीं देखा कि वह उसे देख रहा है, क्योंकि वह खुद उसी प्राकृतिक दृश्य को देखने में तल्लीन हो गया था जिसे रंगनाथ पहले देखकर छोड़ चुका था।

औरत ने बकरी की तरह मिमियाते हुए पूछा, "क्या कर रहे हो भैया ?"

रंगनाथ को बोलने की ज़रूरत नहीं पड़ी। वकील का बाप पहले ही बोल पड़ा, "दिखायी नहीं देता ? हनुमानजी की गाँठ लगा रहे हैं।"

औरत ने गठरी सिर से उतारकर नीचे रख दी और कहा, "हम ज़नाना हैं। हमारे लिए कोई मनाही तो नहीं है ?"

"भगवान् के दरबार में तो सब एक हैं—क्या मर्दाना, क्या ज़नाना !" वकील के बाप ने आत्म-विश्वास से कहा, जैसे इस वक़्त वह सीधे भगवान् का दरबार देखकर लौट रहा हो। औरत ने अपने दोनों हाथ काँस के एक झाड़ में खोंस दिए और श्रद्धापूर्वक बोली, "जय बजरंगबली की !"

बादाम तो नहीं मिला, पर नाई की एक दुकान पर बैठा हुआ सनीचर मिल गया। चिकित्सा-विज्ञान की दुनिया में प्राकृतिक चिकित्सावाले क्लीनिक की जो हैसियत होती है, नाइयों के जगत् में वह हैसियत इस दुकान की थी। यानी, दुकान कहीं नहीं थी और सब जगह थी। गर्द-भरी कच्ची सड़क के किनारे नीम का एक पेड़ था। उसी के नीचे नाई बोरा बिछाकर बैठा था। उसके आगे एक ईंट गड़ी हुई थी। ईंट के ऊपर सनीचर न बैठा था, न खड़ा था, सिर्फ़ था।

नाई उसके पीछे बालों पर मशीन चला रहा था। सिर के किनारे का झाड़-झंखाड़ कट चुका था, सिर के असली हिस्से पर बड़े-बड़े बाल इस तरक़ीब से छोड़ दिए गए

थे कि दूर से गोल टोपी की तरह दिखें। संक्षेप में, सनीचर अंग्रेज़ी ढंग के बाल कटा रहा था।

उसने रंगनाथ की आवाज़ सुनी और नाई के ज़ोरदार हाथ और मशीन के दबाव के बावजूद सिर को मोड़ा। कनखियों से देखते हुए बोला, "शिवपालगंज के सब नाई एक जगह ग़मी में चले गए हैं। सोचा कि चलकर एक बार यहीं बाल कटवा लिये जाएँ।"

बात कुछ रोब से कही गई थी, जैसे सनीचर हर चौथे दिन बाल कटवाता ही रहता हो। पर सच बात तो यह थी—और इसे रंगनाथ भी जान गया था—कि बालों के मामले में सनीचर का रवैया बिलकुल अपने ढंग का था। यानी साल-भर तक न तो वह खुद उन्हें छूता, न किसी को छूने देता और फिर अचानक किसी दिन वह उन पर एक किनारे से उस्तरा चलवाने के लिए बैठ जाता है। रंगनाथ समझ नहीं पाया कि इस हजामत के पीछे कौन-सी विचारधारा काम कर रही है। वह चुपचाप खड़ा रहा।

नाई ने रंगनाथ को रुका देखकर बाल काटने बन्द कर दिए और सनीचर की खोपड़ी को दो उँगलियों से ठेलकर कहा, "उठो ! अब हो गया।" सुनते ही वह ईंट के ऊपर एक पाँव टेककर खड़ा हो गया। जेब से एक दुअन्नी निकालकर उसने नाई को दी और जब नाई ने उसे बिना देखे ही खोटी बताकर वापस लौटा दिया तो बिना किसी प्रतिवाद के उसने एक दूसरी दुअन्नी उसके हाथ में टिका दी और रंगनाथ की ओर आँख मारकर इशारे से बताया कि उसने पहले नाई के साथ मज़ाक किया था। इसके बाद जैसे कोई सिपहसालार लड़ाई के मैदान में फ़तह पाकर जिस्म पर दुश्मनों का खून लसेटे हुए, अकड़ के साथ वापस लौट रहा हो, अपने बदन पर बालों के लच्छे बिखराए हुए, वह रंगनाथ के पास आकर खड़ा हो गया। रंगनाथ उससे दो हाथ दूर हट गया। सनीचर ने उससे वहाँ तक आने का कारण पूछा और रंगनाथ ने उसे अपने बादाम-सम्बन्धी अनुभव बताए।

सनीचर ने कहा, "शिवपालगंज के बनिया-बक्काल सब मनमाने हो गए हैं। दो छटाँक बादाम तक नहीं रख सकते।" फिर जिस तरह दिल्ली से हिन्दुस्तान की गिरी हुई खाद्य-स्थिति के बारे में बार-बार आश्वासन मिलता है, उसने बड़प्पन के साथ कहा, "पर कोई बात नहीं, कुछ दिनों में सब ठीक हो जाएगा।"

रंगनाथ को सनीचर की बातचीत में एक नये आत्म-विश्वास की झलक दीख पड़ी जो पिछड़े हुए देशों के विकास के लिए बहुत आवश्यक है। उसने सोचा, ऐसे आदमी को प्लानिंग कमीशन में होना चाहिए। तब तक सनीचर की बातचीत दो-चार मिनट आगे पहुँच गई थी। वह कह रहा था, "बाबू रंगनाथ, शिवपालगंज अब ठीक होकर रहेगा। इस तरह की मनमानी थोड़े ही चलेगी !" रंगनाथ को लगा कि बात अभी शिवपालगंज की दुकानों पर बादाम के अभाव को ही लेकर हो रही है और शायद सनीचर उसे कुछ ज़्यादा खींच रहा है; पर जब उसने आगे की बात सुनी तो उसे यक़ीन हो गया कि इन बातों का बादाम से सम्बन्ध नहीं है; वे सिर्फ़ बातें हैं जो हम लोग, बिना किसी खास मतलब के, एक तरह से यों ही करते रहते हैं।

"...बाबू रंगनाथ, तुम समझते क्या हो ? यह शिवपालगंज—क्या कहते हैं उसे—पूरा

ऐटम बम है। जब तक नहीं फूटता, तब तक नहीं फूटता। सिलिर-सिलिर करता रहता है। जब भड़ाक से फूटेगा, तब जान पड़ेगा कि ठण्डा था या गरम।"

उसने एक पुरानी बात दोहरायी, "घोड़े की लात घोड़ा ही सह सकता है।"

आज सनीचर की हालत अजीब-सी हो रही थी। वह बार-बार मुट्ठियाँ भींचता था और मुँह से सिसकारी भरता था। कभी तेज़ चाल चलने लगता, जैसे अभी-अभी वह घोड़े की लात खा चुका हो, पर सह न पाया हो; और कभी मुँह के भीतर कोई बात कहते-कहते उसे फेन की शक्ल में अपने होंठों के कोनों पर फैला लेता। यह सब तो था ही, ऊपर से आज उसने हजामत बनवायी थी। रंगनाथ ने यह सब ध्यान से देखा और सुना, पर समझ नहीं पाया।

वे आम के एक भारी पेड़ के नीचे से निकले। एक चील बड़े ज़ोर से बोली। सनीचर ने कहा, "यह साली भी बिना मतलब टाँय-टाँय कर रही है।" उसी साँस में उसने दूसरी एक बात कही, "रामाधीन बेटा इस बार खुद अखाड़े में उतर रहे हैं।"

इन दोनों बातों का सम्बन्ध रंगनाथ की समझ में नहीं आया। उसने पूछा, "किस अखाड़े में ?"

सनीचर ने ताज्जुब के साथ उसे देखा और जवाब देने से कतरा गया। फिर देह पर गिरे हुए बालों को हवा में बिखेरता हुआ बोला, "होगा, उसका भी इलाज होगा। देखते जाओ। ऐटम बम फूटने दो।"

आम का बाग़ ख़त्म हो गया। वे अब वहाँ आ गए थे जहाँ काँसों का जंगल था। पगडण्डी पर रंगनाथ आगे-आगे चला ताकि सनीचर के जिस्म पर गिरे हुए बाल उड़कर उसके ऊपर न आएँ।

अचानक वह खड़ा हो गया।

काँस के झाड़ों पर उन्हें एक अनोखा दृश्य दिखायी दिया। रास्ते के किनारे-किनारे, लगभग सौ गज तक काँसों की फुनगियों पर गाँठें बँधी थीं, जैसे कठपुतली के खेल में सिपाही लोग पूरे स्टेज पर मुरैठा बाँधकर तने खड़े हों। एक आदमी काँसों की फुनगी पर एक नयी गाँठ लगा रहा था।

सनीचर ने साँड की तरह हुंकारकर कहा, "अबे ओ खड्डूस ? क्या कर रहा है ?" वह रंगनाथ से कहने लगा, "देखा इन गँवारों को ! सारा जंगल-का-जंगल ख़राब किए डाल रहे हैं। पता नहीं, किस साले ने ये गाँठें लगा दी हैं।"

रंगनाथ चौंककर सनीचर का मुँह देखने लगा। उसके मुँह से आज गालियाँ कुछ ज़्यादा तेज़ रफ़्तार से निकल रही थीं। उसने पूछा, "इन गाँठों से किसी का कोई नुक़सान है क्या ?"

"है क्यों नहीं ? मालूम है, यह ज़मीन शिवपालगंज गाँव-सभा की है।" वह रोब के साथ बोला, "समझे बाबू रंगनाथ ?" कहते-कहते उसने गाँठ लगानेवाले आदमी को गाली देने के लिए ऊँट की तरह अपनी गर्दन ऊँची की, और, यह बताते हुए कि वह आदमी नारी-शरीर के किस हिस्से से बाहर निकला था, एक सवाल किया, "काँस तुम्हारे बाप के हैं क्या ?"

उस आदमी ने पलटकर जवाब दिया, "और नहीं तो क्या तुम्हारे बाप के हैं?"

झगड़ा बचाने के लिए रंगनाथ आगे बढ़ आया और बोला, "गाली-गलौज न करो भाई।" ठण्डी आवाज़ में उसने उस आदमी से पूछा, "कर क्या रहे हो ?"

"जो सारी दुनिया कर रही है, हम भी कर रहे हैं।" उसने अकड़कर इस तरह कहा जैसे वह दुनिया का सबसे बड़ा मौलिक काम कर रहा हो।

सनीचर ने कहा, "पर मालूम भी है, यह जगह शिवपालगंज गाँव-सभा में लगती है। गाँठ लगा देने से काँस की बाढ़ मारी जाएगी। कुछ पता भी है ! चालान हो जाएगा तो भागे-भागे फिरोगे। तब यह तुम्हारी दुनिया तुम्हारे काम न आएगी।"

"चालान कौन साला करेगा ?"

"साला नहीं, चालान तुम्हारा बहनोई करेगा ! मैं ! आँख खोलकर देख लो, तुम्हारे ही आगे खड़ा हूँ—पँचहत्था !"

रंगनाथ की ओर देखते हुए उसने अपनी बात साफ़ की, "हाँ रंगनाथ बाबू, मैं ! आज ही प्रधानी के लिए परचा दाख़िल करने जा रहा हूँ। पन्द्रह दिन के भीतर ही देख लेना, रामाधीन की छाती पर चढ़कर आऊँगा और देखूँगा, कौन साला मेरी गाँव-सभा का तिनका तक छू लेता है !"

अहा ! यह बात है ! तभी अंग्रेज़ी बाल कट रहे हैं। पेड़ पर बैठी हुई चील के बोलने पर ऐतराज हो रहा है। ऐटम बम फटनेवाला है। गाँव-सभा के जंगल के बारे में इतनी हुकूमत बरती जा रही है !

सारी बात रंगनाथ की समझ में आ गई। "नामज़दगी का पर्चा आज ही दाख़िल किया जाएगा ?"

"अभी-अभी ! इसी वक़्त !" सनीचर ने जोश से कहा, "पर्चा पहले दाखिल करूँगा, नहाऊँगा बाद में।"

उसने चलताऊ नज़र गाँठ बाँधनेवाले आदमी पर यह देखने के लिए डाली कि उस पर रोब पड़ा है या नहीं। पर नतीज़ा साफ़ था। सनीचर के रोब का असर सनीचर तक ही सीमित रह गया था—जैसा हिन्दुस्तान का एशिया और अफ्रीका की नेतागीरी करने का दावा। वह आदमी इत्मीनान से कहने लगा, "चलो अच्छा है, तुम्हीं प्रधान हो जाओ। किसी-न-किसी को तो होना ही है।" हिक़ारत के साथ उसने जोड़ा, "गाँव-पंचायत भी क्या है ? सरकारी चोंचला !"

सनीचर को अपमान का आभास हुआ। बोला, "चोंचला तो है, पर पन्द्रह दिन बाद देख लेना, शिवपालगंज में काँस का तिनका तक छूने पर क्या होता है !"

उस आदमी ने लापरवाही से कहा, "यही है तो न छूऊँगा। यह गाँठवाली पूजा तो शिवपालगंज से ही निकली थी। वहीं तक रह जाएगी।"

रंगनाथ ने सामने बँधी हुई दर्जनों गाँठों की ओर देखा। पूछा, "यह कैसी पूजा है ?"

"क्या पता, कैसी है ? सुनते हैं, हनुमानजी ने वहाँ किसी को सपना दिया था। उन्हीं के हुकुम से लोग वहाँ गाँठ बाँधने लगे हैं।"

सनीचर ने घबराकर हाथ जोड़ दिए। कहा, "तो फिर मौज से गाँठ बाँधो भाई, धरम-करम के मामले में कोई रोक-टोक नहीं है।" इतना बोलकर उसने, जितनी भी रही हो, सारी-की-सारी अक़्ल सोचने में लगा दी और रंगनाथ से कहा, "पर बाबू रंगनाथ, हमने तो कहीं सुना नहीं। यह सपना किसको हुआ था ? मैं जब आया था, यहाँ पर कोई गाँठ नहीं थी।"

रंगनाथ ने कहा, "मैं कुछ नहीं जानता। मुझसे तो मामा ने कहा था कि उधर जाना तो एक गाँठ काँस की फुनगी पर लगा देना। मैंने लगा दी। यह हनुमानजी की गाँठ है। मामा बताते थे।"

सुनते ही सनीचर की अक़्ल पर हनुमानजी चढ़ गए। बिना दुम के बन्दर की तरह छलाँग लगाकर वह काँस के एक ऊँचे झाड़ के पास पहुँचा और उसमें गाँठ बाँधने लगा। उस दौरान उसने कई बार 'जय बजरंग' का नारा लगाया, रामाधीन को कई एक गालियाँ सुनायीं और उपसंहार में कहा, "सच्चे का बोलबाला है, दुश्मन का मुँह काला है !"

रंगनाथ ने जोड़ा, "राम-नाम सत्य है। सत्य बोलो, मुक्ति है।"

सनीचर ने नहीं सुना। सुनता तो ऐतराज़ करता, हालाँकि धार्मिक हिसाब से यह बात बड़ी पक्की है और राम-नाम से सम्बन्धित होने के कारण किसी भी मौक़े पर कही जा सकती है। सनीचर ने गाँठ बाँधकर एक बार फिर हनुमानजी का नाम लिया और अपने पीछे अण्डरवियर पर दोनों हाथ पोंछते हुए, वहाँ पर दुम नहीं है, इस कमी पर ध्यान न देकर, तेज़ी से आगे बढ़ने लगा।

रंगनाथ के दिमाग़ पर शान्ति और आत्म-गौरद की एक छाया धीरे-धीरे उतरी। बिना समझे-बूझे आज उसने नये सम्प्रदाय का प्रवर्तन कर दिया था, जिसका दर्शन-पुराण-कर्मकाण्ड कुल मिलाकर इतना था कि काँस की फुनगी पर एक गाँठ लगा दी जाए। उसने अपने-आपको बुद्ध, महावीर, शंकराचार्य आदि की क़तार में खड़े हुए पाया और मन-ही-मन उनसे सवाल किया, "उस्ताद, अपने बारे में जानता हूँ, पर तुम अपनी कहो। नया सम्प्रदाय चलाने की बात तुम्हें कैसे सूझी थी ?"

23

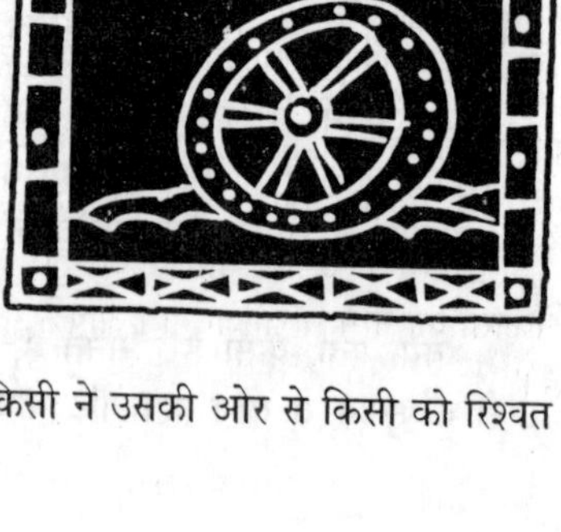

किसी गाँव में किसी ने किसी का खून कर दिया। किसी दूसरे से दुश्मनी निबाहने के लिए उसका नाम थाने पर बहैसियत क़ातिल दर्ज करा दिया गया। फिर किसी ने अपनी दुश्मनी निबाहने के लिए उसके ख़िलाफ़ गवाही देना स्वीकार कर लिया। फिर किसी ने उसकी किसी से सिफ़ारिश की, किसी ने उसकी ओर से किसी को रिश्वत

दी। किसी ने किसी गवाह को धमकाया, किसी को बेवकूफ़ बनाया और किसी से प्यार जताया। इस तरह मामले के इजलास तक पहुँचते-पहुँचते उसकी शक्ल बदल गई और वह खून का मुक़दमा न रहकर 'खून का बदला' नाम का ड्रामा बन गया। दोनों ओर से वकीलों ने बहुत अच्छा पार्ट अदा किया और जज को इत्मीनान हो गया कि ड्रामे की हैसियत से अच्छी चीज़ पेश की गई है, पर जिसे सबूत कहकर पेश किया गया है, वास्तव में फ़रेब है। अन्त में फ़रेबवाली थ्योरी ने इतना ज़्यादा प्रभावित किया कि उसने यह तो माना ही कि मुलज़िम निर्दोष है, साथ में यह भी मान लिया कि क़त्ल ही नहीं हुआ था। परिणाम यह हुआ कि 'मुलज़िम हरीराम' को क़त्ल के जुर्म में बाइज़्ज़त बरी कर दिया गया।

मुलज़िम हरीराम जज के कह देने-भर से बाइज़्ज़त तो नहीं बन गए—रहे गुण्डे-के-गुण्डे ही—पर जेल से वापस आते ही उन्होंने पूरे इलाक़े में बाइज़्ज़त समझे जानेवालों को—यानी स्त्रियों, अछूतों और मुसलमानों को—छोड़कर मनुष्य-मात्र को एक दावत बोल दी। नतीजा यह हुआ कि उस दिन शिवपालगंज के सभी मुख्य आदमी पड़ोस के गाँव में हरीराम के यहाँ दावत खाने चले गए और रंगनाथ वैद्यजी के यहाँ अकेला रह गया।

दिन-भर उसका समय एक उमंग-हीन, जी-उबाऊ लैक्चर की तरह बीता। शाम को टहलने के लिए वह बाहर निकला। देखा, प्रिंसिपल साहब एक तँबोली की दुकान पर खड़े हैं।

वे पान खा रहे थे और तँबोली को उसकी क़ीमत देने की कोशिश कर रहे थे। तँबोली उन्हें पान खिला चुका था और क़ीमत के बारे में उन्हें बता रहा था कि दुकान आप ही की है। तभी रंगनाथ मौक़े पर पहुँच गया और प्रिंसिपल साहब गम्भीरता से दुकान के साजो-सामान को आँकने लगे। एक चौखटे से रंग-बिरंगी चित्रकारिता की मार्फ़त लटके हुए महात्मा गाँधी बड़ी विकराल हँसी हँस रहे थे। उत्तराधिकारी नेहरू हाथ जोड़े खड़े थे। निष्कर्ष यह था कि एक रंगीन तेल बच्चों के सूखा रोग का शर्तिया इलाज है। रंगनाथ ने प्रिंसिपल से कहा, "देखा आपने ?"

जवाब में अवधी की कहावत, "जइस पसु तइस बँधना। तस्वीर दिहाती इलाके के माफ़िक है।"

"दिहाती-शहराती से क्या बहस !" रंगनाथ ने कहा, "गाँधीजी की तो सभी इज़्ज़त करते हैं।" थोड़ी देर तक तस्वीर का अध्ययन करके उसने उसकी भावपूर्ण समीक्षा की, "तबीयत होती है कि तस्वीर बनानेवाले को सौ जूते लगायें।"

प्रिंसिपल साहब हँसे। हँसी बता रही थी कि रंगनाथ बेवकूफ़ है। बोले, "जितना गुड़ घोलो उतना ही मीठा होगा। तेली-तँबोली की औक़ात ही क्या ? टके की दुकान पर कोई साला पिकासो थोड़े ही लटकाएगा !"

रंगनाथ ने उनकी बात काटते हुए ज़ोर से कहा, "रुकिए, रुकिए, मास्टर साहब ! पिकासो का नाम न लीजिएगा। आपके मुँह से ऐसा नाम सुनते ही गश-जैसा आने लगता है।"

दोनों सड़क पर आ गए थे और गायों और भैंसों की भीड़ में वायुसेवन करने लगे थे; हालाँकि वायु तो कहीं थी नहीं, फेफड़े में घुसने के लिए धूल थी, नाक में घुसने के लिए गोबर की गन्ध थी और पीठ में घुसने के लिए किसी गऊ माता के सींग थे।

रंगनाथ की बात का प्रिंसिपल साहब पर इतना बुरा असर पड़ा कि वे गम्भीर हो गए और बिलकुल शिष्ट आदमियों की-सी बातें करने लगे। बोले "तो रंगनाथजी, क्या आप मुझे बिलकुल ही अशिक्षित समझते हैं? मैंने भी इतिहास में एम. ए. पास किया है और उनसठ फ़ीसदी नम्बर पाए हैं। यह तो वक़्त की बात है कि मैं यहाँ का प्रिंसिपल हूँ।"

गम्भीर वार्तालाप ने रंगनाथ की हवा निकाल दी। उसे लगा कि पिकासोवाला मज़ाक करके उसने प्रिंसिपल साहब को दुखी किया है। उसने प्रिंसिपल से माफ़ी माँग ली। बोला, "यह तो मैं पहले ही जानता था। कोई घटिया डिवीज़न पायी होती तो आप यहाँ थोड़े ही होते!"

"सो तो है ही," प्रिंसिपल बोले, "तब तो मैं भी किसी यूनिवर्सिटी का लैक्चरार होता। मेरे कई थर्ड-क्लास दोस्त यूनिवर्सिटी ही में लगे हैं।"

प्रिंसिपल थोड़ी देर अनमने-से चलते रहे। वे भावुक होने की कोशिश कर रहे थे। कुछ देर बाद बोले, "बाबू रंगनाथ, मैं जानता हूँ तुम लोग मेरे बारे में क्या सोचते हो। तुम सोचते होगे कि यह एक कॉलिज का प्रिंसिपल होकर भी कैसा बाँगड़ू है। सबके सामने 'हें-हें-हें' करता रहता है। बात ठीक है। मैं—खन्नावन्ना की बात जाने दो, वे साले लौंडे हैं—पर और सबकी बातें बहुत झुककर सुनता हूँ। ख़ास तौर से अपने से बड़ों की बातें सुनकर मैं उनकी हमेशा ताईद करता हूँ। अब तुम मुझे बेवकूफ़ समझते हो, पर इसकी भी एक वजह है...

"वजह यह है..." कहकर वे एक भैंस को रास्ता देने के लिए एक किनारे खड़े हो गए और हँसने लगे।

"वजह यह है कि जैसे बुद्धिमत्ता एक वैल्यू है, वैसे ही बेवकूफ़ी भी अपने-आपमें एक वैल्यू है। बेवकूफ़ की बात चाहे तुम काट दो, चाहे मान लो, उससे उसका न कुछ बनता है, न बिगड़ता है। वह बेवकूफ़ है और बेवकूफ़ रहता है। इसीलिए मेरी आदत पड़ गई है कि बेवकूफ़ को कभी न छेड़ो।...

"कभी-कभी ऐसा करते देखकर लोग मुझे ही बेवकूफ़ मान बैठते हैं। वे खुद बेवकूफ़ हैं। क्या समझे बाबू रंगनाथ?"

प्रिंसिपल साहब के मुँह से एक साथ इतनी बात सुनकर वह चकरा गया। तभी एक बछड़े ने उसकी पीठ पर सींग गड़ाई, पर उसे किसी चुभन का अनुभव नहीं हुआ। प्रिंसिपल ने उसका हाथ पकड़कर उसे एक किनारे खींचा। उनके उस बुद्धिमान-रूप का दर्शन अपने-आपमें एक अनुभव था। उसे पता भी नहीं चला कि कब उसकी ख़ीसें निकल आईं और कब वह 'हीं-हीं-हीं' करने लगा। दूसरे ही क्षण वह प्रिंसिपल साहब से माफ़ी माँगता हुआ लगभग कह रहा था, "जी, जी, मैं जानता हूँ कि आप पिकासो के बारे में सबकुछ जानते हैं। जी, कोई बात नहीं। जी, बस हुआ यही था कि उसका

ज़िक्र आपने शिवपालगंज में कर दिया। खुद सोचिए, यहाँ कोई पिकासो का नाम सुनने की सोच सकता था ! तभी मुझे ग़श आने लगा। जी, क़सूर, न आपका है, न मेरा; न शिवपालगंज का, न तँबोली का। जी, क़सूर तो पिकासो का है।''

प्रिंसिपल साहब रंगनाथ के व्यक्तित्व का विघटन और चूर्णीकरण देखते रहे। फिर आवाज़ को कुछ और गम्भीर बनाकर बोले, ''कभी मैं भी क़ाबिलियत की बातें करने का आदी था। तब मैं एम. ए. में पढ़ता था। तुमने शहर में लौंडियों को सड़क पर चलते हुए देखा होगा। उनमें से कुछ हर बालिग़-नाबालिग़ की तरफ़ बेमतलब अपने को उछालती चलती हैं। बिलकुल वही हालत मेरी थी। मैं यह न देखता था कि कौन प्रोफ़ेसर क़ायदे का है और कौन ईडियट है, हरएक के आगे मैं अपनी क़ाबिलियत उछाल देता था। एक प्रोफ़ेसर उसी में उखड़ गया और मैं ग़च्चा खा गया।...

''जान्यौ बाबू रंगनाथ !''

वे अब गाँव के बाज़ार से बाहर आ गए थे। शाम हो रही थी। भड़भूजे के भाड़ का धुआँ ऊपर न उठकर सामने ही हिलग गया था। सूरज डूब चुका था। पर रोशनी इतनी थी कि भड़भूजे की लड़की को दुकान पर बैठा देखकर रंगनाथ ने चुपचाप भाँप लिया कि वह देखने लायक है। आबादी लगभग पचास गज़ पीछे छूट गई थी और वह वीरान इलाक़ा शुरू हो गया था जहाँ आदमी कविता, रहज़नी और पाख़ाना तक कर सकता था। परिणामस्वरूप कई-एक बच्चे, कविता और रहज़नी के मामले में असमर्थ, सड़क के दोनों किनारों पर बैठे हुए पाख़ाना कर रहे थे और एक-दूसरे पर ढेले फेंक रहे थे। उनसे कुछ दूर आगे बहुत-सी प्रौढ़ और तजुर्बेकार महिलाएँ भी उसी मतलब से सड़क के दोनों ओर क़तार बाँधकर बैठी थीं। वहाँ पर उनकी बेशर्म मौजूदगी नव-भारत के निर्माताओं पर लानत भेज रही थी। पर इसका पता उन निर्माताओं को निश्चय ही नहीं था, क्योंकि वे शायद उस वक़्त अपने घर के सबसे छोटे, पर लकदक कमरे में कमोड पर बैठे अख़बार, क़ब्ज़ियत और विदेश-गमन की समस्याओं पर विचार कर रहे थे।

इन दोनों को देखकर वे महिलाएँ पाख़ाने की कार्रवाई को एकदम से स्थगित कर सीधी खड़ी हो गईं और उन्हें 'गॉर्ड ऑफ़ ऑनर' जैसा देने लगीं। यह रोज़मर्रावाला दृश्य था। रंगनाथ और प्रिंसिपल साहब इत्मीनान से चलते रहे। वे महिलाएँ भी इत्मीनान से खड़ी रहीं। एक मिमियाती हुई बकरी उससे और प्रिंसिपल साहब से टकराकर सड़क के किनारे पहुँच गई और महिला के पास रखे हुए लोटे को लुढ़काती हुई पास के एक बाग़ में घुस गई। कुछ बच्चे ढेला फेंकने तथा दूसरे नैसर्गिक काम के साथ-ही-साथ चिल्लाने भी लगे। कुछ उसी हालत में उठकर उस बकरी के पीछे-पीछे दौड़ चले। इस माहौल में रंगनाथ और प्रिंसिपल साहब कुछ देर के लिए चुप हो गए। लगभग दस गज़ आगे बढ़ जाने पर उन्होंने पीछे मुड़कर देखा, औरतें सड़क के किनारे फिर पहले की तरह बैठ गई थीं। प्रिंसिपल साहब ने अपनी बात दोबारा शुरू की–

''एक मेरे प्रोफ़ेसर थे, बनर्जी साहब। मुझे इतिहास पढ़ाते थे। उनकी आदत थी कि

सीधी बात को भी घुमा-फिराकर कहते थे। उन्हें लोग विद्वान समझते थे।...

"मैं नया-नया उनके क्लास में गया था, जिससे वे मुझ पर शुबहा करते थे और इस चक्कर में रहते थे कि मैं भी उन्हें विद्वान् मान लूँ।...

"एक दिन वे हमें अशोक के शिला-लेख पढ़ा रहे थे। तब नयी-नयी आज़ादी मिली थी और गौतम बुद्ध, अशोक वग़ैरह पर बड़ा ज़ोर था, क्योंकि चीन का हमला नहीं हुआ था और हम अहिंसा के ऊपर बहुत टिल्ल-टिल्ल करते थे। सड़कों और मुहल्लों के नाम तक अशोक और गौतम बुद्ध पर रखे जा रहे थे।

"प्रोफ़ेसर बनर्जी भी जोश में थे। वे कई दिन से अशोक ही के बारे में पढ़ा रहे थे और बात-बात में बहककर आज की राजनीति में अशोक की क्या खूबसूरती है, इस पर दो-चार जुम्ले बोल जाते थे। उस दिन इधर-उधर की बातें बनाकर वे एक शब्द पर अटक गए।...

"वह शब्द था—'विमान'।

"हाँ वही—जैसे पुष्पक विमान। अशोक के शिला-लेख में एक जगह यह शब्द भी आया था। प्रोफ़ेसर बनर्जी ने कहा, 'तुम लोग विमान का मतलब समझते होगे कि देवताओं की सवारी। मैं पहले ही जानता था कि तुम यही कहोगे; मैं पूछूँगा कि विमान का क्या अर्थ है ? और तुम सब लोग कहोगे कि देवताओं की सवारी।'

"रंगनाथ बाबू, इतना कहकर बुड्ढा चुप हो गया और इस तरह मुस्कराने लगा जैसे हम सब उल्लू के पट्ठे हों। मैंने कहा, 'प्रोफ़ेसर साहब, विमान का एक और भी अर्थ होता है।' इस पर उसने मुझे हाथ उठाकर चुप कर दिया।

"इसके बाद वह खुद ही बोलता रहा और किसी को भी उसने बोलने का मौक़ा न दिया। कहने लगा, "यही ग़लती प्रोफ़ेसर भण्डारकर ने भी की थी। बहुत दिन हुए, मैं उनके साथ कुछ जैन-ग्रन्थों पर रिसर्च कर रहा था। वे मेरे साथ अशोक के शिला-लेखों पर रिसर्च कर रहे थे। एक दिन मैंने उनसे पूछा, 'डॉ. भण्डारकर, विमान का क्या अर्थ है ?' उन्होंने कहा, 'बनर्जी, यह तो सभी जानते हैं। इसका सामान्य अर्थ है सवारी—देवताओं की सवारी।'

"रंगनाथ बाबू, प्रोफ़ेसर बनर्जी यह क़िस्सा रुक-रुककर, बड़ा भारी सस्पेंस पैदा करके, सुना रहे थे और सब लड़के भकुआ-जैसे मुँह-बाये सुनते जा रहे थे। थोड़ी देर चुप रहकर वे फिर बोले, 'विद्यार्थियो, मैंने डॉ. भण्डारकर की बात का प्रतिवाद किया। उन्हें बताया कि इस शिला-लेख में विमान का यह अर्थ नहीं है। भण्डारकर ने मुझसे पूछा कि तो फिर इसका क्या अर्थ है; और विद्यार्थियो, मैंने कहा कि इसका अर्थ कुछ और ही है।'

"प्रोफ़ेसर बनर्जी ने बताया कि इसी पर डॉ. भण्डारकर उनका मुँह देखने लगे। कहने लगे, 'संस्कृत में सभी कोशों का मैंने अध्ययन किया है। विमान का यही सामान्य अर्थ है—आकाशगामी यान। और बनर्जी, तुम यह कैसे कहते हो कि इसका अर्थ कुछ और है ?' इसका जवाब मैंने यह दिया कि 'डॉक्टर, मैं भी पहले यही समझता था। संस्कृत-साहित्य और व्याकरण पढ़ते हुए आधी उम्र मैंने भी बितायी है। मेरा भी यही

विचार था। विमान का अर्थ जानने के लिए संस्कृत का नहीं, प्राकृत का अध्ययन करना पड़ेगा। मैंने कई जैन-ग्रन्थों का प्राकृत अध्ययन किया है। डॉ. भण्डारकर, क्या तुम प्राकृत जानते हो ?'

"रंगनाथ बाबू, प्रोफ़ेसर बनर्जी यह क़िस्सा बड़े मज़े में सुनाते रहे। बोले, 'भण्डारकर को प्राकृत नहीं आती थी, या उतनी नहीं आती थी जितनी मुझे आती थी। इसलिए मैंने उन्हें प्राकृत के एक ग्रन्थ का अध्ययन कराया, जिसमें विमान शब्द का प्रयोग उसी अर्थ में किया गया था जो इस शिला-लेख में है। विद्यार्थियो, तब कहीं जाकर उन्हें विमान के असली अर्थ का पता चला।'

"बाबू रंगनाथ, मैं गाँव का आदमी, ऊपर से बाँभन, और फिर ऐक्स ज़मींदार, बनर्जी का यह पाखंड सुनकर मेरी देह सुलग गई। तबीयत में आया कि उसकी गरदन पकड़कर इतने ज़ोर से झुलाऊँ कि विमान का असली मतलब टप्-से हलक़ के बाहर निकल पड़े। तब तक बनर्जी ने कहा कि 'विद्यार्थियो, विमान का असली अर्थ यह नहीं था जो भण्डारकर समझते थे या तुम समझते हो। विमान का असली अर्थ कुछ और ही है।'

"आख़िर में बनर्जी एकाएक जोश में आकर बोले, 'विमान का अर्थ है—सतमंज़िला महल ! नोट कर लो !'

"सन्नाटा छा गया, रंगनाथ, मुझे भी अपनी क़ाबलियत का जोश। वहीं लौंडहाई कर बैठा। मैंने खड़े होकर कहा कि 'प्रोफ़ेसर साहब, विमान का यह अर्थ तो संस्कृत के सभी पण्डित जानते हैं। इसमें इतनी रिसर्च की क्या ज़रूरत है !'

"यह सुनते ही प्रोफ़ेसर ने मुझे ग़ौर से देखा और बोले, 'ठीक है। आपको रिसर्च किये बिना ही मालूम हो गया होगा। पर बताइए तो श्रीमन् ! आपने विमान का यह अर्थ कहाँ से ढूँढ़ा ?'

"रंगनाथ बाबू, लौंडहाई की बात। मैंने भी एक लैक्चर फटकार दिया। संस्कृत के दस ग्रन्थों के नाम उन्हें ताबड़तोड़ सुना दिए। 'मेघदूत'-जैसी चालू किताब का भी हवाला दे मारा और दोबारा कहा कि विमान का यह अर्थ तो सभी को मालूम है, ताज्जुब है कि उसके पीछे आप लोगों को इतनी मेहनत करनी पड़ी।

"जानते हो रंगनाथ बाबू, इसका क्या नतीजा हुआ ?

"नतीजा यह हुआ कि प्रोफ़ेसर बनर्जी मुझसे उखड़ गए। बोले, 'आप बड़े विद्वान् जान पड़ते हैं। मैं तो एक अदना यूनिवर्सिटी का अदना प्रोफ़ेसर हूँ।' मन में आया कि कहूँ कि मेरे बारे में आप ग़लत कह रहे हैं और अपने बारे में सही, पर उनका गुस्सा देखकर चुप रह गया। उन्होंने फिर कहा, 'मैं तो हर बात के लिए रिसर्च करता हूँ। आपकी-जैसी योग्यता मुझमें कहाँ कि इन प्रश्नों का ज़बानी हल निकाल लूँ ? यही क्या कम है कि विमान के अर्थ के विषय में आप मुझसे सहमत हैं ! मेरा यही बड़ा सौभाग्य है। अब आप बैठ जाइए, आप-जैसे विद्वान् को मेरे दर्ज़े में खड़ा होना शोभा नहीं देता।'

"तो यह हुआ रंगनाथ बाबू ! बनर्जी उखड़ा तो फिर उखड़ता ही चला गया। वह मेरी हर बात में खुचड़ निकालने लगा। आख़िर में उसने मेरी डिवीज़न बिगाड़ दी और

ऐसा हिसाब कर दिया कि उसके रहते हुए मुझे वहाँ यूनिवर्सिटी में जगह न मिली।

"उस साले को मैंने उखाड़ा न होता तो आज उसी की जगह होता।"

प्रिंसिपल साहब यह क़िस्सा सुनाकर चुप हो गए। थोड़ी देर दोनों चुपचाप चलते रहे। बाद में प्रिंसिपल साहब ही बोले, "इसी तरह कई बार गच्चा खाया है। बाद में इस नतीजे पर पहुँचा कि सब ऐसे ही चलता है। चलने दो। सब चिड़ीमार हैं तो तुम्हीं साले तीसमारख़ाँ बनकर क्या उखाड़ लोगे ! और अब तो यह हाल है रंगनाथ बाबू, कि तुम कुछ कहो तो हाँ भैया, बहुत ठीक ! और वैद्यजी कुछ कहें तो हाँ महाराज, बहुत ठीक ! और रुप्पन बाबू कुछ कहें तो हाँ महाराज, बहुत ठीक ! पहलवान ! जो कहो, सब ठीक ही है।"

रंगनाथ की हिम्मत न हुई कि वह प्रिंसिपल की बात काटे। बोला, "ठीक ही है प्रिंसिपल साहब !"

अचानक प्रिंसिपल साहब जोश में आकर बोले, "ठीक तो है ही रंगनाथ बाबू ! मुझे चार-चार बहिनों की शादी करनी है। एक कौड़ी पल्ले नहीं है। अगर वैद्यजी कान पकड़कर कॉलिज से निकाल दें तो माँगे भीख तक न मिलेगी।

"अब तुम्हीं बताओ कि मैं इन साले खन्ना-वन्ना को अपना बाप मानकर चलूँ कि वैद्यजी को... ?"

इस वार्तालाप में प्रिंसिपल साहब के व्यक्तित्व का एक बड़ा ही मानवीय पहलू उभरकर सामने आ रहा था, पर उनकी बात अब उनके चिरपरिचित बाँगड़पन को ज़्यादा प्रकट करने लगी थी। अतः उसका जादू टूटने लगा। रंगनाथ पहले की तरह हल्का हो गया। बोला, "नहीं-नहीं, जो आप कर रहे हैं, ठीक ही कर रहे हैं। और जहाँ हैं, वहाँ भी ठीक ही हैं। क्या रखा है यूनिवर्सिटी का प्रोफ़ेसर होने में ? यहाँ आप किस वाइस-चांसलर से कम हैं।"

प्रिंसिपल साहब इतनी देर बाद हँसे। कहने लगे, "ख़ैर, सो तो है ही। मैं तो अपने को वाइस-चांसलर से भी अच्छा समझता हूँ। वाइस-चांसलर के लिए भी ज़िन्दगी नरक है। सवेरे से ही अपनी मोटर लेकर हर ऐक्ज़ीक्यूटिव वाले को सलाम लगाता है। कभी चांसलर की हाज़िरी, कभी मिनिस्टर की, कभी सेक्रेटरी की। गवर्नर साल में कम-से-कम चार बार डाँटता है। दिन-रात काँय-काँय, चाँय-चाँय। लड़के माँ-बहिन की गाली देते हुए सामने से जुलूस लेकर निकल जाते हैं। हमेशा पिटने का अंदेशा। पुलिस को फ़ोन करते हैं तो कप्तान हँसता है। कहता है कि देखो, ये वाइस-चांसलर हैं। साल में लड़कों पर दस-बीस बार लाठी चलवाए बिना इन्हें चैन ही नहीं पड़ता। तो ये हाल हैं, बाबू रंगनाथ !"

खँखारकर वे दोबारा बोले, "अभी प्रिंसिपली में यह मुसीबत नहीं है और जहाँ वैद्यजी मैनेजर हों, वहाँ तो समझ लो कि प्रिंसिपल पूरा बबर शेर है। हमें किसी की खुशामद से मतलब नहीं। वैद्यजी का पल्ला पकड़े हैं और सबसे जूतों से बात करते हैं। क्या खयाल है, बाबू रंगनाथ ?"

"बिलकुल ठीक कहते हैं आप।"

"और सच पूछो तो मुझे यूनिवर्सिटी में लैक्चरार न होने का भी कोई ग़म नहीं है। वहाँ तो और भी नरक है। पूरा कुम्भीपाक ! दिन-रात चापलूसी। कोई सरकारी बोर्ड दस रुपल्ली की ग्राण्ट देता है और फिर कान पकड़कर जैसी चाहे वैसी थीसिस लिखा लेता है। जिसे देखो, कोई-न-कोई रिसर्च-प्रोजेक्ट हथियाये है। कहते हैं कि रिसर्च कर रहे हैं; पर रिसर्च भी क्या, जिसका खाते हैं उसी का गाते हैं। और कहलाते क्या हैं। देखो, देखो, कौन-सा शब्द है—हाँ-हाँ, याद आया—कहलाते हैं, बुद्धिजीवी। तो हालत यह है कि हैं तो बुद्धिजीवी, पर विलायत का एक चक्कर लगाने के लिए यह साबित करना पड़ जाय कि हम अपने बाप की औलाद नहीं हैं, तो साबित कर देंगे। चौराहे पर दस जूते मार लो, पर एक बार अमरीका भेज दो—ये हैं बुद्धिजीवी !"

उन्होंने अपनी मातृभाषा की एक दूसरी कहावत कही, "गू खाय तो हाथी का खाय। हमारा तो बस यही कि वैद्यजी की खुशामद करा लो, पर हरएक के आगे सिर झुकाने को तैयार नहीं हैं। लैक्चरार होना अपने बूते की बात नहीं।"

प्रिंसिपल साहब ने सिर हिलाकर लैक्चरार बनने से इनकार कर दिया और उनके चेहरे से लगा कि संसार के सभी विश्वविद्यालयों में शोक व्याप्त हो गया है।

"बिलकुल ठीक कहते हैं आप।" रंगनाथ ने कहा।

प्रिंसिपल ने ग़ौर से रंगनाथ की ओर देखा और अचानक हल्के ढंग से हँसने लगे। धीरे-से बोले, "क्या मामला है बाबू रंगनाथ ! मेरी हर बात को आप ठीक ही कहते चले जा रहे हैं।"

रंगनाथ ने कहा, "सोच रहा हूँ, मैं भी आपके तजुर्बे का फ़ायदा उठाऊँ। क्या रखा है किसी की बात काटने में ? जो कहते हैं, आप ठीक ही कहते हैं।"

प्रिंसिपल साहब ठठाकर हँसे, "तो तुमने भी ठीक ही कहा था रंगनाथ बाबू ! जब मैंने तुम्हारे आगे पिकासो का नाम लिया, तो तुम्हें सचमुच ही ग़श आ गया होगा। मैं समझता हूँ।...

"इसमें कोई आश्चर्य की बात नहीं। ऐसी बातों का असर मशीन तक पर पड़ जाता है। तुम्हें एक घटना बताता हूँ :

"एक हवाई जहाज़ इण्डिया से इंग्लैण्ड जा रहा था। हवाई जहाज़ में तम्बाकू का एक व्यापारी भी बैठा था। साले की सारी उम्र बीड़ी-सिगरेट के कारोबार में बीती थी। अचानक उसे क्या सूझा कि वह लिट्रेचर और फिलासफी की बात करने लगा। बस, हवाई जहाज़ के इंजन उसी वक़्त बन्द हो गए और वह एकदम से हज़ार फीट नीचे आ गया। तहलक़ा मच गया ! लोग समझे कि ऐक्सीडेण्ट हुआ, पर तब तक सबकुछ अपने-आप ठीक हो गया। इंजन फिर से काम करने लगे।...

"हवाई जहाज़ के इंजीनियर ने जाँच-पड़ताल की, तो आप जानते हैं कि क्या पता चला ? मालूम हुआ कि तम्बाकू के व्यापारी ने कार्ल जैस्पर्स का नाम ले लिया था। उसी सदमे से हवाई जहाज़ के इंजन अचानक बन्द हो गए थे। उसके बाद सभी यात्रियों ने व्यापारी की खुशामद की और कहा कि या तो चुप रहिए या सिर्फ़ तम्बाकू की बात कीजिए, नहीं तो ऐक्सीडेण्ट हो जाएगा।"

रंगनाथ हँसने लगा, "आज आप बहुत मज़ेदार बातें कर रहे हैं।"

प्रिंसिपल उदास होकर बोले, "आपके लिए मैं रोज़ ऐसी ही बातें कर सकता हूँ। पर आप हमें घास कहाँ डालते हैं ! आप तो इन दिनों खन्ना मास्टर की बातों में उलझे हुए हैं।"

वे वापस लौट रहे थे। अँधेरा घिर आया था और हवा में ठण्डक थी। सड़क के किनारे एक जगह कुछ बनजारे पड़े थे। वे आग ताप रहे थे और किसी ऐसी बोली में, जो सफ़ेदपोशों की समझ में कभी भी नहीं आ सकती, आपस में बातचीत कर रहे थे। प्रिंसिपल साहब जिस तरह जाते वक़्त गाय-भैंसों के झुण्ड को निःस्पृहतापूर्वक पार कर गए थे, लौटते वक़्त इस बस्ती को भी पार कर गए। रंगनाथ ने पीछे मुड़कर सिर्फ़ एक बार देखा और सिर्फ़ इतना कहा, "जाड़ा बड़े ज़ोरों पर है।"

प्रिंसिपल साहब मौसम पर कुछ कहने के लिए तैयार न थे। वे अपनी पुरानी बात पर अडिग थे। कहते रहे, "तुम लोग अभी आदमी नहीं पहचानते हो। रुप्पन, मैंने सुना है, खन्ना के चरके में आ गए हैं। पर तुमको सोचना चाहिए बाबू रंगनाथ, कि ये खन्ना मास्टर आख़िर चीज़ क्या हैं।

"खन्ना मास्टर बड़ी चलती कौड़ी हैं। देखो, उस दिन कॉलिज में मारपीट की नौबत कर दी न ? उसका तो कुछ गया नहीं, यहाँ कॉलिज की इज़्ज़त मिट गई।"

रंगनाथ बोला, "पर मैंने तो सुना है, झगड़ा दोनों तरफ़ से हुआ था।"

प्रिंसिपल साहब ने साधुओं की तरह कहा, "तुम्हारे सुनने से क्या होता है बाबू रंगनाथ ! अब तो मामला इजलास में है। मजिस्ट्रेट जैसा समझेगा, फ़ैसला दे देगा।"

"पर बात बड़ी ख़राब है।"

"ख़राब ? चुल्लू-भर पानी में डूब मरने की बात है, रंगनाथ बाबू ! पर यह खन्ना मास्टर इतने हयादार भी तो नहीं हैं। हमीं को इनके गले में पत्थर बाँधना पड़ेगा, तब डूबेंगे।"

वे प्रचार-विभागों की-सी निःस्पृहता से—कोई सुने या न सुने, हमें तो कहना ही है—कहते रहे, "पुलिस ने ज़बरदस्ती दोनों पक्षों पर 107 का मुक़दमा चला दिया है। इसे कहते हैं पुलिस का हरामीपन। बदमाशी खन्ना ने की, मारपीट पर उसके साथी आमादा हुए और चालान हुआ तो उन लोगों का भी और हमारा भी। यह है 'अन्धेर नगरी चौपट राजा'।...

"कल ही तो पेशी थी। हमसे कहा गया कि सुलह कर लो। हमने कहा कि सुलह की क्या बात है ! सीधे-सीधे हमें फाँसी दे दो, सब झगड़ा मिट जाएगा। शिवपालगंज में बस एक खन्ना मास्टर रहें और उनके गुण्डे रहें, फिर न कोई झगड़ा, न टण्टा।...

"हम तो चुपचाप लौट आए। उधर उनके ये हाल कि सत्तर लड़कों को लेकर "प्रिंसिपल मुर्दाबाद' के नारे लगवाने लगे। शहर की कचहरी। सैकड़ों भले आदमी मौजूद थे। पूछने लगे कि ये लोग कौन हैं, तो खन्ना मास्टर ने खुद कहा कि ये छंगामल कॉलिज के लड़के हैं...

"बेशरम हो तो ऐसा हो।"

उन्होंने अवधी की एक तीसरी कहावत कही, 'नंगा के चूतर माँ बिरवा जामा, तो नाचै लागा। कहिसि के चलौ छाँह होई।'

"समझे बाबू रंगनाथ ! ये हैं आपके खन्ना मास्टर ! रुप्पन बाबू को बता देना। उन्हें मुँह न लगायें, नहीं तो किसी दिन रोवेंगे।"

वे थाने के सामने से निकले। लालटेनें लिये हुए कई सिपाही इधर-उधर चक्कर काट रहे थे। शोरगुल हो रहा था। कुछ लड़के सड़क पर खड़े हुए कोरस-जैसा गा रहे थे। थाने के पास दारोग़ाजी के क्वार्टर के सामने तीन ट्रक खड़े थे। उन पर सामान लद रहा था। सिपाहियों की दौड़धूप और शोरगुल का असली कारण यही था।

प्रिंसिपल साहब ने कहा, "लगता है दारोग़ाजी लद गए।"

यह कहते-कहते इसका अर्थ सबसे पहले उन्हीं पर पूरे तौर से स्पष्ट हुआ। रंगनाथ का कन्धा हिलाकर चहके, "यह बात है ! इलाक़ा गँधा गया था। अब साफ़ हुआ।"

रंगनाथ ने कहा, "पता नहीं, इतनी जल्दी हुक्म कैसे आ गया ? दोपहर तक तो कोई ख़बर नहीं थी।"

प्रिंसिपल साहब की प्रसन्नता देखते ही बनती थी। लगता था, वे हाथ फैलाकर एकदम से हवा में उड़ जाएँगे और सामने के पेड़ की फुनगी पर बैठकर बुलबुल की तरह कोई तराना छेड़ देंगे। उन्होंने कहा, "बाबू रंगनाथ, इतने दिन अपने मामा के साथ रहकर भी तुमने उन्हें नहीं पहचाना। इससे पहलेवाले थानेदार को उन्होंने बारह घण्टे में शिवपालगंज से भगाया था। इन्हें तो, लगता है, चौबीस घण्टे मिल गए।"

वे फुसफुसाने लगे, "वैद्यजी से कोई पार पा सकता है ? जोगनाथ की जिस दिन इन्होंने ज़मानत नहीं ली, तभी मैं समझ गया कि इनके लदने के दिन आ गए। उसी के साथ हमारा 107 वाला मामला। तुम खुद बताओ बाबू रंगनाथ, मेरा चालान करने की क्या ज़रूरत थी ! पर इन्हें कौन समझाए? रामाधीन इनके बाप बन गए थे। जैसा चाहते थे इन्हें वैसे ही घुमाते थे, और वही देख लिया आपने, अभी दस दिन भी नहीं हुए थे कि लद गए।"

लड़कों का कोरस पूर्ववत् चल रहा था, "दारोग़ाजी लद गए, दारोग़ाजी लद गए !"

वे ट्रकों पर सामान का लदना देखने के लिए खड़े हो गए।

एक ट्रक पर शीशम के कुछ बड़े-बड़े पलँग थे और बाक़ी जगह में एक बढ़िया गाय और उसकी बछिया थी। प्रिंसिपल साहब ने देखकर कहा, "भैंस नहीं दिख रही है। बड़ी फर्स्ट क्लास भैंस है—मुर्रा !"

रंगनाथ को उन्होंने समझाया, "यह गाय टिकैतगंज के ठाकुरों ने दी थी। बेवा पतोहू के हमलवाला मामला। गोदान करके छुटकारा पा गए।"

उन्होंने किसी ख़ास व्यक्ति को लक्ष्य किए बिना ज़ोर से पूछा, "भैंस कहाँ गई ? दिख नहीं रही है ?"

किसी ने अँधेरे में जवाब दिया, 'बिक गई।"

"कहाँ ?"

"शहर से एक घोसी आया था।"

"कितने में ?"

"सौ में। और तुम क्या समझे थे—हज़ार में ?"

"हम तो अब भी यही समझते हैं।" प्रिंसिपल साहब ने मौज से जवाब दिया और रंगनाथ का कन्धा पकड़कर इस आशय से हिलाया कि कथोपकथन को वह भी मौज के साथ सुने।

ट्रक के पास सिर्फ़ पलँग पड़े थे। रंगनाथ ने सुन रखा था कि दारोग़ाजी पलँगों के शौक़ीन हैं। उसने आज देख भी लिया। ट्रक पर इस समय भयंकर कोलाहल और उत्साह के वातावरण में वे पलँग लद रहे थे। कुछ लद चुके थे, कुछ लद रहे थे, कुछ लदनेवाले थे। सड़क पर कोरस गानेवाले लड़के अँधेरे के बावजूद अब घटनास्थल पर गोल बाँधकर खड़े हो गए थे और पलँगों का लदना देखने लगे। एक सिपाही पलँग के ऊपर चढ़ा हुआ, लालटेन नीचे को लटकाए, लादनेवालों को बढ़ावा दे रहा था, "अबे वो ! तोड़ दिया न चूल ! मैं तो पहले से जानता था, यह चूल तोड़े बिना मानेगा नहीं।" उसकी ललकार सुनकर यक़ीन हो जाता था कि किसी पलँग की चूल टूटना आज के दिन भारतीय प्रजातन्त्र की सबसे बड़ी दुर्घटना होगी। रंगनाथ ने भी पलँग लादनेवालों को सान्त्वना देते हुए ठण्डी आवाज़ में कहा, "हाँ भाई, चूलवूल मत तोड़ो। सँभलकर लादे जाओ।"

प्रिंसिपल साहब रंगनाथ की बात सुनकर काफ़ी ज़ोर से हँसे। एक सिपाही पलँगों की परिचर्या में कोई बाधा डाले बिना अपनी जगह से बोला, "कौन है ? प्रिंसिपल साहब ? जयहिन्द प्रिंसिपल साहब !"

"क्या हुआ भाई ? जयहिन्द ! तबादला हो गया क्या ?"

"जी हाँ प्रिंसिपल साहब। दारोग़ाजी ने कप्तान साहब को दरख़्वास्त दी थी। लड़की की पढ़ाई का सवाल है, शहर में तबादला कराना चाहते थे।"

"हमारे कॉलिज में पढ़ाते। शिवपालगंज किस शहर से कम है ?"

"आपका कॉलिज तो हिन्दुस्तानी स्कूल है। वे अंग्रेज़ी पढ़ायेंगे। भगतिन स्कूल में। बेबी की वर्दी बन गई है। नीली-नीली है। पहनकर बिलकुल अंग्रेज़-जैसी दिखती है।"

"तो तबादले पर शहर जा रहे हैं। यह तो ख़ैर, अच्छा ही है। पर यह गाय कहाँ रखेंगे ? भूसा कहाँ से आएगा ? बेचेंगे नहीं क्या ?"

सिपाही ने पूरी ताक़त के साथ एक पलँग ऊपर उठाया। काँखता हुआ बोला, "नहीं, गाय फ़ौजी फारम में रहेगी। दारोग़ाजी के भाई साहब वहीं नौकर हैं। यहाँ इस बेचारी गाय के लिए क्या था ! खिलाई के दिन तो अब आए हैं ?"

ट्रक के ऊपरवाले सिपाही का सारा ध्यान चूल पर लगा था। वह दाँत पीस रहा था, "ठीक से ! अबे ठीक से ! अरे, अरे, अब दूसरे पलँग को न तोड़ देना। अगर टूटा, तो साले, समझ लो... ।"

किसी ने कहा कि वैद्यजी अभी-अभी दारोग़ाजी से मिलने आए हैं। कह रहे थे कि

उनके होते हुए दारोग़ाजी का तबादला कैसे हो सकता है। वे उसे रुकवा देंगे।

प्रिंसिपल ने रंगनाथ से कहा, "हयादार होगा तो कल सवेरे मुर्गा बोलने के पहले ही शिवपालगंज छोड़ देगा।"

वे थोड़ी देर सामान का मुआइना करते रहे। रंगनाथ ने कहा, "दारोग़ाजी पलँगों के शौक़ीन हैं।"

"जो भी फोकट में मिल जाय, उसी के शौक़ीन हैं।" अचानक वे ट्रक के ऊपर चढ़े हुए सिपाही से बोले, "अरे भाई सिपाही, वह टूटी चूलवाली चारपाई छोड़े जाओ न ! रुपया-धेली में नीलाम होनी हो तो हमीं ले लेंगे।"

सिपाही बोला, "आप बड़े आदमी होकर कैसी टुच्ची बात करते हैं। लेना हो तो पूरा ट्रक ले जाइए। कहिए, हँकवा दूँ इस वक़्त।"

"हें-हें-हें, ट्रक लेकर मैं क्या करूँगा ! मामूली मास्टर आदमी।" फिर आवाज़ बदलकर उन्होंने ग़ैरमामूली आदमी की तरह कहा, "दारोग़ाजी घर ही पर हैं न ? वैद्यजी भी हैं ? तो चलिए बाबू रंगनाथ, दारोग़ाजी को भी सलाम कर लिया जाय। बेचारे भले आदमी थे। किसी को कभी सताया नहीं, किसी से कभी कुछ माँगा नहीं। भगवान् ने जितना दिया, उसे आँख मूँदकर ले लिया।"

सचमुच ही बेचारे भले आदमी थे, गुज़र गए : रंगनाथ ने सोचा।

24

गाँव के किनारे एक छोटा-सा तालाब था जो बिलकुल 'अहा ग्राम्य जीवन भी क्या है' था। गन्दा कीचड़ से भरा-पूरा, बदबूदार। बहुत क्षुद्र घोड़े, गधे, कुत्ते, सूअर उसे देखकर आनन्दित होते थे। कीड़े-मकोड़े और भुनगे, मक्खियाँ और मच्छर—परिवार-नियोजन की उलझनों से उन्मुख—वहाँ करोड़ों की संख्या में पनप रहे थे और हमें सबक़ दे रहे थे कि अगर हम उन्हीं की तरह रहना सीख लें तो देश की बढ़ती हुई आबादी हमारे लिए समस्या नहीं रह जाएगी।

गन्दगी की कमी को पूरा करने के लिए दो दर्जन लड़के नियमित रूप से शाम-सवेरे और अनियमित रूप से दिन को किसी भी समय पेट के स्वेच्छाचार से पीड़ित होकर तालाब के किनारे आते थे और—ठोस, द्रव तथा गैस—तीनों प्रकार के पदार्थ उसे समर्पित करके, हल्के होकर वापस लौट जाते थे।

अपने पिछड़ेपन के बावजूद किसी देश का जैसे कोई-न-कोई आर्थिक और राजनीतिक महत्त्व अवश्य होता है, वैसा ही इस तालाब का भी, गन्दगी के बावजूद, अपना महत्त्व

था। उसका आर्थिक पहलू यह था कि उसमें ढालू किनारों पर दूब अच्छी उगती थी और वह शिवपालगंज के इक्कावालों के घोड़ों की खाद्यसमस्या दूर करती थी। उसका राजनीतिक पहलू यह था कि वहाँ घास छीलनेवालों के बीच सनीचर ने कैन्वेसिंग की और अपने लिए वोट माँगे।

सनीचर जब तालाब के किनारे पहुँचा, दो घसियारे घास छील रहे थे। वे पेशे से घसियारे नहीं, बल्कि इक्कावाले थे जो साइकिल-रिक्शा चल जाने के बाद भी अपने घोड़ों के साथ अब तक जीवित थे। आज़ादी के मिलने के बाद इस देश में साइकिल-रिक्शा-चालकों का वर्ग जिस तेज़ी से पनपा है, उससे यही साबित होता है कि हमारी आर्थिक नीतियाँ बहुत बढ़िया हैं और यहाँ के घोड़े बहुत घटिया हैं। उससे यह भी साबित होता है कि समाजवादी समाज की स्थापना के सिलसिले में हमने पहले तो घोड़े और मनुष्य के बीच भेदभाव को मिटाया है और अब मनुष्य और मनुष्य के बीच भेदभाव को मिटाने की सोचेंगे। ये सब बातें तो तर्क से साबित हो जाती हैं, पर इसका कोई तर्क समझ में नहीं आता कि शिवपालगंज और शहर के बीच चलनेवाले दर्जनों साइकिल-रिक्शों के होते हुए वहाँ के ये दो इक्केवान और उनके घोड़े अब तक ख़त्म क्यों नहीं हुए थे। घोड़े इस तालाब के किनारे उगनेवाली घास खाकर भले ही ज़िन्दा रह लें, पर इक्केवान भी इसी तरकीब से जी लेते होंगे, यह मानना कठिन है, क्योंकि यह खाद्य-विज्ञान का सिद्धान्त है कि आदमी की अक़्ल तो घास खाकर ज़िन्दा रह लेती है, आदमी खुद इस तरह नहीं रह सकता।

सनीचर जब इन इक्केवालों के पास आया, उसके दिमाग में ये सामाजिक-आर्थिक समस्याएँ नहीं थीं। उस समय उसे अपने चुनाव की चिन्ता थी जो कि वोट माँगनेवालों और वोट देनेवालों के बीच पारस्परिक व्यवहार का एकमात्र माध्यम है। इसलिए उसने इन दोनों को बिना किसी प्रस्तावना के बताया कि मैंने प्रधानी का पर्चा दाख़िल किया है और अपना भला चाहते हो तो मुझे ही वोट देना।

एक इक्केवाले ने उसे ऊपर से नीचे और नीचे से ऊपर तक देखा और स्वगत-शैली में कहा, "ये प्रधान बनेंगे। देह पर नहीं लत्ता, पान खायँ अलबत्ता।"

वोट की भिक्षा बड़े-बड़े नेताओं तक को विनम्र बना देती है। सनीचर तो सनीचर था। यह सुनते ही उसकी हेकड़ी ढीली पड़ गई और खीसें निकल आईं। बोला, "अरे भाई, हम तो नाम-भर के प्रधान होंगे। असली प्रधान तो तुम बैद महाराज को समझो। बस, यही जानकर चलो कि तुम अपना वोट बैदजी को दे रहे हो। समझ लो कि खुद बैदजी तुमसे वोट की भीख माँग रहे हैं।"

इक्केवालों ने एक-दूसरे की ओर देखा और चुप्पी साध ली। सनीचर ने कहा, "बोलो भाई, क्या कहते हो ?"

"कहना क्या है ?" दूसरे ने जवाब दिया, "जब बैदजी वोट की भीख माँग रहे हैं तो मना कौन कर सकता है ! हमें कौन वोट का अचार डालना है ! ले जाएँ। बैदजी ही ले जाएँ।"

पहले इक्केवाले ने भी उत्साह से कहा, "वोट साला कौन छप्पन टके की चीज़ है !

कोई भी ले जाय।"

दूसरे इक्केवाले ने प्रतिवाद किया, "कोई कैसे ले जाएगा ? पहली बार बैदजी ने हमसे एक चीज़ माँगी है तो बैदजी को ही मिलेगी। ले जाएँ।"

सनीचर ने कहा, "तो बात पक्की रही ?"

उन्होंने एक साथ इसका उत्तर दिया जिसका सारांश यह था कि मर्द की बात हमेशा पक्की होती है और वैसे तो वे कुछ देने लायक़ नहीं हैं, पर जब बैदजी कोई चीज़ माँग रहे हैं तो 'नहीं' कहना बड़ा कठिन है और आशा है कि प्रधान बन जाने पर सनीचर ज़मीन पर ही चलेगा, आसमान में बाँस नहीं खोंसेगा।

सनीचर के चले जाने के बाद कुछ देर वे लोग चुपचाप घास छीलते और घास की कमी पर बहस करते रहे। अचानक उन्हें एक ऐसा आदमी आता दिखायी दिया जिसका अपना नाम सिर्फ़ सरकारी काग़ज़ों पर भले ही लिखा हो, गाँव में बहुत कम लोगों को मालूम था। लोग उसे 'रामाधीन के भैया' कहते थे। वह इस समय शिवपालगंज की ग्राम-सभा का असली प्रधान था; यह दूसरी बात है कि जनता रामाधीन भीखमखेड़वी को ही प्रधान समझकर चलती थी।

पिछले सालों गाँव में तालाबों की मछली का नीलाम ऊँची क़ीमत पर होने लगा था। बंजर ज़मीन के पट्टों से गाँव-सभा की आमदनी बढ़ गई थी। शक्कर और मैदे का कोटा भी कभी-कभी गाँव-पंचायत द्वारा वितरित किया जाता था। इन कारणों से गाँव-सभा अमीर हो रही थी और शिवपालगंज में सभी जानते थे कि गाँव-सभा का और उसके प्रधान का अमीर होना एक ही बात है। परिणामतः प्रधान का पद बड़ा लाभदायक और गुणकारी था।

यही नहीं, वह पद सम्मानपूर्ण भी था। साल में दो-चार बार थानेदार और तहसीलदार प्रधान को बुलाकर उसे दो-चार गाली भले ही दे बैठें और अँधेरे-उजेले में गाँव के एकाध गुण्डे उस पर दस-पाँच ढेले भले ही फेंक दें, उस पद के सम्मान में कमी नहीं होती थी क्योंकि सारे देश की तरह शिवपालगंज में भी, किसी भी तरकीब से हो, केवल अमीर बन जाने से ही आदमी सम्मानपूर्ण बन जाता था और वहाँ भी, सारे देश की तरह, किसी संस्था का फोकट में पैसा खा लेने-भर से आदमी का सम्मान नष्ट नहीं होता था।

इन्हीं कारणों से रामाधीन के भैया भी दोबारा प्रधान बनना चाहते थे।

वे इस समय अपने चने के खेत के पास से दूसरे के खेत से चने के पौधे उखाड़कर काफ़ी बड़ा बोझ बग़ल में दबाए घर की ओर लौट रहे थे और ज़ोर-ज़ोर से गालियाँ दे रहे थे ताकि जनता समझ जाय कि उनके खेत से चुराकर चने उखाड़ते हैं। उन्होंने सनीचर को तालाब के पास इक्केवालों से बात करते हुए देखा और वहीं अपना कार्यक्रम बदलकर उस तरफ़ चलना शुरू कर दिया। इक्केवालों ने उन्हें पास आता देखकर और यह इत्मीनान करके कि सनीचर निगाह से ओझल हो गया है, उन्हें सलाम किया और बोले, "तुम भैया, इस बार भी तो प्रधानी के लिए खड़े हो रहे हो ?"

रामाधीन के भैया ने खेतों में होनेवाली चने की चोरी का हवाला दिया और कहा

कि देखो, हमारी प्रधानी का साल पूरा हो रहा है—इसलिए चोर इत्मीनान से फिर पुराने ढर्रे पर लौट रहे हैं और जब तक मेरी हुकूमत थी, वे साँस रोककर छिपे बैठे थे। उन्होंने यह नतीजा निकाला कि गँजहों को अगर अमन-चैन प्यारा होगा, तो साले अपने-आप मुझे प्रधान बनायेंगे। उन्होंने बाद में लापरवाही से पूछा, ''सनीचर क्या कह रहा था ?''

''वोट माँग रहा था।''

''तुमने क्या कहा ?''

''कह दिया कि ले जाओ। मुझे कौन वोट का अचार रखना है।''

''वोट उसे दोगे तो अपना भला-बुरा समझकर, ऊँचा-नीचा देखकर देना।''

''सब देख लिया है। तुम माँगते हो तो तुम्हीं ले जाओ।'' कहकर पहले इक्केवाले ने दोहराया, ''मुझे कौन वोट का अचार रखना है।''

रामाधीन के भैया ने पूछा, ''तो फिर वोट सनीचरा को नहीं दोगे ?''

''कहो तो उसे भी दे देंगे। जिसे कहोगे, उसी को दे देंगे। हम तो तुम्हारे हुकुम के गुलाम हैं।'' कहकर उसने फिर दोहराना शुरू किया, ''मुझे कौन साले वोट का अचार... ।''

भैया ने उसकी बात काटकर हुक्म दिया, ''सनीचर-वनीचर को वोट नहीं देना है।''

''तो नहीं देंगे।''

''वोट मुझको देना है।''

''दे देंगे। कहा तो, ले जाओ।''

रामाधीन के भैया चने के चोरों को पूर्ववत् गाली देते हुए चल दिए। हर क़दम पर उनकी चाल के अनुपात से गालियों का आकार-प्रकार बढ़ने लगा, क्योंकि बस्ती नज़दीक आ रही थी और उन्हें लोगों में यह प्रचार कराना अच्छा लगता था कि वे भी अपनी जगह पर गुण्डे हैं और आज नाराज़ हैं।

चमरही और ऊँची जातवालों की बस्ती के बीच बने हुए गाँधी-चबूतरे पर आज कुत्ते नहीं, आदमी बोल रहे थे। चुनाव के पहले रामाधीन के भैया ने उस स्थान का सुधार कराया था क्योंकि, शायद चुनाव-कानून में लिखा है, या पता नहीं क्यों, सभी बड़े नेता चुनाव के कुछ महीने पहले अपने-अपने चुनाव-क्षेत्र का सुधार कराते हैं। कोई नये पुल बनवाता है, कोई सड़कें बिछवाता है, कोई गरीबों को अन्न और कम्बलों का दान करता है। उसी हिसाब से रामाधीन के भैया ने चबूतरे के आसपास का नक़्शा बदलने की कोशिश की थी।

वहाँ एक नीम का लम्बा-चौड़ा पेड़ था जो बहुत-से बुद्धिजीवियों की तरह दूर-दूर तक अपने हाथ-पाँव फैलाए रहने पर भी तने में खोखला था। रामाधीन के भैया ने उसी के नीचे एक कुआँ बनवाया था। वास्तव में कुआँ था तो वहाँ पहले ही से, पर उन्होंने उसका जीर्णोद्धार करके, ज़माने के चलन के हिसाब से सरकारी काग़ज़ों से कूप-निर्माण का इन्दराज करा दिया था जो कि अच्छा अनुदान खींचने के लिए नैतिक तो नहीं, पर एक प्रकार की राजनीतिक कार्रवाई थी। पहले वह कुआँ बरसात के दिनों में आसपास

ऊँचाई पर गिरनेवाले पानी को अपनी ओर खींचकर मुहल्ले में बाढ़ आने से रोकता था। अब उसके चारों ओर एक जगत बन गई थी और स्पष्ट था कि इस कार्रवाई का सम्बन्ध किसी पंचवर्षीय योजना से है। इसी बात को कुछ और स्पष्ट करने के लिए कुएँ के दोनों ओर एक-एक खम्भा उठा दिया गया था। उनमें से एक पर शिलालेख द्वारा लिखा गया था, "तृतीय पंचवर्षीय योजना। गाँव-सभा शिवपालगंज। इस कूप का शिलान्यास मवेशी-डॉक्टर श्री झाऊलाल ने किया। सभापति श्री जगदम्बाप्रसाद।"

जगत बन जाने के कारण अब बाहर का पानी भीतर न जाकर भीतर का पानी बाहर आने लगा था। इस पानी का अन्तिम रूप शीतल-मन्द-सुगन्ध था। एक बहुत बड़े नाबदान में बँधकर वह गाँववालों को सुझाव देता था कि पेट में केंचुओं का तजुर्बा तो तुम्हें हो ही गया है, अब उसे छोड़ो और आओ, थोड़ा मलेरिया और फ़ाइलेरिया भी लेते जाओ।

कुएँ के जीर्णोद्धार के साथ ही गाँधी-चबूतरे का भी अभ्युदय हो गया था। उसमें कुछ नयी ईंटें लग गई थीं और उन पर लगा हुआ सीमेण्ट ऐसा था कि ठेकेदार के हाथों लगवाए जाने के बावजूद पन्द्रह दिन बीत जाने पर भी उखड़ा न था। इस वातावरण में चबूतरा पहले की अपेक्षा ज़्यादा आकर्षक हो गया था और कॉलिज के निठल्ले लड़के कभी-कभी वहाँ बैठकर जुआ खेलने लगे थे। शाम को बद्री पहलवान के अखाड़े के पट्ठे भी अब वहाँ आने लगे थे और उनके हाव-भाव देखकर लगता था कि उनके वहाँ आने का एकमात्र उद्देश्य चबूतरे पर बैठकर गरदन पर लगा हुआ मिट्टी का प्लास्टर खुरचना है।

आज चुनाव का दिन था। कॉलेज में छुट्टी हो गई थी। चुनाव तो किसी और जगह होना था—निश्चय ही ऐसी जगह जो चमरही से दूर होती—पर इस समय गाँधी-चबूतरे पर भी काफ़ी भीड़ थी और जैसा कि गाँधीजी चाहते थे, सब तरह के लोग वहाँ एक साथ एकतापूर्वक बैठे थे। जुआ खेलनेवालों ने ताश अपनी जेब में रख लिये थे। अखाड़े के पट्ठे बिना कुश्ती लड़े, बिना मिट्टी लपेटे, केवल सरसों के तेल की मालिश के सहारे, अपनी ख्याति की सुगन्ध दिग्दिगन्त में फैला रहे थे।

रुप्पन बाबू की चाल थकी-थकी थी और चेहरे पर रोज़ की-सी चुस्ती और चालाकी न थी। उन्हें गाँधी-चबूतरे के पास आता देखकर एक नये पहलवान ने आँख मारी और पूछा, "कहो बाबू, क्या हाल हैं ?"

जवाब में रुप्पन बाबू ने आँख नहीं मारी और न यही कहा, "तुम कहो राजा, तुम्हारे क्या हाल हैं ?" उन्होंने सिर हिलाकर सिर्फ़ यह बात पैदा की कि तुम मज़ाक करो, हम नहीं करेंगे, क्योंकि हमारा मूड खराब है। वे काला चश्मा लगाए, गरदन पर रेशमी रूमाल लपेटे, मन्द गमन करते हुए आए और चबूतरे पर धम-से बैठ गए। थोड़ी देर के लिए उपस्थित सज्जनवृन्द में शान्ति छा गई।

छोकड़े पहलवान ने निठल्लेपन में अपना बाजू फैलाकर उसे कोहनी से मोड़ा। कोहनी के ऊपर चूहे के आकार की एक बचकानी मांसपेशी उभर आयी। उसे प्यार के साथ बार-बार देखते हुए वह रुप्पन बाबू के पास आकर बैठ गया। उसने दोबारा

आँख मारी और रुप्पन बाबू की पीठ सहलाते हुए कहा, "क्या बात है बाबू ! आज रंग कुछ बदरंग हो रहा है ?"

शिवपालगंज में कहावत मशहूर थी, 'माशूकों के तीन नाम : राजा, बाबू, पहलवान।' इस हिसाब से रुप्पन बाबू के लिए ये विशेषण हैसियत गिरानेवाले हो सकते थे। पर शिवपालगंज में यह भी मशहूर था कि इस छोकड़े पहलवान को रुप्पन बाबू कुछ उसी तरह छूट दिए हैं, जिस तरह सुना जाता है, कड़ी बात कहने की छूट सरदार पटेल को गाँधीजी की तरफ़ से मिली हुई थी। इसलिए उनकी ये आपसी बातें कुछ 'महापुरुषों का मनोविनोद' वाले वज़न पर आ जाती थीं।

रुप्पन बाबू ने अपने दोस्त की मौजूदगी और उसकी भाषण-शैली पर कोई ध्यान नहीं दिया। वे चुपचाप बैठ रहे। कॉलिज के एक लड़के ने कहा, "गुरू, हम लोगों को तुमने कुछ करने की बात ही नहीं बतायी। सनीचर की तरफ़ से चुनाव में वह गर्मी नहीं है, जो रामाधीन की तरफ़ से है।"

रुप्पन बाबू ने गर्भवती आवाज़ में कहा, "अब सर्दी-गर्मी की कोई बात नहीं रही। चुनाव के नतीजे का अभी-अभी ऐलान हो गया है। सनीचर जीत गए हैं।"

छोकड़े पहलवानों और कॉलिज के लड़कों में भभ्भड़ मच गया। चारों ओर से यही सवाल हो रहा था, "कैसे ? कैसे ? सनीचर जीत कैसे गए ?"

आँख मारकर रुप्पन बाबू के साथी ने कहा, "बताओ तो पहलवान, सनीचरा जीत कैसे गया ?"

"महिपालपुरवाली तरकीब से।" रुप्पन बाबू ने थकी आवाज़ में कहा।

चुनाव जीतने की तीन तरकीबें हैं : एक रामनगरवाली, दूसरी नेवादावाली और तीसरी महिपालपुरवाली।

गाँव-सभा के चुनाव में रामनगर में एक बार दो उम्मीदवार खड़े हुए थे : रिपुदमनसिंह और शत्रुघ्नसिंह। दोनों एक ही जाति के थे, इसलिए जाति के ऊपर वोटों का स्वाभाविक बँटवारा होने में दिक़्क़त पड़ गई। जो ठाकुर थे वे इस पसोपेश में पड़ गए कि यह भी ठाकुर और वह भी ठाकुर, किसे वोट दें और किसे न दें। जो ठाकुर न थे, वे इस चक्कर में आ गए कि ये जब अपनी जाति के ही नहीं हैं तो इन्हें वोट दिया तो क्या और न दिया तो क्या। कुछ दिनों बाद पता चला कि रिपुदमनसिंह और शत्रुघ्नसिंह दोनों के नामों का मतलब भी एक है और वह यह है कि ऐसा शेर जो दुश्मन को खा जाय। इस पर गाँववालों ने प्रजातन्त्र की परम्परा के अनुकूल यह निष्कर्ष निकाला कि कोई भी सभापति हो, हमारी क्या हानि है और खाने दो उन्हें एक-दूसरे को।

चुनाव के पाँच दिन पहले तक इसी तरह की उपेक्षा का वातावरण बना रहा। होता यह था कि उम्मीदवार लोगों के वोट माँगने के लिए जाते तो लोग दोनों से ज़्यादातर यही कहते, "हमें कौन वोट का अचार डालना है ! जितने कहो, उतने वोट दे दें।"

इस सबसे दोनों उम्मीदवार इस नतीजे पर पहुँचे कि हमें कोई भी वोट नहीं देगा।

घबराकर वे प्रजातन्त्र की दुहाई देने लगे। उन्होंने लोगों को उनके वोट की कीमत बतानी शुरू कर दी। उन्होंने कहा कि अगर तुम अपना क़ीमती वोट ग़लत आदमी को दे दोगे तो प्रजातन्त्र ख़तरे में पड़ जाएगा। लोग यह बात समझ नहीं पाए; जो समझे भी, उन्होंने सिर्फ़ इतना कहा कि ग़लत आदमी को वोट देने से प्रजातन्त्र को कोई खतरा नहीं, तुम वोट दे सकते हो, प्रजातन्त्र के लिए इतना ही काफ़ी है। ग़लत-सही तो लगा ही रहता है; देखो न, सारे देश में क्या हो रहा है...।

ऐसी बात कहनेवाले दो-एक लोग ही थे, पर प्रजातन्त्र को निरर्थक बनाने के लिए इतना ही काफ़ी था। इसलिए दोनों उम्मीदवारों ने अपने प्रचार का तरीक़ा बदल दिया और प्रधान के अधिकारों की बात करते हुए कहना शुरू किया कि वह गाँव की सारी बंजर ज़मीन दूसरों को दे सकता है और जो बंजर लोगों ने बेक़ायदे अपने कब्ज़े में कर लिया है उससे उन्हें बेदखल करा सकता है।

किसान को, जैसा कि 'गोदान' पढ़नेवाले और 'दो बीघा ज़मीन' जैसी फ़िल्में देखनेवाले पहले से ही जानते हैं, ज़मीन ज़्यादा प्यारी होती है। यही नहीं, उसे अपनी ज़मीन के मुक़ाबले दूसरे की ज़मीन बहुत प्यारी होती है और वह मौक़ा मिलते ही अपने पड़ोसी के खेत के प्रति लालायित हो उठता है। निश्चय ही इसके पीछे साम्राज्यवादी विस्तार की नहीं, सहज प्रेम की भावना है जिसके सहारे वह बैठता अपने खेत की मेंड़ पर है, पर जानवर अपने पड़ोसी के खेत में चराता है। गन्ना चूसना हो तो अपने खेत को छोड़कर बग़ल के खेत से तोड़ता है और दूसरों से कहता है कि देखो, मेरे खेत में कितनी चोरी हो रही है। वह गलत नहीं कहता है क्योंकि जिस तरह उसके खेत की बग़ल में किसी दूसरे का खेत है उसी तरह और के खेत की बग़ल में उसका खेत है और दूसरे की सम्पत्ति के लिए सभी के मन में सहज प्रेम की भावना है।

ये बातें 'गोदान' में इतनी साफ़ नहीं लिखी गई हैं और बम्बइया फिल्मों में—शायद कृश्नचन्दर और ख़्वाजा अहमद अब्बास के डर के कारण—या प्रगतिशीलता के जोश में पचास फ़ीसदी अन्धे हो जाने के कारण, या सिर्फ़ जहालत के कारण—साफ़ तौर पर नहीं दिखायी गई हैं, इसलिए उन्हें ज़रा सफ़ाई से कहना पड़ा, अगर्चे अपने देश में सफ़ाई का काम कलाकारों का नहीं है, फिर भी...।

तो जैसे ही गाँववालों को मालूम हुआ कि गाँव-पंचायत का सम्बन्ध ज़मीन के लेन-देन से है और उनके पड़ोस का खेत उनका हो सकता है और अमुक किसान के लावारिस मर जाने पर उन्हें उत्तराधिकारी घोषित करके उनका राजतिलक हो सकता है, किसानों की सहज प्रेमवाली भावना लबलबा उठी। फिर तो वोटरों को ज़मीन के प्रेम ने गाँव-पंचायत की ओर ठेला और गाँव-पंचायत के प्रेम ने उन्हें प्रधान-पद के उम्मीदवारों की ओर ठेला और चुनाव के मामले में उनका दिमाग़ एकदम सक्रिय हो गया। उसके बाद उनके सामने वही मानसिक समस्या पैदा हो गई जो चीनी हमले के मौक़े पर आचार्य कृपलानी ने पूरे देश के सामने पैदा कर दी थी। वे सोचने लगे कि तटस्थ रहना बिलकुल बेकार है, इसमें कमज़ोरी भी है और नुक़सान भी है और अगर तुम चैन से रहना चाहते हो तो रिपुदमन और शत्रुघ्न में से किसी एक का पल्ला पकड़

लो और बहुत ज़्यादा तटस्थ बनने की कोशिश मत करो, नहीं तो दोनों ओर से मारे जाओगे।

अन्तर्राष्ट्रीय क्षेत्रों में तटस्थता की समस्या को हम लोग तो चुपचाप कतराकर झेल ले गए क्योंकि इस तरह से हम कई समस्याओं को झेल चुके थे; पर रामनगरवालों को घमण्ड था कि वे अपना भला-बुरा ज़्यादा पहचानते हैं, इसलिए उन्होंने इस समस्या से कतराना ठीक नहीं समझा और देखते-देखते पूरा गाँव दो दलों में बँट गया। एक दल वह जिसको खाली ज़मीन का बँटवारा रिपुदमन के हाथों करवाना मंजूर था और दूसरा दल वह, जिसे इस काम के लिए शत्रुघ्नसिंह के हाथों में ज़्यादा कलाकारी दिखायी देती थी।

चुनाव के जब दो दिन रह गए तो दोनों ओर से काफ़ी सरंजाम दिखायी दिए। लोगों ने चीख़-चीख़कर इन्क़लाब ज़िन्दाबाद के नारे लगाए, एक-दूसरे की माँ-बहिनों में दिलचस्पी दिखानेवाली बातें कहीं, अपनी-अपनी लाठियों में तेल लगाया, भाले-बल्लमों को चमकाकर उन्हें लाठियों में फिट किया और जान हथेली पर रखकर उसी हथेली में गाँजे की चिलम पकड़ ली। जब इतना सब हो गया तो रिपुदमनसिंह ने अपने छोटे भाई सर्वदमन को बुलाकर प्रेम से कहा कि भाई, अगर इस लड़ाई में मेरी जान निकल जाय और मेरे साथ में पच्चीस आदमियों की भी जान निकल जाय, तो तुम क्या करोगे ?

सर्वदमनसिंह वैसे तो वकालत पास थे, पर जिस तरह किसी ज़माने में बड़े-बड़े वकील-'बालिश्टर' वकालत छोड़कर राजनीति में आ गए थे, वैसे ही वे अपनी वकालत छोड़कर पिछले चार सालों से स्थानीय राजनीति में कूद पड़े थे। फ़र्क़ यह था कि स्वतन्त्रता-संग्रामवाली राजनीति में आनेवाले बहुत-से वकीलों की आमदनी के ज़रिये लोगों को मालूम न हो पाते थे, पर सर्वदमन की जीविका का साधन सभी को अच्छी तरह मालूम था और सब उससे वाजिब ढंग से प्रभावित भी थे। उनके पास दस गैसबत्तियाँ थीं जो शादियों के मौसम में किराए पर चलती थीं। साथ ही उनके पास दो बन्दूकें थीं, जो डकैतियों के मौसम में किराये पर चलती थीं। कुल मिलाकर सर्वदमन को इतना मिल जाता था कि वे इत्मीनान से ग्रामीण राजनीति का संचालन कर सकें। गैसबत्तियाँ और बन्दूकें दूर-दूर तक जाती थीं और उन्हीं के अनुरूप उनके न जाने कितने व्यापक और गहरे सामाजिक सम्पर्क हो गए थे और उसके अनुरूप सर्वदमन में बातचीत करने की लियाक़त और आत्मविश्वास आ गया था।

भाई की बात का जवाब सर्वदमन ने आत्मविश्वास की वाजिब मात्रा के साथ दिया। बोले, "भाई, अगर तुम और तुम्हारे पचीस आदमी इस लड़ाई में मारे गए तो दूसरी तरफ़ शत्रुघ्नसिंह और उनके पचीस आदमी भी मारे जाएँगे। इतना तो हिसाब से होगा; उसके बाद जैसा बताओ, वैसा किया जाए।"

रिपुदमन ने सर्वदमन को गले से लगाकर रोने की कोशिश की, पर या तो आदमी फिल्मी अभिनेता हो या नेता, तभी वह इच्छा-मात्र से रो सकता है। मतलब यह कि अभ्यास की कमी से रिपुदमन की कोशिश नाकामयाब हुई। सर्वदमन ने उन्हें धीरे-से अपने से अलग किया और बोले, "जाने दो। और बताओ, पचीस-पचीस का हिसाब

ठीक करने के बाद क्या किया जाय ?"

रिपुदमन ने कहा, "मान लो, उसके बाद प्रधान का फिर से चुनाव हो और तुम प्रधान बनना चाहो तो क्या हालत होगी ?"

सर्वदमन कागज़-पेंसिल ले आये और जोड़-बाकी लगाकर बोले, "दादा, अगर तुम और शत्रुघ्नसिंह अपने पचीस-पचीस आदमियों के साथ मर जाओ तो फिर मैं क्या, मेरी तरफ़ का कोई भी आदमी दूसरी तरफ़ के किसी भी आदमी से पचास वोट ज़्यादा ले गिरेगा। क्योंकि गाँव के वोटरों में उस तरफ़ से सचमुच मर-मिटनेवाले ज़्यादा-से-ज़्यादा पचीस आदमी निकलेंगे, जबकि हमारी तरफ़ ऐसे आदमी चालीस से भी ज़्यादा हैं। उधर वे पचीस आदमी अगर मर जाएँ तो समझ लो उनका पूरा मुहल्ला मर गया, जबकि हमारे पचीस आदमियों के मर जाने के बाद भी मैदान हमारे बाक़ी पन्द्रह आदमियों के हाथ में रहेगा।"

चुनाव के तीन दिन पहले सब-डिवीज़नल मैजिस्ट्रेट की अदालत में रिपुदमन ने शत्रुघ्नसिंह और उनके पचीस आदमियों के ख़िलाफ़ एक दरख़्वास्त दी कि उन्हें उनसे जान व माल का ख़तरा है और चुनाव में शान्ति-भंग का अन्देशा है। पुलिस ने दरख़्वास्त की ताईद की। जवाब में शत्रुघ्नसिंह ने रिपुदमन और उनके चालीस आदमियों के ख़िलाफ़ ऐसी ही दरख़्वास्त दी और पुलिस ने उसकी भी ताईद की, पर उसमें यह गणित लगा दी कि यह बात रिपुदमन और उसके केवल पचीस आदमियों के लिए सही है। चुनाव के दिन पहले दोनों उम्मीदवारों और दोनों ओर के पचीस-पचीस आदमियों की पेशी हुई। मैजिस्ट्रेट ने, जैसाकि किताब में लिखा था, शत्रुघ्नसिंह और उनकी पार्टी से ज़मानत और मुचलके माँगे जिन्हें वे देने की सोचने लगे। फिर मैजिस्ट्रेट ने रिपुदमन और उनकी पार्टी से ज़मानत और मुचलके माँगे। रिपुदमन ने कहा, "हुज़ूर, हम ज़मानत और मुचलके नहीं देंगे। हमारी बात याद रखिएगा, कल हमारे गाँव में क़त्लेआम होगा। बड़ी-से-बड़ी ज़मानत शत्रुघ्नसिंह और इनके गुण्डों को झगड़ा करने से न रोक पाएगी। हम लोग सीधे-सादे खेतिहर हैं, हम इनका क्या खाकर मुक़ाबला करेंगे। इसलिए ऐसा कीजिए हुज़ूर, कि हमें ज़मानत न दे सकने के कारण हवालात में बन्द करा दीजिए। हवालात में बन्द हो जाने से हमारी जान तो बच जाएगी। सिर्फ़ इतना कीजिएगा हुज़ूर, कि शत्रुघ्नसिंह की ज़मानत का ऐतबार न कीजिएगा। हमारे ख़ानदान के दो-चार लोग गाँव में रह जाएँ, उनको बचाने का इन्तजाम कर दीजिएगा।" इसके बाद उन्होंने कटघरे को गले लगाकर रोने की कोशिश की।

पुलिस ने इस वक्तव्य की भी ताईद की। अतः मैजिस्ट्रेट ने यही तय किया कि जब रिपुदमनसिंह और उनकी पार्टी चुनाव के दौरान जेल में रहेगी तो शत्रुघ्नसिंह और उनकी पार्टी की ज़मानत मंजूर नहीं की जाएगी, उन्हें भी जेल में रहना पड़ेगा।

इस तरह कुछ दिनों के लिए उम्मीदवार और उनके पचीस-पचीस आदमी मर गए।

इसके बाद चुनाव बड़े शान्त और सभ्यतापूर्ण वातावरण में हुआ। जहाँ तक विभिन्न पक्षों की दक्षता का सवाल है, उनमें शत्रुघ्नसिंह के सहायक बहुत निकम्मे साबित हुए; वास्तव में पता ही नहीं चल पाया कि उनका कोई सहायक गाँव में बचा

भी है या नहीं। उधर रिपुदमन की ओर से सर्वदमन चुनाव लड़ने के लिए मौजूद थे, क्योंकि पुलिस की ताईद और वकालत की डिग्री के सहारे वे शान्तिप्रिय आदमी समझे जाते थे और उनका हवालात में जाना ज़रूरी नहीं समझा गया था। उन्होंने जमकर चुनाव लड़ा और उसका नतीजा वही निकला जो वे पहले काग़ज़ पर जोड़ चुके थे।

चुनाव जीतने का यह तरीक़ा रामनगर के नाम से पेटेंट हुआ।

नेवादावाला तरीक़ा कुछ ज़्यादा आदर्शवादी था।

वहाँ कई जातियों के लोग चुनाव लड़ने के लिए खड़े थे, पर उनमें मुख्य उम्मीदवार केवल दो थे जिन्हें ऋग्वेद में पुरुष-ब्रह्म का क्रमशः मुँह और पैर माना गया है। आज के हिसाब से यह ब्राह्मणों और हरिजनों का संघर्ष था, पर नेवादा में यह मामला बड़े ही सांस्कृतिक और लगभग वैदिक ढंग पर पनपा।

ब्राह्मण उम्मीदवार ने सवर्णों के बीच ऋग्वेद के पुरुष-सूक्त का कई बार पाठ किया और समझाया कि ब्राह्मण ही पुरुष-ब्रह्म का मुँह है। उसने यह भी बताया कि शूद्र पुरुष-ब्रह्म का पैर है। प्रधान के पद के बारे में उसने कई उदाहरण देकर बताया कि उसका सम्बन्ध मेधा और वाणी से है जो पैर में नहीं होती, सिर में होती है, जिसमें मुँह भी होता है। अतः ब्राह्मण को स्वाभाविक रूप से प्रधान बनना चाहिए, न कि शूद्र को।

ब्राह्मण उम्मीदवार ने शूद्रों का तिरस्कार करने के लिए प्रचलित गाली-गलौज का सहारा नहीं लिया था, वह अपनी बात को इसी सांस्कृतिक स्तर पर समझाता रहा। उसने रिआयत के तौर पर यह भी मान लिया कि कोई दौड़-धूप का ऐसा काम, जिसमें पैरों की आवश्यकता हो—जैसे न्याय-पंचायत के चपरासी का काम—निश्चित रूप से शूद्र को ही मिलना चाहिए, पर प्रधान के पद के लिए शूद्र का खड़ा होना वेद-विपरीत बात होगी।

पर जैसाकि प्रायः होता है, वोटरों ने बातचीत के इस सांस्कृतिक स्तर को स्वीकार नहीं किया और मजबूरन ब्राह्मण उम्मीदवार को अपने प्रचार का ढंग बदलना पड़ा। उसने पुरुष-ब्रह्म के मुख की हैसियत से अपने मुँह का ज़रा ज़्यादा उदार उपयोग करना शुरू किया। साथ ही उसके सहायक प्रचार के मौक़ों पर अपने मुँह का और भी खुलकर प्रयोग करने लगे और कुछ दिन बाद बात उसी पुराने स्तर पर आ गई कि बताओ ठाकुर किसनसिंह, हमें छोड़कर क्या अब तुम उस चमार को वोट दोगे ?

गाँव में ब्राह्मण उम्मीदवार की ओर से देखते-देखते गाली-गलौज का उग्र वातावरण बन गया और तब अचानक एक दिन उसे पुरुष-सूक्त की उस ऋचा का ठीक मतलब मालूम हो गया जिसमें शूद्र को पैर माना गया है।

एक जगह ब्राह्मण उम्मीदवार का एक सहायक खुलकर दूसरे उम्मीदवार को गाली दे रहा था। वह चबूतरे पर बैठा था और उसके मुँह से धारावाहिक गालियों के बीच जो केन्द्रीय प्रश्न निकल रहा था वह यही था कि "बताओ ठाकुर किसनसिंह, क्या अब तुम उस...।" 'उस' के बाद कुछ गालियाँ, बाद में वाक्य का दूसरा अंश "...को ही वोट दोगे ?"

वह चबूतरे पर बैठा था और बोलता जाता था। अचानक उसका वाक्य अधूरा ही रह गया। उसे अपनी कमर पर इतने ज़ोर से चोट का अहसास हुआ कि वह 'तात लात रावन मोहिं मारा' कहने लायक़ भी न रहा। वह चबूतरे से नीचे लुढ़ककर गिरा ही था कि उस पर दस ठोकरें और पड़ गईं और जब उसने आँख खोली तो पता लगा कि संसार स्वप्न है और मोह-निद्रा का त्याग हो चुका है। इसके बाद इस तरह की कई घटनाएँ हुईं और ब्राह्मण उम्मीदवार को मालूम हो गया कि पुरुष-ब्रह्म का मुख पुरुष-ब्रह्म के पैर से ज़्यादा दूर नहीं है और संक्षेप में जहाँ मुँह चलता हो और जवाब में लात चलती हो, वहाँ मुँह बहुत देर तक नहीं चल पाता।

इस अनुसन्धान ने ब्राह्मण उम्मीदवार को हैरान कर दिया। पर ऐसे मौके पर उसकी मदद के लिए एक बाबाजी का आविर्भाव हुआ जो उन अनेक बाबाजियों में से थे, जो विपन्नताग्रस्त किसानों से लेकर ऊँचे-से-ऊँचे अफ़सरों, नेताओं और व्यापारियों में बड़ी आसानी से अपने चेलों को पहचान लेते हैं।

घटना सिंहासनबत्तीसी और बैतालपचीसी की कथाओं की तरह घटी। ब्राह्मण उम्मीदवार एक दिन, अपने मुँह का बहुत सीमित उपयोग करने के बावजूद, पुरुष-ब्रह्म के पैर की ठोकर खाकर ढेर हो चुका था और इस चमार से प्रधान-पद को अछूता बचाकर किस तरह उसे ब्राह्मण के नीचे रखा जाए, इस समस्या पर विचार कर रहा था। विचार करने का काम गाँव के बाहर एक कुएँ की जगत पर 'नव नील-नील कोमल-कोमल छाया तरुवन में तम श्यामल' के सायंकालीन वातावरण में एक बरगद के पेड़ के पास हो रहा था। तभी उसे पेड़ के नीचे कुछ चिनगारियाँ उड़ती हुई नज़र आईं और साथ ही शंकरजी के कई विशेषण भर्रायी हुई आवाज़ में सुनायी दिए। ब्राह्मण उम्मीदवार को यक़ीन हो गया कि पेड़ के नीचे कोई बाबाजी हैं।

यही था भी। बाबाजी शंकर का नाम ले रहे थे और गाँजा पी रहे थे। आदमी दुखी न हो और सामने कोई बाबाजी खड़े हों, तब भी साष्टांग गिर पड़ता है। यहाँ तो ब्राह्मण उम्मीदवार दुखी था और बाबाजी प्रकट हो गए थे, बिना कुछ सोचे हुए वह बाबाजी के चरणों पर गिर पड़ा और गिड़गिड़ाने लगा।

बाबाजी की ज़िन्दगी में ऐसे मौक़े कई बार आ चुके थे। इन्हीं तजुर्बों के आधार पर उन्होंने ब्राह्मण उम्मीदवार को अभयदान देते हुए समझाया कि घबराओ नहीं बेटा, अगर तुम्हें स्वप्नदोष की बीमारी है या शीघ्रपतन होता है या बचपन की कुटेव के कारण तुममें नपुंसकता व्याप्त हो गई है तो यक़ीन रखो, मेरे नुस्खे का इस बार प्रयोग करके तुम एक हज़ार स्त्रियों का मान-मर्दन कर सकोगे, पर ब्राह्मण उम्मीदवार ने सिर हिलाकर बाबाजी की इस उदारता से लाभ उठाना नामंजूर कर दिया। तब बाबाजी ने उसे बताया कि इस अत्यन्त गोपनीय नुस्खे से तुम तो बाजीकरण के उस्ताद तो हो ही जाओगे, साथ ही इसके आधार पर अगर दवाएँ बनाकर तुमने उसे बेचना शुरू कर दिया तो कुछ दिनों में ही तुम्हें करोड़पति का पार्ट भी शुरू कर देना पड़ेगा। इसके बावजूद ब्राह्मण उम्मीदवार रोता रहा और सिर हिलाता रहा और बाबाजी ने उसे जब ज़्यादा कोंचा तो उसने कहा कि मुझे एक हज़ार स्त्रियों का मान-मर्दन नहीं करना है, मेरा काम

तो सिर्फ़ एक चमार का मान-मर्दन होने से चल जाएगा।

बाबाजी ने ब्राह्मण उम्मीदवार को सान्त्वना दी और पूरी बात समझकर उसे इस संकट से पार उतारने के लिए, गाँजे की चिलम को टेंट में खोंसकर और नक़ली जटाओं पर थोड़ी-सी धूल डालकर बस्ती की ओर चल दिए। उन्होंने एक मन्दिर के सामने डेरा डाला और दूसरे दिन से कबीर और रामानन्द से लेकर गुरु गोरखनाथ तक की ऐसी-ऐसी कहानियाँ सुनाने लगे जिनका अन्तिम निष्कर्ष यही था कि जाति-पाँति पूछे ना कोय और जो हरि को भजता है वह हरि का होता है।

यह 'हरि' क्या चीज़ है, इसे भी लोगों ने उसी दिन शाम से ही समझना शुरू कर दिया। एक चिलम में गाँजे की कली रखी गई जिस पर सुलगती हुई आग ठूँस दी गई। उसे गाल पिचकाकर और उतने ही बार फुलाकर सुलगाया गया और दम खींची गई। एक साँस और दूसरी साँस के इंटरवल के दौरान शंकरजी का नाम कई ढंग से कई अर्थों के साथ लिया गया। वह चिलम भक्तों में इधर-से-उधर और उधर-से-इधर घूमती रही। भक्त समझते रहे कि यही 'हरि' है।

बाबाजी के दरबार में अड़तालीस घण्टे तक अखंड कीर्तन चलता रहा। जो गाँजा नहीं पीते थे उनके लिए बराबर भंग का इन्तज़ाम हुआ और जब तक कीर्तन चला तब तक सिल पर लोढ़ा भी चलता रहा। हारमोनियम बजता रहा और राधाकृष्ण और सीताराम की खुशामद में ऐसी-ऐसी धुनें गायी गईं जिनके सामने सिनेमा के बड़े-बड़े गाने पस्त हो गए, जैसे :

लेके पहला-पहला प्यार, भरके आँखों में खुमार
जादू नगरी से आया है कोई जादूगर।

के मुक़ाबले

लेके पहला-पहला प्यार, तजके ग्वालों का संसार
मथुरा नगरी में आया है कोई वंशीधर

ने मैदान मार लिया।

बाबाजी दो दिन के बाद ही श्रीकृष्ण का अवतार मान लिए गए; यह दूसरी बात है कि जमुना का जल न पीकर उन्होंने सिर्फ़ गाँजा पिया और पिशाचों की तरह श्रीकृष्ण के मुक़ाबले वे शंकर भगवान् के ज़रा नज़दीक रहे। इस दौरान चिलम धकाधक सुलगती रही और साबित करती रही कि गाँजा चाहे चोरी का हो, चाहे सरकारी दुकान का और गंगाजल चाहे गंगोत्री का हो या गन्दे नाले के संगम का, इनका असर हर हालत में बराबर रहता है।

बाबाजी बहुत मस्त आदमी थे। वे कीर्तन का मुआइना ही नहीं, खुद कीर्तन भी करते थे। अगर वे गाँजा न पीते होते तो उनकी आवाज़ गले के बाहर निकलकर साफ़-साफ़ सुनायी पड़ती और अगर वहाँ हारमोनियम न बजती होती तो उनके कीर्तनों में एक धुन भी पायी जा सकती थी। पर इन स्वाभाविक अड़चनों के बावजूद बाबाजी ने गाँव-भर को देखते-देखते अपने काबू में कर लिया। उन्होंने कबीर, रैदास और रामानन्द के ऐसे-ऐसे भजन सुनाए कि लोग इन सन्तों की जयजयकार करने लगे।

वे सन्त वहाँ मौजूद होते तो ऐसी मौलिक कविता सुनकर बाबाजी की जयजयकार करने लगते। इसी असर में बाबाजी ने गाँव से जातिवाद का नाम हटा दिया और एक दिन उन्होंने गाँजे, भंग और कीर्तन के माहौल में जब इशारा किया कि इस गाँव का प्रधान बड़ा धर्मात्मा आदमी है तो लोग चकित रह गए। एक भँगेड़ी ने कहा कि अभी तो कोई प्रधान चुना ही नहीं गया है और इस ओहदे पर पहली बार चुनाव होना है, तो बाबाजी ने फिर इशारा किया कि हमारे भगवान् ने तो चुनाव कर दिया है। संक्षेप में, नशा उतरने से पहले ही लोगों को मालूम हो गया कि ब्राह्मण उम्मीदवार को भगवान् ने स्वयं प्रधान चुन लिया है और इस ज्ञान के आधार पर, नशा उतरने के पहले लगभग सभी गाँववालों ने उन्हें अपना प्रधान स्वीकार कर लिया। इस प्रकार लात सुन्न पड़ गई और मुँह की विजय हुई।

नेवादावाला तरीक़ा चुनाव लड़नेवालों के लिए बड़ा कारगर साबित हुआ। दूसरे गाँवों से लोगों ने उसे संशोधित रूप से स्वीकार करके बड़े-बड़े चुनाव जीते। जहाँ गाँजा पीनेवाले बाबाजी नहीं मिले, या उतना गाँजा नहीं मिला, वहाँ लोगों ने ज़्यादातर किसी को भी बाबा बनाकर देवी की पूजा का इन्तज़ाम करना शुरू कर दिया। उन जगहों पर बकरे की बलि होने लगी और दारू का प्रसाद भी चढ़ने लगा। इसका भी यही नतीजा होता था कि लात सुन्न पड़ जाती थी और मुँह की विजय होने लगती थी।

इस तरह पेटेंट किया हुआ तरीक़ा चुनाव-संहिता में नेवादावाली पद्धति के नाम दर्ज हुआ।

महिपालपुरवाला तरीक़ा शुद्ध वैज्ञानिक और सबसे सीधा था। इसका विकास एक चुनाव-अधिकारी की ग़लती से हुआ और बाद में उस ग़लती को मान्यता देकर उसे कई जगह दोहराया गया। वह ग़लती एक घड़ी को लेकर हुई।

चुनाव बारह बजे दिन को होना था। चुनाव-अधिकारी की घड़ी चूँकि शहर के घण्टाघर से मिली थी और घण्टाघर की चुंगी के चेयरमैन के घर से मिली थी, इसलिए सवा घण्टा तेज़ थी। नतीजा यह हुआ कि चुनाव-अधिकारी ने कुछ उम्मीदवारों के विरोध के बावजूद—पौने ग्यारह बजे ही, जितने वोटर और उम्मीदवार आ गए थे, उन्हीं से चुनाव पूरा कराके उसके नतीजे का वहीं ऐलान कर दिया। जब बचे हुए वोटर और उम्मीदवार चुनाव लड़ने के लिए घटनास्थल पर पहुँचे, उस समय चुनाव-अधिकारी अपने घर पर एक बजकर पन्द्रह मिनट पर खाया जानेवाला खाना खा रहा था।

इस चुनाव के ख़िलाफ़ याचिका दाखिल हुई और उसमें सारी बहस घड़ियों को लेकर हुई। वह मुक़दमा काफ़ी वैज्ञानिक साबित हुआ और उससे अदालत को कई क़िस्म की घड़ियों के बारे में मेकेनिकल जानकारी हासिल करने का मौक़ा मिला। इसका परिणाम यह हुआ कि मुक़दमा तीन साल चला, पर न यह साबित होना था, और न हुआ कि चुनाव-अधिकारी ने कोई ग़लती की है। उसने जिसे सभापति घोषित कर दिया था, वह अपनी घड़ी को हमेशा के लिए सवा घण्टे तेज़ करके गाँव पर यथाविधि हुकूमत करता रहा। बाक़ी उम्मीदवार, बक़ौल छोटे पहलवान, घड़ी की जगह घण्टा लेकर बैठे रहे।

महिपालपुरवाली घटना शुद्ध आकस्मिक थी; पर न्यूटन के सामने पेड़ से सेब गिरने की घटना भी वैसे ही आकस्मिक थी जिससे उसने गुरुत्वाकर्षण का सिद्धान्त निकाला था। बाद में चुनाव के फ़न में माहिर लोगों ने भी महिपालपुर की घटना से एक सिद्धान्त निकाला था, और वह यह था कि सब घड़ियाँ एक साथ एक वक़्त नहीं दिखातीं और सब वोटर एक साथ एक जगह पर नहीं पहुँचते।

इस सिद्धान्त की खोज हो जाने के बाद गाँव-पंचायतों के चुनावों में इसका उपयोग कई बार कई तरह से हुआ। चुनाव-अफ़सरों की घड़ियाँ महिपालपुर की नज़ीर को सामने रखकर छुटपुट तौर से घण्टा-आध घण्टा तेज़ या धीमी हो जातीं और चूँकि घड़ी एक मशीन है, इसलिए उसके बारे में किसी इन्सान को दोष नहीं दिया जाता था। फिर ज़्यादातर यह भी होने लगा कि जिस उम्मीदवार की घड़ी का मेल चुनाव-अफ़सर की घड़ी से हो जाता, वह चुनाव में विजयी बनने लगा। वह दो मशीनों का खेल था और इसके लिए भी किसी इन्सान को दोषी ठहराना अवैज्ञानिक बात होती।

भूगोल के हिसाब से शिवपालगंज से महिपालपुर दूर पड़ता था और नेवादा नज़दीक। इसलिए रामाधीन भीखमखेड़वी को नेवादा-पद्धति का अच्छा ज्ञान था। उसका उन्होंने खुलकर प्रयोग भी किया था। उधर सनीचर की ओर से वैद्यजी ने भूगोल के मुक़ाबले इतिहास का ज़्यादा सहारा लिया था और अतीत काल की सब पद्धतियों का मनन करके सनीचर की ओर से महिपालपुरवाली पद्धति अपनाने की राय दी थी। परिणामस्वरूप, उनकी ओर से सिर्फ़ एक सस्ती घड़ी का खर्च हुआ जो चुनाव-अफ़सर भूल से अपनी क़लाई पर बाँधे हुए अपने घर लौट गए, जबकि नेवादा-पद्धति का प्रयोग करनेवाले हारकर निराशा और शराब के असर से मैदान में ढेर हो गए। नशाख़ोरी की विशेषज्ञता के अलावा उन्हें कुछ भी हासिल नहीं हुआ।

25

ओ सजना, बेदर्दी बालमा,
तुमको मेरा मन याद करता है।
पर...चाँद को क्या मालूम, चाहता उसको कोई चकोर। वह बेचारा दूर से देखे करे न कोई शोर। तुम्हें क्या पता कि तुम्हीं मेरे मन्दिर, तुम्हीं मेरी पूजा, तुम्हीं देवता हो, तुम्हीं देवता हो। याद में तेरी जाग-जाग के हम रात-भर करवटें बदलते हैं।

अब तो मेरी यह हालत हो गई है कि सहा भी न जाए, रहा भी न जाए। देखो न मेरा दिल मचल गया, तुम्हें देखा और बदल गया। और तुम हो कि कभी उड़ जाए, कभी मुड़ जाए, भेद जिया का खोले ना। मुझको तुमसे यही शिकायत है कि तुमको प्यार

छिपाने की बुरी आदत है। कहीं दीप जले कहीं दिल, ज़रा देख तो आकर परवाने।

तुमसे मिलकर बहुत-सी बातें करनी हैं। ये सुलगते हुए जज़्बात किसे पेश करें। मुहब्बत लुटाने को जी चाहता है। पर मेरा नादान बालमा न जाने जी की बात। इसीलिए उस दिन मैं तुमसे मिलने आयी थी। पिया-मिलन को जाना। अँधेरी रात। मेरी चाँदनी बिछुड़ गई, मेरे घर में पड़ा अँधियारा था। मैं तुमसे यही कहना चाहती थी, मुझे तुमसे कुछ भी न चाहिए। बस, अहसान तेरा होगा मुझ पर मुझे पलकों की छाँव में रहने दो। पर ज़माने का दस्तूर है ये पुराना, किसी को गिराना किसी को मिटाना। मैं तुम्हारी छत पर पहुँचती पर वहाँ तुम्हारे बिस्तर पर कोई दूसरा लेटा हुआ था। मैं लाज के मारे मर गई। बेबस लौट आयी। आँधियो, मुझ पर हँसो, मेरी मुहब्बत पर हँसो।

मेरी बदनामी हो रही है और तुम चुपचाप बैठे हो। तुम कब तक तड़पाओगे ? तड़पाओगे ? तड़पा लो, हम तड़प-तड़पकर भी तुम्हारे गीत गायेंगे। तुमसे जल्दी मिलना है। क्या तुम आज आओगे क्योंकि आज तेरे बिना मेरा मन्दिर सूना है। अकेले हैं, चले आओ जहाँ हो तुम। लग जा गले से फिर ये हँसी रात हो न हो। यही है तमन्ना तेरे दर के सामने मेरी जान जाए, हाय। हम आस लगाए बैठे हैं। देखो जी, मेरा दिल न तोड़ना।

तुम्हारी याद में,
कोई एक पागल।

छत पर बरामदे में एक ढेले से बँधी हुई जो गन्दी-सी एक पुड़िया ज़मीन पर पड़ी थी, वह बाद में प्रेम-पत्र साबित हुई। रंगनाथ ने उसे एक बार पढ़ा, फिर बार-बार पढ़ा और उसे समझने में देर न लगी कि यह पत्र उसी ने लिखा है, जिसका दबाव अपनी छाती पर महसूस करके उस रात उसे कोणार्क और खजुराहो याद आते रहे थे। रंगनाथ को यह भी स्पष्ट हो गया कि यह प्रेम-पत्र उसके लिए नहीं, किसी और के लिए है।

वह कौन है ?

रुप्पन ?

तो क्या यह पत्र बेला ने रुप्पन को लिखा है ? और, तो उस दिन इस छत पर आनेवाली लड़की क्या बेला ही थी ?

यह समझना भूल होगी कि रंगनाथ इन सवालों का जवाब सोचते समय किसी महान् न्यायशास्त्री या तर्कशास्त्री का पार्ट अदा करते हुए दो में दो जोड़कर चार की संख्या निकाल रहा था। वास्तव में एक ओर तो वह इस पत्र की लेखिका को बेला मानते हुए रुप्पन के साथ उसकी चूल बैठा रहा था, दूसरी ओर वह इस बात पर ताज्जुब कर रहा था कि शिवपालगंज में भी फ़िल्मी गानों का कोई इतना बड़ा विद्वान मौजूद है जिसे पाकर विश्वविद्यालयों के अधिकारी उसे अपने गले लगायें या न लगायें—उसके गले में फ़िल्मी साहित्य की डॉक्टरेट ज़रूर लटका देंगे। इन विचारों के साथ-ही-साथ रंगनाथ के भीतर एक और चीज़ उभर रही थी जिसे फ़िल्मी भाषा में कहा जा सकता है—जाने फिर क्यों जलाती है दुनिया मुझे। वह जो उस दिन उसकी आवाज़ सुनकर 'हाय मैया' का पवित्र मन्त्र पढ़ती हुई वापस भाग गई थी, आज किसी दूसरे के लिए "अकेले हैं चले आओ, जहाँ हो तुम"—जैसी अपील ब्राडकास्ट कर रही है। रंगनाथ के लिए यह असह्य था।

पत्र अपनी जेब में रखकर वह मकान से बाहर निकला। आज शहर में जोगनाथ का मुक़दमा होनेवाला था और शिवपालगंज में जो कोई भी कुछ शुमार किया जाता था, उधर ही भाग जाता था। किसी गुण्डे पर मुक़दमा चल रहा हो तो ग्रामीण भाइयों की यह स्वाभाविक इच्छा होती है कि वे शहर घूम आएँ और कचहरी देख लें। गुण्डे को अपमानित होते देखकर उन्हें हार्दिक सुख मिलता है और गुण्डे को भी, देखो, गाँव के कितने आदमी मेरी मदद के लिए आए हैं, ऐसा समझकर हार्दिक सुख मिलता है। इसी परम्परा के अनुसार गाँव के कई लोग शहर जा चुके थे और बहुत-से लोग अभी जानेवाले थे।

बद्री पहलवान सामने से अपने भुवन-मोहन रूप में आ रहे थे। मलमल का क़ुरता, जिसके नीचे बनियान पहनने की ज़रूरत नहीं समझी गई थी, फागुन के लिए ठण्डा होने पर भी, उनके जिस्म पर झलमला रहा था। कमर में लँगोट तो बँधा ही था और आश्चर्य की बात यह कि उस पर लुंगी भी थी। पाँवों में काले पॉलिशदार बूट। साफ़-सुथरे घुटे हुए सिर पर कड़वे तेल की चमक और उसके ऊपर—बहुत ऊपर नीला आसमान।

रंगनाथ ने पहले सोचा था कि वह इस प्रेम-पत्र को रुप्पन बाबू के सामने पेश करेगा। और 'सिनेमा का संस्कृति के अधःपतन में योगदान' जैसे विषय पर कुछ जुमले कहकर उसे बेला के प्रेम में गिरने से रोकेगा। वह जानता था कि रुप्पन बाबू से इस विषय पर बातचीत करना मुश्किल होगा, पर प्रेम-पत्र मिलने-जैसी करारी घटना को किसी कुन्द तरीक़े से खत्म कर देना भी उसे ठीक नहीं जान पड़ा था। किन्तु बद्री पहलवान को देखते ही उसने अपनी योजना बदल दी, जैसे किसी अमरीकी एक्सपर्ट को देखते ही हम कभी-कभी अपनी योजना बदल देते हैं।

बद्री पहलवान ने प्रेम-पत्र का दूर से मुआइना किया और इसे आसान बनाने के लिए रंगनाथ उसे अपने दोनों हाथों में पकड़े हुए डेढ़ फीट की दूरी पर खड़ा रहा। वे चुपचाप पूरे पत्र को पढ़ते रहे, एक जगह उन्होंने जब आँख सिकोड़ी तो रंगनाथ ने उन्हें मदद देने के उद्‌देश्य से पढ़ा..."फिर ये हसीं रात हो न हो" और कहा, "हसीन। मतलब है खूबसूरत।"

बद्री पहलवान ने एक डकार-सी ली जिसका तात्पर्य शायद यह था कि समझाने की ज़रूरत नहीं, ऐसी बातें मैं खूब समझता हूँ। पूरा पत्र पढ़कर उन्होंने उसे अपने हाथ में ले लिया और मोड़कर अपने कुरते की जेब में डाल लिया।

रंगनाथ ने कहा, "रुप्पन बाबू बहुत गड़बड़ रास्ते पर चल रहे हैं। और वह लड़की ! न जाने कैसा कूड़ा-कचरा उसने इस चिट्ठी में भर दिया है।"

जवाब में बद्री पहलवान बड़े ज़ोर से हँसे। बोले, "चिट्ठी तो उस ससुरी ग्राम-सेविका ने लिखी होगी। यहाँ उसी को ऐसी बातें आती हैं।"

"तो...तो क्या रुप्पन बाबू किसी ग्रामसेविका से फँसे हैं ?"

पहलवान पूर्ववत् हँसते रहे। फिर अपने को रोककर बोले, "नहीं-नहीं। तुम तो हर बात उल्टी ही समझते हो। वह बेचारी ऐसा काम नहीं करती। सिर्फ़ दूसरों की चिट्ठियाँ लिख देती है।"

बद्री पहलवान अपनी राह पर चल दिए। रंगनाथ के चेहरे पर उलझन देखकर चलते-चलते उन्होंने कहा, ''इस काग़ज़ की फिक्र न करो। मैं ठीक करा दूँगा।''

अदालत शहर की थी पर उसमें लगभग समूचा शिवपालगंज आ गया था। जोगनाथ के ख़िलाफ़ चोरी के मुक़दमे में सबूत की गवाही हो रही थी।

वातावरण फूहड़ और अश्लील था। बरामदे में कुत्तों की तरह नागरिक लेटे हुए थे। होली नज़दीक आ गई थी, इसलिए लोगों की ज़बान पर मज़ाक और गालियाँ थीं। देह पर गन्दे पर रंग-बिरंगे कपड़े या लत्ते थे। मैले-कुचैले, बढ़ी हुई दाढ़ियोंवाले वादी-प्रतिवादी-साक्षीगण, बीड़ी पीते हुए, या गन्दे दाँतों के पीछे तम्बाकू का चूरा सुरक्षित बनाए हुए चीख़-चीख़कर बात कर रहे थे। एक औरत फर्श पर लेटी हुई एक बच्चे के मुँह में अपना स्तन ठूँसकर दूध पिला रही थी और यह दृश्य कई उपस्थित नागरिकों के लिए बड़ा दिलचस्प बन गया था।

हवा तेज़ी से बह रही थी और धूल और पत्ते उड़कर पूरे बरामदे में फैल रहे थे।

पाँवों में ख़ाकी पट्टी लपेटे हुए, पुलिस के दो वर्दीदार सिपाही बरामदे में नंगे सिर घूम रहे थे। उनमें से एक के जूते, जो हमेशा किसी दूसरे की मरम्मत करने के लिए उद्यत रहते थे, सामने बरगद के पेड़ के नीचे एक मोची के पास मरम्मत के लिए गए थे, दूसरे के जूते इजलास के दरवाज़े पर उतारकर रख दिए गए थे, क्योंकि अभी वे नये थे और पाँव में अपने ही अँगूठे को काटने लगते थे। वकील लोग, काम कुछ न हो तब भी, काम के बोझ से दबे हुए बार-बार इजलास के भीतर जाते थे और बाहर आ जाते थे। इत्मीनान से जम्हाई लेते हुए अहलमद लोग प्रत्येक पन्द्रह मिनट पर इजलास के बाहर आकर सामने एक पान की दुकान की ओर जाते थे और फिर किसी मुक़दमेबाज़ को अपने पीछे डाले हुए, किसी को बग़ल में लटकाए, यह समझाते हुए कि आज काम बहुत है, अब परसों आना, मुँह में पान और चूना भरे हुए, ऊँट की तरह गरदन ऊपर उठाए, पुनः इजलास के सुरक्षित वातावरण में घुस जाते थे।

बरामदे के एक कोने में लंगड़ भी बैठा था।

प्रधान होने के नाते यहाँ तमाशबीनों में सनीचर का होना बहुत अनिवार्य था; इसलिए भी कि आज छोटे पहलवान पुलिस की ओर से जोगनाथ के ख़िलाफ़ गवाही देने आए थे। इस घटना का ऐतिहासिक महत्त्व था, क्योंकि छोटे पहलवान वैद्यजी के आदमी समझे जाते थे, और जोगनाथ भी वैद्यजी का आदमी था, और अचानक ही ऐसी बात पैदा हो गई थी कि एक ही आदमी के दो आदमी अभियुक्त और सबूत के गवाह की हैसियत से अलग-अलग खड़े हो गए थे जिसके लिए रुप्पन बाबू ने कुछ दिन हुए, नौटंकी-शैली में कहा था, कि दो फूल साथ फूले, क़िस्मत जुदा-जुदा है।

सनीचर और गाँव के बहुत-से लोग इजलास के अन्दर चले गए थे। लंगड़, जिसे सनीचर सिर्फ़ तफ़रीह के लिए अपने रिक्शे पर बिठा लाया था, बाहर बरामदे में बैठा हुआ अपने नये श्रोताओं को अपने जीवन के अनुभव सुना रहा था। उसका सिर्फ़ एक जीवन था और उसमें सिर्फ़ एक अनुभव था, उसी को इस समय वह काफ़ी विस्तार

से बताता चल रहा था।

"...तो बापू, इतने दिन के बाद, पूरा एक साल तीन महीना बीत जाने पर, अब मामला ठीक हुआ है। नक़ल की दरख़्वास्त में अब कोई कमी नहीं रही, मिसिल भी सदर से तहसील वापस पहुँच गई है। कल तहसील गया था तो पता लगा, नकल बाबू ने अब हमारा काम हाथ में ले लिया है। आज तैयारी हो रही होगी। फिर उसका असल से मुक़ाबला होगा।

"...बस अब तीन-चार दिन की कसर है।"

एक वकील जो बरामदे के खम्भे से टिके हुए सिगरेट पी रहे थे, वहीं से बोले, "इत्ते दिन मारे-मारे फिरते रहे। पहले हमारे पास, बल्कि किसी भी वकील के पास चले आए होते तो तीन दिन में यह काम हो गया होता।"

लंगड़ ने इन दिनों सन्तोंवाली मधुर मुस्कान का इस्तेमाल करना सीख लिया था, जिसे चेहरे पर ओढ़ते ही लगता था कि दूसरा आदमी बचकानी बात कर रहा है पर यह मेरी साधुता है कि मैं उसे झेल रहा हूँ। उसी मुस्कान का काफ़ी बड़ी मात्रा में प्रयोग करते हुए लंगड़ ने कहा, "वकील की दरकार नहीं थी बापू, यह तो सत्त की लड़ाई थी। पाँच रुपिया बाबू को दे दिया होता तो नक़ल तीन दिन नहीं, तीन ही घण्टे में मिल जाती। पर उस तरह न तो उसे लेना था, न मुझे देना था।"

वकील ने कहा, "उसे लेना क्यों नहीं था ? रुपिया दिया और उसने लिया नहीं ?"

लंगड़ थककर फ़र्श पर लेटने की तैयारी करने लगा था। बोला, "सत्त की लड़ाई थी बापू; तुम वकील हो, नहीं समझोगे।"

लोग हँसने लगे, पर लंगड़ ने लेटकर चुपचाप आँखें मूँद लीं। फिर वह धीरे-से कराहा।

किसी ने पूछा, "क्या मामला है लंगड़ ? ठण्डे पड़ रहे हो।"

उसने आँखें मूँदे-ही मूँदे सिर हिलाया, कुछ कहा नहीं। उसके पास बैठे हुए एक आदमी ने उसकी देह छूकर कहा, "बुखार-जैसा जान पड़ता है।"

एक बुढ़िया चुपचाप बैठी हुई घुग्घू की-सी आँखों से संसार को दार्शनिकतापूर्वक देख रही थी। बोली, "ख़राब दिन लगे हैं। मेरे दो लड़के भी बुखार में पड़े हैं। फ़सल पक गई है। कोई काटनेवाला नहीं। चूहे नुक़सान कर रहे हैं।"

ऑनरेरी मजिस्ट्रेट का इजलास।

गयादीन की गवाही हो रही थी। जिरह खत्म होने को आ रही थी। अचानक जोगनाथ के वकील ने सवाल किया :

"तुम्हारे एक लड़की है ?"

"हाँ।"

"उसका नाम बेला है ?"

"हाँ।"

"उसकी उमर लगभग बीस साल है ?"

"हाँ।"

अदालत ने गयादीन को सन्देहपूर्वक, जिस तरह बीस साल की लड़की के बाप को देखना चाहिए, तीखी निगाह से देखा।

"तुम्हारे घर पर कोई दूसरी स्त्री भी है?"

"हाँ। मेरी विधवा बहिन है।"

"पर वह हमेशा तुम्हारे यहाँ नहीं रहती है ?"

"नहीं, वह बराबर मेरे ही घर रहती है।"

वकील ने गरजकर कहा, "तुम हलफ़ ले चुके हो, झूठ बोलोगे तो मुक़दमा चल जाएगा। क्या यह सच नहीं है कि तुम्हारी बहिन ज़्यादातर अपनी ससुराल में रहती है और इन दिनों तुम्हारी लड़की घर पर अकेली रहती है ?"

गयादीन चुपचाप खड़े रहे। वकील ने गरजकर दोबारा कहा, "बोलते क्यों नहीं ?"

"क्या बोलूँ ? आप इतना गुस्सा हो रहे हैं कि कुछ बोलना कठिन है।"

वकील ने उसी तरह कहा, "मैं गुस्सा नहीं हो रहा हूँ।"

गयादीन कुछ नहीं बोले। तब वकील ने आवाज़ को धीमी बनाकर कहा, "तुम्हारा क्या जवाब है ?"

"मेरी विधवा बहिन बराबर मेरे घर पर रहती है।"

"तुम्हारी लड़की की शादी हो चुकी है ?"

"नहीं।"

"कब करने का इरादा है ?"

"करनेवाला तो भगवान है।"

भगवान का नाम सुनकर अदालत ने अपना सिर ऊपर उठाया। अभी तक अदालत कुछ दूसरे कागज़ात देख रही थी जिनका इस मुक़दमे से कोई सम्बन्ध न था। अब उसने वकील से कहा, "इन सवालों का मुक़दमे से कोई सम्बन्ध नहीं है।"

वकील ने कहा, "श्रीमान, मैं सम्बन्ध बाद में स्थापित करूँगा।"

अदालत की शह पाकर पब्लिक प्रॉसीक्यूटर भी अपने गवाह की रक्षा के प्रति सचेत हो गया था। उसने ऐतराज़ किया, "श्रीमान, ये सवाल अप्रासंगिक हैं।"

अदालत ने कड़ी निगाह से पब्लिक प्रॉसीक्यूटर को देखा। यही इस ऐतराज़ का जवाब था।

उधर जोगनाथ के वकील ने यह देखकर कि अदालत का मूड ख़राब हो रहा है, गयादीन से उनकी लड़की के बारे में वार्तालाप करना बन्द कर दिया। दूसरा गवाह बुलाया गया।

यह वही गवाह था जिसने जोगनाथ के मकान की तलाशी के समय प्रकट होकर और उसी क्षण वहाँ से भागकर पुलिस को सान्त्वना दी थी कि गवाही में उसे किसी भी समय तलब किया जा सकता है। उसका नाम बैजनाथ था और वह शिवपालगंज के पण्डित राधेलाल का चेला था—वही पण्डित राधेलाल जिन्हें झूठी गवाही देने में उच्चकोटि की दक्षता मिल चुकी थी, जिन्हें आज तक बड़े-से-बड़ा वकील भी जिरह में

नहीं उखाड़ सका था और पकड़ में न आनेवाली झूठ बोल सकने के कारण ही पूरे ज़िले के मुक़दमेबाज़ों और गवाहों में अभूतपूर्व प्रतिष्ठा प्राप्त कर चुके थे। इधर कुछ दिनों से, जब से पूरबवाली प्रेयसी के प्रेम ने उन्हें कुछ-कुछ घरघुस्सा बना दिया था, वे गवाही के सहारे चलनेवाली प्राइवेट प्रैक्टिस के लिए काफ़ी समय नहीं निकाल पाते थे। फलतः उन्होंने पहले की अपेक्षा मुक़दमों में जाना बन्द कर दिया था। बड़े वकीलों और डॉक्टरों की तरह अब वे सामान्य प्रैक्टिस न करके विशेषज्ञोंवाली प्रैक्टिस करते थे, जो अब सिर्फ़ दीवानी के मुक़दमों और उसमें भी उत्तराधिकार के मुक़दमों तक सीमित थी। फौज़दारी के मुक़दमों में झूठी गवाही के स्तर को क़ायम रखने की दृष्टि से पिछले सालों में उन्होंने कुछ चेले तैयार कर लिये थे। उनमें बैजनाथ का स्थान सबसे ऊँचा था।

बैजनाथ भीखमखेड़ा का रहनेवाला था, पर आसपास के गाँवों में गवाही के उद्देश्य से वह पहले ही मौजूद माना जाता था। इस तरह उसकी प्रैक्टिस भीखमखेड़ा ही में नहीं, आसपास के कई गाँवों में जम गई थी। यह भी सिर्फ़ आकस्मिक था कि जोगनाथ की गिरफ़्तारी के दिन वह शिवपालगंज ही में था, वैसे गवाही देने के लिए उसका वास्तव में वहाँ होना-न-होना अप्रासंगिक था।

बैजनाथ ने सबूत का पूरा मुक़दमा दोहरा दिया। बताया, जोगनाथ के घर की तलाशी मेरी मौजूदगी में हुई, ये तीन ज़ेवर मेरे सामने बरामद हुए, इन्हें मेरे सामने मुहरबन्द किया गया, बरामदगी की रिपोर्ट मेरे सामने लिखी गई, इस पर मेरा दस्तख़त मेरे सामने ही हुआ, आदि-आदि।

जोगनाथ के वकील ने जिरह शुरू की :

"तुम भीखमखेड़ा में रहते हो ?"

"जी हाँ।"

"भीखमखेड़ा शिवपालगंज से दो मील है ?"

"मैं नहीं जानता।"

"फिर कितनी दूर है ?"

"शिवपालगंज में नौटंकी होती है तो भीखमखेड़ा में सुनायी देती है।"

"एक मील होगा ?"

"नहीं कह सकता।"

"आधा कोस ?"

"नहीं मालूम।"

"बीस मील।"

"नहीं मालूम। मैंने नापा नहीं है।"

अदालत ने गवाह को घूरकर कहा, "कितना फ़ासला है दोनों गाँवों में ?"

"बीच में कुछ खेत पड़ते हैं।"

"कितने खेत ?"

"दस-बीस-पचास खेत होंगे।"

"सही-सही बताओ, कितने खेत होंगे।"

"नहीं मालूम, मैंने गिना नहीं है।"

अदालत ने घूरकर पब्लिक प्रॉसीक्यूटर की तरफ़ देखा। उसने कहा, "श्रीमन्, गवाह सही कहता है। उसने खेत गिने नहीं हैं। पर दोनों गाँव पास-पास हैं, एक मील के फ़ासले पर हैं—दारोग़ा की ग़वाही में आ गया है।"

अदालत ने जोगनाथ के वकील से कहा, "तब फ़ासले के बारे में जिरह करने की क्या ज़रूरत है ! क्या आप दारोग़ा के बयान को चैलेंज करते हैं ?"

"चैलेंज नहीं करता हूँ श्रीमन्, पर जिरह तो करनी ही पड़ती है।"

"क्यों ?"

"यह दिखाने के लिए कि गवाह की अक़्ल कैसी है!"

"या यह दिखाने के लिए कि खुद आपकी अक़्ल कैसी है ?"

अदालत के मुँह से यह बात सुनकर सफ़ाई के वकील का चेहरा तमतमाया, पर तब तक अदालत ज़ोर से हँसने लगी थी जिससे साबित हो गया कि बात अपमान की नहीं, मज़ाक की है। ऐसा होते ही बारी-बारी से जिस-जिसकी समझ में आता गया कि यह मज़ाक था, वह हँसता गया। आख़िर में जोगनाथ का वकील भी हँसा। अदालतों का एक अलिखित कानून है कि अदालत और वकील अकबर-बीरबल-विनोद के पैमाने पर कभी-कभी हाज़िरजवाबी दिखाते हैं और एक-दूसरे से मज़ाक करते हैं। इस अनावश्यक रस्म का पालन हो जाने के बाद अदालत ने वे सब सवाल अस्वीकृत कर दिए जो भीखमखेड़ा और शिवपालगंज के फ़ासले के सिलसिले में किए गए थे। पर ये सवाल तब अस्वीकृत हुए जब उनके जवाब काग़ज़ पर लिखे जा चुके थे।

बैजनाथ से आगे सवाल होने शुरू हुए :

"अब तक पुलिस की ओर से तुम कितने मुक़दमों में गवाही दे चुके हो ?"

"याद नहीं है।"

"मैं कहता हूँ कि तुम अब तक पुलिस की ओर से साठ मुक़दमों में गवाही दे चुके हो।"

"कहते रहिए, मुझे याद नहीं है।"

"इसके पहले भी तुम कभी पुलिस के गवाह बनकर किसी मुक़दमे में आए हो ?"

"पुलिस का गवाह किस चिड़िया का नाम है ?"

"तुम सवाल के जवाब में सवाल मत करो। सीधा जवाब दो।"

"तुम मुझसे तुम-तड़ाक् मत करो। मैं कोई गबडू-घुसडू आदमी नहीं हूँ।" यह फटकार सुनकर वकील ने अदालत से रक्षा की प्रार्थना की। अदालत ने कहा, "सवाल का जवाब ठीक-ठीक दो !"

बैजनाथ ने झुककर कहा, "सवाल भी तो हो ग़रीबपरवर ! ये पूछते हैं कि मैं पुलिस का कितनी बार गवाह रहा हूँ। मैं पुलिस-वुलिस क्या जानूँ ! मैं तो सच्चाई की गवाही देता हूँ। जो मालूम हो उसे कहने में हिचक नहीं, चाहे पुलिसवाला बुला ले, चाहे सफ़ाईवाले बुला लें।"

अदालत के कुछ कहने के पहले ही जोगनाथ के वकील को गुस्सा आ गया। वास्तव में वे एक ऐसे वकील थे जो अपने गुस्से के लिए मशहूर थे और उनके दलाल प्रायः नये मुक़दमेबाज़ों को उनका गुस्सा दिखाने के लिए ही इजलासों में पकड़ ले जाया करते थे। गुस्सा ही उनकी विद्या, उनकी बुद्धि, उनका कानूनी ज्ञान, उनका अस्त्र-शस्त्र और कवच था। वही उनका साइनबोर्ड, उनका विज्ञापन, उनका पितु-मातु-सहायक-स्वामि-सखा था। जब वे गुस्सा करते थे तो दूसरे लोग काँपें या नहीं, वे खुद थर-थर काँपने लगते थे; समझदार अदालतें उनके गुस्से से अप्रभावित रहकर चुपचाप काम करती रहती थीं और उसे खाँसने और छींकने की श्रेणी का मामूली व्यवसाय समझकर उस पर कोई राय नहीं देती थीं। अगर किसी अदालत ने उनके गुस्से का बुरा माना तो उस अदालत की निन्दा में वकील साहब बार असोसिएशन में भाषण देते थे और असोसिएशन प्रस्ताव पास करता था।

यह अदालत समझदार थी, इसलिए उसने इस गुस्से पर ध्यान नहीं दिया। उधर वकील ने दहाड़कर पूछा, ''मेरा सीधा-सा सवाल है, काइयाँपंथी मत दिखाओ, बोलो, सरकारी मुक़दमों में सबूत की ओर से तुमने अब तक कितनी बार गवाही दी है ?''

बैजनाथ ने कहा, ''तो मेरा भी सीधा-सा सवाल है, वकील साहब ! बताओ, डकैतों और हत्यारों की तरफ़ से तुमने अब तक कितने मुक़दमों में पैरवी की है ?''

वकील ने अपने गुस्से के जवाब में लोगों को सहमते या अकड़ते हुए देखा था, इतने इत्मीनान से बदतमीजी करते हुए नहीं। इस जवाब के सामने उनका गुस्सा दुम हिलाने लगा, फिर चित्त होकर अदालत को चारों टाँगें दिखाता हुआ लेट गया। वकील की आँखें अदालत की ओर उठ गईं। उसने कहा, ''श्रीमन्, अब आप ही देखें इस गवाह के रवैये को। यह बेहूदे ढंग से बात कर रहा है। इससे अदालत की मानहानि हो रही है।''

बैजनाथ ने चालाकी के साथ सिर हिलाया जैसे वकील दौड़ रहा हो और इधर से उसने लँगड़ी लगा दी हो। उसने धीरे-से कहा, ''अपनी बेर तो कुछ नहीं, मैंने कुछ पूछ लिया तो अदालत से शिकायत करते हो वकील साहब ?''

अदालत किसी ज़रूरी काग़ज़ को पढ़ने में लगी हुई थी, अतः वकील को अपनी प्रतिभा के सहारे ही इस गड्ढे से बाहर रेंगना ज़रूरी हो गया। उसने दाँत दबाकर कहा, ''टके-टके पर पुलिस की तरफ़ से झूठी गवाही देते हो बेटा, और उलटे हमीं से जिरह करते हो।''

बैजनाथ ने चारों तरफ़ एक अहंकारपूर्ण दृष्टि डालकर वकील की ओर तरस के साथ देखा। सबको सुनाकर कहा, ''अपना-अपना कारोबार है।''

अदालत ज़रूरी कागजों पर दस्तख़त कर चुकी थी। अब बड़े ही भोले ढंग से बोली, ''आपस में बातचीत करना ठीक नहीं। हाँ वकील साहब, जिरह जारी रखिए।''

वकील ने कहा, ''श्रीमन्, इस गवाह से जिरह करना मुश्किल है। हर सवाल का जवाब देने में अटकता है। इसे नोट कर लिया जाए।''

अदालत ने बैजनाथ की तरफ़ गहराई से देखा। बैजनाथ पब्लिक प्रॉसीक्यूटर की

तरफ़ देखने लगा था। पब्लिक प्रॉसीक्यूटर अदालत की तरफ़ देख रहा था।

अदालत ने वकील से कहा, "आगे चलिए।"

वकील ने सारस के ढंग से अपनी टाँगें बदलीं और इस तरह जिरह के एक ऐतिहासिक युग को समाप्त करके दूसरे में प्रवेश किया।

"तुमने सरकार बनाम चुरई दफ़ा 379 के मुक़दमे में सबूत की ओर से गवाही दी थी ?"

"मुझे याद नहीं है।"

"यह गवाही तुमने इसी महीने में दी है।"

बैजनाथ थोड़ी देर सोचता रहा। फिर बोला, "इस महीने में मैंने एक गवाही दी थी। मैं अपने बाग के पास से निकल रहा था, एक आदमी एक पोटली लिये जा रहा था..."

"तुम्हें यह बताने की ज़रूरत नहीं कि तुमने गवाही में क्या कहा था। सिर्फ़ यह बताओ कि पिछले महीने में भी तुमने गवाही दी थी ?"

"गवाही दी थी, पर मुक़दमे का नाम हमें याद नहीं।"

इतनी देर बाद अब अदालत को भी गुस्सा आया। वह बोली, "यह कैसे हो सकता है ?"

"हम तो दिहाती आदमी हैं सरकार, पढ़े-लिखे नहीं हैं।"

वकील ने कहा, "श्रीमन्, इस चालाकी को भी नोट कर लिया जाय।"

बैजनाथ ने कहा, "श्रीमान क्या-क्या नोट करेंगे, आप ही नोट कीजिए। अपने मुंशी से कहिए, वह सब कुछ नोट कर लेगा।"

अदालत ने इस बार बैजनाथ को डाँटा। बहुत डाँटा। इतना डाँटा कि थोड़ी देर के लिए बैजनाथ सचमुच ही सहम गया। उसका चेहरा पीला पड़ गया। उधर डाँटते-डाँटते अदालत का चेहरा लाल हो गया। पर जब अदालत की डाँट दूसरे से तीसरे मिनट में पहुँची तो बैजनाथ सँभल गया। उसे अपने उस्ताद पण्डित राधेलाल की याद आ गई। उन्होंने समझाया था कि बेटा, गवाही देते समय कभी-कभी वकील या हाकिमे-इजलास बिगड़ जाते हैं। इससे घबराना न चाहिए। वे बेचारे दिन-भर दिमाग़ी काम करते हैं। उनका हाज़मा खराब होता है। वे प्रायः अपच, मंदाग्नि और बवासीर के मरीज़ होते हैं। इसीलिए वे चिड़चिड़े हो जाते हैं। उनकी डाँट-फटकार से घबराना न चाहिए। यही सोचना चाहिए कि वे तुम्हें नहीं, अपने हाज़मे को डाँट रहे हैं। यही नहीं, यह भी याद रखना चाहिए कि ये सब बड़े आदमी होते हैं, पढ़े-लिखे लोग। ये लोग तुम्हारा मामला समझ ही नहीं सकते। इसलिए जब वे बिगड़ रहे हों तो अपना दिमाग साफ़-सुथरा रखना चाहिए और यही सोचते रहना चाहिए कि अब किस तरकीब से उन्हें बुत्ता दिया जाए।

अदालत ने आख़िरी हिदायत की कि सवालों का जवाब सिर्फ़ 'हाँ-नहीं' में दिया जाना चाहिए। ज़िरह का टैंक अब समतल ज़मीन पर घरघराता हुआ चलने लगा।

"आज से छः महीने पहले तुमने सरकार बनाम बिसेसर के मुक़दमे में सबूत की

ओर से गवाही दी थी ?''

"नहीं।" (यह उत्तर सच था क्योंकि बैजनाथ ने यह गवाही सात महीने पहले दी थी।)

"साल-भर पहले तुमने सरकार बनाम छुन्नू के मुक़दमे में गवाही दी थी ?''

"नहीं।" (यह उत्तर भी सच था–छुन्नू का मुक़दमा चौदह महीने पहले हुआ था।)

"..."

"नहीं"

"..."

"नहीं।"

"..."

"नहीं।"

"..."

"हाँ।"

"..."

"हाँ।"

"इस तरह तुम अब तक कई मुक़दमों में सरकारी गवाह रह चुके हो।"

"आपने ऐसे सिर्फ़ दो मुक़दमे गिनाये हैं।"

"इतने-इतने मुक़दमों में तुम पुलिस को बार-बार गवाही के लिए मिल जाते हो। इसकी कोई ख़ास वजह है ?''

बैजनाथ ने अदालत की ओर देखकर शहीदों की आवाज़ में कहा, "वजह यह है कि मैं जवाँमर्द आदमी हूँ।" उसकी छाती तन गई, "बदमाशों के ख़िलाफ़ गवाही देने की हमारे उधर किसी की हिम्मत नहीं पड़ती। मैं बेधड़क आदमी हूँ और गुण्डागर्दी के सख़्त ख़िलाफ़ हूँ। इसलिए जो देखता हूँ, खुलेआम कहने में हिचकता नहीं हूँ।"

वकील ने उसे रोकने की कोशिश की, अदालत ने हाथ हिलाकर उसे गवाह के कटघरे से निकल जाने के लिए कहा, पर बैजनाथ का व्याख्यान बन्द नहीं हुआ। वह कहता रहा, "मैंने क़सम खायी है कि अपने क्षेत्र से मैं गुण्डों को भगाकर दम लूँगा। मैं अपनी बात पर अटल हूँ। इसमें यदि मेरे प्राण भी निकल जाएँ, तो मुझे इसकी चिन्ता नहीं।"

"तुम्हारा नाम ?"

"छोटे पहलवान।"

पब्लिक प्रॉसीक्यूटर ने उनकी बात में संशोधन किया। पेशकार से कहा, "लिखिए, छोटेलाल।"

छोटे पहलवान ने उसे इस तरह देखा मानो उन्हें सचमुच ही छोटा बना दिया गया हो। नाराज़गी में उन्होंने लार घूँटी। दूसरा सवाल हुआ, "बाप का नाम ?"

"कुसेहर।"

पब्लिक प्रॉसीक्यूटर ने फिर संशोधन किया, "कुसेहरप्रसाद।"

इस बार छोटे पहलवान ने उसे इस तरह देखा जैसे उनके बाप को किसी ने गाली दी हो।

"जात ?"

"बाँभन।"

"मुक़ाम।"

"हम गँजहे हैं।"

"ठीक है; पर तुम्हारे गाँव का नाम क्या है ?"

"गंज।"

"कौन गंज ?"

छोटे पहलवान ने अकड़कर कहा, "कोई सौ-दो सौ गंज थोड़े ही हैं।" फिर रुककर कहा, "शिवपालगंज।"

"कहो भगवान की क़सम, जो कहेंगे सच-सच कहेंगे।"

"कह दिया।"

"कह दिया नहीं, मुँह से कहो, भगवान की क़सम, सच-सच कहेंगे।"

"मुँह से ही कह दिया।"

अरदली अदालत का मुँह देखने लगा। वार्ताक्रम में 'डेडलॉक' पैदा हो गया था। अदालत ने छोटे पहलवान को ग़ौर से देखा, चढ़े हुए कल्ले, बैल की-सी गरदन; बक़ौल गयादीन–बिना सूँड़ का हाथी। उधर अदालत का व्यक्तित्व बुद्धिजीवी था। उसने अरदली को हुक्म दिया, "गवाह से कहो, बाहर जाकर मुँह साफ़ कर आए।"

"बाहर जाकर पहले मुँह साफ़ कर आओ।"

छोटे पहलवान ने अँगोछे से मुँह का फ़र्जी पसीना पोंछ डाला। फिर इत्मीनान से कटघरे का सहारा लेकर इस तरह झाँकने लगे जैसे कोई जहाज़ की रेलिंग के सहारे खड़ा हुआ समुद्र में जल-जन्तुओं को देखता है। अदालत ने हुक्म दिया :

'गवाह का मुँह साफ़ कराओ।"

पब्लिक प्रॉसीक्यूटर ने छोटे पहलवान से कहा, "बाहर जाकर पान थूक आओ।"

छोटे पहलवान सचमुच ही इस समय बड़े आत्मविश्वास के साथ पान चबा रहे थे। उन्हें लगा, उनसे कहा जा रहा है कि अपना आत्मविश्वास थूक आओ। उन्होंने यह बात अनसुनी कर दी, पर धीरे-से पान हलक के नीचे उतार लिया और एक बार अँगोछे से फिर मुँह पोंछ डाला।

अदालत ने अरदली को हुक्म दिया, "गवाह को हलफ़ दिलाओ।"

अरदली ने इस समझौते को विकृत निगाह से देखते हुए छोटे पहलवान से कहा, "कहो, भगवान की क़सम, जो कहेंगे सच-सच कहेंगे।"

"सच-सच कहेंगे।"

"भगवान की क़सम।"

"भगवान की क़सम।" छोटे पहलवान ने इधर-उधर देखते हुए इस बार अनायास कह दिया।

पब्लिक प्रॉसीक्यूटर ने पहले छोटे पहलवान से जोगनाथ के घर में तलाशी सम्बन्धी सवाल पूछे। वे यहाँ तक जवाब देते गए कि दारोग़ाजी जोगनाथ के साथ ही उसके घर में घुसे थे।

"फिर घर की तलाशी ली गई ?"

"हाँ।"

"क्या निकला ?"

"कुछ नहीं।"

पब्लिक प्रॉसीक्यूटर की निगाह मत्थे पर चढ़ गई। उसने ज़ोर देकर पूछा, "मैं पूछ रहा हूँ, तलाशी में क्या निकला ?"

"निकलेगा क्या ? घण्टा ?"

जोगनाथ और उसके वकील—दोनों साथ-साथ मुस्कराए। पीछे से सनीचर ने कहा, "शाबाश ! अड़े रहो बेटा।"

"यह कौन बोल रहा है ? क्या बदतमीज़ी है ?" अदालत ने गम्भीरतापूर्वक जिज्ञासा की, पर सनीचर तब तक अदालत के बाहर पहुँच चुका था।

पब्लिक प्रॉसीक्यूटर ने कहा, "तलाशी में तीन ज़ेवरात निकले थे, जो तुम्हारे सामने रखे हुए हैं।"

जोगनाथ का वकील उछलकर सामने आ गया। अदालत से बोला, "श्रीमन्, यह तो जिरह है।"

पब्लिक प्रॉसीक्यूटर ने कहा, "हुजूर, गवाह ख़िलाफ़ हो गया है। मैं इससे जिरह करने की इजाज़त चाहूँगा।"

अदालत ने गम्भीरतापूर्वक कहा, "कीजिए।"

जोगनाथ के वकील ने ऐतराज़ किया, "श्रीमन्, ये लिखकर दें कि ये इस गवाह को ख़िलाफ़ मान रहे हैं।"

पब्लिक प्रॉसीक्यूटर ने अपनी फ़ाइल से एक दरख़्वास्त निकाली जो निश्चय ही पहले से लिखी रखी थी। दरख़्वास्त इजलास में पेश कर दी गई।

वकील-सफ़ाई ने फिर ऐतराज़ किया, "श्रीमन्, यह दरख़्वास्त पहले ही की लिखी है।"

"उससे कोई फ़र्क़ नहीं पड़ता।" अदालत ने विद्वत्तापूर्वक कहा।

पर उधर से इसकी सफ़ाई में कुछ कहना ज़रूरी हो गया। पब्लिक प्रॉसीक्यूटर बोला, "हुजूर, ये तो रोज़ का कारोबार है। अदालती दाँवपेंच। हर मौक़े के लिए पहले से तैयार होकर आते हैं।"

"ठीक है, ठीक है, आप जिरह कीजिए।"

पब्लिक प्रॉसीक्यूटर ने छोटे पहलवान की ओर मुड़कर अपना सवाल दोहराया, "ये जो तीन ज़ेवरात तुम्हारे सामने रखे हैं, ये तलाशी के वक़्त जोगनाथ के घर से बरामद हुए थे ?"

इस अदा से, जैसे वे बेमतलब की झाँय-झाँय नहीं करना चाहते, छोटे पहलवान

ने, अदालत से कहा, "मेरा जो बयान था, वह हो चुका। तलाशी में कुछ नहीं निकला।"

पब्लिक प्रॉसीक्यूटर ने मिसिल से एक काग़ज़ निकालकर कहा, "यह फ़र्द बरामदगी तुम्हारे सामने लिखी गई है ?"

"मेरे सामने तो बस गाली-गलौज होता रहा, लिखा-पढ़ी की नौबत नहीं आयी।"

"इस फ़र्द पर तुमने दस्तख़त किया है ? देखकर बताओ।"

छोटे पहलवान ने काग़ज़ को देखा भी नहीं। अकड़कर कहा, "नहीं।"

पब्लिक प्रॉसीक्यूटर ने एक स्थान पर छोटे के दस्तख़तों की ओर इशारा करके कहा, "ये देखो, अच्छी तरह देख लो। ये दस्तख़त तुम्हारे ही हैं।"

छोटे पहलवान ने अदालत से कहा, "मेरा बयान तो हो गया सरकार, अब ये क्यों बार-बार उसी सवाल को थेप रहे हैं ?"

पर अदालत ने इस बार सहानुभूति नहीं दिखायी। चेतावनी दी, "काग़ज़ देखकर जवाब दो। ग़लतबयानी की तो जेल हो जाएगी।"

छोटे पर इसका कोई असर नहीं हुआ। सीना तानकर बोले, "जेल का तो कारोबार ही होता है हुजूर। जब अदालत में आ गए तो एक टाँग जेल में रखी है और एक बाहर। पर मैं काग़ज़ में क्या देखूँ ! पढ़ना-लिखना मेरे लिए ऊना-मासी हराम है।"

पब्लिक प्रॉसीक्यूटर ने आवाज़ ऊँची करके कहा, "तब तुम दस्तख़त कैसे कर लेते हो, यह दस्तख़त तुमने नहीं किया है ?"

इतनी देर बाद जोगनाथ के वकील ने मुँह खोला। जैसे कोई किसी बछड़े को प्यार से पुचकार रहा हो, उसने कहा, "धीरे-धीरे एक-एक सवाल कीजिए। गवाह कहीं भागा नहीं जा रहा है।"

पब्लिक प्रॉसीक्यूटर ने इस पर बिना ध्यान दिए सवाल किये, "तब तुम दस्तख़त कैसे कर लेते हो ?"

"दस्तख़त कौन करता है ? किसी ने हमारी सात पीढ़ी में भी दस्तख़त किया है कि हमीं करेंगे ? देख लो जाकर, पाँच सौ काग़ज़ रखे हैं। हरएक में मैंने अँगूठे का निशान लगाया है। बराबर।"

छोटे पहलवान ने अभिमानपूर्वक अदालत में चारों तरफ़ निग़ाह फेंकी। पब्लिक प्रॉसीक्यूटर ने फिर पूछा, "मैं कहता हूँ कि इस काग़ज़ पर तुमने दस्तख़त किया है ?"

"बोलने को तुम तीतर-जैसे बोले जाओ, कौन मना करता है ?"

अदालत ने टोका, "तमीज़ से बात करो।"

छोटे पहलवान जोश में आ गए। बोले, "अपनी-अपनी तमीज़ है सरकार, इनकी धौंस में आकर ग़लत बात क्यों कहूँ ?"

पब्लिक प्रॉसीक्यूटर ने अपने काग़ज़ समेट लिये। कहा, "मुझे कुछ नहीं पूछना है।"

छोटे पहलवान लुंगी समेटते हुए खिसकने लगे। तभी जोगनाथ के वकील ने कहा, "मैं कुछ सवाल पूछूँगा श्रीमान् !"

अदालत को कोई ऐतराज़ नहीं था। वकील ने पूछा :

"गयादीन की लड़की बेला को तुम जानते हो ?"

"कौन नहीं जानता है !"

"इधर-उधर की बात न करो। अपने बारे में बताओ। तुम खुद जानते हो कि नहीं ?"

"जानता क्यों नहीं हूँ!"

"वह लड़की कैसी है ?"

"बदचलन है।"

अदालत ने कहा, "यह जिरह निरर्थक है। इसका मुक़दमे से कोई सम्बन्ध नहीं है।"

"है क्यों नहीं श्रीमान् ! बात अभी साफ़ हुई जाती है।" वकील ने चुटकी बजाते हुए कहा। कसकर उसने छोटे पहलवान से पूछा :

"तुम कैसे कहते हो कि बेला बदचलन है ?"

"आँख से देखा है।"

"क्या देखा है ?"

"कि वह जोगनाथ के साथ बदचलनी कर रही थी। गयादीन ने इसीलिए जोगनाथ को इस मुक़दमे में फँसाया है।"

इसके बाद जिरह उसी पुराने ढाँचे पर आ गई जिससे अदालतों में हज़ार बार प्रमाणित किया जा चुका है कि संसार में कोई चोर नहीं होता, बल्कि जिसे चोर समझा गया है वह गृहस्वामी की पत्नी, बहिन या बेटी का प्रेमी था, जिसे उसने रात्रि के एकान्त में शय्या-लाभ के लिए बुलाया था, पर गृहस्वामी ने उसे अपना बन्धु, बहनोई या दामाद नहीं कहा। वह उसे चोर कहने पर उतर आया और श्रीमन्, उसका परिणाम यह है कि...।

वे दारोग़ाजी अब शिवपालगंज में नहीं थे। अपने टूटे-फूटे पलँग, दुधारू गाय और कन्वेंटगामिनी कन्या के साथ वे शहर में आ गए थे और किसी गली में बड़ी मुश्किल से ढूँढ़कर पाया हुआ एक छोटा-सा किराये का मकान लेकर रहने लगे थे। वे किसी विशेष कार्य में लगा दिए गए थे जिसमें उन्हें सामान्य नागरिक की तरह रहना पड़ता था और चूँकि सरकारी आदमियों के लिए सामान्य नागरिक की तरह रहना बड़ी खेदजनक दशा का द्योतक है, इसीलिए उन्हें देखकर खेद होता था।

पर चूँकि उन्होंने जोगनाथ के विरुद्ध चोरी के मुक़दमे की जाँच की थी, इसलिए उन्हें आज इजलास में आकर फिर से गँजहों के सम्पर्क में आना पड़ गया था। छोटे की गवाही सुनते ही उन्होंने 'छीः-छीः' कहना शुरू कर दिया और इसके पहले कि अदालत की निगाह उन पर पड़े, वे गयादीन का हाथ पकड़कर बाहर निकल आए। थोड़ी देर दोनों चुपचाप खड़े रहे।

अन्त में दारोग़ाजी ने कहा, "ये गँजहे...बेईमानी की भी हद है। ऐसी कन्या के लिए इस तरह की बातें करते हुए इनकी ज़बान भी नहीं टूट गिरती !"

गयादीन फ़र्श की ओर देख रहे थे। एक आलपिन दो ईंटों के बीच पड़ी हुई थी। लगता था कि वे सोच रहे हैं, इसे उठाया जाए या नहीं।

दारोग़ाजी धिक्कार-भरी आवाज़ में बोले, ''कोई किसी के लिए कुछ भी कह सकता है। भले आदमी को कोई भी पूछनेवाला नहीं।''

तब गयादीन ने कहा, अपनी चिरपरिचित थकी हुई ठण्डी आवाज़ में—''यह तो होना ही था, दारोग़ाजी ! जिस दिन आपने जोगनाथ को पकड़ा था, मैं समझ गया था कि मेरे घर में अब किसी की भी इज़्ज़त बच नहीं सकती।''

''मुझे बड़ा अफ़सोस है।''

''अफ़सोस की कोई बात नहीं। आपका क्या कुसूर ? जिसे चोर बनाकर जेल भिजवाना चाहोगे, वह अपनी ओर से कोई कसर थोड़े ही उठा रखेगा।''

''मेरी तो देह जलने लगी।''

''मेरे लिए देह न जलाओ दारोग़ाजी ! यह तो अपने देश का चलन है। जब कचहरी का मुँह देखा है तो सभी कुछ झेलना पड़ेगा। जिसे यहाँ आना पड़े, समझ लो उसका करम ही फूट गया। तुम देह जलाकर क्या कर लोगे दारोग़ाजी... ?''

जोगनाथ का वकील तीर की तरह बाहर आकर किसी दूसरे इजलास की ओर भागा। पीछे-पीछे भागते हुए मुवक्किलों से उसने कहा, ''जल्दी न करो, अभी छूटने दो जोगनाथ को। फिर एक-एक को समझा जाएगा। हाँ-हाँ, पुलिस को भी।''

दारोग़ाजी ने चौंककर देखा, पर उनके देखने को कुछ भी बाक़ी न था।

26

गिरिजाकुमार माथुर ने

हमने बितायी है ज़िन्दगी कसाले की,
हमने परवाह कभी की न किसी...की।

वाली कविता प्रिंसिपल साहब के व्यक्तित्व से ही प्रेरणा लेकर लिखी होगी, क्योंकि हर बात पर ज़िद करना, वैद्यजी को छोड़कर और सब किसी के आगे अपनी टेक पर अड़े रहना और ''कोई परवाह नहीं, मौक़ा आने पर समझ लेंगे'' का बराबर इस्तेमाल करना उनके जीवन-दर्शन का एक अनिवार्य अंग बन गया था।

अपनी बात पर अड़े रहने का नियम प्रिंसिपल साहब ने अपने पिता से सीखा था।

उनके पिता एक ऑनरेरी मजिस्ट्रेट के पेशकार थे और इसके बावजूद ईमानदार थे। उन्हें प्रायः शहर ही में रहना पड़ता था, पर वे अपने देहातीपन को वहाँ बड़ी निष्ठा से निभाते थे। उनके जीवन के कुछ सिद्धान्त थे जिन पर वे, सैकड़ों बाधाओं की चिन्ता

न करके, अपनी पत्थर-जैसी ठोस अक्ल के सहारे, पत्थर की ही तरह अड़े थे : (1) मलमूत्र-त्याग के लिए कभी टट्टी-पेशाबख़ाने में न जाना, क्योंकि वह अपनी प्राचीन ऋषि-संस्कृति के प्रतिकूल है, (2) बम्बे का पानी न पीना, क्योंकि उसमें चमड़े का वाशर हो सकता है, (3) रेलगाड़ी पर यात्रा करते समय कुछ भी न खाना, क्योंकि वहाँ शूद्रों का स्पर्श होता है, (4) खड़ी बोली और अंग्रेज़ी को त्याज्य बनाकर हमेशा अवधी बोलना, क्योंकि उन्हें इसके सिवाय कोई दूसरी बोली नहीं आती थी और (5) चमरौधा जूता, लम्बी मूँछ और दुपल्ली टोपी पहनना, क्योंकि उनके बाप भी यही पहनते थे। उनके यही मुख्य सिद्धान्त थे। यही उनके जीवन का पंचशील था।

एक बार प्रिंसिपल साहब ने अपने पिता से 'मकान के अन्दर शौचालय का प्रयोग न करके बहुत सवेरे उठकर सुनसान सड़क पर जाना मूर्खता है"—इस विषय पर बहस की थी और उन्हें बताना चाहा था कि ऐसा करना ठीक नहीं है, क्योंकि चुंगीवाले आजकल सफ़ाई-अभियान चला रहे हैं और उस हल्ले में उनका किसी भी वक़्त चालान हो जाने का डर है। इस पर पेशकार साहब ने उन्हें समझाया कि इस बात का सम्बन्ध समझ से नहीं, आदर्श से है। प्रिंसिपल साहब उस दिन की बहस से समझ गए कि आदर्शवाद की तारीफ़ हम आदर्श के अन्तर्निहित मूल्य पर नहीं, उसके पीछे सहे जानेवाले त्याग, बलिदान और कष्ट के कारण करते हैं। उदाहरण के लिए, नमक-क़ानून भंग करना अपने-आपमें देश की दरिद्रता दूर करने का कोई बड़ा उपाय न था, पर उसके पीछे जिस निष्ठा और विद्रोह की भावना थी, वही उस घटना को नाटक न बनाकर इतिहास बना देती थी। प्रिंसिपल ने निष्कर्ष निकाला कि आदर्श का महत्त्व प्रतीक के रूप में है, तथ्य के रूप में नहीं; और उसी को उलटकर उन्होंने यह भी निष्कर्ष निकाल लिया कि अपने पंचशील पर टिके रहकर उनके पिता प्रतीक-रूप से भले ही आदर्श व्यक्ति हों, पर तथ्य की दृष्टि से वे निहायत चोंचलेबाज़ इन्सान हैं...।

जो भी हो, ऊपर से प्रिंसिपल साहब अपने बाप के लड़के होने का वाक़या बड़े अहंकार के साथ सुनाया करते थे। प्रिंसिपल साहब ज़िद्दी तबीयत के आदमी थे और जब वे कोई काम तर्कहीन ढंग से करके दिखाते तो वे एक बार छाती ठोंककर ज़रूर कहते कि क्या समझते हैं आप, मैं उन पेशकार साहब का लड़का हूँ।

अपनी बात को ज़िद के साथ पकड़ना—प्रिंसिपल साहब जानते थे कि यह खूबी उन्होंने अपने पिता से पायी है, पर उन्हें यह पता न था कि अवधी का प्रयोग भी वे अपने पिता की ही परम्परा में करते हैं और जब कभी वे गुस्से में होते हैं या जोश में, अवधी उनके मुँह से ताबड़तोड़ और अनायास निकलने लगती है, जैसे बहुत-से हिन्दुस्तानियों के मुँह से अंग्रेज़ी निकलती है।

इस समय प्रिंसिपल साहब वैद्यजी के सामने कॉलिज की समस्याओं पर विचार कर रहे थे, अर्थात् खन्ना मास्टर को गालियाँ दे रहे थे। उसके एक दिन पहले दफ़ा 107 के मुक़दमे में जब वे इजलास पर पहुँचे तो उन्हें मुक़दमे में एक नया मोड़ दिखायी दिया था, क्योंकि खन्ना मास्टर के वकील ने अपनी बहस में कुछ इस तरह की बातें कही थीं :

"श्रीमन्, यह मुक़दमा 'हैव्ज़' और 'हैव नाट्स' का है। एक तरफ़ कॉलिज के मैनेजर हैं जो वैद्य महाराज कहलाते हैं और वास्तव में वे वैद्य कम हैं, महाराज ज़्यादा हैं। उनके पीछे उनके सैकड़ों गुर्गे और गुण्डे हैं। उन्हीं में इस कॉलिज के प्रिंसिपल और आठ-दस मास्टर भी हैं जो या तो उनके रिश्तेदार हैं या रिश्तेदारों के रिश्तेदार हैं। इन सबकी माली हालत अच्छी है और अगर अच्छी न हो तो कॉलिज के फण्ड से वह पूरी कर दी जाती है। श्रीमन्, दूसरी ओर खन्ना और उनके-जैसे आठ-दस मास्टर हैं जो ग़रीब हैं और जिन्हें इन लोगों का कुचक्र बराबर दमित करता रहता है। आपसी संघर्ष का मुख्यतः यही कारण है।"

अदालत ने अंग्रेज़ी में कहा था, "यानी झगड़ा रोटियों और मछलियों को लेकर है।"

वकील ने अपनी बात को काटते, दुरुस्त करते, घटाते, बढ़ाते और फिर उसी बात को उखाड़ते-पछाड़ते और उससे कतराते हुए कहा था, "नहीं, श्रीमन्, मेरा यह मतलब नहीं है। मैं तो सिर्फ़ यह कह रहा था कि झगड़ा सिद्धान्त का है।"

"आपने यह तो नहीं कहा था।"

"कहनेवाला था श्रीमन्," वकील ने अपनी बात चालू रखी, "खन्ना और उनके विचारवाले लोग यह बरदाश्त नहीं कर पा रहे हैं कि जनता के रुपयों का इस प्रकार दुरुपयोग हो। श्रीमन्, ये सब नवयुवक हैं और बेईमानी और मक्कारी से समझौता करने की अभी इन्हें आदत नहीं पड़ पायी है...।"

अदालत ने मुस्कराकर कहा, "उस हालत में इन्हें मुक़दमे और जेल से न घबराना चाहिए।"

वकील ने इस सलाह पर ध्यान दिए बिना अपना व्याख्यान जारी रखा था, "इसलिए ये कॉलिज के मामलों में होनेवाली गड़बड़ी के बारे में अपनी आवाज़ संवैधानिक ढंग से उठाते हैं। श्रीमन्, अभी कुछ दिन हुए उस कॉलिज में मैनेजर का चुनाव हुआ था, और उसमें पिस्तौल के ज़ोर से वैद्य महाराज फिर से मैनेजर चुने गए थे। इसकी शिकायत डिप्टी पेज डायरेक्टर ऑफ एजुकेशन के यहाँ हुई है। खन्ना आदि ने इसका विरोध किया था। यही नहीं, वे डिप्टी डायरेक्टर से मिले भी थे और पूरे मसले की अब जल्दी ही जाँच होनेवाली है। इसी तरह, वैद्य महाराज जिस कोऑपरेटिव यूनियन के मैनेजिंग डायरेक्टर हैं, उसमें ग़बन हुआ था। वह मामला छः महीने से दबा पड़ा था और खन्ना तथा उनके साथियों ने रजिस्ट्रार, कोऑपरेटिव सोसाइटी से मिलकर उसकी भी जाँच शुरू करायी है। ज़रूरत हो तो इन दोनों अफ़सरों को मैं गवाही में पेश कर दूँगा।

"श्रीमन्, इन जाँचों के दौरान खन्ना और उनके साथियों को दबाने के लिए, उन्हें मजबूर करके उनका मुँह बन्द करने के लिए ही मुक़दमा चलाया गया है। यह मुक़दमा भी एक तरह की जालसाज़ी है। श्रीमन्...।"

प्रिंसिपल के वकील ने इजलास में क्या कहा था, यह बात उतने महत्त्व की नहीं है। पर उस दिन गाँव वापस आकर प्रिंसिपल साहब ने वैद्यजी को बताया था कि कॉलिज के चुनाव और कोऑपरेटिव के ग़बन—दोनों ही मसलों की जाँच होनेवाली है।

वैद्यजी के चेहरे पर कोई शिकन नहीं आयी थी, सिर्फ़ वे धर्म की ओर झुक गए और 'हरि-इच्छा' कहकर चुप हो गए थे।

पर प्रिंसिपल साहब इस समय निश्चित योजना बनाकर आए थे और जोश में थे, अतः अवधी में कह रहे थे :

''महराज, हमारि तौ यहै राय है कि सारे खन्ना के हाथ-पाँय टुरवाय कै कौनौ नारा माँ डारि दीन जाय, यहु न बनै तौ सारे का कान पकरि कै कॉलिज ते बाहेर निकारि दियै। मारै चूतर पर चारि लातै औरु...''

पर वैद्यजी पर इसका कोई असर नहीं पड़ा। उन्होंने कहा, ''मुझे हिंसा की बातें अच्छी नहीं लगतीं।'' कहकर उन्होंने डकार ली और प्रिंसिपल इन्तज़ार करने लगे कि इसके साथ ही वे फिर 'हरि-इच्छा' वाली बात कहेंगे, पर उन्होंने कुछ भी नहीं कहा और शायद अहिंसा, पिस्तौल का प्रदर्शन, ग़बन, देश का कल्याण आदि की समस्याओं ने उन्हें चुपचाप उलझा दिया।

शराबख़ाने से लगभग सौ गज़ आगे एक पीपल का पेड़ था जिस पर एक भूत रहता था। भूत काफ़ी पुराना था और आज़ादी मिलने, जमींदारी टूटने, गाँव-सभा क़ायम होने, कॉलिज खुलने-जैसी सैकड़ों घटनाओं के बावजूद मरा न था। जिन्हें उसके वहाँ होने की ख़बर थी, वे सूरज डूबने के बाद उधर से नहीं निकलते थे। अगर कभी निकल जाते तो उन्हें तरह-तरह की आवाज़ें सुनने में आतीं। उन आवाज़ों से आदमी को बाद में बुख़ार आने लगता था। बुख़ार से आदमी ज़्यादातर मर जाता था। अगर नहीं मरता था तो लोग कहते थे कि पण्डित राधेलाल भूत बहुत अच्छा झाड़ते हैं।

एक शाम एक साइकिल-सवार पीपल के नीचे से निकला। वह पेड़ सड़क के किनारे था, इसलिए उसका पीपल के नीचे से निकलना लाज़मी था। साइकिल-सवार भूत के बारे में जानता था और अगर उसके आगे एक ट्रक धीमी रफ़्तार में न जा रहा होता तो वह शायद इस समय उधर से निकलने की हिम्मत न करता। वह ट्रक के पीछे की लाल बत्ती का सहारा लिये हुए पच्छिम में उजाले की बची-खुची लकीरों को दिन की निशानी मानकर सट्-से पीपल के नीचे से निकल गया।

इतना करके उसने इत्मीनान की साँस ली। फागुन की हवा उसके चेहरे से टकरायी और उसने उस हवा का जी भरकर आनन्द लिया। उसने ज़रा और जोश में आकर दो-तीन बार 'कटिलों-कटिलों' कहकर तीतर की बोली किसी काल्पनिक जन-समुदाय के आगे सुनायी, फिर अमरसिंह राठौर की मशहूर नौटंकी से ''निकल गया जैसे शेर शिकारी को मार'' नामक गाना गुनगुनाना शुरू कर दिया। धीरे-धीरे गाने का वॉल्यूम अपने-आप बढ़ने लगा।

तभी वह चौंका। सड़क के बिलकुल किनारे उसे 'गों-गों-गों' की आवाज़ सुन पड़ी। यह इन्सान की आवाज़ नहीं थी। साइकिल-सवार बिना बताये ही समझ गया कि यह भूत की आवाज़ है। उसकी ऊपर की साँस ऊपर ही टँगी रही और नीचे की हवा नीचे से निकल गई। उसे लगा कि भूत ने बिना किसी सूचना के अपना हलक़ा बदल दिया

है और पीपल के पेड़ से उतरकर वह शायद पाकड़ के पेड़ पर आ गया है।

'गों-गों-गों' की आवाज़ दोबारा हुई और इस बार कुछ और ज़ोर से। उसी के साथ कुछ आदमियों की दो तरह की आवाज़ें आईं। एक ज़ोर से हँसा, दूसरा बोला, ''कहा था, बहुत न पियो, पर नहीं माने न ! और पी लो, बेटा !''

एक और मर्दानी आवाज़ आयी जो गाने की थी। हँसी के साथ ही किसी ने हामिद डाकू नौटंकी का एक तराना छेड़ दिया था, ''न कीजै शोरगुल चिकचिक, शीश सबको झुकाते हैं।''

तभी गों-गों-गों वाली आवाज़ में कई आरोह-अवरोह पैदा हो गए। पहले तो किसी ने शुरुआती ढंग से कहा, ''गों-गों'। उसके बाद शायद कुछ मौलिकता दिखाने के विचार से उसने गला फाड़कर पुकारा, ''बचाओ !'' अन्त में फिर वही 'गों-गों-गों'। पर इस बार आवाज़ में बुलन्दी नहीं थी, रस्म-अदायगी-भर थी।

साथ ही, हामिद डाकूवाली नौटंकी गानेवाले ने संगीत का कार्यक्रम रोक दिया। फिर शायद उसी ने कहा, ''समझाया था बेटा, बहुत न पियो। पर फोकट की दारू !'' बाद में वही हँसी। वही हामिद डाकू का गाना।

साइकिल-सवार की अन्दरूनी हवा में जो उलट-फेर हुआ था, वह भूत को लेकर था। आदमी के बारे में वह बेझिझक था। इसलिए आदमियों की बातें सुनकर, किसी गड़बड़ी का अन्देशा सूँघकर, वह साइकिल से उतर पड़ा और ललकारकर बोला, ''घबराना नहीं, पहलवान ! आ गए। ख़बरदार, हाथ मत लगाना !''

पाकड़ के पेड़ के दूसरी ओर एक झाड़ी थी। उसके पीछे शाम के धुँधलके में पाँच-छः आदमी चल-फिर रहे थे। कई तरह की आवाज़ें हो रही थीं :

''गों-गों-गों !''

''बचाओ !''

''ज़्यादा न बहको बेटा ! कहा था, बहुत न पियो।''

''न कीजै शोर-गुल चिकचक, शीश सबको झुकाते हैं।''

साइकिल-सवार चौकन्ना होकर इधर-उधर देख रहा था और किसी अज्ञात व्यक्ति को किसी अज्ञात ख़तरे से बचाने के लिए आवाज़ देने लगा था। तब तक एक आदमी झाड़ी के पीछे से निकला और चुस्त चाल से साइकिल-सवार के पास आकर खड़ा हो गया। उसके मुँह से ठर्रे की खुशबू आ रही थी। वह आदमी रोब से बोला, ''क्या बात है जवान ? क्यों चिल्ला रहा है ? तुमको क्या तकलीफ़ है ?''

साइकिल-सवार ने झाड़ी की ओर इशारा किया। कहा, ''उधर से कोई 'बचाओ-बचाओ' चिल्ला रहा है।''

''वो सब दारू पीकर अलमस्त पड़ा है। सब साला बहकना माँगता। पर तुम क्या करना माँगता ?''

दो और साइकिल-सवार सड़क पर निकल रहे थे। इन लोगों को देखकर वे साइकिलें धीमी करके उतरने की तैयारी करने लगे। झाड़ी के पास की आवाज़ें अब और भी ऊँची हो गई थीं, पर उनके शब्द स्पष्ट नहीं थे। उस आदमी ने फ़ौजी स्टाइल में

कहा, ''तुम्हारे रुकने की दरकार नहीं। ये गँजहों का मामला है। सब साला दारू पीकर मस्त हो रहा है। अपने-अपने रास्ते फ़ालिन हो जाओ।''

दोनों साइकिल-सवारों ने यह उपदेश सुनकर अपनी रफ़्तार बढ़ा दी। पहलेवाला साइकिल-सवार भी नाक सिकोड़ता हुआ आगे बढ़ गया। जाते-जाते सन्देश छोड़ता गया, ''सब लुच्चे हैं। सारा इलाका गँधा गया इन शराबियों से।''

फ़ौजी स्टाइलवाले आदमी ने जवाब में कहा, ''तुम ठीक बोलता है जवान ! दारू पीना ठीक बात नहीं है।''

अब सड़क वीरान थी। उस आदमी ने वहीं से कहा, ''चलो लड़को, डबुल मार्च लगाओ। चलप् !''

झाड़ी के पीछे शान्त स्वरों में वार्तालाप हो रहा था।

''हाँ भर्फाई, अर्फब चर्फलो।''

''इस सर्फाले के मुँह में कर्फपड़ा खोंर्फोंस दें कि निर्फिकाल दें।''

''खोर्फोंसे रर्फहो।''

लगभग पाँच आदमी झाड़ी के पास से निकलकर सड़क पर आए। उनमें से किसी का भी क़दम लड़खड़ा नहीं रहा था, सब चुप थे और सभी चाल से कुछ ऐसी तैयारी के साथ आगे बढ़ रहे थे गोया वह एक छापामार दस्ता हो जिसे चीनियों के हाथ से अपने सीमा-क्षेत्रों की हथियायी हुई ज़मीन वापस लेने का काम सौंपा गया हो। भूतवाले पीपल के पास तक आते-आते उन्होंने सड़क छोड़ दी। यह भूत का लिहाज भी हो सकता था और सामने से आनेवाली तेज़ रोशनी मारती हुई कार का भी। सड़क से नीचे उतरते ही वे एक खेत में पहुँच गए जिसके चारों ओर बबूल के काँटोंवाली टहनियाँ गड़ी हुई थीं। खेत में कोई फ़सल नहीं थी, सिर्फ़ ज़मीन की रक्षा के लिए काँटों का सहारा लिया गया था। एक आदमी ने गला चाँपकर चीख़ निकाली और कहा, ''अर्फरे बर्फाप ! कर्फांटे।''

दूसरे ने कहा, ''किर्फिस सर्फाले ने यर्फहाँ कर्फांटे गर्फाड़े हैं ?''

पहलेवाले आदमी ने कहा, ''रर्फमचर्फन्ना ने।''

''कर्फब ?''

''तुर्फम्हारे जेर्फेल जर्फाने के बर्फाद।''

''तर्फभी ! अर्फब अर्फा गर्फया हूँ...खेर्फेत तो हर्फमारा है। यहाँ कर्फांटा क्या अर्फपने बर्फाप का सर्फमझकर गर्फाड़ा है ?''

''गुर्फुस्सा न होओ। तुर्फुम अर्फा गए। सर्फब चुरैंट हो जर्फायगा।''

''ठिर्फीक है। पर्फर यह कर्फांटा आया कर्फहाँ से ? किर्फिस ने दिर्फिया... ?''

खेत से वह टुकड़ी चढ़कर सड़क पर दोबारा आ गई थी। शराबघर लगभग पचास गज रह गया था। एक आदमी ने सर्फरी बोली छोड़कर कहा, ''रमचन्ना के अपना बबूल तो एक भी नहीं। यह किनके बबूल उजाड़कर लाया है ?''

''क्या पता, किसका बबूल है ?''

''न बताओ। मुझे खुद मालूम हो जाएगा।''

"हो जाएगा, तो पूछते क्यों हो।"

"पूछता तो इसलिए हूँ कि तुम्हारे रंग का भी पता लग जाए।"

वह आदमी हँसने लगा। पूरे समाज से बोला, "जोगनाथ जेल से जिरह करना सीख आया है।"

"घबराओ नहीं भूतनी के, तुम्हें भी सिखा दूँगा।"

वे लोग शराबघर में घुस गए। सिर्फ़ पाँच-सात लोग पहले से मौजूद थे। एक ने उत्साह से कहा, "जोगनाथ ! कब लौटे जेहल से ?"

"आज दोपहर बाद।"

उसने अतिरिक्त उत्साह से पूछा, "कैसा रहा ?"

"बहुत अच्छा रहा।"

"कोई जान-पहचानवाला मिला ?"

"सभी जान-पहचानवाले हो गए।"

"वहाँ बिसेसरा भी होगा। मिला ?"

"नहीं, पर वहाँ सभी बिसेसर के बाप थे।"

"रामबाँस कूटना पड़ा कि नहीं ?"

किसी ने एक कोने से भर्राया हुआ सवाल किया। जोगनाथ ने बिगड़कर कहा, "यह कौन बोल रहा है मुर्गी का... !"

"हमारे पाहुन हैं।"

"उनसे कह दो अपनी तुरही बन्द रखें। उसकी क़दर शिवपालगंज में नहीं है।"

"सुन लिया पाहुन ? ये जोगनाथ है। अभी-अभी जेल से आया है। कहता है कि अपनी तुरही बन्द रखो।"

"मुझसे भी सुन लो। पहले ही बताये देता हूँ। मैं अव्वल दर्ज़े का हरामी हूँ। चुप्पेचाप अपनी दारू पनिया-पनियाकर पिये जाओ और वहीं कोने में उल्टी किये जाओ। दोबारा रामबाँसवाली बात की तो रामबाँस ही दिखाऊँगा।"

"सुन लिया पाहुन ?"

"सुनेगा कौन ? यहाँ तो कोना खाली है।"

"अरे, कहाँ हैं पाहुन ? खिसक गए क्या ?"

"अरे, वाह रे पाहुन !"

जोगनाथ ने दस रुपये का नोट निकालकर दुकानदार को पकड़ाते हुए कहा, "सब लोगों को एक-एक चुग्गड़ दो। कोई बचने न पाए, बहुत दिन बाद अपनी भूमि में आए हैं।"

"बहुत पैसा लेकर आए हो।"

"सनिचरा प्रधान बन गया है, उसका हुकुम है, आज सब लोग मौज से पियें।"

"पर सनीचर के पास पैसा कहाँ ?"

"अब सनीचर सनीचर नहीं रहा, प्रधान है। समझ गए !"

वे एक-एक चुग्गड़ लेकर बैठ गए। यह दुकान के बाहर का बरामदा था जिसे सींक

की एक दीवार खड़ी करके सड़क से अलग कर दिया गया था। भीतर कोठरी में दुकान थी। एक लालटेन बरामदे में जल रही थी जिससे पीनेवाले को देखा जा सकता था। एक ढिबरी दुकान के अन्दर जल रही थी, जिससे पिलानेवाले को नहीं देखा जा सकता था। बरामदे में एक बेंच पड़ी थी, दो आदमी उसी पर बैठे थे। जोगनाथ भी वहीं बैठ गया। बाकी लोग नीचे एक टाट पर बैठे थे, कुछ नीचे कच्चे फ़र्श पर बैठे थे। साक़ी, सुराही, प्याला—जो कुछ था, सब इतने ही में था। देशी शराब की बदबू सड़क पर काफ़ी दूर तक फैली थी। जैसे योजनगन्धा की सुगन्ध-मात्र से राजा शान्तनु को उसके होने का दूर से पता लग गया था, वैसे ही गन्ध-मात्र से दूर-दूरवालों को पता लग जाता था कि यहाँ देसी शराब बिकती है। अपने यहाँ गन्ध ही देसी शराब का विज्ञापन है। इसीलिए अच्छे-खासे अख़बारों में विलायती शराब के विज्ञापन तो मिल जाते हैं, देसी शराब का ज़िक्र नहीं आता। उसके विज्ञापन की ज़रूरत नहीं है।

दो-तीन घूँट लेने के बाद जोगनाथ ने इधर-उधर देखा और कहा, ''पानी मिला है।''

''क्या ?''

''पानी ! शराब में पानी मिलाकर बेचा गया है।''

''मुझे भी लगता है।''

''मुझे भी।''

''मुझे भी। बहुत दिन से ऐसा लगता है। बल्कि अब तो पानी-मिली दारू असली दारू-जैसी ही जान पड़ती है।''

दुकानदार अपनी जगह से उठकर जोगनाथ के पास आया। ठण्डी आवाज़ में बोला, ''मौज से पिये जाओ। तुम्हारी हवा तो पहले चुग्गड़ में ही निकली जा रही है। पाव-आध पाव फोकट में पीना हो तो साफ़-साफ़ कहो, पिला दूँगा। पर पानी-वानी चिड़ीमार मिलाते हैं। यहाँ वैसी बात नहीं।''

जोगनाथ पर इसका वाजिब असर पड़ा। जेब से दस और पाँच रुपये के कुछ नोट निकालकर बोला, ''फोकट में पीना होगा तो पियूँगा ही। पर घबराओ नहीं, यह देखो ! कभी देखा है इतना ?''

दुकानदार दुबला-पतला पर कैंडेदार आदमी था। अकड़ता हुआ वापस चला गया, बोला, ''हमारे देखने के दिन लद गए। अब तुम्हारा देखना शुरू हुआ है, देखे जाओ।''

दूसरा चुग्गड़ भर गया। एक ने पूछा, ''अब क्या इरादा है जोगनाथ ?''

''रुपये की तंगी है। जोगनाथ ने इस तरह कहा कि किसी को इस बात पर यक़ीन न करना चाहिए, ''अभी तो पहले दारोग़ाजी से दो-दो हाथ करने हैं। तबादला हो गया है तो क्या ! मैं छोड़नेवाला नहीं हूँ। यहाँ आने से पहले ही शहर में उन पर एक दावा ठोंक आया हूँ। दस पेशी में पलस्तर ढीला हो जाएगा।''

''कैसा दावा ?''

''दीवानी का। क्या तुम नहीं जानते हो ? मुझ पर चोरी का झूठा मुक़दमा चलवाया था। दो-तीन महीने मुझे हवालात में रहना पड़ा।''

"वैद्यजी ने ज़मानत नहीं करायी ?"

"वे तो करा देते, पर मैं ऐंठ गया। कहा, दारोग़ा के नाम पर यहीं रहूँगा। रहने का कोई किराया तो था नहीं।"

"फिर ?"

"फिर क्या ? मेरी बेइज़्ज़ती हुई, खेती का नुक़सान हुआ। एक खेत रमचन्ना ने दबा लिया। इस सब नुक़सान पर आठ हज़ार के हर्जाने का दावा ठोंका है। डिग्री हो गई तो दारोग़ाजी बिक जाएँगे।"

"पर कोर्ट-फ़ीस का क्या हुआ ? दीवानी में बड़ा ख़र्चा होगा।"

"सब भगवान देगा।"

"अब देखो भाई जोगनाथ, बाँभन के घर पैदा होकर इधर-उधर की न हाँको। सच्ची-सच्ची बात करो।"

"हाँ भाई, हम भी कहते हैं, भगवान को बीच में न ठेलो। कोर्ट-फ़ीस कौन देगा ?"

"कह तो दिया–भगवान देगा।"

"अब यह बिदक गया, नहीं बताएगा। न बताओ, आगे बढ़ो। तो मुक़दमा ठोंकना है कि ठोंक दिया ?"

"ठोंक दिया।"

"कब ठोंका ?"

"आज ठोंका।"

झाड़ी के पीछे से एक आदमी लड़खड़ाता हुआ निकला और सड़क पर कराहते हुए चलने लगा। वह आत्म-दया, आक्रोश आदि कई साहित्यिक गुणों से पीड़ित था। शराबघर में उसकी जो बातें छनकर पहुँचीं, उनका यह मतलब निकाला गया कि अभी कुछ देर पहले भुतहा पीपल के आगे सड़क के किनारे रहज़नी हुई है और कुछ लोगों ने उसे लूट लिया है। वह थाने पर रिपोर्ट लिखाने जा रहा है और अब वह एक-एक को समझेगा।

जोगनाथ के पाँव के पास कच्चे फ़र्श पर एक आदमी मुस्तैदी से चुग्गड़ पर चुग्गड़ चढ़ा रहा था। वह बोला, "तुम्हारे गाँव में यह बड़ी ग़लत बात है पहलवान ! लोग-बाग लेफ़्ट-राइट करता हुआ दिन डूबते ही रहज़नी कर बैठता है। यह बिलकुल फ़िज़ूल का काम है। क्यों ज्वान ? क्या बोलता है ?"

जोगनाथ ने सिर्फ़ सिर हिलाया और दुकानदार को पुकारकर कहा, "एक पौआ और देना भाई ! चाहो तो इसे फोकट में डाल देना।"

थोड़ी देर में जब वे लोग लड़खड़ाते हुए सींक के परदे के बाहर आए तो उनके सामने सड़क थी और दो-एक मरियल कुत्तों के अलावा कोई न था।

जो आदमी अभी कराहता हुआ निकला था, वह अब सीधे-सादे ढंग से उनके सामने से निकल गया और उन्हें इसका पता ही नहीं चला। लौटते समय उस आदमी के भीतर का कलुष धुल गया था और धर्म में उसकी आस्था बढ़ गई थी, क्योंकि थाने

पर पहुँचने के पहले ही उसे एक विद्वान् ने समझाया था : "क्या होगा रपट लिखाने से ? जो गया, सो गया। गया माल फिर कभी वापस आता है ?

"बताओ, तुम हिन्दू हो कि मुसलमान ? हिन्दू हो तो करम को मानते हो कि नहीं ? तुम्हारे करम में ये पैंतालीस रुपये नहीं लिखे थे। अब दौड़-धूप करना बेकार है। भगवान को यही मंजूर था।...

"जाओ, जान बच गई; यही बहुत है। पारसाल वहीं एक आदमी को बकरे-जैसा काट डाला गया था।

"राम का नाम लो और घर जाकर सत्तनारायन की कथा बँचवाओ। मामले-मुक़दमे में जो ख़र्च करना हो उसे धरम-करम में ख़र्च करो।

"गरम दूध में हल्दी डालकर पी लेना और करवट बदलकर सो जाना; कल सवेरे तक सब भूल जाएगा।"

27

किसी ज़माने में दार्शनिक लोग परमात्मा के अस्तित्व के बारे में बहस किया करते थे। अब वह बहस गेहूँ को लेकर होने लगी है। दार्शनिकों का एक वर्ग इस मत का है कि देश में गेहूँ काफ़ी मात्रा में मौजूद है, पर व्यापारियों की शरारत के कारण बाज़ार में नहीं आ पाता। दूसरा वर्ग इस मत का है कि गेहूँ नाम की कोई चीज़ होती ही नहीं है और अगर होती भी हो, तो वह कम-से-कम इस देश में तो नहीं ही है। बहस का यह दौर कुछ दिनों से शिवपालगंज में भी आ गया था और वहाँ गेहूँ के साथ ही लोग दूध-दही-घी आदि के बारे में भी नास्तिकता दिखाने लगे थे।

ऐसे भुखमरे वातावरण में अखाड़े क्या खाकर या खिलाकर चलते ? कुछ वर्ष पहले गाँव के लड़के कसरत और कुश्ती से चूर-चूर होकर घर लौटते तो कम-से-कम उन्हें भिगोये हुए चने और मट्ठे का सहारा था। अब वह सहारा भी टूटने लगा था। यह और इस प्रकार के कई तथ्य मिलकर कुछ ऐसा वातावरण पैदा कर रहे थे कि गाँव में नौजवानों को निकम्मा बन जाने के सिवाय और दूसरा कार्यक्रम ही नहीं मिलता था। वे फटे-पुराने पर रंगीन पतलूनों-पायजामों के सहारे अपनी दुबली-पतली टाँगों को ढककर और सीने पर गोश्त हो या न हो, सीने के अन्दर सायरा बानू के साथ सोने का अरमान भरकर, गली-कूचों में अपने पान की पीक फैलाते हुए निरुद्देश्य घूमा करते थे। उनमें बहुत-से कभी-कभी खेतों-कारखानों और जेलों का चक्कर भी लगा आते थे। जो वहाँ जाते हुए हिचकते थे, वे स्थानीय कॉलिजों में बाँगड़ूपन की शिक्षा ग्रहण करने के लिए

चले जाते। ये कॉलिज प्रायः किसी स्थानीय जननायक की प्रेरणा से शिक्षा-प्रचार के लिए, और वास्तव में उसके लिए विधानसभा या लोकसभा के चुनावों की ज़मीन तैयार करने के उद्देश्य से खोले जाते थे और उनका मुख्य कार्य कुछ मास्टरों और सरकारी अनुदानों का शोषण करना था। ये कॉलिज सिर्फ़ ज़माने के फ़ैशन के हिसाब से बिना आगा-पीछा सोचे हुए चलाये जा रहे थे और यह निश्चय था कि वहाँ पढ़नेवाले लड़के अपनी 'रिआया' वाली हैसियत छोड़कर कभी ऊपर जाने की कोशिश करेंगे और ऊँची नौकरियाँ और व्यवसाय जिनके हाथ में हैं, उनके एकाधिकार को इन कॉलिजों की ओर से कोई ख़तरा नहीं पैदा होगा।

जो भी हो, इस हल्ले में अखाड़े खत्म हो रहे थे और गाँव के नौजवानों का शारीरिक विकास अब उनके मानसिक विकास के स्तर पर आ गया था। इस दृष्टि से शिवपालगंज में एक अखाड़े का होना, और उस पर कई लड़कों का नियमित रूप से आना एक महत्त्वपूर्ण तथ्य है। कहने की ज़रूरत नहीं, यह बद्री पहलवान की वजह से था। वे कई सालों से अखाड़े पर पहुँचकर कसरत करते, अपने पट्ठों को कुश्ती लड़ाते और जब वे किसी को पटककर उसके शरीर के किसी भाग को घायल कर देते तो माना जाता था कि वह अब पूरा पहलवान हो गया है। कई दिन कसरत करने और कुश्ती लड़ने के बाद किसी पट्ठे का कराहते हुए घर लौटना इस बात का सबूत था कि वह अपने दीक्षान्त-समारोह से डिग्री लेकर वापस आ रहा है।

अखाड़े से दो पहलवान झूमते हुए निकले। एक तो बद्री थे, दूसरे छोटे। दोनों की खोपड़ियाँ घुटी थीं। उन पर पसीने की मदद से मिट्टी का पलस्तर-जैसा चढ़ गया था। गरदन पर पीछे की ओर गैंडे-जैसी झुर्रियाँ। दोनों ने लँगोट की पट्टी आगे हाथी की सूँड़ की तरह लटका ली थी। सँकरी पट्टी के दोनों ओर से संक्षिप्त अण्डकोष ब्रह्माण्ड में प्रदर्शित हो रहे थे। पर जिस तरह कला के नाम पर हेनरी मिलर और डी. एच. लारेंस की अश्लीलता को माफ़ी मिल जाती है, उसी तरह भारतीय व्यायाम के नाम पर इन दोनों पहलवानों को यह सब दिखाने की छूट मिल गई थी।

छोटे पहलवान का दीक्षान्त-समारोह कई साल पहले हो चुका था, पर शायद अब उन्होंने कोई पोस्ट-ग्रेजुएट डिग्री पायी थी और इसलिए वे रह-रहकर बहुत धीरे-से कराह उठते थे। पर आत्म-सम्मान के कारण वह कराह मुँह से 'हाय' न बनकर लम्बी साँस के साथ 'हाव्' के रूप में निकलती थी। बद्री चुपचाप उनके साथ चल रहे थे, जैसे इन बातों से उनका कोई सरोकार न हो।

आज छोटे को बद्री पहलवान ने धोबीपाट के दाँव से चित किया था।

इस दाँव का प्रयोग करनेवाले पहलवान को एक ऊँचे दर्ज़े के कवि की तरह से काम करना पड़ता है। रवीन्द्रनाथ ठाकुर ने अपनी 'विजयिनी' नामक कविता में एक औरत के जलाशय में नहाते समय कामदेव आदि कुछ पात्रों की अद्भुत कल्पना की है। धोबीपाट लगाने के पहले पहलवान को उससे भी अधिक अद्भुत कल्पना करनी पड़ती है कि यह अखाड़ा नहीं, बल्कि एक आकर्षक जलाशय है, "शमीरन प्रोलाप बोकितोछिलो प्रच्छायशघन पल्लव-शयनतले...।" उस वातावरण में वह अपने को एक

धोबी के रूप में देखता है और अपने प्रतिद्वन्द्वी को किसी औरत के पेटीकोट की शक्ल में। फिर उसके हाथ को खींचकर अपनी पीठ की ओर से कन्धे पर लाते हुए—जिस तरह धोबी पत्थर पर कपड़ा पटकता है—वह उसे अखाड़े के बीच पटक देता है। पटकते समय उसे यह ध्यान रखना पड़ता है कि पेटीकोट इस तरह गिरे कि उसका सामनेवाला हिस्सा ऊपर रहे, यानी प्रतिद्वन्द्वी जब पटका जाए तो वह चित गिरे। इसके बाद, ''विजय ! विजय ! महान विजय ! शत्रु जानु पाति बोशि, निर्बाक् विशय भरे, नतशिरे... ।''

बद्री पहलवान ने आज छोटे को पटकने में कुछ ज़्यादा कल्पना लगा दी थी। यह सोचकर कि यहाँ अखाड़ा नहीं, तालाब है, उन्होंने यह भी सोच लिया कि यह अखाड़े की मेंड़ नहीं, बल्कि घाट का पत्थर है। नतीजा यह हुआ कि जिस समय पहलवान ने चित्त होकर अखाड़े के ऊपर छाए हुए 'प्रच्छाय शघन पल्लव' देखे तो उनकी निगाह के आगे चिनगारियाँ-सी उड़ रही थीं, उनकी कमर के नीचे का हिस्सा अखाड़े के बाहर और ऊपर का अखाड़े के भीतर था और कमर टूटी नहीं थी तो यह उसकी बेहयाई थी।

बद्री पहलवान अगर छोटे के उस्ताद न रहे होते तो वे इस वक्त आँख से आँसू और मुँह से फेना गिराते हुए उन्हें हज़ारों गालियाँ दे रहे होते। पर उस्ताद का लिहाज़ करके वे इस समय चुप थे और जब चुपचाप चलना कठिन हो जाता तो वे मुँह से एक 'हाव्' निकाल देते थे।

पर विपत्ति यहीं नहीं समाप्त होनी थी। चलते-चलते बद्री पहलवान ने पूछा, ''क्यों जी, उस दिन तुम जोगनाथ की गवाही में क्या-क्या कह आए ?''

''कौन साला जोगनाथ का गवाह था ? मैं तो पुलिस की गवाही देने गया था।'' छोटे ने लापरवाही से—कमर का दर्द दबाकर—जवाब दिया।

बद्री ने शान्तिपूर्वक कहा, ''सीधी बात कही जाए तो सीधे जवाब दो। साले-बहनोई को बीच में मत घसीटो।''

''तो कौन टेढ़ा-टेढ़ा चल रहा है ?'' छोटे ने कहा, पर आवाज़ कुछ दबी हुई थी।

बद्री पहलवान ने इस निरर्थक बात को अनसुना कर दिया। पूछा, ''तुमने गवाही में बेला के बारे में क्या कहा था ?''

''कहना मुझे क्या था ? जो मुँह में आया, कह दिया।''

बद्री पहलवान बड़ी मुलायमियत से बोल रहे थे। उन्होंने छोटे का हाथ पकड़कर पूछा, ''उसकी जोगनाथ से कुछ साँठ-गाँठ है क्या ?''

छोटे ने अपना हाथ धीरे-से खींच लिया। उँगली पकड़कर पहुँचा पकड़ा जाता है और पहुँचा पकड़कर धोबीपाट के सहारे आदमी को चित किया जाता है, यह वे अभी देख चुके थे। बात टालने के लिए बोले, ''मैं क्या जानूँ, किसकी किससे साँठ-गाँठ है। गाँव में चारों तरफ़ अरहर के खेत हैं। कौन किससे लागलपेट करता है, मैं कहाँ-कहाँ झाँकता फिरूँ ?''

बद्री पहलवान उसी तरह मुलायमियत के साथ बोलते रहे। उन्होंने पूछा, ''पर

तुमने तो कहा था कि तुमने बेला को जोगनाथ के साथ सटर-पटरवाली हालत में देखा है।"

"कहने से क्या होता है ?"

बद्री पहलवान अचानक खड़े हो गए। आवाज़ को कड़ी करके बोले, "होता क्यों नहीं है ? कहा था कि नहीं, बोलो !"

छोटे पहलवान को अब कुछ शंका हुई। उनकी आवाज़ से आत्मविश्वास की खनक जाती रही। जैसे शाश्वत साहित्य लिखनेवाला क्रान्तदर्शी साहित्यकार भी रेडियो के अहलकारों के सामने झिझककर बात करता है, उसी तरह छोटे बद्री पहलवान के आगे सकपका गए। माफ़ी माँगते हुए बोले, "कहा क्यों नहीं था, गुरू ! पर कहने को तो बहुत-कुछ कहा था। अदालत की गवाही का मामला। जो मुँह में आया, कहते चले गए। कौन सच बोलना था !"

बद्री पहलवान कुछ देर अँधेरे में चुपचाप खड़े रहे। कुछ नहीं बोले। जो काम कोई भी पहलवान आसानी से नहीं कर सकता, वही करते रहे, यानी कुछ सोचते रहे।

छोटे अब और भी सकपका गया। झिझकते-झिझकते बोला, "गुरू, किस सोच-विचार में पड़ गए ? सोचना काम चिड़ीमार का है। मुझे भी तो बताओ, क्या बात है ?"

बद्री ने धीरे-से कहा, "सोच रहा हूँ कि तुम्हें लात से मारूँ कि जूतों से ? तुम्हारी जवानी पर पिल्ले मूतते हैं साले ! थू है तुमको !" कहकर उन्होंने घृणा के साथ ज़मीन पर थूक दिया।

छोटे अचकचाया हुआ खड़ा रहा। रुक-रुककर बोला, "ऐसा न कहो, गुरू ! बताओ तो कि मुझसे चूक कहाँ हुई है ?"

"तुम साले समझोगे क्या ? तुमने एक भले घर की लड़की की इज़्ज़त फींचकर सारी दुनिया के आगे रख दी। तुम्हारे लिए यह कुछ हुआ ही नहीं ?"

कुल इतनी-सी बात है ! जानकर छोटे पहलवान ने इत्मीनान की साँस ली। लापरवाही से कहा, "गुरू, मैंने तो जो कहा था, भरी अदालत में भगवान की क़सम खाकर कहा। सभी जानते हैं कि अदालत में कही गई बात का कोई ऐतबार नहीं। किसी का इससे क्या बिगड़ा ?"

बद्री को चुप देखकर छोटे की हिम्मत कुछ और खुली। अपनी स्वाभाविक पद्धति में यानी सारी दुनिया को भुनगे-जैसा समझते हुए उन्होंने अपनी बात पूरी की, "इसी बात को लेकर हमें जुतिया रहे हो, गुरू ? वाह गुरू, तुम भी कभी-कभी ऐसी हवा बाँधते हो, कि वाह ! मैं सोचता ही रह गया कि बात क्या है ?"

बद्री पहलवान ने अपनी गरदन को दोनों हाथों से मलकर उस पर दो-चार तमाचे-जैसे लगाए। इस पद्धति से उन्होंने गरदन पर जमा हुआ मिट्टी का प्लास्टर उखाड़ दिया और इतनी देर तक होनेवाले सोच-विचार को झटककर दूर कर दिया। फिर अचानक हँसकर बोले, "तुम खानदानी बाँगड़ू हो। तुम्हें कुछ दायें-बायें भी दीख पड़ता है ? यह बेला अब तुम्हारी अम्मा बनने जा रही है। अब चाहे उसे छिनाल कहो, चाहे

कुछ और। गाली तुम्हीं पर पड़ेगी।"

"क्या कहा, गुरू ?"

"कहना क्या है ? महीने-भर के भीतर ही बेला का ब्याह होगा। बद्री पहलवान के साथ ! और तुम बजाना तुरही ! कुछ समझ में आया बेटा ?"

सरकस के जोकर बेमतलब की बातें बकते हैं और उछल-कूद लगाते हैं। नौटंकी का नगाड़ची सीधे तौर से नगाड़ा बजाते-बजाते बग़ल के भीतर से लकड़ी निकालकर टेढ़ी-मेढ़ी ताल लेने लगता है। अखाड़े में दो-तीन पहलवान हाथ के पंजों पर खड़े होकर बिच्छू की तरह चलते हैं। बछड़े शाम को घर लौटते वक्त सिर झुकाकर टेढ़े-मेढ़े भागते हैं और उछलते हुए दूसरी ओर के तालाब में कूद पड़ते हैं। सनीचर बिना किसी वजह के अचानक कहा करता है, "उर्र् र्र् र्र् !"

बद्री पहलवान की बात सुनकर छोटे को लगा कि इसी तरह की निरर्थक बातों का एक ढेर-जैसा उसके सामने पड़ा है और उसे किसी ने उस पर ज़ोर से पटककर चित कर दिया है। उसके मुँह से यही निकला, "क्या कहते हो, गुरू ?"

"सुन नहीं रहे हो, क्या कह रहा हूँ ?" बद्री बहुत हल्के ढंग से मज़ाक-सा करते हुए कह रहे थे, "क्या बात है ? कान में बहुत मैल पैठ गया है क्या ? फिर सुन लो, बेला से मैं शादी कर रहा हूँ। उससे वादा कर चुका हूँ। उस दिन तुमने जब इजलास में उसकी बदनामी की तो मेरा एक-एक रोआँ सुलग उठा था। तबीयत हुई थी कि एक लप्पड़ मारकर तुम्हारा सर पेट में खोंस दूँ। पर तुम अपने चेले हो। पालक-बालक समझकर माफ़ कर दिया।"

एक लम्बी साँस खींचकर उन्होंने अपनी बात समाप्त की, "ख़ैर, जो हुआ सो हुआ, अब अपनी ज़बान पर लगाम लगाकर रहना।"

छोटे को अब भी लग रहा था कि वह निरर्थकता के ढेर पर चित पड़ा है और बद्री पहलवान जो कह रहे हैं वह किसी सपने की बात है। वह बोला, "गुरू, तुम बाँभन, वह बनिया। सोच-समझकर बोलो। बैद महाराज ऐंठ गए तो पूरी इस्कीम मसक जाएगी।"

बद्री पहलवान ने कहा, "हाथी अपनी राह चलते जाते हैं, कुत्ते भूँकते रहते हैं।"

छोटे ने लगभग गिड़गिड़ाते हुए कहा, "गुरू, तुम तो कहावत में बोल रहे हो। बैदजी इससे थोड़े ही मान जाएँगे !"

लगता था कि अपने मन का रहस्य खोलकर बद्री पहलवान हल्के हो गए हैं। उन्होंने इस बात का कोई जवाब नहीं दिया। सिर्फ़ सीटी बजाने लगे।

कुछ देर चलते-चलते छोटे के दिमाग़ में पूरी बात अपने वज़न के साथ पैठी। बेला के बारे में कुछ दिन हुए ख़बर उठी थी कि रुप्पन बाबू ने उसको एक चिट्ठी लिखी है। उड़ते-उड़ते यह बात भी उनके कान तक पहुँची थी कि कोई लड़की बैदजी की छत पर रात में आयी थी और रंगनाथ से टकराकर वापस भाग गई थी। बैदजी की छत से जिन मकानों की छत पर जाया जा सकता है, उनमें गयादीन का भी मकान था। एक दिन रुप्पन बाबू ने यह भी बताया था कि किसी लड़की की लिखी

हुई एक चिट्ठी रंगनाथ के हाथ लगी है, पर रंगनाथ उसके बारे में कुछ बता नहीं रहा है। छोटे पहलवान को सन्देह था कि रुप्पन बाबू कई दिनों से बेला को फँसाने के चक्कर में हैं और अब लगभग फँसा चुके हैं। इस दशा में अचानक इस समाचार ने कि बद्री पहलवान का बेला से सम्बन्ध है और वह इतनी गहराई तक जा चुका है, छोटे को लड़खड़ा दिया।

वे पूछने लगे, ''पर गुरू, बेला के लिए तो, सुनते हैं, रुप्पन बाबू ने कुछ लिखा-पढ़ी की थी ?''

''हाँ, की थी। लड़के हैं। नासमझी कर बैठे।''

''और, सुनते हैं, उधर से भी कोई चिट्ठी आयी थी ?''

बद्री पहलवान ने घुड़ककर पूछा, ''किसने बताया तुम्हें ?''

''किसी ने भी नहीं, गुरू !''

''तो जाना कैसे ?''

''सुना था, गुरू !''

''किससे सुना था ?''

''याद नहीं है गुरू, पर किसी ने ऐसे ही कुछ उड़ती-उड़ती बात की थी।''

बद्री पहलवान चुप हो गए। जब कोई आदमी बातचीत में ऐसा रुख़ अपना ले जैसा कि पेशेवर गवाह कचहरी में सच कहने की क़सम खाकर जिरह में दिखाते हैं, तो आगे सवाल पूछना बेकार है। बद्री ने कुछ देर चुप रहकर साफ़ तौर से कहा, ''हाँ, चिट्ठी आयी थी। मेरे लिए थी। पर वह चिट्ठी नहीं थी, आजकल की लड़कियों के चोंचले, गाने-बजाने की बातें थीं।''

छोटे ने खुशामद करते हुए पूछा, ''तो गुरू, यह किस्सा तो कई साल से चल रहा होगा ? छत ही पर...।''

बद्री ने कहा, ''छोटे, इतनी बड़ी बात सबसे पहले मैंने तुमको बतायी है। इतना बहुत है। अब बहुत छानबीन न करो। और देखो, अभी किसी से कहना नहीं।''

छोटे पहलवान धुँधलके में किसी के चबूतरे के उस कोने से टकरा गए जो किसी ने गाँव के चलन के अनुसार क़ब्ज़ा करने की नीयत से बनवाया था। मुँह से एक गाली निकालकर, फिर कमर के दर्द के प्रति सम्मान दिखाने के लिए एक बार 'हाव्' कहकर उन्होंने वादा किया, ''किसी से नहीं कहूँगा, गुरू।''

''कुछ दिन में तो बात फैलेगी ही, पर अभी उसे ढाँककर रखना है।''

''कह तो दिया गुरू, किसी से नहीं कहूँगा।''

कुछ देर बाद बद्री पहलवान हँसने लगे, बोले, ''पर वाह रे छोटे, तुमने भी क्या जोड़ मिलाया। बेला जोगनाथ से साँठ-गाँठ करेगी ! हुँह् ! साला दमड़ी के गुड़-जैसा है ! बेला उसका हाथ पकड़ ले तो रिरियाने लगेगा। उसी से तुमने भिड़ा दिया बेला को। रहे तुम खड्डूस-के-खड्डूस !''

छोटे पहलवान की कमर में एक हूक-सी उठी। लगा, धोबीपाट देकर उन्हें किसी ने दोबारा पटक दिया है।

एक-दूसरे से अलग होने के पहले बद्री ने फिर छोटे को आगाह किया कि अभी मेरे और बेला के सम्बन्धों का कहीं ज़िक्र मत करना। छोटे ने निष्ठापूर्वक गोपनीयता की शपथ ली, पर वह शपथ गोपनीयता की उन सभी शपथों-जैसी थी जो राजभवनों में ली जाती हैं और परिणामस्वरूप दूसरे दिन ही बद्री पहलवान को कई ऐसे लोग मिले जो उन्हें बदली हुई नज़रों से देख रहे थे।

28

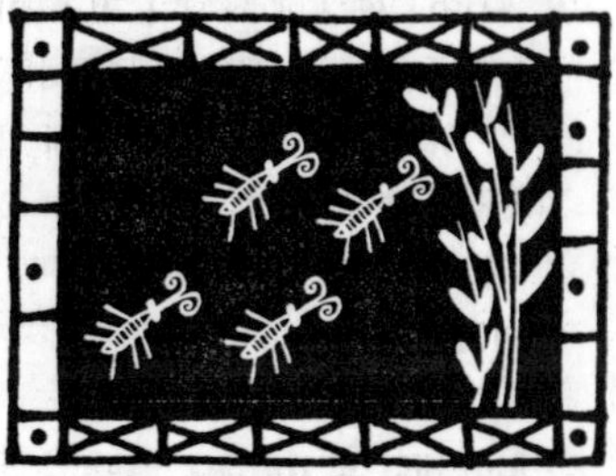

उस गाँव में एक दुखी लड़का था जिसका नाम रुप्पन बाबू था। कुछ दिन पहले उसका रोब लम्बा-चौड़ा और रुतबा ऊँचा था, क्योंकि उसके बाप का नाम वैद्यजी था और इसके अलावा उसका अपना भी एक नाम था। वह दसवें दर्ज़े में कई वर्षों से पढ़ रहा था और विद्यार्थियों का लीडर था। तहसीलदार उसका हमजोली, थानेदार उसका दरबारी और प्रिंसिपल उसका मातहत था। वह बहुधा कॉलिज के मास्टरों के व्यवहार और आचरण से असन्तुष्ट रहता था और मास्टर लोग उसे, "भयानां भयं भीषणं भीषणानां" और पिताओं का पिता मानते थे। घर पर उसकी हैसियत एक तेज़-तर्रार बछेड़े-जैसी थी और यह निश्चय था कि देश के राजनीतिक चरागाह में स्वच्छन्द चरनेवाली होनहार सन्तानों की तरह किसी दिन वह भी चरने की कला सीख जाएगा और बाप के मर जाने पर इधर-उधर के रास्तों में साल-छः महीने बिताकर किसी दिन वह अपने बाप की जगह पर ही जुगाली करता हुआ दिखायी देगा।

पाँच महीने पहले उस गाँव में एक लड़का आया था जिसका नाम रंगनाथ था। लोग उसके बड़प्पन को पहचानते थे, क्योंकि उसके मामा का नाम वैद्यजी था और इसके अलावा उसमें अपना भी एक बड़प्पन था। उसने इतिहास में एम. ए. पास किया था। वह देखने में भला और सीधा था, पर चाहने पर टेढ़ी बात भी कर लेता था। लगभग प्रत्येक पढ़े-लिखे भारतीय की तरह वह अपने से असम्बद्ध प्रत्येक घटना को घटना ही की तरह देखता और उसे भूल जाता और बाद में उसके बारे में परेशान न होता था। इतिहास पढ़ चुकने के कारण उसे राजनीतिक और सामाजिक शोषण और उत्पीड़न की बहुत-सी कहानियाँ आती थीं, पर उसके दिमाग़ में कभी यह न आया कि वह भी इतिहास का एक हिस्सा है और अगर चाहे तो इतिहास को बना-बिगाड़ सकता है। वह देश के पच्चानवें प्रतिशत बुद्धिजीवियों में था जिनकी बुद्धि उनको आत्मतोष देती है, उन्हें बहस करने की तमीज़ सिखाती है, दूसरों को क्या करना चाहिए और क्या न करना चाहिए, इस पर उनसे भाषण कराती है और न करने के मामले में कुछ उनकी भी

जिम्मेदारी है—इस बेहूदा विचार को उनसे कोसों दूर रखती है।

पर जिस लड़के का नाम रुप्पन बाबू था, वह अब दुखी होने लगा था क्योंकि कुछ दिनों से राजनीतिक पसन्द और नापसन्दगी में उसने अपनी व्यक्तिगत पसन्द घुसेड़नी शुरू कर दी थी और इसमें जो खराबियाँ उसे पहले नहीं दीखती थीं, वे अब एक फुटबाल की तरह उसकी पलकों से लटकी हुई नज़र आने लगी थीं। पहले वह कॉलिज के प्रिंसिपल को अपने पिता का गुलाम-भर समझता था, अब उसे जान पड़ता था कि वह निहायत मूर्ख और ज़िद्दी है और मास्टरों के प्रति अपने विद्वेष को पूरा करने के लिए वह उसके पिता को गुटबन्दी में खींच रहा है। कुछ मास्टर पहले उसे मूर्ख और बौड़म जान पड़ते थे, पर इधर कुछ दिनों से उसे लग रहा था कि बौड़म होते हुए भी वे बदमाश नहीं हैं और उनकी रक्षा होनी चाहिए। बद्री पहलवान कुछ दिन पहले उसे ताक़त की आख़िरी मंज़िल-जैसे दिखते थे और उसे उनकी ताक़त का अहंकार था, पर अब उसकी निगाह आसपास के ज़िलों के गुण्डों पर पड़ने लगी थी जो कभी-कभी शिवपालगंज में आते थे और बद्री से बातचीत करके चले जाते थे। यानी उस लड़के के मन में वह बेचैनी पैदा हो गई थी जिसकी वजह से आदमी विभीषण, ट्रॉट्स्की या सुभाषचन्द्र बोस बनकर कुछ कर दिखाना चाहता है और अन्त में फाँसी के तख्ते पर, जेल में या जयप्रकाशनारायण और अच्युत पटवर्धन के संन्यास में जाकर दम लेता है।

दूसरा लड़का भी कुछ अनमना-सा हो रहा था, क्योंकि इन पाँच महीनों में उसने देख लिया था कि जो खेल मज़ाक में शुरू हुआ, उसमें लोगों के हाथ-पाँव टूटने लगे हैं और हँसकर जो धूल दूसरों की आँखों में झोंकी गई, उससे उनकी आँखें फूट गई हैं। जब सनीचर के प्रधान बनने की बात उठी थी, या जब छोटे पहलवान जोगनाथ के ख़िलाफ़ गवाही देने गए थे तो सबकुछ मज़ाक-जैसा दिखता था और जब उसने देखा कि सनीचर सचमुच ही गाँव-सभा का प्रधान है और छोटे जोगनाथ को जेल से छुड़ाकर हँसते हुए वापस आ गए हैं तो उसे झटका-सा लगा था। सनीचर की विजय के दिन उसने बहुत-कुछ सोच डाला और इस दौरान उसे प्रदेश की राजधानियों में न जाने कितने वैद्यजी और मन्त्रियों और मुख्यमन्त्रियों की क़तार में न जाने कितने सनीचर घुसे हुए दीख पड़े।

जिसका नाम रुप्पन बाबू था, उसके मन में बेचैनी पैदा होने के दिन एक और घटना हुई थी, पर उस घटना का इस बेचैनी से कोई सम्बन्ध न था। उस लड़के को बहुत दिन से एक लड़की की ज़रूरत थी और इस बात को पहचानकर उसने भूल से यह मान लिया था कि उसे सिर्फ़ बेला की ज़रूरत है। इसके बाद, अपनी उस इच्छा को, जो कीड़ों-मकोड़ों-चिड़ियों-जानवरों आदि में मौसम के हिसाब से और आदमी में मौसम हो या न हो, प्रकट होती है, उसने 'प्रेम' का नाम दे दिया था, जो हमारे शब्दकोश में शायद कविता के फ़रेब से आया है। उस लड़के ने यह सोचना शुरू कर दिया कि वह बेला को प्रेम करता है और पूरे तथ्यों की जानकारी न होने से उसने यह भी सोच डाला कि बेला को उससे भी प्रेम होगा। फिर उसने बेला को एक प्रेम-पत्र लिखा था, जिसका जवाब बेला ने तो नहीं दिया, पर जिसके लिए उसे खुद कई जगह और कई

बार जवाब देना पड़ा। उसने जवाब देते वक़्त अपनी ऐंठ तो क़ायम रखी, पर भीतर-ही-भीतर वह झेंपता रहा और जिस दिन उसने खन्ना मास्टर से सुना कि बेला और बद्री पहलवान की आपसी साँठ-गाँठ है और बद्री उससे शादी करने जा रहा है, तो उसके मन में बड़ी बेचैनी पैदा हुई और पता नहीं कैसे, उसी बेचैनी ने उसे प्रिंसिपल, वैद्यजी, बद्री पहलवान, सनीचर—सभी के बारे में उल्टा-सीधा सोचने के लिए विवश कर दिया। अभी तक वह यथार्थ का प्रदर्शन करता था, अब उसके जीवन में यथार्थ के दर्शन की शुरुआत हुई।

उसी के साथ दूसरे लड़के को भी अहसास हुआ कि शोषण और उत्पीड़न की कहानियाँ रट लेना ही काफ़ी नहीं हैं और जिस गधे की पीठ पर सारे वेदों, उपनिषदों और पुराणों का बोझ लदा होता है, वह अन्तर्राष्ट्रीय विद्वत्-परिषद् का अध्यक्ष बन जाने के बावजूद मनुष्य नहीं हो जाता—वह होने के लिए विद्वत्ता का बोझा ढोने के सिवाय कुछ और भी करना होता है। खन्ना मास्टर ने बद्री पहलवान के प्रेमकाण्ड की बात करने के पहले रुप्पन बाबू को एक और भी बात बतायी थी। यह सम्मेलन होली के तीन दिन बाद चाँद निकल आने पर सड़क के किनारे एक पुलिया के ऊपर हुआ—वही पुलिया जिस पर बैठकर कुछ दिन पहले रंगनाथ ने रुप्पन बाबू को अपने छत पर अकेले सोने के अनुभव बताये थे।

खन्ना मास्टर के साथ मालवीय भी थे। दोनों पहले से ही पुलिया पर बैठे हुए थे। रुप्पन बाबू होली के उत्सव में निरन्तर भंग पीते रहने के कारण थके हुए, अपनी थकान दूर करने के मतलब से इस समय नये सिरे से भंग पीकर, रंगनाथ के साथ टहलने निकले थे। पुलिया पर दो आदमियों को बैठा देखकर उन्होंने स्वाभाविक तरीक़े से कहा, ''कौन है बे ?''

''कौन ? रुप्पन बाबू ? नमस्कार रंगनाथजी, मैं खन्ना हूँ।''

''दूसरा कौन है ?''

''मालवीय हैं। नमस्कार रुप्पन बाबू, आइए, बैठिए।''

अपने मास्टर को अभिवादन का एक चलताऊ जवाब देकर रुप्पन बाबू पुलिया पर बैठ गए। रंगनाथ मास्टरों के दूसरी ओर जाकर बैठ गया। 'बिग फ़ोर' की बैठक शुरू हुई।

रात के लगभग नौ बजे थे, पर कहीं ख़ामोशी न थी। तहसील के सामने तम्बोली की दुकान पर बैटरीवाला रेडियो अब भी बज रहा था और फ़िल्मी गानों के परनाले से 'अरमान, साजना, हसीन, जादूगर, मंज़िल, नज़र, तू कहाँ, सीना, गले लगा लो, गले लग जा, मचल-मचलकर, आँधियाँ, ग़म, तमन्ना, परदेशी, शराब, मुस्कान, आग, ज़िन्दगी, मौत, बेरहम, तस्वीर, चाँदनी, आसमाँ, सुहाना सपन, जोबन, मस्ती, उभार, इन्तज़ार, बेज़ार, इसरार, इनकार, इकरार'...जैसे शब्द लगातार गिर रहे थे जो भुखमरे देशों में नवजागरण का सन्देश देने के लिए सब प्रकार से उपयुक्त हैं। इस परनाले के गिरने की आवाज़ दूर-दूर तक फैल रही थी और इस पुलिया तक भी हवा का झोंका आ जाने पर पहुँच जाती थी। आसपास सियार बोल रहे थे और इससे प्रमाणित होता था कि

उनमें सामूहिक रूप से रहने की शक्ति काफ़ी मात्रा में मौजूद है और गाँव के आसपास सारा जंगल कट जाने के बावजूद—अपने देश में उखड़े हुए यहूदियों की तरह—वे कहीं बसने के लिए आन्दोलन-जैसा छेड़नेवाले हैं। पर इन आवाज़ों को दबा देनेवाली सबसे ज़ोरदार आवाज़ उन ट्रकों की थी जो हॉर्न बजाते हुए सत्तर मील फ़ी घण्टे की रफ़्तार से शहर की ओर भागे जा रहे थे। रात हो चुकी है; शहर के किसी सस्ते बार में रम की बोतलें लुढ़क रही होंगी, किसी ढाबे में गोश्त और गरम तन्दूरी रोटियाँ तैयार हो रही होंगी और किसी जगह कोई छोकड़ी बीड़ी के कश लगाती हुई मेरा इन्तज़ार कर रही होगी—ये कल्पनाएँ सैकड़ों मील से आनेवाले ट्रक-ड्राइवर को उत्कण्ठित कर देने के लिए, और पाँव को ऐक्सिलेटर पर पूरी ताक़त से चढ़ा देने के लिए काफ़ी थीं। नतीजा यह था कि सड़क पर हर पाँच मिनट के बाद कोई ट्रक घरघराता हुआ निकल जाता था और उसके निकलने के वक़्त पुलिया पर बैठे हुए चारों महापुरुष अपनी साँस रोक लेते थे, फिर उनके निकल जाने पर 'हम लोग बच गए', इस इत्मीनान के साथ अपनी अधूरी बात को पूरी करने लगते थे।

इन बाधाओं के बावजूद बातचीत चल निकली। खन्ना मास्टर दुखी स्वरों में रुप्पन और रंगनाथ से सहायता की अपील करने लगे। उन्होंने अपनी जेब से एक पर्चा निकाला और रुप्पन बाबू से बोले, "इसे पढ़िए, देखिए, आपके प्रिंसिपल ने क्या लिखा है।"

रुप्पन बाबू ने कहा, "मैं अँधेरे में नहीं पढ़ सकता। आप पढ़ लेते हों तो सुनाएँ।"

तब खन्ना मास्टर ने ज़बानी उस पर्चे का सारांश सुनाया। उसका सम्बन्ध मालवीय के चाल-चलन से था। अगर उसकी इबारत पर विश्वास किया जाता तो मानना पड़ता कि मालवीय को विद्यार्थियों से प्रेम है और कुछ विद्यार्थियों से उनका प्रेम बिलकुल शारीरिक स्तर का है। पर्चे में ऐसी कई-एक घटनाएँ लिखी थीं जिनमें मालवीय किसी लड़के को अपने साथ शहर ले गए थे और उसे सिनेमा दिखाकर, उसके साथ रात बिताकर और उसे आगामी परीक्षा में आनेवाला हिसाब का पर्चा बताकर शिवपालगंज वापस लौट आए थे। पर्चा किसी साहित्यिक उद्‌देश्य से नहीं, बल्कि जनता को सही वाक़यात बताने के मतलब से लिखा गया था। इसलिए उसकी वर्णन-शैली स्पष्ट, सीधी और कहीं-कहीं फूहड़ थी। पर्चे में प्रिंसिपल और मैनेजर से अपील की गई थी कि कॉलिज से ऐसे मास्टरों को कान पकड़कर निकाल दिया जाना चाहिए।

खन्ना मास्टर ने पर्चे का सारांश सुनाकर रुप्पन बाबू से कहा, "इसके बाद भी आप चाहते हैं कि हम चुप रहें ? प्रिंसिपल के ख़िलाफ़ कुछ न कहें ?"

रुप्पन बाबू ने भंग की झोंक में पूछा, "तो इरादा क्या है ?"

"हमारे पास पूरा सबूत मौजूद है। यह पर्चा प्रिंसिपल ने छपवाया है। हम उस पर मानहानि का दावा दायर करेंगे।"

रंगनाथ ने कहा, "बड़े शर्म की बात है।"

रुप्पन बाबू लापरवाही से बोले, "देखिए, सच यह है कि एक ज़माने में मालवीयजी के ख़िलाफ़ ऐसी बातें उड़ी तो थीं। एक लड़के ने मुझसे खुद बताया था कि मालवीयजी उसे सिनेमा दिखाने को कह रहे थे..."

उनकी बात एक विचित्र-सी आवाज़ ने काटी। मालवीयजी बड़े ज़ोर से नाक साफ़ करने लगे थे। तब लोगों को मालूम हुआ वे काफ़ी देर से चुपचाप बैठे हैं।

खन्ना मास्टर ने तैश में आकर कहा, "यही, यही कैरेक्टर असेसिनेशन है ! एक भले आदमी को इस तरह बदनाम किया जा रहा है। आपसे हमदर्दी की आशा थी, और आप भी इस तरह बात कर रहे हैं।"

रुप्पन बाबू निर्दयतापूर्वक बोले, "मैंने तो जो सुना, वह कह दिया। मास्टर लोग ऐसी हरकतें तो करते ही रहते हैं। यह शिकायत सही भी हो तो वैसी नयी नहीं है। पर मैं इस तरह की पर्चेबाज़ी का विरोध करता हूँ। आप इत्मीनान रखें। मैं इसका खुलेआम विरोध करूँगा।"

खन्ना कुछ और गरम हो उठे। बोले, "रुप्पन बाबू, आप वही बात दोहराते जा रहे हैं। मैं इसका विरोध करता हूँ। मालवीय के ख़िलाफ़ यह झूठा प्रोपेगेण्डा है। यह कैरेक्टर असेसिनेशन है। कोई किसी के लिए कुछ भी कह सकता है। यह भी कोई बात हुई !"

वे बोलते रहे, "देखिए, कहने को तो लोग बद्री पहलवान के लिए भी कहने लगे हैं। न जाने क्या अण्ट-शण्ट बक रहे हैं, पर मैंने उस पर विश्वास नहीं किया।"

रंगनाथ ने ही पहले पूछा, "बद्री दादा के बारे में वे क्या बक रहे हैं ?"

तब इधर-उधर की भूमिका बाँधकर खन्ना मास्टर ने उन्हें बद्री का प्रेमकाण्ड सुनाया, जिसे उन्होंने एक विद्यार्थी से सुना था और जिसे उस विद्यार्थी ने अखाड़े के एक पहलवान से सुना था और उस पहलवान ने पता नहीं किससे सुना था। खन्ना मास्टर ने रुप्पन और रंगनाथ को जो रिपोर्ट दी, उसमें और बातों के साथ यह भी जुड़ा था कि गयादीन लड़की का ब्याह किये बिना ही सात-आठ महीने बाद नाना बननेवाले हैं और रुप्पन बाबू को उपहार के रूप में एक भतीजा मिलनेवाला है।

ख़बर इतनी ज़ोरदार थी कि रुप्पन बाबू पुलिया से नीचे गिरते-गिरते बचे और रंगनाथ ने यह कहकर बात उड़ाने की कोशिश की कि यह भंग का असर है। पर यह स्पष्ट था कि रुप्पन बाबू लड़खड़ा गए थे। कुछ देर बाद जब वे प्रकृतिस्थ हुए तो उन्हें बहुत-सी ऐसी बातें दिखीं जिन पर उनकी अब तक निगाह नहीं पड़ी थी। उन्हें याद पड़ा कि बद्री पहलवान इधर कई दिनों से छत पर कसरत करने के लिए काफ़ी देर रुके रहा करते थे और उस वक़्त ज़ीने का दरवाज़ा ऊपर से बन्द कर लेते थे। उन्हें यह भी स्पष्ट हो गया कि उस दिन रात को कौन-सी लड़की रंगनाथ की चारपाई पर आयी थी।

रुप्पन बाबू को अब सचमुच भंग की गर्मी का अहसास हुआ और वे बेचैन होकर इधर-उधर देखने लगे। रंगनाथ और खन्ना मास्टर में प्रिंसिपल और उनके साथियों के विरुद्ध चलनेवाले 107 के मुक़दमे की चर्चा हो रही थी। खन्ना ने आत्मदया के महाकाव्य में एक नया अध्याय लिखना शुरू कर दिया था। रुप्पन बाबू थोड़ी देर चुप रहकर उन लोगों को गौर से देखते रहे। उन्होंने देखा कि खन्ना मास्टर पहले की अपेक्षा अब दुबले हो गए हैं और मालवीयजी, जो इतनी देर से चुप बैठे थे, वास्तव में चुप नहीं हैं बल्कि रो रहे हैं।

रुप्पन बाबू को गुस्सा आया, पर किस पर—यह स्पष्ट नहीं था। साथ ही उन्हें इन

मास्टरों पर और स्वयं अपने ऊपर तरस भी आया। वे प्रिंसिपल को अनर्गल गालियाँ बकने लगे और जब रंगनाथ ने उन्हें समझाने की कोशिश की और मास्टरों को पहले की तरह बताना चाहा कि यह कुछ नहीं, सिर्फ़ भंग का असर है, तो रुप्पन बाबू ने उसे घुड़ककर चुप कर दिया।

शहर के एक कोने में ऊँची चहारदीवारी से घिरा हुआ एक लम्बा-चौड़ा बँगला था, जिसकी बनावट से ही लगता था कि वह किसी ताल्लुक़ेदार को किराये पर रहने के लिए उठा दिया था।

बँगले के एक कोनेवाले कमरे में ज़िला विद्यालय-निरीक्षक का दफ़्तर था, उसे छोड़कर बाकी बँगले में उनका निवास-स्थान था। उनके रहने के पूरे हिस्से का किराया सरकार–उसे दफ़्तर समझकर देती थी। दफ़्तर का पूरा किराया ज़िला विद्यालय निरीक्षक अपने मकान के नाम पर देते थे। इस तरह के मैत्रीपूर्ण समझौते को अंग्रेज़ी में 'आफ़िस-कम-रेजीडेन्स' कहा जाता है। हिन्दी में उसे 'आफ़िस-कम-रेज़ीडेन्स-ज़्यादा' कहते हैं।

दफ़्तर से, यानी कोनेवाले कमरे के दरवाज़े से वैद्यजी, प्रिंसिपल साहब और रुप्पन बाबू बाहर निकले। बाहर से देखनेवालों को यही लगता जैसे तीन चोर बँगले के अन्दर कोई करिश्मा दिखाकर गुसलखाने के रास्ते बाहर भगे जा रहे हों। दस-पाँच क़दम चलकर उनकी चाल भारी हो गई और वे लोग इधर-उधर देखकर लॉन की लम्बाई-चौड़ाई और वाटिका की शोभा का निरीक्षण करने लगे। पोर्टिको पर निगाह डालकर रुप्पन बाबू ने कहा, "इन्स्पेक्टर साहब की कार बिलकुल खचड़ा हो रही है।"

प्रिंसिपल ने उसे उछलती निगाहों से देखा। बोले, "भत्ते पर कुछ रोक लगा दी गई है।"

"तभी!" रुप्पन बाबू ने चारों ओर लॉन, बाग़, इमारत देखकर कहा, "जो भी हो, ठाठ है! सभी कुछ फोकट !"

फाटक पर एक चपरासी दिखा। प्रिंसिपल साहब को देखकर उसने ख़ास क़िस्म से मुँह बनाया। प्रिंसिपल ने दूसरे क़िस्म का मुँह बनाकर अपना सर गोलमोल घुमाया। चपरासी ने तीसरे क़िस्म का मुँह बनाया। तब प्रिंसिपल ने जेब से एक अठन्नी निकालकर उसे देते हुए कहा, "अब भई, रोज़-रोज़ माँगोगे ?"

चपरासी ने सभ्यतापूर्वक कहा, "आप ही लोगों का दिया खाता हूँ।"

रुप्पन बाबू बोले, "इसमें क्या शक है ?"

वैद्यजी उन्हें कड़ी निगाह से देखकर चुपचाप सड़क पर आ गए। रुप्पन बाबू की प्रसन्नता में कोई फ़र्क़ नहीं पड़ा। वे प्रिंसिपल से हल्के ढंग से कहते रहे, "ऐसे मौक़ों पर दो आने से ज़्यादा देना ठीक नहीं है। उतने में दो पान आ जाते हैं। फोकट में इतना बहुत है।..."

यह शहर का वह भाग था जिसे अंग्रेज़ लोग सिविल लाइन्स कहकर अपने उत्तराधिकारियों और मानस-पुत्रों के लिए छोड़ गए थे। सड़क पर आमदरफ्त बहुत कम थी। कभी-कभी कोई चमचमाती हुई कार–चाहे सरकार के पैसे की हो, चाहे उधार के

पैसे की, चाहे फोकट–जूम से निकल जाती थी और पैदल चलनेवाला भाग्य और भगवान् के सहारे अपने बच जाने पर प्रसन्न होता हुआ एक किनारे दुबक जाता; कभी-कभी कोई खचड़ा कार धीरे-से भड़भड़ाती हुई निकलती जो असली प्राइवेट कार होती, काफ़ी भत्ता न खाने से वह दुबली-पतली, अनीमिया की बीमार-जैसी जान पड़ती।

शाम के चार बज रहे थे। चौथे दर्ज़े के सरकारी अफ़सर ऊँचे अफ़सरों के बच्चों को अपनी साइकिलों पर लादे हुए किर्र-किर्र करते सड़क पर चले जा रहे थे। बच्चे अंग्रेज़ी स्कूलों से लौटकर वापस आ रहे थे। सबको अपने घर पहुँचकर कोई-न-कोई महान् सन्देश पहुँचाना था। "अगर तुम्हारा मम्मी तुमको दूसरा ड्राइंगकॉपी नहीं खरीदेंगा, तो तुमको कल पनिश मिलेंगा", इस वक्तव्य पर दो बच्चे बहस करते चले जा रहे थे। एक साइकिल के डण्डे पर था, दूसरा कैरियर पर। उनके बीच में साइकिल की गद्दी पर एक बावर्दी चपरासी था।

वैद्यजी इतनी देर बाद बोले और जब बोले तो उनकी आवाज़ भरी-भरी थी, "इन बालकों की शिक्षा देखिए और एक हमारे ग्रामीण स्कूलों के बालक ! कितना अन्तर है !"

प्रिंसिपल साहब के दोनों हाथ पतलून की जेब में चले गए। छोटे मुँह से कोई बड़ी बात कहने की तैयारी हो गई। बोले, "सोचता हूँ कि न हो तो अगली जुलाई से अपने कॉलिज में भी लड़कों के लिए यूनिफ़ॉर्म का चलन चला दिया जाए।"

"बड़ा उत्तम विचार है।" वैद्यजी ने कहा।

रुप्पन बाबू पीछे प्रिंसिपल साहब से बोले, "कौन-सी यूनिफ़ॉर्म चलाइएगा, इस चपरासीवाला या उन लड़कोंवाला ?"

प्रिंसिपल साहब बोले, "रुप्पन बाबू, मैं पूरा सोशलिस्ट हूँ। दोनों को एक समझता हूँ।"

"मैं आपको मिलाकर तीनों को एक समझता हूँ।"

वे लोग कुछ देर चुपचाप चलते रहे। प्रिंसिपल साहब ने वैद्यजी से कहा, "इन्स्पेक्टर साहब के घर से पीपा वापस नहीं आया।"

वैद्यजी गम्भीरतापूर्वक चलते रहे। सोचकर बोले, "दस सेर के लगभग तो होगा ही। जब इतना घी दे दिया तो पीपे का क्या शोक ?"

प्रिंसिपल हँसे। बोले, "ठीक है। जाने दीजिए। जब गाय ही चली गई तो पगहे का क्या अफ़सोस !"

"वही तो।" वैद्यजी और भी गम्भीर हो गए और कथा बाँचने लगे, "जब हाथी दान कर दिया तो अंकुश का क्या झगड़ा ! राम ने जब विभीषण का राजतिलक किया तो जाम्बवन्त बोले कि महाराज, सोने का एक भवन तो अपने लिए रख लिया होता। उस पर मर्यादा-पुरुषोत्तम श्री रामचन्द्रजी महाराज क्या कहते हैं कि 'हे जाम्बवन्त, विक्रीते करिणि किमंकुशे विवादः ?' हाथी बेच देने पर अंकुश का क्या झगड़ा ?"

प्रिंसिपल के मन से जैसे एक काँटा उखड़ गया। किसी उच्च कोटि के भाग्यवादी की तरह सिर हिलाकर उन्होंने बहादुरी से कहा, "तो ठीक है। जाने भी दीजिए। क्या

रखा है इस पीपे में !"

रुप्पन बाबू बोले, "पर बात उसूलन ग़लत है। उन्हें पीपा वापस कर देना चाहिए था। हर बार नया पीपा कहाँ से लाया जाएगा ?" उन्होंने प्रिंसिपल से आग्रहपूर्वक पूछा, "आपको कुछ कहते हुए झिझक लगती हो तो मुझे हुक्म दीजिए, मैं वापस माँग लाऊँ।"

पर उन्हें किसी ने हुक्म नहीं दिया।

वे लोग बाज़ार में आ गए थे। आज भी हिन्दुस्तानी शहरों में दो तरह के बाज़ार होते हैं। एक काले यानी नेटिव लोगों का और दूसरा गोराशाही बाज़ार। यह दूसरे क़िस्म का बाज़ार था। यहाँ अंग्रेज़ी सिनेमाघर, शराबख़ाने, होटल और चमकदार दुकानें थीं। बिजली के झिलमिलाते हुए विज्ञापन थे जिनके प्रिय विषय सिगरेट और शराब थे। यहाँ आकर लगता था कि देश में रोटियाँ भले ही न मिलें, केक इफ़रात से मिल जाते हैं और अगर तुम्हारा गला पानी न मिलने के कारण सूख रहा है तो तुम बिअर पीकर तरोताज़ा हो सकते हो और अगर ज़रूरत पड़े तो मद्य-निषेध पर भाषण भी फटकार सकते हो। संक्षेप में, यहाँ आने से यही लगता था कि तुम्हें खाने-पीने-पहनने-ओढ़ने का कष्ट तभी तक है जब तक कि तुम जनता हो और अगर तुम इन कष्टों से छुटकारा चाहते हो तो जनतापन छोड़कर बड़प्पन हथियाने की कोई तरकीब निकालो।

एक जगह फ़ुटपाथ पर धोती-कुरता-टोपीवाले चार-छः महाशय टहल-टहलकर गप लड़ा रहे थे और अपने-आपसे बहुत खुश थे। कभी-कभी खुशी के अतिरेक में वे एक-दूसरे के पैर के पास पान की एक लम्बी पीक थूक देते थे। रुप्पन बाबू, जिनका जन्म 'अंग्रेज़ो, भारत छोड़ो' का नारा बुलन्द हो जाने के बाद हुआ था, बड़े विश्वास से बोले, "खुदा अपने गधों को जलेबियाँ खिला रहा है। हर शाख़ पै उल्लू बैठा है।"

ये काव्य जनसाधारण में बहुत ही प्रचलित और विख्यात हैं और इन्हें कहकर रुप्पन बाबू ने कोई बड़ी मौलिकता नहीं दिखायी थी, पर उन्होंने इन्हें जिस अन्दाज़ से कहा, उससे लगा कि वे गम्भीर होते जा रहे हैं। प्रिंसिपल ने उन्हें पुचकारा और वैद्यजी से कहा, "चलिए महाराज, कुछ खा-पी लिया जाए। लड़के की तबीयत उखड़ रही है।"

उन्होंने सबसे पहले पान की दुकान खोजने का विचार किया। हिन्दुस्तानी के लिए यह कोई कठिन बात नहीं। राबिन्सन क्रूसो के बजाय कोई हिन्दुस्तानी किसी एकान्त द्वीप पर अटक गया होता तो फ्राइडे की जगह वह किसी पान बनानेवाले को ही ढूँढ़ निकालता। वास्तव में सच्चे हिन्दुस्तानी की यही परिभाषा है कि वह इन्सान जो कहीं भी पान खाने का इन्तज़ाम कर ले और कहीं भी पेशाब करने की जगह ढूँढ़ ले। पर इस बाज़ार में पान की दुकान खोजने की ज़रूरत न थी, दुकानें खुद आदमी को खोजती थीं। यहाँ पान की दुकानें आगे की ओर थीं और पान की दुकानें पीछे की ओर थीं और दायीं ओर और बायीं ओर भी पान की ही दुकानें थीं। ये तीनों आदमी बिलकुल अपने सामने की दुकान के पास जाकर खड़े हो गए। बड़े-से शीशे में वैद्यजी ने अपने साफ़े का कोण ठीक किया, रुप्पन बाबू ने आँख दबाकर मुस्कराने की कोशिश की और

प्रिंसिपल साहब पानवाले से बातें करने लगे।

उन्होंने धीरे-से कहा, "तीन गिलास, ज़रा गाढ़े मेल के हों।"

वैद्यजी ने मासूम बनकर पूछा, "क्या है ? क्या है ?"

प्रिंसिपल साहब ने कहा, "कुछ नहीं। बस यही, पान के पहले पानी का इन्तज़ाम हो रहा है।"

तँबोली ने भंग घोलकर तीन गिलासों में डाली। प्रिंसिपल साहब बोले, "ज़रा काली मिर्च और बादाम बोलता हुआ होना चाहिए।"

तँबोली की दुकान पर एक अत्यन्त सुन्दर और स्वस्थ नौजवान की फ़ोटो लटकी थी जो यक़ीन किया जाता था, उस थुल-थुल और बेहूदा आदमी की दस-पन्द्रह साल पहले की तस्वीर है। रुप्पन बाबू ने प्रिंसिपल साहब की कोहनी छूकर कहा, "यहाँ खँडहर भी नहीं हैं जो बताते कि इमारत बुलन्द थी।"

प्रिंसिपल साहब ने कहा, "उँह् ! किसी दूसरे की तस्वीर होगी।"

तँबोली ने इस अपमान पर कोई प्रतिक्रिया नहीं दिखायी, सिवाय इसके कि भंग बनाने के काम में तेज़ी आ गई और पूरा काम वह पहलवानी ढंग से करने लगा। रुप्पन बाबू इस डर से कि चुराकर भंग बेचने के जुर्म में कोई पुलिस का आदमी तँबोली का चालान न कर दे, इधर-उधर देखने लगे।

चारों तरफ़ अंग्रेज़ी की बहार थी। अंग्रेज़ी के विज्ञापन। अंग्रेज़ी ही में दुकानों के नाम। गन्दे कालरवाले क्लर्क, लक़दक़ कपड़ोंवाली व्यापारियों की औलादें, आवारा-जैसे घूमनेवाले बहुत-से राजनीतिक कबाड़ी, निगाह से ही सारी दुनिया को परास्त करनेवाले, ठुड्डी ऊँची किये हुए, छके-छकाए अफ़सर—सभी अंग्रेज़ी बोल रहे थे। अंग्रेज़ी पोशाक में लोग तने हुए आते थे और तने हुए निकल जाते थे। एक अंग्रेज़ी सिनेमा के पोस्टर पर एक विलायती औरत लगभग नंगी—एक तख्ते पर अधलेटी पड़ी हुई चूमी जा रही थी। दो-चार काले-कलूटे, मैले-कुचैले बच्चे पास खड़े हुए उसका मुआइना कर रहे थे। पास की किसी ग्रामोफ़ोनवाली दुकान पर पॉप-म्यूज़िक का एक रिकार्ड बज रहा था और कुछ छोकरे—यह भूलकर कि जो गेहूँ उन्होंने खाया है वह अपनी ग़रीबी का कोढ़ दिखाकर बाहर से मँगाया गया है—हाथ-पाँव ऊल-जलूल ढंग से चला-चलाकर मस्त हुए जा रहे थे। रुडयार्ड किप्लिंग का धड़ ऊपर और सिर नीचे लटकाकर पूर्व और पश्चिम की संस्कृतियाँ विराट् रूप से मिल रही थीं।

दो लड़कियाँ झबरे बालों, चूड़ीदार पायजामों और जिस्म को पहलवानी ढंग से तान देनेवाले कुरतों में लैस, अंग्रेज़ी में बात करती चली जा रही थीं। रुप्पन बाबू के मन में आया कि दोनों को दबोचकर कहीं भाग जाएँ। अपनी इस जंगली इच्छा को उदात्त रूप देकर उन्होंने प्रिंसिपल साहब से कहा, "देखा आपने ! लगता है, सब विलायत से आयी हैं। उन्हीं के पेशाब से पैदा हुई हैं।"

प्रिंसिपल साहब इस नृशास्त्रीय बहस में नहीं घुसे। सिर्फ़ वैद्यजी को सुनाने की ग़रज़ से बोले, "इस खन्ना मास्टर की सोहबत का असर तुम्हारे ऊपर चढ़कर बोल रहा है रुप्पन बाबू ! तुम भी अश्लील बोली बोलने लगे हो।"

रुप्पन बाबू ने भंग का गिलास दुकान पर ठनाक् के साथ रख दिया। बोले, ''पेशाब अश्लील चीज़ है ?''

''बात पेशाब की नहीं, खन्ना मास्टर की सोहबत की है।''

रुप्पन बाबू अपने पिता की ओर मुखातिब हुए। बोले, ''आप ज़रा इन प्रिंसिपल साहब को टोक दीजिए। ये खन्ना मास्टर की बात यहाँ न उठायें। नहीं तो, मैं अगर साफ़-साफ़ कहना शुरू कर दूँगा तो इनको भागे राह न मिलेगी।''

वैद्यजी शान्ति और क्षमा के देवदूत की तरह, अपने पंख फड़फड़ाकर, अर्थात् मूँछों पर गिलास से निकलकर आए हुए द्रव को दोनों ओर से पोंछकर बोले, ''मुझे बीच में न डालो रुप्पन ! प्रिंसिपल साहब को बड़ा खेद है कि तुम अब खन्ना की ओर से बोलने लगे हो। स्वयं बात करके यह विषय निबटा लो।''

वे लोग रिक्शा-स्टैण्ड की ओर जा रहे थे। यह सुनते ही रुप्पन बाबू अपनी जगह रुक गए। झोला फुटपाथ पर रखकर उन्होंने प्रिंसिपल साहब से कहा, ''तो आओ प्रिंसिपल साहब, पहले खन्ना के मामले को ही निबटा लिया जाए।''

प्रिंसिपल साहब ने दूसरी ओर मुँह फेरकर चलते-चलते कहा, ''फिर कभी।''

रुप्पन बाबू तैश में आकर बोले, ''आज का काम कल पर छोड़नेवाले चिड़ीमार कहीं और रहते होंगे। इस बात का निपटारा अभी होगा। कभी पर छोड़ दिया तो फिर कभी नहीं होगा।''

वैद्यजी को एक पीपल के पेड़ के नीचे रखा हुआ शिवलिंग दिख गया था। उसके ऊपर एक छोटे मॉडल का मन्दिर बना दिया गया था। शिवलिंग देखते ही वैद्यजी भक्ति से आतुर हो गए। यह गोराशाही बाज़ार है जिसमें भगवान् का नाम छिपाकर लेना चाहिए—विवेक की यह बात भूलकर वे पीपल के पेड़ के नीचे पहुँच गए और भरे गले से शंकर की स्तुति बाँचने लगे।

फुटपाथ पर प्रिंसिपल साहब और रुप्पन बाबू कल का काम आज करने के लिए खड़े हो गए।

वैद्यजी ने आँखें मूँद लीं। पीठ-पीछे मोटरें आती-जाती रहीं और लड़कियों की अंग्रेज़ी में सनी हुई आवाज़ें हवा में तड़प पैदा करती रहीं। खिलौनेवाले, किसी सिनेमा में किसी खिलौनेवाली ने जैसी ट्यून बजायी थी, उसी की नक़ल पर कर्णविस्फोटक संगीत की रचना करते रहे। पर जिस तरह विरोधी पक्ष की चीख़-पुकार और गाली-गलौज़ को निस्सार मानकर असली मिनिस्टर कुनबापरस्ती के रास्ते पर सीधे चलता रहता है, उसी निर्लिप्त भाव से वैद्यजी भी इन आवाज़ों को अनसुना करके शंकरजी की प्रार्थना में लगे रहे।

हज़ारों स्तोत्रों की जड़ी-बूटियों को कूट-पीसकर उनकी प्रार्थना का जो कपड़छान चूरन निकला, वह इस प्रकार था :

''हे शंकर, शत्रुओं को मारो !

''तुम रुद्र हो। मन्युमय हो, अखिल सृष्टि में संहारक-भाव से सन्निविष्ट हो। गाँव में रामाधीन भीखमखेड़वी कॉलिज की मैनेजरी का चुनाव हार चुका है। उसने डिप्टी

डायरेक्टर ऑफ़ एजुकेशन के यहाँ प्रार्थनापत्र भेजा है कि चुनाव तमंचे के ज़ोर से हुआ है। पुलिस कप्तान के यहाँ भी उसने शिकायत की है। तुम भंग और धतूरा खाते हो। हे शंकर ! इन हाकिमों की भ्रष्ट बुद्धि में तुम अपना भंग और धतूरा डालकर उसे कुछ और भ्रष्ट कर दो। उन्हें हमारे पक्ष में लिखने को प्रेरित करो। हे भूतनाथ ! रामाधीन भीखमखेड़वी को मारो।

''हे त्र्यम्बक, सुगन्धिमय, पुष्टिवर्धन, मुझे मृत्यु के संग से वैसे ही तोड़ दो जैसे डण्ठल से खीरा तोड़ा जाता है; पर अमृतत्व से मेरा साथ न तोड़ो। और हे शिव, शत्रु को तुम अमृतत्व के डण्ठल से तोड़कर मृत्यु के अन्धकूप में ठेल दो। तुम सेवक की बाधा को अपनी बाधा मानते हो। तुम मुझ सेवक के सेवक सनीचर की बाधा दूर करो। प्रधान के चुनाव के विषय में उसके विरुद्ध शत्रु ने चुनावयाचिका प्रस्तुत की है। उसमें सनीचर को विजय दो। यदि शत्रु याचिका वापस न ले, तो उसे मारो।

''हे उमापति, जगत्कारण, पन्नगभूषण शिव ! रामस्वरूप कोऑपरेटिव सुपरवाइज़र के सवाल को उठाकर शत्रुगण यूनियन में ग़बन की बात कर रहे हैं। वे चिल्ला रहे हैं कि उसमें मेरा भी हाथ था। कोऑपरेटिव इन्स्पेक्टर नीच, धूर्त एवं ईमानदार है और हाथ नहीं चढ़ रहा है। पिछली बार वह मुझे अकेले में भय दिखा गया है, तुम इस कोऑपरेटिव इन्स्पेक्टर को मारो।

''हे रुद्र ! दिविलोक में तुम्हारा अस्त्र वर्षा है, अन्तरिक्ष में तुम्हारा अस्त्र वायु है, भूलोक में तुम्हारा अस्त्र अन्न है। शत्रु को तुम चाहे बिजली गिराकर, चाहे आँधी चलाकर, चाहे कॉलरा या गेस्ट्रोइण्ट्राइटिस से, जिस किसी अस्त्र से तुम्हें सुभीता हो उसी से मारो।

''हे शिव, हे महेश, मैं तुम्हारा ध्यान करता हूँ। तुम परानन्दमय हो, अपने तेज से नभोवकाश को व्याप्त किये हो, अतीन्द्रिय हो, सूक्ष्म हो, अनन्त हो, आद्य हो, निस्संग हो, निर्लिप्त हो।

''इसलिए हे शिव, शत्रुओं को मारो।''

वैद्यजी ने बड़ी ही दीनता से शंकर की वन्दना की। इतने बड़े शहर में तरक्की और तर माल पाने की इच्छा से पीड़ित सैकड़ों अफ़सर सवेरे पाँच घण्टे तक पूजाघर में बैठे-बैठे जितनी दीनता एक साथ मिलकर भी नहीं निकाल पाते होंगे, उससे ज़्यादा दीनता अकेले वैद्यजी ने रास्ते में खड़े-खड़े पाँच मिनट के भीतर निकालकर शंकरजी के सामने पेश कर दी। पर इफ़रात हो जाने के कारण उनका बाज़ार-भाव गिर गया है, शायद इसीलिए दीनता की उत्तम क्वालिटी और मात्रा का शंकरजी पर कोई प्रत्यक्ष प्रभाव नहीं पड़ा। शिवलिंग जैसा था वैसा ही अटल रहा। उससे एक चिनगारी तक नहीं निकली। एक माला तक नीचे नहीं खिसकी।

वैद्यजी ने जब आँख खोली तो देखा, भौतिक जगत् वैसा ही है जैसा उनके आँखें मूँदने के पहले था। फ़र्क़ यही था कि दस गज़ की दूरी पर रुप्पन बाबू चीख़-चीख़कर प्रिंसिपल से बात कर रहे थे :

''तुम बड़े तीसमारखाँ बने हो। मुझे खन्ना का लौण्डा बताते हो ? मैं किसी साले

के गुट में नहीं हूँ। मैं तो सिर्फ़ सच्चे का साथ देता हूँ। क्या समझे प्रिंसिपल साहब ?''

प्रिंसिपल साहब बड़े की तरह हँसकर बोले, ''बहुत हो गया रुप्पन, अब चुप हो जाओ।''

''अभी तो कुछ नहीं हुआ है, प्रिंसिपल साहब ! कहे देता हूँ, जो तुमने 107 का मुक़दमा चलवाया है, उसमें कल ही सुलह हो जानी चाहिए। कल के बाद अगर इसकी पेशी पड़ी तो समझ लेना, सभी इस्टूडेण्ट, 'इन्कलाब ज़िन्दाबाद' पर उतर आएँगे। तुम्हारी पार्टीबन्दी वहीं धरी रह जाएगी।''

''रुप्पन !'' वैद्यजी ने नज़दीक आते हुए कड़ी आवाज़ में पुकारा। पर उन पर वैद्यजी की मौजूदगी का असर नहीं हुआ। वे बोले, ''पिताजी, मैं तब नहीं बोला था। खन्ना मास्टर का और प्रिंसिपल साहब का जब झगड़ा हुआ, मैं वहीं मौजूद था। बल्कि मैंने ही बीच-बचाव कराया था। यह 107 का मुक़दमा बिलकुल झूठा है। खन्ना मास्टर को फँसाने के लिए चल रहा है। इस्टूडेण्ट समाज इसको बिलकुल सपोर्ट नहीं करेगा।''

वैद्यजी ने ठण्डी आवाज़ में कहा, ''कोई बात नहीं, कोई बात नहीं। घर चलकर इस पर विचार कर लेंगे।''

न जाने प्रिंसिपल साहब को क्या हो गया, वे एकदम से चीख़कर बोले, ''विचार तो कर लीजिएगा महाराज, पर रुप्पन ने यहाँ बीच बाज़ार में मेरी बेइज़्ज़ती की है। खन्ना के पीछे इन्होंने मुझे क्या-क्या नहीं कहा ! अब क्या बताऊँ, मिसेज़ खन्ना ने इनका दिमाग़ बिगाड़ दिया है। परदे के पीछे क्या हो रहा है, अब मैं क्या बताऊँ !''

वैद्यजी ने गम्भीरता से कहा, ''बताने की कोई आवश्यकता नहीं है। मैं सब जानता हूँ।''

वे चलने को हुए। पर रुप्पन बाबू ने उन्हें रोककर कहा, ''अब पिताजी, यह बात यहीं तय हो जानी चाहिए। बोलिए, आप क्या जानते हैं ? बोलिए, बोलिए ! मिसेज़ खन्ना को इस बातचीत में आपने क्यों घसीटा है ?''

वैद्यजी रुक गए। उन्होंने नाटकीय शैली में प्रिंसिपल की ओर देखा। उस निगाह ने प्रिंसिपल को जीत लिया। फिर उसी शैली में उन्होंने रुप्पन बाबू को देखा। कोई शिलिर-विलिर टाइप का आदमी होता तो वह उस निगाह के आगे वहीं ढह जाता, पर रुप्पन बाबू इस मामले में अपने बाप के भी बाप थे। लपलपाते हुए बोले, ''बोलिए न, रुक क्यों गए ?''

वैद्यजी ने साँस भरकर कहा, ''मैं जानता हूँ रुप्पन, तुम अचानक अपने गुरु से क्यों द्रोह करने लग गए हो और खन्ना मास्टर तुम्हारे क्यों साथी बन गए हैं। स्पष्ट बात तो यह है कि मुझे तुम्हारा वहाँ आना-जाना उचित नहीं जान पड़ता।''

रुप्पन बाबू कुछ देर चुपचाप खड़े रहे। फिर उन्होंने गले में लगे हुए रूमाल को कसा। हाथ में झोला लटकाते हुए बोले, ''समझ गया। आप मेरे कैरेक्टर पर शुबहा करते हैं। मैं सब समझ गया।'' वे उँगली उठाकर भविष्यवाणी करनेवाले पोज़ में बोले, ''इन्हीं प्रिंसिपल साहब ने आपके कान भरे हैं। मैं जानता हूँ। इसका नतीज़ा अच्छा न होगा।''

अचानक उन्होंने घूमकर कहा, "और बद्री दादा ? गाँव-भर में उनकी थुड़ी-थुड़ी हो रही है। वे बेला को अपने घर बैठाले ले रहे हैं। उनसे कुछ कहने की हिम्मत नहीं होती ? उनके कैरेक्टर पर...।"

प्रिंसिपल ने समझ लिया कि अब बिजली गिरनेवाली है। इसके पहले कि अपने बड़े लड़के की बदचलनी की शिकायत सुनकर वैद्यजी फुटपाथ पर बेहोश होकर गिरें, प्रिंसिपल ने रुप्पन बाबू को रोककर कहा, "क्या बक रहे हो रुप्पन बाबू, होश में आओ।"

वैद्यजी से बोले, "जाने भी दीजिए महाराज, रुप्पन बाबू अभी लड़के हैं। कहीं कुछ सुन लिया, उसी को चिल्लाते हुए घूम रहे हैं।"

पर वैद्यजी को प्रिंसिपल की ओर से इस लीपापोती या सान्त्वना की ज़रूरत न थी। रुप्पन बाबू के आवेश को वे शान्ति और गम्भीरता के साथ झेल रहे थे। उनके चेहरे पर, मूँछ की दो-तीन फड़कनों के सिवाय, कोई भी 'आकार-विभ्रम' नहीं दिखायी दिया। रुप्पन बाबू जोश में बद्री के प्रेमकाण्ड की भर्त्सना करने लगे। पहले वे उसके इतिहास में घुसे। बाद में उन्होंने मसले की तत्कालीन परिस्थिति से सम्बन्धित कुछ तथ्य और आँकड़े प्रस्तुत किये। अन्त में उन्होंने वैद्यजी की सब-देखते-हुए-न-देखने की कायर और पक्षपातपूर्ण नीति की निन्दा की। उन्होंने यह प्रमाणित करना चाहा कि वैद्यजी उनके और बद्री के साथ दोहरे मानदंड लागू कर रहे हैं जो प्रजातन्त्र के मूलभूत सिद्धान्तों के ख़िलाफ़ है। बात समाप्त करते-करते उनका चेहरा तमतमा गया, होंठ फेन से गीले हो गए और आँखें मिचमिचाने लगीं।

प्रिंसिपल साहब पहले ही सान्त्वना के शब्दों को बेकार समझकर अपना माल खिसियाए हुए मेवाफ़रोश की तरह अपने झोले में समेट चुके थे। वैद्यजी पर किसी प्रकार की प्रतिक्रिया न देखकर रुप्पन बाबू भी चुप हो गए और किसी तरकीब से कतराने की सोचने लगे। वैद्यजी ने पूरी बात शान्त भाव से सुन ली थी, गोया वह रुप्पन बाबू का आवेशपूर्ण प्रलाप न होकर गीता के समत्वयोग का निचोड़ हो जिसे उन्हें फुटपाथ पर बड़े प्रेम से पिलाया जा रहा हो। रुप्पन के चुप हो जाने पर उन्होंने प्रिंसिपल साहब से कहा, "चलिए, स्टेशन वापस चला जाय। गाड़ी का समय हो रहा होगा।"

रुप्पन बाबू अपने पिता के इस शान्तिपूर्ण रवैये के सामने लड़खड़ा गए थे। अचकचाते हुए उन्होंने अनिश्चय के साथ कहा, "मैं रुक रहा हूँ। रात की गाड़ी से आऊँगा।"

उनकी बात अनसुनी कर दी गई। तनाव कम करने के लिए प्रिंसिपल ने उसी विषय पर ठण्डे ढंग से कुछ कहना चाहा। कहा, "बद्री पहलवान के बारे में...।"

वैद्यजी ने उन्हें हाथ के इशारे से चुप कर दिया। फिर सरल ढंग से बोले, "कुछ कहने की आवश्यकता नहीं है। मैं निर्णय कर चुका हूँ।"

रुप्पन बाबू को उत्सुकता ने झिंझोड़ दिया, पर वे बेरुखी दिखाने के लिए कुछ दूरी पर खड़े-खड़े सड़क की आमदरफ़्त देखते रहे। वैद्यजी ने इतनी ऊँची आवाज़ में कि जिनकी दिलचस्पी नहीं है वे भी सुन लें, कहा, "मैं इतना पुरातनवादी नहीं हूँ। गाँधीजी

अन्तर्जातीय विवाहों के पक्ष में थे। मैं भी हूँ। बद्री और बेला का विवाह सब प्रकार से आदर्श माना जाएगा। पर पता नहीं कि गयादीन की क्या प्रतिक्रिया है। देखेंगे।''

कहकर उन्होंने रुप्पन बाबू की ओर देखा। रुप्पन बाबू को उनसे आँख मिलाने की हिम्मत नहीं हुई। वे बुदबुदाकर बोले, ''मैं जाता हूँ।''

प्रिंसिपल साहब भी इस प्रेमकाण्ड का इतना सीधा अन्त देखने को तैयार न थे। घबराहट में उनके मुँह से अवधी निकल पड़ी। बोले, ''और महराज, हम तो पहिले हे से समझे बइठि रही। आप जइस सुधारवादी मनई...'' कहते-कहते उन्होंने एक रिक्शेवाले को आवाज़ दी।

वैद्यजी ने कहा, ''यह क्या ? आप नहीं जानते ? मैं रिक्शे पर नहीं चढ़ता। ताँगा बुलाइए।''

प्रिंसिपल ने भूल के लिए क्षमा माँगी। वैद्यजी ने कहा, ''रिक्शे का चलन इस देश के लिए कलंक है। आदमी होकर आदमी पर बैठना।''

कुछ देर में वे दोनों ताँगे पर बैठकर स्टेशन की ओर चल दिए। रिक्शे के बहिष्कार-मात्र से रिक्शाचालकों की कलंकपूर्ण समस्या अपने-आप सुलझ गई।

29

रुप्पन बाबू वैद्यजी और प्रिंसिपल के साथ शहर से लौटने पर दूसरे दिन बहुत उदास दिखे। वे जहाँ-जहाँ गए—और उस दिन वे अकेले कई जगहों पर गए—लोगों ने उनकी उदासी को भाँपा और उसका कारण समझने की कोशिश की। पर वे समझ नहीं सके। वास्तव में उनकी उदासी भारत की वर्तमान वैदेशिक स्थिति के सहारे समझी जा सकती है।

वे इतनी कम उम्र में ही विद्यार्थियों के नेता बन गए थे। प्रिंसिपल उनसे डरता था, वैद्यजी उनका लिहाज़ करते थे, इलाक़े के उदीयमान शोहदे उनकी चाल-ढाल, पहनावे और भाषण-शैली की नक़ल करते थे। वे सामान्यतया अपने-आपसे सन्तुष्ट रहते थे। पर शहर से लौटकर उन्होंने दूसरे दिन अपने घर में देखा कि वैद्यजी और बद्री पहलवान लड़ रहे हैं। लड़ाई को चलती हुई छोड़कर जब वे घर के बाहर आए तो वे उदास थे।

सच तो यह है कि उन्होंने बाप-बेटे का यह झगड़ा देखा ही नहीं, बल्कि उसमें शान्ति-दूत के रूप में हिस्सा भी बँटाया था। पर उन्हें शान्ति-दूत का जीवन-दर्शन नहीं मालूम था। हर शान्ति-दूत की तरह बिना बुलाये झगड़े के बीच में घुसकर 'जाने दो', 'जाने दो' कहने की और उसी लपेट में एक करारा झाँपड़ खाकर 'कोई बात नहीं' कहते

हुए वापस आ जाने की निस्संगता उनके स्वभाव में नहीं थी। इसलिए वे उदासी के हमले से बच नहीं पाए।

रुप्पन बाबू के शान्ति-दूतवाले स्वरूप का असली विकास छंगामल विद्यालय इंटर कॉलिज के गृह-युद्धों में हुआ था, वैसे ही जैसे भारत का शान्ति-दूत कोरिया, स्वेज़ और अफ्रीका के झगड़ों में विकसित हुआ था। पर रुप्पन बाबू अपने इस रूप में भारत से भी ज़्यादा तेज़ चाल चलने के आदी हो गए थे और कई बार दुल्की की जगह सरपट दौड़ने लगे थे। ज़्यादा रफ़्तार खींच देने से कभी-कभी मैदान तो चुक जाता था, पर उनकी रफ़्तार नहीं चुकती थी जिससे वे कई अवसरों पर शून्य में कबूतर की तरह उल्टे हुए नज़र आते थे।

पर यह भी शान्ति-दूत के व्यवसाय का एक अंग है, इसलिए रुप्पन बाबू कभी इस तरह की कसरत से घबराते नहीं थे। पर उस दिन के गृह-युद्ध में सबसे बड़ी गड़बड़ी यह हुई कि दोनों फ़रीक़ों ने उन्हें शान्ति-दूत न समझकर एक तीसरा फ़रीक़ समझ लिया और उनसे वैसा ही सलूक बरतना शुरू कर दिया। एक प्रकार से यह संकट भी शान्ति-दूत के व्यवसाय का एक अंग है, पर जैसाकि पहले बताया जा चुका है, रुप्पन बाबू को शान्ति-दूत का जीवन-दर्शन मालूम न था। फलतः वे उदास हो गए और आधे दिन अकेले, निरुद्देश्य घूमते रहे और महसूस करते रहे कि शिवपालगंज कूड़ा है, नाबदान है, नाली है।

दोपहर ढल रही थी और घर के अन्दर बरामदे में वैद्यजी और बद्री पहलवान को छोड़कर और कोई न था। वह मकान का मर्दाना हिस्सा था जहाँ स्त्रियाँ बहुत कम आती थीं। सन्नाटा था। रुप्पन बाबू बरामदे से लगे हुए कमरे में चुपचाप लेटे हुए थे। कॉलिज में आज छुट्टी थी और वे पिछली रात काफ़ी देर जागते रहे थे। इसलिए वे काफ़ी सो चुकने के बाद भी दोबारा सोने की कोशिश में थे। तभी उनको अपने पिता की शास्त्रीय आवाज़ सुन पड़ी, "मुझे ज्ञात नहीं था कि तुम इतने नीच हो !"

जिस कान में ऐसी बात पड़े और वह एकदम सीधा खड़ा न हो जाय, वह कुत्ते की पूँछ से भी बदतर है। रुप्पन बाबू ने कान खड़े कर लिये और धीरे-से झाँककर देखा। वैद्यजी चारपाई पर पल्थी मारे हुए बैठे थे और बद्री पहलवान पास ही चबूतरे पर पंजों के बल बैठे हुए थे। दोनों में बिना किसी घोषणा के और बिलकुल अनौपचारिक वातावरण में लड़ाई हो रही थी। माहौल इतना घरेलू था कि अगर रुप्पन बाबू ने वैद्यजी की यह बात न सुनी होती तो वे यही समझते कि उनके बड़े भाई और बाप अकेले में 'कोऑपरेटिव यूनियन में एक नये ग़बन की तात्कालिक आवश्यकता' जैसे सामूहिक महत्त्व के विषय पर आरम्भिक परामर्श कर रहे हैं।

जो भी हो, रुप्पन बाबू ने वह बात सुनी और उसी लपेट में वैद्यजी के मुँह से फिर दूसरी बात सुनी, "तुम मूर्ख भी हो। मैं इसकी कल्पना नहीं कर सकता था।"

बद्री पहलवान ने लापरवाही से, एक जम्हाई-सी लेते हुए कहा, "घर में गाली-गलौज करने से क्या फ़ायदा ? यह अच्छी बात नहीं है।"

शायद इस व्यावहारिक बात ने वैद्यजी पर वाजिब असर डाला। उन्होंने सोहराब मोदीवाली शैली बदल दी। मामूली बातचीत के ढंग पर उन्होंने कहा, "और जो तुमने किया है, वह अच्छी बात है? तुम्हें कुछ इसके परिणाम का भी पता है ? इससे मेरी आत्मा को कितना कष्ट हुआ ? जानते हो ?"

बद्री पहलवान ने आज सवेरे शायद भंग नहीं पी थी। यह एक भौतिक सिद्धान्त है कि भंग न पीनेवालों को भंग पीने से जम्हाइयाँ आती हैं और भंग पीनेवालों को भंग न पीने से जम्हाइयाँ आती हैं। इसलिए उनके चेहरे पर जम्हाई का द्वितीय संस्करण छप गया। अपने कन्धे पर बैठे हुए मच्छर को उन्होंने दूसरे हाथ के एक मुलायम तमाचे से भगाया। पर मच्छर भी ऐसा था कि भगा नहीं, मर गया। इन सब कार्रवाइयों के बाद उन्होंने वैद्यजी की बात का जवाब दिया। कहा, "कष्ट की क्या बात है ! बताओ, जो कुछ तकलीफ़ होगी, दूर की जाएगी।"

वैद्यजी ने आवाज़ नीची करके कहा, "तुम इतने समझदार होकर गयादीन की कन्या से कैसे फँस गए।"

बद्री पहलवान कुछ क्षण चुपचाप बैठे रहे, फिर बोले, "आपसे बात करना बेकार है।" कहकर उन्होंने खूँटी से लटका हुआ कुरता उतारकर कन्धे पर डाला और दरवाज़े की ओर चले। वैद्यजी ने कहा, "अब भागे कहाँ जा रहे हो ?"

"भाग कौन रहा है ? कोई तुक की बात हो तो की जाय। घर के भीतर भी बेतुकी बातें होने लगेंगी, तो बस, हो चुका।"

वैद्यजी आवाज़ का गियर बदलकर बोले, "पर यह बात कभी तो करनी ही पड़ेगी।"

बद्री पहलवान ने अपने पैरों में ब्रेक लगाया और वहीं से कहा, "इस वक़्त तुम्हारी ज़बान से ऊँटपटाँग बातें निकल रही हैं। यह सब ठीक नहीं है। बात फिर कभी कर लेंगे।"

"फिर कब ? जब मेरी नाक कटकर गिर जाएगी ?"

बद्री पहलवान मजबूरी में लौट पड़े। कन्धे पर कुरता लटकाए हुए ही वे फिर चबूतरे पर पंजों के बल बैठ गए। बोले, "नाक-वाकवाली बात न करो। नाक है कहाँ ? वह तो पण्डित अजुध्यापरसाद के दिनों में ही कट गई थी।"

वैद्यजी ने कहा, "तुम अब नीचता की बात कर रहे हो।"

बद्री पहलवान पंजों की कमानी पर उचकने लगे। उनकी आवाज़ का साइलेंसर टूट गया। भर्राए गले से बोले, "कर रहे हैं तो अब कर ही लेने दो। तुम कहते हो कि मैं बेला से फँस गया हूँ। तुम हमारे बाप हो, तुमको कैसे समझाया जाय ! फँसना-फँसाना चिड़ीमार का काम है। तुम्हारे ख़ानदान में तुम्हारे बाबा अजुध्यापरसाद जैसे रघुबरा की महतारी से फँसे थे। इसे कहते हैं फँसना ! हाँ ! नहीं तो क्या !" रुककर वे तेज़ी से बोले, "ख़ैर, अब यह बात बन्द करो।"

वैद्यजी ने अपनी आवाज़ का ऐक्सिलेटर दबाया। बोले, "तुम्हारा ख़ानदान ! तुम्हारे बाबा ! तुम ऐसी भाषा बोलते हो ! यह ख़ानदान हमारा ही है ! तुम्हारा नहीं है ? ये

पूर्वज तुम्हारे नहीं हैं ?"

जैसे चौराहे की लाल बत्ती चमक रही हो, बद्री की गाड़ी झटके से रुक गई। वे थमकर बोले, "हुआ न वही ? एक सच्ची बात कह दी, तो उसी में चिढ़ गए। ख़ैर, जाने दो।"

वैद्यजी ने कहा–जैसे क्लच और ऐक्सिलेटर साथ-साथ दबाकर कोई नौसिखिया गाड़ी चलाने की कोशिश कर रहा हो–"नहीं, बद्री जाने नहीं दूँगा। आज यह बात समाप्त होनी चाहिए। हम ब्राह्मण हैं, वह वैश्य है। पर यह केवल जाति की बात नहीं है, सिद्धान्त की बात है ! ऐसे आचरणवाली लड़की को...। छोटे ने अदालत में क्या कहा था ?"

बद्री पहलवान उठकर खड़े हो गए। बोले, "बस ! बात बन्द ! और एक बात मैं कह लूँ, तब मेरी भी बात बन्द ! मैं बाबा अजुध्यापरसाद की चाल नहीं चल सकता। जो कुछ करूँगा, क़ायदे से करूँगा। इधर-उधर की गिचिर-पिचिर मुझे पसन्द नहीं है।"

वे दरवाज़े की ओर चल दिए, अचानक वैद्यजी चारपाई से उठकर खड़े हो गए और बिना जटा-जूट, दाढ़ी-मूँछ, कमण्डलु-कौपीन के, शाप देनेवाले पोज़ में तनकर, दोहरी ताक़तवाला हॉर्न-सा बजाते हुए बोले, "नीच ! तो मेरी बात भी सुन...।"

रुप्पन बाबू इस वार्तालाप को आश्चर्य से सुन रहे थे। पिछले दिन शहर में उन्हें वैद्यजी की बात से लगा था कि वे बेला की शादी बद्री से हो जाने देंगे और यदि कोई बाधा पड़ी तो वह गयादीन की ही ओर से होगी जिसे समझ लिया जाएगा। किन्तु इस बातचीत से उन्हें विदित हो गया कि वे जिसे संघर्ष का अन्त समझे हुए थे वह वास्तव में आरम्भ है।

वे अपने को रोक न सके और लपलपाते हुए कमरे से बाहर आकर शान्ति-दूत का व्यवसाय सँभालने लगे। उन्होंने कहा, "पिताजी, अब कुछ कहने-सुनने से क्या होगा ! अब तो आप वही कहिए, जो कल आपने प्रिंसिपल के आगे कहा था। उसी को दोहराते जाइए। अब हम भी कहा करेंगे कि हम जातिप्रथा नहीं मानते। जब बद्री दादा बेला से फँस ही गए हैं तो...।"

रुप्पन की बात पूरी नहीं हो पायी। उन्हें अपनी गरदन टूटती हुई जान पड़ी। बात रोज़ की ही थी। बद्री पहलवान नित्यप्रति किसी-न-किसी की गरदन पर हाथ डालते ही थे। आज उन्होंने रुप्पन की गरदन पकड़ ली थी। पर रुप्पन की आँखें एक सेकण्ड में आँगन के दस चक्कर लगाकर आत्मलीन हो गईं। बद्री दाँत पीसकर कह रहे थे, "तुम घर ही में नेतागिरी करोगे ? मेरे लिए कहते हो कि मैं उससे फँस गया हूँ ! और वह भी मेरे मुँह पर कहते हो ! चिमिरखी कहीं के !"

रुप्पन की गरदन झकझोरकर उन्होंने बड़े ग़ैररस्मी ढंग से उन्हें आँगन के दूसरी ओर ठेल दिया और घबराहट में रुप्पन बाबू यह तक न तय कर पाए कि इस पद्धति से मिला हुआ 'चिमिरखी' का ख़िताब वे स्वीकार करें या वापस कर दें। उधर बद्री पहलवान वैद्यजी से कहते रहे, "इसे कहते हैं साक्षात् नेता ! इसने उसे खुद दो पन्ने

की चिट्‌ठी भेजी थी ! न जाने कैसी गोलमाल की बातें थीं ! खुद फँसा था और कहता है कि मैं फँस गया हूँ।''

रुप्पन बाबू गिरते-गिरते सँभल गए थे। ऐंठकर बोले, ''मैं इतना ज़लील नहीं कि तुमसे इस मामले की बात करूँ।'' वैद्यजी से उन्होंने कहा, ''पिताजी, अब इनसे कुछ भी बोलना बेकार है। इन्हें जो करना है करने दीजिए।''

पर वैद्यजी इस समय सलाह लेने के लिए नहीं, देने के लिए उद्यत थे। कड़ी आवाज़ में बोले, ''जो भी हो रुप्पन, यह तुम्हारे बोलने का विषय नहीं है। मुझे तुम सबसे शिकायत है। मुझे तुम्हारे आचरण की भी ख़बर है।''

रुप्पन बाबू तैश में आ गए। ''यह बात है !'' उन्होंने अपनी गरदन को ऊँचा उठाकर सीना तानकर जवाब दिया, ''तो मुझे भी आपके आचरण की खबर है।''

लड़ाई का यह अन्तिम दृश्य था। बद्री पहलवान ने व्यंग्यपूर्वक अपने पिता से कहा, ''सुना ?''

रुप्पन बाबू झपटकर बाहर चले गए। वैद्यजी चारपाई के पास चुपचाप खड़े रहे। ऐसे मौक़े पर फ़िल्मी हीरो के बाप की तरह रँभाकर रोए नहीं। अपने भ्रष्टाचार की शिकायत पर कमीशन बैठाए जाने की सूचना पाकर किसी बड़े नेता की तरह उन्होंने यह वक्तव्य नहीं दिया कि पहले भ्रष्टाचार की एक सर्वमान्य परिभाषा निश्चित होनी चाहिए। अपनी रचनाओं की खराब आलोचना पढ़कर टेक्स्ट-बुक-कमिटी की कृपा से लखपती बननेवाले किसी साहित्यकार की तरह वे अवज्ञा की हँसी नहीं हँसे। अपने आचरण के विरुद्ध इतनी बड़ी चुनौती सुनकर उन्होंने ऐसा कोई काम नहीं किया। वे चुपचाप खड़े रहे। उनके पेशे में जो सबसे आसान काम था उन्होंने वह तक नहीं किया; अपने मुँह से उन्होंने 'हे राम' तक नहीं निकाला !

दोपहर ढल रही थी। एक हलवाई की दुकान पर एक हलवाई बैठा था जो दूर से ही हलवाई-सा जान पड़ता था। दुकान के नीचे एक नेता खड़ा था जो दूर से ही नेता-जैसा दिखता था, वहीं साइकिल का हैंडिल पकड़े एक पुलिस का सिपाही खड़ा था जो दूर से ही पुलिस का सिपाही दिखता था। दुकान पर रखी हुई मिठाइयाँ बासी और मिलावट के माल से बनी जान पड़ती थीं और थीं भी, दूध पानीदार और अरारूट के असर से गाढ़ा दिख रहा था, और था भी। पृथ्वी पर स्वर्ग का यह एक ऐसा कोना था जहाँ सारी सचाई निगाह के सामने थी। न कहीं कुछ छिपा था, न छिपाने की ज़रूरत थी।

दुकान पर जलेबी, पेड़े और गट्‌टे रखे थे। उन्हीं की बगल में शीशे के छोटे-छोटे कण्टेनरों में कुछ रूखे-सूखे लकड़ी के टुकड़े-से पड़े थे जो बिस्कुट, केक और मस्क इत्यादि की परम्परा में बने हुए स्थानीय पदार्थ थे। जैसे शहर में, वैसे यहाँ पर भी, ये पदार्थ बता रहे थे कि पूरब पूरब है और पश्चिम पश्चिम है और दोनों मिठाइयों की मार्फ़त शिवपालगंज में मिलते हैं।

वहीं रुप्पन बाबू और लंगड़ भी मिले।

रुप्पन बाबू लंगड़ को कुछ उसी तरह से देखते थे जैसे पहले दर्ज़े में सफ़र

करनेवाला तीसरे दर्जे के किसी ऐसे मुसाफ़िर को देखता है जिस पर बिना टिकट चलने का शुबहा किया जा रहा हो। पर आज रुप्पन बाबू उदासी के उस आलम में थे जिसमें विश्वमैत्री आदि पंचशील के सभी सिद्धान्तों को आसानी से अमल में लाया जा सकता है। इसलिए उन्होंने गिरी आवाज़ में पूछा, "क्या हो रहा है जी तुम्हारे मामले में ?"

"आज तो छुट्टी है, बापू ! पता नहीं चल पाया। वैसे नकल तो अब बन ही गई होगी।" लंगड़ ने पिछले दिनों की प्रगति बतानी शुरू की, "बन तो तभी गई थी, पर मैं लेने नहीं जा पाया। मुझे मियादी बुखार आ गया था। उस दिन सदर की कचहरी में गिरा तो फिर उठ नहीं पाया। फिर सोचा, मरना है तो अपने गाँव ही में मरें। उधर के ही एक ठाकुर वहाँ आए थे। अपने साथ लिये गए। वहाँ लोगों ने बताया कि मियादी बुखार है।

"पर एक दिन गाँव में कई लोग मोटर पर आए। गाँव-भर की दीवालों पर गेरू से न जाने क्या-क्या अंग्रेज़ी में लिख गए। उसके बाद बापू, उन्होंने हमारा खून निकाला और मशीन में डालकर देखा। अब देखो तो बापू, कैसा अचम्भा है इस कलजुग का कि आदमी तो हम देसी और हमें बीमारी लग गई बिलायती। मोटर पर जो आए थे, वे बोले कि लंगड़ बड़ा आदमी है, उसे मलेरिया हुआ है।

"क्या बतायें बापू, उसी के बाद मोटरवालों ने गाँव में बड़ा काम किया। दो-तीन लोग एक-एक मशीन लेकर चारों तरफ़ कुआँ-ताल, गड़हा-गड़ही, सभी पर किर्र-किर्र करते हुए घूमे। दो आदमी बराबर हर घर के आगे जा-जाकर गेरू से मलेरिया महारानी की इस्तुति अंग्रेज़ी में लिख गए। उन अच्छरों का प्रताप, बापू, कि सारे मच्छर भाग गए। हम भी, बापू, महीना-भर दुख भोगकर आपका दर्शन करने को फिर से उठकर खड़े हो गए।"

नेता बोला, "क्या बात सुनायी है, लँगड़ऊ, तुमने–कि :

लिखे देख अँगरेज़ी अच्छर
भागे मलेरिया के मच्छर।"

हलवाई ने नेता की तारीफ़ सुनायी, "क्या कवित्त सुनाया है आपने भी ! जलेबी खाइए इसी बात पर।"

नेता ने बिना तकल्लुफ मक्खियाँ उड़ाकर चार-पाँच जलेबियाँ थाल से निकाल लीं और खाना शुरू कर दिया। उधर सिपाही लंगड़ से बोला, "तो कहो कि मरते-मरते बचे।"

"यह तो ठीक है बापू, पर मैं जानता था कि मैं मरूँगा नहीं। भगवान के दरबार में ऐसा अन्धेर नहीं हो सकता। जब तक मुझे तहसील से नकल नहीं मिल जाती, मैं मर नहीं सकता।"

लंगड़ की आवाज़ में न जाने कितने कबीर, तुलसी, रैदास आकर सुर भरने लगे। वह बोला, "बिना नकल देखे मेरी जान नहीं निकल सकती। मैं सत्त की लड़ाई लड़ रहा हूँ।"

सिपाही बोला, "तुम साले बाँगड़ू हो। दो रुपये के पीछे ज़िन्दगी बरबाद किये हो। ठोंक क्यों नहीं देते हो दो रुपये ?"

लंगड़ सिर हिलाकर बोला, "तुम यह बात न समझोगे बापू, यह सत्त की लड़ाई है।"

रुप्पन बाबू ने बात बदलकर पूछा, "तो अब हो क्या रहा है ?"

लंगड़ ने कहा, "कल-परसों तक मिल ही जाएगी। अभी से जाकर तहसील के आगे पड़ूँगा।"

नेता ने कहा, "वहीं अपनी झोंपड़ी डाल लो। दौड़-धूप बच जाएगी।"

रुप्पन बाबू बेंच पर बैठ हुए थोड़ी देर पैरों की पिण्डलियाँ झटकते रहे। फिर हलवाई से बोले, "एक कुल्हड़ दूध निकालो।" कुछ सोचकर बोले, "एक कुल्हड़ लंगड़ को भी दो।"

लंगड़ के साथ दूध पीकर रुप्पन बाबू जैसे ही उठने को हुए, नेता ने कहा, "तो कैसा रहेगा लँगड़ऊ ? वहीं तहसील के आगे झोंपड़ी डलवायी जाय ?"

लंगड़ ने वैष्णवजनवाली शैली में हँसकर प्रकट किया कि नेता बेवकूफ़ है और वह स्वयं विनम्र है।

नेता ने कहा, "कुछ दिनों में भूख-हड़ताल शुरू कर देना। अच्छा रहेगा। अखबार में नाम छपेगा। नकल मिले या मिले, नाम हो जाएगा। सोच लो लँगड़ऊ।"

लंगड़ इस बार जैसी हँसी हँसा वह सिर्फ़ वैष्णवजन की न थी। उस पर कबीर-स्कूल, वर्धा-स्कूल और सेवापुरी-स्कूल की छाप तो थी ही, कुछ लखनऊ-स्कूल का असर था, जिसका इसके सिवा कोई जवाब नहीं होता कि आप भी दाँत खोलकर 'हें-हें-हें' करने की कोशिश करें। नेता ने ऐसा ही किया। साथ ही उसने ताली बजाकर कहा, "अरे, वाह रे लँगड़ऊ !"

रुप्पन बाबू जिस मनोदशा में थे उसमें उन्हें नेता का यह मज़ाक बुरा लगा। अचानक उन्हें अहसास हुआ कि वह आदमी 'लँगड़ऊ' कहकर लंगड़ का मज़ाक उड़ा रहा है। और हम लोग भी उसे लंगड़ कहते हैं, वह क्या है ? उसका असली नाम क्या है ?

यह सोचते ही सोचने के बाँध के फाटक सरक गए। रुप्पन बाबू को अचानक कई नाम याद आ गए। लँगड़े को वहाँ लंगड़ कहा जाता था, एक अन्धा उनके दरवाज़े आया करता था और लोग उसे 'सूरे' कहते थे। जिसके कान कुश्ती लड़ते-लड़ते टूट गए हों उसका शुभनाम 'टुट्टे' था। वैद्यजी के मरीज़ों में एक काना आदमी था। जिसे देखते ही वे पूछते थे, "कहो शुक्राचार्य, तुम्हारे क्या समाचार हैं ?" एक बुड्ढा था जिसे 'बहरे बाबा' कहकर इज़्ज़त दी जाती थी। जिसके मुँह पर चेचक के दाग थे उसे शिवपालगंज में छत्ताप्रसाद कहा जाता था और इशारा मधुमक्खियों के छत्ते की ओर था। छाँगुरराम तो छः उँगलीवाले होंगे ही।

अपंगों और अंगहीनों के लिए यही परम्परागत प्रेम है—यह बात रुप्पन बाबू ने इस भाषा में सोची : यह अगर दोबारा इसे लँगड़ऊ कहेगा तो जूतों से बात करूँगा। उसी जोश में उन्होंने बिगड़कर कहा, "ए ऐंचातानापरशाद, तुम इन्हें लँगड़ऊ क्यों कहते हो ?"

नेता की आँखें कुछ ऐसी थीं कि :

उधर देखती हैं, इधर देखती हैं,
न जाने किधर से, किधर देखती हैं।

एक तरह से ऐंचातानापरशाद का नाम भी हमारी उस सांस्कृतिक परम्परा के—जिसमें गणेश को गजानन और इन्द्र को सहस्राक्ष कहकर उनके आरम्भिक जीवन की दुर्घटनाओं की ओर इशारा किया जाता है—अनुकूल था। रुप्पन बाबू ने सोचा था कि ऐंचातानापरशाद कहे जाने पर नेता बिलकुल उखड़ जाएगा, पर उस पर इस विशेषण का कोई प्रभाव नहीं पड़ा, क्योंकि जिसे रुप्पन बाबू ने यहाँ ऐंचातानापरशाद कहा था उसे अपने गाँव में सिर्फ़ ऐंचाताना के नाम से पुकारते थे। नेता रुप्पन बाबू से 'परशाद' का प्रसाद पाकर वैसे ही कृतार्थ हो गया जैसे दिन-भर धूल-धक्कड़, गाली-गलौज सुनने के बाद अदालत के सामने हाज़िर होनेवाला भोंदू नामक मुलज़िम 'श्री भोंदू' की पुकार सुनकर कृतार्थ होता है।

नेता ने रुप्पन बाबू से कहा, "तो इनको और क्या कहें ? लँगड़े हैं, इसलिए लंगड़ कहते हैं।"

रुप्पन बाबू ने, जैसाकि दूध पीनेवाले दूध की प्रत्येक दुकान पर करते हैं, खाली कुल्हड़ सामने सड़क पर फेंक दिया। करोड़ों मक्खियाँ उस पर लालायित होकर झपटीं, पर उनके पास रुप्पन बाबू को धन्यवाद देने के लिए उपयुक्त शब्द न थे। दो मुसाफ़िर, जिनके पैरों के पास गिरकर कुल्हड़ फूटा था, उछलकर सड़क के किनारे पहुँच गए, पर गालियाँ देने या ऐतराज करने की उनमें हिम्मत न थी। रुप्पन बाबू ने इस सब पर ध्यान नहीं दिया। वे ऐंचातानापरशाद से बोले, "किसी को बुरा नाम लेकर चिढ़ाना न चाहिए। उसका असली नाम लेना चाहिए।"

नेता ने लंगड़ की ओर मुँह करके पूछा, "तुम्हारा असली नाम क्या है ?"

"अब तो सब लंगड़ ही कहकर पुकारते हैं, बापू" उसने सोचकर जवाब दिया, "वैसे माँ-बाप का दिया हुआ असली नाम लंगड़परशाद है।"

सभी मशीनें बिगड़ी पड़ी हैं। सब जगह कोई-न-कोई गड़बड़ी है। जान-पहचान के सभी लोग चोट्टे हैं। सड़कों पर सिर्फ़ कुत्ते, बिल्लियाँ और सूअर घूमते हैं। हवा सिर्फ़ धूल उड़ाने के लिए चलती है। आसमान का कोई रंग नहीं, उसका नीलापन फ़रेब है। बेवकूफ़ लोग बेवकूफ़ बनाने के लिए बेवकूफ़ों की मदद से बेवकूफ़ों के ख़िलाफ़ बेवकूफ़ी करते हैं। घबराने की, जल्दबाजी में आत्महत्या करने की ज़रूरत नहीं। बेईमानी और बेईमान सब ओर से सुरक्षित हैं। आज का दिन अड़तालीस घण्टे का है।

वे आम के एक घने बाग़ के पास से निकले। चैत का महीना था और फ़सल लगभग कट चुकी थी। बाग़ में खलियान डाला गया था। खाली पड़े हुए खेतों में सैकड़ों गायें और भैंसें इत्मीनान से घूम रही थीं और पड़ोस के कुछ खेतों की फ़सल को, जो अब तक कटी नहीं थी, मौज से चर रही थीं। चरवाहे बाग में कटी हुई फ़सल के ढेर के पीछे छिपकर—और कुछ बिना छिपे हुए—ज़मीन पर बेतकल्लुफ़ी से बैठकर जुआ खेल

रहे थे। जुआ कौड़ियों से हो रहा था और सभी लोग इस सिद्धान्त पर चल रहे थे कि इस दुनिया में आकर जितना लूट सकते हो लूट लो, क्योंकि अन्तकाल में जब प्राण छूट जाएँगे तो उसके बाद पछताना होगा। जो इस खेल में लुट चुके थे, वे प्राण छूटने का इन्तज़ार न करके पहले ही पछताने लगे थे और जुआरियों के गोल से कुछ दूर बैठकर चरस पी रहे थे। चरवाहों में सिर्फ़ दो-तीन सीनियर लोग थे, बाक़ी कच्ची उमर के लड़के थे जिन्हें सार्वजनिक सभाओं में देश के होनेवाले गाँधी और नेहरू, टैगोर और सी.वी. रमन बताया जाता है।

जुआरियों की जफड़ी जमी देखकर रुप्पन बाबू चहलक़दमी करते हुए उधर ही मुड़ गए। पर आज की मनोदशा में गो-चारण-लीलावाला यह वातावरण, जिसमें जानवर कमज़ोर किसानों की फ़सल चर रहे थे और चरवाहे जानवरों को वाजिब जगह पर पहुँचा हुआ समझकर, दत्तचित्त होकर जुआ खेल रहे थे, बहुत आकर्षक नहीं लगा। जब सभी जुआरी अपनी जगह पर उठकर उनका स्वागत करने को खड़े हो गए तो उन्होंने स्कूल मास्टरवाली अदा से कहा, ''बैठो, बैठो। अपना काम करो।''

वे थोड़ी देर खड़े-ही-खड़े जुए की प्रगति का निरीक्षण करते रहे। एक ग्यारह साल के लड़के ने उनकी ओर देखकर मुँह से चरस का धुआँ निकालना शुरू किया और इतनी देर तक निकालता रहा कि रुप्पन बाबू ने उसके खत्म होने की आशा छोड़ दी। वे आगे बढ़ गए। पीछे से जुआरी-वृन्द ने उनके पैर छूने का कोरस गाया। आशीर्वाद देने के लिए वे मुड़े भी नहीं, आगे बढ़ते गए। कुछ दूर जाकर वे चिल्लाए, ''अरे हरामियो, यह फ़सल क्यों चराए डाल रहे हो ? किसके जानवर हैं ये ?''

''हमारे नहीं हैं।''

''हमारे नहीं हैं।''

''हमारे भी नहीं हैं।''

''हमारे तो उधर हैं—वो।''

''पता नहीं किसके हैं।''

फ़सल चरते हुए जानवरों के बारे में इन रटे-रटाये जवाबों को सुनकर रुप्पन बाबू खड़े हो गए और चीख़कर बोले, ''जूते पड़ेंगे।''

यह भविष्यवाणी सुनकर चरवाहों ने जानवर तो नहीं हटाए, पर यह निष्कर्ष निकाला कि रुप्पन भैया का दिमाग़ आज गरम है। तब तक रुप्पन ने अपनी बात दोहरायी, ''सुना नहीं ? मैंने कहा कि जूते पड़ेंगे।'' इस पर एक चरवाहा, 'हमारे जानवर तो हैं नहीं पर हटाए देते हैं' का राग अलापता हुआ जानवरों को हाँकने के लिए और उसी क्रम में उन्हें एक नये खेत में चरने का मौक़ा देने के लिए चला गया।

खेतों के किनारे-किनारे चलकर वे गाँव के उस सिरे पर आ गए जिसका ज़िक्र पहले 'चमरही' के नाम से किया जा चुका है। चमरही के बीच से वैद्यजी या उनके परिवार के किसी व्यक्ति का निकलना एक घटना के रूप में शुमार किया जाता था। एक ज़माना था कि किसी भी बाँभन-ठाकुर के निकलने पर वहाँ के लोग अपने दरवाज़ों पर उठकर

खड़े हो जाते थे, हुक्कों को जल्दी से ज़मीन पर रख दिया जाता था, चिलमें फेंक दी जाती थीं, मर्द हाथ जोड़कर 'पाँय लागी महराज' का नारा लगाने लगते थे, औरतें बच्चों को गली से हाथ पकड़कर खींच लेती थीं और कभी-कभी घबराहट में उनकी पीठ पर घूँसे भी बरसाने लगती थीं। और महाराज चारों ओर आशीर्वाद लुटाते हुए और इस बात की पड़ताल करते हुए कि पिछले चार महीनों में किसकी लड़की पहले के मुकाबले जवान दिखने लगी और कौन लड़की ससुराल से वापस आ गई, त्रेतायुग की तरह वातावरण पर सवारी गाँठते हुए निकल जाते थे।

ज़मींदारी टूटने का यह नतीजा तो नहीं निकला कि चमरही गाँव के भीतर समा जाती या वहाँ ढंग के दो-चार कुएँ और मकान बन जाते, पर इतना तो हो ही गया कि किसी बाँभन के निकलने पर पहले-जैसा 'गॉर्ड आफ़ ऑनर' न दिया जाय। इसीलिए "हाय ! कहाँ वे दिन ! और कहाँ आज के दिन !" की दीनता के भाव से बचने के लिए बाँभनों ने—और ख़ास तौर से वैद्यजी ने—यथासम्भव उधर से निकलना बन्द कर दिया था।

चमरही में होने का अहसास रुप्पन बाबू को तब हुआ जब उनके कान में दो-एक बार पड़ा, "पाँय लागी महाराज।"

जैसाकि अपने देश में कहीं भी देखा जा सकता है, एक आदमी अपने मकान के आगे चबूतरे पर यों ही बैठा था। रुप्पन बाबू को देखकर खड़ा हो गया। वे बोले, "बैठा रह चुरइया, पुराने दिन लद गए।"

चुरइया ने, जिसका असली नाम चुरई था और निरर्थकता ही जिसके नाम की सुन्दरता थी, कहा, "पाँव लागी, रुप्पन बाबू !"

"अब पाँव-वाँव नहीं लगा जाता। सीधी स्टिक डालने का वक्त आ गया है।"

एक लड़का—धूल, काजल, लार, कीचड़ और थूक का बण्डल—चुरई के सामने खड़ा था। उसने उसे ठेलकर—जैसे राहुल को भगवान गौतम बुद्ध की शरण में भेजा जा रहा हो—कहा, "जा रे, रुप्पन भैया के पाँव छू ले।"

रुप्पन बाबू ने उसे आशीर्वाद दिया। पूछा, "क्या नाम है इस लौंडे का ?"

"चन्दपकास।"

यानी चन्द्रप्रकाश। रुप्पन बाबू मुस्कराए। बोले, "चन्दपकास वल्द चुरई चमार। कहीं से बड़ा ज़ोरदार नाम उड़ाया है।"

वे चलते रहे। चुरइया ने कहा, "आज इधर कैसे भूल पड़े रुप्पन बाबू ?"

"क्या इधर से निकलना मना है ?"

"पंचायत का चुनाव तो हो गया। अब कौन-सा चुनाव होना है भैया ?"

रुप्पन बाबू कुछ सेकण्ड तक चुरइया की हिम्मत देखकर अचकचाए-से खड़े रहे। उसके बाद दिन में पहली बार हँसे, "स्साले ! गँजहापन झाड़ रहे हो।"

वे एक गली से निकले। उसकी विशेषता यह थी कि किसी बहुधन्धी योजना के रूप में न बनवाये जाने पर भी वह अपने-आप हमारी बहुधन्धी योजनाओं का अंग हो गई

थी। वह गली थी, साथ ही नाबदान का पानी हज़ारों धाराओं से बहानेवाली नाली थी, नाली में बहनेवाली गन्दगी को सड़ाकर खाद का रूप देनेवाला डिपो थी, इस सबके साथ आसपास गाँव-सभा का लैम्प न होने के कारण वह अँधेरे में प्रेमातुर जोड़ों के लिए सामुदायिक मिलन-केन्द्र का काम देती थी। संक्षेप में, महज़ होने-भर से, ग्राम-सुधार की वह एक अच्छी-खासी योजना थी।

रुप्पन बाबू बिना नाक सिकोड़े गली के दूसरे छोर पर निकल आए। उसके बाद ही एक मैदान, फिर तहसील और थाने की इमारत दिखायी देती थी। उनसे कुछ ही आगे छंगामल विद्यालय इंटर कॉलेज के छप्पर दिखायी देते थे जिन्हें वैद्यजी सिद्धान्तवश या शान्तिनिकेतन का नाम सुनकर, हटने नहीं देना चाहते थे।

गली के मोड़ पर एक आदमी एक बुढ़िया से मुर्ग़ा ख़रीद रहा था। बुढ़िया कह रही थी, "हमने पठान बाबा की कब्र पर मानता मानी थी, यह मुर्ग़ा तो हम उन्हीं के लिए पाल रहे हैं।"

मुर्ग़ा ख़रीदनेवाला सचमुच ही मुर्ग़े के लिए बड़ा आतुर हो रहा था और सब तरह की आफ़तों को झेलने के लिए तैयार था। उसने बुढ़िया को समझाना शुरू किया कि पठान बाबा को तो सिर्फ़ मुर्ग़े से मतलब, चाहे यह मुर्ग़ा हो, चाहे वह मुर्ग़ा। उसने यह भी समझाया कि मुर्ग़ा बेचने के दो तरीक़े हैं, एक सीधा तरीक़ा और एक लात खानेवाला तरीक़ा। उसने बुढ़िया को बड़ी भलमनसाहत से यह छूट दे दी कि जिस तरीक़े से चाहे उसी से मुर्ग़ा बेच सकती है। उसने यह भी कहा कि हम मुर्ग़ा ख़रीदेंगे ही नहीं, उसकी कुछ क़ीमत भी देंगे।

रुप्पन बाबू ने चलते-चलते उस आदमी को टोककर कहा, "कोई हाकिम आनेवाला है क्या ?"

उस आदमी ने जवाब में किसी को दस-बीस गालियाँ सुनायीं और उसी में यह आत्मकथा भी डाल दी कि वह सवेरे से मुर्ग़ा ढूँढ़ रहा है; यह भूगोल भी डाला कि शिवपालगंज बिलकुल फटीचर जगह है। जब लोग बोलते हैं तो लगता है चारों तरफ़ मुर्ग़े-ही-मुर्ग़े हैं, पर ख़रीदने चलो तो सब दरबे में घुस जाते हैं।

रुप्पन बाबू ने इसका मतलब निकाला कि शहर से उसका हाकिम आनेवाला है। चलते-चलते वे धीरे-से बोले, "मुर्ग़े का तो ठीक हो गया, पर उसका क्या होगा ?"

"किसका ?"

रुप्पन बाबू ने एक इशारा किया, पर उस आदमी के लिए वह बिलकुल अमूर्त कला थी। वह समझने को तैयार नहीं हुआ। गरदन टेढ़ी करके उसने दोबारा पूछा, "किसका ?"

रुप्पन बाबू बोले, "रमचन्ना की लड़की तो ससुराल चली गई। अब क्या करोगे ?"

"राम, राम, आप भी कैसी बात करते हैं, पण्डितजी !" उस आदमी ने रुप्पन बाबू को झिड़क दिया।

थाने के बाहर कान पर जनेऊ चढ़ाए हुए, बनियाइन और अण्डरवीयर पहने हुए तन्दुरुस्त

सिपाही। पेड़ों के नीचे कुत्तों की तरह पड़े हुए चौकीदार। टूटे कुल्हड़ों, गन्दे, भिनभिनाते हुए पत्तों और धुआँ निकालनेवाली ढिबरियों से सम्पन्न मिठाई और चाय की दुकानें। चीकट लगी हुई तिपाइयाँ। सड़क पर घरघराते हुए नशेबाज़ ड्राइवरों के हाथों चलनेवाले हत्याभिलाषी ट्रकों के कारवाँ। साइकिल के कैरियर पर घास-जैसे कागज़ात लादे हुए वसूली के अमीन। तहसीलदार का बदकलाम अरदली। शराब पीकर नाई की दुकान पर बिना मतलब झगड़नेवाला पं. रामधर का बेलगाम बेटा, जिसे सप्ताह में सात बार स्थानीय पोस्टमैन उससे भी ज़्यादा शराब पीकर जूतों से पीटता है। कॉलिज की तरफ़ से आते हुए, एक-दूसरे की कमर में हाथ डालकर चलते हुए, कोई कोरस-जैसा गाते विद्यार्थी।

सड़क पर रंगनाथ और प्रिंसिपल साहब आते हुए मिल गए।

प्रिंसिपल ने कहा, "खन्ना मास्टर का नया करिश्मा देखा तुमने रुप्पन बाबू !"

रुप्पन बाबू ने जवाब दिया, "मैं खन्ना मास्टर के ख़िलाफ़ कुछ नहीं सुनना चाहता। सुनाना हो तो जाकर पिताजी को सुनाइए।"

प्रिंसिपल के कुछ बोलने के पहले ही उन्होंने रंगनाथ से कहा, "चलोगे दादा ? सनिचरा अपनी जीत की खुशी में भट्ठी पर लोगों को फिर से छनवा रहा है। फोकट का सिनेमा देखना हो तो चलो, उधर से ही निकला जाय।"

प्रिंसिपल को फटकार देने के बाद रुप्पन बाबू की तबीयत हल्की हो गई थी। रंगनाथ ने कहा, "मैं घर जा रहा हूँ।"

"ठीक है, जाइए। मैं तो सिनेमा देखने जा रहा हूँ।"

30

वैद्यजी की बैठक से लगभग सौ गज की दूरी पर एक छोटा-सा मैदान था, जिसमें कुछ एक नीम के पेड़ थे, जिनके ऊपर सैकड़ों तोते टें-टें किया करते थे और जिनके नीचे सैकड़ों कुत्ते भाग-दौड़ का खेल खेलते थे। अभी कुछ दिन हुए प्राइमरी स्कूल के एक उत्साही अध्यापक ने वहाँ कुछ लड़कों को इकट्ठा करके क़वायद करना और कबड्डी खिलाना शुरू किया था और वैद्यजी का ख़याल था कि इसके पीछे राजनीति है। पर चूँकि वह अध्यापक रामाधीन भीखमखेड़वी के गुट का था, इसलिए वैद्यजी ने अपना ख़याल अपनी बैठक में प्रकट करके बात वहीं समाप्त कर दी थी। वहीं सप्ताह में एक बार स्थानीय बाज़ार लगता था जिसमें साग-सब्ज़ी बिकने आ जाती थी और कभी-कभी अचम्भे के बच्चे-जैसा गेहूँ का एक दुर्लभ बोरा भी फुटकर बिकता हुआ दीख पड़ता था।

प्रधान बन जाने के बाद सनीचर ने उस मैदान के एक कोने पर लकड़ी का एक केबिन खड़ा किया और वहाँ परचून की एक दुकान खोल दी। यह काम वह प्रधान बनने के पहले क्यों नहीं कर सका, इसके बारे में उसे कुछ नहीं कहना था।

होली के पन्द्रह दिन पहले वह दुकान खुली और उसने बद्री पहलवान की खुशामद करके उनसे उद्घाटन कराया। उद्घाटन का समारोह सादा, पर शानदार था। छोटे पहलवान अपने दो-एक साथियों के साथ दुकान खुलने के समय मौक़े पर जाकर लकड़ी की एक टूटी-फूटी बेंच पर बैठ गए। छोटे ने दुकान से गुड़ का एक ढेला उठा लिया और अपने साथियों में उसे बाँटकर खाना शुरू कर दिया। बद्री पहलवान चुपचाप जनता के आने का इन्तज़ार करते रहे। जब जनता के नाम पर दस-पाँच निकम्मे लोग वहाँ टहलते-टहलते आ गए तो बद्री पहलवान ने एक संक्षिप्त, पर सारगर्भित भाषण दिया कि सनीचर का अब दिन-रात निठल्ले बैठे रहना ठीक बात नहीं है। दुकान खुल गई है। ये सीधी राह चलेंगे तो कुछ दिनों में आदमी हो जाएँगे।

सनीचर ने अपने हिसाब से दुकान को काफ़ी सज़ा-बजा दिया था। लकड़ी की दीवाल के एक ओर किसी कमरकस लड्डू का विज्ञापन था, दूसरी ओर एक बड़ा भारी पोस्टर 'अधिक अन्न उपजाओ' वाला लगा था, जिसका ज़िक्र पहले ही किया जा चुका है। बाक़ी जगह में किसी बुढ़िया द्वारा आविष्कृत काजल का और दाद, खाँसी, दमा आदि की दवाओं और एक खास क़िस्म की बैटरी और वनस्पति घी आदि का विज्ञापन था। जिन चीज़ों का विज्ञापन लगा था, वे प्रायः दुकान पर थीं, दुकान पर ज़्यादातर वही चीज़ें थीं जिनका विज्ञापन न था।

दुकान पर पान-बीड़ी से लेकर आटा, दाल, चावल, गरम मसाला आदि वह सबकुछ था जो खुलेआम ख़रीदा और खाया जाता है। यह तो राजनीति का वह पहलू था जो मेनिफ़ेस्टो में लिखा जाता है। इसके बाद वह पहलू आता था जो पार्टी की बैठकों में गुप्त मन्त्रणा के रूप में प्रकट होता है और जो सिर्फ़ विश्वस्त सूत्रों को ही मालूम हो पाता है। उसके भीतर वे चीज़ें आती थीं जो खुलेआम ख़रीदी तो नहीं जाती थीं, पर खायी जा सकती थीं। इस कोटि के माल में बहुत-सी अंग्रेज़ी दवाइयाँ थीं जिनका उद्‌गम स्थानीय अस्पताल के स्टोर में था। इन्हीं में पाउडरवाले अमरीकी दूध के डिब्बे थे जिनका उद्‌गम स्थानीय प्राइमरी स्कूल में था। इस तरह के पदार्थों में कुछ वे पदार्थ आते थे जो सिर्फ़ छिपाकर ख़रीदे जा सकते थे और छिपकर ही इस्तेमाल हो सकते थे। इनमें गाँजा, भंग और चरस थी। अफ़ीम के बारे में सनीचर ने कोई उत्सुकता नहीं दिखायी थी, क्योंकि गाँव में अफ़ीम का छिपा कारोबार करने का एकाधिकार रामाधीन भीखमखेड़वी को ही था।

होली आते-आते सनीचर की दुकान को सरकारी मान्यता मिल गई थी, वहाँ शक्कर बिकने लगी थी, जिसके बारे में यह मशहूर था कि वह परमिट पर मिलती है, पर यह मशहूर नहीं था कि परमिट कहाँ से मिलता है। होली ही के दिन से वहाँ कच्ची शराब भी बिकने लगी थी, जिसकी सबसे बड़ी विशेषता यह थी कि उसमें पानी नहीं मिला होता था, जबकि सरकारी लाइसेन्सवाली दुकान की शराब में यह विशेषता नहीं थी।

दुकान के इस टुकड़े का उद्घाटन जोगनाथ ने किया था। शाम को, अँधेरा घिरते ही, दुकान के आगे पड़ी बेंच पर एक छोटी-सी शीशी हाथ में उछालते हुए उसने भी एक संक्षिप्त भाषण दिया था, "वाह रे सनीचर ! बर्फस ! दुर्फुम की कर्फसर है।" प्रधान ने इस पर यह व्यवस्था दी थी कि जो लेना हो चुपचाप ले लो और जाकर अपने दरबे में घुस जाओ।

दुकान लकड़ी के एक बड़े तख़्त पर थी और उसके अन्दर सिर्फ़ सनीचर के ही बैठने की जगह थी। फिर भी हैसियत बढ़ाने के लिए ऊपर लिख दिया गया था 'अन्दर मत आओ'। यह इबारत स्थानीय पोस्ट आफिस के दरवाज़े पर लटके हुए साइन-बोर्ड से उधार ली गई थी। किसी लड़के ने शिवपालगंज में ऐसी अमौलिक बात हो, इसके विरोध में एक संशोधन कर दिया था। संशोधन केवल औपचारिक था। 'अन्दर मत आओ' के 'मत' को उसने 'मूत' बना दिया था।

इस दुकान को अपने-अपने ढंग से सभी के आशीर्वाद मिल चुके थे। बद्री, छोटे, वैद्यजी, प्रिंसिपल साहब—सभी आकर उसे आशीर्वाद दे चुके थे। प्रिंसिपल तो एक सुझाव भी दे गए थे कि कुछ जगह निकल आए तो कापी-किताबें, काग़ज़-पेंसिल भी बेचना शुरू कर दो। कोऑपरेटिव का नया सुपरवाइज़र यह बता गया था कि दुकान की इमारत ठीक से बन जाए तो इसे कोऑपरेटिव स्टोर समझकर चलाया जा सकेगा। सनीचर ने जवाब में कहा था, "तुम अभी से इसे क्वापरेटिव इस्टोर क्यों नहीं मान लेते ? क्वापरेटिव की लाखों रुपयों की इमारतें बनती हैं, इसी मुहल्ले में क्वापरेटिव इस्टोर की इमारत भी बनवा देना।"

सुपरवाइज़र ने जवाब दिया, "इस्टोर की इमारत भी क्या ? चार दीवालें उठाकर ऊपर से छत डाल दो, इमारत हो गई। कहो तो कल बन जाय। पर वैद्यजी कह रहे थे कि तुम पंचायतघर बनवा रहे हो, उसी में इस्टोर भी निकल आएगा।"

सनीचर ने प्रधान के रोब में भुनभुनाना शुरू कर दिया, "बैद महाराज का यही काम गड़बड़ है। किसी को 'नहीं' तो कह नहीं पाते। मुझसे यह कह रहे हैं। प्रिंसिपल साहब से कह रखा है कि पंचायतघर कॉलिज के पास बन जाएगा और ज़रूरत हुई तो दो-एक दरजे उसी में बैठ जाएँगे। बद्री पहलवान से कहा कि सनिचरा के वहीं बैठने-लेटने का इन्तज़ाम कर दो तो दिन-रात पंचायत ही का काम देखेगा। अब तुम्हीं कहो, पंचायतघर की इमारत न हुई, कातिक की कुतिया हो गई। पहले से ही हज़ार लोग उसे घेरने को बैठे हैं। बाज़ार नहीं लगा और भिखमंगे पहले ही आकर बैठ गए।"

सुपरवाइज़र ने कहा, "तो बैदजी से ही बात कर लो या मैं ही किये लेता हूँ।"

"बात करने से क्या होगा ? उनकी हर बात हमारे लिए हुकुम है।"

दुकान को लेकर किसी को विरोध हुआ तो रंगनाथ को। उद्घाटन के दूसरे ही दिन उसने सनीचर को दुकान पर बैठे देखकर कहा, "अच्छा नहीं लगता है।"

"देखे जाओ, रंगनाथ बाबू, कुछ दिन में अच्छा लगने लगेगा। पहले राजा-महाराजा तथा ताल्लुकेदारों का ज़माना था। अब देखना, दुकानदारी का बोलबाला होगा। इस वक़्त भी है।"

अर्थशास्त्र की इस बहस में बिना पड़े हुए रंगनाथ ने कहा, ''मैं तो शहर में जैसा चलन है, उसकी बात कर रहा था। तुम यहाँ शिवपालगंज में पड़े-पड़े अपने को बड़ा चंट समझते हो, पर हमारे वहाँ तुम्हारे भी चचा रहते हैं।

''जानते हो ? वहाँ का चलन है कि जिसके हाथ में ओहदा हो वह खुद व्यापार नहीं करता। व्यापार करने के लिए भाई-भतीजों को लगाने का चलन है। वे मुँह लटकाकर व्यापार करते रहते हैं। राजनीति के चक्कर में अपना समय नहीं खराब करते। जिसके हाथ में ओहदा है, वह उनसे अलग रहकर चुपचाप अपना ओहदा सँभाले रहता है। चाहे चुंगी का चुनाव हो, चाहे असेम्बली का—हर एक के बाद चुनाव की लड़ाई से थके-थकाये भाई-भतीजे बेचारे एक कोने में बैठकर इसी तरह चुपचाप व्यापार करने लगते हैं।

''तब भी इन बेचारों के दुश्मन निकल आते हैं। कोई कहता है कि ओहदेवाले ने उस फ़र्म को इतना ठेका दिला दिया और अपने भतीजे का इतना फ़ायदा करा डाला। तुम अखबार पढ़ो तो देखोगे, इस तरह की बातों से काग़ज़ गँधा उठता है। तब ओहदेवाला अकड़कर कहता है कि 'हम क्या जानें ! हमसे क्या मतलब ? किसी ने किसी के हाथ कुछ किया होगा। हम तो चुपचाप देश-सेवा कर रहे थे। तुम लोगों को किसी के ख़िलाफ़ कुछ करना हो तो जो कुछ मन में आवे, करो। हमें क्यों छेड़ते हो ?

''ओहदेदारों की तरफ़ से दूसरी बातें कहनेवाले भी कई लोग निकल आते हैं। कोई पुचकारकर कहता है कि कहाँ जाएँ बेचारे भाई-भतीजे ! अगर उनका भाई-भतीजा ओहदेदार है तो क्या वे भूखों मर जाएँ ? किस कानून में लिखा है कि वे बेचारे कारोबार तक न करें ? कुछ लोग ज़रा और जड़ तक पहुँचते हैं। वे कहते हैं कि तुम इसे भ्रष्टाचार कहते हो ? इसकी जाँच करना चाहते हो ? करा लो, पर पहले यह तय कर लो कि भ्रष्टाचार कहते किसे हैं ? आओ, हम ये सब बातें भूलकर पहले भ्रष्टाचार की परिभाषा करना शुरू कर दें। तभी ये शिकायतें बन्द होंगी।''

सनीचर ने कहा, ''बड़े साले मसखरे हैं। सरासर बेईमानी करे और पकड़ा जाय तो कहें, बताओ, बेईमानी क्या चीज़ है ? कम-से-कम गँजहों में तो ऐसी बात कोई नहीं कहेगा।''

रंगनाथ ने कहा, ''अख़बारों में जो पढ़ता हूँ, वही बता रहा हूँ, इसीलिए तुम्हें समझाता हूँ कि दुकान के झमेले में खुद न पड़ो। किसी भतीजे को बैठा दो। उसी का दुकान चलाने दो। मौक़े पर यह कहने को रहे कि हमसे क्या मतलब।''

सनीचर कुछ देर सोचता रहा, बोला, ''मेरे कोई भाई-भतीजा नहीं है। मेरे तो जो कुछ हैं, आप लोग हैं।''

''तब तुम्हें प्रधान बनने की क्या ज़रूरत पड़ गई ? अपना पेट तो ऐसे ही पाल लेते थे।''

''प्रधान कौन साला बनता है ?'' सनीचर ने ज़ोर से रंगनाथ की बात काटी, ''हम तो बैदजी को ही प्रधान मानते हैं। समझ लो, यह दुकान उन्हीं की है। बैठ मैं रहा हूँ। समझ लो, मैं उनका शिकमी हूँ।''

आख़िरी बात बड़ी भक्ति के साथ कही गई। रंगनाथ को विश्वास हो गया कि यह सच है। यही हमारी परम्परा है। रामचन्द्र की खड़ाऊँ पूजकर भरत ने उनके नाम से चौदह साल हुकूमत चलायी थी।

उसने कहा, ''शहर में शिकमी के बाद दरशिकमी का भी चलन होने लगा है। आराम से रहना चाहते हो तो कोई दरशिकमी ढूँढ़ लो।''

''चारों ओर लड़के-ही-लड़के फैले हैं। उनके मारे नाक में दम है, सोना हराम है।

''यही अपने गाँव को देखो। उधर मैदान में कितने लड़के धूल में पड़े हुए चीं-चीं कर रहे हैं। इतनी धूल उड़ा रहे हैं जैसे ज़मीन को ही खत्म कर देंगे। सब निहायत गन्दे हैं। सबकी आँखें टेढ़ी-मेढ़ी हैं। ट्रेकोमा है। सभी की पसलियाँ खाल से बाहर निकल आ रही हैं। बढ़ने के नाम पर सिर्फ़ पेट-भर बढ़ा है, जिगर खराब है। सभी घिघियाकर बोलते हैं। आवाज़ सुनते ही झाँपड़ रसीद करने का मन करता है।

''शहर में जाओ तो और भी गड़बड़। कहीं सैकड़ों अन्धे-ही-अन्धे घूम रहे हैं। कहीं गूँगे-ही-गूँगे। एक पुल के ऊपर सड़क के किनारे ऐसे लड़के पड़े पाए जाते हैं जिनके हाथ-पाँव-दो-दो अंगुल के हैं। न जाने कितने कोढ़ी हैं ?

''आप खुद सोचें प्रधानजी ! कोई भी देश इतने लड़कों को शिक्षा दे सकता है ? उन्हें तन्दुरुस्त रख सकता है ? उन्हें आदमी बना सकता है ?

''इन्हें ठीक तौर से कब तक रखा जाय ? कहाँ तक इनका भला किया जाय ? इतने दिन तो किया गया ! आप समझते क्या हैं ? कुछ कम किया गया है ? बहुत-बहुत किया गया है; पर, फिर बात वहीं-की-वहीं है—चारों ओर लड़के-ही-लड़के हैं। कोई क्या कर सकता है ?

''इनके कारण कोई योजना नहीं चल पाती। हर स्कीम असफल हो जाती है, एक करोड़ की स्कीम बनाओ, तो उसे बैठाल देने के लिए अगले साल तक डेढ़ करोड़ की फ़ौज खड़ी हो जाती है।

''तो क्या किया जाय ?

''किया यह जाय कि सोता ही बन्द कर दो। न रहे बाँस न बजे बाँसुरी। लड़कों-बच्चों का झंझट ही मिटा डालो। लड़के पैदा भी करना हो तो जितना ज़रूरत हो उतने पैदा करो। लड़कों की रोकथाम के लिए कई तरकीबें निकली हैं...''

एक चौबीस-पच्चीस साल का शर्मीला नौजवान लगभग एक घण्टे से सनीचर की दुकान पर बैठा हुआ भाषण-जैसा दे रहा था। चार-छः लोग उसकी बात कौतूहल से सुन रहे थे। उनमें रुप्पन बाबू भी थे। नौजवान का भाषण बहुत ही सभ्यतापूर्ण और तर्कसंगत था, पर सुननेवाले उसे जिस ढंग से समझ रहे थे उसका सारांश ऊपर दे दिया गया है।

समझदार लोगों को यह मानने में कोई ख़ास ऐतराज़ न था कि लड़के जी का जंजाल हैं। नौजवान ने इसी बात को समझाने के लिए एक उदाहरण दिया कि घर में पाव-भर खीर बनायी जाय और सिर्फ़ पति-पत्नी हों तो उन्हें आध-आध पाव मिलेगी,

एक लड़का हो तो तीनों के बीच छटाँक-छटाँक भर से ऊपर बैठेगी। पाँच लड़के हों तो बात छटाँक से तोलों में आ जाएगी। खीर का मज़ा ख़त्म...।

रुप्पन बाबू ने कहा, "भाई, मेरे तो कोई लड़का है नहीं और मैं जानता भी नहीं कि लड़का होता कैसे है। पर एक बात समझा दो। लड़के पाँच नहीं होने चाहिए, दो-तीन बहुत हैं। पर खीर पाव-भर ही क्यों बनायी जाय ? सेर-भर क्यों नहीं बनाते ?"

नौजवान रुप्पन बाबू से बात करते हिचक रहा था। बोला, "सेर-भर खीर बनाने की हैसियत कितने लोगों की है ?"

"तो हैसियत बढ़ाने की बात करो। लड़कों के पीछे डण्डा लेकर क्यों पड़े हो ?"

सनीचर ने हाथ उठाकर प्रधान की हैसियत से कहना शुरू किया, "आदमी का बधिया करने में कोई हर्ज़ नहीं। पर मैं बताऊँ, करना क्या चाहिए। कुछ साल पहले हमारे शिवपालगंज में बन्दर-ही-बन्दर हो गए थे। सारी फसल चौपट हुई जा रही थी। बहुत बन्दर थे तादाद में, इन लड़कों से भी ज़्यादा। गँजहा लोग सवेरे से गोफना लेकर बाहर निकल जाते और खेतों पर 'लेहो, लेहो, लेहो' कहते हुए बन्दरों को एक घर में पहुँचा दिया करते थे। पर फ़सल नहीं बचती थी। तब हम लोगों ने पछाँह से कुछ आदमी बुलाए। वे बन्दरों को पकड़ने में उस्ताद थे। कुछ दिन में ही सब बन्दर पकड़ लिये गए और यहाँ से हटा दिए गए।

"तुम भी वही करो। जितने लौंडे मिलें, पकड़-पकड़कर सबको बन्द करा दो। गोली-वोली मारने की ज़रूरत नहीं। सुनते हैं, बन्दरों को विलायत भेज दिया गया था। लड़कों को भी जहाज़ में भरकर वहीं भेज दो। वहीं जाकर रहें, खानदान चलायें।"

रुप्पन बाबू दूर खड़े थे। बोले, "विलायत भिजवाने में कुछ खर्च भी नहीं है। सुनते हैं कि बाहर से जहाज़ों में गेहूँ लदकर आता है। वही जहाज़ जब लौटने लगें तो लड़कों को भर ले जाया करें। सारा काम फोकट में हो जाएगा।"

शर्मीले नौजवान ने थोड़ी देर तक उन सुझावों पर विचार किया, बाद में झेंपकर बोला, "अरे नहीं ! आप लोग मज़ाक करते हैं।" उसने खड़े होकर बड़े आदर से जनतन्त्र को, जो इस समय सनीचर के रूप में प्रकट हुआ था, नमस्कार किया और कहा, "कल आकर फिर दर्शन करूँगा।"

सनीचर ने प्रधानवाले लहजे में कहा, "बुरा न मानो भई, ये गँजहों के चोंचले हैं। कल आओगे तो बैदजी के दरवाज़े मीटिंग हो जाएगी। सबकी राय हुई तो नसबन्दी चल निकलेगी। हम तो बरमचारी आदमी हैं, जोरू-जाँता है नहीं। कहोगे, तो हम भी पाबन्द हो लेंगे। मौज रहेगी।"

लोगों ने प्रसन्नतापूर्वक नौजवान को विदा किया। नौजवान दुखी मन से लौटा।

दिन के लगभग तीन बजे थे और लोगों के दरवाज़े और रास्ते सुनसान थे। फ़सल कट रही थी और आबादी का काफ़ी बड़ा भाग खेतों और खलिहानों पर चला गया था। नौजवान, प्लेग से मारे हुए किसी वीरान देश में घूमनेवाले मसीहा की अदा से, सीधी निगाह और सीधी चाल, आगे बढ़ता रहा।

नौजवान झलमलाती हुई टेरेलीन की बुश्शर्ट और अफ़सरी की निशानी—पतलून

पहने हुए था। गाँव का किनारा कुछ दूर रह जाने पर उसने सहसा अनुभव किया कि बुश्शर्ट ने एक कुत्ते का दिल चुरा लिया है। वह भूँकता हुआ नौजवान के टखने की ओर बढ़ रहा था। नौजवान लपककर सामने के मकान की ओर भागा और चबूतरे पर, टीन के नीचे खड़ा हो गया। उसने वहीं पास पड़ी हुई अरहर की एक छड़ी उठा ली और—अभिमन्यु जैसे टूटे हुए रथ का पहिया लेकर खड़ा हो गया हो—वह कुत्तों के चक्रव्यूह का सामना करने के लिए तैयार हो गया।

झपटते हुए कुत्ते की भूँक में न जाने कैसा जादू था कि पलक मारते ही चारों ओर कुत्ते-ही-कुत्ते नज़र आने लगे। सभी भूँक रहे थे। जो भूँक नहीं पा रहे थे, वे जोश के मारे दुम हिला रहे थे और कमर लपलपा रहे थे। बहुत-से पिल्ले अपनी बारीक आवाज़ में 'खेंव-खेंव' करते हुए आसमान को सिर पर उठाकर ज़मीन पर पटके दे रहे थे। कुछ पिल्ले सामने के पेड़ के नीचे पड़े हुए तिलमिला रहे थे क्योंकि उनके ज़िस्म पर बुजुर्गों के संसर्ग से एक खास क़िस्म की बीमारी फूटी हुई थी, और उनके फ़ेमिली डॉक्टर ने शायद उन्हें चलने-फिरने से मना कर दिया था। उनके रोयें झड़ गए थे और आँखें खोलने में उन्हें दिक्कत हो रही थी। इन यन्त्रणाओं के बावजूद अपनी जगह पर हिल-डुलकर और चीख़ने की चेष्टा में, मुँह फैलाकर वे इस क्रान्ति में अपना योगदान दे रहे थे।

मकान का दरवाज़ा खुला और उससे गयादीन बाहर आए। उन्होंने शान्तिपूर्ण ढंग से कहा, "बड़ा हल्ला मचा है।"

इसके बाद अपने दरवाज़े पर एक शहरी आदमी को अरहर की दुबली-पतली छड़ी हिलाते देखकर उन्होंने कुत्तों को डपटा। पास के मकान से एक उत्साही लड़के ने निकलकर कुत्तों पर दौड़-दौड़कर ढेले फेंकने शुरू किये, दुश्मन के पाँव उखड़ गए। कुत्ते तितर-बितर होने लगे। उनके भौंकने की आवाज़ें छिटपुट गूँजती रहीं।

गयादीन ने शर्मीले नौजवान से पूछा, "तुम कौन हो भैया ?"

इस सवाल का प्रत्येक भारतीय के पास यही एक आसान जवाब है कि वह चट से अपनी जाति का नाम बता दे। उसने कहा, "मैं अगरवाल हूँ।"

दीवार के सहारे खड़ी की गई एक चारपाई को नीचे गिराते हुए गयादीन ने कहा, "बैठो भैया ! काम क्या करते हो ?"

नौजवान ने चारपाई पर बैठकर मुँह का पसीना पोंछा जो गर्मी का नहीं, कुत्तों की भूँक का परिणाम था। जवाब दिया, "नौकरी में हूँ।"

गयादीन ने लड़के के मुँह को गौर से देखा। उस पर झेंप के निशान थे, पर कुल मिलाकर वह सुन्दर था। उन्होंने कहा, "यहाँ कैसे आए थे ?"

जवाब में लड़के ने रुक-रुककर देश में आए दिन पैदा होनेवाले लड़कों के बारे में बोलना शुरू किया। कुछ देर बाद गयादीन को आभास मिल गया कि दूसरे लोग लगातार बच्चे पैदा कर रहे हैं और इस नौजवान का व्यवसाय है कि वह उन्हें वैसा करने से रोके ? उन्होंने नौजवान की तनख्वाह के बारे में एक सवाल किया और फिर इस ताज्जुब में चुप होकर बैठ गए कि बच्चों की रोकथाम पर सिर्फ़ भाषण देकर कोई अपना पेट पाल सकता है।

सहसा उन्होंने पूछा, "तुम्हारे कितने बच्चे हैं ?"

"एक भी नहीं। मेरी शादी नहीं हुई है।"

गयादीन ने अब दिलचस्पी के साथ उस नौजवान को नीचे से ऊपर तक देखा। एक बार फिर उन्होंने पूछा, "तुम वैश्य अगरवाले हो ?"

उसने सिर हिलाकर इस सम्मानसूचक विचार की पुष्टि की। तब गयादीन चारपाई पर धीरे-से हुमसकर उसके पास खिसक आए। उन्होंने नौजवान से उसके घर का पता पूछा, जो कि पास के शहर ही में था। फिर उन्होंने उसके बाप का नाम पूछा, जो एक जाने-पहचाने हुए व्यापारी निकले। फिर उनका हाल-चाल पूछा और उन्हें मालूम हुआ कि बहुत-से छोटे व्यापारियों की तरह वे भी एक छोटे-मोटे नेता हो गए हैं, जिसका प्रमाण यह है कि उनके लड़के को नौकरी करने के लिए उनके घर से बहुत दूर न भेजकर पन्द्रह मील के फ़ासले पर ही तैनात किया गया है। फिर उसके भाइयों और बहनों का हाल पूछा तो पता चला कि बहन की शादी एक अमीर सेठ से हुई है और नौजवान का बहनोई कलकत्ते का रईस है और उसका छोटा भाई अपने बहनोई के साथ लगकर कारोबार कर रहा है। फिर कुछ और पूछताछ करने पर पता चला कि उस अमीर सेठ की यह तीसरी शादी है। फिर जब गयादीन ने घुमा-फिराकर उससे पूछा कि उसे भी शादी करनी है या नहीं, तो उसने कहा कि पिताजी की आज्ञा है कि इसी साल करनी है।

गयादीन ने अन्त में नौजवान से कहा, "तुम भैया, पढ़े-लिखे आदमी हो, तुम तो सिर्फ़ बी.ए., एम.ए. लड़की को छोड़कर कहीं और ब्याह करोगे ही नहीं।"

इस बार उस नौजवान ने, देश के औसत नौजवानों की तरह जो प्रेम अपने साथ पढ़नेवाली लड़कियों से और ब्याह अपने बाप के द्वारा दहेज की सीढ़ी से उतारकर लायी गई लड़की से करता है, कहा, "मैं कुछ नहीं जानता। पिताजी जैसा हुक्म देंगे, करूँगा।"

यह सुनकर, इसके पहले कि नौजवान चारपाई से उठ खड़ा हो, गयादीन ने कहा, "तुम तो बिरादरी के हो, घर पर आ गए हो तो शरबत पीकर जाओ। शरबत नहीं, तो दूध पियो। अच्छा, दूध भी अच्छा नहीं लगता तो चाय पी लो।"

कहकर उन्होंने बेला को आवाज़ दी।

सनीचर जिस मेंड़ पर बैठा था उसके एक ओर एक खेत था जिसकी फ़सल कट चुकी थी और जिसमें नहर का पानी लगा था। दूसरी ओर के खेत में गेहूँ की सूखी फ़सल खड़ी थी, पर उसे चिड़ियों से कोई ख़तरा नहीं था क्योंकि खेत में गेहूँ के पौधे थे, पर पौधों में बालियाँ न थीं।

किसान ने यह खेत एक प्रगतिशील आदमी की सलाह से बोया था, इसलिए गेहूँ के पौधे बराबर के फ़ासले पर बिलकुल सीधी लाइन में उगे थे। फ़सल उग आने पर इस खेत का बड़ा सम्मान हुआ और उसे प्रगतिशील खेती का नमूना कहकर उन अफ़सरों के निरीक्षण के लिए पेश किया गया जो ज़मीन पर पैर रखना ही नहीं, मेंड़ों पर चलना जानते थे। खेत में फ़सल जब एक-एक बालिश्त उग आयी तो पूरा दृश्य बड़ा मनोरम और काव्यपूर्ण हो गया। मुआयना करनेवाले अफ़सरों को उसने मार

गिराया। दो-तीन महीने तक वे वहाँ नियमित रूप से आते रहे और चिड़ियों की तरह क़तार बाँधकर क़तार में लगे हुए गेहूँ को देखते रहे। पर चूँकि गेहूँ की क़तार देखी जा सकती है और बीज के गुण-दोष और खाद की मात्रा और पानी का प्रबन्ध—यह सब पहली निगाह में नहीं देखा जा सकता, इसलिए किसान और उसके सलाहकार और निरीक्षण करनेवाले हाकिम—इन बातों के बारे में हमेशा चुप रहे।

पकने के समय तक खेत में महत्त्व की एकमात्र चीज़ पौधों की क़तार-भर रह गई थी। खाद, बीज और पानी का कहीं ज़िक्र ही नहीं हुआ था। इसलिए खेती की यह प्रगतिशीलता आँख को दो महीने सुख देकर किसान के लिए शर्म और जगहँसाई का कारण बन चुकी थी। अब मुआयना करनेवाले अफ़सर लोग भी नहीं आते थे, वे दूसरे प्रकार की क़तारों का मुआयना करने के लिए शायद दूसरी ओर निकल गए थे। गेहूँ की फ़सल, जो बैलों ने इतने परिश्रम से पैदा की थी, बैलों को ही अर्पित हो जानेवाली थी।

किसान इस समय सनीचर को अपनी प्रगतिशीलता का इतिहास बताकर अपने सलाहकार को गाली ही देनेवाला था कि वह रुक गया। सनीचर पहले ही गाली देने लगा था। गाली देते-देते उसकी ज़बान से कुछ देर में तुक की बातें निकलने लगीं। उसने कहा—

"ज़माना ख़राब है। तुम्हें बहकाकर खेत चौपट कर डाला। तुम्हें क्या कहें, तुम तो थे पोंगा। चरके में आ गए। हम होते तो कहते कि बेटा हम बीस लड़कों के बाप हैं, हमीं को बताने चले हो कि औरत क्या चीज़ होती है। तुम सात पीढ़ी से खेती कर रहे हो और ये लौंडे तुम्हीं को खेती की तरकीब सिखा रहे हैं। जिसे देखो, पाँव के नीचे साइकिल दबा लेता है और किर्र-किर्र करता हुआ यहाँ पहुँच जाता है। चले हैं खेती-किसानी सिखाने। समझते हैं कि यह काम भी वैसा ही है जैसे..." गालियाँ और गालियाँ।

उन्नतिशील खेती के समर्थकों को जैसे-ही-जैसे वह गाली देता जाता था, उसे उसमें मज़ा आता जा रहा था। दस-पाँच मिनट उसने इस बौद्धिक पद्धति से अपना मनोरंजन किया और उस किसान के दुख को हल्का कर दिया। बाद में स्वाभाविक आवाज़ में उसने पूछा, "सिंचाई कब की थी ?"

किसान ने कतराकर जवाब दिया, "सिंचाई किसने की थी ? पूस में बौछार तो पड़ ही गई थी।"

सनीचर की आवाज़ कड़ी हो गई, "तुम भी बस—क्या कहें—पोंगा के पोंगा ही रहे। उस चिरैयामूतन बौछार के सहारे तुमने खेत ऐसे ही पड़ा रहने दिया ?"

किसान ने कहा, "पानी तो बड़े झर्राटे से गिरा था।"

"तो अब क्यों चिचिहा रहे हो ? झर्राटे से गेहूँ भी अरोर डालो।"

कुछ रुककर सनीचर ने फिर पूछा, "खाद डाली थी कि नहीं ? नमकवाली खाद डाली, राखवाली खाद डाली ?"

"इतने-इतने खेत हैं, कहाँ-कहाँ डालते फिरें ?"

सनीचर ने बिगड़कर कहा, "तब किसी को क्या कहा जाय ! जैसे वे पोंगा, वैसे तुम पोंगा।"

लाइन। शिवपालगंज में जनता को पढ़ाया गया था : लाइन प्रगति का नाम है। यही तरक्की है। हर काम लाइन से करो। लाइन से पेड़ लगाओ और उन्हें लाइन से सूख जाने दो। बस के टिकट के लिए लाइन में खड़े रहो और जब बस आ जाय और अपनी राह चली जाय तो दूसरी बस के इन्तज़ार में दस घण्टे लाइन में खड़े होकर मक्खियाँ मारो। जानवरों को लाइन में बाँधो, घूरे लाइन में डालो। जलसे में झण्डियाँ लाइन से बाँधो, स्वागत-गीत गवाने के लिए लड़कों को लाइन में खड़ा करो, गले में माला झोंकने के लिए लाइन से खड़े हो जाओ। सबकुछ लाइन से करो। क्योंकि वह आँख से दिखती है और जो आँख से दिखती है, वही उन्नति है। इसके आगे देखने की और सोचने की तुम्हें ज़रूरत नहीं है, क्योंकि उस काम के लिए दूसरे लोग हैं।

एक आदमी दूर से आता हुआ दिखायी दिया। सनीचर वहाँ से कुछ तिरछे पड़ता था। पहले खेत की वह मेंड़-मेंड़ आ रहा था; फिर शायद उसने ज्योमेट्री पढ़ ली और जान लिया कि त्रिभुज की दो भुजाएँ मिलकर तीसरी भुजा से बड़ी होती हैं। उसने मेंड़ छोड़ दी और गन्ने के एक नये उगते हुए खेत को लाँघता हुआ वह कौवे के उड़नेवाली लकीर को पकड़े हुए सीधे सनीचर की ओर बढ़ने लगा। एक बार उसने अकड़कर अपने दायीं ओर देखा और इस कार्रवाई में उसके कन्धे से अँगोछा ज़मीन पर गिर पड़ा। वह निश्चित चाल से सात-आठ कदम आगे बढ़ आया, फिर उसने पीछे मुड़कर ज़मीन पर गिरे हुए अँगोछे को देखा। सिर्फ़ देखकर वह फिर पूर्ववत् आगे बढ़ने लगा। उसने ज़ोर से आवाज़ लगायी, "गिरधरिया, गिरधरिया, गिरधरिया रे.... ।" लगभग डेढ़ सौ गज पर खड़े हुए एक चरवाहे ने, जो एक लम्बी लाठी को ही गिरि के वज़न पर धारण किये हुए था, इस ललकार का जवाब दिया। उस आदमी ने कहा, "अँगोछा गिर गया है, उठाकर दे जा। मैं वहाँ सनीचर के पास खड़ा हूँ।"

सनीचर को तब मालूम पड़ा कि ये छोटे पहलवान हैं और उसकी ओर आ रहे हैं।

छोटे पहलवान ने आते ही सनीचर से कहा, "यहाँ पर बैठे-बैठे क्या उखाड़ रहे हो ? वहाँ बैदजी घण्टा-भर से राह परखे हैं।"

सनीचर ने जम्हाई लेकर कहा, "क्या बतायें कि क्या कर रहे हैं ! हमको तो यह प्रधानी बड़ी वाहियात चीज़ लगी। सबेरे से मारे-मारे घूम रहे हैं।"

सनीचर की बात से न तो वह किसान ही प्रभावित हुआ, न छोटे पहलवान ही, दोनों ने समझ लिया कि वह बक रहा है। पर जिस तरह कई नौकरी-पेशा लोगों की आदत बिना प्रभाव की चिन्ता किये अपनी ईमानदारी के किस्से सुनाते रहने की पड़ जाती है, सनीचर भी प्रधान की परेशानियों के बारे में बोलता चला गया।

छोटे पहलवान ने अचानक उसे टोककर कहा, "चलो, इतनी रंगबाज़ी बहुत है। अब सीधे बैदजी के दरवाज़े जाकर अपना नाटक दिखाओ।"

सनीचर कुछ हिचक के साथ बोला, "हम तो यहाँ अपने खेत में नहर का पानी

लगाए बैठे थे। ईख बोनी है। कुछ रुककर जानेवाले थे।''

खेत वैद्यजी का था जिसे इस साल उन्होंने सनीचर को बो लेने की इजाज़त दे दी थी।

छोटे ने सिर उठाकर कुछ दूर देखने की कोशिश की। बोले, ''नहर के पानी का आज तुम्हारा नम्बर तो था नहीं, कल रात को चुरइया के खेत में लगा था।''

सनीचर ने कहा, ''पहलवान, प्रधान बनाकर हमीं पर लम्बर लगाओगे ? कम-से-कम इतना तो रहने दो कि जब ज़रूरत पड़े अपना खेत तो सींच लें।'' फिर इत्मीनान से भविष्यवाणी की, ''सिंचवा देंगे। चुरइया का खेत भी सिंचा देंगे। एक ही दिन में कौन मरा जाता है ?''

छोटे पहलवान खेत की मेंड़ पर बैठ गए। उनके बैठने के ढंग से ही प्रकट था कि वे कुछ देर बैठेंगे। सनीचर की पीठ को हाथ से ठेलते हुए उन्होंने कुछ ऐसा किया कि वह भड़भड़ाकर खड़ा हो गया। छोटे ने कहा, ''अब सीधे दुल्की चाल में बैदजी के घर तक चले जाओ और नहर का पानी लेना हो तो चुरइया के खेत का नम्बर काटकर न लो। असल बाप की औलाद हो तो किसी दिन रामाधीन के खेत से पानी काटना।''

सनीचर ने चलते-चलते कहा, ''वह भी होगा। ज़रा दिन बीतने दो, तब देखना, क्या होता है ?''

''होगा क्या ? घण्टा ? रामाधीन तो एक सिंचाई कर भी चुका है।'' पहलवान ने अनादर से कहा, ''अरे सनीचर, बहुत न हाँको। यहाँ चुनाव की मार नहीं, लट्ठ की मार की ज़रूरत है। तुम्हारे उखाड़े एक मूली तक न उखड़ेगी।

''हमें एक दिन के लिए प्रधान बना दो, तब देखो। साले दुश्मन का निकलना-बैठना तक न बन्द कर दें तो कहना। मगर तुम तो ससुरे गाँधी महात्मा बने हो। रामाधीन से हँसकर नमस्कार करते हो। नमस्कार करना न जाने कहाँ से सीख आए हो। अपने बाप से बोलते हुए हवा खिसकती है और पानी चुरइया के खेत से काटते हो। एह् !''

सनीचर को उस किसान के सामने ये घरेलू बातें सुनने में अड़चन हो रही थी। जैसे कोई प्राइम मिनिस्टर पार्टी-प्रेसिडेण्ट की डाँट खाकर एकदम से प्रेस-कान्फ्रेन्स में पहुँच रहा हो, कुछ उसी पोज़ से उसने अपने चेहरे को निर्विकार बनाने की कोशिश की। उसके बाद अण्डरवीयर के दोनों भागों पर अपने हाथ समानान्तर ढंग से घिसता हुआ वह दुल्की से भी आगे सरपट चाल गाँव की ओर वापस लौट गया।

शिवपालगंज में ख़बर फैल गई कि पुराने दारोग़ाजी, जो वैद्यजी के नाराज़ हो जाने से यहाँ से लद चुके थे, आज जोगनाथ से माफ़ी माँगने के लिए आए हुए हैं और वैद्यजी की बैठक में मौजूद हैं। ख़बर काफ़ी हद तक सही थी।

वे इस समय वैद्यजी की बैठक में थे। टेरिलीन की बुश्शर्ट, सुनहरा चश्मा। उमेठी हुई मूँछें। इस समय वे एक किसी ऐसे ताल्लुकेदार-जैसे दिख रहे थे जो बहुत-सी बेसहारा नौजवान लड़कियों की हमदर्दी में अपना इलाका छोड़कर शहर में रहने चला आया हो। उनका डील-डौल काफ़ी रौबीला और गौरवपूर्ण था। पर आँखों में रसिकता थी और

लगता था कि ज़रा-सा प्रोत्साहन मिलते ही वे उर्दू का कोई आशिक़ाना शेर छेड़ बैठेंगे।

रुप्पन बाबू आजकल प्रिंसिपल के खुले विरोधी हो गए थे और प्रायः खन्ना मास्टर के घर पर बैठे रहते थे। रंगनाथ हर तीसरे दिन शहर वापस लौटने की बात करने लगा था और कभी-कभी वह भी खन्ना मास्टर के यहाँ पहुँच जाता था। बद्री पहलवान तीन दिन पहले आसपास के ज़िलों का चक्कर लगाने के लिए चले गए थे क्योंकि उनके दो-तीन चेले, अपने भोलेपन के कारण, राहजनी और डकैती के मामलों में गिरफ़्तार हो गए थे। इस समय वैद्यजी की बैठक पर वैद्यजी, दारोग़ाजी, जोगनाथ और छोटे पहलवान के बाप कुसहरप्रसाद-भर मौजूद थे।

इस थाने से तबादला हो जाने के बाद दारोग़ाजी को कई तकलीफ़ें हुईं। एक तो यह कि उनकी जगह यहाँ जो थानेदार आया वह, 'अब तक सब चौपट था, पर कोई बात नहीं, सब ठीक हुआ जाता है' के सिद्धान्त का अनुयायी था। इसलिए पुराने दारोग़ाजी पर इसी थाने पर कई मामलों को लेकर जाँच चल निकली थी। जाँच का चलना एक कष्टकर घटना है, बिना अनीस्थीशिया के ऑपरेशन की तरह, चाहे उसका अन्त कॉफ़ी-हाउस की बहसों की तरह बिना किसी नतीजे के ही होना हो। इस समय विभाग की ओर से दारोग़ाजी की अच्छी रगड़न्त हो रही थी। दूसरी तकलीफ़ गाय को लेकर थी। शहर में पहुँचने पर पता चला कि उनके भाई मिलिटरी फार्म पर काम तो ज़रूर करते हैं और गाय को वहाँ रखकर फोकट के चारे की व्यवस्था भी करा सकते हैं, पर इस समय उनके यहाँ भ्रष्टाचार-निरोध का अभियान चल रहा है और उनकी हिम्मत नहीं है कि वे गोमाता की सेवा का भार उठा सकें। गली के मकान में रहते हुए दारोग़ाजी को रोज़ सोचना पड़ता था कि गाय के साथ कैसा सुलूक किया जाय। तीसरी मुसीबत जोगनाथ के दावे ने पैदा कर दी थी।

उसने उन पर सिविल जज की अदालत में आठ हज़ार रुपये हर्ज़ाने का दावा किया था और बाद के अन्तिम शब्द कुछ इस प्रकार थे—

"कि प्रतिवादी ने वादी पर चोरी का झूठा जुर्म लगाकर उसे हानि पहुँचाने की नीयत से उस पर झूठा मुक़दमा चलाया। उसे लगभग दो महीने हवालात में रखा गया जिससे उसकी पूरे समाज में बेइज़्ज़ती हुई और उसके व्यवसाय को बड़ा धक्का लगा। इस सबका हर्ज़ाना कई लाख रुपये होता है, पर प्रतिवादी की हैसियत उतना हर्ज़ाना देने की नहीं है। इसलिए उस पर केवल प्रतीक-रूप में आठ हज़ार रुपये हर्ज़ाने का दावा दायर किया जाता है।"

दारोग़ाजी की हैसियत को गिराकर उसे जिस नुक्ते पर जोगनाथ ने फ़िट किया था, उससे उन्हें कोई उलझन न थी। उलझन का कारण पूरे मामले में जनता की दिलचस्पी थी। उस शहर में लगभग आधे दर्जन हिन्दी और उर्दू के चीथड़े निकलते थे जिन्हें वहाँ साप्ताहिक पत्र कहा जाता था। चीथड़े उड़ानेवाले कुछ अर्द्धशिक्षित लोग थे जो अपने को पत्रकार कहते थे और जिनको पत्रकार लोग शोहदा कहते थे। इन चीथड़ों में प्रायः अदालतों की नोटिसों और सड़क की घटनाओं का वृत्तान्त छपा करता था। साथ ही, निश्चित रूप से प्रत्येक चीथड़े में किसी अफ़सर के जीवन की ऐसी घटना का विवरण

छपता था जिसमें एक पात्र तो वह स्वयं होता था और शराब की बोतल, छोकरी, नोट की गड्डी, जुआ या दलाल का ज़िक्र दूसरे पात्र की हैसियत से हुआ करता था। ये चीथड़े अदालतों और अफ़सरों की दुनिया में बड़े गौर से पढ़े जाते थे और उन क्षेत्रों में हिन्दी-उर्दू पत्रकारिता के खतरे की दलील पेश करते थे। कभी-कभी अचानक किसी अफ़सर के जीवन-वृत्तान्त का खंडन भी छप जाता था, जिससे पता चलता था कि सम्पादक ने अमुक तिथि के चीथड़े में छपी हुई घटना की स्वयं जाँच की है और पाया है कि उसमें कोई सत्य नहीं है और उन्हें उस समाचार के छपने का खेद है और अपने विशेष संवाददाता पर, जिसे अब नौकरी से निकालकर मूँगफली बेचने के लिए मजबूर कर दिया गया है, रोष है। जिस अफ़सर के पक्ष में इस तरह का खंडन छपता था वह अपने साथियों से मुस्कराकर कहता था, "देखा ?" और उसके साथी उसकी पीठ-पीछे कहते थे कि सम्पादकजी इसे भी दुहे बिना माने नहीं और इस तरह से साहित्य और शासन का सम्पर्क दिन-पर-दिन गाढ़ा होता जाता था। इन चीथड़ों की सामाजिक-राजनीतिक-सांस्कृतिक दृष्टि से यही उपयोगिता थी।

तो इसी तरह के एक चीथड़े ने दारोग़ाजी के ख़िलाफ़ जोगनाथ के दावे की ख़बर घसीटकर अपने मुखपृष्ठ पर उछाल दी और ख़बर को कोई बासी न कहे, इस उद्देश्य से उसमें कुछ दिलचस्प तबदीलियाँ करके दूसरे चीथड़ों ने उसे कई बार कई ढंग से छापा। शहर में आने के साथ ही दारोग़ाजी एक मशहूर आदमी हो गए।

अभी मुक़दमे की पहली पेशी भी नहीं पड़ी थी, पर उन्होंने देखा कि पत्रकारों के साथ ही उनके महक़मेवालों की दिलचस्पी उनमें बढ़ गई है। वे अपने क्लब में जाते तो उनके साथी उन्हें व्याख्यान देते जिनका निष्कर्ष यह था कि ज़माना ख़राब है, टके के आदमी भी तीसमारख़ाँ हो गए हैं। अब नौकरी करने का वक़्त नहीं रहा और तुम तो बड़े समझदार आदमी थे, इस झमेले में कैसे फँस गए। उन्हें साथियों से इतनी हमदर्दी मिलती कि उनका रास्ता चलना मुश्किल हो गया और जब सभी कोरस बाँधकर कहने लगे कि घबराने की कोई बात नहीं, हम सब मिलकर सुप्रीम कोर्ट तक लड़ेंगे और देखो, शास्त्रों में लिखा है कि सत्य की ही जय होती है, तो दारोग़ाजी का दिल डूबने लगा।

एक दिन उनके एक बुजुर्ग शुभचिन्तक ने उन्हें राय दी कि तुम भी अजीब आदमी हो। यह मुक़दमे का पुछल्ला लगाए हुए इधर-उधर घूमते रहते हो। जाकर किसी हिकमत से इसे दफ़न क्यों नहीं कराते ?

इसके बाद वे वैद्यजी की शरण में आए।

वे लोग चुपचाप बैठे थे। जो बात होनी थी वह शायद हो चुकी थी। दारोग़ाजी अपने मनोहारी रूप में थे ही, ख़ामोशी तोड़ने के लिए कुसहरप्रसाद से बोल बैठे, "क्यों जी, तुम्हारा और छोटे का झगड़ा अब भी होता है ?"

कुसहरप्रसाद ने कहा, "नहीं दारोग़ा साहब, अब देह शिथिल पड़ रही है। वह पहलेवाली बात नहीं रही।"

"तो क्या लड़के की मार चुपचाप झेल जाते हो ?"

"बताया तो आपसे। अब वह बात नहीं रही।" कुसहरप्रसाद ने वैद्यजी से कहना शुरू किया, "आपको तो मालूम ही है। होली के पहले उसने कुछ तू-तड़ाकवाली बात की, उस पर मैंने उसे एक छड़ी मार दी। उसने क्या किया कि मुझे उठाकर आँगन में फेंकने के लिए झूला-जैसा झुलाया, पर न जाने क्या सोचकर मुझे वहीं छोड़ दिया। मैं लद्द से चारपाई पर चू पड़ा। दोपहर को उसने मुझसे कहा कि देखो, अब तुम्हारी देह कमज़ोरी हो गई है। पहलेवाली बात नहीं रही। मैंने तुम्हें पटकने के लिए उठाया तो तुम पुआल-जैसे उठे चले आए। तभी मैंने तुम्हें आँगन में नहीं फेंका।

"उस दिन से यह हुआ कि अब एक-दूसरे के मुँह न लगा जाए। छोटू कहता है कि मरना हो तो अपनी मौत मरो, हमारे भरोसे न रहो। न हम तुम्हारे जीने में हैं, न तुम्हारे मरने में।"

वैद्यजी पूरी घटना सुनकर बोले, "मेरे सामने उस पापी का नाम तक न लेना। नीच अपने पिता ही पर हाथ उठाता है।"

कुसहरप्रसाद ने एक बुजुर्ग जैसे दूसरे बुजुर्ग से बात करता है, बिना हिचक के कहा, "धन्य हो महाराज, इतनी देर तक उसका क़िस्सा सुनते रहे, तब न बोले। जब पूरा हाल-चाल जान लिया तो कहते हो कि छोटू का नाम तक न लेना। धन्य हो ! पूरे नेता हो।"

वैद्यजी इस तरह हँसे कि दारोग़ाजी जान जाएँ, कुसहर उनका अपमान उनकी इजाज़त से ही कर रहे हैं। हँसते-हँसते उन्होंने जोगनाथ की तरफ़ देखा। जोगनाथ ने देख लिया, उनकी मूँछें तो हँस रही हैं पर आँखें नहीं। जोगनाथ ने खँखारकर कुसहर से कहा, "ए पण्डित कुसहरप्रसाद, छोटू ने तुमको जुतियाना छोड़ दिया है तो उससे बिलकुल ही बेलगाम न बन जाओ। वैद्यजी से तो ठीक से बात करो। इसी तरह टेढ़ी-मेढ़ी बात करते घूमे तो कभी सेर पर सवा सेरवाला मिल जाएगा।"

वैद्यजी फिर उसी तरह हँसे जिससे प्रकट हुआ कि कुसहर का अपमान भी उनकी इजाज़त से हो रहा है। कुसहरप्रसाद ने सिर्फ़ इतना ही कहा, "जेहल से बहुत-कुछ सीख आए हो। पर अपनी उमरवालों में खाओ-खेलो। हमारी-वैद्यजी की बात है, इसमें तुम क्यों टिल्ल-टिल्ल लगाए हो !"

अचानक दारोग़ाजी ने कहा, "वैद्यजी, मेरी बस का टाइम हो रहा है।"

"तो जैसे बताइए वैसे करूँ।" वैद्यजी उनकी बात पर छूटते ही बोले, "आप प्रतिवादी हैं। जोगनाथ वादी हैं। इस समय आप लोग एक-दूसरे के समक्ष हैं। स्वयं बात करके मामला सुलझा लें। नवयुवकों की बातों में मैं क्या कह सकता हूँ !"

जोगनाथ ने कहा, "महराज, ये कोई मेरा अपना मामला तो है नहीं। शिवपालगंज की इज़्ज़त का मामला है। इसीलिए गाँव-सभा अपनी तरफ़ से मुक़दमे पर ख़र्च कर रही है, सुलह भी गाँव-सभा के ही प्रस्ताव पर होगी। मैं तो दारोग़ाजी से तब भी छोटा था, अब भी छोटा हूँ। हाकिम हाकिम ही रहेगा, पर मुझे कुछ नहीं कहना है, आप जो कह देंगे वही होगा।"

दारोग़ाजी को लग रहा था कि शाम के पोर्चुलाका की तरह उनकी मूँछें मुरझाकर

नीचे झुकी जा रही हैं, पर मोम लगाकर मूँछें उमेठने से यही फ़ायदा होता है कि वे भावुकता के कारण नीची-ऊँची नहीं होतीं। उन्होंने कुछ भी नहीं कहा।

वैद्यजी जोगनाथ से बोले, "तो गाँव-सभा पर ही छोड़ दो। सनीचर से बात कर लो। इतने बड़े हाकिम शहर से यहाँ तक दौड़े आए हैं। मामला खत्म करा दो।"

दारोग़ाजी के मत्थे पर झुर्रियाँ उभर आईं। बोले, "सनीचर! यह कौन है?"

"आप न जानते होंगे। उनका नाम मंगलप्रसाद है। हमारे प्रधान हैं। उधर वह उनकी दुकान है। आप वहीं जाकर बात कर लें।" वैद्यजी आदर से बोले।

कुसहर ने कहा, "कल के जोगी, चूतड़ तक जटा। सनीचर को देखो, देखते-देखते मंगलप्रसाद बन गए। धन्य हो गुरु महाराज! सुलह करानी हो तो सनीचरा को यहीं बुला लो।"

वैद्यजी ने गम्भीरता से कहा, "पद की मर्यादा रखनी चाहिए। प्रधानमन्त्री बनाने के बाद गाँधीजी नेहरूजी का कितना सम्मान करते थे! पारस्परिक सम्बन्ध की बात दूसरी है, किन्तु लोक-व्यवहार में पद की मर्यादा रखनी पड़ती है।"

दारोग़ाजी की हिम्मत बढ़ाते हुए उन्होंने दोहराया, "वहीं दुकान पर जाइए। प्रधानजी आ गए होंगे।"

सनीचर अपनी दुकान के केबिन में बैठा हुआ दारोग़ाजी और जोगनाथ की प्रतीक्षा कर रहा था। खेत से वापस आते ही उसे गँजही पद्धति से मालूम हो गया था कि जोगनाथ के दावे पर दारोग़ाजी की हवा खिसक गई है, वे लुलुहाते हुए सुलह के लिए आए हैं, उन्हें कड़ाई से खींचना चाहिए ताकि सबक़ रहे कि शिवपालगंज में बड़े-बड़े दारोग़ा लोग चीं बोल गए और यह घटना वक्त-ज़रूरत काम आए। सनीचर ने दारोग़ाजी की प्रतीक्षा करते-करते भंग की चार-पाँच पुड़ियाँ बेच डालीं। फिर एक पुड़िया किसी राह-चलते आदमी को, जो गाँव-पंचायत का मेम्बर था, यों ही दे दी। उसने पूछा, "इसका क्या किया जाए?"

"रख लो, दारोग़ाजी की पिड़ी बोलनेवाली है। बोल जाए तब भंग-भोज करना। भंग हमारी, बादाम-पिस्ता-शक्कर-दूध सब तुम्हारा।"

पंच ने पुड़िया धोती की टेंट में खोंस ली, मुस्कराकर कहा, "प्रधानजी, हमीं पर दाँव लगा रहे हो। ठेके की भंग में क्या रखा है, असली कीमत तो बादाम-पिस्ते की है।"

सनीचर ने इस तरह मुँह बनाया जैसे उसे अपनी उदारता पर इस आक्षेप से सख़्त ऐतराज़ हो। उसने कहा, "पुड़िया तो रखे रहो, तुम्हें क्या काटे खा रही है? दारोग़ाजी की पिड़ी बोलने दो, उसके बाद न होगा तो गाँव-सभा की तरफ़ से ही भंग-भोज बोल दिया जाएगा।"

पंच ने कहा, "पचीस रुपिया घुस जाएगा।"

"घुस जाने दो।"

"पंचायत-मन्त्री इस ख़र्चे पर ऐतराज़ लगाएगा।"

सनीचर ने जल्दी से कोशिश करके अपने को गुस्से में डाला। कहा, "यहीं क्वापरेटिव यूनियन में दस साल से रोज़ शाम को भंग-भोज चलता है। किसी साले ने ऐतराज़ नहीं लगाया, गाँव-सभा के भंग-भोज में कोई क्या खाकर ऐतराज़ लगाएगा ?"

पंच ने तर्क का रास्ता छोड़कर सिद्धान्तवादिता का सीधा और तर्कहीन रास्ता पकड़ा। सिर हिलाकर बोला, "पर यह बात ठीक नहीं। मेरे गले के नीचे नहीं उतरती।"

सनीचर ने आँखें तरेरकर कहा, "तुम सब लण्ठ हो। कुछ बाहर का भी हाल जानते हो ? बड़ी-बड़ी चुंगियों में हज़ारों की दावतें खायी जाती हैं। तुम समझते हो कि मैं ऐसे ही बक रहा हूँ। तनिक उनसे—रंगनाथ बाबू से तो पूछ लो। तब तुम्हारी समझ में आएगा कि राज-काज में कितना ख़र्चा है।

"यहाँ तुम गाँव-सभा के भंग-भोज में ही पिलपिला गए हैं।"

"गिलहरी के सिर पर महुआ चू पड़े तो समझेगी, गाज गिरी है।"

दारोग़ाजी और जोगनाथ आते हुए दिखायी दिए। सनीचर ने पहले कमीज़ उठाकर पहनना चाहा, कमीज़ चुनाव के बाद बनी थी और वैद्यजी के हुक्म से ख़ास-ख़ास मौक़ों पर पहनी जाती थी। फिर न जाने क्या सोचकर उसने उसे चावल की टोकरी पर रख दिया। फिर नंगे बदन पर एक बार हाथ फेरा, चुटिया सिर पर अच्छी तरह से छितरा ली और अण्डरवीयर को ऊपर खिसकाकर उसे जाँघों के उद्गम तक खींच लिया। इसके बाद अवधूत-शैली में वह दारोग़ाजी का स्वागत करने के लिए तैयार हो गया, यानी किसी काल्पनिक ग्राहक के लिए तराजू पर कुछ सौदा तोलने लगा।

जोगनाथ ने आते ही कहा, "प्रधानजी, दारोग़ाजी आए हैं।"

सनीचर ने दारोग़ाजी के सिर के ऊपर निगाह फेंकते हुए पूछा, "कहाँ हैं ?"

"आप ही हैं।"

सनीचर ने सामने पड़ी बेंच की ओर इशारा करके उनसे रुखाई से कहा, "बैठो दारोग़ाजी, आप बिना वर्दी के थे। पहचानने में कुछ दिक्क़त हो गई।"

दारोग़ाजी बेंच पर बैठ गए। उसकी धूल झाड़ना उन्होंने नीति के विरुद्ध समझा। उनकी बगल में जोगनाथ भी बैठ गया। अब उन दोनों के हाथ में सिर्फ़ गाँजे की चिलम-भर पकड़ने का काम बाकी रहा। इसे छोड़कर अवधूत का दरबार सब तरफ़ से भरा-पूरा दिखने लगा।

दारोग़ाजी ने बताना शुरू किया कि सनीचर-जैसे प्रधान के हाथ में शिवपालगंज बहुत तरक्की करेगा। उन्होंने खेद प्रकट किया कि अपनी तैनाती के दिनों वे सनीचर से जान-पहचान नहीं कर सके। उन्होंने कहा, "जोगनाथ को कुछ ग़लतफ़हमी हो गई है, जिससे उन्होंने एक दावा... ।"

सनीचर ने बात टोककर कहा, "ग़लतफ़हमी ! यह कौन-सी चिड़िया है ? आप अंग्रेज़ी छोड़कर देसी बोली में बताइए। हम दीहाती आदमी हैं। कुछ ऐसा बोलिए कि बात समझ में आ जाए।"

दारोग़ाजी की मूँछों पर जमे हुए मोम ने उनकी इज़्ज़त बचायी। उठी मूँछों की छत्रछाया में आवाज़ को बहुत मीठा बनाकर उन्होंने समझाया, "जोगनाथ को कुछ भरम

हो गया कि...।''

सनीचर ने कहा, ''भरम हो गया है, तो इसी मुक़दमे में साफ़ हो जाएगा। चार पेशी बाद पता चल जाएगा कि भरम किसको है।''

दारोग़ाजी ने बेंच पर कोई भी कशमकश नहीं दिखायी। घड़ी देखते हुए बोले, ''देखिए प्रधानजी, आप यही समझ लें कि भरम मुझको हुआ था। गलती मेरी थी। मुझे पूरी शहादत देखे बिना इस मुक़दमे में हाथ न डालना था। मैं अब सुलह करने को तैयार हूँ। आप जो सही समझें वही किया जाए।''

जोगनाथ मुस्कराया, पर सनीचर ने गम्भीरता के साथ कहा, ''क्या कहते हो जोगनाथ ?''

''मुझे क्या कहना है। मैं तो तब भी गुण्डा था, अब भी गुण्डा हूँ। कहना-सुनना तो तुम्हीं को है। वैसे मेरी राय पूछते हो तो वह भी सुन लो। दारोग़ाजी जो कह रहे हैं, उसी को लिखकर दे दें। मामला ख़तम समझ लिया जाए।''

दारोग़ाजी कुछ नहीं बोले। सनीचर थोड़ी देर तक सोचता रहा, फिर बोला, ''मैं बताऊँ दारोग़ाजी, चलिए, वैद्यजी से बात कर ली जाए।''

दारोग़ाजी ने कहा, ''उनसे तो मैं बात कर चुका हूँ। वे कहते हैं कि मामला गाँव-सभा के हाथ में है। जोगनाथ का मुक़दमा गाँव-सभा ही लड़ रही है। उनका कहना है कि मुक़दमा वापस लेने का फ़ैसला आप ही करेंगे। वैद्यजी तो गाँव-पंचायत के मेम्बर भी नहीं हैं।''

''हाँ, सो तो ठीक है,'' सनीचर ने हवा बाँधते हुए कहा, फिर रुककर बात जोड़ी, ''फिर भी वैद्यजी से बात कर ली जाए।''

''पर वह तो कहते हैं कि वे मेम्बर तक नहीं हैं।''

सनीचर ने चावल की टोकरी से कमीज़ निकालकर ज़ोर से फटकारी। धूल उड़ी, पर दारोग़ाजी ने नाक तक नहीं सिकोड़ी। कमीज़ पहनते हुए वह बोला, ''चलिए, चलना तो उसी दरबार में है।''

उस दिन शाम होने पर गाँव-सभा की ओर से भंग-भोज हुआ। गाँधी-चबूतरे पर कई सिलें एकसाथ खटकने लगीं। धूल-धक्कड़ में भंग की पिसाई हुई। कहीं भंग नशा करने से इनकार न कर दे, इस खतरे को दूर करने के लिए उसमें धतूरे के कुछ बीज भी मिला लिए गए। बादाम-पिस्ता, काली मिर्च, इलायची और दस-बीस तरह की न पहचानी जानेवाली चीज़ें उसमें पीसकर डाली गईं। इस मिक्श्चर को दूध और पानी में घोला गया और देखते-देखते कई बाल्टियाँ उफना चलीं। बन्दर की तरह उछलकर सनीचर ने पहले एक गिलास भंग पास एक पेड़ के नीचे रखे हुए शिवलिंग पर चढ़ायी और उसी के साथ वह भंग से सम्बन्धित सैकड़ों सूक्तियाँ और प्रार्थनाएँ ज़बानी पढ़ने लगा। पुराने ज़माने का अशिक्षित आदमी भी आज के शिक्षित के मुक़ाबले कितना ज़्यादा जानता है—इस भावना से लोगों ने तारीफ़ में सिर हिलाना शुरू कर दिया। फिर भंग बँटने लगी।

न जाने कितने लड़के गाँधी-चबूतरे के पास जमा हो गए थे। उनकी आँखों से

कीचड़ बह रहा था, मुँह से लार टपक रही थी। पेट लगभग सभी के निकले हुए थे और यह स्पष्ट था कि उनके घरों में खाने की कमी नहीं है। लड़कों की आवाज़ चिचिहाती हुई और कभी-कभी भर्राती हुई निकलती थी और उससे भी ज़्यादा अस्वाभाविक उनके चेहरे पर फैली हुई खुशी थी। हर समझदार समझ सकता था कि आगे की पीढ़ी ज़ोर से चीख़कर बोलेगी और हर हालत में फूले हुए पेट और हँसते हुए चेहरे के साथ रह लेगी। भंग पहले इन्हीं लड़कों में बँटनी शुरू हुई और वे दूध का स्वाद भले ही न जानते हों, भंग के स्वाद पर 'बहुत बढ़िया,' 'फस्ट किलास' जैसी राय देकर उसे मुदितमन पीने लगे।

उसी रात जोगनाथ ने शराबख़ाने पर ख़ास-ख़ास लोगों को दारू का भोज दिया। उसमें मुख्य अतिथि उस आदमी को बनाया गया जो कुछ दिन पहले पड़ोस के गाँव में हत्या के जुर्म से बरी होकर वापस आया था। उसकी उपस्थिति में वातावरण पहले तो बड़ा सम्मानपूर्ण और शान्त रहा, बाद में जब एक आदमी ने फौजी भाषा में कहा कि "सोते हुए इन्सान को बकरे-जैसा काट डालना बहादुरी नहीं है जवान, यह चिकवे का काम है", तो वातावरण की शान्ति दुम दबाकर किसी सूराख़ में घुस गई।

"तुमने कभी कोई बकरा काटा है ?" मुख्य अतिथि ने पूछा।

"हम चिकवा नहीं हैं।"

"मैं सीधी बात पूछ रहा हूँ।" मुख्य अतिथि ने अपनी बात दुहरायी, "तुमने कभी कोई बकरा काटा है ?"

वह अपने चुग्गड़ पर निगाह टिकाकर बहुत धीमी और सीधी आवाज़ में बोल रहा था। उसने जब अपनी बात दुहरायी तो कई लोग घबराकर उसके पास खिसक आए। किसी ने उसका हाथ छूकर कहा, "जाने दो।"

उसने अपना हाथ झटककर हटा लिया और तिबारा कहा, "तुमने कभी कोई... ।"

"जाने दो, जाने दो भाई... ।" लोगों ने उसकी खुशामद करनी शुरू कर दी, पर फ़ौजी भाषा बोलनेवाला आदमी भी अब तक वहाँ पहुँच चुका था जहाँ पर हर चीज़ को तिनका और हर आदमी को भुनगा समझा जाता है। उसने जनसाधारण से कहा, "इस जवान को दारू चढ़ गया है। इसे उधर कोने में लिटा दो। सिर पर ठण्डा पानी डालो।"

यह शुरुआत थी। चुग्गड़ों और बोतलों की तोड़-फोड़ में ज़्यादा देर नहीं लगी। फिर वे लोग शराबघर से बाहर आकर सड़क पर कुछ देर गालियों का भोज करते रहे। एक बजने पर लातों-मुक्कों और लाठियों का भोज शुरू हुआ।

पड़ोस के मकानों में लोग जाग गए थे और थाने पर लोग सो गए थे।

रंगनाथ छत पर बरामदे में लेटा था। उसकी नींद खुल गई थी। वह थोड़ी देर चुपचाप लेटा रहा और गाँव के एक कोने से आती हुई इन चीख़-पुकारों को सुनता रहा। बाद में रुप्पन से बोला, "मुझे यहाँ से नफ़रत हो रही है। मैं कल ही वापस चला जाऊँगा।"

रुप्पन बाबू आज के जलसे में शरीक नहीं हुए थे, पर घर पर उनके पीने के लिए भंग पहुँचा दी गई थी। नींद भरी आवाज़ में बोले, "कहाँ जाओगे दादा ? वहाँ भी इसी तरह के हरामी मिलेंगे।"

रंगनाथ ने तेज़ी से कहा, "मुझे वहाँ से भी नफ़रत हो रही है।"

रुप्पन बाबू ने करवट बदलकर जम्हाई लेते हुए कहा, "नफ़रत करनेवाले तुम होते कौन हो ? कोई इनसे बाहर हो क्या ?"

कहते-कहते वे चारपाई पर बैठ गए और बोले, "कई दिन से तुम ऐसी ही बातें कर रहे हो। तुम तो इस तरह बोलते हो, जैसे तुम विलायत से आए हो और बाक़ी सब काला-आदमी-ज़मीन-पर-हगनेवाला है।

"सोना हो तो चुपचाप सो रहो; नहीं तो बैठकर रात-भर नफ़रत करते रहो।"

31

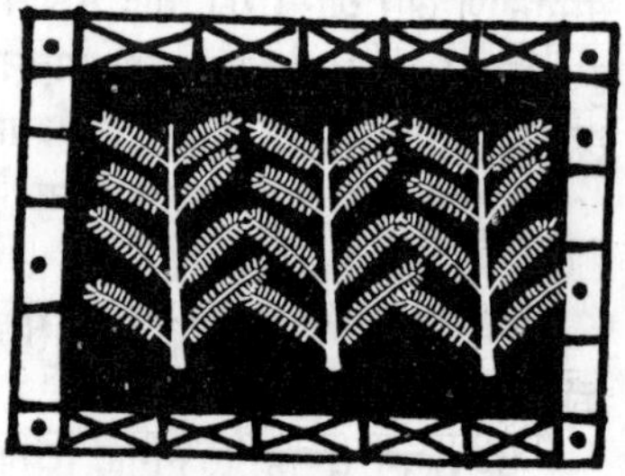

घर वापस आकर बद्री पहलवान ने देखा, वैद्यजी दुखी हैं। उनके दुखी होने की पहचान यह थी कि उनका साफा कुछ ढीला हो जाता, मूँछें बेतरतीब हो जातीं और हर तीसरे वाक्य के बाद वे कहने लगते, "मैं क्या बताऊँ, जो मन में आवे, करो।"

बद्री पहलवान के एक मित्र को पड़ोस के ज़िले में नाजायज़ तौर से हथियार रखने के जुर्म में सज़ा हो गई थी। उसके मकान पर एक स्टेनगन, कुछ हैण्डग्रिनेड, एक रायफ़ल और बन्दूक पाई गई थी और यह प्रमाणित हो गया था कि वह मित्र इस शस्त्रागार का मालिक है। मित्र ने मुक़दमे में कहा था कि न शस्त्रागार उसका है और न वह मकान ही उसका है। मकान अभियुक्त के अनुसार उसकी पत्नी का था। पर कोर्ट का दिल, सुना जाता है, ये अस्त्र-शस्त्र देखते ही दहल गया और उसने मित्र को, जैसे ही मौका मिला, दो साल की कैद सुनाकर जेल भेज दिया।

बद्री पहलवान की दिलचस्पी अस्त्र-शस्त्र में न थी, पर उन्होंने मित्र की मातमपुर्सी में जाना आवश्यक समझा। मित्र ने इस समय हाईकोर्ट में अपील दायर कर रखी थी और खुद जमानत पर था। बद्री को उसने बहुत बार दोहराकर बताया कि हाईकोर्ट में हार गए तो सुप्रीम कोर्ट जाना होगा और इस सबमें बहुत रुपिया खर्च होगा जो उसे ही बरदाश्त करना होगा, क्योंकि आजकल कोई किसी का नहीं है। बद्री ने इसका यह अर्थ लगाया कि इस मुक़दमेबाज़ी का खर्च अड़ोस-पड़ोस की सड़कों पर सूरज डूबने के बाद निकलनेवाले राहगीरों को बरदाश्त करना पड़ेगा। चूँकि वे लूटपाट की घटनाओं को

हिकारत की निगाह से देखते थे, इसलिए उन्होंने मित्र को आश्वासन दिया कि रुपये की चिन्ता मत करो, सब कमी भगवान पूरी करेगा, पर मित्र ने मुस्कराकर कहा कि 'जो कुछ है वह भगवान का ही दिया हुआ है' और यह कहते हुए उसने छप्पर के फूँस में ठुँसी हुई एक कपड़े की पोटली निकाल ली। पोटली में बहुत-से नोट मुड़े हुए रखे थे। उनमें से दो हज़ार रुपये के नोट मित्र ने बद्री के हाथ में इसरार करके रख दिए और कहा कि इन्हें अपने पास रखे रहो। मेरा क्या है ? रमता जोगी, बहता पानी। एक पैर यहाँ है, एक पैर जेल में। अगर हाईकोर्ट में अपील ख़ारिज़ हो गई तो जमानत वहीं पर ख़त्म हो जाएगी। उस समय इसी रुपये से सुप्रीम कोर्ट जाने का इंतज़ाम करना। भगवान ने इस बीच दो-चार हज़ार का और हिसाब कर दिया तो वह भी तुम्हारे पास पहुँचवा दूँगा। मेरे दिन खराब हैं। एक भगवान का और एक तुम लोगों का सहारा है...।

इस तरह भगवान की चर्चा समाप्त करके बद्री पहलवान जब अपने घर वापस आए, तो अमानत ही के क्यों न हों, उनकी जेब में दो हज़ार रुपये थे। आकर उन्होंने वैद्यजी को अपने मित्र की विपत्ति सुनायी और बताया कि शायद सुप्रीम कोर्ट तक जाने की ज़रूरत पड़ेगी और उस हालत में मुझे भी कुछ दौड़धूप करनी पड़ेगी। वैद्यजी ने गिरी आवाज़ में जवाब दिया, "मैं क्या बताऊँ ? जो मन में आवे...।"

बद्री ने चौंककर उनकी ओर देखा। वे साफ़ा नहीं बाँधे थे, पर उनकी मूँछें बेतरतीब थीं। वे चिन्तित हो उठे। समझ गए कि वैद्यजी दुखी हैं।

कुरेद-कुरेदकर दुख के कारण का अनुसन्धान किया गया। मालूम हुआ कि इधर दो-चार दिन में कई लोगों ने बहुत-से गलत काम किये हैं।

प्रिंसिपल ने शहर में जाकर डिप्टी-डायरेक्टर ऑफ़ ऐजुकेशन को कॉलिज-समिति की वार्षिक रिपोर्ट दिखायी थी। रिपोर्ट अत्यन्त सुन्दर अक्षरों में लिखी गई थी। उसकी भाषा प्रांजल और शैली अलंकारपूर्ण थी। वैद्यजी के सौन्दर्य का निरूपण करते हुए उसमें उन्हें इस क्षेत्र का नरकेसरी कहा गया था। यह अच्छी तरह प्रमाणित था कि वैद्यजी को सर्वसम्मति से 'सहर्ष' मैनेजर के पद पर फिर चुना गया है। उसमें यह नहीं लिखा था कि कुछ सदस्यों को कॉलिज के बाहर तमंचे के ज़ोर से धमकाया गया और उन्हें अन्दर नहीं जाने दिया गया। इस लिखित प्रमाण के बाद भी डिप्टी-डायरेक्टर रामाधीन भीखमखेड़वी के इस आरोप की जाँच करना चाहते हैं कि मैनेजर के पद का चुनाव तमंचे के ज़ोर पर आतंकपूर्ण वातावरण में हुआ। जाँच की गुंजाइश न होते हुए भी उन्होंने प्रिंसिपल को नोटिस दिया है कि वे स्वयं जाँच करेंगे और उसके लिए एक तारीख निश्चित कर दी है।

खन्ना मास्टर ने भी डिप्टी-डायरेक्टर को एक लिखित शिकायत दी है और कई आरोपों के बीच यह भी कहा है कि यहाँ अध्यापकों को जितना वेतन मिलता है उससे दुगुनी रक़म पर उनके दस्तखत कराये जाते हैं। ऐसा तो सत्तर फ़ीसदी कॉलिजों में हुआ ही करता है और ऐसी बात पर ध्यान नहीं देना चाहिए था, पर डिप्टी-डायरेक्टर ने वादा किया है कि वे इसकी भी जाँच करेंगे। सारे संसार में एक अटल नियम है कि रसीद जितने की होती है उतने की ही मानी जाती है, पर इस लिखित प्रमाण के बावजूद वे

जाँच करने पर तुले हुए हैं।

मालवीय मास्टर के दुराचरण के विरुद्ध किसी ने गुमनाम पर्चा छपाया है। आरोप ग़लत हो या सही, पर गुमनाम शिकायत करना एक कायरतापूर्ण कार्य है। किसी बालक के साथ व्यभिचार करना भी कायरतापूर्ण कार्य है और यदि मालवीय ने ऐसा किया था तो किसी को खुलकर इसकी निन्दा करनी चाहिए थी। पर सुना गया है कि खन्ना मास्टर कॉलिज के कुछ लड़कों की गवाही दिलाकर साबित करने जा रहे हैं कि यह पर्चा बेचारे प्रिंसिपल ने छपाया है। रुप्पन कुछ बोलते नहीं, पर सुना गया है कि खन्ना को पर्चे की छपाई का प्रमाण उन्हीं की सहायता से मिला है। कई विद्यार्थियों को भड़काकर शिकायत करायी गई है कि कॉलिज में सबकुछ होता है, सिर्फ़ पढ़ाई नहीं होती। बेचारे मास्टर मोतीराम के विरुद्ध आरोप लगाया गया है कि वे कक्षा में विज्ञान नहीं, आटाचक्की का कारोबार सिखाते हैं। इन सबका कोई लिखित प्रमाण नहीं है, पर इसकी भी जाँच होनेवाली है।

और तो और, रंगनाथ भी अब कभी-कभी खन्ना से बात करने लगा है, इधर उसके स्वास्थ्य का विकास तो हुआ है, पर मस्तिष्क दूषित हो गया है।

कोऑपरेटिव इन्स्पेक्टर युधिष्ठिर का बाप बनता है। उसने अपनी एक रिपोर्ट ऊपर भेजी है कि रामस्वरूप सुपरवाइज़र ने जो दो हज़ार रुपये से ऊपर का ग़बन किया था, वह वैद्यजी की जानकारी से हुआ है और उसने वे रुपए वैद्यजी से वसूलने का प्रस्ताव किया था। मैनेजिंग डायरेक्टर की हैसियत से वैद्यजी ने जो रिपोर्ट इन्स्पेक्टर के ख़िलाफ़ भेजी थी, उसके लिखित होने के बावजूद उस पर कोई कार्रवाई नहीं हुई है और अनेक प्रयास करने के बावजूद उसका तबादला नहीं हो पा रहा है। और तो और, उन्होंने लिखकर दिया था कि इन्स्पेक्टर शराब पीता है और इस पर भी अभी तक कोऑपरेटिव विभाग में ज्वालामुखी के विस्फोट की बात तो दूर रही, भूकम्प तक नहीं आया है।

बद्री पहलवान पिता के पास तख़्त पर एक पैर रखकर, उस पैर के घुटने पर एक हाथ की कोहनी रखकर और हाथ के ऊपर अपनी ठुड्डी रखकर खड़े थे। पूरी बात सुनकर बोले, "बस ?"

वैद्यजी ने कहा, "तुम इसे 'बस' कहते हो ? मेरी सेवाओं का यही पुरस्कार है ?"

बद्री पहलवान ने पुरस्कारवाले हिस्से को अनसुना कर दिया। बोले, "ये झगड़े तो दस मिनट में ख़त्म हो जाएँगे। कोऑपरेटिव इन्स्पेक्टर को दस जूते मार दिए जाएँ, ठीक हो जाएगा। डिप्टी-डायरेक्टर न मानें और जाँच करने आएँ तो उनका भी किसी से भरत-मिलाप करा देंगे। खन्ना मास्टर के लिए हुकुम कर देंगे कि वे और उनकी पार्टी के लोग कल से कॉलिज के अन्दर न जाएँ, सबको बराबर ग़ैरहाज़िर बनाकर पन्द्रह दिन बाद निकाल बाहर कर देंगे।..."

वैद्यजी ने टोककर कहा, "ऐसा कैसे हो सकेगा ?"

"प्रिंसिपल करेगा। त्रिपाठीजी को पारसाल कैसे निकाला था ? उन्हें एक महीने ग़ैरहाज़िर रखा गया था कि नहीं ?"

वैद्यजी के चेहरे पर कुछ विश्वास की-सी झलक देखते हुए बद्री पहलवान ने कहा, "तुम यह सब ऐसे ही छोड़ दो, प्रिंसिपल ठीक कर लेगा। छोटे ने इधर दो-तीन पट्ठे तैयार किये हैं। कॉलिज के बाहर उन्हीं की ड्यूटी लगा देंगे। खन्ना को कॉलिज के भीतर जाते हुए जूते मारेंगे।

"रंगनाथ चाहे जितना गिचिर-पिचिर करे, उसकी फिक्र क्या ? शहर का आदमी है। सूअर का-सा लेंड़—न लीपने के काम आय, न जलाने के। तुम उधर देखो ही नहीं, घबराकर वापस भाग जाएगा।

"रहे रुप्पन, उन्हीं को दो-चार लप्पड़ मारने होंगे। सो जब कहोगे, मार दूँगा।"

वैद्यजी बद्री की प्रतिरक्षा-योजना सुनकर थोड़ी देर शान्त भाव से बैठे रहे। फिर अचानक बोले, "रामदयाल तिवारी ? उसकी अपील का क्या होगा ? हाईकोर्ट में अपील की कोई तिथि निश्चित हुई है क्या ?"

बद्री ने अपना पैर तख़्त पर और ज़ोर से रोप दिया। बोले, "उसकी भी बात कर लेंगे। पहले यहाँ की बातें हो रही हैं तो हो लें। बताओ, यहाँ पर चिन्ता की कोई और भी बात बची ?"

वैद्यजी ने सोचते हुए कहा, "यहाँ तो ठीक ही हो जाएगा, पर ऊपर की राजनीति गड़बड़ा रही है। तभी क्षुद्र अधिकारियों का साहस बढ़ गया है। कोऑपरेटिव इन्स्पेक्टर का तबादला तक नहीं हो रहा है, इसके पीछे बड़ी-बड़ी राजनीति है। यही चिन्ता का विषय है।"

बद्री पहलवान ने कुछ झुँझलाकर कहा, "राजनीति तो तुम्हीं जानो। हमने तो एक बात कह दी। इन्स्पेक्टर को दस जूते लग जाएँगे। न एक कम, न एक ज़्यादा।" कुछ सोचकर उन्होंने एक संशोधन रखा, "वह छुट्टी लेकर बाहर निकल जाए तो जूता लगाने की कोई कसम भी नहीं है। छोड़ देंगे।"

वैद्यजी ने ज़ोर से साँस खींची। उनकी देह ढीली हो गई। हाथ सिर पर पहुँच गया, पर चूँकि इस वक्त वे साफ़ा नहीं बाँधे थे, इसलिए उसे कसने के बजाय उनका हाथ उनके अपने मस्तक पर ही आशीर्वाद बरसाने लगा।

उन्होंने फिर पूछा, "रामदयाल तिवारी का क्या करोगे ?"

बद्री पहलवान उसी तरह बोले, "अब यह बात पूरी हो जाने दो।"

उन्होंने कुरते की जेब से कुछ नोट निकाले। वैद्यजी को देते हुए बोले, "यह तेरह सौ रुपिया है। सुना है, सुलह के कुछ रुपये दारोग़ाजी भी दे गए हैं। उन्हें मिलाकर दो हज़ार पूरे कर डालो। कोऑपरेटिववाले ज़ोर डालें तो पहले ही जमा कर दिया जाएगा।"

वैद्यजी ने गम्भीरता से कहा, "दारोग़ाजी ने जो दिया था वह थोड़ा तो जोगनाथ को दे दिया गया है। चार-पाँच सौ बचता है। वह जनता का है।"

"कोऑपरेटिव भी जनता की है।"

वैद्यजी ने बद्री को नोट वापस कर दिए। बोले, "तो रखे रहो, आगे देखा जाएगा।"

बद्री इसके बाद अपने मित्र की बात करने के लिए नहीं रुके। मकान के अन्दर जाने के लिए वे एक बार अपने बाप की ओर घूमे, फिर एक अजब-सी आवाज़ में, जो

पता नहीं इस बीच में वे कहाँ से सीख आए थे, फुसफुसाकर बोले, "बापू, गयादीन से भी बात कर लो।"

बद्री पहलवान कुछ सालों से अपने बाप को बिना किसी सम्बोधन के ही पुकारते थे। बचपन में वे उन्हें बापू कहते थे, पर जवान होने पर कुश्तीबाज़ी की शुरुआत होते ही उन्होंने यह बचकानी हरकत छोड़ दी थी। वैद्यजी ने बद्री पहलवान की बात सुनी और न जाने क्यों आँखें मूँद लीं।

शिवपालगंज के बच्चे-बच्चे को प्राणिशास्त्र का यह नियम याद था कि होशियार कौआ कूड़े पर ही चोंच मारता है। वैद्यजी के साथ यही हुआ।

इस कोऑपरेटिव इन्स्पेक्टर ने बड़ी कठिनाई पैदा कर दी थी। पहलेवाला इन्स्पेक्टर जनतान्त्रिक पद्धति से काम करता था, यानी जब यूनियन की इमारत पर भंग पिसने का प्रबन्ध होता तो सिल पर लोढ़े की पहली चोट पड़ते ही वह दूसरे सदस्यों से पहले ही वहाँ आ जाता और जनता का आदमी बनकर वहाँ के कार्यक्रमों में भाग लेता था। यह इन्स्पेक्टर भंग का शत्रु और वैद्यजी को प्राप्त होनेवाली सूचना के आधार पर और वैद्यजी द्वारा ऊपर के अधिकारियों को लिखे गए पत्र के अनुसार, शराब का शौकीन था। शराब के साथ ही उसे ईमानदारी की लत पड़ गई थी और यूनियन के सदस्यों से सहयोग करने की जगह वह उनका विरोध करने लगा था। वैद्यजी को पहले विश्वास था कि इन्स्पेक्टर का तबादला हो जाएगा, पर उनके पत्र का जब कई दिन तक उत्तर न आया तो उन्हें चिन्ता हुई। पता लगाने पर विदित हुआ कि सारा खेल राजनीति का है और जिस तरह जनसेवकों का स्थानान्तरण राजनीति द्वारा हो सकता है, उसी तरह उच्चतर राजनीति द्वारा वह रुक भी सकता है। तब उन्हें मालूम हुआ कि इन्स्पेक्टर के हाथ शराब की बोतल और कलम तक ही नहीं, राजनीति की डोरियों तक भी पहुँचे हुए हैं।

एक दिन वैद्यजी अकेले ही मित्रता की यात्रा पर निकले पड़े। शहर पहुँचकर सवेरे से ही उन्होंने दर्जनों बँगलों के चक्कर लगाए। कुछ जगहों को छोड़कर—जहाँ घण्टा-आध घण्टा बाहर बैठना अपमानसूचक स्थिति नहीं माना जाता था—उनका उल्लासपूर्ण स्वागत हुआ और धक्का खाया हुआ आत्मविश्वास उनके भीतर एक बार फिर से फनफनाकर उठ खड़ा हुआ। बहुत-से बँगलों पर लोग उनसे वीर्यपुष्टि की गोलियाँ पाकर प्रसन्न हो गए। बहुतों को गोलियों के साथ यह सूचना भी देनी पड़ी कि उनका परिचय कुछ दिन पहले एक उच्चकोटि के ज्योतिषी से हो गया है और यदि श्रीमन् अपनी जन्म-कुण्डली दे दें तो उस पर पुनः विचार कराया जाय। कुछ लोगों का उत्साह बढ़ाने के लिए गोलियों की प्राप्ति और ज्योतिषी का परिचय मात्र काफ़ी नहीं था। उन्हें बताना पड़ा कि हृषीकेश के अमुक महात्माजी अमुक तिथि को यहाँ आनेवाले हैं—हाँ, वही महात्माजी जिनके आशीर्वाद से अमुक पुलिस कप्तान के विरुद्ध सारे आरोप मिथ्या प्रमाणित हुए और यही नहीं, उन्हें तत्काल पदोन्नति भी मिली—और उनसे रात्रि दस बजे के बाद मिलने में अधिक सुविधा होगी और श्रीमान् यदि चाहेंगे तो परिचय कराने के लिए उस दिन मैं भी आ जाऊँगा।

उच्च स्तर के कई राजनीतिज्ञों और अधिकारियों को इस प्रकार परास्त करके अन्त में वे उस बँगले पर पहुँचे जहाँ से कोऑपरेटिव-इन्स्पेक्टर की रक्षा का आदेश निकल रहा था। वहाँ उन्हें विदित हुआ कि सहकारिता-आन्दोलन में अब एक नये चिन्तन का संचार हुआ है जो भाई-भतीजावाद, जातिवाद, समाजवाद आदि उच्चवर्गीय सिद्धान्तों को एक में ज़पेटकर भविष्य के कार्यकर्ताओं की प्रेरणा का स्रोत होता। यह चिन्तन कुछ इस प्रकार का था : यदि तुम्हारे हाथ में शक्ति है तो उसका उपयोग प्रत्यक्ष रूप से उस शक्ति को बढ़ाने के लिए न करो। उसके द्वारा कुछ नई और विरोधी शक्तियाँ पैदा करो और उन्हें इतनी मज़बूती दे दो कि वे आपस में एक-दूसरे से संघर्ष करती रहें। इस प्रकार तुम्हारी शक्ति सुरक्षित और सर्वोपरि रहेगी। यदि तुम केवल अपनी शक्ति के विकास की ही चेष्टा करते रहे और दूसरी परस्पर-विरोधी शक्तियों की सृष्टि, स्थिति और संहार के नियन्त्रक नहीं बने तो कुछ दिनों बाद कुछ शक्तियाँ किसी अज्ञात अप्रत्याशित कोण से उभरकर तुम पर हमला करेंगी और तुम्हारी शक्ति को छिन्न-भिन्न कर देंगी।

इस सिद्धान्त को व्यावहारिक रूप देने का एक यह परिणाम निकला कि उस बँगले पर अब सिर्फ़ अपने गुट के आदमियों की ही नहीं, दूसरे विरोधी गुटों की भी सिफ़ारिशें सुनी जाती थीं और चूँकि कोऑपरेटिव-इन्स्पेक्टर का तबादला रोकने की सिफ़ारिश इस समय एक विरोधी गुट के टोलीनायक की ओर से आयी थी और चूँकि उस टोलीनायक की शक्ति का उपयोग एक तीसरे विरोधी गुट के टोलीनायक को रगड़ने के लिए होना था इसलिए वैद्यजी चाहे कोऑपरेटिव-इन्स्पेक्टर के तबादले के लिए आमरण अनशन ही क्यों न ठान लें, इस समय उसका तबादला होना असम्भव था।

वैद्यजी को ये बातें किसी ने बतायी नहीं, इस तरह के बँगलों पर बहुत-सी बातें सिर्फ़ देखने और सूँघने से मालूम हो जाती हैं, इसलिए वे वहाँ पहुँचते ही यह सब समझ गए। फिर भी उन्होंने हिम्मत न हारी। उन्होंने बहुत समझाने की चेष्टा की, पर बात उलझती गई। उन्होंने कहा कि हमारी यूनियन में ग़बन-जैसा कोई ग़बन नहीं हुआ है, हुआ भी हो तो ग़बन करनेवाला लापता है और शासकीय तन्त्र के निकम्मेपन के कारण अभी तक पकड़ा नहीं गया है, उनका इस झगड़े से कोई सम्बन्ध नहीं है, यदि कोई सम्बन्ध प्रमाणित हो जाए तो वे जितना कहा जाएगा उतना रुपया यूनियन को दान के रूप में दे देंगे। किन्तु इसके पहले इन्स्पेक्टर का तबादला होना चाहिए। वे जो कुछ कहा जाएगा करने को तैयार हैं, शर्त यही है कि...।

वैद्यजी को तब बताया गया कि हमें जनता के सामने आदर्श उपस्थित करना चाहिए। ऐसा न हुआ तो जनता का आचरण बिगड़ जाएगा। वह बिगड़ा तो पूरा देश बिगड़ेगा, वर्तमान बिगड़ेगा और भविष्य बिगड़ेगा। राम ने क्या किया था ? सीता का त्याग किया था कि नहीं ? तभी हम आज तक रामराज्य की याद करते हैं। त्याग द्वारा भोग करना चाहिए; यही हमारा आदर्श है। 'तेन त्यक्तेन भुंजीथा'—कहा भी गया है। आज भी सभी यशस्वी नेता यही करते हैं। भोग करते हैं, फिर उसका त्याग करते हैं, फिर त्याग द्वारा भोग करते हैं। अमुक वित्त-मंत्री ने क्या किया ? त्यागपत्र दिया कि नहीं ? अमुक रेल-मंत्री

ने भी यही किया और अमुक सूचना-मन्त्री ने भी यही किया। इस समय देश को, इस राज्य को, इस ज़िले को, इस कोऑपरेटिव यूनियन को ऐसे ही त्याग की आवश्यकता है। आरोपों की खुली जाँच हो, इसके स्थान पर यह अधिक उत्तम है कि वैद्यजी जनता के सामने आदर्श उपस्थित कर दें। आदर्श की इमारत खड़ी करते ही सारे आरोप उसकी नींव के नीचे दब जाएँगे। अतः वैद्यजी को चाहिए कि वे मैनेजिंग डायरेक्टर के पद से त्यागपत्र दे दें। उनके विरुद्ध जो रिपोर्ट आई है, उसका यही जवाब है। वे चाहें तो अपना त्यागपत्र किसी स्थिति के विरोध में दें, चाहे किसी सहकर्मी को कमीना बताकर दें, चाहे किसी सिद्धान्त की रक्षा के लिए दें। यदि वे त्यागपत्र दे रहे हों तो उसका कारण ढूँढ़ने की उन्हें पूरी छूट रहेगी। पर त्यागपत्र के साथ अगर-मगर न होना चाहिए। होना चाहिए तो केवल त्यागपत्र होना चाहिए। नहीं तो कुछ न होना चाहिए। पर यदि कुछ हुआ, तो बहुत-कुछ हो जाएगा, जो कदाचित् वैद्यजी को अच्छा न लगेगा।

अन्तिम वाक्य, लगता था, श्री जैनेन्द्रकुमार के किसी लेख से उड़ाए गए थे। पर वैद्यजी राजनीति के आदमी थे और बीसवीं सदी का हिन्दी-साहित्य जब हिन्दी के प्रोफ़ेसर तक बड़े कष्ट से पढ़ते हैं तो वैद्यजी से यह आशा करना कि उन्होंने श्री जैनेन्द्रकुमार का दार्शनिक साहित्य पढ़ा होगा, एक अनुचित बात होगी। वास्तव में वैद्यजी का किसी साहित्य से कोई विशेष सम्बन्ध नहीं था। यदि ऐसा होता और यदि उन्होंने श्री जैनेन्द्रकुमार के लेख पढ़े होते तो इस शैली में कही गई बातें सुनकर वे समझ जाते कि उन्हें केवल शब्द-जाल से धमकाया जा रहा है। पर इस स्थिति में केवल यही समझे कि उनके विरुद्ध कुछ ऐसी बातें हैं जिन्हें ऊँचे स्तर पर लोगों को पचाने में असुविधा हो रही है।

वैद्यजी ने निश्चय कर लिया। कहा, "मैं त्यागपत्र दे दूँगा। सम्भवतः इसे मेरी दुर्बलता समझा जाएगा। फिर भी इस निरर्थक प्रचार के विरोध में आपके सुझाव पर त्यागपत्र दे दूँगा। किन्तु प्रदेशीय फ़ेडरेशन के लिए उम्मीदवार चुनने का जब प्रश्न आएगा...।"

उन्हें इत्मीनान दिलाया गया कि वे उसी इत्मीनान से त्यागपत्र दे सकते हैं जिससे सभी महापुरुष, अवसर आने पर, जनता के आगे आदर्श उपस्थित करने के उद्देश्य से देते हैं। योग्य आदमियों की कमी है। इसलिए योग्य आदमी को किसी चीज़ की कमी नहीं रहती। वह एक ओर से छूटता है तो दूसरी ओर से पकड़ा जाता है।

आज मित्रता की यात्रा में वैद्यजी वीर्यपुष्टि की गोली, ज्योतिषियों के विषय में सूचना-प्रसारण और बाबाओं के साथ मध्यस्थता—इन तीनों कार्यक्रमों के अलावा एक चौथी बात भी करते चल रहे थे। अतः इस बँगले से बाहर आने के पहले उन्होंने यहाँ भी यह बात छेड़ दी, "आपको जानकर प्रसन्नता होगी कि मैं अपने ज्येष्ठ पुत्र का विवाह अन्तर्जातीय रूप से करने की सोच रहा हूँ। अभी बात पक्की नहीं हुई है, पर आशा है कि निमन्त्रण-पत्र शीघ्र ही सेवा में प्रेषित करूँगा। आपकी उपस्थिति प्रार्थनीय होगी। हो सकता है, व्यक्तिगत रूप से निवेदन करने के लिए उस समय न आ सकूँ। अतः अभी से कहे जा रहा हूँ। ऐसे आदर्श विवाहों में आप लोगों का सहयोग एवं

आशीर्वाद मिलना अत्यन्त आवश्यक है। आपको यह भी जानकर प्रसन्नता होगी कि...।''

उन्हें यह जानकर प्रसन्नता हुई। वे अवश्य उपस्थित होंगे।

''ग्रामीण वातावरण में उसका विरोध भी हो रहा है। किन्तु...।''

जो भी कहा जाता, उसी को सुनकर उन्हें प्रसन्नता होनी थी। हुई। बार-बार हुई।

कोऑपरेटिव यूनियन का सालाना जलसा बड़ा ही सफल रहा, क्योंकि मिठाई इस साल शहर से मँगायी गई थी। यूनियन की इमारत में झण्डियाँ लगायी गईं और फूलमालाओं के ढेर लग गए। जिस हाकिम ने कुछ दिन पहले कोऑपरेटिव फ़ार्म का उद्घाटन किया था, उसी को इस जलसे में हिस्सा लेने के लिए बुलाया गया। पब्लिक में भाषण देने और माला पहनने का खून उसके मुँह में बहुत पहले लग चुका था। इन बातों की गन्ध पाते ही वह तड़ाक् से पतलून पहनकर और एक व्यापारी की मोटर माँगकर 'पों'-'पों' करता हुआ जलसे में पहुँच गया।

यूनियन की सालाना रिपोर्ट बिना पढ़े ही पढ़ी हुई मान ली गई। कारोबार में फ़ायदा हुआ था और मेम्बरों को उसका हिस्सा मिलना था। वह उन्हें बिना दिए ही मिल गया। बहुत-कुछ तो बिना हुए ही हो गया। अन्त में जिस चीज़ का होना ज़रूरी था, वह होने लगी; भाषण शुरू हो गए।

भाषण की असलियत दिए जाने में है, लिये जाने में नहीं। इसलिए लोग भाषण देते रहे और लोग आपस में दूसरी समस्याएँ सुलझाते रहे। उदाहरण के लिए, शहर से आए हुए हाकिम ने कहा कि वैद्यजी कोऑपरेटिव की प्रतिमा हैं, तो लोग बजाय प्रतिमा का अर्थ पूछने के आपस में यह कहने लगे कि बद्री पहलवान गयादीन की बिटिया से फँस गए हैं। फिर हाकिम ने कहा कि जब तक गाँव-गाँव में इस तरह की प्रतिमाएँ नहीं पैदा होतीं कोऑपरेटिव आन्दोलन का बढ़ना मुश्किल है। इस पर भी लोगों ने न तो कोऑपरेटिव का मतलब जानना चाहा, न आन्दोलन का और सिर्फ़ इतना कहकर रुक गए कि बात दबाए नहीं दब रही है, इसलिए शादी करने जा रहे हैं। इस सब कानाफूसी के बावजूद, किसी ने कोई दुखदायी बात खुलकर नहीं कही क्योंकि अब भी चक्रवर्ती राज्य अगर कहीं था तो यूनियन में था और किसी का था तो वैद्यजी का था।

फिर भी—रामराज्य तक में दुखदायी बात कहने के लिए एक धोबी निकल आया था। यहाँ भी एक आदमी ने खड़े होकर बड़े जोश से कहा कि मैं भाषण दूँगा।

उसके पास बैठे हुए लोग उसकी धोती पकड़कर खींचने लगे ताकि वह धोती के लालच में नीचे खिंचा चला आए। पर वह आदमी रामाधीन भीखमखेड़वी के गुट का था और हर बात हिदायत के अनुसार करने को तैयार होकर आया था। इसलिए उसने खिंचती हुई धोती की परवाह नहीं की, बल्कि उससे उसका जोश दुगुना हो गया और सब भाषणों के ऊपर चढ़कर उसने ज़ोर से भाषण दिया कि मैं भी भाषण दूँगा।

ज़ोर से बोलने का वही नतीजा हुआ जो प्रायः होता है। विपक्ष धीरे-धीरे बोलने लगा। शहर से आए हुए हाकिम ने कहा, ''दो। ज़रूर दो। मना कौन करता है !''

उसने अपने जोश को कायम रखने के लिए, ''श्रीमान् सभापतिजी, भाइयो और बहनो'' भी नहीं कहा। एकदम से उसने उठान भरी, ''इस रिपोर्ट में—क्या नाम है उसका—ग़बन की बात नहीं कही गई है। यहाँ एक लुच्चा सुपरवाइज़र था—क्या नाम है उसका—रामसरूप नाम था। ग़बन कर दिया साले ने—क्या नाम है उसका—शहर को दो ठेले गेहूँ लदवाकर भाग गया। शराब पीता था—क्या नाम है उसका—रण्डीबाज़ी भी करता था। वैद्यजी तक उसके मुँह-से-मुँह खोंसकर—क्या नाम है—बात करते थे। एक दिन रात को दो ठेले आए, क्या नाम है, रातों-रात लदते रहे, किसी को पता तक नहीं। क्या नाम है उसका—साला बातचीत बड़ी मीठी करता था। मुझे देखते ही दूर से, क्या नाम है, पाँयलागी करता था। वैद्यजी की—क्या नाम है उसका—कोई बुरा न माने, मैं कहूँ चाहे न कहूँ—सारी दुनिया कहती है—पटरी अच्छी बैठती थी। दो हज़ार रुपये का भभ्भक निकाल दिया साले ने—क्या नाम है उसका—जिम्-जिम्-जिम्-जिम्-जिम्मेदार कौन होगा ? कोऑपरेटिव बड़ी अच्छी प्रतिमा है—क्या नाम है, प्रतिमा लिये-लिये घूमो। बैदजी से कोई पूछनेवाला नहीं है कि कहाँ कौन जा रहा है। मिठाई खाये जाओ—क्या नाम है—पानी पीकर घर जाओ। इससे देस का—क्या नाम है—उद्धार नहीं होगा। देस में देस का चलन चलना चाहिए—ग़बन कैसे हो गया, जाँच होनी चाहिए। मैं पढ़ा-लिखा नहीं हूँ, इसलिए कोई बुरा न माने, होली है, होली है...।''

उस आदमी का जोश बढ़ता जा रहा था और जब उसने 'होली है, होली है' का नारा बुलन्द किया तो साफ़ ज़ाहिर हो गया कि वह हाथ उठाकर कोई कविता सुनाने जा रहा है। जोश और कविता का जोड़ अगर शिवपालगंज में कभी हो जाता, तो उसके बाद आल्हा-ऊदल की लड़ाइयोंवाला वातावरण भी बन सकता था, इसलिए लोग, ''हाँ, हां, बन्द करो, बन्द करो,'' कहकर उसके भाषण को रोकने लगे। पर भाषण बगटुट भागा जा रहा था। लोगों के बहुत पीछा करने पर भी वह रुक नहीं रहा था। तभी वैद्यजी उठकर सामने आए और खड़े हो गए। भाषण उन्हें देखते ही अपनी जगह थोड़ा उछला-कूदा, फिर दुम हिलाकर ज़मीन सूँघने लगा।

वैद्यजी खड़े होकर थोड़ी देर मुस्कराते रहे। साबित हो गया कि ग़बन से उनका कोई सम्बन्ध नहीं है। फिर उन्होंने ऋषियों की वाणी में कहना शुरू किया, ''ग़बन कैसे होता है, इस पर ध्यान देने की बात है। आपके पास अपनी एक हज़ार मुद्राएँ हैं, आप उसका ग़बन नहीं कर सकते। वे मुद्राएँ आपकी हैं; अतः ग़बन आप नहीं कर सकते। आप उसका अनुचित व्यय कर सकते हैं, पर ग़बन नहीं। ग़बन वही कर सकता है, जिसकी अपनी मुद्राएँ न हों।

''सहकारिता में किसी की अपनी सम्पत्ति नहीं होती। वह सामूहिक सम्पत्ति हो जाती है। कई व्यक्तियों की सम्पत्ति एक स्थान पर एकत्रित की जाती है। उसकी सुरक्षा वह करता है, जिसकी वह सम्पत्ति नहीं है। सम्पत्ति उसकी नहीं है, पर वह उसकी सुरक्षा के लिए नियुक्त होता है। यदि वह उसका अनुचित व्यय कर डाले तो वह ग़बन हो जाता है। ध्यान दें सज्जनो, अपनी सम्पत्ति का आप अनुचित व्यय करें तो वह ग़बन नहीं है, दूसरा करे तो वह ग़बन है। सहकारी सम्पत्ति किसी व्यक्ति विशेष की सम्पत्ति

नहीं होती, अतः उसका अनुचित व्यय या अनुचित क्षरण किसी ऐसे व्यक्ति द्वारा ही होता है जिसकी वह सम्पत्ति नहीं है। ग़बन होता है। इस प्रकार सिद्ध हुआ कि सरकारी सम्पत्ति में अनुचित व्यय नहीं होता। होता है तो सदा ग़बन ही होता है ! सहकारी सम्पत्ति की यही नियति है। इस पर आश्चर्य नहीं होना चाहिए। न सहकारी सम्पत्ति के साथ ग़बन का शब्द जुड़ते देखकर उससे घबराना चाहिए।

''कहीं-कहीं ग़बन को छिपाया जाता है। दोष को छिपाना न चाहिए, नहीं तो जड़ पकड़ लेता है। हम यही सिद्धान्त मानते हैं। जिस सहकारी यूनियन में ग़बन न निकले, उसको सन्देह से देखना चाहिए। प्रायः वहाँ ग़बन आँकड़ों की आड़ में छिपाया जाता है। यहाँ कुछ भी छिपाया नहीं गया। व्यवस्था उत्तम रखी गई। ग़बन हुआ पर होकर भी नहीं हुआ, क्योंकि परिणाम उत्तम रहा। वर्ष के अन्त में यूनियन को हानि नहीं हुई, लाभ हुआ। लाभ चाहे एक पैसे का हो, चाहे एक करोड़ मुद्राओं का। लाभ लाभ है और हानि हानि है। यहाँ हानि का प्रसंग नहीं उठता। प्रसंग तो लाभ का है।

''ऐसी स्थिति में ग़बन का प्रकरण निरर्थक था। उसका यहाँ प्रश्न उठाना यूनियन का अपमान करना है। यह सहकारिता का अपमान है।

''परन्तु।

''मेरे विरुद्ध व्यक्तिगत आक्षेप लगाए गए हैं। आक्षेप करना अनुचित है। व्यक्तिगत आक्षेप और भी अनुचित है। इस वातावरण में कोई भी व्यक्ति काम नहीं कर सकता। शिष्ट व्यक्ति तो बिलकुल ही नहीं कर सकता। मैं इस प्रकार के आक्षेपों का विरोध करता हूँ। पर ध्यान रहे, विरोध आक्षेपों से है, आक्षेप करनेवालों से नहीं। आक्षेप करनेवाले श्री रामचरन हैं। मैं उनका आदर करता हूँ। उनके लिए मेरे मन में बड़ी श्रद्धा है।

''पर मैं उनके आक्षेपों का विरोध करता हूँ। बलपूर्वक विरोध करता हूँ और विरोध के रूप में यहाँ के मैनेजिंग डायरेक्टर के पद से मैं त्यागपत्र देता हूँ।'' कहकर वैद्यजी अपने स्थान पर शान्तिपूर्वक बैठ गए।

इसके बाद सबकुछ तेज़ी से होने लगा। बड़ी काँय-काँय मची, जैसे कोई मेम्बर विधानसभा से घसीटकर निकाला जा रहा हो। फिर काँय-काँय कम पड़ने लगी और शहरवाले हाकिम की गम्भीर आवाज़ सुनायी पड़ी, ''वैद्यजी अपने फैसले पर अटल हैं। इसलिए मेरी सलाह है कि उनका इस्तीफ़ा मंजूर कर लिया जाए। वैसे भी आज अगले वर्ष के लिए चुनाव होना था। इस्तीफ़े का मतलब यह है कि वैधजी आगे के लिए मैनेजिंग डायरेक्टर नहीं होना चाहते...।''

वैद्यजी ने बैठे-ही-बैठे कहा, ''मैं सदस्य भी नहीं रहना चाहता। मेरा कर्त्तव्य पूरा हो गया। अब नवयुवकों को आना चाहिए। उन्हीं को यह आन्दोलन चलाना चाहिए।''

शहरी हाकिम ने समझाया, ''मेरा ख़याल है, आप इतना हाथ न खींचें नहीं तो यह यूनियन बैठ जाएगी। आप नवयुवकों की बात करते हैं। इस ज़माने में वे हैं कहाँ ?''

पर वैद्यजी नहीं माने। वे इस पर अड़े रहे कि नवयुवकों को इस ज़माने में भी होना चाहिए और उन्हीं को आन्दोलन चलाना चाहिए। अन्त में शहरवाले हाकिम ने कहा, "तो नया मैनेजिंग डायरेक्टर चुन लिया जाए।"

यह कहकर दूसरों को बोलने का मौका दिए बिना वह खुद बोलने लगा। बात उसने परम्परा से शुरू की। उसने कहा, "भाइयो, इस यूनियन की यह परम्परा रही है कि यहाँ सभी चुनाव एकमत से होते आए हैं। मुझे आशा ही नहीं, पूर्ण विश्वास है कि आज भी उस परम्परा के मुताबिक काम किया जाएगा। आप लोग कोई नाम...।"

अचानक छोटे पहलवान अपनी लुंगी के साथ खड़े हो गए। टोककर बोले, "चुनाव-फुनाव में क्या रखा है साहब ? बेंट के बराबर तो यह यूनियन है, उसमें भी तुम चुनाव लड़वाने जा रहे हो।"

इसके बाद उन्होंने भुनभुनाकर एक कहावत सुनायी जिससे आसपास बैठे हुए बहुत-से लोग हँसने लगे। हाकिम ने समझा कि छोटे पहलवान ने उसके ख़िलाफ़ कोई अश्लील बात कही है; उसने घबराकर कहा, "पहलवानजी, आप ग़लत समझे...।"

छोटे पहलवान ने अकड़कर उसकी बात काटी, "हम तो ग़लत समझेंगे ही। तुम पतलून पहने हो, साहब ! सही बात तो तुम्हीं समझोगे।"

हाकिम ने खुशामद-सी करते हुए कहा, "ज़रा समझ तो लीजिए पहलवानजी ! मैं तो चुनाव के ख़िलाफ़ बोल रहा था कि यहाँ चुनाव लड़ने की परम्परा नहीं है। यहाँ हर फ़ैसला एक राय से होता रहा है...। चुनाव...।"

छोटे पहलवान ने अपना सीना फुला लिया। ललकारकर बोले, "तुम फिर वही चुनाव-चुनाव लगाए हो साहेब ! चुनाव ही की बात घेप रहे हैं। हमने कह दिया चुनाव-फुनाव नहीं होगा। उसकी ज़रूरत नहीं। वैद्यजी नहीं रहना चाहते तो न रहें। जहाँ मुर्गा न होगा तो क्या वहाँ भोर ही न होगा... !"

शाम के चार बज रहे होंगे। हवा धूल उड़ाती हुई ज़ोर से बह रही थी। छोटे पहलवान धूल से बचने के लिए आँखें मिलमिलाते हुए अपनी जगह पर हिल-डुल रहे थे और जोश में आकर चीखने लगे थे। जोश और चीख का कोई कारण सामने नहीं था, पर उनका जोश बढ़ता जा रहा था और आवाज़ ऊँची होती जा रही थी, उसी अनुपात से जनता भी उत्साहित होती जा रही थी, हाकिम की घबराहट बढ़ रही थी। छोटे ने, जो अब किसी काल्पनिक पलटन को लड़ाई के मैदान में दौड़कर आगे बढ़ने के लिए प्रोत्साहित कर रहे थे, आखिर में कहा, "वैद्यजी हट गए हैं। कोई फ़िकिर नहीं। उनकी जगह सटाक् से दूसरा आदमी बैठ जाता है ! कैसा चुनाव ? हुँह। चले बड़े चुनाववाले ! यह तिड़ीबाजी शहर में ही चलती है। यहाँ नहीं चलेगी ! यहाँ तो जिसे चाहो, उसी को वैद्यजी की जगह बैठा दिया जाएगा, उठो बद्री उस्ताद ! न हो तो तुम्हीं बैठ जाओ। उठो, उठो, उस्ताद, लो लपक के।"

शोरगुल के बीच बड़े ज़ोर का नारा लगा, "बोलो, भारत माता की जय !" फिर वही पुराना क्रम, "बोलो महात्मा गाँधी की...", "पण्डित जवाहरलाल नेहरू की...", "बैद महाराज की...", "बद्री पहलवान की...", "इदरीस साहब की...।"

इदरीस साहब, यानी शहर से आए हुए हाकिम के दिमाग में सन्नाटा छा गया। आँखें चकाचौंध हो गईं। जब उन्हें होश आया, उन्होंने देखा, वैद्यजी कहीं चले गए हैं, उनके विरोधी रामचरन को कोई फाटक के बाहर हाथ पकड़कर खींचे लिये जा रहा है, बद्री पहलवान माला पहने हुए मंच पर उनकी बगल में बैठे हैं, उनके चेहरे पर मैनेजिंग डायरेक्टर के पद की आभा फैली हुई है।

32

उस साल शिवपालगंज में रबी की पैदावार अच्छी हो गई।

जाड़ों में समय से पानी बरसा। नहर के बड़े साहब का, जो जनता को घास-कूड़ा और जनतन्त्र को प्लेग समझता था, तबादला हो गया। उसकी जगह एक ऐसा हाकिम आया जिसने नहर के पानी को पानी की तरह खर्च किया और सभी जगहों पर उसे पहुँचाने की कोशिश की। बसन्त में पछुआ हवा तेज़ी से नहीं चली। टिड्डियों और चूहों का प्रकोप नहीं हुआ। हरी फ़सल को लाठी के ज़ोर से अपने जानवरों द्वारा चरानेवाले दो विख्यात गुण्डे थे, उनमें से एक किसी ट्रक के नीचे कुचलकर मर गया, दूसरा हवालात चला गया। कोई ऐसी फ़ौजदारी नहीं हुई जिससे गाँव के आधे लोग खेती का काम छोड़कर जेल में बन्द रहते। आपसी दुश्मनी से किसी ने खलिहान में आग नहीं लगायी।

गाँव के किनारे एक जंगल में कुछ बंजारे आकर बस गए थे। उनकी लड़कियाँ जवान और सलोनी थीं। वे कच्ची शराब बनाते और सस्ते दामों पर बेचते थे। उधर से निकलनेवाले नौजवानों को भेड़ा बनाकर वे अपनी झोंपड़ी में बाँध लिया करते थे। और जिस समय गोड़ाई करने के लिए उनका खेत पर होना लाज़मी होता, उस समय वे झोंपड़ी पर बँधे हुए मिमियाते रहते थे। इस साल पुलिस ने पहले लड़कियों पर हस्तक्षेप किया, फिर कच्ची शराब पर और आख़िर में बंजारों के पूरे रहन-सहन पर हस्तक्षेप करके उन्हें इलाके के बाहर खदेड़ दिया। इस तरह नौजवानों और खेतों के बीच, बागों में निरन्तर चलनेवाले जुए को छोड़कर और कोई बाधा नहीं रही और उन्होंने खेती में जी लगाकर मेहनत की।

पैदावार अच्छी हुई, पर जैसाकि लोग समझते थे, ऐसा अचानक ही नहीं हुआ। अच्छी पैदावार के पीछे इन घटनाओं या घटनाओं के अभाव का भी हाथ था।

अच्छी पैदावार पर किसानों ने ज़्यादा ध्यान नहीं दिया, क्योंकि वे बुरी पैदावार पर भी ध्यान नहीं देते थे, पर बहुत-से दूसरे वर्ग ताली बजा-बजाकर नाचने लगे। नेता बोले

कि यह हमारे व्याख्यान का नतीजा है, विकास अधिकारी आँकड़ों की मार्फ़त कहने लगे कि सब हमारे प्रयासों से हुआ है। सरकारी क्षेत्रों में लोग एक-दूसरे को बधाइयाँ देने लगे।

अच्छी पैदावार का एक नतीजा यह भी निकला कि गयादीन को मुक़दमेबाज़ी से कुछ राहत मिली। कर्ज़ की वसूली के लिए उन्होंने कुछ दावे दायर कर रखे थे। उनमें प्रतिवादियों ने रुपये देकर सुलह कर ली। बहुत-से किसान अपनी ओर से रुपिया लेकर उनके यहाँ आने लगे और शादी-ब्याह का मौसम निकट होने के बावजूद रुपये की वसूली बढ़ी, निकासी कम हुई।

एक दिन वे सात-आठ किसानों से घिरे हुए अपने हिसाब-किताब में व्यस्त थे कि उन्होंने देखा, वैद्यजी उनके घर की ओर आ रहे हैं।

यह इतिहास था। बड़े आदमियों का जीवन-चरित्र ही हमारे यहाँ इतिहास माना जाता है और अगर उसकी परिभाषा न बदली तो भविष्य में हाई स्कूल में लड़कों की वार्षिक परीक्षा में अवश्य पूछा जाएगा कि "वैद्यजी के जीवन की सबसे महत्त्वपूर्ण घटना क्या थी ?" और वे उत्तर में लिखेंगे, "वे फ़लाँ तारीख़ सन् फ़लाँ को अपना दरवाज़ा छोड़कर गयादीन नामक एक महासामन्त के घर पर गए थे।" इसी के साथ दूसरा सवाल होगा, "इस घटना का कारण क्या था ?" और लड़के जवाब लिखेंगे, "इस घटना का कारण उनके बड़े लड़के बद्री पहलवान का आचरण और गयादीन की लड़की बेला का दुराचरण था।"

जैसा एक महापुरुष दूसरे महापुरुष के साथ सुलूक करता है, गयादीन ने कुछ-कुछ उसी तरह वैद्यजी का स्वागत किया। एकान्त हो गया। वैद्यजी बोले, "एक बहुत महत्त्वपूर्ण विषय पर आपसे बात करने आया हूँ।"

गयादीन कुछ नहीं बोले। जो बात करने आया है, वह उनके चुप रहने पर भी अपनी बात तो कहेगा ही, वे जानते थे। कुछ क्षणों की ख़ामोशी के बाद वैद्यजी बोले, "जातिप्रथा के बारे में आपकी क्या राय है ?"

गयादीन के चेहरे पर उलझन का एक जाल-सा फैल गया। उन्होंने कहा, "भगवान की देन है। उन्होंने आपको ब्राह्मण बनाया है। मैं बनिया हूँ।"

"मैं यह नहीं मानता।" वैद्यजी मुस्कराकर बोले, "जाति-पाँति के कारण ही हमारे देश की यह दुर्दशा हुई है। इसीलिए मैं अपने पुत्रों का अन्तर्जातीय विवाह करना चाहता हूँ। किसी-न-किसी को इस दिशा में भी आगे तो आना ही पड़ेगा। महात्माजी कहा करते थे...।"

गयादीन ने हाथ उठाकर उन्हें आगे बात करने से रोका। कहा, "लड़कों का बिरादरी के बाहर ब्याह करना हो तो कर तो महाराज ! पर इतने समझदार आदमी होकर महात्माजी को इन लड़के-लड़कियों के साथ न घसीटो।"

वैद्यजी लड़खड़ा गए। बोले, "मैं तो एक बात कह रहा था।"

"मैं भी।" कहकर गयादीन चुप हो गए।

थोड़ी देर ख़ामोशी रही। सामने, नीम के पेड़ के नीचे एक भैंस बँधी हुई खूँटे के आसपास चक्कर काट रही थी और मुँह से तरह-तरह की आवाज़ें निकाल रही थी। उसे

एक प्रेमी की फ़ौरन ज़रूरत थी। अगर कोई इन्सान जानवरों की बोली समझता होता तो उसे भैंस की चीख़-पुकार में किसी ऐसे फ़िल्मी गाने की बेचैनी का अहसास हो सकता था जिसे हीरोइन ने हीरो की अनुपस्थिति में भरे-बाज़ार तड़प-तड़पकर गाया हो। जैसा भी हो, वैद्यजी और गयादीन के बीच की ख़ामोशी को तोड़ने के लिए इसके सिवाय वहाँ उस समय कोई दूसरी आवाज़ नहीं थी।

कुछ देर बाद वैद्यजी ही बोले, "तो अन्तर्जातीय विवाह के बारे में आपकी क्या राय है ?"

वे सिर झुकाए बैठे हुए थे। सुनकर उन्होंने धीरे-से गरदन उठायी और थोड़ी देर भैंस की उछल-कूद विरक्त भाव से देखते रहे। उधर ही देखते हुए बोले, "महाराज, ये बाँभन-ठाकुरों के घर की बातें हैं। इसमें हम बनिया-बक्काल क्या सलाह दे सकते हैं ?"

वैद्यजी मुस्कराते हुए बोले, "आप कैसी बातें करते हैं, गयादीनजी ? यह हम दोनों के परिवार का प्रश्न है। इसमें आप कुछ न बोलेंगे तो और कौन बोलेगा ?"

गयादीन ने अब अपना मुँह वैद्यजी की ओर धीरे-से घुमाया। जब वैद्यजी का चेहरा फोकस में आ गया तो उन्होंने अपनी सूनी और उदास निगाह ऐसे भाव से, जिसमें कोई लेन-देन न था, उस पर केन्द्रित कर दी। पूछा, "इसका मेरे परिवार से क्या मतलब महाराज ?"

वैद्यजी ने आश्चर्य के साथ अपनी भौंहें ऊपर चढ़ा लीं। बोले, "तो आप कुछ नहीं जानते ?"

गयादीन वैसे ही बैठे रहे। उनकी ख़ामोशी ने बताया, वे कुछ नहीं जानते।

वैद्यजी अब तेज़ रफ़्तार से बोलने लगे, "बद्री को यही पसन्द है। सोलह वर्ष की अवस्था पा लेने पर पुत्र के साथ भी मित्र-जैसा व्यवहार करना पड़ता है। इसीलिए मैंने कोई आपत्ति नहीं प्रकट की। उसने सम्भवतः कन्या के विचार भी जान लिये हैं। अब आपको भी कोई आपत्ति न होनी चाहिए।"

इस बार भैंस इतने ज़ोर से उछली कि लगा वह खूँटे के साथ उड़कर आसमान में पहुँच जाएगी। पूरे माहौल पर ऐतराज़-सा दिखाते हुए गयादीन ने भौंहें सिकोड़ीं। पर खीझ प्रकट किये बिना ही बोले, "मेरी आपत्ति क्यों होगी ? आपके लड़के जहाँ चाहें ब्याह करें, मुझे क्यों बीच में लपेटते हो महाराज ?"

वैद्यजी ऊब चुके थे। उन्होंने कहा, "मैं आपको लपेट नहीं रहा हूँ। कन्या तो आपकी ही है। इसीलिए आपसे बात कर रहा हूँ, पर आप जान-बूझकर अनजान बन रहे हैं। सोते को जगाया जा सकता है, पर कोई झूठमूठ सोने के बहाने पड़ा हो तो उसे कैसे जगाया जाए... !"

गयादीन ने विरोध में हाथ उठाकर उन्हें टोकना चाहा, पर वे कहते रहे, "जब बद्री ने निश्चय ही कर लिया है और पूरे समाज में बात फैल गई है, तो हमारा यही कर्त्तव्य है कि शान्तिपूर्वक इस प्रस्ताव को स्वीकार कर लें। यह एक आदर्श विवाह माना जाएगा। दोनों सुख से रहेंगे। बद्री को मैं राजनीति में काढ़ रहा हूँ। यूनियन का मैनेजिंग डायरेक्टर उसे बना ही दिया है। कन्या को भी कुछ दिन बाद समाजसुधारक के कार्यों

में लगा देंगे। महिलाओं का एक बोर्ड है। उसमें उसे कोई पद दिला देंगे। मोटर मिलती है। चपरासी साथ रहता है। कुछ समय बाद ए. मे. ले. का टिकट भी दिलाया जा सकता है। पति-पत्नी दोनों मिलकर सुखपूर्वक देश-सेवा करेंगे। हमें और क्या चाहिए ?''

वैद्यजी ने अपने उत्साह के कारण ध्यान नहीं दिया कि यह सुनते-सुनते गयादीन का चेहरा रुआँसा हो आया है। गयादीन ने हाथ जोड़कर गिड़गिड़ाते हुए कहा, ''महाराज, मेरी बनी हुई बात न बिगाड़ो। मेरी बिटिया पर ऐसे ही क्या कम मुसीबतें हैं ! माँ बचपन ही में मर गई थी। किसी तरह पाल-पोसकर बड़ा किया है। शहर में अगरवाल वैश्यों का एक परिवार है। वे लोग इसका उद्धार करने को तैयार हैं। लड़का पढ़ा-लिखा, नौकरी में लगा है। पन्द्रह दिन बाद ही ब्याह की तिथि है। अब इस बीच में तुम सब बड़े आदमी अगर झूठमूठ उसकी बदनामी करने लगोगे तो उसका क्या होगा महाराज ? खुद सोच लो। मेरी बिटिया पर कलंक लगाओगे तो तुम चाहे जितने बड़े नेता होओ, नरक में कीड़े-मकोड़े की तरह जाकर घिसटोगे। अब ज़्यादा हमारा मुँह न खुलवाओ।''

वैद्यजी सन्नाटे में आ गए। गयादीन ने फिर कहा, ''तुम्हारे ये साँड–क्या नाम है उनका–छोटे रुप्पन, सनीचर-फ़टीचर न जाने मेरी बिटिया के बारे में क्या-क्या बातें उड़ाते रहते हैं। तुम भी इतने बड़े ज्ञानी होकर इन लौंडे-लफाड़ियों-जैसी बातें करने लगे हो। अब महाराज, यही विनती है कि तुम खुद अपना मुँह बन्द कर लो और अपने इन साँडों को हटक दो। लड़की का किसी प्रकार ब्याह निबट जाय, तब तक के लिए शान्त बने रहो। आज तुम्हारा जमाना है, सभी लोग तुम्हारे पाँव पर लोट रहे हैं। पर अपने को इतना न भूल जाओ। भले आदमियों को भी शिवपालगंज में रह लेने दो।''

वैद्यजी चुपचाप बैठे हुए सुनते रहे। भैंस की उछल-कूद को निर्विकार भाव से देखते रहने की भी एक हद होती है। उस हद तक पहुँचकर, एक दहाड़ के साथ आसमान तक उछलने का उसका एक नया किन्तु असफल प्रयास देखते हुए वे उठकर खड़े हो गए। चलते-चलते बोले, ''आप अपने निर्णय के अनुसार कन्या का विवाह कर डालें और मेरे योग्य कोई सेवा हो तो बतायें। मेरी बात को भूल जाएँ। मुझे ग़लत सूचना दी गई थी। इसका मुझे खेद है।''

पर गयादीन से बेला के भविष्य के बारे में उन्होंने जो सुना था, उस पर उन्हें खेद न था। वे बहुत हल्के और प्रसन्न होकर वापस लौटे।

वैद्यजी के चले जाने पर गयादीन थोड़ी देर तक उसी तरह बैठे रहे। उनका चेहरा चतुर आदमी जैसा नहीं लगता था। उस पर उलझन और परेशानी थी, जो पहली निगाह में देखने से जान पड़ता था, भैंस की गर्मी को लेकर है। पर इतिहास साक्षी है कि भैंसों ने आज तक मानव-जाति को किसी भारी उलझन में नहीं डाला है, गयादीन की उलझन भी इस समय भैंस के कारण नहीं, बेला के भविष्य को लेकर थी।

उन्होंने वैद्यजी से एक अधूरी बात को पूरी बनाकर कहा था। बेला की शादी अभी तय नहीं हुई थी। जो नौजवान शिवपालगंज में कुछ दिनों से 'बच्चे न पैदा करने से

लाभ' बताने के लिए आने लगा था, उसी को गयादीन ने दामाद की हैसियत से ख़रीदने की बात सोची थी। वे उससे मिलने के दूसरे दिन ही शहर जाकर उसके बाप से मिल आए थे। उसकी वहाँ पर कपड़े की एक दुकान थी जो पहले अच्छी चलती थी, पर दो साल से पड़ोस में एक पंजाबी दुकानदार के आ जाने से बिगड़ गई थी। दुकान एक ऐसी सड़क पर थी जिस पर कुछ दूर आगे लड़कियों का एक कॉलिज और उससे भी कुछ आगे यूनिवर्सिटी थी। कई साल से कॉलिज और यूनिवर्सिटी की लड़कियाँ छोटे-मोटे कपड़ों की खरीदारी नौजवान के बाप की दुकान पर करती आ रही थीं। ये लड़कियाँ फैशनेबुल थीं। और बेवकूफ़ थीं और पता नहीं क्यों, रोज़ खरीदते रहने पर भी, उन्हें कपड़ों की हमेशा कमी बनी रहती थी। इस कारण नौजवान के बाप की दुकान बड़ी धूम से चलती थी और उसी की आमदनी से नौजवान ने एम. ए. पास करके बच्चों की रोकथामवाली नौकरी हासिल कर ली थी और नौजवान की बहन ने बी. ए. पास करके एक अमीर शौहर हथिया लिया था। पर पंजाबी की दुकान बिलकुल पड़ोस में खुल जाने से पूरा नक्शा ही बदल गया था, क्योंकि उस दुकान पर एक बाईस साल का खूबसूरत लड़का सवेरे से ही दाढ़ी-मूँछ साफ़ करके, तंग पतलून और चुस्त टी-शर्ट पहनकर बैठ जाता था और लड़कियाँ अब उधर ही जाकर कपड़े खरीदने लगी थीं। वह उन्हें 'बहनजी' कहकर सम्बोधित करता, फ़िल्मी तारिकाओं के नाम पर डिज़ाइन किये हुए कपड़े दिखाता और नये क़िस्म की चोलियों और पायजामों के बारे में लड़की को इक्का-दुक्का देखकर कभी-कभी बिना माँगी हुई सलाह देने लगता था। अब लड़कियाँ जिस रफ्तार से कपड़े खरीद रही थीं उससे यही लगता था कि कपड़ों की उन्हें पहले से भी ज़्यादा कमी है; और शायद वे दिन को नया कपड़ा लेती हैं और रात में उसे उतारकर किसी को दे देती हैं। संक्षेप में नौजवान के बाप की हालत बिगड़ रही थी।

उसने गयादीन को यह स्थिति काफ़ी विस्तार के साथ समझाई। इसका निष्कर्ष यही था कि "लड़का आपका है। जब चाहें, ब्याह कर लें, पर आजकल हमारे बुरे दिन आ गए हैं, इसलिए लड़के को मैं सस्ते दामों में बेचने के लिए तैयार नहीं हूँ।"

लड़कियों को फुसलाकर और उन्हें चोलियाँ बेचकर जो अपनी रोज़ी कमायेगा, वह कभी-न-कभी दुखी ज़रूर होगा—गयादीन ने सोचा। उन्होंने नौजवान के बाप से हमदर्दी दिखाकर बताया कि वे जब दामाद खरीदने निकले हैं तो अच्छी क़ीमत भी देने को तैयार हैं। उस पर शादी बिना किसी दिक्कत के तय हो गई, सिर्फ़ लड़के की क़ीमत के बारे में बात पक्की नहीं हो पायी। नौजवान के बाप ने, पड़ोस में पंजाबी लड़के के आने के दिन से आज तक के घाटे का हिसाब लगाकर गयादीन से पन्द्रह हज़ार रुपये की माँग की। गयादीन ने अपनी जाति की सराहना करते हुए बताया कि यह माँग वाजिब ही है, क्योंकि हाथी का लेंड़ भी एक क्विंटल का होता है और एक दुकानदार दीवालिया होते हुए भी अपने लड़के की क़ीमत पन्द्रह हज़ार आँक सकता है। इसके बाद उन्होंने आख़िरी बात कही कि मेरी हैसियत आपसे बहुत छोटी है और मैं लड़के की क़ीमत सात हज़ार से ज़्यादा नहीं दे सकता।

इसके बाद बात उसी तरह होने लगी जैसी कि ऐसे मौक़ों पर करोड़ों बार हुई है।

नौजवान के बाप ने कहा कि सात हज़ार बहुत कम है, क्योंकि चौदह हज़ार तक क़ीमत तो पहले ही लग चुकी है। गयादीन ने कहा कि मैं क़ीमत देने लायक़ नहीं हूँ, मैं तो अपनी हैसियत बता रहा हूँ। तब नौजवान के बाप ने कहा कि मैं अब लड़के के चाचा से बात करूँगा जो कि फलाँ जगह पर असिस्टेंट सेल्स टैक्स आफ़िसर है और मैं लड़के के मामा के चचेरे भाई के साढ़ू से बात करूँगा जो कि फलाँ जगह डिस्ट्रिक्ट एण्ड सेसन जज हैं और जो लड़के को बिलकुल अपने लड़के की तरह मानते हैं और मैं अपने मौसेरे भाई के साले से बात करूँगा जो कि कलकत्ता में लोहे का कारोबार करते हैं और मैं लड़के की माँ-चाची-बुआ-मौसी-मामी-ताई-दादी-परदादी से भी बात करूँगा।

उसने गयादीन को आश्वासन दिया कि इन सबकी राय लेकर मैं लड़के की क़ीमत अन्तिम रूप में दस दिन के भीतर बता दूँगा और भगवान चाहेगा तो हम और आप समधी बन जाएँगे। उसने बेला के बारे में कुछ भी जानने से इनकार कर दिया और कहा कि लड़की पढ़ी-लिखी है तो अच्छा है और नहीं है तो बहुत अच्छा है, क्योंकि मुझे उससे मास्टरी नहीं करानी है; और लड़की सुन्दर है तो अच्छा है और नहीं है तो बहुत अच्छा है, क्योंकि मुझे उसे कोठे पर नहीं बैठाना है।

तो जिस समय वैद्यजी ने गयादीन से अन्तर्जातीय विवाहों की सुन्दरता पर बहस शुरू की, उनकी पहली प्रतिक्रिया यह हुई वे उठकर भाग लें और शहर जाकर नौजवान के बाप के हाथ में पन्द्रह हज़ार रुपये रख दें। वैद्यजी के यहाँ से टलते ही वे शहर जाने की तैयारी करने लगे।

थोड़ी देर में जब वे मकान के बाहर आए, उन्हें खन्ना मास्टर, मालवीय और रंगनाथ आते हुए दीख पड़े। ये घण्टा-भर के पहले नहीं टलेंगे, उन्होंने सोचा। फिर यह भी सोचा कि शहर जाने की बस अभी दो घण्टे तक नहीं मिलेगी।

खन्ना मास्टर ने कुछ स्थानीय खबरें सुनाकर एक वक्तव्य दिया, "देश रसातल को जा रहा है !"

स्वयं नीरस और निराशावादी होते हुए भी गयादीन को ये मास्टर काफ़ी दिलचस्प जान पड़ते थे और उनको उनकी हर बात में मूर्खता की बिजली कौंधती हुई नज़र आ रही थी। उन्होंने पूछा, "यह रसातल है कहाँ ?"

खन्ना मास्टर इतिहास पढ़ाते थे, उन्हें भूगोल का पता न था। वे इस सवाल से उखड़ गए। जवाब में उन्होंने बुजुर्गों से सुनी हुई एक बात कही, "कहाँ बताया जाय? सरग, नरग, पाताल, रसातल—सबकुछ हमारे मन ही में है।"

गयादीन कुछ देर इस दर्शन पर ग़ौर करते रहे। फिर बोले, "मन ही में है तो परेशानी कैसे ? जाने दो देश को रसातल में। किसी का नुकसान क्या है ?"

खन्ना मास्टर का उत्साह बुझ गया। बोले, "नुकसान पर क्या बहस ? मैं तो एक बात कह रहा था।"

गयादीन ने उन्हें पुचकारते हुए कहा, "सभी लोग जब कुछ कहते हैं तो कोई बात ही कहते हैं।"

ऐसी उखड़ी हुई बातें गयादीन कभी नहीं करते थे। खन्ना मास्टर ने चौंककर गयादीन के मुँह की ओर देखा, पर उदासीनता की चरम-सीमा पर पहुँचकर वह दूसरी ओर मुड़ गया था। वे नये सिरे से अपने सामने भैंस की उछल-कूद देखने में लग गए थे। खन्ना मास्टर ने अभी तक उधर ध्यान न दिया था। अब उन्होंने भी देखा, वह खूँटे के इर्द-गिर्द उछलकर चक्कर काट रही है और किसी काल्पनिक पाली में खड़ी हुई किसी काल्पनिक भैंस के साथ कबड्डी-जैसी खेल रही है। बराबर रँभाती जाती है। पेशाब का परनाला बह रहा है। गयादीन ने धीरे-से साँस खींची—इतने धीरे से कि किसी को उनकी साँस के चलने का शुबहा न हो—और अपना चेहरा घुमाकर खन्ना मास्टर के मुआयने के लिए पेश कर दिया।

खन्ना मास्टर ने परिवार के आदमी की-सी आत्मीयता दिखाते हुए कहा, ''भैंस गरम हो रही है। इसका इन्तज़ाम करवाइए।''

''क्या इन्तज़ाम करें ? इलाके के सारे भैंसे तो बधिया हो गए। रमजानी घोसी के भैंसे को देखने के लिए आदमी भेज रखा है। दो घण्टे हुए लौटा ही नहीं है...''

खन्ना मास्टर ने उसकी बात काटकर कहा, ''ए. आई. करवाइए, ए. आई.। दिक़्क़त हो तो मुझसे कहिए। मवेशी डॉक्टर मेरा दोस्त है। मेरे फ़ादर और, उसके फ़ादर...''

उनकी भी बात काटकर रंगनाथ ने ए.आई. का अर्थ पूछा। खन्ना मास्टर इस बात पर प्रसन्न हुए कि एक ऐसी बात भी है जो वे जानते हैं, पर रंगनाथ नहीं जानता। उन्होंने कहा, ''आर्टिफ़िशल इन्सेमिनेशन। देखो, इसे क्या कहते हैं हिन्दी में—बड़ी आसान चीज़ है। जब भैंस गरम हो रही हो तो उसे ए. आई. सेण्टर पर ले जाइए और उसका ए. आई. करवा डालिए।''

रंगनाथ गयादीन की ओर इस आशा से देखने लगा कि शायद उसे उधर से ए. आई. का अर्थ समझने में कुछ मदद मिल जाय, पर वे चिन्तित दृष्टि से भैंस की ही ओर ताक रहे थे। भैंस ने इस बार खूँटे से कुछ दूर आकर एक ऐसा राक-एन-रोल दिखाया कि लगा अब भैंस की जगह यहाँ एल्विस प्रिस्ले को बुलाना पड़ेगा। गयादीन ने कहा, ''इस भैंस को दो बार उस सेण्टर पर भेज चुका हूँ। पर न जाने कैसी पिचकारी लगाते हैं। गाभिन ही नहीं होती।''

खन्ना मास्टर बोले, ''क्या पता नकली और मिलावट का माल वहाँ भी इस्तेमाल होता हो। मैं मवेशी डॉक्टर से बात करूँगा।''

गयादीन ने सिर हिलाकर इसका विरोध किया। बोले, ''नहीं, क़सूर उस माल का नहीं, मेरी क़िस्मत का है। तीन भैंसों को पिचकारी लगायी जाय तो किसी-न-किसी एक भैंस पर वह बेकार हो जाती है। कुछ ऐसा है कि हर बार वह एक भैंस मेरी ही होती है।''

रंगनाथ उस वार्तालाप से आर्टिफ़िशल इन्सेमिनेशन का अर्थ समझ गया था और अकारण झेंपने लगा था। झेंप मिटाने के लिए ही बातचीत में शामिल हो गया। बोला, ''आप हमेशा मजबूरी की ही बात करते हैं।''

"गाँव में मजबूरी नहीं तो और क्या मिलेगा ?" गयादीन ने उदासी से कहा। वे हुमसकर धीरे-से बैठ गए थे। चारपाई चरमरायी, पर आज उन्होंने उसके साथ कोई मुरव्वत नहीं की। वे हुमसे हुए बैठे रहे। काँखते हुए बोले, "रंगनाथ बाबू, तुम शहर के आदमी हो। शहर में हर बात का जवाब होता है। मान लो कोई आदमी मोटर से कुचल जाय, तो कुचला हुआ आदमी अस्पताल में पहुँच जाएगा। अस्पताल में डॉक्टर बदमाशी करे तो उसकी शिकायत हो जाएगी। शिकायत सुननेवाला चुप बैठा रहे तो दस-पाँच लफंगे मिलकर जुलूस निकाल देंगे। उस पर कोई लाठी चला दे तो लोग जाँच बैठलवा देंगे। तो वहाँ हर बात की काट आसानी से निकल आती है। इसीलिए वहाँ मजबूरी की मार नहीं जान पड़ती। और अगर कभी मजबूरी हो जाय तो आदमी के पास उसकी भी काट है। आसानी से वह फाँसी लगाकर मर जाता है और दूसरे दिन उसका नाम अखबार में छप जाता है। लोग जान जाते हैं कि वह मजबूरी से मरा था, फिर कुछ दिनों तक अखबारों में मजबूरी की बात चलती रहती है। और समझ लो, यह भी मजबूरी की एक काट ही है।"

रंगनाथ के मुँह की ओर देखकर उस पर दया-सी दिखाते हुए गयादीन ने कहा, "मैं शहर के बारे में ये सबकुछ जानता हूँ। नौजवानी के दिनों में मैं कलकत्ते में रह चुका हूँ।"

खन्ना मास्टर ने कुछ कहने के लिए मुँह खोला, पर गयादीन ने टोककर कहा, "और यहाँ गाँव में क्या है ? कोई मोटर से कुचल जाए तो मोटरवाला रफूचक्कर हो जाएगा। कुचला हुआ आदमी कुत्ते की तरह पड़ा रहेगा। अगर कहीं अस्पताल हुआ तो दो-चार दिन में मरते-मरते पहुँच जाएगा। अस्पताल में अगर कोई डॉक्टर हुआ भी तो पानी की बोतल पकड़ाकर कहेगा कि लो भाई, राम का नाम लेकर पी जाओ। राम का नाम तो लेंगे ही, क्योंकि उनके पास देने के लिए दवा ही नहीं होगी। होगी भी तो, चुराकर बेचने के लिए पहले ही निकालकर रख ली गई होगी। तभी तो कहा कि शहर में हर दिक्कत के आगे एक राह है और देहात में हर राह के आगे एक दिक्कत है।"

रंगनाथ ने कहा, "शहर में बड़ी दिक्कतें हैं, पर वह सब सुनाने से क्या फ़ायदा !"

एक आदमी नंगे बदन, अपने को आदमी साबित करनेवाले स्थान को एक अँगोछे से ढँके हुए आया और ख़बर लाया कि रमज़ानी घोसी दो रुपये पर अपने भैंसे को लगाने के लिए तैयार है। गयादीन ने साँस खींचकर कहा, "अपना-अपना ज़माना है।" अपना सिर हिलाकर उन्होंने उस आदमी की ओर एक इशारा दिया।

इशारा पाते ही उस आदमी ने भैंस को खूँटे से छुड़ा लिया। देखते-देखते भैंस की आवाज़ रेडियो-नाटकों की शैली में फ़ेडआउट हो गई। वह नंगा आदमी भैंस और अपने अँगोछे के साथ दृश्य से बाहर निकल गया।

भैंस के जाते ही वातावरण की गर्मी खत्म हो गई। गयादीन, जो उसकी चीख़-पुकार के कारण ज़ोर से बोलने लगे थे, अपनी सहज मुर्दा-शैली पर उतर आए। बोले, "बात कुछ फूहड़ है, पर यह भैंस गाभिन हो जाए, इत्मीनान हो। रमज़ानी तो दो रुपिया लेकर भैंसा खोलने को तैयार हो गए, पर भैंसा ही कहीं इनकार न कर दे।"

कहकर वे मुस्कराए। यह एक घटना थी। शिवपालगंज में किसी ने आज तक उन्हें मुस्कराता हुआ न देखा था। रंगनाथ समझ गया कि यह मुस्कराहट रो न पाने की मजबूरी से पैदा हुई है।

अचानक खन्ना मास्टर ने पूछा, "बेला की कैसी तबीयत है ? सुना, इधर कुछ बीमार थी।"

मालवीय ने उसे घूरकर देखा। रंगनाथ ने भी सोचा : मास्टर लोग ऐसे ही होते हैं। दर्जे से निकलते ही कोई-न-कोई बेवकूफी की बात छेड़ देते हैं।

गयादीन पर इस सवाल की कोई प्रतिक्रिया प्रकट नहीं हुई। वे सिर्फ़ खन्ना मास्टर की तरफ़ चुपचाप एक मिनट तक सीधी-सादी, भोली-भाली निगाह से देखते रहे। खन्ना की समझ में नहीं आया कि इस एक मिनट के युग में वे खुद किस तरफ़ देखें। फिर गयादीन ने पूछा, "अपनी तबियत का हाल बताओ मास्टर साहब, तुम्हारे 107 वाले मुक़दमे में क्या हो रहा है ?"

"वही तो आपको बताने आया था।"

गयादीन ने उन्हें याद दिलायी, "पर आप तो रसातल की बात बता रहे थे।" खन्ना मास्टर अचानक दीन बन गए। बोले, "अब हम लोगों को आप ही बचाइए। दोनों ओर से मुसीबत है। प्रिंसिपल यहाँ पिटवाने पर आमादा है, वहाँ इजलास में डिप्टी साहब पूरा मुक़दमा सुनने के पहले ही नाराज़ हो गए हैं।"

गयादीन ने रंगनाथ की ओर देखा। कुछ कहा नहीं। मालवीय ने समझाया, "रंगनाथजी इस मामले में हमारे साथ हैं। इनके सामने पूरी बात हो सकती है।"

चूँकि प्रत्येक बुद्धिजीवी, गुटबन्द होने के बावजूद, गुटबन्दी का खुला इल्जाम लगते ही तिलमिला उठता है, इसलिए रंगनाथ ने सिर हिलाकर कहा, "मैं किसी के साथ नहीं हूँ। इनके साथ इस मामले में ज़्यादती हो रही है, इसलिए मुझे इनसे हमदर्दी है।"

गयादीन ने कहा, "तब क्यों कहते हो कि तुम किसी के साथ नहीं हो ?"

मालवीय ने अपनी बात जारी रखी, "यहाँ प्रिंसिपल साहब ने छोटे पहलवान को भड़का दिया है। परसों राह चलते उसने मुझसे कहा कि मास्टर साहब, अभी कुछ हुआ नहीं है, चुपचाप शिवपालगंज छोड़कर चले जाओ; नहीं तो कुछ उल्टा-सीधा हो गया तो तुम्हारे घरवालों को दुख होगा। इस तरह की सलाह और लोग भी दे चुके हैं। शायद प्रिंसिपल हम लोगों को पिटवाना चाहता है। समझ में नहीं आता कि क्या करें।"

"करोगे क्या ? चुपचाप मार खा लो। मास्टर होकर मार खाने से कहाँ तक डरोगे ?" गयादीन ज़मीन पर निगाह गड़ाकर धीरे-धीरे बोले।

खन्ना मास्टर को जोश आ गया। कहने लगे, "हम चुपचाप मार खानेवाले नहीं हैं। ईंट का जवाब पत्थर से देंगे।"

गयादीन कुछ नहीं बोले। खन्ना मास्टर ने फिर कहा, "कोई नवाबी के दिन नहीं हैं कि जो जिसको चाहे, मार बैठे।"

"दिन उससे भी बुरे हैं।" गयादीन ने कहा, "मैं तो चार-छः साल से यही देख रहा हूँ। वहाँ, रंगापुर में हेडमास्टर का खून हो गया था कि नहीं ? क्या हुआ? मारनेवाले

आज भी बल्लम लिये मूँछ पर ताव देते हुए घूम रहे हैं।''

उन्होंने सिर हिलाकर सान्त्वना-सी देते हुए समझाया, ''नहीं मास्टर साहब, तुम कभी ईंट का जवाब पत्थर से न देना। प्रिंसिपल साहब और बैद महाराज के पास बहुत बड़ी ताकत है। चौपट हो जाओगे। इम्तहान के दिनों में हर साल न जाने कितने मास्टर लड़कों के हाथों पिटते हैं, तो क्या कर लेते हैं ? खोपड़ी सहलाते हुए धीरे-धीरे घर चले आते हैं और बीवी से माँगकर एक गिलास पानी पी लेते हैं। कुछ थाने पर रिपोर्ट लिखा देते हैं और फिर दोबारा पिटते हैं।''

उन्होंने ढाढ़स बँधाते हुए कहा, ''अब तो यही हो रहा है। मास्टर होकर अब मारपीट से घबराना न चाहिए।''

खन्ना मास्टर ठण्डे हो गए। बोले, ''तो क्या करूँ ?''

''उन्हीं का कहना माल लो। या तो 107 के मुक़दमे में सुलह कर लो या शिवपालगंज छोड़कर भाग जाओ।''

''यही तो रोना है,'' खन्ना मास्टर ने रोने की कोशिश की, ''प्रिंसिपल के पास सुलह का सुझाव भिजवाया था। वे कहते हैं कि सुलह भी इसी शर्त पर होगी कि शिवपालगंज छोड़कर चले जाओ। हर हालत में यहाँ से जाने को कहते हैं। बताइए, इसके बाद क्या करूँ !''

गयादीन सोचने लगे। काफ़ी देर तक सोचकर और मत्थे की झुर्रियों को भीतर समेटकर यह साबित करते हुए, कि वे सोचने का काम खत्म कर चुके हैं, उन्होंने कहा, ''इसके बाद क्या करोगे मास्टर साहब ? देश का नक्शा सामने फैलाकर देखना शुरू कर दो। शायद उसमें शिवपालगंज के आगे भी कोई जगह निकल आए।''

थोड़ी देर वे लोग गुमसुम बैठे रहे, फिर जैसे गीली मिट्टी में कोई केंचुआ अपने को तोड़-मरोड़कर लकीरें बना-बिगाड़ रहा हो, खन्ना मास्टर मुक़दमे की पिछली पेशी का विवरण विस्तार से सुनाने लगे :

दफ़ा 107 के मुक़दमे में पहले फ़रीक़—यानी वे लोग जिनके झगड़ालू स्वभाव के बारे में पुलिस ने भविष्यवाणी की थी—खन्ना मास्टर, मालवीय और उनके साथ के तीन नौसिखिए मास्टर थे जो प्रिंसिपल के गुट में न होने के कारण उनके ख़िलाफ़ मान लिये गए थे। दूसरे फ़रीक़ में वे थे जिनके बारे में खन्ना मास्टर ने मजिस्ट्रेट के सामने भविष्यवाणी की थी कि उन्हें उनसे अपनी जान व माल का ख़तरा है। एक वकील ने मज़ाक में यह भी कहा कि मास्टर के पास माल कहाँ होता है और मास्टर की जान की क़ीमत ही क्या है। पर मजिस्ट्रेट ने उस पर ध्यान दिए बिना दूसरे फ़रीक़ के ख़िलाफ़ भी सम्मन निकाल दिया था। इसी दूसरे पक्ष में प्रिंसिपल साहब के अलावा उनके दो भतीजे और दो भांजे थे, जो कॉलिज में पिछले तीन साल से मास्टरी कर रहे थे, पर लोग जिन्हें मास्टर मानने से इनकार करके प्रिंसिपल के भतीजे और भांजे के ही रूप में देखने के आदी हो गए थे।

मुक़दमे में खन्ना मास्टर को एक बहुत बड़ी कठिनाई का सामना करना पड़ा। पहले

पक्ष की ओर से पुलिस विभाग के सभी अन्वेषक, इतिहासकार और सर्जक कलाकार लगभग यह प्रमाणित कर ले गए थे कि खन्ना मास्टर और उनके साथी झगड़ा करनेवाले हैं। उधर वे खुद प्रिंसिपल के ख़िलाफ़, शिवपालगंज में उचित प्रमाण न मिल सकने के कारण, किसी बढ़िया इतिहास का सृजन नहीं कर पा रहे थे। अतः एक दिन, जब खन्ना मास्टर का वकील तथ्यों की कमी और तर्क की ज्यादती के सहारे प्रिंसिपल के विरुद्ध एक ज़ोरदार बहस कर रहा था तो इजलास ने सिर घुमाकर खन्ना मास्टर को कड़ी निगाह से देखा और पूछा : "आप लोग अध्यापक हैं ?"

"जी हाँ।"

"आपको शर्म नहीं आती ?"

उन्हें अध्यापक होने के कारण शर्म तो हमेशा ही घेरे रहती थी, पर मालवीयजी इस समय यह मानने में हिचक गए। बोले, "अध्यापक होने में शर्म की क्या बात है, श्रीमान् ?"

"अध्यापक होकर भी आप लोग लोफ़रों की तरह लड़ते हैं। 107 का मुक़दमा चलने की नौबत आ गई है। आप लोगों को इसमें शर्म नहीं आती ?"

मालवीय को इसका जवाब खोजने कहीं दूर नहीं जाना था : लड़ना किसानों, मज़दूरों, व्यापारियों, भूतपूर्व ज़मींदारों आदि की ही बपौती नहीं, प्राणिमात्र का सहज गुण है। लड़ने की योग्यता इस पेशे या उस पेशे पर निर्भर नहीं है। अगर तुम लड़ने का नतीजा झेलने को तैयार हो तो तुम्हारी लड़ने की योग्यता पर बहस नहीं की जा सकती। मालवीय कह सकते थे : श्रीमान्, संविधान में कहीं भी ऐसी व्यवस्था नहीं कि अध्यापकों को लड़ने पर रोक लगा दी गई और दूसरे वर्गों को खुली छूट दे दी गई हो। मालवीय ने कुछ ऐसी ही बात कहनी चाही, पर उन्हें अनुभव हुआ कि झिझक के मारे उनकी ज़बान तालू पर चिपक गई है। उन्होंने दाँत निकालकर इलजास की डाँट का स्वागत किया। इजलास ने बेरुखी के साथ, अपनी बात दोहराते हुए, अब अन्तिम निर्णय दिया, "आप लोगों को शर्म आनी चाहिए।"

खन्ना के वकील ने इजलास से कहा, "श्रीमन्, यही बात दूसरे फ़रीक़ से भी कह दी जाय।"

इजलास गुस्से में थी। गुर्राकर—स्वाभाविक था कि अंग्रेज़ी में—बोली, "ज़रूर कह दी जाएगी। पर इन लोगों से मेरा कहना है : इन्हें अध्यापक होकर इस तरह का मुक़दमा लड़ते हुए शर्म नहीं आती ? मुझे तो यह मुक़दमा सुनते हुए शर्म महसूस होती है। मैं सोचता हूँ : विद्यार्थियों पर इसका क्या असर होगा ?"

प्रिंसिपल साहब के वकील ने कहा, "श्रीमन्, यदि विरोधी पक्ष के मास्टरों को कसकर सज़ा दे दी जाय तो विद्यार्थियों पर इसका असर अच्छा ही होगा, क्योंकि वे जान जाएँगे कि गुंडागर्दी का नतीजा खराब होता है।"

पर इजलास अपनी ही तर्क-शृंखला में उलझ गई थी। उसे अचानक शर्म ने घेर लिया था। अतः सबकुछ पीछे छोड़कर सारी बहस शर्म पर आ गई और पलटकर अध्यापक कितना सम्मानित प्राणी हुआ करता था, उस दिशा में उलट गई, फिर एक

से दूसरी चीज़ पर जाते हुए, अध्यापकों में निष्ठा की कमी, संयमहीनता, देश का भविष्य आदि उन निराशावादी स्थितियों पर चली गई जिनका हवाला देकर साबित किया जाता है कि अध्यापकों को त्याग करना चाहिए और सब लोगों का काम आदर्शों को गिराना और अध्यापक का काम आदर्शों को उठाना है, यह समझकर थोड़ी तनख़्वाह और बड़ी इज़्ज़त के साथ उन्हें गाँधी और नेहरू-जैसे व्यक्तियों का सृजन करना चाहिए।

इजलास जोश में थी। बचपन में अध्यापकों ने उसे हमेशा निम्न कोटि के विद्यार्थियों में शुमार किया था और उसे आज इन अध्यापकों को निम्न कोटि का आदमी साबित करने का मौक़ा मिल गया था। इसलिए इन महत्त्वपूर्ण विषयों पर, तर्क हो या न हो, बड़े जोश के साथ वह उसी तरह बोलती रही जैसे लोग इजलास से बाहर बोलते हैं। दुनिया-भर के सिद्धान्तों के राजमार्ग पर चलकर इजलास का फ़ैसला आखिर में फिर उसी सुरंग से बाहर निकला कि इन अध्यापकों को शर्म आनी चाहिए।

खन्ना मास्टर को तो नहीं, पर उनके वकील को अन्त में कहना पड़ा कि मैं सिद्धान्त-रूप में स्वीकार करता हूँ कि हमें शर्म आनी चाहिए, पर दोनों पक्षों को बराबर-बराबर आनी चाहिए।

तब इजलास ने प्रिंसिपल को लथाड़ना शुरू किया। उसका आशय यह था कि उसे शर्म आनी चाहिए कि वह इस तरह से प्रिंसिपली कर रहा है।

"अगर मैं प्रिंसिपल होता तो इस तरह के मास्टरों को एक दिन के लिए भी कॉलिज में बरदाश्त न करता। मास्टरों में झगड़ा हो तो थाना-कचहरी से क्या मतलब ? होशियार प्रिंसिपल होता तो इस तरह के तत्त्वों को वह पहले ही से कॉलिज में न आने देता और वे आ ही गए थे तो उन्हें निकाल बाहर करने में एक मिनट की भी देर न करता। यह विद्यार्थियों के भविष्य का प्रश्न है। इसमें रियायत कैसी ? पर, आज के प्रिंसिपल भी क्या हो गए हैं। मेरे ज़माने में..."

अब प्रिंसिपल साहब के वकील को भी कहना पड़ा कि मैं सिद्धान्त-रूप में स्वीकार करता हूँ कि मास्टरों के साथ प्रिंसिपल साहब कमज़ोरी से पेश आए हैं और उनके विरुद्ध उन्होंने अब तक कड़ी कार्रवाई नहीं की है और ऐसा करने और न करने के कारण प्रिंसिपल को शर्म आनी चाहिए।

इस बिन्दु पर पहुँचकर इजलास ने खन्ना मास्टर से कहा कि यह तमाशा बहुत हो चुका है, अब यह झगड़ा ख़त्म होना चाहिए; या तो आपस में सुलह कर लो या कॉलिज छोड़कर बाहर चले जाओ। नहीं तो इस मुक़दमे में मुझे फ़ैसला लिखना पड़ेगा।

इस पर दारोग़ाजी ने इजलास की दयालुता पर एक संक्षिप्त भाषण देते हुए कहा कि हुजूर फ़ैसला न लिखें, नहीं तो ग़ज़ब हो जाएगा। जो भी हो, ये बेचारे मास्टर लोग हैं। बहकावे में आ गए हैं। आपने फ़ैसला लिख दिया तो घपले में पड़ जाएँगे। आपने इतनी ताकीद कर दी, यह बहुत है। इन्हें काफ़ी समझा दिया गया है। समझ गए होंगे। अब मुझे विश्वास है कि सुलह हो जाएगी। इन्हें एक पेशी का मौका दे दिया जाए। तब तक सब ठीक हो जाएगा। हुजूर को फ़ैसला न लिखना पड़ेगा।

रंगनाथ ने कहा, "तो इसका मतलब यह हुआ कि... ।"

खन्ना मास्टर बोले, "मतलब यह कि पेशी से लौटते ही प्रिंसिपल साहब ने मास्टर मोतीराम को हमारे पीछे लगा दिया है। अब तक वे चुपचाप साइन्स पढ़ाते थे और अपनी आटाचक्की का काम देखते थे। अब परसों से वे हमें यही समझा रहे हैं कि मास्टरी के मुकाबले आटाचक्की खोल देने में ज़्यादा मुनाफ़ा है। मुनाफ़े की बात करते हुए वे लकड़ी चीरनेवाली आरा-मशीन का भी ज़िक्र कर रहे हैं। कल शाम उन्होंने मालवीयजी को पान की दुकान चलाने का फ़ायदा समझाया। अब बताइए, इसका क्या जवाब है ?"

गयादीन ने जम्हाई लेकर कहा, "सुलह कर लो।"

"पर इसका मतलब... ?"

"वह तो तुम बता चुके हो मास्टर साहब; सुलह शिवपालगंज छोड़ देने से ही हो, तो वही करो। दिन-रात की खिचखिच से क्या फ़ायदा ? बेकार ही तो हो जाओगे। बेकारी उतनी बुरी चीज़ नहीं है। बेकार तो करोड़ों लोग हैं। असल चीज़ खिचखिच है। इससे दूर रहना चाहिए।"

रंगनाथ को अब तक शिवपालगंज में रहते हुए छः महीने हो गए थे। उसकी तन्दुरुस्ती अच्छी हो गई थी। ज़बान खराब हो गई थी। सही मौके पर चुप हो जाने और ग़लत जगह पर जोश दिखाने की आदत पड़ने लगी थी। इस झगड़े में वह कहीं नहीं है, यह मजबूरी उसके मन में हीनता-भाव पैदा करने लगी थी। परिस्थिति के ख़िलाफ़ उसके मन में स्वाभाविक रोष भी पैदा होता था, पर वह हर हिन्दुस्तानी के रोष की तरह बहस-मुबाहसे के रास्ते निकल जाता था और बचा-खुचा अच्छे खाने-पीने से दब जाता था। पर आज इस हीनता की अनुभूति और रोष के भाव ने मिलकर उसे न जाने कैसा बना दिया कि उसने डपटना शुरू कर दिया। उसने बात डपट से शुरू की और डपट ही पर जाकर छोड़ी। जो भी हो, उसकी बात का अर्थ यही निकला कि 'इस परिस्थिति का डटकर विरोध किया जाना चाहिए—खन्ना मास्टर को पीछे नहीं हटना चाहिए, अन्याय से समझौता नहीं करना चाहिए,' कहते-कहते रंगनाथ को ऐसा लगा कि वह अंग्रेज़ी पढ़े-लिखे देसी आदमी की तरह टूटी-फूटी ज़बान में कोई धार्मिक ग्रन्थ बाँच रहा है। वह चुपचाप हो गया।

मास्टर ने कहा, "हम लोग कुछ नहीं कर सकते।"

रंगनाथ ने कहा, "और आप गयादीनजी ?"

जवाब में गयादीन ने रुक-रुककर एक क़िस्सा सुनायाः "हमारे इलाक़े में बहुत दिन हुए, एक मातापरशाद हुए थे। इस इलाक़े के वे पहले नेता थे। लोग उनकी बातें बड़े प्रेम से सुनते थे। वे ज़रूरत पड़ने पर जेल भी जाते थे, तब लोग उनकी याद और भी बड़े प्रेम से करते थे। जब वे जेल से वापस आते तो लोग ज़्यादातर उनसे इसी तरह की बातें करते रहते कि जोश में आकर वे फिर जेल चले जाएँ। एक बार वे कई साल तक बिना जेल गए हुए रह गए। इसका नतीजा यह हुआ कि लोग उनके व्याख्यानों से ऊबने लगे। ज़मींदारी-विनाश, स्त्री-शिक्षा, विदेशी चीज़ों और शराब की दुकान का

बहिष्कार—इन विषयों पर उनके व्याख्यान लोगों को इस तरह याद हो गए कि वे जब बोलने खड़े होते तो स्कूली लड़के उनके कुछ कहने से पहले ही उनके व्याख्यान के टुकड़े कहके उसे दोहरा देते। उनके कहने के लिए कुछ बचता नहीं था। जब चन्दा माँगने के लिए जाते तो लोग समझते कि वह भीख माँग रहा है। वे जब भारत माता की जय बोलते तो लोगों को लगता कि वह अपने ख़ानदान का प्रचार कर रहा है और वे जब ज़मींदारी-विनाश की बात करते तो लोग जान जाते कि वह बिना लगान दिए साल पार कर जाना चाहता है। मतलब यह है कि मातापरशाद की लीडरी इस इलाक़े में पाँच साल तो चली, बाद में उन्हें लगा कि कुछ जम नहीं रहा है। तब मुझे ही समझाना पड़ा कि भैया मातापरशाद, लीडर में जो गुण होना चाहिए वह तुममें नहीं है। चाहिए यह कि लीडर तो जनता की नस-नस की बात जानता हो, पर जनता लीडर के बारे में कुछ भी न जानती हो। यहाँ सब बात उल्टी है। तुम खुद तो जनता का हाल जानते नहीं हो, पर जनता तुम्हारी नस-नस से वाकिफ़ है। इसलिए यह इलाक़ा लीडरी में तुम्हारे मुआफ़िक नहीं आ रहा है। तुम या तो यहाँ से किसी दूसरे इलाक़े में चले जाओ या कुछ दिनों के लिए जेल हो आओ। मातापरशाद मेरी राय मानकर जेल चले गए। उसी के साल-भर बाद किसी दूसरे ज़िले से तुम्हारे मामा वैद्यजी यहाँ आए। उनके बारे में किसी को कुछ नहीं मालूम था, लोग सिर्फ़ इतना जानते थे कि उनकी काली-काली मूँछें हैं, मज़बूत देह है और उनकी वीर्यपुष्टि की दवाओं की धाक है। उन्होंने कोऑपरेटिव सोसायटी बनायी, यहाँ एक मिडिल स्कूल खुलवाया, अपना आयुर्वेदिक दवाख़ाना खोला और जब तक लोग जान पायें कि वे किसके कौन हैं, वे यहाँ के नेता बन बैठे। एक गाँव की ज़मींदारी भी उन्होंने रेहन में रख ली, कोऑपरेटिव में कर्ज़ा देर से मिलने के कारण किसी को तकलीफ़ न हो, इसलिए साथ-साथ अपना रुपिया भी कर्ज़ पर चलाना शुरू कर दिया। उधर मातापरशाद जेल में पड़े रहे और ये इधर लड़ाई में सिपाहियों की भरती कराने लगे। शहर की अमन-सभाओं में जाने लगे। आज़ादी मिलने के बाद उन्होंने ज़मींदारी के विरोध में रेहनवाला गाँव बिकवा दिया और रुपिया लेकर भूतपूर्व ज़मींदार कहलाने से बच गए। उधर मातापरशाद जेल से निकलकर सरकारी पेंशन लेकर शहर में अपना पेट पालने में लग गए। इधर, बाबू रंगनाथ, तुम्हारे मामा अकेले डील पूरा, इलाक़ा बन गए।

"बाबू रंगनाथ, लीडरी ऐसा बीज है जो अपने घर से दूर की ज़मीन में ही पनपता है। इसलिए मैं यहाँ लीडरी नहीं कर सकता। लोग मुझे बहुत ज़्यादा जानते हैं। उनमें मेरी लीडरी न चल पाएगी। कुछ बोलूँगा तो कहेंगे, देखो गयादीन लीडरी कर रहे हैं।

"और इस खन्ना मास्टर के लिए तो मैं वैसे भी लीडरी नहीं करूँगा। जिनके कुछ समझ ही नहीं है, उनके लिए कहाँ तक वकालत की जाए !

"लौंडों की दोस्ती, जी का जंजाल।"

रंगनाथ ने उनका व्याख्यान शान्तिपूर्वक सुन लिया था। कहा, "पर गयादीनजी, मामा को आप ही अच्छी तरह जानते हैं। आप ही उन पर कुछ असर डाल सकते हैं। आपको खन्ना की कुछ मदद तो करनी पड़ेगी।"

गयादीन ने सोचा : ये लोग कितने बेशर्म हैं। महीनों से इन्हें समझा रहा हूँ कि मेरे सहारे न रहो। खीझकर चले जाते हैं, फिर दौड़ते हुए इधर ही आते हैं। इजलास ने सही कहा था : इन्हें शर्म आनी चाहिए।

उन्होंने कहा, ''खन्ना मास्टर की मदद मैं तो नहीं कर पाऊँगा, पर तुम कर सकते हो। अपने मामा के ख़िलाफ़ तुम अब बोलने ही लगे हो। झिझक दूर हो गई है ! तुम बाहर के रहनेवाले भी हो। यहाँ वाले तुम्हारी असलियत जानते नहीं हैं और जैसे ये खन्ना मास्टर हैं, वैसे ही तुम हो। अब तुम्हीं लीडरी करके दिखाओ।''

रंगनाथ ने तैश में आकर कहा, ''तो यही होगा, आप कहते क्या हैं ?''

''लौंडों की दोस्ती, जी का जंजाल।'' उन्होंने कहा, पर अपने मन में ही कहकर रह गए। बिना दिलचस्पी के वे उन लोगों का तेज़ी से उठकर जाना देखते रहे। उन्हें याद आया कि शहर जाने के लिए बस का टाइम हो गया है, पन्द्रह हज़ार रुपिया बहुत बड़ी रक़म है, पर बेला के लिए उसकी कोई क़ीमत नहीं है, भैंस अभी तक वापस नहीं आयी है और अब गाँव में रहना बड़ी ज़लालत है।

33

हमारे न्याय-शास्त्र की किताबों में लिखा है कि जहाँ-जहाँ धुआँ होता है, वहाँ-वहाँ आग होती है। वहीं यह भी बढ़ा देना चाहिए कि जहाँ बस का अड्डा होता है, वहाँ गन्दगी होती है।

शिवपालगंज के बस अड्डे की गन्दगी बड़े नियोजित ढंग की थी।

गन्दगी-प्रसार-योजना को आगे बढ़ानेवाले कुछ प्राकृतिक साधन वहाँ पहले ही से मौजूद थे। अड्डे के पीछे एक समुद्र था, यानी कम-से-कम एक झील थी जो बरसात में समुद्र-सी दिखती थी। दरअसल यह झील भी नहीं थी, जाड़ों में वह झील थी, बाद में छोटा-सा पोखर बन जाती थी। गन्दगी की सप्लाई का वह एक नैसर्गिक साधन था। शाम-सवेरे वह जनता को खुली हवा देता था और खुली हवा के शौचालय की हैसियत से भी इस्तेमाल होता था। सुबह होते ही 'शर्मदार के लिए सींक की आड़ काफ़ी होती है,' इस सिद्धान्त पर वहाँ उगनेवाली घास के हर तिनके के पीछे एक-एक शर्मदार आदमी छिपा हुआ नज़र आता था, बहुत-से ऐसे भी लोग थे जो 'भाइयो और बहनो, मेरे पास छिपाने को कुछ नहीं है' वाली सच्चाई से बिलकुल खुले में बैठकर और सींक की आड़ भी न लेकर, अपने-आपको पेश करने लगते थे। इस मौक़े से फ़ायदा उठाने के लिए शिवपालगंज के सभी पालतू सूअर सवेरे-सवेरे उधर ही पहुँच जाते थे। वे

आदमियों द्वारा पैदा की हुई गन्दगी को आत्मसात् करते, उसे इधर-उधर छितराते और वहाँ की हवा को बदबू से बोझिल बनाने की कोशिश करते। पोखर के ऊपर से उड़कर कस्बे की ओर आनेवाली हवा–जिसका कभी भवभूति ने 'वीचीवातैः, शीकरच्छोदशीतैः' के रूप में अनुभव किया होगा–बस के अड्डे पर बैठे हुए मुसाफ़िरों को नाक पर कपड़ा लगाए रहने के लिए मजबूर कर देती थी। गाँव-सुधार के धुरन्धर विद्वान् उधर शहर में बैठकर 'गाँव में शौचालयों की समस्या' पर गहन विचार कर रहे थे और वास्तव में 1937 से अब तक विचार-ही-विचार करते आ रहे थे, इधर बस के अड्डे पर बैठे हुए मुसाफ़िर नाक पर कपड़ा लपेटकर कभी जैन-धर्म स्वीकार करने को तैयार दिखते, कभी सूअरों की गुरगुराहट सुनते हुए वाराह-अवतार की कल्पना में खो जाते। वातावरण बदबू और धार्मिक सम्भावनाओं से भरा-पूरा था।

सूअरों के झुण्ड सड़क पर निकलते समय आदमियों की नक़ल करते। वे दायें-बायें चलने का ख्याल न करके सड़क पर निकलनेवाली हर सवारी के ठीक आगे चलते हुए नज़र आते और आपसी ठेलठाल में कॉलिज के लड़कों को भी मात देते। बस के अड्डे की चहारदीवारी एक जगह पर टूट गई थी। इसका फ़ायदा उठाकर वे सड़क से सीधे बस के अड्डे में घुसते और दूसरी ओर के फाटक से निकलकर पोखर के किनारे पहुँच जाते। उनके वहाँ पहुँचते ही पिकनिक और यूथफ़ेस्टिवल का समाँ बँध जाता।

गन्दगी-प्रसार-योजना के अन्तर्गत वहाँ पर बस का अड्डा बनाते समय इन प्राकृतिक सुविधाओं का ध्यान रखा गया होगा। वैसे, गन्दगी सप्लाई करने की दूसरी एजेन्सियाँ भी वहाँ पहले से मौजूद थीं। उनमें एक ओर एक मन्दिर था जो अपनी चीकट सीढ़ियों के कारण मक्खी-पालन का बहुत बड़ा केन्द्र बन गया था। उसके चारों ओर छितरे हुए बासी फूल, मिठाई के दोने और मिट्टी के टूटे-फूटे सकोरे चींटियों को भी आकर्षित करते थे। दूसरी ओर एक धर्मशाला थी जिसके पिछवाड़े हमेशा यह सन्देह होता था कि यहाँ पेशाब का महासागर सूख रहा है।

गन्दगी के इन कार्यक्रमों में ठीक से ताल-मेल बैठाकर छोटी-मोटी कमियों को दूसरी तरकीबों से पूरा किया गया था। उनमें सबसे प्रमुख स्थान थूक का था जिसे हर जगह देखते रहने के कारण राष्ट्रीय चिन्ह मान लेने की तबीयत करती है। हमारी योजनाओं में जैसे काग़ज़, वैसे ही हमारी गन्दगी का महत्त्वपूर्ण तत्त्व थूक है। थूक-उत्पादन में वहाँ पान की दस-बीस दुकानें, कुछ स्थिर और कुछ गश्ती–प्राइवेट सेक्टर की सरकारी-मान्यता प्राप्त फ़ैक्टरियों की तरह काम करती थीं। थूक का उत्पादन ज़ोर पर था। थूक फैलाने के लिए चारों तरफ़ कई पात्र ज़मीन में गाड़ दिए गए थे जिनको देखते ही आदमी किसी भी दिशा में–ऊर्ध्व दिशा को छोड़कर–थूक देता था और इस खूबी से थूकता था कि सारा थूक पात्र के बाहर ही जाकर गिरे। नतीजा यह था कि चारों ओर चार फुट की ऊँचाई तक दीवारों पर, और कहीं फ़र्श पर, थूक की नदियाँ कुछ-कुछ उसी तरह बहती थीं जैसे सुनते हैं, कभी यहाँ घी-दूध की नदियाँ बहा करती थीं।

फिर लुढ़कते और रिरियाते हुए भिखमंगे, जो संख्या में बहुत कम होते हुए भी अपनी लगन के कारण चारों तरफ़ एकसाथ दिखायी देते। चाय की दुकानों पर चाय

की सड़ी, चुसी हुई पत्तियाँ और गन्दे पानी के नाबदान। आने और जानेवाली बसों की गर्द। मरियल कुत्तों को आरामगाहें। और गन्दगी-प्रसार-योजना को सबसे बड़ा प्रोत्साहन देनेवाली अखिल भारतीय संस्था--मिठाई और पूड़ी की दुकानें, हलवाइयों की तोंद, उनके छोकड़ों की पोशाक।

डिप्टी डायरेक्टर ऑफ़ एजुकेशन कॉलिज के मसलों की जाँच करने आनेवाले थे। उनके आने में अब सिर्फ़ चार दिन रह गए थे। रुप्पन बाबू और रंगनाथ ने सोचा कि खन्ना मास्टर के घर पर जाकर उनकी तैयारी का हालचाल लिया जाय। जब वे मन्दिर और बस के अड्डे के बीचवाली पगडण्डी से निकले तो उन्होंने एक दृश्य देखा।

बस के अड्डे की चहारदीवारी के दूसरी ओर एक सिर ऊपर निकला था; धड़ छिपा हुआ था। ठुड्डी चहारदीवारी पर टिकी थी। सिर बिना हिले-डुले, मन्दिर की ओर घूरता जा रहा था। उसके चेहरे पर एक चौड़ी पर अस्वाभाविक मुस्कान थी। दूर से दिखता था कि किसी आदमी का सिर अचानक उस वक़्त काटा गया है जब वह मुस्करा रहा था और उसे काटकर चहारदीवारी के ऊपर रख दिया गया है।

रुप्पन बाबू ने खड़े होकर इशारे से रंगनाथ की निगाह उस ओर फेरी। वे थोड़ी देर उधर टकटकी बाँधकर देखते रहे। सहसा उन्होंने पहचान लिया कि यह लंगड़ का सिर है।

रुप्पन बाबू ने उसे पुकारा तो उसका गला भी चहारदीवारी के ऊपर आ गया। दोनों उसके पास जाकर खड़े हो गए और चहारदीवारी के आर-पार बातें करने लगे। रुप्पन ने पूछा ''बस के अड्डे पर खड़े-खड़े क्या कर रहे हो ?''

उसके चेहरे की मुस्कान ग़ायब हो गई थी और अब वह स्वाभाविक दिखने लगा था। उसने कहा, ''यहाँ कोई क्या करता है बापू ? आने-जानेवाले ही तो यहाँ आते हैं।''

''वापस जा रहे हो ? इसका मतलब यह कि नक़ल मिल गई। कब मिली ?''

''नक़ल तो मैंने ले ली थी, बापू, पर...।''

बायें हाथ की मुट्ठी से उसने अपने मत्थे पर चार-पाँच मुक्के मारे, जैसे कोई हथौड़ा चला रहा हो। वे दोनों चुपचाप खड़े रहे।

''पिछली बार जब तुमको दुकान पर मिला था बापू, तुमने कितनी ख़ातिर की थी ? ख़रीदकर दूध पिलाया था।

''उसी के दूसरे दिन मुझे अपने गाँव चला जाना पड़ा। ख़बर आयी थी कि बिरादरी के घर में ग़मी हो गई है। गाँव पहुँचते ही मुझे बुख़ार ने फिर दबा लिया।

''पूरे सत्रह दिन खटिया पर पड़ा रहा। कल वापस लौटा हूँ, बापू ! तहसील में जाकर पता लगाया तो चिड़िया खेत चुग गई थी।

''वहाँ से बोले कि तुम्हारी नक़ल कई दिन पहले ही तैयार हो गई थी। नोटिस-बोर्ड पर इसकी इत्तला लग गई। पर पन्द्रह दिन तक उसे कोई लेने ही नहीं आया। तब उन्होंने उसे फाड़कर फेंक दिया।

''नक़ल बनाकर पन्द्रह दिन तक रखते हैं। कोई न ले तो फाड़ देते हैं। मुझे यह

मालूम न था।''

कहकर उसने हँसने की कोशिश की। उन्होंने देखा, वह रो रहा था। रंगनाथ ने समझाना शुरू किया, ''देखो लंगड़, तुम्हारे क़ायदा-क़ानून जानने से कुछ नहीं होता। जानने की बात सिर्फ़ एक है कि तुम जनता हो और जनता इतनी आसानी से नहीं जीतती।''

उसने रोना बन्द करके अपनी ठुड्डी चहारदीवारी पर पहले की तरह टेक दी थी और बिना पलक गिराए हुए उन दोनों को देखने लगा था।

''हार गए हो तो कोई बात नहीं। अपने गाँव जाकर खेती करो। कुछ दिनों बाद यह घाव अपने-आप भर जाएगा।''

''खेती कैसे करूँगा, बापू ? खेतों का ही तो मुक़दमा चल रहा है।''

''तो चोरी करो, डाका डालो,'' रुप्पन बाबू अचानक कड़ी आवाज़ में बोले।

वह थोड़ी देर तक गुमसुम खड़ा रहा। फिर जैसे कुछ सोचकर बोला, ''नक़ल की दरख़्वास्त फिर से न लगा दूँ ?''

रंगनाथ ने ज़ोर से साँस छोड़ी। कहा, ''लगा दो। पर इस बार एक वकील कर लो। घूस देने से चाहे बच भी जाओ, मुक़दमा लड़ोगे, तो वकील से नहीं बच पाओगे।''

वे लोग लौटकर पगडण्डी पर आ गए। रुप्पन बाबू ने रास्ते में पड़े हुए एक कुत्ते को ठोकर मारी, पर उसने एक बार आँख खोलने के सिवा कोई प्रतिक्रिया नहीं दिखायी। उन्होंने कहा, ''यह लंगड़ शिवपालगंज से बाहर रहे, यही अच्छा है। यहाँ आ जाता है तो तबीयत घिस-घिस करने लगती है। आदमी को देखते ही झाँपड़ लगाने का मन करता है।''

''तो लगाते क्यों नहीं हो ?'' रंगनाथ ने गुर्राकर पूछा और सोचा : यहाँ मैं आज पहली बार गुर्रा रहा हूँ।

34

वे लोग खन्ना मास्टर के मकान पर बैठे थे। मकान, अर्थात् एक पुरानी इमारत का कमरा, जिसके पीछे एक आँगन, बरामदा और कोठरी थी। बरामदे में खाना पकता था, आँगन की एक नाली में पेशाब किया जाता था, उसी के पास बैठकर नहाया जाता था। मकान में गुसलखाना और शौचालय, शिवपालगंज के पच्चानवे फ़ीसदी मकानों की तरह, नहीं था।

कमरे में एक तख़्त। उस पर एक फटा हुआ कालीन पड़ा था। उसके एक कोने

पर बिना गिलाफ़ का एक तक़िया, जिसे देखने से पता चलता, यहाँ कड़वा तेल इफ़रात से मिलता है। तख़्त से मिली हुई एक आलमारी दीवाल में निकाल ली गई थी। उस पर दाढ़ी भिगोनेवाला ब्रुश रखा था, जिस पर लगा हुआ साबुन सूखकर कड़ा हो गया था। एक सेफ़्टी रेज़र भी उसी के पास पड़ा था जिस पर साबुन और बाल सूखकर चिपक गए थे। आलमारी के उसी खाने में बूटपालिश की एक डिबिया, एक अवकाशप्राप्त ब्रुश, एक गन्दा चीथड़ा और साधना नाम की फ़िल्म ऐक्ट्रेस की एक मढ़ी हुई तस्वीर मौजूद थी जिसमें वह बहुत थोड़े कपड़े पहने हुए, 'विलायती अभिनेत्रियों के पास जो है, वह मेरे पास भी है,' जैसी बात का ऐलान-सा करती हुई बड़े हिम्मतवर तरीक़े से खड़ी थी।

आलमारी के ऊपरी खाने में साहित्य था।

यानी, डॉक्टर ईश्वरीप्रसाद-लिखित भारतवर्ष का इतिहास, इतिहास पर 'ग्रेजुएट' द्वारा लिखी गई कुछ परीक्षोपयोगी कुंजियाँ, 'जेबी जासूस' नामक पुस्तकमाला के कुछ पुष्प, 'कल्याण' नामक धार्मिक पत्रिका के बहुत-बहुत मोटे विशेषांक और गुलशन नन्दा के उपन्यासों का एक पूरा सेट। खन्ना मास्टर इतिहास पढ़ाते थे और यह साहित्य पढ़ते थे।

बैठे हुए लोगों में खन्ना मास्टर, मालवीयजी, उनके गुट के दो अन्य मास्टर और रंगनाथ। इनके अलावा दो लड़के, जो पूरे इलाके में बातचीत होने के पहले ही मार-पीट कर बैठने के लिए प्रसिद्ध थे और इच्छानुसार कभी-कभी आकर कॉलिज में पढ़ लेते थे। बैठक में दो विषय विचारार्थ प्रस्तुत थे :

(1) मालवीयजी के ख़िलाफ़ छपाए गए अश्लील पर्चे और पिछले सप्ताह खन्ना मास्टर के प्रति प्रिंसिपल द्वारा किये गए दुर्व्यवहार से उत्पन्न परिस्थिति।

(2) डिप्टी डायरेक्टर ऑफ़ एजुकेशन द्वारा होनेवाली जाँच की तैयारी।

एक तीसरा विषय भी था : प्रिंसिपल की नाक भी काटी जाए या उसे सिर्फ़ जूते मारकर छोड़ दिया जाए। पर रंगनाथ की मौजूदगी के कारण इसे ऐजेण्डा में शामिल नहीं किया गया था।

बातचीत पहली मद पर हो रही थी।

आजकल लड़कों की वार्षिक परीक्षा हो रही थी। उसमें खन्ना मास्टर ने एक लड़के को नक़ल करते हुए पकड़ा। लड़के ने पकड़े जाने से इस आधार पर इनकार कर दिया कि मुझे प्रिंसिपल साहब का हमदर्द होने के कारण पकड़ा जा रहा है, जबकि खन्ना मास्टर ने अपनी पसन्द के कई लड़कों को नक़ल करने की छूट दे दी है। इस पर मालवीयजी ने मौक़े पर पहुँचकर खन्ना की ओर से कुछ बोलने की कोशिश की, पर वह लड़का पहले ही बोल पड़ा कि ए मास्टर साहब, तुम क्यों टिलू-टिलू कर रहे हो ? जो लड़के तुम्हारे साथ शहर जाकर सिनेमा देख आए हैं, उन्हें तो तुम पूरी किताब नक़ल करा देते हो और हम एक लाइन इधर-उधर से झाड़कर लिख रहे हैं तो तुम्हीं को सबसे ज़्यादा बुरा लगता है। इस पर मालवीयजी तो झेंपकर चुप हो गए पर खन्ना ने लड़के को धमकाना शुरू किया। तब लड़के ने बड़ी गम्भीरता से कहा कि मैं तुम्हारी बेइज़्ज़ती

नहीं करना चाहता हूँ इसलिए चुपचाप दूसरे कमरे में चले जाओ। ऐसा न करोगे तो मैं तुम्हें खिड़की के बाहर फेंक दूँगा और हाथ-पैर टूट जाएँ तो मेरी जिम्मेदारी न होगी।

खन्ना मास्टर ने जाकर प्रिंसिपल को रिपोर्ट दी। उन्होंने कहा "ये खन्ना जहाँ पहुँच जाते हैं, वहीं कोई-न-कोई मुसीबत आ जाती है।" उन्होंने रिपोर्ट लेने से इनकार कर दिया।

इस पर महायुद्ध का ऐलान हुआ। खन्ना के गुट के चार-पाँच मास्टर प्रिंसिपल के कमरे में पहुँच गए। वे जिन कमरों से गए थे वहाँ लड़के स्वच्छन्दतापूर्वक नक़ल करने लगे। इधर प्रिंसिपल के कमरे में गालियाँ ही हथियार हैं जिनका, उन मास्टरों ने 'तू-तू, मैं-मैं' शुरू कर दी। प्रिंसिपल ने उन गालियों को अपनी आवाज़ में डुबाकर खन्ना से कहा कि कॉलिज के बारह निकल जाओ और जब तक परीक्षाएँ समाप्त न हों, कॉलिज के पास मत दीख पड़ो। यहाँ दिखायी दिए तो बात मुँह से नहीं, जूतों से होगी। खन्ना मास्टर ने इसका प्रतिवाद किया। इस पर प्रिंसिपल ने अपने शब्दों को जूतों की शक्ल देकर उनसे खन्ना मास्टर को पीटना शुरू कर दिया। खन्ना ने इसका और भी कड़ा प्रतिवाद किया; पर अन्तर्राष्ट्रीय क्षेत्र में, जहाँ बम गिराये जा रहे हों, भले ही प्रतिवाद से काम चल जाय, पर जहाँ जूता चलता हो वहाँ प्रतिवाद से काम नहीं चलता। अतः खन्ना के गुट के ही एक मास्टर ने पुलिस बुला ली। पुलिस बुलाने कहीं जाना नहीं पड़ा। विद्यार्थियों की वार्षिक परीक्षा का चूँकि शान्ति और सुरक्षा से गहरा सम्बन्ध है, इसलिए पुलिस फाटक पर ही मौजूद थी। बुलाते ही आ गई। न खून हो रहा था, न डाका पड़ रहा था, इसलिए पुलिस को जैसे ही याद किया गया, घटना समाप्त होने का इन्तज़ार किये बिना ही वह मौक़े पर आ गई। आकर उसने फ़ैसला दिया कि प्रिंसिपल के हुक्म के मुताबिक़ खन्ना को इसी वक़्त बाहर चले जाना चाहिए।

खन्ना मास्टर कॉलिज छोड़कर चले गए। जाते-जाते उन्होंने प्रिंसिपल की अन्तिम चेतावनी सुन ली। वे चीख़कर अवधी में कह रहे थे, "अइसी फिर देखि परिहौ तौ मारे जूतन के पटरा कइ देबै। जान्यो मास्टर साहब ! हमहूँ का जान लेव। भले मनइन का हम भले हन और गुण्डन के बीच मा महागुण्डा।"

लड़के इस घटना से ज़्यादा प्रभावित नहीं हुए। चुपचाप इम्तहान देते रहे और नियमपूर्वक नक़ल करते रहे।

इसी घटना को खन्ना मास्टर के साथ 'दुर्व्यवहार' कहा गया था और इसी के बारे में यहाँ बैठक में चर्चा हो रही थी। खन्ना मास्टर रंगनाथ से कह रहे थे :

"परसाल त्रिपाठीजी के साथ भी यही हुआ था। उनसे कह दिया कि बस, कल से कॉलिज मत आना। वे दूसरे दिन गए तो कॉलिज के फाटक पर बद्री पहलवान के तीन-चार चेलों ने घेर लिया। बेचारे त्रिपाठीजी इज़्ज़त बचाकर भाग आए। जब तक वे कहीं शिकायत करें तब तक उन पर इतने दिन ग़ैरहाज़िर रहने का चार्ज लगाकर उन्हें मुअत्तल कर दिया। बाद में वे निकाल दिए गए।

"उन्होंने मुक़दमा दायर कर दिया है। वह आज भी चल रहा है। अपनी तरफ़ से उनका पैसा लगता है, प्रिंसिपल की तरफ़ से कॉलिज का पैसा लगता है। मुक़दमे से प्रिंसिपल को कोई डर नहीं है।"

रंगनाथ बोला, "तब तो आपको कुछ जल्दी ही करना चाहिए।"

"वह कुछ क्या है, यही तो सोचना है।"

वे सब काफ़ी देर तक सोचते रहे। दोनों लड़के गुलशन नन्दा का एक-एक उपन्यास पलटते रहे। वे जानते थे कि इस नाटक में उनका पार्ट सोचने का नहीं है।

मालवीय ने कहा, "पुलिस में रिपोर्ट लिखा दी जाय कि कॉलिज जाते वक़्त मेरा रास्ता घेरा जाता है।"

खन्ना मास्टर हिकारत से हँसे, जैसे कह रहे हों, ऐसे दिमाग़ के बूते पार्टीबन्दी कहाँ तक चलेगी। बोले, "क्या सबूत कि मेरा रास्ता ही घेरा जाएगा। क्या पता कि वे कॉलेज में चले जाने दें और वहाँ एकदम बेइज़्ज़ती कर बैठें। रिपोर्ट तो बाद में होगी, पहले वहाँ इन्सल्ट हो जाएगी।"

मालवीय ने बहुत ध्यान से यह वक्तव्य सुना। फिर उस पर अपनी व्याख्या दी, "तो इसका मतलब यह कि आप वहाँ जाने से डर रहे हैं।"

खन्ना मास्टर, जो अभी तक पालथी मारे बैठे थे, अचानक घुटने मोड़कर और सीना आगे तानकर—जिस्म के उतार-चढ़ाव को दिखानेवाले स्वर्गीय मैरिलिन मनरो के एक विख्यात पोज़ में—बैठ गए। उद्दंडता के साथ बोले, "जी हाँ, जी हाँ, डर रहा हूँ। आपको कोई ऐतराज़ है ?"

मालवीय ने समझाने के ढंग से कहा, "ऐतराज़ की बात नहीं, जब तक आप वहाँ जाते नहीं और वे आपको काम करने से रोकते नहीं, तब तक शिकायत किस तरह की जा सकती है ?"

रंगनाथ ने कहा, "खींचकर अंग्रेज़ी में बढ़िया-सी ऐप्लीकेशन लिखिए। डिप्टी डायरेक्टर जब यहाँ जाँच के लिए आएँ, उनके सामने रख दीजिए। हमारे प्रिंसिपल साहब का मुँह धुँआ हो जाएगा।"

खन्ना मास्टर फीकी हँसी हँसे। बोले, "आप भी रंगनाथ बाबू—क्या कहूँ ! मुझे इन डिप्टी डायरेक्टर से कोई उम्मीद नहीं है। जिस किसी की दुम उठाकर देखो, मादा ही नज़र आता है।"

इस पर एक मास्टर हँसने लगा। उधर लड़कों ने 'मादा' का ज़िक्र आते ही गुलशन नन्दा के उपन्यासों को पढ़ना बन्द कर दिया। वे कवर के ऊपर बनी औरतों की तस्वीर ध्यानपूर्वक देखने और इन लोगों की बातें दिलचस्पी से सुनने लगे। मालवीयजी बोले, "खैर, ये डिप्टी डायरेक्टर तो नये हैं। इनसे कुछ उम्मीद की जा सकती है। सुनते हैं कि बड़े सख़्त हैं। बड़े-बड़े नेताओं तक को कुर्सी नहीं देते। बेकार की बात सुनते ही उन्हें कमरे से निकालने की धमकी देते हैं।"

"तुम सुनते रहो मालवीयजी, मैं सब जानता हूँ," खन्ना निराशापूर्वक बोले, "उन्हीं नेताओं से वे सख़्ती दिखाते हैं जो विरोधी गुट के हैं। ये बड़े घुटे हुए अफ़सर हैं; आधे नेता हैं, आधे अफ़सर। अपने मतलब के दो-चार नेताओं को पटा लिया है। रात को जाकर उनके सामने दुम हिलाते हैं, दिन को उन्हीं के बूते पर दूसरों से सख़्ती दिखाते हैं।"

मालवीयजी ने कहा, "जैसा भी हो, पहलेवाले डिप्टी डायरेक्टर से लाख-गुना ज़्यादा अच्छे हैं।"

उन्होंने रंगनाथ को बताना शुरू किया :

"पहले के डिप्टी डायरेक्टर बड़े गऊ थे। उनकी यही शोहरत थी। हम दो-तीन मास्टर उनके पास डेपुटेशन लेकर मिलने गए और उन्हें सब बातें समझाईं। बड़े ध्यान से सुनते रहे और जब बोले तो ऐसा लगा कि इस गाँव के गयादीनजी बोल रहे हैं।

"कहने लगे कि तुम्हारा कॉलिज तो बहुत अच्छा है जी ! तुम कहते हो कि वहाँ पर सिर्फ़ गुटबन्दी है, लड़कों की पढ़ाई ठीक से नहीं होती, हिसाब-किताब गड़बड़ है, इम्तहान में नक़ल करायी जाती है, प्रिंसिपल तुम लोगों से दुर्व्यवहार करता है। तो भइयाजी, यह भी कोई बात हुई ? यह सब तो सभी कॉलिजों में होता है। लड़कों की पढ़ाई ठीक से नहीं होती तो कोई क्या करे ? लड़के खुद नहीं पढ़ता चाहते तो उन्हें कोई कैसे पढ़ाए ? हमारे ज़माने में अच्छे खानदान के लड़के पढ़ने आते थे, ध्यानपूर्वक पढ़ते थे, अब भंगी-चमारों के लड़के पढ़ते आते हैं, तो पढ़ाई कहाँ से होगी ? तुम खुद बताओ न भइयाजी !

"सच पूछो तो तुम्हारे कॉलिज का बड़ा नाम है जी ! बैदजी मैनेजर हैं, बड़े सात्विक आदमी हैं। गोश्त-मछली तो दूर रही, प्याज भी नहीं खाते। और देखो जी, तुम्हारा कॉलिज घाटे पर नहीं चलता, तुम लोगों को महीना-महीना तनख़्वाह मिल जाती है। वहाँ कभी ग़बन नहीं होता जी। कभी हड़ताल नहीं होती जी। कभी वहाँ इमारत में आग नहीं लगायी गई, कभी कोई चोरी नहीं हुई। कभी वहाँ किसी का खून नहीं हुआ। सब अमन से चल रहा है जी। तुम्हारा कॉलिज तो एक आदर्श कॉलिज है जी !

"रंगनाथ बाबू, डिप्टी डायरेक्टर साहब हमको इस तरह अमन-चैन की बातें बताते रहे, मानो वे शिक्षा के अधिकारी नहीं, किसी थाने के दारोग़ा हों।

"चलते-चलते हमसे बोले, 'यह शिकायत-विकायतवाली बात ठीक नहीं है जी। तुम्हें कोई तक़लीफ़ हो तो सीधे बैदजी से जाकर कहो, वे सब ठीक कर देंगे जी।'

"रंगनाथ बाबू, हमने भी सोचा कि साले तुम बड़े भारी गऊ हो तो जाकर किसी डेरी में बँध जाओ। भूसा खाओ और दूध दो। यहाँ पर क्या कर रहे हो जी ?"

लोग हँसने लगे। लड़के खास तौर से हँसे और फिर उपन्यास के कवर पर बनी हुई औरत की तस्वीर को देखने में तल्लीन हो गए। मालवीयजी ने अपनी बात ख़त्म की, "पर इन डिप्टी डायरेक्टर से मुझे इत्मीनान है। हमने इस बार शिकायत की तो छूटते ही बोले, 'आप जाकर चुपचाप अपना काम करें। मैं खुद वहाँ पर आऊँगा और जाँच करूँगा'।"

खन्ना मास्टर ने निराशा से सिर हिलाया, "उहुँह्। मुझे इत्मीनान नहीं। यह चुनाववाला साल है। मैंने तो सुना है कि कॉलिज को वह पहले से दुगुना पैसा दिलाने जा रहा है। इस साल सबको खुली छूट है। जाँच तो परसों ही हो जाएगी पर नतीजा कुछ न निकलेगा। क्या किया जाए ?"

लड़के अब तक कुछ नहीं बोले थे। उनमें से एक ने कुछ कहने के लिए मुँह खोला।

वह शिवपालगंज की प्रसिद्ध पोशाक में था, यानी धारीदार पायजामे पर बिना बनियान के मलमल का कुरता पहने था; उसका सिर घुटा था और वह शक्ल से गुण्डा जान पड़ता था। जब वह बोला तो प्रकट हुआ कि वह देखने में जैसा लगता है, वैसा ही है भी। उसने कहा, ''मास्टर साहब, जाँच-वाँच से कुछ नहीं होगा। सीधा रास्ता वही है। आप हुकुम दें तो किसी दिन यहीं अँधेरे-उजेले में प्रिंसिपल साहब का भरत-मिलाप करा दिया जाए।''

दूसरे लड़के ने इसका अर्थ समझाया, ''नाक-भर काट ली जाय, जान लेने की कोई ज़रूरत नहीं।''

रंगनाथ की हालत खराब हो रही थी, वह कुछ दिनों से खन्ना मास्टर की विपत्तियों में दिलचस्पी लेने लगा था। उसे मास्टरों के इस गुट से हमदर्दी हो रही थी और विशेषतया इस बात पर कि बिना किसी लिखित कार्रवाई के, सिर्फ़ मारपीट के ज़ोर से, प्रिंसिपल ने उसे कॉलिज आने से रोक दिया है, उसे बड़ी नाराज़गी थी। इधर जब से वह दो-चार बार इन लोगों के साथ निकला, वैद्यजी और प्रिंसिपल साहब उन्हें देखकर मुस्कराने लगे थे। उसने भी यह कहकर उन्हें समझाना चाहा था कि मैं खन्ना इत्यादि का दृष्टिकोण समझकर सुलह कराने की कोशिश कर रहा हूँ। वैद्यजी ने इस बात को सिर्फ़ सुन लिया था, कुछ कहा नहीं था।

लड़के जिस आत्म-विश्वास से प्रिंसिपल की नाक काटने की बात कर रहे थे और इस कार्रवाई को भरत-मिलाप का नाम दे रहे थे, उसने रंगनाथ को उखाड़ दिया। उसे रामायण की कथा याद थी और उसने सोचा कि भरत-मिलाप के बाद अगर प्रिंसिपल का राजतिलक होने की नौबत आ गई तो हो सकता है कि दो-चार दिन बाद इन लड़कों और मास्टरों के साथ वह ख़ून के आरोप में हवालात में दिखायी दे। और स्वास्थ्य ठीक रहने के लिए शिवपालगंज की आबोहवा भले ही अच्छी हो, वहाँ की हवालात की इस मामले में ख्याति अच्छी नहीं थी।

वह उठ खड़ा हुआ, पर उसके चलने के पहले ही बाहर किसी के पाँवों की आहट हुई और दरवाज़ा खोलकर रुप्पन बाबू अन्दर दाख़िल हुए।

आज वे वीर-वेश में थे। धोती का खूँट कन्धे पर बाकायदे पड़ा था, रेशमी रूमाल गरदन के चारों ओर लपेटा हुआ था, बालों की एक लट मत्थे पर झूल रही थी, चेहरा तेल और पानी के तेज से दमक रहा था। ओंठ के कोनों से पान बह रहा था। आते ही उन्होंने कहा, ''बैठे रहिए, बैठे रहिए आप लोग। मुझे अभी बहुत काम है। रुकूँगा नहीं।''

उन्होंने शेर की तरह चारों ओर निगाह डाली। पर दूसरों की निगाह में वे शेर-से नहीं दिखे। यह एक भोले-भाले, दुबले-पतले, हसीन नौजवान का चेहरा था जिसकी आँखें कुछ नम-सी हो रही थीं, ओंठ रोज़ के मुकाबले ज़्यादा मुलायम दिख रहे थे।

रंगनाथ ने कहा, ''बैठ जाओ रुप्पन, मैं भी चल ही रहा हूँ।''

''नहीं दादा, मुझे एक मिनट भी नहीं रुकना है। मैं तो सिर्फ़ इतना बताने आया था कि मैं आसपास के गाँवों में सब ठीक करा आया हूँ। इस कॉलिज की बाबत पूरे

इलाके के लोग डटकर सच्ची बात कहेंगे। सारी जनता हमारे साथ है।"

वे जोश में थे। कहते गए, "पिताजी यही चाहते थे, तो यही हो ले। वह भी देख लें कि सच्चाई छिप नहीं सकती बनावट के उसूलों से।"

खन्ना मास्टर ने इस मुशायरे को रोका। कहा, "बैठो तो रुप्पन बाबू, बताओ क्या-क्या कर आए ?"

"ज़रा जल्दी-जल्दी समझने की कोशिश कीजिए," रुप्पन ने कहा, "कल पूरी बात सामने आ जाएगी। यहीं शिवपालगंज में पाँच सौ आदमियों के सामने डिप्टी डायरेक्टर प्रिंसिपल पर सौ जूते लगाएगा। न लगाए, तो आप मुझ पर सौ जूते लगाइएगा।"

आवाज़ ऊँची करके वे बोले, "आप चैन से सोइये। कल की अब कल पर रही।" उन्होंने ललकारकर कहा, "चलो रंगनाथ दादा, चला जाय। मास्टर साहब को आराम करने दो।" बड़े उत्साह से उन्होंने एक हाथ उठाकर लड़कों को आशीर्वाद-जैसा दिया। पानीपत के मैदान में फ़ौज की एक टुकड़ी को ललकारकर जैसे दूसरी तरफ़ से हमला करने के लिए कहा जा रहा हो, वे बोले, "झाड़े रहो, पट्ठे !"

वे कमरे के बाहर आ गए। रंगनाथ उनके पीछे-पीछे था। दोनों चुपचाप थोड़ी देर चलते रहे। सड़क पर आकर रंगनाथ ने रुप्पन बाबू का कन्धा छुआ, रुप्पन बाबू ने चौंककर उनकी ओर देखा, फिर दूसरी ओर देखने लगे।

रंगनाथ ने उनके कन्धे पर हाथ रखा और मुलायमियत से पूछा, "रुप्पन, तुमने शराब पी है ?"

रुप्पन बाबू मस्ती से चल रहे थे, पर लड़खड़ा नहीं रहे थे। दूसरी ओर देखते हुए बोले, "कहो तो हाँ कर दूँ और कहो तो नहीं ?"

"जो सच हो वह कहो।"

"सच्चाई किस चिड़िया का नाम है ? किस घोंसले में रहती है ? कौन-से जंगल में पायी जाती है ?" रुप्पन बाबू ठहाका मारकर हँसे, "दादा, यह शिवपालगंज है। यहाँ यह बताना मुश्किल है कि क्या सच है, क्या झूठ।"

रंगनाथ ने घर की ओर का रास्ता बदल दिया। रुप्पन की कोहनी पकड़कर वह दूसरी ओर चला गया। वे बोले, "चलिए, यह भी ठीक है। आगे किसी पुलिया पर बैठकर हवा खायें।"

धीरे-धीरे वे सड़क पर वीरानगी की ओर बढ़ते रहे। थोड़ी देर बाद रुप्पन बाबू खुद ही बोले, "कभी-न-कभी तो शुरू करना ही पड़ता। शिवपालगंज में रहना हो तो इसी तरह रहा जाएगा।"

कुछ रुककर, बिला वजह बिगड़ते हुए, उन्होंने कहा, "यहाँ गाँधी महात्मा बनने से काम न चलेगा।"

वे सड़क के किनारे एक पुलिया पर बैठ गए। वे रंगनाथ से सटकर बैठे हुए थे और सिवा इसके कि उन्होंने अपना एक हाथ रंगनाथ के कन्धे पर मुहब्बत के साथ रख दिया था, उनके आचार-व्यवहार में कोई नयापन या शराब का असर नहीं था।

रंगनाथ ने उनकी बात काटते हुए, बड़प्पन के साथ कहा, "तुम क्या बक रहे हो रुप्पन ? अपना रहन-सहन शिवपालगंज के बहाने बिगाड़ना कोई अच्छी बात नहीं। धरती पर सिर्फ़ एक शिवपालगंज ही नहीं है। हमारे-तुम्हारे लिए सारा मुल्क पड़ा हुआ है।"

रुप्पन मुँह लटकाकर बैठे हुए थे। वे भुनभुनाए, "मुझे तो लगता है दादा, सारे मुल्क में यह शिवपालगंज ही फैला हुआ है।"

प्रिंसिपल साहब को बड़ी विपत्तियाँ झेलनी पड़ीं। परसों डिप्टी डायरेक्टर ऑफ़ एजुकेशन जाँच करने आएँगे, डाकबँगले पर सारा इन्तज़ाम करवाना होगा। उन्होंने कॉलिज के क्लर्क को कुछ आदेश दिए। वे दरवाज़े पर खड़े-खड़े उसे आदेश देते रहे, वह कुर्सी पर बैठा हुआ कच्चे आम की ठण्डाई पीता रहा और पूरी बात सुनकर बोला, "ऐसे चिड़िमार रोज़ ही आया करते हैं। हम कहाँ तक उनके पीछे घूमें !" प्रिंसिपल साहब ने क्लर्क को दोस्ताना तौर पर बताया कि डिप्टी डायरेक्टर खुश होकर हमारा कोई फ़ायदा भले ही न करा पायें, बिगड़कर बहुत भारी नुकसान कर सकते हैं। इस विषय पर उन्होंने एक लघु वार्ता प्रसारित की, किन्तु क्लर्क पर इसका कोई प्रभाव न पड़ा। उसने चुपचाप ठण्डाई का गिलास खाली कर दिया, फिर तृप्तिपूर्वक एक भौंड़ी डकार ली जिसके पीछे बरसों की मुफ्तखोरी और बदहज़मी का हाथ था और कहा, "चाचा के होते हुए कोई कुछ नहीं बिगाड़ सकता।"

चाचा, अर्थात् वैद्यजी। प्रिंसिपल समझ गए कि क्लर्क आज निकम्मापन झाड़ रहा है और उसे काम करने पर मजबूर किया गया तो बेंच पर लेट जाएगा और पेट के पुराने दर्द की शिकायत करने लगेगा। उस हालत में वह कल भी काम न करेगा। "उनका ही भरोसा है," कहकर वैद्यजी की अनावश्यक चापलूसी करते हुए वे बाहर निकल आए। वहाँ उन्होंने अपने विश्वास के मास्टर को बुलाकर वही आदेश देने चाहे। पर पता चला, वह मास्टर एक लड़के के साथ शहर में सिनेमा देखने गया है। "अभी तक एक मालवीय ही थे, अब उन्होंने भी वही लाइन पकड़ ली है," प्रिंसिपल ने ज़ोर से कहा। कल का प्रबन्ध किस आदमी को सौंपा जाय, यह सोचते-सोचते उन्होंने किसी अज्ञात व्यक्ति और किसी काल्पनिक परिस्थिति को अवधी में मनमानी गालियाँ सुनानी शुरू कर दीं। इस पर उनका चपरासी, खड़ाऊँदार पाँवों और चन्दन से लिपे-पुते मत्थे के साथ उन पर घृणा की निगाह डालता हुआ सामने से खटर-पटर के बवण्डर में निकल गया।

जब वे वैद्यजी के घर की ओर जा रहे थे, मौसम के पहले आँधी-पानी ने उनका रास्ता रोका, उनकी आँखों में धूल भर गई। सड़क के किनारे पर तँबोली की दुकान का छप्पर उड़ा और उनके कन्धे को छूता हुआ सड़क पर ढेर हो गया। धूल-धक्कड़ में उनका पाँव गोबर के एक छोत पर पड़ गया जिससे उनकी चप्पल और टखने नाइट्रोजन के भण्डार में समा गए। प्रिंसिपल ने खन्ना मास्टर को गाली दी। फिर गरज और बिजली के साथ ओले पड़ने लगे। उन्होंने खन्ना मास्टर को दूसरी गाली दी और दो-तीन लोगों को धक्के देते, एक कुत्ते की दुम रौंदते हुए वे एक चाय की दुकान में घुस गए।

आँधी-पानी और ओलों का तमाशा ख़त्म हो जाने के बाद वे धीरे-धीरे वैद्यजी के

मकान की ओर चले। रास्ते में मिलनेवाले किसान यही चर्चा कर रहे थे कि खलिहान से जो फसल अभी घर नहीं आयी है वह चौपट हो जाएगी, पर उन्होंने इस पर विशेष ध्यान नहीं दिया। उनके पैर में गोबर लगा हुआ था और उनके लिए संसार की यह सबसे बड़ी दुर्घटना थी। सड़क पर जानेवाले प्रत्येक किसान को देखकर वे सोचते, अब यह मेरा पैर देखकर हँसेगा, पर किसी ने भी ऐसा नहीं किया। प्रिंसिपल साहब वैद्यजी के घर पर पहुँचे।

बैठक का दरवाज़ा बन्द था। उन्होंने कुंडी खटखटाकर खोलने का इशारा दिया। उसे शायद धूल से बचने के लिए बन्द कर दिया गया था। दरवाज़ा खुलते ही तख़्त पर वैद्यजी, बद्री पहलवान, सनीचर और छोटे बैठे हुए नज़र आए। उन लोगों के चेहरे गम्भीर हो रहे थे। वैद्यजी ने इशारे से प्रिंसिपल साहब को अन्दर आने के लिए कहा। उन्होंने जवाब में अपनी चिरपरिचित, उत्साहपूर्ण भाषा में बताया कि एक लोटा पानी मँगवाइए, पैर धोकर ही अन्दर आना चाहता हूँ क्योंकि मेरा पैर गऊमाता की टट्टी में पड़ गया है। इस मज़ाक पर कोई भी नहीं हँसा। सनीचर ने उठकर उन्हें चुपचाप पानी का एक लोटा पकड़ा दिया। प्रिंसिपल साहब झेंप से दाँत निकालते हुए अन्दर आए और वैद्यजी के पैर छूकर उन्हीं के पास बैठ गए। बद्री पहलवान ने पूछा, ''क्या रंग है प्रिंसिपल साहब ?''

''अपना रंग तो हमेशा ही चोखा है,'' उन्होंने हिम्मत करके मज़ाक का दूसरा प्रयास किया, ''अपने रंग बताइए। बारात में कब तक चलना होगा ?''

जवाब में बद्री पहलवान ने एक प्रश्न-भरी निगाह उनके मुँह पर डाली, जैसे वे बारात का मतलब न समझते हों। वैद्यजी ने कहा, ''किसकी बारात, प्रिंसिपल साहब?''

''हमारे नए मैनेजिंग डायरेक्टर साहब की। गाँव में ही जाना है तो क्या हुआ, बारात तो बारात है। मैंने भी एक सिल्क का कुरता नपवा लिया है। दाम तो तुम्हारी ही जेब से वसूला जाएगा, क्यों मैनेजिंग डायरेक्टर साहब ?'' प्रिंसिपल साहब ने बद्री पहलवान से हँसते हुए पूछा। इतनी देर खीझ और चिढ़ में रहकर वे अब फिर हल्के हो रहे थे।

बद्री पहलवान छोटे से कोई और बात करने लगे, उन्होंने प्रिंसिपल की बात सुनना ज़रूरी नहीं समझा। वैद्यजी ने कहा, ''बद्री का तो इस वर्ष विवाह हो नहीं रहा है। आप किसके विवाह की बात कर रहे हैं ?''

''क्यों ? गयादीनजी की...।''

वैद्यजी ने हाथ उठाकर, उनकी बात पूरी नहीं होने दी, कहा, ''आप भी शत्रुओं के बहकावे में आ गए। बड़े खेद की बात है।''

प्रिंसिपल साहब ताज़्जुब में पड़ गए। सारे गाँव में बद्री और बेला के ब्याह की चर्चा हो रही थी और...।

''शत्रुओं ने गयादीनजी की कन्या को बदनाम करने के लिए ही ये अफवाहें उड़ायी थीं। आप स्वयं जानते हैं, बेला साक्षात् देवी है और बद्री सब प्रकार से निष्कलंक है। उस दिन शहर से आकर मैंने पूछताछ की तो पता चला, इसके पीछे भी शत्रुओं का

कुचक्र है। मैंने कहा, कन्या के हित में अब यही अच्छा है कि इस प्रसंग को भुला दिया जाय। बेचारे गयादीनजी तो इस अपवाद से डरकर शहर भाग गए हैं। अपनी कन्या का विवाह वे वहीं पर किसी से कर रहे हैं।''

''धन्य है ! यह गाँव भी अद्‌भुत है।''

बद्री पहलवान उठकर बाहर चले गए थे। छोटे दूसरी ओर देखते हुए अपनी खुली हुई जाँघ पर दाहिना हाथ फेरने लगे थे। अपने गँवारपन को उजागर करने का उनके पास यही अचूक नुस्खा था। सनीचर ने प्रधान की हैसियत से अपनी ज़िम्मेदारी महसूस करते हुए कहा, ''इस गाँव को मैं ही ठीक करूँगा। अभी मुझे प्रधान बने दिन ही कितने हुए हैं ?''

मेंढक को भी जुकाम होने लगा है, सोचकर छोटे ने फर्श पर पिच्च से थूक दिया। सब लोग कुछ देर चुप बैठे रहे। वैद्यजी ने फिर कहना शुरू किया, ''किसी की कन्या के विषय में सोच-समझकर बोलना चाहिए। पता नहीं, किस शत्रु ने अफ़वाह उड़ा दी थी कि बद्री स्वयं गयादीन के घर से सम्बन्ध करना चाहते हैं...।''

छोटे ने अपनी जाँघ पर हाथ फेरना बन्द कर दिया। कहा, ''मैं कुछ बोलूँगा तो बुरा मानोगे महराज।''

''तुम मूर्ख हो। तुम्हारी शोभा तभी तक है जब तक तुम कुछ बोलते नहीं।'' वैद्यजी कड़े होकर बोले, ''तुम्हीं लोगों ने लड़कपन में आकर मनमानी बातें फैलायी हैं और गयादीनजी को अपमानित किया है। अब शान्त हो जाओ। उनकी कन्या का सकुशल विवाह हो जाने दो। बस, अब यह बात समाप्त हुई। यह प्रसंग दुबारा न उठना चाहिए।'' यह कहकर वे मसनद के सहारे लुढ़क गए, जैसे किसी मुगल बादशाह ने किसी गुलाम को देश-निकाला दे दिया और अब कोई बात न सुनना चाहता हो।

बैठक की ख़ामोशी अस्वाभाविक हुई जा रही है। प्रिंसिपल ने, जो हमेशा जोश में रहते थे, सोचा, इस मौक़े पर कुछ मेरा भी कर्त्तव्य है। जैसे कुछ भी न हुआ हो, इस तरह अतीत की सारी घटनाओं पर कूँची फेरकर, वे सनीचर की ओर मुड़े और बोले, ''और तुम्हारे क्या रंग हैं प्रधानजी ?''

''बदरंग हैं।'' उसने कहा, ''आपके आने के पहले वही तो बात हो रही थी। जोगनथवा कल शहर गया था। सुनते हैं वहाँ उसे पुलिस ने एक सौ नौ में बन्द कर दिया है। बेचारा स्टेशन पर दारू पिए हुए एक बेंच पर लेटा था...।''

सनीचर ने कहा—

''एक पहाड़ा-जैसा लिखा गया है रिपोर्ट में। ख़बर मिलते ही बद्री भैया के साथ वहाँ आज मैं भी दौड़ा गया था। प्रधानी में यही झंझट है। दो दिन से दुकान खुलने की नौबत नहीं आयी।

''बद्री भैया ने थाने पर पूछा तो उन्होंने बताया कि एक सौ नौ का पक्का केस है...

(प्रिंसिपल ने सोचा : प्रधान हो जाने के बाद साला अंग्रेज़ी छाँट रहा है, 'केस' कहता है।)

"...कहा कि यह एक खँडहर में छिपा था। इसके साथ दो-तीन आदमी भी थे। पुलिस की ललकार सुनकर वे भाग गए, यह पकड़ा गया। इसका नाम पूछा तो सही नाम नहीं बताया, कभी रामपरसाद बताया, कभी स्यामपरसाद। आखिर में कहा कि मेरा नाम जोगनाथ है। पूछा गया कि यहाँ क्या कर रहे हो तो आँय-साँय बकने लगा। अपने वहाँ होने की कोई वजह नहीं बतायी...।"

प्रिंसिपल साहब बोले, "और उसका वहाँ पर कोई जीविका का साधन नहीं नज़र आया। उसकी तलाशी ली गई तो उसके पास सेंद लगानेवाला एक लोहे का टुकड़ा मिला...।"

छोटे पहलवान इतनी देर बाद बोले, "एक टार्च भी निकली।"

सनीचर किलकारी मारकर हँसा। बोला, "तो समझ लो प्रिंसिपल साहब, जोगनाथ इसी पहाड़े में फँस गया है। आज छुट्टी का दिन था, इसलिए हम लोग लौट आए। कल फिर जाना पड़ेगा—ज़मानत का चक्कर। सोचता हूँ, जब रोज़-रोज़ यही करना है तो दुकान बन्द ही क्यों न कर दूँ।"

प्रिंसिपल साहब गौर कर रहे थे कि सनीचर अपनी दुकान का बार-बार हवाला दे रहा था। उन्होंने जान-बूझकर उसे अनसुना कर दिया और वैद्यजी से कहा, "बद्री पहलवान कल शहर जा रहे हों तो शाम तक लौट आवें। परसों खन्नावाले मामले में जाँच होगी।" वैद्यजी ने सिर हिलाकर कहा, "मैंने कह दिया है।"

35

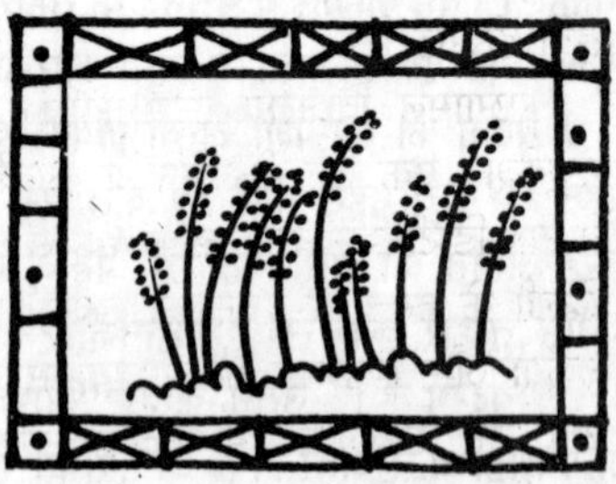

जिन दिनों भारतवर्ष में गोरों की हुकूमत थी (बशर्ते की आगे लिखा जानेवाला इतिहास हमें ऐसा मानने की इजाज़त दे), नदियों के किनारे या घाटियों, वनों और अमराइयों के बीच—यानि जहाँ कहीं भी वर्ड्स्वर्थ, रवीन्द्रनाथ ठाकुर या सुमित्रानन्दन पन्त की कविताएँ अपने-आप हलक़ तक आ जाएँ—डाकबँगले बनवाये गए थे। धूल-धक्कड़, हैजा-चेचक- प्लेग, भुखमरी-कंगाली, बदसूरती-बदतमीज़ी-बदमज़गी-जैसे तत्त्व वहाँ बड़ी मुश्किल से पहुँचते थे। दोनों नस्लों के साहब—गोरे या काले—देहातों में जब दौरे पर जाते तो वहीं रुकते थे।

उन दिनों इन डाकबँगलों में रहते हुए दौरे को आसानी से पिकनिक का रूप दिया जा सकता था, जैसे आज पिकनिक को आसानी से दौरे का रूप दिया जा सकता है। साहब लोग वहाँ बैठकर हुकूमत के सहारे समस्याओं को और समस्याओं के सहारे हुकूमत को मजबूत बनाते, पेड़-पौधों, जानवरों, चिड़ियों, कीड़ों-मकोड़ों-भुनगों आदि पर

रिसर्च करते, कभी बकरी चरानेवाली नेटिव लड़कियों की तन्दुरुस्ती पर हैरान होते, कभी इलाके की आवारा औरतों को यकीन दिलाते कि कपड़ों और दर्जियों की साज़िश के बावजूद, पूरब और पच्छिम के आदमी में कोई असली फ़र्क़ नहीं है, कभी डालियों में आयी हुई स्कॉच-व्हिस्की की बोतले खोलते, कभी हँसते, कभी नाराज़ होते, कभी चुप रहते, कभी जनता और हुकूमत के बीच पहाड़ का, कभी रेगिस्तान का, कभी गोबर के ढेर का, कभी दरिया का, कभी पुल का काम देते।

ये बातें प्राचीन काल की हैं। अब शहर में देहात का बोलबाला है। गाँवों में प्राइमरी स्कूल और पंचायतघर बन गए हैं और प्लेग—जब तक कि कोई आदमी ही प्लेग न बन जाए, खत्म हो गया है। कोई पढ़ा-लिखा यानी अंग्रेज़ीदाँ आदमी अब शहर से गाँव जाता है तो उसे हाराकिरी नहीं माना जाता। सैकड़ों की तादाद में ऐसे प्रयोग हुए हैं कि काला साहब शहर से देहात गया और बस्ती में एकाध दिन रुककर वहाँ का पानी पीकर, बिना किसी छूत और बीमारी के, हँसता-खेलता ज़िन्दा लौट गया। इन प्रयोगों के बाद देहात के बारे में लोगों की राय बदली है, हालाँकि वहाँ के पानी के बारे में अब भी आखिरी फैसला देना मुश्किल है, पर दिन-रात गर्द के बवण्डर उड़ाती हुई जीपों की मार्फ़त इतना तो तय हो चुका है कि हिन्दुस्तान, जो अब तक शहरों ही में बसा था, गाँवों में भी फैलने लगा है।

पर काले साहबों में अब भी ऐसे कुछ दुर्लभ नमूने हैं जो डाकबँगले के प्रेमपाश में बँधे हैं, बावजूद इसके कि डालियों में आयी हुई स्कॉच की बोतल बहुत पहले ख़ाली हो चुकी है, कम्पाउण्ड में चरनेवाली बकरी खायी जा चुकी है और उसे चरानेवाली लड़की बूढ़ी हो गई है।

छंगामल विद्यालय इंटर कॉलिज की जाँच में आनेवाले डिप्टी डायरेक्टर ऑफ़ एजुकेशन एक ऐसे ही नमूने थे, बल्कि इस प्रकार से वे दुर्लभों में भी दुर्लभ थे। जब वे सब-डिप्टी-इन्स्पेक्टर ऑफ़ स्कूल्स थे तभी उनके मन में—जैसे शेरशाह के मन में दिल्ली के तख़्त पर बैठने की, इच्छा समा गई थी कि तरक्की पाकर इस डाकबँगले में रुकूँगा और पिछवाड़े की सीढ़ियों से उतरकर भगतिन बीवी को गंगा-स्नान कराऊँगा और उस डाकबँगले में रुककर महाराणा प्रताप पर एक खंडकाव्य लिखूँगा जो इंटरमीजिएट में पाठ्यपुस्तक के रूप में चलेगा और 'तुस' डाकबँगले में रुककर साल में एक बार फिटकरिहा बाबा की कुटी पर जाया करूँगा और 'मुस' डाकबँगले में रुककर गीता का स्वाध्याय करते हुए, अब तक बेवकूफ़ी से खोये हुए मौक़ों की याद में तिलमिलाते दिल को राहत दूँगा और 'भुस' डाकबँगले...।

और—यहाँ डिप्टी डायरेक्टर होने के बाद उन्होंने सोचा था—नगर के 'तुमुल कोलाहल कलह' से बचने के लिए शिवपालगंज के डाकबँगले की ओर भागा करूँगा, वहाँ गँडेरियाँ चूसूँगा, सिंघाड़े खाऊँगा, भुट्टा चबाऊँगा और पाँच सौ फ़ी दिन के रेट से दनादन फ़ाइल पीटूँगा।

छोटे पहलवान डाकबँगले पर खड़े-खड़े गरज रहे थे, "जानेवाले विलायत चले गए,

औलाद यहीं छोड़ गए। गाँव में सीधे आ जाते तो वहीं फटाफट बात हो गई होती। पर उनकी घोड़ी तो सीधे डाकबँगले पर ही रुकती है। सारा गाँव कोस-भर चलकर यहाँ तक आया है और टुटरूँ-टूँ बैठा है।

"नौ बजे सवेरे आए थे, तब से अब एक बजा है। एक-डेढ़ सौ आदमी हाथ-पर-हाथ धरे फड़फड़ा रहा है। अब शाम को वे आवेंगे मोटर पर पों-पों करते हुए और कहेंगे कि हें हें हें, भाई देर हो गई। तुम लोग भी हो बेशर्म ! दाँत निकालकर जवाब दोगे कि हें हें हें हें। इन्हीं बातों पर देह का रोआँ-रोआँ सुलग उठता है।"

डाकबँगले के सामने हरा-भरा लॉन था। पड़ोस में गेहूँ के खेत बिना पानी के भले ही सूख जाएँ, यहाँ हमेशा हरियाली रहती थी। चारों ओर चहारदीवारी के किनारे-किनारे आम के पेड़ों की क़तार थी जिनकी फ़सल ज़्यादातर वहाँ के माली और चौकीदार, आसपास के तीन-चार गुण्डे और शहर में रहनेवाले एक इंजीनियर खाते थे। पर जैसे कि यहाँ की हवा पर वैसे ही पेड़ों की छाँह पर जनता का अधिकार था जिसका इस समय गँजहों के दोनों दल कसकर इस्तेमाल कर रहे थे।

डाकबँगले के दो छोरों पर पेड़ों की छाँह से मिले हुए दो छोटे शामियाने लगा दिए गए थे। फ़र्श पर दरियाँ और क़ालीन बिछ गए थे। इन दोनों खेमों में एक प्रिंसिपल साहब और उनके साथियों का था, दूसरा खन्ना मास्टर के गुट का। प्रिंसिपल साहब के खेमे में इस वक़्त उनके और बद्री पहलवान के अलावा लगभग साठ आदमी थे। उनमें छोटे पहलवान भी थे जो एक पेड़ के तने से सटे हुए, ललित त्रिभंगी मुद्रा में खड़े होकर डिप्टी डायरेक्टर के आचरण पर अपनी राय ज़ाहिर कर रहे थे। दूसरी ओर के शामियाने में खन्ना मास्टर और रुप्पन बाबू, उनके साथ के कुछ मास्टर और रामाधीन भीखमखेड़वी के कुछ चेले-चपाटी थे। रामाधीन भीखमखेड़वी, जैसी कि आशा थी, आने का वादा करके भी नहीं आए थे।

छोटे पहलवान की दहाड़, लोगों की बेहिसाब बातचीत, खान-पान, सोने की कोशिशें, जम्हाइयाँ, खैनी-तम्बाकू, चिलम-बीड़ी-सिगरेट आदि के माहौल में संगीतधारा बह रही थी।

बात ट्रांज़िस्टरों से शुरू हुई थी। दोनों खेमों में दो-चार ऐसे शौकीन लोग भी थे जो कन्धे पर अँगोछे, कान पर चूने की गोली, पीठ पर बन्दूक, एक हाथ में तीतर का पिंजड़ा और दूसरे हाथ में ट्रांज़िस्टर लेकर आए थे। देखते-देखते ट्रांज़िस्टरों से दोनों ख़ेमों में 'बलमा, छलिया, बेईमान, दग़ाबाज़' आदि की विविधभारती गूँजने लगे। जब ग्यारह बज गए तो खन्ना मास्टर के ख़ेमे में न जाने कहाँ से एक ग्रामोफोन, मय-रिकार्ड और ऐम्प्लीफ़ायर के, आ गया और सवा ग्यारह बजे तक भाँय-भाँय करके, 'बेईमान दगाबाज़' वाले गानों को भुलाकर उसने शान्तिपूर्ण सह-अस्तित्व और विश्वप्रेम का संगीत शुरू किया, 'मुझको अपने गल्ले (मुराद गले से है) लगा लो, ऐ मेरे हमराही।'

ज़ाहिर है कि इस गीत के अक्षर-अक्षर में सफ़ेद फ़ाख्ते उड़ रहे थे और जैतून की टहनियाँ हिल रही थीं; पर प्रिंसिपल साहब के ख़ेमे में इसे युद्ध की चुनौती समझा गया और देखते-देखते वहाँ भी एक ग्रामोफोन मय-रिकार्ड और ऐम्प्लीफ़ायर के प्रकट हो गया

और चीख़कर गाने लगा, 'आ ऽ ऽ ऽ गले लग जा।'

जैसा कि देहाती बारातों में ऐसे मौक़ों पर होता है, इस घोषणा के बाद दोनों ओर से फ़िल्मी गानों की भिड़न्त हो गई।

इस वातावरण में नाराज़ कौन हो सकता था ? कोई नहीं, सिर्फ़ छोटे पहलवान को छोड़कर। पर, एक तरह से, छोटे पहलवान की नाराज़गी जायज़ थी। वास्तव में कुछ लोग वहाँ आठ बजे ही आ गए थे, क्योंकि डिप्टी डायरेक्टर को नौ बजे आना था। दो-तीन घण्टे की देरी तो सीधे-से-सीधे बिलकुल गऊ हाकिम को भी छज जाती है (गऊ के साथ तो ऐसा ही रहता है कि पाँच बजे घर लौटते-लौटते किसी के खेत में रुककर फ़सल चरने लगी और दो-चार डण्डे खाकर सात-आठ बजे तक वापस आयी), पर पाँच घण्टे बीत जाने पर छोटे पहलवान का परेशान होना बहुत ही न्यायसंगत था।

''क्या करें ? उन्हें दिन-रात मीटिंगें ही घेरे रहती हैं। जैसे ही कहीं चलने को तैयार हुए, कोई-न-कोई मीटिंग धर दबोचती है।'' प्रिंसिपल साहब ने भलमनसाहत से कहा।

दो बज रहे थे। दिन काफ़ी गरम हो उठा था। और लोगों को शुबहा होने लगा था कि ग्रामोफ़ोन पर उन्हीं गानों को लगातार दोहराया जा रहा है। लोग उठ-उठकर बार-बार झाड़ियों के पीछे जल्दी-जल्दी जाने लगे थे और दोनों पार्टियों के लीडर डरने लगे थे कि ऐसा न हो कि 'साला मूतने जाय और मूतने-भर का ही हो जाय।' छोटे पहलवान अब पेड़ के नीचे से खिसककर शामियाने में आ गए थे और रुप्पन बाबू के बारे में बात करने लगे थे :

''रुप्पन दुश्मनों से जाकर मिल गए हैं। कोई और न मिला तो बाप पर ही फ़ालिन हो गए। हमने भी अपने बाप महराज कुसहरप्रसाद से बड़ी मारपीट की है। पर क्या मज़ाल कि कोई बाहर का आदमी उन्हें-तू-तड़ाक् कर दे। यहाँ ये साले खन्ना-पन्ना उन्हीं के बाप को जुतिया रहे हैं और ये लपलपाते हुए उन्हीं के पीछे टिलौं-टिलौं कर रहे हैं।

''कल वैद्यजी रुप्पन के हाल पर खोपड़ी पटकने लगे। अपने बाप को मैंने सैकड़ों लाठियाँ मारी हैं, पर उनको भी इतना दुखी कभी नहीं देखा। नालायक लौंडे हों तो ऐसे हों...।''

बद्री पहलवान शामियाने का एक कोना घेरकर लेटे हुए थे। बिना पूरी बात सुने ही वे समझ गए कि छोटे पहलवान रुप्पन को अपने से भी छोटा बनाकर पेश करना चाहते हैं। उन्होंने एक सीनियर उस्ताद के लहज़े में कहा, ''बस, बस...ज़बान पर लगाम लगाए रहो।''

छोटे पहलवान चुप हो गए। फिर अचानक बिगड़कर बोले, ''यह चिड़ीमार लगता है कि रात कर डालेगा।''

इसी को लोकापवाद कहते हैं। डिप्टी डायरेक्टर ऑफ़ एजुकेशन ने भी चींटी तक नहीं मारी थी।

चार बजे के क़रीब वैद्यजी सनीचर के साथ डाकबँगले के फाटक पर आते हुए दीख पड़े। शहर से आए हुए ग्रामोफ़ोनवाले ने मौके के हिसाब से एक फ़िल्मी गाना लगा दिया,

जिसके शुरू के बोल थे, 'नज़र लागी राजा तोरे बँगले पर।' सुनते ही छोटे पहलवान ने इतने ज़ोर से डाँट लगायी कि ग्रामोफ़ोन अपने-आप रुक गया। लोग अपनी-अपनी जगह पर क़ायदे से बैठ गए, कुछ खड़े हो गए। सिर्फ़ बद्री पहलवान टूटे हुए तने की तरह कोने में पड़े रहे। वैद्यजी आकर इत्मीनान से एक क़ालीन पर बैठे। अपने-आप उनके पीछे मसनद लग गई, सनीचर और प्रिंसिपल एक किनारे खड़े हो गए जैसे हाथ में चँवर पकड़ने की नीयत हो। वैद्यजी के बैठते ही लगा, कोई चक्रवर्ती महाराज सिंहासन पर बैठा हुआ है। उनके मुक़ाबले दूसरे शामियाने में बैठे हुए खन्ना मास्टर और रुप्पन बाबू आदि बिलकुल लुच्चे-लफंगे-से दीखने लगे।

वैद्यजी ने प्रिंसिपल से पूछा, "क्या समाचार है ?"

प्रिंसिपल साहब उत्साह से बताने लगे, "अपने आदमी सब आसपास ही में हैं। उधरवालों को बहुमूत्र का रोग हो रहा है।"

सनीचर ने मज़ा लेते हुए कहा, "तो कहो रुप्पन बाबू को बुलाकर पूछा जाय। ज़्यादा तकलीफ़ हो तो महराज के दवाखाने से लेकर एक-एक गोली जमालगोटे की भी बाँट दी जाए।"

वैद्यजी के चेहरे की प्रसन्नता ढल गई। बोले, "उस नीच का नाम न लो।" थोड़ा रुककर वे फिर स्वस्थ हो गए। उन्होंने पूछा, "डिप्टी डायरेक्टर का अभी पता नहीं चला ? अब तो सूर्यास्त होने में विलम्ब नहीं रह गया।"

प्रिंसिपल ने इस उम्मीद में कि शायद यह बात भी हाकिमों के कान तक पहुँच जाएगी, दुम-हिलन्तू आवाज़ में कहा, "इतने बड़े अफ़सर हैं। किसी मीटिंग में फँस गए होंगे। अब आ ही जाना चाहिए।"

"किसी को भेज देना था।"

"सो तो भेज दिया है।" प्रिंसिपल ने सूचित किया, "मास्टर मोतीराम सवेरे गए हैं। वे न तो इस पार्टी में हैं, न उस पार्टी में। उनका मतलब तो अपनी आटाचक्की से है। इसीलिए हमने कहा, मास्टर साहब, तुम्हीं चले जाओ, बुज़ुर्ग आदमी हो। डी. डी. साहब के साथ गाड़ी पर बैठे हुए चले आना, कोई तुम्हें यह न कहेगा कि तुम हमारी तरफ़ से डी. डी. के कान भरने गए थे।"

वैद्यजी जनता का मनोरंजन करने के लिए किस्से सुनाने लगे :

"तब हमारे प्रान्त में पन्तजी का ज़माना था। नयी-नयी राष्ट्रीय सरकार थी। चुनाव की एक मीटिंग थी। दस बजे पन्तजी को आना था। जिलाधीश, पुलिस कप्तान—सब चपरास बाँधे खड़े थे। ग्यारह बजे, फिर एक बज गया, उसके बाद दो बजे...।"

सनीचर ने उनकी बात काटकर कहा, "उसके बाद तो महाराज तीन बज गया होगा।"

वैद्यजी ने उदारतापूर्वक इस सूचना को स्वीकार किया। बोले, "वही हुआ। जब साढ़े तीन बजे तब अचानक पन्तजी की मोटर मीटिंग में आकर खड़ी हो गई। उधर क्या हुआ कि इतना बड़ा राष्ट्रनायक वहाँ पर उपस्थित था, परन्तु जिला के आधेकारी—सब गायब। पता लगा, भोजन करने चले गए हैं...।

किस्सा चलता रहा। पाँच बजने को आ गए। तब तक प्रिंसिपल साहब को जान पड़ा, उनके शामियाने से भी कई लोग उठ-उठकर झाड़ियों की ओर जाने लगे हैं। और बहुमूत्र की बीमारी इतनी व्यापक हो गई है कि कुछ लोग झाड़ियों के पीछे से वापस नहीं लौटे। पहलवान से कहा, ''मेम्बर साहब, यह तो ठीक नहीं हो रहा है।''

छोटे पहलवान ऊब गए थे। बोले, ''तो मैं क्या करूँ ? किसी का हगना-मूतना बन्द कर दूँ ?''

अब ग्रामोफ़ोन के गाने लगभग थक गए थे और लोग छोटे-छोटे गुट बनाकर बातचीत करने लगे थे। सूरज डूबने का वक़्त आ गया था। प्रिंसिपल साहब एकटक कुछ दूर डाकबँगले के पास सड़क के किनारे लगे हुए एक आम के पेड़ की ओर देखने लगे थे। पेड़ के जिस हिस्से पर उनकी निगाह थी, वहाँ एक सूखी टहनी थी। उस टहनी में हँसिया फँसा था। हँसिये से एक बाँस बँधा था। बाँस का नीचेवाला सिरा एक लड़की के हाथों में था। वह लड़की लगभग बीस साल की थी। उसकी धोती मैली थी, पर ब्लाउज़ उजला था और देह के कसाव से गले के नीचे चिटक गया था। प्रिंसिपल साहब, जैसा बताया गया, सिर्फ़ सूखी टहनी देख रहे थे। अचानक उन्होंने चौंककर सड़क के दूसरी ओर देखा और बोले, ''यह बस यहाँ धीमी क्यों हो रही है ?''

लोग तेज़ी से बढ़कर फाटक की ओर जाने लगे। एक बस सचमुच ही डाकबँगले के आगे रुक गई थी।

बस से एक बड़ा-सा झोला लटकाए मास्टर मोतीराम उतरे। दोनों तरफ़ के लोगों ने उन्हें घेर लिया। थोड़ी देर में वे वैद्यजी के पास आकर खड़े हो गए और बोले, ''डिप्टी डायरेक्टर साहब आज नहीं आ रहे हैं।''

इस बात का ऐलान पहले ही गैर-रस्मी ढंग से हो चुका था; क्योंकि चारों ओर शोरगुल मचने लगा था और जिन्हें बहुमूत्र की बीमारी भी नहीं थी, वे तेज़ी से इधर-उधर फैलने लगे थे। प्रिंसिपल साहब ने पूछा, ''तब ? फिर किस तारीख़ को आने को कहा है ?''

''कुछ नहीं कहा जा सकता। आज तो वे शहर में थे ही नहीं। तीन-चार दिन हुए, बाहर दौरे पर गए हैं। लौटे नहीं हैं।''

''कब तक लौटेंगे ?''

''क्या बताया जाय ? कोई कुछ जानता नहीं है। कोई कहता था चार दिन में आएँगे, किसी ने कहा पाँच दिन में। मेरा ख्याल है कि छः-सात दिन तो लगेंगे ही लौटते-लौटते।''

वैद्यजी ने आँखें मूँदकर थकान-सी उतारी। पूछा, ''तब आप दोपहर को क्यों नहीं लौट आए ? जनता को इतना कष्ट उठाना पड़ा।''

मास्टर मोतीराम विनम्रता से झुक गए। दोहरे होकर बोले, ''कैसे आता महराज ! यह ख़रीदना था।'' उन्होंने झोले की ओर इशारा किया और कहा, ''पुरानी चक्की है। पुर्जों की टूट-फूट लगी ही रहती है। न जाने कहाँ-कहाँ ढूँढ़ा, फिर कहीं जाकर कबाड़ी बाज़ार में... ।''

मास्टर मोतीराम का वार्तालाप सुननेवाले बहुत-से लोगों में रंगनाथ भी था। शत्रुपक्ष की ओर से शायद वही घटना का पूरा ब्योरा जानने के लिए आया था। जब वह धीरे-से खिसकने लगा तो वैद्यजी ने उसे पुकारा। वह उनके नज़दीक आकर बैठ गया।

वैद्यजी उसे देखकर मुस्कराए। मुस्कराते हुए देखते रहे। रंगनाथ थोड़ी देर के लिए अचकचाया। फिर हिम्मत करके बोला, "क्या आज्ञा है मामाजी ?"

"आज्ञा कुछ नहीं है।" वैद्यजी मधुर स्वरों में बोले, "यह तो धर्मयुद्ध है। तुम्हें लगता है कि ये दो-चार अध्यापक सही मार्ग पर चल रहे हैं, अतः तुम उनसे स्नेह दिखा रहे हो। पर सन्मार्ग क्या है, और असन्मार्ग क्या है, इसका तुम्हें कभी-न-कभी तो अनुभव होगा ही। जब होगा, तब तुम स्वयं अपनी पहलेवाली स्थिति में आ जाओगे।"

साँस खींचकर वे बोले, "तुम शिक्षित हो, बुद्धिमान हो, मुझे तुम्हारी चिन्ता नहीं है। चिन्ता रुप्पन की है।"

बातों में जान लाने के लिए प्रिंसिपल ने किलकारी मारकर कहा, "अरे नहीं महराज, आप रंगनाथ बाबू को जानते नहीं ! ये बड़े राजनीतिज्ञ हैं। उधर का हाल पहले ही समझ चुके हैं, इन्हें समझाने की ज़रूरत नहीं है।"

वैद्यजी फिर मुस्कराए, "धर्मयुद्ध में समझ की नहीं, विश्वास की बात है। तुम्हें जब यही विश्वास है कि हम दोषी हैं, तो कोई चिन्ता नहीं; डटकर हमारा विरोध करो। जिस दिन मेरे प्राणों की आवश्यकता हो, बता देना। मैं भीष्म पितामह की तरह मरने की तिथि अपने-आप निश्चित कर लूँगा।"

रंगनाथ से कुछ कहते न बना। बोला, "आप कुछ गलत समझ रहे हैं।"

उनका चेहरा तमतमा गया। ज़ोर से बोले, "नहीं, गलत वे लोग समझ रहे हैं। मैं तो प्रजातन्त्र से चलता हूँ। सबको बोलने की स्वतन्त्रता देता हूँ। तभी तो अध्यापक, जो मेरे ही गुलाम हैं—मेरा विरोध करते हुए घूम रहे हैं। पर इसकी भी सीमा होती है, क्यों प्रिंसिपल साहब ?"

प्रिंसिपल साहब ने नीची निगाह करके कहा, "आपके आगे मैं क्या कह सकता हूँ ? पर आप न होते तो मैं बहुत पहले इस्तीफ़ा देकर चला जाता।"

"आप क्यों चले जाते ? अब समय आ गया है कि इस अध्याय को समाप्त कर लिया जाय। रुकिए, मैं अभी निर्णय किये देता हूँ।"

उन्होंने छोटे को पुकारकर कहा, "छोटे, उधर के शामियाने में चले जाओ। खन्ना और मालवीय को बुला लाना। रुप्पन को भी साथ लेते आना। वे नहीं आते तो हमीं लोग वहाँ चलेंगे। और देखो, जनता से कह दो कि वह अपने घर जाए। विश्राम करे। प्रिंसिपल साहब, तुम उधर जाकर जनता को धन्यवाद दे दो।"

थोड़ी देर में दोनों शामियाने वीरान हो गए। खन्ना मास्टर का शामियाना ज़रा पहले ही वीरान हो गया था, क्योंकि उधर लोगों का बहुमूत्र रोकने के लिए बद्री पहलवान और छोटे का व्यक्तित्व न था और डिप्टी डायरेक्टर धोखा दे गए, यह खबर पाते ही बहुत-से लोग एकदम से उड़नछू हो गए थे। अब उस शामियाने के पास ज़्यादातर वही लोग बचे थे जिनका काम माइक्रोफोन, ग्रामोफोन के रिकार्ड और पानी के सकोरे बटोरने

का था। वैद्यजी के शामियाने में इधर बद्री पहलवान, छोटे, सनीचर, प्रिंसिपल साहब, वैद्यजी, दो-चार प्रतिष्ठित लोग और बद्री के अखाड़े के चन्द गुण्डे रह गए।

वैद्यजी का सन्देश पाकर खन्ना, मालवीय, उनके साथ के दो मास्टर और रुप्पन बाबू आपस में लापरवाही से बातचीत करते हुए आए और उनके सामने बैठ गए। खन्ना मास्टर ने कहा, "आपने याद किया है ?"

अँधेरा होने को था। डूबती रोशनी में जंगल-जैसे बाग, खेमे, कालीन—इन सबने समाँ बाँध दिया। लगता था, कोई शहंशाह दिल्ली से दक्खिन पहुँचकर शाम के वक़्त अपने दरबारियों के साथ किसी पहाड़ी की तलहटी में मन्त्रणा कर रहा है और कुछ बागी जागीरदारों को पकड़कर उसके सामने पेश किया गया है।

तब वैद्यजी का भाषण शुरू हुआ :

"खन्नाजी और मालवीयजी, मैंने यहाँ आप लोगों को आत्मीय समझकर बुलाया है।

"आपका प्रिंसिपल से पारस्परिक विरोध बढ़ गया है। मुक़दमेबाजी हो रही है। खुलेआम गाली-गलौज होता है, मारपीट की तैयारियाँ की जा रही हैं। मैं आपको दोष नहीं देता। दोष किसी का भी हो सकता है। मैं स्वयं दोषपूर्ण हूँ। मैं कैसे बता सकता हूँ कि किसका दोष है ! पर एक बात मैं जानता हूँ कि परिस्थिति विषम है। उसका समाधान होना चाहिए।"

खन्ना ने कहा, "मुझे भी अपनी बात कहने का मौक़ा दीजिए।"

"नहीं," उन्होंने गम्भीरता से सिर हिलाकर कहा, "नहीं ! नहीं ! नहीं आप अपनी बात अनेक बार कह चुके हैं। अनेक स्थानों पर कह चुके हैं। अनेक रूप से कह चुके हैं। प्रिंसिपल भी अपनी बात कह चुके हैं। केवल एक व्यक्ति ने अभी तक अपनी बात नहीं कही है। वह व्यक्ति मैं हूँ। आज केवल मैं अपनी बात कहूँगा।

"यह विद्यालय मेरा बनाया हुआ है। इसे मैंने अपने रक्त से सींचा है। आप दोनों पक्ष केवल वेतनभोगी हैं। यहाँ नहीं, तो वहाँ जाकर अध्यापक हो जाएँगे। कहीं भी अध्यापक हो जाएँगे। अच्छा वेतन पाने लगेंगे। पर मैं यहीं रहूँगा। यह विद्यालय सफलतापूर्वक चला तो अपने को सफल मानूँगा। यह पार्टीबन्दी में नष्ट होने लगा तो अपने को नष्ट हुआ समझूँगा। मुझे कष्ट है। अपार कष्ट है। आन्तरिक व्यथा है। मेरी व्यथा आप लोग नहीं समझ सकते।"

वे थोड़ी देर के लिए चुप हो गए। शामियाने में सन्नाटा छाया था। उन्होंने फिर छलाँग लगायी :

"मुझे अब केवल एक मार्ग दिखायी देता है। मैंने निर्णय कर लिया है। आपसे मेरी करबद्ध प्रार्थना है कि आप वह निर्णय मान लें। आपके लिए वही एक अकेला मार्ग है। आपकी उसी पर चलना है।"

"खन्नाजी और मालवीयजी, मैं औरों से नहीं कहता, केवल आपसे कह रहा हूँ। आपको इस्तीफ़ा देना होगा।"

उनकी बात काटते हुए खन्ना ने कहा, "पर...।"

"नहीं," दयालुता के साथ, पर मज़बूती से उन्होंने दोहराया, "नहीं, मैं पहले ही

कह चुका हूँ; आज केवल मैं बोलूँगा। तो, मैं कह रहा था, आपको इस्तीफ़ा देना होगा। आज और अभी, यहीं और इसी वक़्त ! आपको इस्तीफ़ा देना होगा। यह मैं क्रोध से नहीं, सोच-समझकर कह रहा हूँ। आपके हित में कह रहा हूँ, विद्यालय के हित में कह रहा हूँ, पूरे समाज के हित में कह रहा हूँ।

"मेरा यही विनम्र निवेदन है। आप मेरी प्रार्थना न ठुकराएँ। आप इसी समय इस्तीफ़ा दे दें। बाद में आपको स्वतन्त्रता होगी कि आप चाहें जो कुछ कहें। तब आप चाहें तो यह भी कह सकते हैं कि हमसे बलपूर्वक इस्तीफ़ा लिया गया है। इस विषय में आप हम पर मुक़दमा चलाने के लिए स्वतन्त्र रहेंगे। पर मेरा निवेदन है कि इस समय आप स्वेच्छापूर्वक इस विद्यालय के हितैषी होने के नाते चुपचाप इस्तीफ़ा दे दें।

"आपने हमसे बहुत-कुछ माँगा है, बहुत-कुछ पाया है। मैंने कभी कुछ नहीं माँगा। आज इस विद्यालय के नाम पर सिर्फ़ आपका इस्तीफ़ा माँग रहा हूँ। मेरी प्रार्थना..."

तब तक रुप्पन बाबू अपनी जगह खड़े हो गए थे। उनकी आवाज़ लड़खड़ा रही थी। जोश के मारे जब वे बोले तो एक शब्द पर दूसरा शब्द चढ़ने लगा। उन्होंने कहा, "ऐसा नहीं हो सकता। आप ज़बरदस्ती इनसे इस्तीफ़ा नहीं लिखा सकते। ये इस्तीफ़ा नहीं देंगे।"

वैद्यजी ने उनकी बात अनसुनी कर दी और प्रिंसिपल से कहा, "आपके पास टाइप किये हुए काग़ज़ तो मौजूद हैं न ? हैं, तो उधर ले जाइए। छोटे, तुम खन्नाजी और मालवीयजी को उधर ले जाओ। ये बुद्धिमान हैं। सब समझ जाएँगे। जाओ, बद्री तुम भी जाओ।"

फिर वे कड़के। कड़क इतनी आकस्मिक और अनोखी थी कि बद्री पहलवान उछलकर उनके सामने आ गए। और लोग भी उनके पास दौड़ आए। कड़कते हुए वे बोले, "और, यह रुप्पन ! यह मूर्ख है ! नीच है ! पशु है ! पतित है ! विश्वासघाती है !"

वे इसी तरह बोलते रहे और इस प्रसंग में साबित करते रहे कि गालियों के मामले में संस्कृत भी कोई कमज़ोर भाषा नहीं है। कुछ उनकी आवाज़ की कड़क, कुछ संस्कृत का प्रकोप, लोग सन्नाटे में आ गए। लोगों ने वैद्यजी को आज पहली बार इतने क्रोध में देखा था।

वे कालीन पर बैठे हुए अपने दोनों घुटनों को बार-बारी फौलादी पिस्टन की तरह चला रहे थे और काँपते हुए गले से चीख़ रहे थे "तू नेता बनता है ? मेरा विरोध करके तू नेता बनना चाहता है ? तो देख, अभी बताता हूँ।"

उनकी आवाज़ कुछ और काँपने लगी। वे कहते रहे, "आशा की थी कि वृद्धावस्था शान्ति से बीतेगी। गाँव-सभा का झगड़ा समाप्त कर चुका हूँ। सहकारी संघ था, बद्री को दे चुका हूँ। सोचा था, इस कॉलिज का भार तुझे देता जाऊँगा। देने के लिए इनके अतिरिक्त अब मेरे पास बचा ही क्या था ? पर नीच ! तू विश्वासघाती निकला ! जा, अब तुझे कुछ नहीं मिलेगा।"

उनकी आवाज़ में एक अजब-सी तड़प आ गई। वे घोषणा करते हुए बोले, "जा, तुझे मैं अपने उत्तराधिकार से वंचित करता हूँ। सब लोग सुन लें मेरे बाद बद्री

ही इस कॉलिज के मैनेजर होंगे। यही मेरा अन्तिम निर्णय है। रुप्पन को कुछ नहीं मिलेगा।''

कहते-कहते उनका गला रुँध गया। क्रोध और कुण्ठा से उनकी आँखों में आँसू छलछला आए। रंगनाथ को लगा, सब लोग उसे ही घूर रहे हैं। उसने निगाह नीची कर ली।

जब रुप्पन बाबू उठकर फाटक की ओर चल दिए तब लोगों को होश आया। वैद्यजी अपनी आँखें पोंछ रहे थे। लोगों में अचानक हरकत शुरू हुई। वे इधर-उधर फैलने लगे। डाकबँगले के बरामदे में एक लालटेन जल गई थी, वहाँ मालवीय ज़ोर-ज़ोर से बोलने लगे। छोटे ने उन्हें पुकारकर कहा, ''धीरज से काम लो, मास्टर !''

प्रिंसिपल ने खन्ना का हाथ मजबूती से पकड़कर कहा, ''आओ मास्टर साहब, हम लोग उधर ही चलें। हमारा झगड़ा खत्म हुआ। आज से हम लोग फिर दोस्त हो गए।''

उम्मीद तो न थी, पर ऐसी रात के बाद भी सवेरा आ ही गया।

रंगनाथ रात में ठीक से सो न पाया था, सोच भी न पाया था। पर जागते ही उसने अपने बारे में एक बात सोच ली। कुछ महीने पहले, एक लम्बी बीमारी से उठने के बाद, वह वहाँ केवल अपनी तन्दुरुस्ती सुधारने आया था। अब अचानक उसने सोचा कि उसकी तन्दुरुस्ती सुधर गई है।

बगल में रुप्पन बाबू की चारपाई खाली थी। पता नहीं, वे रात-भर कहाँ रहे होंगे। कुछ मामलों में उसे रुप्पन बाबू पर पूरा भरोसा था। वह जानता था कि जब वे बेवकूफ़ बनते हैं तो अपनी इच्छा से बनते हैं। बेवकूफ़ बनना उनके लिए मजबूरी नहीं, शौक की, लगभग ऐय्याशी की बात थी। इसलिए उसे इत्मीनान था कि वैद्यजी का हाहाकार सुनकर वे शराब की दुकान की ओर न भागे होंगे। दुख पड़ने पर शराब की ओर भागने की बात उनके मन में न आयी होगी, क्योंकि उन्होंने 'देवदास' नहीं पढ़ा था, इतना ज़्यादा सिनेमा भी नहीं देखा था। वे मन्दिर की ओर भी न गए होंगे, क्योंकि मुसीबत में मन्दिर का सहारा पकड़नेवाले की जैसी शक्ल होनी चाहिए वैसी शक्ल रुप्पन बाबू की नहीं थी।

तब वे कहाँ हैं ? क्या वे कहीं इस वक़्त कॉलिज में हड़ताल करने के लिए अपने मुर्गों को जमा कर रहे हैं ? इमारत में आग लगवाने, प्रिंसिपल को पिटवाने या बिना वज़ह बाज़ार लुटवाने के लिए क्या वे किसी क्रान्तिकारी दल का संगठन कर रहे हैं ? या वे, शिक्षा-व्यवसाय के मशहूर फ़ारमूले के अनुसार, पड़ोस के किसी गाँव में, खन्ना मास्टर का प्रिंसिपल के पद पर राजतिलक करके, उनके लिए छंगामल विद्यालय इंटर कॉलिज के मुकाबले का कोई दूसरा कॉलिज खड़ा करने जा रहे हैं ? रंगनाथ ने सोचा : ऐसी ही कोई बात वे ज़रूर करने जा रहे हैं, क्योंकि वैद्यजी के क्रोध की नुमायश देखकर जब वे वहाँ से चले थे तो उस समय उनका व्यक्तित्व लुचलुचाया हुआ नहीं, तिलमिलाया हुआ था।

वैद्यजी सवेरे काफ़ी दूर टहलने के लिए जाते थे और अभी तक वे लौटे नहीं थे। रंगनाथ जानता था कि अब उनसे स्वाभाविक ढंग से बात करना मुश्किल होगा

और वह अस्वाभाविक ढंग से बात करने के लिए तैयार न था। उसने अपने-आपसे कहा, विरोध की पहली कोशिश में ही तुम भरभराकर लुढ़क गए हो। अब तुम्हें अपनी असलियत समझ लेनी चाहिए। यह जगह छोड़ देनी चाहिए, मामा के लौटने के पहले ही।

रहना नहीं, देस बिराना है।

सनीचर की दुकान खुल गई थी और दो आदमी उसके सामने बड़े नाटकीय ढंग से लड़ाई लड़ रहे थे। लड़ाई शाब्दिक, तार्किक और अभी तक अहिंसापूर्ण थी। उनमें से एक ने दूसरे के खेत में लगा हुआ नहर का पानी काटकर अपने खेत में ले लिया था। वे लोग गाँव-सभा के प्रधान के यहाँ झगड़े का निपटारा कराने के लिए और निपटारा होने के पहले झगड़ा करने के लिए आए थे। धुआँधार गालियाँ दोनों ओर से बरस रही थीं—ऐसी गालियाँ जो साहित्य और कला में, अखबार में, रेडियो में या सिनेमा में नहीं, सिर्फ़ वास्तविक जीवन में पायी जाती हैं।

पिछले महीनों वह जिस ज़िन्दगी के आसपास मँडराता रहा था, जिसके भीतर घुसकर भी वह बाहरी-का-बाहरी ही बना रहा था, वह एक लानत की तरह उसके सामने आकर खड़ी हो गई। उसकी आत्मा के तारों पर—बशर्ते कि आत्मा की शक्ल सारंगी-जैसी होती हो—पलायन-संगीत गूँजने लगा।

वह दरवाज़े पर बैठा हुआ चुपचाप देख रहा था। छोटे पहलवान रोज़ की तरह दाद खुजलाते हुए सामने से निकल गए और उन्होंने रंगनाथ की ओर नहीं देखा। सड़क पर ज़ोर की घरघराहट हुई। यह शहर की कोऑपरेटिव डेरीवाला ट्रक होगा जो दूध इकट्ठा करने के लिए यहाँ आया होगा। एक आदमी हाथ में हाँड़ी लटकाए सनीचर की दुकान की ओर जाता दीख पड़ा। रंगनाथ समझ गया कि यह वही तेली है जो शहर में खरीदे हुए मशीन के तेल को कोल्हू में पेरा हुआ शुद्ध सरसों का तेल कहकर देहात में बेचता है। अण्डरवियर और बनियान में एक शुद्ध सिपाहीनुमा आदमी, दरों में भारी रिआयत के साथ, गोश्त ख़रीदकर चिकवे के घर लौटता हुआ दीख पड़ा। रोज़ की तरह उसने रंगनाथ से कहा, "जै हिन्द साब।"

वह गोश्त लटकाए हुए चला गया। रंगनाथ के मन में आया कि वह उसके गले में हाथ डालकर कहे, 'चलो, इसी बहाने यहाँ किसी ने हिन्द का नाम तो लिया।'

दूर कहीं पर किसी मदारी की डुगडुगी बजने लगी। सनीचर की दुकान पर होनेवाले गाली-गलौज ने नयी ऊँचाई छूने की कोशिश की। रंगनाथ को अहसास हुआ कि वह बहुत उकताया हुआ है। उसकी आत्मा के तारों पर पलायन-संगीत अब पूरी तौर से गूँजने लगा।

पलायन-संगीत

तुम मँझोली हैसियत के मनुष्य हो और मनुष्यता के कीचड़ में फँस गए हो। तुम्हारे चारों ओर कीचड़-ही-कीचड़ है।

कीचड़ की चापलूसी मत करो। इस मुग़ालते में न रहो कि कीचड़ से कमल पैदा होता है। कीचड़ में कीचड़ ही पनपता है। वही फैलता है, वही उछलता है।

कीचड़ से बचो। यह जगह छोड़ो। यहाँ से पलायन करो।

वहाँ, जहाँ की रंगीन तसवीरें तुमने 'लुक' और 'लाइफ़' में खोजकर देखी हैं; जहाँ के फूलों के मुकुट, गिटार और लड़कियाँ तुम्हारी आत्मा को हमेशा नये अन्वेषणों के लिए ललकारती हैं; जहाँ की हवा सूक्ष्म से भी सूक्ष्मतर है, जहाँ रविशंकर-छाप संगीत और महर्षि-योगी-छाप अध्यात्म की चिरन्तन स्वप्निलता है...।

जाकर कहीं छिप जाओ। यहाँ से पलायन करो। यह जगह छोड़ो।

नौजवान डॉक्टरों की तरह, इंजीनियरों, वैज्ञानिकों, अन्तर्राष्ट्रीय ख्याति के लिए हुड़कनेवाले मनीषियों की तरह, जिनका चौबीस घण्टे यही रोना है कि वहाँ सबने मिलकर उन्हें सुखी नहीं बनाया, पलायन करो। यहाँ के झंझटों में मत फँसो।

अगर तुम्हारी किस्मत ही फूटी हो, और तुम्हें यहीं रहना पड़े तो अलग से अपनी एक हवाई दुनिया बना लो। उस दुनिया में रहो जिसमें बहुत-से बुद्धिजीवी आँख मूँदकर पड़े हैं। होटलों और क्लबों में। शराबखानों और कहवाघरों में, चण्डीगढ़-भोपाल-बंगलौर के नवनिर्मित भवनों में, पहाड़ी आरामगाहों में, जहाँ कभी न खत्म होनेवाले सेमिनार चल रहे हैं। विदेशी मदद से बने हुए नये-नये शोध-संस्थानों में, जिनमें भारतीय प्रतिभा का निर्माण हो रहा है। चुरुट के धुएँ, चमकीली जैकेटवाली किताब और ग़लत, किन्तु अनिवार्य अंग्रेज़ी की धुन्धवाले विश्वविद्यालयों में। वहीं कहीं जाकर जम जाओ, फिर वहीं जमे रहो।

यह न कर सको तो अतीत में जाकर छिप जाओ। कणाद, पतंजलि, गौतम में, अजन्ता, एलोरा, ऐलिफ़ेंटा में, कोणार्क और खजुराहो में, शाल-भंजिका-सुर-सुन्दरी-अलसकन्या के स्तनों में, जप-तप-मन्त्र में, सन्त-समागम-ज्योतिष-सामुद्रिक में—जहाँ भी जगह मिले, जाकर छिप रहो।

भागो, भागो, भागो। यथार्थ तुम्हारा पीछा कर रहा है।

वह उठने ही वाला था कि उसे कॉलिज की ओर से प्रिंसिपल साहब आते दीख पड़े। आज उन्होंने कमीज़ और हाफ़-पैण्ट के साथ मोज़े और जूते भी पहन लिये थे। हाथ में वही रोज़वाला बेंत। उन्होंने दूर से ही हँसकर नमस्कार किया। देखते-देखते वे चबूतरे पर आ गए और इस आत्मविश्वास के साथ कि वहाँ बस उन्हीं की कमी थी, पास पड़ी हुई कुर्सी पर बैठ गए। पूछा, "महराज अभी टहलकर लौटे नहीं क्या ?" कहकर वे इत्मीनान से बैठने के लिए मोज़े और जूते उतारने लगे।

थोड़ी देर में वे कुर्सी पर मेंढक की तरह बैठ गए। बोले, "कल महराज को बड़ा दुख हुआ, पर चलिए, वह बात भी खत्म हुई।"

वे कुछ और उत्साह में आगे आ गए, "मैंने तो आपके लिए पहले ही कह दिया था। रामभरोसे बैठ के सबका मुजरा लेयँ। आप हमारे ख़िलाफ़ थोड़े ही थे। उधर तो आप हालचाल लेने के लिए जाते थे। महराज को मैंने समझा दिया था।"

दोनों थोड़ी देर चुप बैठे रहे। मदारी की डुगडुगी की आवाज़ नज़दीक आती जा रही थी। प्रिंसिपल ने कहा, "आपका स्वास्थ्य अब बिलकुल टिचन्न जान पड़ता है।"

"टिचन्न ?"

"जी हाँ, अब तो बिलकुल फ़िट है न ?"

रंगनाथ ने बड़े शिष्टाचार से कहा, "आपकी कृपा से।"

"तो अब क्या इरादा है ?"

"वापस जा रहा हूँ, रिसर्च का काम इतने दिन से छूटा हुआ है। गर्मियों में पूरा करना है।"

वे कई बातें अनर्गल ढंग से बोल गए, जिनका तात्पर्य यह था कि रंगनाथ इतिहास का भारी विद्वान् है, पर ज़्यादातर लोग उल्लू के पट्ठे हो गए हैं, यूनिवर्सिटियों की हालत अस्तबल-जैसी है; बड़े-बड़े प्रोफ़ेसर महज़ भाड़े के टट्टू हैं।

उसने इन बातों में कोई दिलचस्पी नहीं दिखायी। उन्होंने पूछा, "आपका क्या चान्स है ? क्या इस साल वहाँ लेक्चरर बनने की उम्मीद है ?"

"अभी उसका सवाल ही नहीं उठता।"

प्रिंसिपल साहब ने अपनी कुर्सी को दो इंच आगे खिसका लिया। कहा, "आप जानते ही हैं, खन्ना ने इस्तीफ़ा दे दिया है। इतिहास के लेक्चरर की जगह हमारे यहाँ ख़ाली हुई है। उसी में आप क्यों नहीं लग जाते ? ठाठ से मामा के यहाँ रहिए, कॉलिज में दो घण्टा पढ़ाइए, बाकी वक़्त रिसर्च कीजिए।"

रंगनाथ को जान पड़ा कि उसकी देह का सारा खून झपटकर साँप की तरह उसके मत्थे में पहुँच गया है। उसने तीखेपन के साथ कहा, "मैं आपके यहाँ मास्टरी करूँगा ? और वह भी खन्ना की जगह !"

प्रिंसिपल साहब के चेहरे पर कोई शिकन नहीं आयी। उन्होंने कहा, "मैंने बैद महराज से बात कर ली है।"

रंगनाथ ने उसी तीखेपन के साथ कहा, "मेरी आँख के आगे की बात है। मैं जानता हूँ कि खन्ना को यहाँ से कैसे निकाला गया है...।"

वे उदास हो गए, बोले, "क्या बतायें। आप भी ऐसा कहते हैं। यह तो पार्टीबन्दी की बात हुई।"

एक आदमी फटी हुई तहमद लपेटे, ऊपर से काला चीकटदार कुरता पहने डुगडुगी बजाता हुआ सनीचर की दुकान के पास आया। उसके साथ एक बन्दर और बँदरिया स्टेज पर नाचनेवाली वेशभूषा में चल रहे थे। पीछे कई छोटे-छोटे लड़के किलकारी भरते हुए चले आ रहे थे। उनके हुजूम में कुछ कुत्ते भी थे जिन्हें धमकाने के लिए वह आदमी बीच में 'कड़ाक्' के साथ डुगडुगी को सिर पर ले आता था।

डुगडुगी की वजह से प्रिंसिपल साहब को अपनी आवाज़ ऊँची करनी पड़ी। वे कहते रहे, "जगह खन्ना के जाने से हुई या मालवीय के मरने से—आपको इससे क्या मतलब ? आपके घर का बाग है, आम खाइए। पेड़ क्यों गिन रहे हैं ?"

इसका कोई जवाब न पाकर वे रंगनाथ को पुचकारने लगे। 'आप' से 'तुम' पर

उतरकर बोले, ''मैं तो तुम्हें घर का आदमी मानकर कह रहा हूँ। आख़िर करोगे क्या ? कहीं-न-कहीं नौकरी ही तो करोगे न ? यहाँ तो खन्ना ने अपने मन से इस्तीफ़ा दिया है। वहाँ क्या पता सचमुच ही कोई खन्ना कान पकड़कर निकाला गया हो।

''इससे कहाँ तक बचोगे बाबू रंगनाथ ? जहाँ जाओगे, तुम्हें किसी खन्ना की ही जगह मिलेगी।''

कहकर वे चबूतरे से कुछ दूर खड़े मदारी की तरफ़ मुख़ातिब हुए और हाथ के पुरज़ोर इशारे से उसे जहन्नुम में जाने की सलाह देने लगे।

रंगनाथ का चेहरा तमतमा गया। अपनी आवाज़ को ऊँचा उठाकर, जैसे उसी के साथ वह सच्चाई का झण्डा भी उठा रहा हो, बोला, ''प्रिंसिपल साहब, आपकी बातचीत से मुझे नफ़रत हो रही है। इसे बन्द कीजिए।''

प्रिंसिपल ने यह बात बड़े आश्चर्य से सुनी। फिर उदास होकर बोले, ''बाबू रंगनाथ, तुम्हारे विचार बहुत ऊँचे हैं। पर कुल मिलाकर उससे यही साबित होता है कि तुम गधे हो।''

इसके बाद वार्ता में गतिरोध पैदा हो गया। मदारी, जहन्नुम में जाने के बजाय, वहीं पर ज़ोर-ज़ोर से गाने लगा था और उसकी डुगडुगी अब एक नयी ताल पर बज रही थी। कुछ दूरी पर कुछ कुत्ते दुम हिलाते, कमर लपलपाते भूँक रहे थे। लड़के घेरा बाँधकर खड़े हो गए थे। दोनों बन्दर मदारी के सामने बड़ी गम्भीरता से मुँह फुलाकर बैठे हुए थे और लगता था कि ये जब उठेंगे तो भरतनाट्यम् से नीचे नहीं नाचेंगे।